A filha do coveiro

Joyce Carol Oates

A filha do coveiro

Tradução
Vera Ribeiro

ALFAGUARA

© 2007 by The Ontario Review, Inc.
Publicado mediante acordo com HarperCollins Publishers.
Todos os direitos desta edição reservados à
Editora Objetiva Ltda.
Rua Cosme Velho, 103
Rio de Janeiro — RJ — Cep: 22241-090
Tel.: (21) 2199-7824 — Fax: (21) 2199-7825
www.objetiva.com.br

Título original
The Gravedigger's Daughter

Capa
Dupla Design

Imagem de capa
Dupla Design, com fotografias de Andrew C., Claudia Martínez e Courtney Francis / Stock.
XCHNG

Revisão
Ana Kronemberger
Eduardo Carneiro
Tathyana Viana

Editoração eletrônica
Abreu's System Ltda.

CIP-BRASIL. CATALOGAÇÃO-NA-FONTE
SINDICATO NACIONAL DOS EDITORES DE LIVROS, RJ.

O11f
    Oates, Joyce Carol
        A filha do coveiro / Joyce Carol Oates ; tradução Vera Ribeiro. – Rio de Janeiro : Objetiva, 2008.

    599p.   ISBN 978-85-60281-57-2
    Tradução de: *The gravedigger's daughter*

      1. Romance americano. I. Ribeiro, Vera. II. Título.

08-3063   CDD: 813
                                                     CDU: 821.111(73)-3

para minha avó, Blanche Morgenstern,
a "filha do coveiro"

IN MEMORIAM

e para David Ebershoff,
por um circuito tortuoso

Notas

Alguns trechos da Parte I foram originalmente publicados, em forma ligeiramente diferente, na revista *Witness*, verão/outono de 2003.

Os capítulos 6 e 7 foram originalmente publicados na revista *Conjunctions*, outono/inverno de 2003.

Os capítulos 16 e 17 foram originalmente publicados, em formas diferentes, em *Childhood*, organizado por Marian Wright Edelman, editora Houghton Mifflin, 2003.

I

No Vale do Chautauqua

Prólogo

"No reino animal, os fracos são prontamente descartados."

Fazia dez anos que ele estava morto. Dez anos enterrado em seus pedaços mutilados. Dez anos não pranteado. Seria de se esperar que ela, sua filha adulta, agora mulher de um homem e mãe de seu próprio filho, já estivesse livre do pai. Diabos, como tinha tentado! Ela o odiava. Aqueles olhos de querosene, a cara de tomate cozido. Mordia os lábios até deixá-los em carne viva, de tanto odiá-lo. Ali onde era mais vulnerável, no trabalho. Na linha de montagem da Tubos de Fibra Niágara, onde o barulho a embalava a ponto de levá-la a um estado de transe, ela o ouvia. Onde seus dentes batiam, por causa da vibração da esteira rolante, ela o ouvia. Onde a boca ficava com gosto de bosta seca de vaca, ela o ouvia. Odiava-o! Encolhia-se de repente, achando que podia ser uma piada, uma brincadeira grosseira, um dos babacas dos colegas de trabalho dando gritos em seu ouvido. Como os dedos de um cara cutucando seus seios por cima do macacão ou passando a mão em seu fundilho, e ela ficava paralisada, incapaz de desviar a atenção das tiras de tubos na esteira rolante, que se movia chacoalhando e sempre mais depressa do que a gente queria. O raio dos óculos embaçados machucando o rosto. Ela fechava os olhos e aspirava o ar poeirento e fétido pela boca, o que sabia que não devia fazer. Era um instante deprimente de vergonha, de viver ou morrer, que diabo, que às vezes se abatia sobre ela, em momentos de exaustão ou tristeza, e ela tateava na esteira, procurando o objeto que naquela hora não tinha nome, identidade nem objetivo, correndo o risco de ter a mão fisgada pela máquina de selar e ficar com metade dos dedos estraçalhado, antes de conseguir sacudir a cabeça e se livrar dele, que falava calmamente, sabendo que seria ouvido acima da barulheira das máquinas. "Por isso, você tem que esconder sua fraqueza, Rebecca." O rosto dele junto do seu, como se fossem dois conspiradores. Não eram, não tinham nada em comum. Não se pareciam nem um pouco. Ela odiava o cheiro azedo daquela boca. Aquele rosto que era um tomate fervido, arrebentado. Ela vira aquele rosto explodir em sangue, cartilagem, miolos. Tinha limpado aquele rosto de seus braços nus. Limpara aquele rosto da própria porcaria do seu rosto! Havia catado aquele rosto de seu cabelo. Dez anos antes. Dez anos e quase quatro meses exatos. Porque ela nunca esqueceria aquele dia. Ela não pertencia ao pai. Nunca fora dele. E também não pertencia à mãe. Não se podia discernir nenhuma semelhança entre eles. Agora ela era uma adulta de vinte e três anos, o que a espantava, por ter vivido tanto. Sobrevivera a eles. Agora não era uma menina aterrorizada. Era mulher de um homem que era homem de verdade, e não um covarde choramingas e assassino, e esse homem lhe dera um bebê, um filho, que ele, seu pai morto, nunca veria. Que prazer isso lhe dava, ele jamais veria o neto! Jamais encheria os ouvidos do menino com suas palavras venenosas. No entanto, o pai continuava a abordá-la. Conhecia suas fraquezas. Quando ela estava exausta, quando sua alma se encolhia até ficar do tamanho de uma uva murcha. Nesse lugar clamoroso, onde as palavras dele tinham adquirido um ritmo e uma autoridade potentes de máquina, que batia, batia, batia, até deixá-la numa submissão aturdida.

"No reino animal, os fracos são prontamente descartados. Por isso, você tem que esconder sua fraqueza, Rebecca. Nós temos."

Cataratas do Chautauqua, Nova York

1

Numa tarde de setembro de 1959, uma jovem operária de fábrica seguia a pé para casa pelo caminho de sirga do Canal de Balsas Erie, a leste da cidadezinha de Cataratas do Chautauqua, quando começou a notar que estava sendo seguida, a uma distância de uns dez metros, por um homem de chapéu-panamá.

Chapéu-panamá! E uma roupa clara esquisita, de um tipo que não se via comumente em Cataratas do Chautauqua.

O nome da moça era Rebecca Tignor. Era casada, e Tignor, o sobrenome do marido, era um nome de que ela se envaidecia tremendamente.

"Tignor."

Muito apaixonada e muito infantil em sua vaidade, embora já não fosse garota, uma mulher casada e mãe. Mas ainda dizia "Tignor" uma dúzia de vezes por dia.

E nesse momento pensou, começando a andar mais depressa: *É melhor ele não estar me seguindo, Tignor não vai gostar.*

Para desanimar o homem de chapéu-panamá em seu desejo de alcançá-la e falar com ela, como às vezes, nem sempre, mas às vezes, os homens faziam, Rebecca foi enterrando os saltos dos sapatos de trabalho pelo caminho ao longo do canal, deselegante. Estava nervosa mesmo, irritadiça como um cavalo atormentado pelas moscas.

Quase estraçalhara a mão numa prensa nesse dia. Diacho, como andava distraída!

E agora, isto. Esse sujeito! Lançou-lhe um olhar duro por cima do ombro, para ele não se entusiasmar.

Ninguém que ela conhecesse?

Não parecia ser dali.

Em Cataratas do Chautauqua, às vezes os homens a seguiam. Pelo menos com os olhos. Quase sempre, Rebecca tentava não notar.

Tinha morado com irmãos, conhecia "os homens". Não era do tipo garotinha tímida e medrosa. Era forte, carnuda. Gostava de achar que sabia cuidar de si.

Mas essa tarde estava diferente, por algum motivo. Era um daqueles dias mornos e pálidos, de colorações sépia. Um dia em que dava vontade de chorar, só Deus sabia por quê.

Não que Rebecca Tignor chorasse. Nunca.

E mais: o caminho de sirga estava deserto. Se ela gritasse socorro...

Conhecia esse pedaço do trajeto como a palma da mão. Uma caminhada de quarenta minutos para casa, pouco mais de três quilômetros. Cinco dias por semana, Rebecca percorria aquele caminho até Cataratas do Chautauqua, e cinco dias por semana voltava a pé para casa. O mais depressa que conseguia, com aquela droga de sapatos desajeitados de trabalho.

De vez em quando, uma balsa passava por ela no canal. Animava um pouco as coisas. Ela trocava cumprimentos, gracejos com os caras das balsas. Passara a conhecer alguns deles.

Mas agora o canal estava deserto, nas duas direções.

Diacho, estava nervosa! Suando na nuca. E, por dentro da roupa, as axilas molhadas. E o coração batendo daquele jeito que doía, como se houvesse uma coisa pontiaguda presa entre as costelas.

"Tignor. Onde é que *você* está?"

Não o culpava, na verdade. Ah, diabos, culpava, sim!

Tignor a levara para morar ali. No fim do verão de 1956. A primeira coisa que Rebecca havia lido no jornal de Cataratas do Chautauqua fora tão terrível que ela não tinha conseguido acreditar: sobre um homem do local que havia assassinado a mulher, que a havia espancado e jogado no canal, em algum ponto desse mesmíssimo trecho deserto, e lhe atirara pedras até ela se afogar. Pedras! Tinha levado uns dez minutos, talvez, o homem dissera à polícia. Não se gabara, mas também não ficara com vergonha.

Aquela vaca estava tentando me largar, dissera ele.

Querendo levar meu filho.

Uma história tão terrível que Rebecca desejava nunca a ter lido. O pior era que todo sujeito que a lia, inclusive Niles Tignor, abanava a cabeça e fazia um barulhinho desdenhoso com a boca.

Rebecca havia perguntado a Tignor que diabo era aquilo: uma risada?

"Cada um colhe o que semeia."

Era o que Tignor tinha dito.

Rebecca adotava a teoria de que toda mulher do Vale do Chautauqua conhecia aquela história, ou outra parecida. O que fazer se um homem jogar a gente no canal? (Também podia ser o rio. Grande diferença.) Por isso, quando começara a trabalhar na cidade, andando pela trilha de sirga, ela havia imaginado um jeito de se salvar, se e quando chegasse a hora.

Suas idéias eram tão claras e vívidas, que ela não tardara a imaginar que aquilo já lhe havia acontecido, ou quase. Alguém (sem rosto, sem nome, um sujeito maior do que ela) a atirava na água de aparência lamacenta, e ela precisava lutar para salvar a vida. *Arranque logo o sapato do pé esquerdo com a ponta do direito, depois o outro, depressa! E aí...* Só disporia de alguns segundos, ou os sapatos pesados do trabalho a afundariam feito bigornas. Tirados os sapatos, ao menos ela teria uma chance, puxando o casaco, livrando-se dele antes que ficasse todo encharcado. A porcaria das calças de trabalho seria difícil de tirar, com a prega por cima do zíper, os botões e as pernas meio apertadas nas coxas, Ah, que merda, ela também teria que nadar na direção oposta à do assassino...

Nossa! Rebecca começou a se apavorar. Esse sujeito atrás dela, o cara de chapéu-panamá, provavelmente era só uma coincidência. Não a estava *seguindo*, estava apenas *atrás dela*.

Não era de propósito, era *só um acaso*.

Mas o cretino tinha que saber que ela estava ciente dele, que a estava assustando. Um homem seguindo uma mulher num lugar solitário como esse.

Diacho, ela detestava ser seguida! Detestava qualquer homem que a seguisse, até com os olhos.

A mãe lhe infundira um medo aterrador, anos antes. *Você não vai querer que lhe aconteça alguma coisa, Rebecca! Uma moça sozinha, os homens vão atrás. Nem nos garotos conhecidos você pode confiar.*

Nem em seu irmão mais velho, Herschel; a mãe tinha medo de que ele fizesse alguma coisa com ela. Coitada da mamãe!

Não havia acontecido nada com Rebecca, apesar de todas as preocupações maternas.

Pelo menos, nada de que ela pudesse lembrar-se.

Mamãe se enganara com tantas coisas...

Rebecca sorriu, ao pensar na antiga vida dos tempos de garota, em Milburn. Quando ainda não era uma mulher casada. *"Vir-gem."*

Nunca pensava nisso agora, era tudo coisa do passado. Niles Tignor a salvara. Niles Tignor era seu herói. Ele a tirara de Milburn de carro, os dois haviam fugido para as Cataratas do Niágara. As amigas tinham ficado com inveja. Todas as moças de Milburn adoravam Niles Tignor a distância. Depois, ele levara sua noiva, Rebecca, para morar no interior, a leste e um pouquinho ao norte de Cataratas do Chautauqua. Em Quatro Esquinas, era assim que se chamava o lugar.

Era lá que tinha nascido seu filho, Niles Tignor Jr. Niley faria três anos no fim de novembro.

Ela se orgulhava de ser a Sra. Niles Tignor, assim como se orgulhava de ser mãe. Teve vontade de gritar para o homem de chapéu-panamá: *Você não tem o direito de me seguir! Eu sei me defender.*

E sabia. Rebecca levava um pedaço pontiagudo de sucata no bolso do casaco. Em segredo, apalpava-o com os dedos, nervosa.

Nem que seja a última coisa que eu faça, moço, EU RETALHO VOCÊ.

Na escola, em Milburn, Rebecca tivera que brigar algumas vezes. Era a filha do coveiro da cidade, e as outras crianças implicavam com ela. Tentava ignorá-las o máximo possível. Era o que a mãe a aconselhava a fazer. *Mas você não deve descer ao nível delas, Rebecca.* Só que ela havia descido. Em brigas frenéticas, agitando os braços e dando pontapés, tivera que se defender. O desgraçado do diretor a havia expulsado, um dia.

É claro que nunca mais havia agredido ninguém. Nunca tinha machucado nenhum dos colegas, não de verdade, nem mesmo os que mereciam ser machucados. Mas não duvidava que, se ficasse realmente desesperada, lutando pela vida, poderia machucar outra pessoa, e muito.

Ah! A ponta de aço era afiada como um fura-gelo. Ela teria de cravá-la fundo no peito do homem, ou na garganta...

— Está pensando que eu não sou capaz de fazer isso, seu babaca? Eu sou.

Rebecca se perguntou se o homem de chapéu-panamá, um estranho para ela, seria um conhecido de Tignor. Alguém que conhecesse Tignor.

Seu marido trabalhava na indústria cervejeira. Vivia viajando, durante dias, até semanas. Em geral, parecia estar prosperando, mas às vezes reclamava de andar com a grana curta. Falava da produção, comercialização e entrega de cerveja e *ale* ao comércio varejista de todo o estado de Nova York como uma *concorrência mortífera*. Do jeito que

Tignor falava, com tamanho ardor, a gente ficava pensando em gargantas esfaqueadas, sangrando. Era levada a achar que *concorrência mortífera* era uma coisa boa.

Havia rivalidades no ramo cervejeiro. Havia sindicatos, greves, demissões, disputas trabalhistas e piquetes. A indústria empregava homens como Niles Tignor, capazes de se arranjar em situações difíceis. Tignor contara a Rebecca ter inimigos que nunca se atreveriam a se aproximar dele... "Mas uma esposa, isso seria diferente."

Tignor dissera a Rebecca que mataria com as próprias mãos qualquer um que chegasse perto dela.

O homem de chapéu-panamá, Rebecca preferiu pensar, não tinha muito jeito de ser da indústria cervejeira. O chapéu de palha esportivo, os óculos escuros e as calças de cor creme eram mais apropriados para as margens do lago, no verão, do que para a zona industrial de Cataratas do Chautauqua no outono. Camisa branca de mangas compridas, provavelmente algodão de alta qualidade, ou até linho. E gravata-borboleta. Gravata-borboleta! Ninguém usava gravatas-borboleta em Cataratas do Chautauqua, certamente ninguém que Tignor conhecesse.

Era como ver Bing Crosby na rua, ou então aquele dançarino incrível: Fred Astaire. O homem de chapéu-panamá era desse tipo. Um homem que parecia incapaz de transpirar, um homem que sorriria se visse uma coisa bonita, um homem não inteiramente real.

Não era homem de perseguir uma mulher num lugar ermo e abordá-la.

(Era?)

Rebecca desejou que a tarde já não estivesse tão no fim. Em plena luz do dia, não se sentiria tão incomodada.

Agora, em setembro, a cada dia o crepúsculo vinha mais cedo. A gente notava os dias se encurtando, depois que passava o Dia do Trabalho. O tempo parecia se acelerar. As sombras se erguiam de maneira mais visível da vegetação rasteira à margem do canal, e a água escura, cintilante feito uma cobra, era como certos pensamentos que a gente tenta afastar, só que, em apenas uma semana, não consegue. O céu tinha massas de nuvens que lembravam uma substância fibrosa espremida e depois largada. Havia nela uma *vida* estranha, trêmula, maléfica. Através da massa de nuvens, o sol surgia como um olho feroz e ensandecido, que olhava fixo e tornava nítido cada talo de grama junto ao caminho de sirga. Enxergava-se com demasiada vividez, os olhos ficavam ofuscados. E aí o sol desaparecia. O que fora nítido se tornava embotado, manchado.

Nuvens carregadas que o vento soprava lá do norte, do lago Ontário. A umidade era tanta que as moscas chegavam a picar.

Zumbiam perto da cabeça de Rebecca, que dava gritinhos de nojo e susto e procurava enxotá-las.

Na Tubos Niágara, o ar andava quente e abafado, como em pleno verão. Sufocante, 43ºC. As janelas, opacas de sujeira, eram empurradas para fora, inclinadas, e metade dos ventiladores estava quebrada, ou girava tão devagar que era inútil.

Era só um emprego temporário, esse da Tubos Niágara. Rebecca conseguiria agüentá-lo por mais alguns meses...

Marcando o ponto na entrada às 8h58. Marcando para sair as 17h02. Oito horas. Cinco dias por semana. Era obrigada a usar óculos de segurança, luvas. Às vezes, um avental de segurança: pesadíssimo! Quente! E sapatos de trabalho, com reforço na ponta. O capataz fazia a inspeção, às vezes. Das mulheres.

Antes da fábrica, Rebecca havia trabalhado num hotel: camareira, era assim que a chamavam. Tivera que usar uniforme e havia detestado.

Por oito horas, Rebecca recebia dezesseis dólares e oitenta centavos. Fora os impostos.

"É para o Niley. Estou fazendo isso pelo Niley."

Ela não estava de relógio, nunca usava relógio na Tubos Niágara. A poeira fina entrava no mecanismo do relógio e o estragava. Mas ela sabia que eram quase seis da tarde. Buscaria Niley na casa da vizinha logo depois das seis. Nenhum filho-da-mãe, seguindo-a pelo caminho de sirga, a impediria disso.

Preparou-se para correr. Se, de repente. Se ele, logo atrás. Conhecia um esconderijo um pouco mais adiante, do outro lado do talude do canal, não visível do caminho de sirga, uma tubulação fétida: feita de metal corrugado, um túnel de uns doze metros de comprimento por um e meio de diâmetro; ela poderia se abaixar, atravessá-lo correndo e sair numa campina, a não ser que fosse um charco, e o homem de chapéu-panamá não veria de imediato para onde ela fora, e, se visse, talvez não quisesse segui-la...

No instante em que pensou nessa rota de fuga, Rebecca a descartou: a tubulação dava para um brejo fétido, um campo de drenagem descoberto, e, se ela corresse para lá, poderia tropeçar, cair...

O caminho de sirga era um lugar ideal para perseguir uma vítima, pareceu-lhe. Não se enxergava para lá dos taludes. O horizonte artificialmente próximo. Se a pessoa quisesse ver o céu no caminho de sirga, tinha que olhar para cima. Tinha que levantar a cabeça, entortar o pescoço. Sozinhos, os olhos não descobriam naturalmente o céu.

Rebecca ressentiu-se da injustiça de *ele* a seguir ali! Onde ela sempre se sentia aliviada, grata por estar longe da fábrica. Sempre admirava a paisagem, apesar de ser malcuidada, um ermo. Sempre pensava no filho, à sua espera, ansioso.

Ela sabia: não podia fraquejar. Não devia demonstrar medo.

Viraria e confrontaria o homem, o do chapéu-panamá. Ela se viraria com as mãos nas cadeiras, no estilo Tignor, e o olharia de cima a baixo.

Movimentou os lábios, proferindo em silêncio as palavras que diria: "Você aí! Está me seguindo?"

Ou então: "Ei, moço, o senhor não está me seguindo, está?"

Ou ainda, com o coração acelerado de ódio: "Seu desgraçado, quem é você para *me seguir?*"

Não era uma moça tímida, e não era fraca. Não no corpo nem nos instintos. Não era uma mulher muito feminina. Não tinha nada de mole, dócil nem derretida; ao contrário, acreditava ser dura, resistente. Tinha um rosto marcante, olhos grandes, encovados e muito escuros, sobrancelhas grossas e escuras como as de um homem e, às vezes, uma postura masculina, quando confrontava os outros. Em síntese, desprezava o feminino. Só que havia seu apego a Tignor. Ela não queria ser o Tignor, apenas ser amada por ele. Mas Tignor não era um homem comum, segundo o juízo de Rebecca. No mais, ela desprezava do fundo da alma a fraqueza das mulheres. Ficava envergonhada, enfurecida. Porque essa era a antiga fraqueza das mulheres, a fraqueza de sua mãe, Anna Schwart. A fraqueza de uma raça derrotada.

Na fábrica, os homens a deixavam em paz, em geral. Por saberem que ela era casada. Que não dava sinal de ser receptiva a seu interesse. Ela nunca os fitava olho no olho. O que os homens pensavam dela, Rebecca não levava em conta.

No entanto, na semana anterior, tivera de enfrentar um babaca de risinho zombeteiro, que vivia lhe roçando o corpo ao passar por trás dela na linha de montagem, um homem que a examinava de cima a baixo, para deixá-la sem jeito; tinha-lhe dito para deixá-la em paz, diabos, ia reclamar com o capataz, mas, no meio da torrente de palavras, de repente ela havia engolido e a voz ficara sufocada, e o babaca zombeteiro apenas lhe dera um sorriso. *Hum, boneca! Eu gosto de você.*

Mas não podia sair da fábrica. Uma ova se ia pedir demissão!

Trabalhava desde março na Tubos Niágara. Linha de montagem, mão-de-obra não qualificada. Mesmo assim, as fábricas pagavam melhor do que a maioria dos outros empregos para mulheres — garçonete, faxineira, balconista. Não era preciso sorrir para os fregueses, ser "gentil". Era só um emprego temporário, ela dissera a sua amiga Rita, que também trabalhava na linha de montagem da Tubos Niágara, e Rita dera uma risada, dizendo, é claro, a Tubos Niágara também era só um lugar temporário para ela. "Faz quase sete anos."

Esse horizonte abreviado deixava a pessoa ansiosa, porque não dava para planejar uma rota de fuga. Para a vegetação rasteira? Havia urzes, roseiras-bravas, um emaranhado de sumagres-venenosos. Para as árvores? E ficar fora da vista, onde qualquer coisa podia acontecer?

A ponte da Estrada da Fazenda dos Pobres ficava a pelo menos um quilômetro e meio dali. Quantos minutos mais, se é que dava para calcular: vinte? E ela não poderia correr. Pensou no que aconteceria durante esses vinte minutos.

A superfície do canal ondulava como a pele de um grande bicho adormecido, cuja cabeça não se conseguia ver. Só o comprimento, estendendo-se até o horizonte.

Só que não havia horizonte lá adiante, na verdade. O canal desaparecia numa névoa ensombrecida ao longe. Como trilhos de trem, quando os olhos nos enganam e nos fazem pensar que eles se estreitam, se encolhem e desaparecem, como se fugissem do presente para um futuro que não se pode ver.

Esconda sua fraqueza. Você não pode continuar criança para sempre.

Dificilmente ela seria uma criança. Era uma mulher casada, mãe de um filho. Tinha um emprego na Tubos de Fibra Niágara, em Cataratas do Chautauqua, estado de Nova York.

Não era uma menor que dependesse da caridade dos adultos. Não era uma menina sob a tutela do condado, residente em Milburn. A deplorável filha do coveiro.

Este era um tempo de expansão da indústria norte-americana no pós-guerra. Assim diziam. E assim parecia. Fábricas operando com plena capacidade em Cataratas do Chautauqua e noutras cidadezinhas e cidades do norte do estado de Nova York, onde a metrópole maior e mais próspera era Buffalo. Durante o dia inteiro, o céu do Vale do Chautauqua era riscado por dois tipos de nuvens: as naturais, horizontais, e as colunas verticais da fumaça das fábricas. Estas tinham tonalidades distintas, elevando-se de chaminés idênticas. Sempre se podia reconhecer a fumaça de pó de aço e cheiro de borracha que irrompia céu acima da Tubos de Fibra Niágara.

No trabalho, ela usava o cabelo comprido e farto em tranças frouxas, enroladas na cabeça, coberta por um lenço. Mas, quando o escovava, ele cheirava à fábrica, não tinha jeito. Seu cabelo, que já fora de um lindo preto sedoso — cabelo de cigana, como dizia Tignor —, estava ficando seco, quebradiço e corroído como o ferro. Rebecca tinha apenas vinte e três anos e já estava descobrindo fios grisalhos! E os dedos eram cheios de calos, as unhas, descoloridas, embora ela usasse luvas especiais no trabalho. Os óculos de segurança, pesados, deixavam uma marca pálida em seu rosto e sulcos dos lados do nariz.

Rebecca era uma mulher casada, por que isso estava acontecendo com ela?!

Tignor tinha sido louco por ela, um dia. Não lhe agradava pensar que esse tempo já havia passado.

O marido não gostara dela na gravidez. O barrigão inchado, esticado feito um tambor. As veias azuis pálidas, visíveis na pele, parecendo que iam explodir. Tornozelos e pés inchados. Respiração ofegante. E o calor da pele, um estranho calor sexual, uma febre que repelia os homens.

Ela era alta, 1,73m. Pesava uns 52 quilos. Grávida de Niley, chegara a pesar 64. Forte como um cavalo, era o que dizia Tignor.

O homem às suas costas seria levado a crer que ela era uma mulher durona, achou. O tipo de mulher que revidaria.

Ficou pensando se ele a conhecia, de algum modo. Nesse caso, talvez soubesse que ela estava morando sozinha com o filho. Morando numa velha e remota casa de fazenda no interior. Mas, se soubesse desses fatos, talvez ele também soubesse que uma vizinha cuidava do filho dela nos dias de semana, e que, se Rebecca se atrasasse para buscá-lo, se não aparecesse, a Sra. Meltzer acharia que havia acontecido alguma coisa com ela.

Mas quanto tempo demoraria para que a Sra. Meltzer chamasse a polícia?

Não era provável que os Meltzer chamassem a polícia, se pudessem evitar. Assim como Tignor não chamaria a polícia. O que eles fariam seria sair para procurar você. E, se não a encontrassem, resolveriam o que mais fazer.

Quanto tempo seria preciso para isso? Talvez horas.

Ah, se ela tivesse trazido de casa a faca de pão! De manhã. O caminho de sirga era um lugar deserto. Ah, se o Tignor soubesse que sua mulher andava pela beira do canal, feito uma vadia! Às vezes havia mendigos rondando o pátio da ferrovia. E pescadores solitários na ponte que cruzava o canal. Homens solitários.

Se o canal não fosse tão bonito, Rebecca não se sentiria atraída por ele. De manhã, o céu tendia a estar límpido, e assim, a superfície do canal parecia límpida. Quando o céu ficava carregado de nuvens fechadas, a superfície do canal parecia opaca. Como se a gente pudesse andar em cima dela.

Qual era a profundidade exata do canal, Rebecca não sabia. Mas era fundo. Bem acima da cabeça de um homem. Seis metros? Não havia esperança de alguém se salvar andando pela água rasa. Os taludes eram íngremes, a pessoa teria que se levantar da água, encharcada, usando só a força dos braços, e, se houvesse alguém dando pontapés, estaria perdida.

Ela era excelente nadadora! Apesar de não ter nadado desde a chegada de Niles Jr. Tinha medo de descobrir que seu corpo havia perdido a leveza de menina, a juventude. De forma ignominiosa, ela afundaria feito uma pedra. Temia essa hora da verdade que a gente enfrenta com água por cima da cabeça, mexendo os braços e as pernas para se manter à tona.

Virou-se de repente e o viu: o homem de chapéu-panamá, mais ou menos à mesma distância atrás dela. Não estava tentando alcançá-la, pelo menos. Mas parecia que a estava seguindo. E observando.

— Você aí! É melhor me deixar em paz.

A voz de Rebecca soou ríspida, estridente. Não se pareceu em nada com sua voz.

Ela tornou a virar para a frente e andou mais depressa. Será que o homem tinha mesmo *sorrido*? Estaria *sorrindo para ela*?

Um sorriso podia ser sarcástico. Um sorriso como o de seu falecido pai. Ansioso-zombeteiro. Meigo-zombeteiro.

"Cretino. Você não tem o direito..."

Nessa hora, Rebecca lembrou-se de ter visto esse homem na véspera.

Naquele momento, não tinha prestado muita atenção. Estava saindo da fábrica, no fim do seu turno, às cinco da tarde, com uma multidão de outros operários. Se houvesse notado o homem de chapéu-panamá, não teria razão para supor que ele estivesse interessado nela.

E hoje podia ser que a estivesse seguindo por acaso. Não podia saber o nome dela — podia?

A cabeça de Rebecca funcionava depressa, desesperada. Podia ser que o estranho simplesmente houvesse escolhido ao acaso uma mulher para seguir. Andara nas imediações da fábrica como um caçador à espera da presa, atento a qualquer possibilidade. Ou então, o que era igualmente plausível, estivera esperando outra pessoa, mas ela não havia aparecido, ou então, se havia, não tinha sido prático para ele segui-la naquele momento.

O coração de Rebecca batia furiosamente. Mas ela estava com medo.

"Meu marido vai matar você..."

Não queria pensar que esse homem pudesse conhecer Tignor. Que tivesse contas a acertar com Tignor. *Um daqueles caras que acham que me conhecem.*

Com Tignor, nunca se sabia o que um comentário desses queria dizer. Que ele tinha inimigos de verdade, ou que havia homens não identificados, insensatos, que acreditavam ser seus inimigos.

Um daqueles caras que gostariam de arrancar minhas bolas.

Tignor ria ao dizer essas coisas. Era um homem que tinha uma boa imagem de si mesmo e uma risada fácil e segura.

Inútil Rebecca perguntar o que ele queria dizer. Tignor nunca dava respostas diretas às perguntas, especialmente não às de uma mulher.

"Não tem o direito! Não tem direito de me seguir! Sacana!"

No bolso direito, Rebecca afagou a tira de aço.

Tivera a impressão de que o homem, o estranho, fizera um gesto, como se fosse tirar o chapéu.

Será que ele *havia* sorrido?

De repente, sentiu-se enfraquecer pela dúvida. É que ele não lhe fizera nenhum gesto ameaçador. Não a chamara, como os homens eram capazes de fazer, para deixá-la irritada. Não fizera nenhum esforço para alcançá-la. Talvez ela estivesse imaginando perigos. Pensava no filhinho à sua espera e em como queria desesperadamente estar com ele para consolar os dois, o filho e ela mesma. Na silhueta das árvores, um sol de olho ensandecido apareceu brevemente entre a massa de nuvens, e Rebecca pensou, com a ansiedade de uma afogada tentando alcançar alguma coisa em que se agarrar para subir: *A roupa dele.*

Calças de um tecido inverossímil, cor de creme. Camisa branca de mangas compridas e gravata-borboleta.

Pareceu-lhe que o homem de chapéu-panamá tinha uma característica leve, flutuante, um ar esperançoso, diferente do olhar perverso e concentrado do homem que quer humilhar sexualmente ou ferir uma mulher.

"Pode ser que ele more por aqui. Está só indo para casa, como eu."

O caminho de sirga era um local público. Era possível que o homem estivesse pegando o mesmo atalho que Rebecca. Só que ela nunca o vira antes. Paralela ao canal ficava uma estrada asfaltada, a Stuyvesant, e, oitocentos metros adiante, o cascalho da estrada da Fazenda dos Pobres, que cruzava o canal numa ponte de madeira de uma só pista. No cruzamento das duas havia um pequeno povoado, Quatro Esquinas. Uma agência do correio, um armazém geral com uma grande placa da Sealtest na janela, e o Posto e Oficina Meltzer. Um celeiro em funcionamento, uma velha igreja de pedra, um cemitério. O marido de Rebecca havia alugado ali uma casa de fazenda caindo aos pedaços, para sua segunda gestação.

Eles tinham perdido o primeiro bebê. Aborto espontâneo.

É a maneira de a natureza corrigir um erro, dissera o médico, sugerindo-lhe que talvez não tivesse sido ruim...

"Dane-se."

Ocorreu a Rebecca que ela deveria ter tirado o casaco assim que saiu do trabalho. Agora era tarde demais. Não poderia fazer um gesto desses, despir uma peça de roupa, com aquele cretino atrás dela a observar. Um sinal, era assim que ele o interpretaria. Com certeza. Ela o sentiu olhando para sua bunda, seus quadris, suas pernas, enquanto andava depressa, calculando que gostaria muito de começar a correr, mas não se atrevia.

Como acontece com um cachorro: a gente vira as costas, começa a correr, ele nos pega.

O medo tem cheiro. O predador o sente.

* * *

Na véspera, quando vira esse homem, ele não estava usando chapéu. Estava parado do outro lado da rua, em frente ao portão da fábrica, encostado numa parede embaixo de um toldo. Naquele quarteirão pequeno havia um café, uma loja de sapateiro, um açougue e uma vendinha. O homem ficara rondando entre o café e a loja do sapateiro. Havia muita gente por perto, era uma hora de movimento. Rebecca não teria prestado a menor atenção a ele, só que agora era obrigada a isso.

Lembrar o que passou é fácil. Se a gente conseguisse lembrar o futuro, poderia se salvar...

O trânsito ficava sempre congestionado às cinco horas da tarde, quando as fábricas liberavam os operários. Tubos Niágara, Produtos de Papel Empire, Produtos Enlatados Arcádia, Metais Laminados Chautauqua. A um quarteirão de distância, a Siderúrgica Union Carbide, maior empregador da cidade. Centenas de homens e mulheres que trabalhavam no turno do dia irrompiam pelas ruas, como se tivessem sido soltos do inferno.

Morcegos saídos do inferno, aí estava uma expressão adequada.

Toda vez que saía da Tubos Niágara, Rebecca procurava Tignor na rua. Depois que o marido passava algum tempo fora, ela vivia num estado que se poderia definir como "esperando Tignor" e, involuntariamente, sem saber o que fazia, procurava a figura alta e espadaúda do marido em qualquer local público. Tinha a esperança de vê-lo, mas temia vê-lo, pois nunca sabia que emoções sentiria nem conseguia adivinhar o que ele estaria sentindo. Desde março, Tignor reentrara desse jeito em sua vida duas vezes: com um ar displicente, sentado no carro, um Pontiac verde-metálico 1959, estacionado junto ao meio-fio, esperando por ela, como se sua ausência da mulher e do filho — por dias, semanas e, mais recentemente, cinco semanas seguidas — não passasse de algo imaginado por Rebecca. E então a chamava: "Ei, boneca, aqui!"

Fazia sinal para que ela se aproximasse. E ela ia.

Em duas vezes, tinha ido. Era uma vergonha, mas era verdade. Ao ver Tignor sorrindo, fazendo-lhe um sinal, Rebecca corria para ele. Quem os visse pensaria que era um marido apanhando a mulher no trabalho, como tantas mulheres buscavam os maridos.

"Ei, garota, calma! O pessoal está olhando."

Ou então ele dizia: "Me dê um beijo, boneca. Senti saudade."

Vagamente, Rebecca esperava um telefonema dele no domingo. Ou era o que dizia a si mesma. Pela última notícia que tivera, Tignor estava em Port au Roche, na fronteira canadense, à beira do lago Champlain, onde era dono ou co-proprietário de uma firma: um hotel, uma taberna, talvez uma marina. Rebecca nunca tinha visto Port au Roche, mas entendia que era uma cidade de veraneio, muito mais bonita que Cataratas do Chautauqua nessa época do ano e sempre três graus mais fresca. Não tinha cabimento censurar um homem por preferir o lago Champlain a Cataratas do Chautauqua.

Mas não tinha sido Tignor, e sim uma outra pessoa, Rita, que havia cutucado Rebecca, chamando-lhe a atenção:

— Saca só o figurão. Quem é?

Um estranho, ali pela metade da casa dos trinta anos, vagueava sob o toldo do outro lado da rua. Não usava calças de cor creme, mas estava peculiarmente bem vestido. Paletó esporte de riscas, calças bege. Cabelo louro-acinzentado onduladinho e óculos escuros, que lhe davam uma elegância de artista de cinema.

Oito horas na linha de montagem, e Rita ainda sentia — ou queria dar a impressão de sentir — um interesse sexual voraz, embora zombeteiro, por um estranho atraente.

— Já o viu antes?

— Não.

Rebecca mal dera uma olhadela no homem. Não estava interessada, fosse ele quem fosse.

Se não for o Tignor, ninguém.

Nessa tarde, saíra da fábrica sozinha. Não quisera procurar Tignor na rua, sabendo que ele não estaria lá, mas mesmo assim o havia procurado, relanceando rapidamente o olhar em volta, tentando captar as figuras fantasmas masculinas. Fora quase alívio o que sentira ao não o ver.

Porque tinha passado a odiá-lo, de tanto que ele lhe lacerava o coração.

E o orgulho também. Ela sabia que devia deixar Tignor, pegar o menino e simplesmente largar o marido. Mas lhe faltavam forças.

Amor! Essa era a suprema fraqueza. E agora, o menino, que era o laço entre os dois, para sempre.

Ela havia arrancado a porcaria do lenço suado e o enfiara no bolso. Com um regato de suor na nuca, feito um inseto rastejante. Saíra andando depressa. A fumaça das fábricas a deixava enjoada.

A um quarteirão de lá ficava o pátio da ferrovia Buffalo & Chautauqua, que ela atravessava para chegar ao canal. A essa altura, já conhecia tão bem o caminho que nem precisava olhar. Não tinha notado o homem atrás dela até cruzar parte do pátio e, mesmo assim, vira-o por puro acaso.

Deslocado, com aquelas roupas de andar na cidade. De chapéu-panamá. Cruzando deliberadamente o pátio da ferrovia por entre vagões que cheiravam a gado e fertilizantes químicos.

Quem é ele? E por que está aqui?

Era raro, mas às vezes se viam um ou mais homens de terno no pátio da ferrovia. Nas ruas, perto das fábricas. Ela nunca sabia quem eram, exceto que davam as ordens, chegavam ao local em carros novos e, em geral, inspecionavam alguma coisa ou conversavam sobriamente entre si, e não ficavam muito tempo do lado de fora.

Mas esse, o do chapéu-panamá, parecia diferente. Não dava a impressão de saber ao certo aonde estava indo. Atravessava o terreno cheio de ervas daninhas como se os sapatos o machucassem.

Rebecca seguira adiante, sabendo para onde ir. Cruzando o mato rasteiro respingado de óleo, os cacos de concreto que pareciam pedaços de gelo denteados. Com o andar seguro de uma cabra montesa.

Na Tubos Niágara, todo dia era igual ao primeiro: rude, barulhento, sufocante. Um ar parado que fedia a fibras queimadas. A gente se acostumava ao barulho, ensurdecendo-se para ele, como um membro paralisado. Não havia solidão. Nenhuma privacidade, a não ser no lavatório, e lá não se podia passar muito tempo, os cheiros eram ainda piores. Quantos dias ela batera o cartão desde 1º de março, conseguindo economizar toda semana o máximo possível, alguns dólares, um punhado de trocados, num esconderijo secreto em casa, para ela e o filho, caso surgisse uma emergência!

Se acontecer o pior, era essa a expressão. A mulher casada economiza em segredo, não num banco, mas em algum lugar da casa, para o dia do acerto de contas, *se acontecer o pior*.

Rebecca saltara uma vala de escoamento. Cruzara uma cerca rasgada de argolas de aço. Nesse ponto, ao se aproximar do canal e dos arredores da cidade, sempre começava a se sentir melhor. O cheiro do canal, e aquele odor de folhas apodrecidas no chão. Ela era uma garota do interior, crescera passeando pelas campinas, bosques e estradas de terra de Milburn, quase 150 quilômetros a leste, e sempre se sentira revigorada nessas horas. Chegaria à casa da Sra. Meltzer e Niley estaria à sua espera, gritando *Ma-mãe!* e correndo em sua direção com uma expressão de amor tão sofrida, que ela quase não conseguia agüentar.

E fora nesse momento, por acaso, que lhe sucedera ver o homem de ar esquisito e chapéu-panamá, um estranho, que parecia seguir na mesma direção que ela. Rebecca não tivera razão para achar que ele poderia segui-la ou que sequer tivesse consciência dela. Mas tinha visto o homem naquele momento.

Vira-o, e tinha optado por ignorar esse fato.

Ela havia saltado outra vala, que exalava um cheiro fétido de enxofre. Ali perto, no pátio da ferrovia, os vagões estavam sendo desengatados: o barulho vinha em golpes estridentes de cimitarra. Ela havia pensado, daquele jeito que não é exatamente pensar, sem deliberação nem objetivo, que o homem de chapéu-panamá, vestido com aquela roupa, logo faria meia-volta. Não era do tipo que andasse por ali, nessas trilhas usadas principalmente por garotos e vagabundos.

Tignor também não gostaria de vê-la perambulando desse jeito. Como a mãe dela, anos antes. Mas Tignor não sabia, tal como Anna Schwart não soubera tudo que Rebecca sabia em segredo.

Mais tarde, ela se lembraria de ter mais ou menos sabido, naquele momento, que era arriscado continuar a andar por ali, mas havia continuado, assim mesmo. Quando descesse o talude e começasse a andar pelo caminho ao longo do canal, provavelmente ficaria sozinha; e, se o homem de chapéu-panamá realmente a estivesse seguindo, não ia querer ficar sozinha. E por isso ela tivera uma escolha: voltar abruptamente e correr para uma ruazinha próxima, onde havia crianças brincando, ou prosseguir para o caminho de sirga.

Não dera meia-volta. Tinha continuado em frente.

Sem sequer pensar que *Não preciso ter medo desse homem, ele não é um homem que me assuste.*

Só que, despachada e astuta, porque, afinal, era a filha do coveiro, ela havia tirado de um tambor de sucata uma tira de aço de uns dezoito centímetros de comprimento por cinco de largura, enfiando-a no bolso direito da jaqueta cáqui. Tão depressa que achava que o homem de chapéu-panamá não tinha visto.

O pedaço de aço era afiado, tudo bem. Exceto por não ter cabo, parecia um fura-gelo.

Se tivesse que usá-lo, ela cortaria a mão. Mas sorriu, pensando: *Pelo menos eu o machuco. Se ele encostar em mim, vai se arrepender.*

* * *

Agora o céu havia escurecido, era quase crepúsculo. Um entardecer sombrio, carrancudo. Agora não havia beleza no canal. Só no horizonte se via tenuemente o sol, feito uma chama em meio a brasas virando cinza.

A estrada da Fazenda dos Pobres ficava uns quatrocentos metros adiante: já dava para ver a ponte de tábuas. O coração dela batia com força no peito. Rebecca estava desesperada para chegar à ponte, subir o talude até a estrada e se pôr em segurança. Correria pelo meio da rua até a casa dos Meltzer, uns oitocentos metros à frente...

E então, o homem do chapéu-panamá entrou em ação.

Houve um som de vidro quebrado, inesperadamente próximo, atrás dela: passos nas folhas secas. No mesmo instante, Rebecca entrou em pânico. Não olhou para trás, mas subiu às cegas o talude. Foi-se agarrando em sarças, cardos-selvagens e talos de grama alta, para ajudar na subida. Estava em desespero, apavorada. Num lampejo, vieram lembranças de suas tentativas de subir em cercas ou telhados, como faziam seus irmãos com tanta facilidade, e ela não. Ouviu o homem às suas costas dizer alguma coisa, chamando-a. Rebecca começou a cair, o aclive era muito íngreme. O tornozelo torceu-se, ela caiu pesado. Uma dor chocante, nauseante. Aparou a queda, em parte, com a borda carnuda da mão direita.

Mas agora estava caída, desamparada. Nesse instante, sua vista escureceu feito um eclipse solar. É claro, era mulher, esse homem a queria como mulher. Agora viria para cima dela.

— Moça, espere! Desculpe-me! Por favor! Não vou machucá-la.

Rebecca ficou agachada, arfante. O homem do chapéu-panamá se aproximou, com uma expressão sofrida. Com cuidado, como quem chegasse perto de um cão feroz.

— Não! Não chegue mais perto! Vá embora!

Rebecca atrapalhou-se procurando o pedaço de aço no bolso. A mão estava sangrando, entorpecida. Não houve como forçá-la para dentro do bolso.

O homem do chapéu-panamá, vendo a expressão de seu rosto, estancou bruscamente. Apreensivo, tirou os óculos escuros para espiá-la. Havia nele uma coisa estranha, de que Rebecca se lembraria por muito tempo: aqueles olhos curiosos, austeros, fixos. Eram olhos de assombro, premeditação, anseio. Pareciam não ter cílios. Alguma coisa no olho direito parecia danificada, como um filamento queimado numa lâmpada. O branco dos olhos era descolorido como marfim antigo. O homem era moço-velho, um jeito de menino num rosto enrugado, de uma beleza fraca, mas havia nele qualquer coisa desbotada, insubstancial. Rebecca viu: esse homem não poderia representar um perigo para ela, a menos que estivesse armado. E, se portasse uma arma, a essa altura já a teria mostrado.

Sentiu inundar de alívio: que tola tinha sido por julgar tão mal o estranho!

O homem dizia, sem jeito:

— Por favor, desculpe-me! Não tive a intenção de assustá-la. Essa era a última coisa que eu pretendia, sinceramente. Está machucada, querida?

Querida! Rebecca sentiu o toque de desdém.

— Não. Não estou machucada.

— Mas... posso ajudá-la? Acho que você torceu o tornozelo.

Ofereceu-se para ajudá-la a se levantar, mas Rebecca fez um gesto para que ele se mantivesse a distância.

— Moço, não preciso da sua ajuda. Vá embora.

Pôs-se de pé, trêmula. O coração continuava aos saltos. O sangue corria célere, ela estava furiosa com o homem por tê-la assustado, por tê-la humilhado. E furiosa consigo mesma, mais até. Se algum conhecido seu a visse acovardada assim... Detestou aquilo, o jeito de o estranho encará-la, com aqueles olhos esquisitos, sem cílios.

De repente, mas quase ansioso, ele disse:

— É Hazel, não? Hazel Jones?

Rebecca o encarou, sem entender o que tinha ouvido.

— Você é a Hazel, não é? Sim?

— Hazel? Quem?

— Hazel Jones.

— Não.

— Mas você se parece tanto com ela! É claro que é a Hazel...

— Já disse que não. Seja ela quem for, não sou eu.

O homem do chapéu-panamá sorriu, hesitante. Estava pelo menos tão agitado quanto Rebecca, e transpirava. A gravata-borboleta quadriculada estava torta, a camisa de mangas compridas, úmida, deixando aparecer por baixo a marca inconveniente da camiseta. Dentes tão perfeitos, tinha que ser dentadura!

— Minha querida, você se parece muito com ela... "Hazel Jones". Simplesmente não posso acreditar que existam duas moças, moças muito atraentes, tão parecidas assim, e morando na mesma região...

Rebecca voltou capengando para o caminho de sirga. Testou o peso do corpo no tornozelo, para avaliar se poderia andar sobre ele, ou sair correndo. Ficou com o rosto enrubescido de vergonha. Sacudiu a roupa, cheia de terra farinhenta e carrapichos. Como estava irritada! E o homem do chapéu-panamá ainda a encará-la, convencido de que ela era alguém que não era.

Viu que ele tinha tirado o chapéu-panamá e o girava nervosamente nas mãos. Seu cabelo era louro-acinzentado, meio crespo, parecia cabelo de manequim, moldado na cabeça, quase não afetado pelo chapéu.

— Agora eu tenho que ir, moço. Não me siga.

— Ah, mas... espere! Hazel...

Agora havia na voz do estranho um toque sutil de censura. Como se ele soubesse, e Rebecca também, que ela o estava enganando, e não conseguisse entender por quê. Era tão claramente bem-intencionado, tão cavalheiresco, pouco habituado a ser tratado com rudeza, que não conseguia compreender por quê. E dizia em tom cortês, com seu jeito de uma persistência exasperante:

— Seus olhos são muito parecidos com os da Hazel, e seu cabelo ficou um pouco mais escuro, eu acho. E o seu jeito de se portar está um pouco mais duro, e a culpa disso — apressou-se a dizer — é minha, por tê-la assustado. Só que eu não fazia idéia de como me aproximar, querida. Ontem eu a vi na rua, quer dizer, achei que era você quando a vi, Hazel Jones, depois de tantos anos, e então, hoje... eu tinha que segui-la.

Rebecca o fitou, deliberando. Realmente lhe pareceu que esse homem compenetrado estava dizendo a verdade: a verdade tal como a via. Estava enganado, mas não parecia maluco. Falava com relativa calma, e seu raciocínio, dadas as circunstâncias, era lógico.

Ele acha que eu sou ela, e que estou mentindo.

Riu-se. Aquilo era muito inesperado, muito esquisito!

Teve vontade de poder contar a história a Tignor, quando ele telefonasse. Os dois poderiam rir juntos. Só que Tignor tendia a ser ciumento, e não se conta a um homem com essa propensão que se foi seguida por outro homem, que insiste em achar que a gente é outra mulher, amada por ele.

— Moço, eu sinto muito. É que não sou ela.

— Mas...

Ele se aproximou devagar. Apesar de Rebecca ter avisado, ter-lhe dito para ficar longe. O homem parecia não saber o que estava fazendo, e Rebecca também não tinha muita certeza. Ele parecia inofensivo. Pouco mais alto que Rebecca, e usando sapatos marrons de cadarço, cobertos de poeira. A bainha das calças creme também estava suja. Rebecca sentiu um cheiro adocicado de colônia ou loção após-barba. E, assim como era moço-velho, ele também era fraco-forte. Um homem com que a gente se engana, achando que é fraco, mas na verdade é forte. A vontade dele era a de uma cobra venenosa, jovem e toda enroscada. Podia-se ter a impressão de que ela estava paralisada de medo, aterrorizada com a possibilidade de ser morta, mas não estava; apenas ganhava tempo, preparando o bote. No passado distante, o pai de Rebecca, Jacob Schwart, o coveiro de Milburn, tinha sido um homem fraco-forte — só a família sabia de sua força terrível, de sua vontade reptiliana, sob a capa externa de aparência mansa. Rebecca sentiu uma duplicidade semelhante ali, nesse homem. Ele se desculpava, mas não era humilde. Não tinha um fiapo de humildade na alma. Via-se com bons olhos, isso era óbvio. Conhecia Hazel Jones, tinha seguido Hazel Jones, não desistiria de Hazel Jones, não com facilidade.

Tignor julgaria mal um homem como esse, porque era afavelmente bronco em suas opiniões e nunca as reformulava. Mas esse era um homem endinheirado, instruído. Muito provavelmente, dinheiro de família. Tinha jeito de solteiro, mas bem cuidado. As roupas eram de boa qualidade, ainda que agora estivessem ligeiramente amarrotadas, em desalinho.

Na mão direita, usava um anel com sinete, de pedra preta.

— Não sei por que você se recusa a me reconhecer, Hazel. Nem o que terei feito para deixá-la tão aborrecida comigo. Sou o filho do Dr. Hendricks, você deve estar me reconhecendo.

Falava com um jeito meio hesitante, insinuante.

Rebecca riu, não conhecia ninguém chamado Hendricks. Mas disse, como quem joga verde:

— *Filho* do Dr. Hendricks?

— Papai faleceu em novembro passado. Estava com oitenta e quatro anos.

— Lamento saber disso. Mas...

— Eu sou o Byron. Você deve estar lembrada do Byron, não?

— Receio que não, não me lembro. Já lhe disse isso.

— Você mal passava dos doze ou treze anos! Muito novinha. Eu tinha acabado de me formar em medicina. Você me via como um adulto. Um abismo de uma geração nos separava. Agora o abismo não é tão profundo, não acha? Você deve ter pensado em nós, Hazel. Agora eu sou médico, seguindo o exemplo do meu pai. Mas em Port Oriskany, não no Vale. Eu volto a Cataratas do Chautauqua duas vezes por ano, para visitar os parentes e cuidar da propriedade da família. E da sepultura de meu pai.

Rebecca ficou em silêncio. Uma ova se ia responder a isso!

Byron Hendricks prosseguiu, rapidamente:

— Se você acha que foi maltratada, Hazel... Você e sua mãe...

— Eu já lhe disse que não! Nem ao menos sou de Cataratas do Chautauqua. Meu marido me trouxe para morar aqui. Eu sou casada.

Rebecca falou em tom acalorado, impaciente. Gostaria de estar usando a aliança, para jogá-la na cara desse homem. Mas nunca usava sua bonita aliança na Tubos Niágara.

Byron Hendricks deu um suspiro.

— Casada!

Não havia considerado essa possibilidade, parecia.

E disse:

— Tenho uma coisa para você, Hazel. Durante sua vida longa, e às vezes conturbada, meu pai nunca se esqueceu de vocês. Reconheço que é tarde demais para a pobre da sua mãe, mas... será que você pode ao menos ficar com meu cartão, querida? Para o caso de um dia querer entrar em contato comigo.

Entregou-lhe um cartãozinho de visita branco. As letras pretas, cuidadosamente impressas, pareceram a Rebecca uma espécie de carão.

Dr. Byron Hendricks
Clínica Geral & Medicina Familiar
Edifício Wigner, sala 414
Avenida Owego, 1630
Port Oriskany, Nova York
Tel. 693-4661

Rebecca disse, furiosa:

— E por que diabo eu ia entrar em contato com o senhor?

Deu uma risada e picou o cartão em pedacinhos, jogando-os no chão. Hendricks fitou-a, desolado. Os olhos míopes e sem cílios tremeram.

Rebecca virou-se e saiu andando. Talvez fosse um erro virar as costas para esse sujeito. Ele a estava chamando:

— Sinto muito se a ofendi! Você deve ter uma ótima razão para toda essa grosseria, querida. Não sou de julgar os outros, Hazel. Sou um homem da ciência e da razão. Não estou julgando *você*. Esse seu novo jeito brusco, essa... dureza. Mas não a estou julgando.

Rebecca não disse nada. Não ia olhar para trás.

Diabo, ele a havia assustado! Ainda estava trêmula.

O homem recomeçou a segui-la, a uma distância curta. Insistindo.

— Hazel! Acho que compreendo. Você foi magoada, ou lhe disseram que foi. E por isso também quer magoar, por sua vez. Como eu lhe disse, querida, tenho uma coisa para você. Meu pai não se esqueceu de você no testamento.

Rebecca teve vontade de tapar os ouvidos. Não, não!

— Você me telefona, um dia, querida? Em Port Oriskany? Ou... vai me visitar? Diga-me que nos perdoou. E aceite de mim o que o Dr. Hendricks lhe deixou, é a sua herança.

Mas Rebecca já estava subindo o talude em direção à rua. Uma trilha estreita e íngreme de terra, que ela conhecia bem. Mesmo poupando o tornozelo, não cairia. Atrás dela, Byron Hendricks ficou parado, olhando. Devia estar segurando o ridículo chapéu-panamá com as duas mãos, numa pose suplicante. Mas Rebecca havia intuído a vontade forte do homem, tremia ao pensar nela. Tivera que passar muito perto dele, o sujeito poderia ter estendido a mão para agarrá-la. Aquele jeito de se aproximar de mansinho por trás, só as folhas secas a haviam alertado: ela se lembraria disso por muito tempo.

No testamento.

Herança.

Era mentira, só podia ser. Um truque. Ela não acreditava numa única palavra. Desejou que Hendricks tivesse tentado tocá-la. Teria ficado contente por esfaqueá-lo com o pedaço de metal, ou por tentar.

2

— Ma-*mãe*!

O menino correu para a mãe assim que ela entrou na cozinha dos Meltzer, abraçando-lhe as pernas. Seu corpinho gingante estava eletrizado de energia, empolgação. Os olhos eram os de um animal feroz, reluzentes, inflamados. Rebecca abaixou-se para abraçá-lo, rindo. Mas também estava trêmula. O grito do menino cortou-lhe o coração, fazendo-a sentir muita culpa por ter estado longe dele.

— Niley, você não achou que a mamãe não ia voltar, achou? Eu sempre volto.

O alívio do menino com a chegada da mãe era absurdo, magoava. Ele queria castigá-la, pareceu-lhe. E também pela ausência de Tignor, queria castigá-la. Era sempre assim. Droga! Ela sentiu a injustiça de ser duplamente punida, pelo filho e pelo pai dele!

— Niley, você sabe que a mamãe tem que trabalhar, não é?

Niley abanou teimosamente a cabeça, não.

Rebecca o beijou. No rostinho febril.

Agora teria que suportar Edna Meltzer a lhe dizer que Niley passara o dia inteiro aflito, insistindo em ouvir rádio e andando irrequieto, de uma janela para outra, assim que o sol se escondeu atrás das árvores, à espera da mamãe.

— Ele não gosta de ver o dia ficar mais curto, não sabe que está anoitecendo mais cedo — disse a Sra. Meltzer, franzindo o cenho, alvoroçada. Entre ela e Rebecca havia uma certa tensão muda, como o zumbir de um disco de telefone. — Ah, esse garoto ficaria pela rua, se eu não o vigiasse a cada minuto — comentou ela, rindo. — Sairia pulando pelo canal para ir ao seu encontro, feito um filhotinho de cachorro apaixonado, se eu o deixasse.

Filhotinho de cachorro apaixonado! Rebecca detestava esse linguajar cheio de floreios.

Escondeu o rosto no pescoço quente do menino e o abraçou com força. O coração dela batia, passado o alívio de não lhe haver acontecido nada no caminho de sirga, e também porque ninguém jamais ficaria sabendo.

Perguntou se Niley tinha sido um bom menino ou um garoto travesso. Disse-lhe que, se tivesse sido travesso, a Aranha Grande o pegaria. Ele riu de dar gritinhos quando Rebecca lhe fez cócegas dos lados, para que ele lhe soltasse as pernas.

Edna Meltzer observou:

— Hoje você está de bom humor, Rebecca.

A Sra. Meltzer era uma mulher sólida e pesadona, com seios fartos e uma cara adocicada de pudim. Tinha um jeito benevolente, maternal, mas sempre sutilmente acusador.

Eu não deveria estar bem-humorada? Estou viva.

— Estou longe daquele inferno até amanhã. É por isso.

Rebecca recendia francamente a suor de mulher, com a pele pegajosa e pálida, febril. Os olhos estavam injetados. Não queria que a Sra. Meltzer a observasse muito de perto. Talvez a vizinha se perguntasse se ela andara bebendo. Uma bebidinha rápida com colegas de trabalho na cidade, em vez de voltar direto para casa, talvez? É que ela parecia agitada, distraída. Com um riso meio selvagem.

— Ora, que aconteceu, meu bem? Você caiu?

Antes que Rebecca pudesse recuar, Edna Meltzer pegou sua mão direita e a levantou em direção à luz. A lateral carnuda da mão, ralada na terra, ficara em carne viva, e agora o sangue brotava em gotas lentas, que brilhavam como pedras preciosas. Havia cortes mais finos nos dedos, que mal haviam sangrado, causados pelo pedaço afiado de metal que ela ficara segurando dentro do bolso.

Rebecca puxou a mão, soltando-se da outra mulher. Murmurou que não era nada, não sabia o que era, não tinha caído. Já ia limpando a mão no macacão, mas Edna Meltzer a deteve.

— É melhor lavar isso, meu bem. Para não pegar, como é que se chama?... *tétino.*

Niley exigiu saber o que era *tétino.* Edna Meltzer lhe disse que era uma coisa muito ruim, que acontecia quando a pessoa se cortava no mato e não lavava o machucado muito bem, com um sabão bem forte.

Rebecca lavou as mãos na pia da cozinha, por insistência da Sra. Meltzer. Enrubesceu de irritação, porque detestava que lhe dissessem o que fazer. E na presença do Niley! Lavar a porcaria das mãos feito criança, com um pedaço de sabão cinzento e áspero, o *20 Mule Team*, um sabão de operário que era bom para tirar a sujeira entranhada na pele, o pior tipo de sujeira agarrada que havia! Edna Meltzer era casada com Howie Meltzer, que era dono do posto Esso.

Agitado, Niley gritava "*tétino! tétino!*", espremendo-se ao lado de Rebecca, querendo lavar as mãos também. Estava numa idade em que as palavras novas o encantavam como se fossem passarinhos de asas alegres, voejando em torno de sua cabeça.

O vidro da janela acima da pia tinha escurecido. Nele Rebecca pôde ver o reflexo da Sra. Meltzer a observá-la. Tignor não gostava dos Meltzer, pela simples razão de que eles eram gentis com sua mulher na ausência dele. A própria Rebecca não sabia muito bem se gostava de Edna Meltzer, uma mulher da idade que teria sua mãe, se não tivesse morrido moça, ou se, na verdade, ressentia-se dela. Sempre tão honrada, tão maternal! Sempre dizendo a Rebecca, a mãe jovem e inexperiente, o que fazer.

A Sra. Meltzer tivera cinco filhos. Daquele corpo carnudo e compacto haviam saído cinco bebês. A idéia deu tonteira em Rebecca. Todos os filhos dos Meltzer estavam crescidos e tinham ido embora. Rebecca se perguntou como Edna Meltzer podia suportá-lo: ter filhos, amá-los com tanta ternura e ferocidade, agüentar tanta coisa pelo bem deles, e depois perdê-los para o tempo. Era como olhar para o sol, os olhos ficavam ofuscados; e ela não conseguia compreender um momento em que Niley crescesse e fosse embora, deixando-a. Seu garotinho, que tanto a adorava e era tão agarrado com ela.

— Ma-*mãe*! Amo *você*!

— A mamãe também ama você, meu bem. Mas não grite tanto.

— Ele passou o dia inteiro assim, Rebecca. Não quis sossegar para tirar um cochilo. Quase não comeu. Ficamos lá fora, no jardim, e ele só queria o rádio nas grades da varanda, bem alto, para poder escutá-lo — e a Sra. Meltzer abanou a cabeça, rindo.

O menino achava que alguns locutores de rádio talvez fossem seu pai, tinham vozes parecidas com a de Tignor. Rebecca tentara explicar-lhe que isso não era verdade, mas Niley tinha idéias próprias.

— Sinto muito — disse ela, sem graça. Estava confusa e não conseguia pensar no que dizer.

— Ah, não foi nada — apressou-se a retrucar a Sra. Meltzer. — Você sabe como são as crianças, essas coisas em que elas "acreditam", na verdade elas não acham nada disso. Assim como nós.

Preparando-se para levar Niley embora, Rebecca ouviu-se perguntando, como quem não quer nada, se a Sra. Meltzer já tinha ouvido falar numa pessoa chamada Hazel Jones.

— Alguém que more por aqui? É isso?

— Acho que ela mora em Cataratas do Chautauqua.

Mas seria isso mesmo? Era possível que o homem do chapéu-panamá tivesse dito que Hazel Jones havia morado uma época em Cataratas do Chautauqua, quando era pequena.

— Por que você está perguntando? Quem é ela?

— Ah, alguém me perguntou se o meu nome era esse.

Mas também isso não era exato. O homem que era filho do Dr. Hendricks lhe perguntara se ela era Hazel Jones. Havia uma grande diferença.

— Perguntou se era esse o seu nome? Ora, e por que alguém faria uma pergunta dessas?

Edna Meltzer franziu a carona gorducha e riu.

Essa era a resposta para qualquer coisa fora do comum, pelos padrões locais: um riso desdenhoso.

Niley correu para o lado de fora e deixou a porta de tela bater. Rebecca sentiu vontade de segui-lo, mas a Sra. Meltzer tocou em seu braço, para falar com ela em voz mais baixa. A jovem sentiu uma pontada de asco por causa desse contato e pela intimidade forçada entre as duas.

— Você espera que o Tignor volte logo, Rebecca? Já faz algum tempo.

Rebecca sentiu o rosto latejar de calor.

— Faz mesmo?!

Mas a Sra. Meltzer insistiu:

— Acho que faz, sim. Semanas. E o menino...

— Meu marido é negociante, Edna — disse Rebecca, com seu jeito animado, despreocupado, para prevenir a intimidade. — Ele viaja, vive na estrada. Tem *propriedades*.

Abriu às cegas a porta de tela, com um empurrão, deixou-a bater. Lá estava Niley correndo pela grama, sacudindo os braços e gritando, em sua excitação infantil. Como era saudável o garoto, como parecia um bichinho independente! Rebecca ressentiu-se da mulher que falava com ela, a mãe do menino, nesse tom. Na cozinha, a Sra. Meltzer disse, com sua voz paciente, instigante, enlouquecedora:

— O Niley está sempre perguntando pelo "papai", e fico sem saber o que dizer.

— Isso mesmo, Edna — retrucou Rebecca, com frieza. — Você não sabe. Boa noite.

Já de volta, no pequeno sobrado de fazenda que Tignor havia alugado para eles, no fim de uma estradinha de terra que saía da estrada da Fazenda dos Pobres, Rebecca escreveu a palavra nova para Niley: *TÉTANO*.

Antes mesmo de despir as roupas suadas e tirar do corpo a sujeira da Tubos Niágara, limpando-a também do cabelo emaranhado, ela procurou a palavra em seu dicionário. Um *Webster's* surrado, da época em que ela morava em Milburn e freqüentava a escola primária; Rebecca o ganhara num concurso de ortografia patrocinado por um jornal local. Niley era fascinado pela vinheta gravada do lado de dentro:

CAMPEÃ DE ORTOGRAFIA DO DISTRITO Nº 3 DE MILBURN
*** 1946 ***
REBECCA ESHTER SCHWART

É que, nessa época e nesse lugar, ela fora filha de seus pais e usara o sobrenome que o pai havia adotado no Novo Mundo: Schwart.

(Rebecca não quisera corrigir a grafia errada de "Esther". Não quisera profanar o belo ex-líbris impresso.)

Desde que Niley completara dois anos, ela havia começado a consultar as palavras no dicionário, de modo a soletrá-las para o filho. Ela mesma nunca fora incentivada a soletrar, ler ou sequer pensar, até ficar muito mais velha, porém não tinha a intenção de imitar seus pais na criação do menino. Primeiro, escrevia cuidadosamente a palavra numa folha de cartolina. Depois, Niley procurava imitá-la, segurando um lápis de cor com os dedinhos gorduchos de menino e deslocando-o pelo papel, com intensa e inflexível concentração. Rebecca se impressionava com a profunda mortificação do menino, quando sua palavra laboriosamente grafada não saía parecida com a da mamãe, e também com o jeito de Niley ficar profundamente mortificado com outros de seus infortúnios — deixar cair a comida do prato, fazer xixi na cama. Ora ele irrompia em prantos, ora ficava furioso, dando pontapés e gemendo. Com os punhos de bebê, batia na mamãe. E batia no próprio rosto.

Rebecca o abraçava depressa nessas horas. Abraçava-o apertado!

Amava-o apaixonadamente, como amava o pai dele. Mas temia pelo menino, que vinha desenvolvendo um pouco do temperamento do pai. Só que ele era ávido por aprender, e nisso diferia de Tignor. Nos meses anteriores, o filho a havia surpreendido, ao se mostrar completamente cativado pelas letras do alfabeto e por seu modo de se ligarem em "palavras" e pretenderem representar "coisas".

Pessoalmente, Rebecca havia recebido uma instrução precária. Nunca se formara no curso médio, tivera sua vida interrompida. Às vezes, sentia-se zonza de vergonha, ao pensar em tudo que não sabia, não tinha como saber e nem sequer imaginava não saber, porque a própria extensão de sua ignorância ia além de sua capacidade de imaginar. Via-se presa num atoleiro, com areia movediça até os tornozelos, até os joelhos.

Este mundo é um poço de merda. Ignorância! Estupidez! Crueldade! Confusão! E por cima de tudo, loucura, tenha certeza.

Rebecca estremeceu ao recordá-lo. Sua voz. A leviandade da amargura dele.

— *Ma-mãe!* Olhe!

Com cruciante lentidão, Niley tinha escrito *T É T A N O* numa folha de papel. Espremeu os olhos para a mãe, ansioso. Não se parecia nem um pouco com o pai, e certamente não com o pai de Rebecca. Tinha o cabelo fino, castanho-claro; a pele também era alva, sujeita a brotoejas; os traços eram delicados, miúdos. Os olhos eram iguais aos de Rebecca, fundos e intensos.

Como de praxe, Niley havia inclinado estranhamente as letras para baixo, até ficar sem espaço, e as últimas tinham tido que ser espremidas — *ANO*. Rebecca sorriu, Niley era muito engraçado. Quando bebê, costumava fazê-la pensar num macaquinho, de rosto franzido, ardoroso.

Mas ficar sem espaço na folha de papel podia desencadear um acesso de raiva. Rebecca tirou rapidamente a folha e lhe deu outra.

— Muito bem, amoreco! Vamos escrever "tétano" de novo.

Ávido, Niley pegou o lápis vermelho. Dessa vez escreveria melhor.

Rebecca jurou: não cometeria erros com o filho nessa época da vida dele. Muito pequeno, antes de ir para a escola. Na fase em que a criança fica quase exclusivamente à mercê dos pais. Era por isso que ela consultava as palavras no dicionário. E também tinha livros didáticos do curso médio. Para consertar as coisas. Para corrigir as coisas que pudessem ser corrigidas, entre tantas que não poderiam.

3

Uma voz nos ouvidos de Rebecca, ríspida e urgente:

— Caramba, cuidado!

Ela despertou do transe. Deu um risinho nervoso. Sua mão direita, bojuda dentro da luva de segurança, chegara perigosamente perto da máquina de selar.

Agradeceu a fosse lá quem fosse. Seu rosto ficou rubro de vergonha, de indignação. Diabo, tinha sido assim quase a manhã inteira: a cabeça vagando, perdendo a concentração. Correndo riscos, como se ela mal tivesse começado no emprego e não soubesse como ele podia ser perigoso.

O estardalhaço das máquinas. O ar abafado. O calor com gosto de borracha queimada. O suor por dentro da roupa de trabalho. E, misturado a todo o barulho, um novo som que ela não conseguia decodificar — seria esperançoso, sedutor, zombeteiro? HAZEL JONES HAZEL JONES HAZEL JONES.

O contramestre se aproximou. Não para falar com Rebecca, mas para deixar que ela o visse: sua presença. Filho-da-mãe, ela o viu.

Ninguém na Tubos Niágara sabia muita coisa dela. Nem mesmo Rita, que era sua amiga. Talvez soubessem que era casada, e alguns saberiam com quem era casada: o nome de Niles Tignor era conhecido em alguns círculos de Cataratas do Chautauqua. Tudo que sabiam de Rebecca era que ela era reservada. Tinha um jeito obstinado, uma certa dignidade empertigada. Não aceitava conversa mole de ninguém.

Nem quando estava cansada a ponto de se sentir aturdida. Sem firmeza nos pés, tendo que usar o toalete, salpicar água morna no rosto. Não eram só as poucas operárias que ficavam zonzas na Tubos Niágara; os homens também. Veteranos de muitos anos na linha de montagem.

Em sua primeira semana no salão de montagem, Rebecca ficara nauseada com o cheiro, o ritmo veloz, o barulho. Barulho-barulho-barulho. Com todos aqueles decibéis, o barulho não é apenas um som, mas uma coisa física, visceral, como uma corrente elétrica pulsando pelo corpo. Assusta, deixa a pessoa tensa, cada vez mais tensa. O coração se acelera para manter o ritmo. O cérebro corre, mas sem ir a parte alguma. Não se consegue ter um pensamento coerente. As idéias se espalham feito as contas de um colar arrebentado...

Ela ficara apavorada, achando que ia enlouquecer. O cérebro se desfaria em pedaços. Era preciso gritar para se fazer ouvir, gritar no ouvido de outras pessoas, e os outros gritavam no ouvido, na cara da gente. Ali não havia personalidades, nenhuma sutileza da alma. A alma delicada de uma criança como Niley seria destruída naquele lugar. Nas máquinas, no poço infernal da fábrica, havia uma estranha vida primitiva que imitava a pulsação da vida natural. E o coração vivo, o cérebro vivo eram suplantados por essa vida de faz-de-conta. As máquinas tinham seu ritmo, seu bate-bate-bate. Seus barulhos superpunham-se ao ruído das outras máquinas e obliteravam qualquer som natural. As máquinas não tinham palavras, só barulho. E esse barulho dominava tudo. Dentro dele era o caos, embora houvesse a repetição mecânica, um simulacro de ordem, um ritmo. Havia o imitar de uma pulsação natural. E algumas máquinas, as mais complexas, imitavam um tipo tosco de pensamento humano.

Rebecca dissera a si mesma que não conseguiria agüentar!

Mais calma, dissera a si mesma que não tinha escolha.

Tignor lhe havia prometido que ela não teria que trabalhar, como sua esposa. Era um homem orgulhoso, fácil de ofender. Não aprovava que a mulher trabalhasse numa fábrica; no entanto, já não lhe provia dinheiro suficiente, ela não tinha alternativa.

Desde o verão, Rebecca estava mais adaptada. Mas, santo Deus!, nunca se adaptaria.

Era só um emprego temporário, é claro. Até...

Ele a havia olhado com tanta certeza! HAZEL JONES.

Como se a conhecesse. Não a Rebecca, com sua roupa de trabalho endurecida de sujeira, mas um outro indivíduo, por baixo.

Conhecia o coração dela. HAZEL JONES HAZEL VOCÊ É A HAZEL JONES VOCÊ É A HAZEL JONES VOCÊ É... Nas longas horas da manhã, HAZEL JONES HAZEL JONES, ninando, sedutor como uma voz murmurada em seu ouvido, e à tarde, HAZEL JONES HAZEL JONES transformara-se num estrépito zombeteiro.

"Não. Não sou. Desgraçado, me deixe em paz."

Ele tirando os óculos. Óculos escuros pernósticos, efeminados. Para que ela visse seus olhos. Como era sincero, e súplice! A íris lesionada de um dos olhos, como uma coisa queimada. Devia ser cego desse olho. Sorrindo para ela, esperançoso.

"Como se eu fosse uma pessoa especial. 'Hazel Jones'."

Ela não queria pensar em Hazel Jones. Menos ainda no homem do chapéu-panamá. Queria ter gritado na cara dele. Relembrou o susto do homem, ao rasgar seu cartão de visita. Nesse gesto ela havia acertado.

Mas por quê, por que o detestava?

Tinha que admitir, ele era um homem civilizado. Um cavalheiro. Um homem instruído, que tinha dinheiro. Como ninguém mais que ela conhecesse ou já tivesse conhecido. E lhe fizera um apelo tão grande!

Tinha bom coração, era bem-intencionado.

"Será que foi só por eu ser 'Hazel Jones', ou, quem sabe, por ter sido *eu*?"

Lembrou-se de você. No testamento dele.

Herança.

"Sabe, eu não sou ela. Essa que o senhor acha que eu sou."

Você deve estar lembrada de mim, o filho do Dr. Hendricks.

"Já lhe disse que não."

Raios, ela lhe dissera que *não*, tinha sido franca desde o começo. Mas ele havia continuado e continuado, feito uma criança de três anos insistindo em que o que não pode ser é. Continuara a falar com ela como se tivesse ouvido *sim* quando ela dizia *não*. Como se enxergasse dentro de sua alma, como se a conhecesse de um jeito que ela mesma não se conhecia.

"Moço, eu já lhe disse. Não sou essa aí."

Muito cansada. O fim da tarde é a hora em que a pessoa fica suscetível a acidentes. Até os veteranos. A gente relaxa, exausta. SEGURANÇA EM PRIMEIRO LUGAR! — cartazes para os quais ninguém mais olhava, de tão conhecidos. Dez LEMBRETES DE SEGURANÇA. Um deles era MANTENHA OS OLHOS NO TRABALHO O TEMPO TODO.

Quando a visão de Rebecca começava a oscilar por trás dos óculos e ela via as coisas como que embaixo d'água, esse era o sinal de alerta: dormir em pé. Mas era tão... tão embalante. Como o Niley adormecendo, as pálpebras se fechando. Era assombroso como os seres humanos adormeciam igualzinho aos bichos. Quem é a *persona* de *personalidade*, e para onde ela vai quando a gente dorme? Tignor, o pai de Niley, tinha o sono muito pesado, e às vezes sua respiração vinha em ondas tão estranhas, tão irregulares, que ela temia que o homem parasse de respirar, seu coração parasse de bater, e aí: o quê? Tignor se casara com ela numa "cerimônia civil" nas Cataratas do Niágara. Rebecca tinha dezessete anos na época. Em algum lugar, perdida entre as coisas dele, estava a certidão de casamento.

"Eu sou. Sou a Sra. Niles Tignor. O casamento foi de verdade."

Enfiou os dedos por dentro dos óculos, para enxugar os olhos. Mas primeiro foi preciso tirar as luvas de segurança. Que coisa mais sem jeito! Teve vontade de gritar de frustração. *...foi magoada. Ou lhe disseram que foi. Não sou de julgar os outros.* Ele a estava espiando da porta, falava sobre ela com um dos patrões. Rebecca o viu pelo canto do olho; não ia ficar encarando, e deixá-los saber que os havia percebido. O homem usava roupa creme e chapéu-panamá. Outras pessoas o fitariam de relance, intrigadas. Era óbvio que era um dos donos. Investidores. Não um gerente, não estava com roupa de escritório. Mas ele também era médico...

Por que ela havia rasgado o cartão de visita?! Que mesquinhez a sua, saíra a seu pai coveiro! Sentiu vergonha de si mesma, ao pensar em como o homem ficara chocado e magoado.

Mesmo assim, ele não era de julgar as pessoas.

— *Acorde*! Garota, é melhor você *acordar*.

Mais uma vez, Rebecca quase havia adormecido. Quase tinha mutilado a mão, a esquerda, dessa vez.

Sorriu da idéia maluca: os dedos da mão esquerda não lhe fariam tanta falta. Ela era destra.

Rebecca sabia: o homem do chapéu-panamá não era da fábrica. Pelo canto embotado do olho, ela devia ter visto o gerente da fábrica. Um homem mais ou menos da mesma altura e idade, que usava camisa branca de mangas curtas, quase todo dia. Sem gravata-borboleta, e certamente sem chapéu-panamá.

Depois do expediente, ela quase o viu de novo. Do outro lado da rua, sob o toldo da loja do sapateiro. Virou o rosto depressa, foi andando sem olhar para trás.

"Ele não está aqui. Nem o Tignor nem ele, agora."

Ninguém tinha visto: ela se certificara disso.

Ao procurar os pedaços do cartão de visita de Hendricks que havia rasgado. No caminho de sirga, encontrou umas tirinhas miúdas.

Sem saber ao certo o que eram. O que quer que estivesse impresso havia-se embotado, perdera-se.

"Tanto faz. Não quero saber."

Dessa vez, desgostosa consigo mesma, amassou os pedaços numa bolota e a jogou no canal, onde ela flutuou na água escura, subindo e descendo, feito uma barata-d'água.

Passou-se o domingo, e Tignor não telefonou.

Para distrair o filho irrequieto, Rebecca começou a lhe contar a história do homem no caminho de sirga do canal. O homem do chapéu-panamá.

— Esse homem, Niley, esse homem estranho, me seguiu no caminho de sirga, e adivinhe o que ele me disse?

A voz-da-mamãe era animada, vibrante. Se fosse para colori-la com creiom, ela seria de um atrevido amarelo ensolarado, com uns toques de vermelho.

Niley ouvia atentamente, sem saber direito se devia sorrir: se era uma história alegre, ou uma história para deixá-lo preocupado.

— Que homem, mamãe?

— Só um homem, Niley. Ninguém que a gente conheça: um estranho. Mas...

— "Es-ta-nho."

— "Estranho." Quer dizer alguém que a gente não conhece, sabe? Um homem que a gente não conhece.

Niley correu os olhos pelo cômodo, ansioso. (Seu cubículo de quartinho, com o teto enviesado, que dava para o quarto dela.) Piscou os olhos depressa, olhando para a janela. Era noite e a única janela só refletia o embotado interior subaquático do quarto.

— Ele não está aqui agora, Niley. Não tenha medo. Ele foi embora. Estou contando a história de um homem bonzinho, eu acho. Um homem amistoso. Que quer ser meu amigo. Nosso amigo. Tinha um recado especial para mim.

Mas Niley continuava ansioso, olhando em volta. Para captar sua atenção, mamãe teve que segurá-lo pelos ombros miúdos e fazê-lo ficar quieto.

Uma enguiazinha agitada, isso é o que ele era. Rebecca teve vontade de sacudi-lo. E vontade de apertá-lo com força, protegê-lo.

— *Onde*, mamãe?

— No caminho de sirga do canal, meu bem. Quando eu estava voltando do trabalho, indo buscar você na casa da Sra. Meltzer.

— Hoje, mamãe?

— Não, hoje não, Niley. Um dia desses.

Era mais tarde que de hábito e o menino ainda não fora dormir. Dez horas, e Rebecca só conseguira fazê-lo vestir o pijama inventando uma brincadeira. Puxando a roupa e os sapatos do menino, enquanto ele ficava passivo, sem muita resistência. Tinha sido um dia difícil, queixara-se Edna Meltzer com ela. Na junção delicada dos ossos no alto da testa do menino, Rebecca viu um nervo pulsando.

Beijou o nervo. Recomeçou a história. Sentia-se muito cansada.

O menino de três anos estivera rabugento demais para tomar banho na banheira grande. Mamãe tivera que lutar para limpá-lo com uma toalhinha de banho, e mesmo assim não muito bem. Niley estava ranheta demais para que ela lesse uma história. Só o rádio o consolava, o maldito rádio que Rebecca tinha vontade de atirar pela janela.

— Um homem, um homem muito agradável. Um homem de chapéu-panamá...

— O quê, mamãe? Chapéu de banana?

Niley riu, incrédulo. Rebecca também riu.

Por que diacho ela havia começado a contar essa história, não conseguia imaginar. Para impressionar um menino de três anos? Na caixa de lápis de cor ela escolheu um creiom preto, para desenhar um boneco de tracinhos, e, na cabeça boba e redonda do homenzinho, com o lápis amarelo, desenhou um chapéu de banana. A banana era desproporcionalmente grande para o boneco, e estava em pé. Niley riu, deu pontapés e se remexeu de prazer. Pegou os lápis para desenhar seu próprio boneco de tracinhos, com um chapéu de banana inclinado.

— Para o *pa-pai*. Chapéu de banana.

— O papai não usa chapéu, amoreco.

— Por quê? Por que o papai não usa chapéu?

— Bem, podemos dar um chapéu ao papai. Um chapéu de banana. Podemos fazer um chapéu de banana para o papai...

Os dois riram juntos, planejando o chapéu de banana do papai. Rebecca entregou-se ao disparate infantil, achando que seria inofensivo. "É cada coisa que o menino imagina!", dissera a Sra. Meltzer, abanando a cabeça, sem que se pudesse determinar se achava engraçado ou estava assustada. Rebecca sorrira, também havia abanado a cabeça. Tinha medo de que Niley não se estivesse desenvolvendo como as outras crianças. O cérebro dele parecia funcionar como a esteira rolante, aos solavancos. Sua atenção era intensa, mas breve. Não se podia esperar que acompanhasse uma linha de raciocínio ou uma frase até o fim; Niley não tinha paciência para histórias que durassem mais de alguns segundos. A não ser que a pessoa lhe impusesse sua vontade, como Rebecca às vezes fazia, exasperada. Caso contrário, o menino levava a gente a divagar, aos tropeços. Uma nevasca de pensamentos interrompidos, retalhos de palavras mal escutadas. Nessas horas, a sensação era de que ela se afogaria no cerebrozinho febril do filho, a sensação de ser uma figura adulta minúscula, aprisionada num cérebro infantil.

Rebecca havia desejado desesperadamente ser mãe. E assim, fora mãe.

Quisera desesperadamente ser mulher de Tignor. E assim, era a mulher de Niles Tignor.

Eram esses fatos irrefutáveis que ela havia tentado explicar ao homem do chapéu-panamá, que a ficara fitando com seu sorrisinho magoado. Os olhos dele eram míopes, quase se podia ver a tela fina da miopia sobre eles, como espuma na água. O cabelo louro-acinzentado, moldado de um jeito muito esquisito. Rugas finas de sorriso gravadas no rosto, que era um rosto moço-velho, desbotado, mas estranhamente jovial, esperançoso. Era um homem cortês, logo se via, um cavalheiro. Convencido de que a moça malvestida, de roupa de fábrica, estava mentindo para ele, mas, mesmo assim, fazendo-lhe um apelo.

Um homem da ciência e da razão.
Ao menos fique com meu cartão.
Para o caso de um dia querer...

No catálogo telefônico do Vale do Chautauqua e Arredores, ela procurou o sobrenome *Jones*. Havia onze *Jones*, todos homens, ou com iniciais que podiam ser masculinas ou femininas. Nem uma única mulher com esse nome. Nem um único registro de *H. Jones*.

Isso não a surpreendeu. É que, obviamente, Byron Hendricks devia ter consultado o catálogo, muitas vezes. Devia ter ligado para alguns daqueles Jones, em sua busca de Hazel Jones.

"Babaca! Que idiotice fazer isso!"

Uma noite, Rebecca acordou com a descoberta, que a atingiu como um soco no estômago, de que era uma mãe descuidada, uma péssima mãe: tinha guardado a arma improvisada, o pedaço de metal de dezoito centímetros, numa gaveta da cômoda, onde Niley, que vivia remexendo em suas coisas, poderia encontrá-lo.

Tirou-o de lá e o examinou. O aço tinha uma aparência lesiva, mas não era tão afiado, afinal. Ela teria precisado cravá-lo desesperadamente para se defender.

De qualquer modo, tinha-se enganado a respeito do homem do chapéu-panamá. Ele não pretendera machucá-la, só a havia confundido com outra pessoa. Por que ela havia ficado tão perturbada, não saberia dizer. Ela, Rebecca, era rude e primitiva em suas desconfianças.

Apesar disso, não jogou fora a tira de aço; embrulhou-a num suéter velho e esfarrapado e a guardou numa prateleira alta do armário, onde nem Niley nem Tignor jamais a encontrariam.

Duas noites depois, Tignor telefonou.

— Alô? Quem é?

— Quem você acha que é, garota?

Ele tinha esse poder: deixá-la indefesa.

Rebecca deixou-se cair numa cadeira da cozinha, subitamente fraca. De algum modo, Niley percebeu. Veio correndo do outro cômodo, aos gritos:

— *Pa-pai? Pa-pai?*

Pulou no colo da mãe, um menino quente, escorregadio, tremendo de empolgação. Sua devoção ao pai era ardorosa e incondicional como a de um filhote de cachorro pelo dono. Mas ele sabia que não podia puxar o telefone, como teve vontade de fazer; sabia que falaria com o papai quando o papai estivesse disposto a falar com ele, não antes.

Mais tarde, Rebecca se lembraria de não ter tido nenhuma premonição de que Tignor telefonaria nessa noite. Desde que se apaixonara por ele, tornara-se supersticiosa; era uma fraqueza do amor, achava;

até uma mente cética descobria-se tomada por augúrios, pressentimentos. Mas ela não havia esperado ouvir a voz de Tignor do outro lado da linha, não tivera nenhuma preparação.

Tignor lhe disse que estaria de volta, de volta para ela e o menino, no fim da semana.

Rebecca lhe perguntou onde ele estava, se ainda estava em Port au Roche, mas o marido ignorou a pergunta. Nunca respondia a perguntas diretas, formuladas à queima-roupa. E sua voz ao telefone tinha uma animação forçada, jovial e impessoal como a de um locutor de rádio.

Só de perto é que Tignor era capaz de intimidade. Só quando podia tocar, acariciar, apertar. Só quando fazia amor com ela é que Rebecca tinha realmente certeza de sua presença.

Fisicamente, pelo menos.

O homem lhe contou que tivera um probleminha. Mas que agora estava *liquidado*.

— Problema? Que tipo de...?

Mas Tignor não daria nenhuma resposta, Rebecca sabia. Devia ser algum problema de trabalho, uma rivalidade com outra cervejaria, talvez. Ela não ouvira falar de distúrbio nenhum, portanto, era melhor concordar com o tom do marido. *Liquidado*.

Quando Tignor se ausentava, Rebecca mantinha um mapa rodoviário do estado de Nova York aberto no chão, para mostrar a Niley onde o papai estava, ou onde a mamãe achava que estava o papai. Tinha pavor de que o menino adivinhasse que nem sempre mamãe sabia. Que mamãe podia estar mal informada. É que o território do papai era vasto, desde Cataratas do Chautauqua, onde eles moravam, até o extremo oeste do estado, cruzando toda a sua extensão até o vale do Hudson, e o norte, até a cordilheira de Adirondack, e o leste, até o lago Champlain, onde uma cidade grande como Port au Roche não passava de um pontinho do tamanho de uma semente no mapa, menor até do que Cataratas do Chautauqua.

Que era mesmo que Tignor estava lhe dizendo? Uma coisa para fazê-la rir?

Rebecca compreendeu: *devo rir*.

Isso era importante. Logo no começo da relação com Niles Tignor, ela soubera que devia rir de suas piadas e contar piadas, ela própria. Ninguém gosta de uma garota emburrada, pelo amor de Deus.

Depois, nos lugares que Tignor freqüentava, havia muitas moças e mulheres disputando umas com as outras para rir das piadas dele.

Sempre houvera, desde antes de ela o conhecer, e sempre haveria, embora ele fosse seu marido. Ela compreendia: *Sou uma delas. Devo a ele mostrar-me feliz.*

— Niley, comporte-se! Seja bonzinho.

Ela sussurrou no ouvido do menino, que estava ficando impaciente.

Mas Tignor falava com alguém do outro lado da linha. Com a mão sobre o fone, de modo que ela não conseguiu discernir suas palavras. Estaria discutindo? Ou só explicando alguma coisa?

Como se sentia mal nessa cadeira, com Niley a se remexer em seu colo, o coração batendo tão forte que chegava a doer, e o cabelo embaraçado e molhado depois da lavagem, caindo nas costas e encharcando sua roupa!

Perguntou-se o que pensaria o homem do chapéu-panamá, se a visse. Pelo menos reconheceria que ela era mãe e esposa. Não a confundiria com...

Tignor pediu para falar com Niley. Rebecca entregou o telefone ao menino.

— *Pa-pai*! Oi, *pa-pai*!

O rostinho franzido de Niley ganhou vida, de tanto prazer. Quando uma criança fica tão feliz de repente, a gente entende que antes havia angústia, dor. Rebecca afastou-se, trôpega, deixando-o com o telefone. Estava zonza, exausta. Cambaleou até o cômodo vizinho, desabou no sofá. Um sofá de molas quebradas, coberto por uma manta não muito limpa. Com um rugir nos ouvidos, como na Tubos Niágara. Como a cachoeira abaixo das comportas de Milburn, para as quais ela olhava por longos minutos, doentiamente fascinada, quando pequena.

Por que não conseguia acusar Tignor de negligenciá-la? Por que não conseguia dizer que o amava assim mesmo, que o perdoava?

Não era preciso que ele lhe pedisse perdão. Rebecca sabia que ele nunca o faria. Mas se ao menos aceitasse seu perdão!

"Você só me ligou três vezes. Mandou uma titica de sessenta e cinco dólares e nenhum recado, sem endereço do remetente no envelope. Vá se danar."

E era obrigada a aceitar isso, do jeito que Niley conversava com o papai ao telefone. *Ele gosta mais do papai que da mamãe. Sempre gostou.*

Rebecca voltou à cozinha. Pegaria o fone de volta com o filho.

— Niley, diga ao papai que preciso falar com ele, antes que ele...

Mas quando o menino lhe entregou o fone Tignor já devia ter desligado, porque o telefone estava mudo.

Não era a música. Não era a música que lhe dava nos nervos. Eram as vozes dos locutores. Vozes de rádio. Anúncios. Aqueles comerciais recitados depressa, animados e estridentes, alegres e despreocupados. E Niley se acocorava perto do rádio, escutando com sisuda concentração. A cabecinha inclinada, atenta, numa pose nada infantil. Ouvindo a voz do papai no rádio! Rebecca sentia uma pontada de mágoa e de fúria, por ver o filho tão voluntariamente iludido e tão indiferente a ela.

— Niley, desligue isso.

Mas ele não ouvia. Recusava-se a dar ouvidos à mamãe.

— Niley, eu disse para *desligar* essa porcaria.

E assim, às vezes o menino abaixava o volume, com relutância. Mas não desligava. E Rebecca continuava a ouvir as vozes, como seus pensamentos num diálogo acelerado.

Dizia ao menino que não, não, não. Aquele não era o papai.

Não era o papai no rádio. Não!

Nenhuma delas. Nenhuma das vozes do rádio.

(Será que ele acreditava na mamãe? Será que sequer ouvia a mamãe?)

(E por que haveria de acreditar nela? Mamãe estava tão desamparada quanto ele, sem saber se o papai realmente voltaria para os dois dessa vez.)

Mas ela também tirava um certo consolo daquilo, muitas vezes. Da música do rádio.

Entreouvindo-a durante o sono. Sorrindo ao ser envolvida por um sonho de extraordinária beleza. Lá estava Niley, não um garotinho de membros finos que a gente temia que não estivesse crescendo direito, não se estivesse desenvolvendo direito, mas um garoto de uns quinze, dezesseis anos; um garoto que já não era uma criança vulnerável e ainda não se tornara um homem capaz de ferir; um menino cujo rosto embotado era bonito e que tinha uma postura excelente, sentado ao piano, tocando para uma platéia tão grande que Rebecca nem via onde ela terminava.

"Ele vai. Ele vai fazer isso. Eu juro."

A mãe lhe fizera essa promessa, Rebecca parecia achar. Eles tinham ouvido a música do rádio juntos, em segredo. Como papai teria ficado zangado, se soubesse! Mas papai não soubera.

Papai tinha desconfiado, é claro. Mas não soubera.

Anna Schwart havia tocado piano quando menina. Muito tempo antes, no *velho mundo*. Antes da *travessia*.

No sonho, Rebecca sentia-se inundar de felicidade. E descobria como era simples a felicidade. Como alisar um tecido amarrotado, umedecendo-o e passando-o a ferro, com cuidado. Simples assim.

"Você é mãe, Rebecca. Você sabe o que precisa ser feito."

Mas a música favorita de Niley não era pianística. Era o estilo country-e-caubói, melancólico e dolente. E músicas populares animadas, que davam vontade de dançar. Por mais que sentisse o coração pesado, Rebecca não podia deixar de rir ao ver o menino de três anos gingando para lá e para cá, em cima das pernas curtas e rechonchudas, perninhas de bebê que pareciam só ter carne, não ossos. Inspirado, Niley agitava os braços. Dava guinchos agudos, trinava. Rebecca deixava de lado o que estivesse fazendo e dançava com ele, segurando as mãozinhas gorduchas entre as suas. Sentia-se tomada por um desvario, adorava o menino. Tignor não havia gostado dela durante a gravidez, e Tignor que se danasse: ali estava o resultado da gravidez, e o menino era dela.

Saíam dando guinadas e batidas pela casa, chocando-se com os móveis, inconseqüentes, derrubando cadeiras, trombando e machucando as pernas, feito um casal de bêbados dominado por acessos de riso.

"Você gosta mais da mamãe, não é? Gosta, *sim*."

Mas a música parava. Abruptamente, a música pára.

As vozes dos locutores, exasperantes. Santo Deus! A pessoa chegava a odiar algumas daquelas vozes, assim como passava a detestar as pessoas que via com demasiada freqüência, como na escola ou no trabalho. Sempre as mesmas vozes (masculinas). E a expressão de Niley se alterava, porque nessa hora ele prestava muita atenção para ouvir: a voz do papai?

Rebecca havia tentado explicar. Em certos momentos, não confiava em si mesma, apenas se afastava.

Veja o lado engraçado disso, garota. Saia de perto.

Não encoste a mão no menino. Essa raiva terrível em você, deixe-a do lado de dentro.

O que mais a amedrontava era a possibilidade de machucar Niley. Sacudir, sacudir, sacudir o molecote teimoso, até os dentes dele chacoalharem e os olhos revirarem nas órbitas. Porque era assim que ela fora disciplinada quando pequena. Queria lembrar que o pai é que a havia disciplinado desse jeito, mas, na verdade, tinham sido a mãe e o pai. Queria ter a recordação de que a disciplina fora merecida, necessária e justa, mas não conseguia ter tanta certeza.

Tignor talvez voltasse no domingo.

Por que Rebecca achava isso, não sabia. Era apenas um pressentimento.

Só que: era possível que ele aparecesse do lado de fora do portão da fábrica na sexta-feira à tarde, ou na segunda à tarde. Com o Pontiac verde-metálico 1959 em ponto morto, parado junto ao meio-fio.

Ei, garota. Aqui.

Rebecca quase podia ouvir a voz dele. E sorria, como sorriria quando a ouvisse.

Ei, vocês, corujões, aqui é Zack Zacharias, na Maravilhosa Rádio Buffalo WBEN, transmitindo o melhor do jazz na madrugada.

Niley adormecia quase todas as noites ouvindo esse programa. No entanto, Rebecca não podia entrar em seu quarto para desligar o rádio, porque ele acordava com muita facilidade; não podia entrar nem mesmo para apagar a luz. Quando Niley acordava nessas horas, tendia a se assustar, e a mãe acabava tendo que ficar com ele.

À noite, pelo menos, Niley deixava baixo o volume do rádio. Sabia deitar-se na cama muito quietinho, a poucos centímetros do rádio, e se consolar com ele.

Pelo menos, com a porta fechada entre os quartos, a luz não deixava Rebecca acordada.

"Quando o papai voltar, tudo isso vai acabar."

Ao lado da cama de Niley havia um abajur em forma de coelho, de um branco quase translúcido, comprado numa loja de móveis de Cataratas do Chautauqua. O coelhinho tinha orelhas espetadas e nariz cor-de-rosa, e a cúpula pequena, em tom pêssego, era de um tecido penugento. Rebecca admirou esse abajur, cuja luz pálida e morna no rosto adormecido do menino a reconfortou. A lâmpada tinha apenas sessenta watts. Ninguém ia querer uma luz mais forte num quarto de criança.

Ficou pensando se algum dia sua mãe teria parado a seu lado, observando-a enquanto ela dormia. Fazia muito tempo. Sorriu ao pensar que sim, talvez.

O perigo da maternidade. A gente revive os próprios tempos de criança, pelos olhos da mãe.

No vão da porta, observando Niley dormir. Longos minutos extasiados, que poderiam transformar-se em horas. O coração bateu de felicidade, certeza. A mãe sabe apenas que o filho *existe*. A mãe só sabe que o filho *existe* porque ela, a mãe, o fez existir.

É claro que existe o pai. Mas nem sempre.

Niles Jr. Ela torcia para que o filho tivesse um pouco da força do pai. Ele lhe parecia um filho do anseio, do impulso. Havia no menino uma mola enroscada, tensa, feito um brinquedo de corda que sai fazendo estardalhaço, estragado. Mas quando dormia, Niley ficava bem. Sua alma, distendida como uma corda, aquietava-se.

Havia um brilho de saliva em sua boca, como uma idéia desgarrada. Rebecca sentiu vontade de tirá-la com um beijo. Melhor não.

Uma mecha de cabelo úmido, agarrada na testa. Ela sentiu vontade de afastá-la, mas não, era melhor não.

O filho secreto de Hazel Jones.

O rádio no parapeito da janela tocava baixinho. Música de jazz. O rádio, assim como o abajur, emitia um brilho reconfortante. Rebecca estava começando a se acostumar com ele, já não ficava tão aborrecida. Será que Zack Zacharias era negro? Sua voz tinha uma modulação suave, uma voz meio cantarolada, brincalhona, tentadora. Uma voz íntima no ouvido.

E a música. Rebecca estava começando a gostar dessa música.

Um jazz descontraído, emotivo. Sedutor. Rebecca reconhecia a música de piano, é claro, mas conhecia poucos outros instrumentos. Clarinete, saxofone? Detestava isso: saber tão pouco.

Uma mulher ignorante, operária de fábrica. Esposa, mãe. Nem sequer se formara no curso médio. Que vergonha!

Só uma vez tinha ouvido música clássica, no rádio do pai. Só uma vez, em companhia da mãe. O pai não soubera, ou teria proibido.

Esse rádio é meu. Esse noticiário é meu. Eu sou o pai, todos os fatos são meus. Todo o conhecimento do mundo, fora desta casa de amargura, é meu, meu para esconder de vocês, meus filhos.

Tignor não havia feito muitas perguntas sobre os pais de Rebecca. Sabia um pouquinho, talvez não quisesse saber mais.

Herschel, um dos irmãos dela, costumava dizer: caramba, esse nem é o nome dele! "Schwart" nem é a porcaria do nosso sobrenome.

Para Herschel, tudo era brincadeira. Para arreganhar os dentões úmidos de burro zurrando.

Rebecca havia perguntado qual era o nome deles, então. Se não era "Schwart", era o quê?

Herschel dera de ombros. Quem é que sabia, quem diabos se importava?

Besteira do velho mundo, dissera Herschel. Ninguém dá a mínima pra isso nos EUA. Eu é que não dou, com certeza.

Rebecca tinha implorado para saber seu sobrenome, se não era Schwart, mas Herschel se afastara com um gesto grosseiro.

Se Jacob Schwart estivesse vivo, teria sessenta e três anos.

Sessenta e três! Velho, mas não muito.

Na alma, porém, já tinha sido idoso desde aquela época. Rebecca só conseguia lembrar-se do pai como velho, desgastado.

Era perturbador pensar nessas coisas. Em sua nova vida, era raro ela ter esses pensamentos.

Hazel Jones não pensava em coisas assim.

— Ma-ma-mã... — gemeu Niley em seu sono, de repente. Como se houvesse adivinhado a presença de Rebecca a seu lado.

O rosto liso de criança ficou crispado, feio. Ah, ele parecia um velho! A pele lívida, cor de cera. As pálpebras batendo depressa, e aquele nervo na testa. Como se um sonho do tamanho errado, todo cheio de arestas, se houvesse enfiado em seu cérebro.

— Niley.

Rebecca sentiu o coração dilacerado, ao ver o filho aprisionado num sonho. Seu instinto foi salvá-lo desses sonhos, imediatamente. Mas não, era melhor que não. Nem sempre a mamãe poderia salvá-lo. Ele teria que aprender a se salvar sozinho.

O sonho estava passando, passaria. Em mais um minuto, Niley voltaria a relaxar. Era um menino da nova era, nascido em 1956. Ninguém chamaria Niles Tignor Jr. de "pós-guerra" (já que tudo era "pós-guerra"), e sim de "pós-pós-guerra". Nada do passado poderia ter grande importância para ele. Assim como fora a Primeira Guerra Mundial para a geração de Rebecca seria a Segunda para a de Niley. Besteira do Velho Mundo, como diria Herschel.

Essa linhagem estava extinta, a velha e apodrecida linhagem européia se rompera.

O sonho de Niley pareceu desaparecer. Ele voltou a dormir como antes, respirando pela boca de um jeito molhado. O abajur de coelhinho luzia tênue na mesa-de-cabeceira. O rádio na janela emitia um som sereno e tranqüilizador de jazz, tocado no piano. Rebecca sorriu e se afastou, andando de costas. Também iria dormir agora. Niley ficaria bem, ela não precisava acordá-lo. Não lhe daria um beijo, como sentiu vontade de fazer. Mas ele saberia (tinha certeza disso) que a mãe o amava, que a mãe sempre estaria por perto para zelar por ele, protegê-lo. Pela vida afora, ele saberia.

"Não tenho Deus por testemunha. Mas eu juro."

Domingo, dali a três dias. Rebecca contou nos dedos. Sorriu ao pensar que o papai de Niley voltaria para eles nesse dia. Tivera um pressentimento!

4

Cigana. Judia...

A voz de Tignor era um gemido baixo, desamparado, um gemido descendente, delicioso de ouvir. Seu corpo musculoso estremecia de desejo, como que perpassado por correntes elétricas.

Rebecca sorriu ao recordar. Mas o sangue pulsava forte e quente em seu rosto. Ela não era cigana, e não era judia!

E o sangue pulsava forte e quente entre suas pernas, onde ela se sentia muito só.

"Diabos!" Estava com dificuldade para dormir. Na cama dela e de Tignor. Durante o dia inteiro, nos dias decorridos desde o caminho de sirga do canal, ai, Cristo, os nervos dela haviam andado tensos como arame!

O tempo estava mudando, finalmente. O vento que vinha do grande lago escuro e agitado, sessenta e cinco quilômetros ao norte, parecia pressionar os vidros das janelas da velha casa de fazenda. Pela manhã, o clima onírico de veranico teria sido soprado para longe e o ar estaria mais cortante, mais frio, úmido. Com gosto de inverno chegando. Inverno no Vale do Chautauqua, nos sopés das montanhas...

Mas não. Ela não pensaria nisso. Não no *futuro* depois dos próximos dias.

Assim como seus pais haviam aos poucos parado de pensar no *futuro*.

Feito bichos, era assim que eles tinham ficado, no final. Sem futuro, era isso que acontecia.

Desesperada para dormir! Dali a poucas horas, teria que se levantar, voltar para a Tubos de Fibra Niágara. Não era daquele sono fino e pálido feito espuma, que rolava sobre seu cérebro dolorido e era pouco repousante, e sim do sono mais fundo, mais profundo, que ela precisava: do sono que diminuía o ritmo dos batimentos cardíacos quase até a morte, do sono que retirava toda a consciência de tempo e lugar, de quem se era ou já se tinha sido.

"Tignor. Eu quero você! Quero você dentro de mim. Quero você..."

Ele tinha insistido em que ela lhe dissesse suas palavras especiais: *me fode, me fode, me machuca.*

Quanto mais hesitante era Rebecca, quanto mais ficava sem graça, com o rosto envergonhado, mais ele adorava. Dava para ver que o prazer do homem aumentava de forma incomensurável, como um caneco alto em que a cerveja era vertida, vertida, vertida, vertida até transbordar, espumando.

Ele tinha sido seu único amante. Niles Tignor. O que fazia com ela, o que a ensinara a fazer com ele. Como era doloroso ficar deitada ali, nessa cama, e não pensar nele, não pensar nessas coisas, com a pulsação acelerada pelo desejo.

Desejo inútil. Porque, mesmo que ela se masturbasse, não seria Tignor.

Antes dele, Rebecca nunca tinha dormido numa cama tão grande. Não achava que merecesse uma cama tão grande. (Mas era só uma cama comum, supunha. De segunda mão, comprada ali em Cataratas do Chautauqua. Tinha uma estrutura de latão levemente manchada e um colchão novo, duro, que não cedia e que logo ficara manchado do suor salgado de Tignor.)

Virou-se para deitar de costas. No quarto adjacente, baixinho, o desgraçado do rádio tocava. Rebecca não conseguia ouvir a música, mas sentia a batida. Abriu os braços, sentiu as axilas úmidas. O cabelo, grosso e denso como crina de cavalo, tinha finalmente secado e se espalhava em volta de sua cabeça no travesseiro, daquele jeito que Tignor, com o rosto tenso de um prazer rude e sensual, às vezes o arrumava com as mãos desajeitadas.

É isso que você quer, ciganinha, hein? É isso?

Ele tivera outras mulheres, Rebecca sabia. Soubera quem era o marido antes de se casar. No hotel em que havia trabalhado, corriam histórias sobre Niles Tignor. Em todo o Vale do Chautauqua e mais além. Ela compreendia que não era sensato, para nenhuma mulher de Tignor, esperar que um homem como ele fosse fiel, do jeito que os homens comuns eram fiéis às mulheres. Acaso ele não lhe dissera, logo depois do casamento, não com crueldade, mas com um ar de autêntica surpresa, que ela não devia sentir ciúme? "Caramba, garota, elas também gostam de mim."

Rebecca riu ao se lembrar. Pressionando os nós dos dedos contra a boca.

Mas era engraçado. Era preciso ter senso de humor para apreciar Niles Tignor. Ele esperava que a gente o fizesse rir.

Ficou deitada de costas. Às vezes, isso funcionava. Seus músculos começaram a tremer. Lá estava a porcaria da mão, deslizando para perto da maldita máquina de selar... Puxou-a na hora agá.

Num outro universo, poderia ter acontecido. Sua mão, mutilada feito carne. Separada do braço. E ela o merecia, babaca idiota, por não prestar atenção ao que estava fazendo.

Como Tignor a olharia, perplexo! Rebecca teve que rir ao imaginar a cena.

Ele havia detestado sua barrigona de baleia. Olhava-a fascinado, e não conseguia tirar as mãos.

O jeito de o vento soprar nos teixos. Um som de vozes fazendo caçoada. Essa casa era a velha fazenda dos Wertenbacher, ainda era assim que a chamavam na vizinhança. Já agora, passados três anos, Rebecca teria esperado que eles já tivessem sua própria casa.

Tignor os amava. A ela e ao Niley. No fundo do coração, não era infiel.

No fundo do coração, seu pai, Jacob Schwart, a havia amado. Amara todos eles. Não tivera a intenção de magoá-los, só tinha pretendido apagar a história.

Você é um deles. Nascida aqui.

Seria mesmo? Ela abraçou o próprio corpo, sorrindo. E resvalou enfim para o sono, como quem caísse num poço de pedra tão fundo que não acabava mais.

Milburn, Nova York

1

Novembro de 1936. A família Schwart chegou de ônibus a essa cidadezinha do norte do estado de Nova York. Pareciam vindos de lugar nenhum, com as malas estufadas, as valises, as sacolas. Olhar abatido no rosto. Roupas em desalinho, cabelos despenteados. Obviamente, eram estrangeiros. "Imigrantes." Haveria quem dissesse que os Schwart pareciam ter corrido do *Führer* (em 1936, em lugares como Milburn, Nova York, era possível pensar em Adolf Hitler, com seu bigodinho, sua postura militar e seu olhar fixo, como um homem cômico, não muito diferente de Charlie Chaplin) sem nem parar para comer, respirar ou tomar banho.

Que cheiro saía deles! Era o que comentaria o motorista do ônibus, revirando os olhos.

Pareceu apropriado que Jacob Schwart, o chefe da família, arranjasse um emprego de zelador do Cemitério Municipal de Milburn, um cemitério sem religião específica, nos arredores miseráveis da cidade. Ele e a família — mulher, dois filhos, uma filha recém-nascida — ficariam morando no dilapidado chalé de pedra que ficava logo adiante do portão de entrada do cemitério. O "chalé" não cobrava aluguel, o que tornou o emprego atraente para um homem em busca desesperada de um lugar para morar.

O Sr. Schwart desmanchou-se em agradecimentos às autoridades municipais que o contrataram, a despeito de não ter nenhuma experiência como zelador de cemitério ou mesmo como coveiro.

Mas ele era um bom trabalhador, insistiu. Com as mãos e com a cabeça.

— Os senhores não vão se arrepender. Eu garanto.

Na época em que a família se mudou para o chalé de pedra dentro do cemitério, cheio de teias de aranha, que só recebera uma limpeza displicente após a partida dos ocupantes anteriores e tinha um cheiro forte de soda cáustica líquida, a filha caçula dos Schwart, Rebecca, era um bebê enfermiço de cinco meses, embrulhado no xale imundo da mãe. Durante boa parte da viagem de ônibus, desde o sul do estado de Nova York, esse xale tinha funcionado como uma espécie de fralda secundária para a neném aflita.

Ela era tão miúda, depois recordaria seu irmão Herschel, que parecia um filhote pelado de porco, e também cheirava como um. "Papai quase nem olhava pra você, pensava que você ia morrer, eu acho."

Será que ela já era Rebecca Esther Schwart nessa época? Não tinha nome nem identidade, era muito pequena. Daqueles primeiros dias, semanas, meses e, por fim, anos em Milburn, ela teria muito poucas lembranças. É que a memória era curta na família dos Schwart.

Havia mamãe, que cuidava dela. Que às vezes a afastava com um grunhido, como se o contato com ela fosse penoso.

Havia papai. "Jacob Schwart", era esse o seu nome. Papai era imprevisível. Tal como o céu, estava sempre mudando. Como aquele fogão horroroso a carvão na cozinha, papai ora ardia feito brasa em fogo brando, ora soltava chispas. Ninguém queria encostar o dedo no fogão para experimentar, quando o fogo subia lá dentro.

Noutras vezes, o fogão não tinha fogo algum. Frio, morto.

Jacob Schwart mostrou-se profusamente grato por ser contratado por estranhos nessa cidadezinha do interior. Mas papai, ensimesmado no chalé de pedra, expressava um sentimento diferente.

— Feito um cão, é como eles querem me tratar, há! Sou o "Djei-cob", há! Porque sou estrangeiro, não sou rico, não sou um deles! Um dia, eles vão ver quem é cão e quem é homem.

Já bebê, ela começara a adquirir a intuição instintiva de que o pai, essa presença poderosa que se debruçava sobre seu berço, que às vezes a cutucava com dedos admirados e até a pegava no colo, tinha sofrido uma ferida terrível na alma; e carregaria a desfiguração dessa ferida, como uma espinha retorcida, pela vida afora. A menina parecia saber, mesmo ao se esquivar desse saber terrível, que ela, a última a nascer na família, a *caçulinha*, não fora desejada por Jacob Schwart e era um sinal exposto de sua ferida.

Não saberia por quê; criança não pergunta por quê.

Mas se lembraria da mãe em pânico, aproximando-se trôpega do berço e chapando a mão úmida sobre sua boca, para lhe abafar o choro. Para que papai não despertasse de seu sono exausto no quarto ao lado.

— Não! Não, por favor! Ele mata nós duas.

2

E assim, Jacob Schwart dormia. Contorcendo-se e resmungando durante o sono, como um animal ferido. Após dez, doze horas trabalhando no cemitério, naqueles primeiros tempos, ele caía na cama com a roupa do trabalho, fedendo a suor, com as botas pesadas e salpicadas de lama ainda amarradas nos pés.

Encontrara essas botas no barracão. Elas haviam pertencido ao zelador anterior do cemitério de Milburn, ele supunha.

Grandes demais para seus pés. Jacob enchera os bicos de trapos.

Pareciam-lhe cascos, seus pés dentro dessas botas. Pesados, bestiais. Ele tinha sonhos em que mergulhava com essas botas na água, no oceano, e não conseguia desamarrá-las, para nadar e se salvar.

3

A história não existe. Tudo que existe são indivíduos, e destes, apenas momentos isolados, separados uns dos outros como vértebras despedaçadas. Foram palavras que ele escreveu à mão, segurando desajeitadamente o lápis entre os dedos cada vez mais enrijecidos. Tinha tantas idéias! No cemitério, sua cabeça era invadida por pensamentos-vespas que ele não conseguia controlar.

Desajeitado, anotava esses pensamentos. Perguntava a si mesmo se eram seus. Olhava-os, ponderava sobre eles, depois amassava o papel e o jogava no fogão.

4

Podia-se vê-lo ao longe: o coveiro Schwart.

Um duende, era o que parecia. Meio corcunda, cabeça baixa.

No cemitério, em meio aos túmulos. Fazendo caretas ao manejar a segadeira, a foice pequena, o ancinho; ao empurrar o cortador manual de grama, todo enferrujado, ceifando tiras furiosas e invariáveis no denso capim-das-hortas; ao cavar uma sepultura e levar embora o excesso de terra num carrinho de mão todo bambo; ao parar para enxugar a testa e beber de um jarro que levava no bolso do macacão. Inclinando a cabeça para trás, fechando os olhos e engolindo feito um cão sedento.

Os garotos da escola às vezes se agachavam atrás do muro do cemitério, que tinha um metro de altura e era feito de pedras toscas e pedaços de argamassa, em péssimo estado de conservação. Sarças, nozes-vômicas e sumagreiras cresciam livremente ao longo dele. Na entrada principal do cemitério havia um portão de ferro trabalhado, que só com dificuldade se conseguia arrastar para fechar, uma alameda de cascalho erodida e o chalé de pedra do zelador; além deles, havia diversos galpões e estruturas separadas do prédio principal. Os túmulos mais antigos chegavam praticamente aos fundos do chalé, à área gramada em que a mulher do zelador pendurava a roupa lavada em cordas estendidas entre dois postes velhos. Quando os garotos não conseguiam chegar perto o bastante do Sr. Schwart para implicar com ele, ou para lhe jogar castanhas ou pedras, às vezes se contentavam com a Sra. Schwart, que soltava um gritinho agudo de susto, mágoa, sofrimento e pavor, largava na grama o que estivesse fazendo e corria em pânico para os fundos do casebre miserável, de um jeito muito engraçado.

Haveria quem assinalasse que atormentar o zelador do cemitério era algo anterior à chegada de Jacob Schwart. Seu antecessor fora similarmente perseguido, assim como o predecessor de seu antecessor. Em Milburn, como noutras cidadezinhas do interior, naquela época, a perseguição aos coveiros e os atos de vandalismo nos cemitérios não eram incomuns.

Alguns dos garotos de escola que atormentavam Jacob Schwart tinham apenas dez, onze anos. Com o tempo, outros seriam mais velhos. E alguns já nem eram garotos de escola, mas rapazes na casa dos vinte anos. Não de imediato, na década de 1930, mas em anos posteriores. Seus gritos imprevisíveis, caprichosos, aparentemente idiotas, soavam como os grasnidos ásperos dos corvos nos carvalhos altos do fundo do cemitério.

Coveiro! Chucrute! Nazista! Judeu!

5

— Anna?

Ele tivera uma premonição. Isso foi no começo do inverno de 1936, quando fazia poucas semanas que a família morava lá. Ao limpar o entulho espalhado no cemitério pela tempestade, ele fez uma pausa, como que para ouvir...

Não a caçoada dos garotos. Não nesse dia. Nesse dia ele estava sozinho, não havia visitantes no cemitério.

Corra, corra! Seu coração saltou-lhe no peito.

Ele ficou confuso. Achou, por algum motivo, que Anna estava tendo o bebê nessa hora, que o bebê estava preso em seu corpo distendido nesse momento, que Anna gritava, contorcendo-se no colchão imundo, empapado de sangue...

Embora ele soubesse que estava noutro lugar. Num cemitério com uma crosta de neve, em meio a cruzes.

Num lugar que ele não seria capaz de denominar, exceto para dizer que era rural e tinha uma beleza desolada e selvagem, agora que quase todas as folhas tinham sido arrancadas das árvores. E que o céu, lá no alto, tinha pilhas de nuvens carregadas de chuva.

— Anna!

Ela não estava na cozinha, não estava no quarto. Em nenhum dos quatro cômodos apertados do chalé de pedra. Foi no galpão de lenha que a encontrou, o que dava para a cozinha; num canto sombrio do galpão atravancado, agachada no piso de terra — seria Anna?

No galpão havia um cheiro forte de querosene. O bastante para fazer uma pessoa se engasgar, mas lá estava Anna, encolhida com um cobertor nos ombros, o cabelo desgrenhado, os seios soltos e flácidos dentro do que parecia ser uma camisola suja. E lá estava a neném em seu colo, parcialmente escondida pelo cobertor imundo, a boca escancarada, os olhos como meias-luas lacrimejantes no rosto de boneca, imóvel como num coma. E ele, o marido e pai, ele, Jacob Schwart, tremia diante das duas, sem se atrever a perguntar qual era o problema, por que diabo Anna estava ali, do que se escondia agora, acontecera alguma coisa, alguém havia batido na porta do chalé, o que fizera ela com a filha dos dois, *será que a tinha asfixiado*?

É que Jacob sentiu medo, mas também estava furioso. Não conseguia acreditar que a mulher pudesse estar desmoronando daquele jeito, depois de tudo que eles haviam suportado.

— Anna! Explique-se.

Aos poucos, Anna se deu conta do marido. Estivera dormindo, ou num de seus transes. Nessas horas, podia-se estalar os dedos diante de seu rosto e, por teimosia, ela mal escutava.

Os olhos de Anna mexeram-se nas órbitas. Nesse lugar chamado Milburn, em meio às cruzes e aos anjos de pedra, e *àqueles outros* que a olhavam na rua, ela se tornara furtiva como um gato selvagem.

— Anna. Eu disse...

Ela passou a língua nos lábios, mas não falou. Encolhida sob o cobertor imundo, como se pudesse esconder-se dele.

Jacob arrancou-lhe o cobertor, para deixá-la exposta.

Mulher ridícula!

— Então, me dê a menininha. Quer que eu a estrangule?

Era uma piada, é claro. Uma piada raivosa, do tipo que Anna era capaz de levar um homem a fazer.

Não era Jacob Schwart falando, mas... quem? O homem do cemitério. O coveiro. Um duende de roupa de trabalho e botas enchidas com trapos, sorrindo para ela, cerrando os punhos. Não o homem que a havia adorado e implorado para se casar com ela, e que lhe prometera protegê-la para sempre.

Não era o pai da neném, obviamente. Recurvado sobre as duas, arfando como um touro esbaforido.

Mesmo assim, sem uma palavra, Anna ergueu a menina e a entregou a ele.

6

Na América. Cercado por cruzes.

Ele trouxera a família pelo oceano Atlântico para isso: um campo-santo feito de cruzes de pedra.

— Que piada! Piada sobre o Djei-cob.

Riu, e havia uma hilaridade autêntica em seu riso. Os dedos coçaram as axilas, a barriga, os fundilhos, porque Deus era um gozador. Às vezes, ficava fraco de tanto rir, roncando de rir, debruçado sobre a pá, até as lágrimas rolarem sobre as suíças e gotejarem ferrugem na pá.

— O Djei-cob esfrega os olhos, isto é um sonho! Fiz cocô nas calças, este é o meu sonho! *A-me-ri-ka*. Toda manhã o mesmo sonho, hein? Djei-cob, o fantasma, vagando por este lugar, cuidando dos mortos cristãos.

Falava sozinho, não havia mais ninguém. Não podia conversar com Anna. Não podia falar com os filhos. Via em seus olhos o medo que sentiam dele. Via nos olhos *daqueles outros* a pena que sentiam dele.

Mas havia a *caçulinha*. Ele não quisera amá-la, pois tinha esperado que ela morresse. Mas a menina não havia morrido da infecção nos brônquios, não morrera do sarampo.

— Rebecca.

Ele começava a pronunciar esse nome, devagar. Durante muito tempo, não tinha se atrevido.

Um dia, Rebecca cresceu o bastante para andar sem ajuda! O bastante para brincar de Não-Ver com o pai. Primeiro dentro de casa, depois lá fora, no cemitério.

Ah! Ah! Onde é que a caçulinha está escondida?

Atrás daquela laje do túmulo, será? Ele ia Não-Vê-la.

Ela ria e gritava de excitação, espiando. E, mesmo assim, o papai Não-Via.

Com os olhos espremidos, franzidos, porque tinha perdido a porcaria dos óculos em algum lugar. Arrancados dele e partidos ao meio.

A coruja de Minerva só alça vôo ao entardecer.

Isso era Hegel: o próprio sacerdote da filosofia, admitindo o fracasso da razão humana.

Ah! Os olhos do papai roçaram na *caçulinha* sem que ele a visse!

Era uma brincadeira doida de rir. Muito engraçada!

Ele não era um homem grande, mas, com sua astúcia, tornara-se forte. Um homem baixote, atarracado, com mãos e pés de mulher, o que lhe era vergonhoso. Mas usava as botas do coveiro anterior, habilmente enchidas de trapos.

Ante as autoridades de Milburn, apresentara-se com tanta cortesia, para um trabalhador comum, que elas tinham que ficar impressionadas, pois não?

— Senhores, eu sou adequado. Para esse trabalho. Não sou um homem grande, mas sou forte, garanto. E sou... (como eram mesmo as palavras? ele sabia as palavras!) ...fiel. Eu não *paro.*

Na brincadeira de Não-Ver, a *caçulinha* escapulia de casa e o seguia até o cemitério. Era uma delícia! Escondida dele, ficava invisível, invisível para espiá-lo, tornando a se abaixar atrás de uma laje de sepultura, trêmula feito um bichinho, e os olhos dele a roçavam como se ela não passasse de uma daquelas borboletinhas brancas que voejavam sobre a grama...

— Ninguém. Não há ninguém ali. Será que há? Uma fantasminha, é o que estou vendo? Não!... ninguém.

Cedo assim, papai ainda não estava bebendo. Não se impacientava com a filha. Piscava o olho para ela, e fazia aquele barulho de bicota com a boca, apesar (ah, isso ela percebia, era como a luz se apagando) de a estar esquecendo.

Ele enfiava a barra das calças nas botas de borracha, prendia frouxamente a camisa de flanela no cós sem cinto. As mangas da camisa arregaçadas, os pêlos eriçados dos braços brilhando feito metal. Usava o boné cinza de pano. Camisa aberta no colarinho. A boca se mexia, ele sorria e fazia caretas ao balançar a foice, virava de costas para ela.

— Fantasminha, volte para casa, sim? Vá agora.

A maravilhosa brincadeira de Não-Ver tinha acabado... tinha mesmo? Como é que se podia saber quando a brincadeira acabava? É que, de repente, papai não a via, como se seus olhos houvessem ficado cegos. Como os olhos bulbosos dos anjos de pedra do cemitério, que a faziam sentir-se muito esquisita ao se aproximar. É que, se papai não a visse, ela não seria sua *caçulinha*; não era *Rebecca*, não tinha nome.

Como as lajes pequeninas dos túmulos, algumas caídas na grama feito tabuletas, tão desgastadas e corroídas pelo tempo, que já não se conseguia ler os nomes. Eram as sepulturas de bebês e crianças pequenas.

— Papai...!

Ela não queria mais ser invisível. Trêmula, parou atrás de um marcadorzinho baixo de sepultura, inclinado sobre um montinho de grama.

Podia andar no carrinho de mão? Ele a empurraria? Ela não ia chutar nem gritar nem fazer bobagem, prometia! Quando havia grama cortada no carrinho de mão, em vez de sarça ou terra das sepulturas, ele a empurrava. Aquele velho carrinho de mão engraçado, que adernava e dava trombadas feito um cavalo bêbado.

A vozinha queixosa dela, elevando-se, fininha:

— Papai...?

Ele parecia não ouvi-la. Estava absorto no trabalho. Agora ela o perdera. Seu coração de menina se contraía de mágoa e de vergonha.

Rebecca tinha ciúme dos irmãos. Herschel e August ajudavam o pai no cemitério, porque eram meninos. Herschel estava ficando da altura do pai, mas Gus ainda era um garotinho de pernas finas, cabelo raspado rente ao crânio cheio de bossas, com a cabeça pequena e boba feito a de uma boneca careca.

A escola mandara Gus para casa com piolhos. Chorando, porque o tinham chamado de Piolhento! Piolhento! E alguns garotos lhe haviam jogado pedras. Mamãe é que havia raspado sua cabeça, porque papai se recusara a chegar perto.

Quem era ela, Rebecca? "Re-bec-ca." Mamãe dizia que era um lindo nome, porque era o da sua bisavó, que tinha vivido muito tempo antes, do outro lado do oceano. Mas Rebecca não tinha muita certeza de gostar do nome. Nem de ser quem era: *menina*.

Havia dois: *menino* e *menina*.

Seus irmãos eram *meninos*. Logo, sobrava para ela ser *menina*.

Havia nisso uma certa lógica, ela compreendia. Mas se ressentia da injustiça.

É que os irmãos podiam brincar no charco e entre as serpentárias altas, se quisessem. Ela não. (Por acaso fora picada por uma abelha e tinha chorado alto? Ou será que a mamãe é que a havia assustado, beliscando seu braço para lhe mostrar como era a picada de abelha?)

Toda manhã, mamãe escovava seu cabelo, que era um cabelo de menina, e o trançava até deixar seu couro cabeludo doendo. E lhe passava um pito quando ela se mexia. E quando rasgava a roupa, ou se sujava. Ou fazia barulhos altos.

Rebecca! Você é uma *menina*, não é um *menino*, como seus irmãos.

Ela quase podia ouvir a voz da mãe. Só que estava no cemitério, andando atrás do pai e perguntando se podia ajudar. Podia ajudar?

— Papai?

Ah, sim, ela podia ajudar o pai! Podia arrancar as ervas daninhas miúdas, e arrastar galhos partidos e a sujeira deixada pela tempestade para o carrinho de mão. Não se arranharia nas malditas sarças, como o pai as chamava, nem ia tropeçar e se machucar. (Tinha as pernas cobertas de machucados e os cotovelos cheios de crostas.) Estava aflita para ajudar o pai, para fazê-lo enxergá-la de novo e fazer aquele barulho delicioso de bicota, um barulho que era só para *ela*.

Aquela luz nos olhos do pai, era isso que queria ver. O lampejo de amor por ela, mesmo que sumisse depressa.

Saiu correndo e tropeçou.

A voz do pai veio depressa:

— Droga! Eu já não disse que *não*?

Ele não estava sorrindo. Tinha o rosto fechado feito um punho.

Empurrava o carrinho de mão pela grama densa como se quisesse quebrá-lo. De costas para a filha, com a camisa de flanela toda suada. Num pavor súbito de desamparo infantil, ela o viu afastar-se, como se a ignorasse. Isso era o Não-Ver. Era a morte.

Papai chamou os irmãos dela, que trabalhavam a uma certa distância. Suas palavras eram pouco mais que grunhidos, com um toque de irritação, não de afeição, mas... mesmo assim, Rebecca ansiava por ouvi-lo falar com ela daquele jeito, como sua ajudante, não como uma simples menina a ser mandada para casa.

De volta para a mamãe, para a casa que recendia a querosene e a cheiros de comida.

Fora profundamente magoada. Inúmeras vezes. Até dizer a si mesma, por fim, que o odiava. Muito antes de ele morrer, e das circuns-

tâncias terríveis de sua morte, veio a odiá-lo. Esquecida há muito tempo de quanto o tinha adorado, um dia, quando era pequena e ele parecia amá-la, às vezes.

Na brincadeira do Não-Ver.

7

Herschel rosnou:

— Jura que não vai contar pra eles?

Ah, ela jurava!

Porque, se contasse, avisou o menino, o que ele faria era enfiar o atiçador no traseirinho dela — "em brasa, ainda por cima".

Rebecca tinha rido e estremecido. Seu irmão mais velho, Herschel, sempre a assustava desse jeito. Ah, não, não, *não*. Ela *nunca contaria*.

Herschel é que lhe havia contado como ela nascera.

Nascer daquele jeito era uma coisa que Rebecca tinha feito sozinha, mas não conseguia se lembrar, fazia muito tempo.

Seus pais nunca lhe contariam. Nunca, nunca!

Seriam tão incapazes de falar de uma coisa secreta assim quanto de tirar a roupa e exibir os corpos nus diante do olhar dos filhos.

Por isso, tinha sido Herschel. Quem contara que ela, uma coisinha de nada, se contorcendo toda, tinha nascido no navio vindo da Europa, nascido no *porto de Nova York*.

No navio, entendeu? Na água.

A única da porcaria da família, disse Herschel, a nascer deste lado do ciano Tlântico, sem nunca precisar de nenhuma titica de visto nem papel.

Rebecca ficara perplexa, ouvindo atentamente. Ninguém se dispunha a lhe contar essas coisas como Herschel, seu irmão mais velho, ninguém no mundo inteiro.

Mas era de assustar o que Herschel dizia. As palavras lhe voavam da boca feito morcegos. É que, no cemitério de Milburn, em meio às cruzes, enterros, gente enlutada e túmulos decorados com vasos de plantas, nesse vilarejo em que os meninos o chamavam de *Coveiro!* e *Chucrute!*, o próprio Herschel se estava transformando num garoto rude e desbocado. Não tinha sido criança por muito tempo. Seus olhos eram pequenos e sem cílios e davam a impressão aflitiva de estarem em lados opostos do rosto, feito olhos de peixe. E era um rosto anguloso, de testa ossuda e maxilares grandes de predador. A pele era grossa, manchada, com verrugas e espinhas dispersas, que viravam erupções quando ele ficava agitado ou com raiva, o que era freqüente. Tal como o pai, o menino tinha lábios carnudos, vermiformes, cuja expressão natural era o desdém. Os dentes eram grandes, acavalados e descoloridos. Aos doze anos, Herschel já tinha a altura de Jacob Schwart, que era um homem de estatura mediana, 1,73m a 1,75m, mas de ombros recurvados e cabeça baixa, o que o fazia parecer menor. De tanto trabalhar com o pai no cemitério, Herschel vinha adquirindo um pescoço de touro e costas e ombros socados de músculos; aos poucos, ficava mais e mais parecido com Jacob Schwart, mas um Jacob Schwart tisnado, distorcido, embrutecido: um anão com tamanho de homem. Herschel causara profunda decepção ao pai por se sair mal na escola, "repetindo o ano" não uma, porém duas vezes.

Logo na chegada a Milburn, Jacob Schwart havia proibido a família de falar alemão, pois essa era uma época de ódio aos alemães nos Estados Unidos e de suspeita de espiões alemães em toda parte. Além disso, a língua pátria se tornara execrável para ele — "uma língua de feras". E assim, Herschel, que havia aprendido alemão quando pequeno, foi proibido de falá-lo; só que também mal conhecia a língua "nova". Era comum falar com uma gagueira explosiva. Muitas vezes, parecia estar tentando não rir. Por acaso falar era brincadeira? Era? A pessoa tinha que saber os sons certos para dizer, o jeito de mexer a boca, diabo, tinham que ser os sons que os outros conheciam, mas, como é que essa gente *sabia*? A ligação entre um som saído da boca (onde a porcaria da língua atrapalhava) e o que ele devia significar o deixava maluco. E as palavras escritas! Os livros! A titica da escola! Só porque um estranho, um adulto, falava com *ele*, esperava-se que ele sentasse a bunda numa cadeira em que suas pernas não cabiam, só porque essa era a porra da lei do estado de Nova York, e ficasse olhando para a cara dos outros? Com aqueles garotinhos da metade do seu tamanho? Que o olhavam assustados, como se ele fosse algum tipo de monstro? E com uma vaca velha de uma professora sem peitos? Mas por quê? Na escola de Milburn, onde Herschel Schwart supostamente freqüentava a sétima série, sendo de longe o menino mais alto da turma, ele tinha aulas de "ensino especial" e, pelas leis estaduais, poderia sair aos dezesseis anos. Que alívio para os professores e colegas! Como não era capaz de falar nenhuma língua com coerência, ele não sabia ler. Os esforços do pai para lhe ensinar regras simples de aritmética não davam em nada. O material impresso provocava seu desdém e, além do desdém, se não fosse tirado depressa da sua frente, sua fúria. Os livros didáticos de seu irmão Gus, e até as cartilhas da irmãzinha, tinham sido encontrados no chão, rasgados e mutilados. No jornal de Port Oriskany que Jacob Schwart às vezes levava para casa, só as tirinhas cômicas despertavam o interesse de Herschel, e algumas delas — "Terry e os Piratas", "Dick Tracy" — lhe causavam dificuldade. Herschel sempre havia gostado da irmã menor, a *caçulinha*, como era chamada em casa, mas era comum implicar com ela, exibindo uma luz maliciosa nos olhos amarelados, e a menina não podia confiar em que o irmão não a fizesse chorar. Herschel puxava suas tranças, tão cuidadosamente feitas pela mãe, ria e lhe fazia cócegas abrutalhadas embaixo dos braços, na barriga e entre as pernas, até fazê-la gritar e dar pontapés. Lá vem ela!, avisava Herschel, a *jibóia*! Era uma cobra gigante que se enroscava na pessoa, mas também tinha o poder de fazer cócegas.

Nem mesmo com a mãe na sala, olhando para ele, Herschel se comportava. Nem com a mãe correndo atrás dele, aos gritos de *Schwein! Flegel!* e lhe dando tapas e socos na cabeça, nem assim ele se comportava. Os golpes físicos da mãe o faziam rir, e até os do pai. Rebecca tinha medo do irmão grandalhão, mas era fascinada por ele, por aquela boca que expelia feito cuspe as mais espantosas palavras.

Como no dia em que Herschel contou como a irmã tinha nascido.

Nascido! Uma menina tão pequena, que seu cérebro ainda não compreendera que ela nem sempre havia *existido*.

Ya, era uma coisinha de cara vermelha que se contorcia feito um macaco, disse Herschel, em tom carinhoso. A coisinha mais feia que já se viu, parecia descascada. E também não tinha cabelo.

É que tinha demorado muito, puxa, onze horas do cacete, e todo o mundo de-sem-bar-can-do da porra do navio, menos eles, e a cabeça do bebê saiu virada pra trás, e o braço ficou torto pra cima. E foi por isso que demorou. Puxa, era sangue à beça.

E aí ela *nasceu*. Toda gosmenta e vermelha, saindo de dentro da mãe. Da, como é que chama? — gina. Tipo assim, o buraco da mamãe. Um buraco cabeludo, Herschel nunca tinha visto nada igual. Horrível! Que nem uma bocarra escancarada, cheia de sangue. Depois ele tinha visto os pêlos entre as pernas da mãe e na barriga dela, feito suíças de homem, ao entrar no quarto por acaso, empurrando a porcaria da porta, e a mamãe ficou lá, tentando se esconder, trocando de camisola ou tentando se lavar. Você já viu? Uns pêlos grossos que nem de esquilo.

Ei!, disse Herschel, estalando os dedos diante do rosto inexpressivo de Rebecca.

Ei, tá pensando que eu tô mentindo, ou o quê? Por que tá me olhando desse jeito?

Rebecca tentou sorrir. Havia um zumbido alto em seus ouvidos, como milhares de mosquitos.

Tá querendo a jibóia, fofinha, tá?

Ah, a jibóia não! Por favor, ela não!

Herschel gostava de ver a irmã assustada, isso o acalmava um pouco. Disse que talvez ela achasse que ele estava inventando aquilo tudo, mas não estava. Como é que você acha que nasceu, hein? Tá pensando que *você* é especial? Como é que você pensa que todo o mundo nasce? Do buraco da mãe. Não, não é do olho do cu, não é feito cocô, isso é outra coisa, tem um outro buraco que começa pequeno e vai ficando grande, as meninas têm, e as mulheres, e você também tem um, quer que eu te mostre?

Rebecca abanou a cabeça, não. Não, não!

Você é só uma garotinha e também tem um, mas deve ser bem pequenininho, assim do tamanho de uma ervilha, mas com certeza tá aí dentro das suas pernas, onde você faz xixi e onde vai levar um beliscão, entendeu? Você não acredita no seu irmão Hershl.

Rebecca disse depressa que sim, sim, acreditava nele! Acreditava.

Herschel coçou o peito, franzindo o cenho. Tentando lembrar. Do lixo de cabine em que eles vieram no navio. Do tamanho de uma casa de cachorro. Sem janelas. "Camas-beliches." Uma confusão danada de trapos, baratas esmigalhadas e vômito rançoso do Gus, que tinha ficado enjoado, e tudo fedendo a cocô. Depois, o sangue da mamãe. Uns troços saindo dela, deitada no beliche. Por fim, eles tavam no porto de Nova York, todo o mundo doido pra sair do infeliz do navio, menos eles, eles tiveram que ficar, porque *ela* queria nascer. O pai disse que não era pra você nascer, inda faltava um mês, como se desse pra ele discutir. Nós tava tudo morto de fome, caramba. A mãe delirava tanto que nem parecia que era ela, feito um bicho selvagem. Berrava, e aí um músculo ou sei lá o quê arrebentou na garganta dela, por isso que agora ela não fala. E você sabe que ela também não é certa da cabeça.

Tinha uma velha que ia ajudar a mamãe a fazer você nascer, mas aí nós tava "embarcando", então ela teve que sair do navio, entendeu? Aí sobrou só o papai. O coitado do papai, alucinado. O tempo todo, o papai tava doido de preocupação, ele disse. Falava: e se eles não deixar a gente descer nos U-Esse? E se mandarem nós de volta pra porra dos nazista, eles vão matar a gente que nem porco. Sabe, esses nazista perseguia o papai no trabalho, ele teve de ir embora. A gente teve de sair de onde a gente morava. A gente não viveu sempre feito bicho, sabe, nós não era assim... Droga, eu não me lembro muito bem, era só um garotinho, o tempo todo com medo. Eles diziam que tinha uns submarinos nazista, "torpedos", que queriam afundar a gente, era por isso que a gente andava em ziguezague e levou tanto tempo pra fazer a travessia. Coitado do papai, ele ficava o tempo todo olhando pro "cinto de dinheiro", um troço que ele levava na cintura, olhando os papéis, os visto. Pô, o cara tinha que ter esses vistos com tudo que é tipo de selo e sei lá mais o quê, a gente não era cidadão dos U-Esse, sacou?, e os sacana não iam deixar a gente entrar, se pudesse. Os sacana não queriam a gente de jeito nenhum, olhando pra nós, do jeito que a gente fedia! Como se a gente fosse pior que porco, porque não sabia falar direito. No navio, o pai só conseguia era ficar com medo de que os papel fossem roubado. Todo o mundo roubava o que podia, sabe? Foi lá que eu aprendi a roubar. A gente corre, os velho não corre atrás. Se a gente é bem pequeno, pode se esconder que nem rato. Rato é menor que eu, eu aprendi com eles. O pai anda dizendo que os rato comeu as tripas dele naquela travessia. É uma brincadeira do papai, a gente tem que admirar o senso de humor do velho. Os rato comeu minhas tripa no ciano Tlântico, ouvi ele dizer pra uma velha aqui no cemitério, que tava botando flores numa sepultura, e aí o pai começou a conversar com ela, do jeito que ele diz pra nós nunca fazer, falar com *os outro* em que a gente não pode confiar, mas ele tava falando e dando aquela risada dele, feito um latido de cachorro, e a mulher olhava pra ele com cara de medo. E aí eu pensei: o papai tá bêbado, não tá no juízo normal.

No navio, a gente tinha que comer o que nos davam. Comida estragada, com caruncho e barata. A gente tirava eles, pisava em cima e continuava comendo, porque a fome era grande. Ou isso, ou a gente morria de fome. As tripas tava todas corroída quando a gente desembarcou, e todo o mundo cagava um troço sangrento feito pus, mas o papai era quem tava pior, por causa das úlcera que ele dizia que tinham sido causadas pela porra dos nazista, as úlcera do pai eram de anos antes. O pai não tem as tripa normais, sabe? Olha só pra ele, o pai nem sempre foi que nem agora.

Rebecca quis saber como tinha sido seu pai.

O rosto de Herschel assumiu um ar vago, como que vindo de uma idéia grande demais para sua cabeça. Ele coçou a virilha.

Ah, merda, sei lá. Ele não era tão agitado, eu acho. Era mais feliz, acho. Antes de começar os problema. Quando eu inda não tinha crescido demais, ele me carregava, sabe? Que nem faz com você. Costumava me chamar de *Leeeb*, um troço assim. E me beijava! É, beijava. E tinha uma música que ele e a mamãe gostava, uns cara cantando alto no rádio — "ó-pe-ra". Eles cantavam em casa. O papai cantava um pedaço, e a mamãe na outra sala respondia cantando, e os dois ria, tipo assim.

Rebecca tentou, mas não conseguiu imaginar os pais cantando.

Não conseguiu imaginar o pai beijando Herschel!

Eles era diferente, naquela época. Era mais moço. Morar onde nós morava é que acabou com eles, sabe? Eles ficaram com medo, como se tivesse alguém atrás deles. Que nem a polícia, sei lá. Os "nazista". Teve uns trem em que a gente andou, fazia um barulho danado. Cheios à beça. E o infeliz do navio... a gente achava que ia ser bom olhar para o ciano Tlântico, mas não era, ventava o tempo todo, e fazia um frio desgraçado, e todo o mundo empurrava e tossia na cara da gente. Eu era pequeno, não era que nem agora, sabe, ninguém dava a mínima pra um garoto quando pisava em mim, aqueles sacana! A travessia, foi isso que acabou com eles. Ter você quase matou a mamãe, e ele também. Não, a culpa não foi sua, maninha, não se sinta mal. Foi dos nazista. Das "tropa de assalto". Mamãe tinha o cabelo macio e era bonita. Falava uma língua diferente, sabe? Puxa, eu falava essa outra língua, o tal de "alemão", melhor do que sei falar essa porra de agora, como é?, "in-glês". Caramba, por que que elas têm que ser tão diferente, eu não sei. Pra criar mais problema. Agora eu esqueci quase tudo da outra, mas também não sei titica nenhuma de inglês. Com o pai também foi assim. Ele sabia falar bem à beça. Era professor, dizem. Agora, nossa, eles iam dar risada! Imagine o papai dando aula na escola!

Herschel soltou uma gargalhada. Rebecca deu um risinho. Era engraçado imaginar o pai diante de uma sala de aulas, com a roupa velha de trabalho e o boné de pano, com um pedaço de giz na mão, piscando e espremendo os olhos.

Não. Não era possível. Não dava para imaginar.

Herschel tinha nove anos na época da travessia do Tlântico e nunca se esqueceria, na porra da vida inteira, só que também não conseguia se lembrar. Não direito. Uma espécie de névoa tinha descido sobre sua cabeça e não se dissipara mais. Isso porque, quando Rebecca lhe perguntou quanto tempo eles levaram para cruzar o oceano, quantos dias, Herschel começou a contar nos dedos devagar, depois desistiu, dizendo ter sido um tempão grande pra caramba, e uma porção de gente tinha morrido e sido jogada pelo bordo do navio, feito lixo, pra ser comida pelos tubarão; a gente vivia com medo de morrer dessa tal de "de-sen-te-ria", essa doença dos intestino. Era só o que ele sabia. Fazia muito tempo.

Dez dias?, perguntou Rebecca. Vinte?

Não, não tinha sido dias, foi semanas, porra, rosnou Herschel.

Rebecca era apenas uma menininha, mas já precisava saber: números, dados. O que era *real* e o que era só *inventado*.

Pergunta pro pai, disse Herschel, inflamando-se de repente. Ele ficava zangado quando se faziam muitas perguntas a que não sabia responder, como se havia irritado com a professora na escola, um dia, e ela saíra correndo da sala para pedir socorro. Aquela expressão de teia de aranha nos olhos de Herschel, que arreganhava os dentes amarelos feito um cão. E ele disse: pergunta pro papai, já que você tá tão interessada em saber de toda essa titica velha.

Avultou sobre ela e soltou a mão, o lado da mão, *pou!*, acertando-a no rosto, de modo que, quando menos esperava, Rebecca se viu caída de banda, feito uma boneca de trapo, surpresa demais para chorar, e Herschel saiu da sala, pisando duro.

Pergunta pro pai. Mas Rebecca sabia que não devia perguntar nada ao pai; nenhum deles se atrevia a abordar o pai de qualquer modo que tendesse a *provocá-lo*.

8

Schwart! Isso é nome de ju-deu, não é? Ou será que devo dizer he-breu?

Não. Era um nome alemão. Ele e sua família eram alemães protestantes. Sua fé cristã derivava de uma seita protestante fundada por um contemporâneo de Martinho Lutero, no século XVI.

Uma seita muito pequena, com pouquíssimos seguidores na América.

9

Engula o seu orgulho feito catarro, Djei-cob.

Nesse lugar norte-americano que era misterioso e sempre mutável para ele, como um sonho que não lhe pertencesse: Milburn, Nova York.

À margem daquele canal de nome estranhíssimo: Erie.

Tinha uma certa musicalidade — "I-ri" —, duas sílabas com a mesma tônica.

E havia o rio Chautauqua, uns quatrocentos metros ao norte do cemitério, fora dos limites da cidade: um nome indígena, "Chatá-qua". Não importava quantas vezes pronunciasse a palavra, ele não conseguia dominá-la, sentia a língua espessa e atrapalhada na boca.

Essa região em que ele e a família estavam morando, esse lugar em que se haviam refugiado temporariamente, era o Vale do Chautauqua. No sopé da Cordilheira de Chautauqua.

Uma bela paisagem: fazendas, florestas, campinas. Se a pessoa, com as costas moídas, os olhos sujos de terra e o coração de duende que mal chegava a bater, quisesse percebê-la dessa maneira.

E havia os U.S.: os "U-Esse". Não eram palavras que a pessoa resmungasse ou engolisse, mas palavras abertamente proferidas, com um ar de orgulho. Não se dizia "América" — "A-me-ri-ka" —, porque esse era um termo que só os imigrantes usavam. O certo era U-Esse.

Assim como um dia ele aprenderia a dizer "A-li-a-dos": Aliados. Forças Aliadas. As Forças Aliadas que um dia "libertariam" a Europa das Potências do Eixo.

"Fascistas." Essa palavra terrível Jacob Schwart não tinha dificuldade de dizer, embora nunca a proferisse em público.

Nem "nazista" — "nazistas". Também essas palavras ele conhecia bem, embora não as enunciasse.

Engula o orgulho. O homem grato é feliz. Você é um homem feliz.

E era. É que ali em Milburn ele era conhecido: o zelador do cemitério, o coveiro. O cemitério tinha vários acres de terreno ladeirento e rochoso. Pelos padrões da América do Norte, era um cemitério antigo, no qual as primeiras lápides datavam de 1791.

Esses eram os defuntos mais serenos. Dava quase para invejá-los.

Homem prudente, Jacob Schwart não indagou sobre o destino de seu predecessor, nem tampouco alguém se ofereceu para lhe dar informações sobre "Liam McEnnis". (Um nome irlandês? Uma miscelânea de correspondência continuara a chegar para McEnnis, meses depois de os Schwart se mudarem para lá. Coisas inúteis, como folhetos de propaganda, mas Jacob tomava o cuidado de escrever NÃO MORA AQUI em todos eles e de colocá-los na caixa de correio, para que o carteiro os levasse de volta.) Não era um homem inquisitivo, uma pessoa dada a bisbilhotar a vida alheia. Faria seu trabalho e conquistaria o respeito e a remuneração que lhe era paga pelos funcionários municipais de Milburn que o haviam contratado, e que insistiam em chamá-lo, com seu jeito norte-americano desajeitado e simpático, de "*Djei*-cob".

Como se houvessem contratado um cachorro. Ou um de seus ex-escravos negros.

Por sua vez, Jacob Schwart tomava o cuidado de se dirigir a eles com extremo respeito. Tinha sido professor e sabia como era importante aplacar a mesquinhez desses funcionários. "Senhores", "cavalheiros", era sempre assim que os chamava. Falando seu inglês lento e canhestro, muito cortês, na época bem barbeado e com a roupa razoavelmente limpa. Havia segurado o boné de tecido com as duas mãos e tomado o cuidado de erguer hesitantemente os olhos, que não eram tímidos, mas ferozes, transbordando de ressentimento, para os deles.

E lhes agradecera por sua bondade. Por haverem-no contratado e por lhe terem oferecido um "chalé" para morar, no terreno do cemitério. *Muito agradecido. Obrigado, senhores!*

(Chalé! Que palavra estranha para aquela choça úmida de pedra! Quatro cômodos atravancados, com piso de tábuas, paredes toscas de pedra e um único fogão alimentado a carvão, cujos vapores invadiam o espaço e ressecavam as narinas da família, até elas sangrarem. Havia a nenenzinha, sua filha Rebecca; Jacob sentia um aperto no peito ao vê-la tossir e cuspir a comida, enxugando o sangue do nariz.)

Esta fase de loucura na Europa. Eu lhes agradeço, também em nome de minha mulher e meus filhos.

Era um homem alquebrado. Um homem cujas entranhas tinham sido devoradas pelos ratos. Mas também era um homem obstinado. Ardiloso.

Que via como *os outros* lhe sorriam, com ar de piedade e uma certa repugnância. Não tinham querido apertar sua mão, é claro. Mas Jacob acreditava que simpatizavam com ele. Insistiria com Anna: essas pessoas simpatizam conosco, não são desdenhosas. Percebem que somos gente boa, decente e trabalhadora, e não o que se chama de "escóira", de "escório" nesse país.

Isso porque, se elas decidissem que a pessoa era *escóira*, não hesitariam em demiti-la.

Com um pé no rabo, pitoresca expressão norte-americana.

Jacob tinha os documentos em ordem. O visto que lhe fora concedido, depois de muita espera, angústia e pagamento de subornos a certos indivíduos-chave, pelo cônsul norte-americano em Marselha. Os documentos carimbados pelo Serviço de Imigração dos EUA na ilha Ellis.

Eis o que não contaria *aos outros*: que fora professor de matemática em Munique, numa escola para meninos, além de um treinador de futebol muito popular, e que, uma vez demitido do corpo docente, tinha sido impressor-assistente numa gráfica especializada em textos científicos. Suas qualidades como revisor de provas tinham sido elogiadas. Sua paciência, sua exatidão. Ele não recebia uma remuneração tão alta quanto teria recebido noutras circunstâncias, mas era um salário digno, e ele e a família tinham sua casa própria e seus próprios móveis, inclusive o piano da mulher, num bom endereço, perto dos pais e parentes dela. Jacob não contou *aos outros*, os quais já em 1936 percebia como seus adversários, que era um homem instruído, pois percebeu que nenhum deles tivera formação além do chamado curso médio; compreendeu que seu diploma universitário, assim como sua inteligência, o tornariam ainda mais anômalo aos olhos deles, além de deixá-los desconfiados.

De qualquer modo, Jacob Schwart não era tão culto quanto gostaria, e seu plano passou a ser que os filhos varões recebessem uma educação melhor do que a sua. Não era seu projeto que eles continuassem a ser os filhos do coveiro de Milburn por muito tempo; sua estada ali seria temporária.

Um ano, talvez dois. Ele se humilharia, economizaria dinheiro. Seus meninos aprenderiam inglês e o falariam como verdadeiros norte-americanos — com rapidez, até despreocupados, sem a necessidade de serem exatos. Havia ensino público nesse país, e eles estudariam para ser... o quê? Engenheiros? Médicos? Empresários? Talvez, um dia, a Gráfica Schwart & Filhos. Excelentes gráficos. Os mais difíceis textos científicos e matemáticos. Não em Milburn, é claro, mas numa grande e próspera cidade norte-americana: Chicago? San Francisco?

Ele sorria, e era raro Jacob Schwart permitir-se o luxo de um sorriso, ao pensar nessas idéias. Quanto a Rebecca Esther, a caçulinha, ele preferia pensar com menos clareza. A menina cresceria e se casaria com um *dos outros*. Com o tempo, Jacob a perderia. Mas não Herschel e August, seus filhos.

À noite, no colchão encaroçado da cama. Em meio aos odores. Ele dizia a Anna: "É questão de um dia atrás do outro, certo? Cumpra o seu dever. Nunca enfraqueça. Nunca, na frente das crianças, enfraqueça. Todos precisamos. Vou economizar centavos, dólares. Vou tirarnos deste lugar terrível em menos de um ano, eu juro."

A seu lado, virada para a parede em cujas frestas de pedra se aninhavam aranhas, a mulher que era esposa de Jacob Schwart não respondia.

10

Nem a mamãe, tampouco. A gente vivia com medo de *provocar a mamãe*.

Era pior do que o papai, de certo modo, como dizia Herschel. Com o papai, ele enchia a mão e lascava um tapa, se a gente dissesse a droga da coisa errada, mas a pobre da mamãe, ela tremia e chacoalhava como se urinasse nas calças, e começava a chorar. E aí a gente se sentia uma merda. E tinha vontade de sair correndo de lá, e continuar correndo.

— Por que você quer saber? Quem lhe perguntou essas coisas? Alguém andou fazendo perguntas? Na escola, por exemplo? Há alguém nos espionando?

Era como jogar um fósforo no querosene, o jeito como mamãe se inflamava e gaguejava, quando a gente fazia a pergunta mais inocente. Quando a gente dizia palavras que ela não conseguia entender, ou sequer escutava com clareza (mamãe estava sempre cantarolando e rindo e falando sozinha na cozinha, fingia não notar quando alguém entrava, nem olhava em volta, como se fosse surda), ou perguntava alguma coisa que ela não sabia responder. Sua boca se entortava. O corpo macio e arriado começava a tremer. Os olhos, que pareciam lindos a Rebecca, enchiam-se imediatamente de lágrimas. A voz ficava rouca e estalada, como pés de milho ressequidos ao serem soprados pelo vento. Pela vida afora ela falaria sua nova língua com a confiança de uma aleijada que atravessasse uma trilha de gelo traiçoeiro, rachando. Não parecia capaz de imitar os sons que os filhos aprendiam tão depressa, e que até seu marido conseguia imitar, com seu jeito brusco:

— Anna, você tem que tentar. Não é "issa", é "isso". Não é "parra", é "para". Fale!

A pobre Anna Schwart falava aos sussurros, encolhida de vergonha.

(E Rebecca também ficava envergonhada. Em segredo. Nunca riria abertamente da mãe, como faziam seus irmãos.)

Havia lojas em Milburn, como a mercearia e a farmácia, e até a loja Woolworth, onde Anna Schwart não falava, apenas entregava, muda, as listas escritas à mão por Jacob Schwart (no começo, porque, com o tempo, Rebecca passaria a escrever essas listas), para não haver mal-entendidos. (E, mesmo assim, havia mal-entendidos.) Todos riam dela, dizia Anna. Nem esperavam que desse as costas ou ficasse longe do alcance de sua voz. Chamavam-na de "Sra. Schwarz", "Sra. Schwartz", "Sra. Schwazz", até "Sra. Verrugas" — "Sra. Warts". E ela ouvia!

Os meninos, em especial Herschel, tinham vergonha da mãe. Como se já não fosse ruim o bastante serem filhos do coveiro, eram filhos da mulher do coveiro. Que inferno!

(A mamãe não pode evitar, são os nervos, dizia Gus a Herschel, e Herschel retrucava que sabia, porra, ele sabia, mas isso não tornava as coisas mais fáceis, não é? Os dois não batiam bem, droga, mas ao menos o pai sabia cuidar de si, o pai falava inglês, de modo que dava pelo menos pra gente entender, e além disso, o pai tinha, como é que se chama? — isso a gente precisava reconhecer no velho —, o pai tinha *dignidade*.)

Uma vez, quando Rebecca era pequena, ainda muito nova para ir à escola, ela estava na cozinha com a mãe, e uma visita bateu na porta da frente do chalé do zelador.

Uma visita! Era uma mulher de meia-idade, de quadris e coxas gorduchos, com uma cara larga e vermelha, feito uma coisa esfregada com um trapo, e um lenço de algodão amarrado na cabeça.

Era mulher de um lavrador que morava a uns dez quilômetros dali. Ouvira falar dos Schwart, soubera que eles eram de Munique, não? Ela também era de Munique, tinha nascido lá em 1902! Nesse dia, estava visitando o cemitério, para cuidar do túmulo do pai, e levando para Anna Schwart um bolo de café com maçã que fizera de manhã...

E a mãe de Rebecca ficou tremendo na porta, como uma mulher despertada de um pesadelo. O rosto empalidecendo, lívido como se o sangue se houvesse esvaído dele. Os olhos piscando depressa, marejados de lágrimas. Gaguejando que estava ocupada, muito ocupada. Rebecca ouviu a visita se dirigir a sua mãe numa língua estranha e áspera, mas num tom caloroso, como se as duas fossem irmãs, proferindo as palavras depressa demais para que a menina as captasse: *Sie?* — ela ouviu. *Haben? Nachbarschaft?* Mas a mãe fechou a porta na cara da mulher. Voltou aos tropeços para o quarto dos fundos, e também fechou essa porta.

A mãe passou o resto da tarde escondida no quarto. Assustada, presa do lado de fora, Rebecca ouviu as molas da cama rangerem. Ouviu a mãe falando, discutindo com alguém naquela língua proibida.

— Mamãe? — disse, enfiando os dedos na boca, para não ser ouvida.

Queria desesperadamente ficar com a mãe, aninhar-se nela, porque às vezes a mãe permitia isso, às vezes cantarolava e cantava ao lado da caminha de Rebecca, às vezes, ao fazer suas tranças, dava sopros em seus ouvidos, soprava os fiozinhos de cabelo na nuca da filha, para fazer cócegas, só um pouquinho; não como as cócegas do Herschel, que eram muito brutas. Até o cheiro adocicado da mãe, misturado com a gordura da comida e o fedor do querosene, Rebecca estava desesperada para sentir.

Só ao anoitecer foi que a mãe reapareceu, de rosto lavado e o cabelo em tranças apertadas, enroladas na cabeça, daquele jeito que fazia Rebecca pensar nos filhotes de cobra que às vezes a gente via enroscados na grama, no frio, olhando, perplexa, e andando devagar. A mãe tinha abotoado a gola do vestido, antes desabotoada. Seus olhos vermelhos piscaram para a menina. Com a voz rouca e sussurrada, disse à filha para não contar nada ao pai. Não contar que alguém havia batido na porta nesse dia.

— Ele me matava, se soubesse. Mas não deixei ela entrar. Não quis deixar ela entrar. Eu disse alguma palavra a ela? Não disse. Ah, não disse. Eu não diria. Nunca!

Por uma das janelas, as duas viram o movimento num canto distante do cemitério. Um enterro, um grande enterro com muitos acompanhantes, e o papai ficaria ocupado até bem depois de o último deles partir.

— Ei! Alguém deixou um bolo pra nós, parece.

Era Herschel, voltando da escola. Correu para a cozinha, levando a assadeira coberta por papel parafinado. Era o bolo de maçã, deixado pela mulher na escadinha da entrada.

A mãe, tomada pela culpa, cruzou os braços sobre o peito e não conseguiu falar. Subiu-lhe ao rosto um rubor intenso como uma hemorragia.

Rebecca enfiou os dedos na boca e não disse nada.

— O pai vai dizer que é algum sacana querendo *porrinhar* a gente — riu-se Herschel, tirando um pedaço grande do bolo de café e começando a mastigá-lo ruidosamente. — Mas o velho inda não chegou, né?

11

— Teremos de conviver com isso, por enquanto.

Era o que ele tinha dito. Muitas vezes. Até se passarem meses, agora anos.

Mas era tão freqüente eles adoecerem! August, pequeno para sua idade, irritadiço, parecia um ratinho e piscava como se tivesse a vista fraca. (E será que tinha a vista fraca? Era muito longe para levá-lo ao oculista na cidade mais próxima, Cataratas do Chautauqua.) E Rebecca, que sofria com freqüência de problemas respiratórios. E Anna.

A família Schwart, na choça do coveiro.

Ele notava cada vez mais a inclinação íngreme do terreno do cemitério. É claro que havia notado desde o começo, mas não quisera ver.

O cemitério se inclinava para cima, aos poucos. É que o rio ficava nos fundos e aquilo ali era um vale. Na estrada, na entrada principal, onde fora construída a casa, o terreno era mais plano. *A morte escoa para baixo.*

Ao se candidatar ao emprego, ele havia indagado sobre a água do poço com hesitação, porque não queria ofender as autoridades municipais. Era claro que estavam lhe fazendo um favor, certo? Pelo simples fato de falarem com ele, de suportarem seu inglês macarrônico, excruciantemente lento, não?

Com seus sorrisos simpáticos, eles lhe haviam garantido que o poço era uma fonte subterrânea "pura", em nada afetada por vazamentos dos túmulos.

Sim, com certeza. A água tinha sido testada pelo condado.

"A intervalos regulares", todos os poços do condado de Chautauqua eram testados. Certamente!

Jacob Schwart tinha ouvido e assentido com a cabeça.

Pois não, senhores. Obrigado. Só estou preocupado...

Mas não levara a questão adiante. Na época, estava zonzo de cansaço. E havia muito em que pensar: abrigar a família, alimentar a família. Ah, ele estava desesperado! Aquela vontade devastadora sobre a qual Schopenhauer escrevera com tanta eloqüência, a vontade de existir, de sobreviver, de perseverar. A filhinha que lhe dilacerava o coração, com sua espantosa beleza em miniatura, mas que o enlouquecia, irrequieta a noite toda, chorando alto como um fole, vomitando o leite da mãe como se fosse veneno. Chorava a ponto de, num sonho denso feito cola, ele se ver tapando-lhe a boquinha molhada com a mão.

Anna falava sobre a "água dos túmulos", apreensiva — tinha certeza de que era perigosa. Jacob tentava convencê-la de que não havia perigo, ela não devia ser ridícula. Dizia-lhe o que os funcionários municipais lhe tinham dito: a água do poço fora testada recentemente, era pura água de fonte.

— E não ficaremos morando aqui por muito tempo.

Embora, depois, dissesse secamente à mulher:

— Teremos de conviver com isso, por enquanto.

Será que *havia* um cheiro no cemitério? Depois da chuva, um cheiro de alguma coisa enjoativa, adocicada, bolorenta?

Não quando o vento soprava do norte. E o vento sempre soprava do norte, parecia. No sopé da cordilheira de Chautauqua, ao sul do lago Ontário.

O cheiro que se sentia no cemitério de Milburn era de terra, grama. Grama cortada, apodrecendo em pilhas de adubo composto. No verão, um odor pungente de sol, calor. Matéria orgânica em decomposição, quase agradável para as narinas, achava Jacob.

Esse passaria a ser o cheiro inconfundível de Jacob Schwart. Permeando a pele curtida e o que restava de seu cabelo despenteado. Toda a sua roupa, essa, num breve período de tempo, nem o 20 Mule Team Borax era capaz de limpar inteiramente.

É claro que ele sabia: seus filhos tinham que suportar a implicância dos ignorantes na escola. Herschel já estava grande o bastante para se defender, mas August era um menino acanhado, outra decepção para o pai, mudo e vulnerável. E ainda havia a pequena Rebecca, muito vulnerável.

Ele ficava doente ao pensar na filha a quem não podia proteger, sendo alvo de chacota dos colegas, até de professores ignorantes.

Filha do coveiro!

Jacob lhe disse em tom solene, como se ela tivesse idade para compreender essas palavras:

— A humanidade tem medo da morte, sabe? Por isso, faz piadas sobre ela. Eles vêem em mim um servo da morte. Em você, a filha desse servo. Mas eles não nos conhecem, Rebecca. Nem a você nem a mim. Esconda deles a sua fraqueza, e um dia nós nos vingaremos. Dos inimigos que zombam de nós.

Toda ação humana almeja o bem.

Assim argumentara Hegel, seguindo Aristóteles. Na época de Hegel (que morrera em 1831), tinha sido possível acreditar na existência do "progresso" na história da humanidade; a própria história progrediria do abstrato para o concreto, assim se realizando no tempo. Hegel acreditara igualmente que a natureza era da ordem da necessidade e era determinada, ao passo que os seres humanos conheciam a liberdade.

Jacob também tinha lido Schopenhauer. É claro. Todos tinham lido Schopenhauer no círculo de Jacob. Mas ele não havia sucumbido ao pessimismo do filósofo. *O mundo é minha idéia. O indivíduo é confusão. A vida é luta incessante, inexorável. Tudo é vontade: o cego frenesi de copulação dos insetos, antes que a primeira neve os mate.* Ele tinha lido Ludwig Feuerbach, por quem nutria especial predileção: encantara-o descobrir a crítica selvagem que o filósofo fazia à religião, denunciando-a como nada além de uma criação da mente humana, a projeção dos valores mais altos da humanidade sob a forma de Deus. É claro! Só podia ser isso! Os deuses pagãos da Antiguidade, o trovejante Jeová dos judeus, Jesus Cristo em Sua cruz, tão pesaroso e martirizado — e triunfal na ressurreição. "Era tudo um ardil. Um sonho." Era o que Jacob dizia a si mesmo aos vinte anos. Essa cegueira, a superstição, os velhos ritos sacrificiais com uma roupagem "civilizada": todos eram coisa do passado, agonizantes ou extintos no século XX.

Ele tinha lido Karl Marx, e se tornara um socialista ardoroso.

Para os amigos, definia-se como agnóstico, livre-pensador e alemão.

... *alemão!* Que piada amarga, em retrospectiva!

Hegel, aquele fantasista, havia acertado numa coisa: a coruja de Minerva só alça vôo ao entardecer. É que a filosofia chega tarde demais, invariavelmente. A compreensão chega tarde demais. Quando a inteligência humana capta o que está acontecendo, já se encontra nas mãos dos brutos e se converte em história.

Pedaços destroçados, como vértebras.

Ah, eu poderia ouvi-lo falar para sempre, você é tão lúcido!

Era o que Anna dissera a Jacob, logo no início do romance. Com os olhos transbordando de adoração por ele. Jacob lhe falara apaixonadamente de suas convicções socialistas e ela ficara deslumbrada, se bem que levemente escandalizada, com sua segurança. Nenhuma religião? Nenhum Deus? Nem unzinho? Os antecedentes religiosos de Anna eram semelhantes aos dele, sua gente era muito parecida com a dele, orgulhosa de sua "assimilação" na cultura da classe média alemã. Na presença de Jacob, Anna acreditava no que ele acreditava, tinha aprendido a imitar algumas de suas palavras. *O futuro. A humanidade. Artífices do próprio destino.*

Agora, eles raramente conversavam. Havia entre os dois um silêncio pesado, palpável. Desajeitadas rochas e pedregulhos de silêncio. Como criaturas submarinas desprovidas de olhos, eles se moviam em íntima proximidade, tinham aguda consciência um do outro, e às vezes se falavam, às vezes se tocavam, mas agora só havia apatia entre os dois. Anna o conhecia como nenhum outro ser vivo o conhecia: Jacob era um homem alquebrado, um covarde. Fora emasculado. Os ratos também tinham devorado sua consciência. Ele tivera que lutar para salvar a si mesmo e a sua jovem família, traíra diversos parentes que haviam confiado nele, e os de Anna também; poderia ter feito pior, se lhe houvessem dado a oportunidade. Anna não o acusaria, pois tinha sido sua cúmplice, assim como era mãe de seus filhos. De que modo Jacob havia conseguido as somas exorbitantes para eles fugirem de Munique, para a fuga pela França e a compra das passagens de navio em Marselha, Anna não tinha perguntado. Estava grávida do terceiro filho do casal, na época. Tinha os dois meninos, Herschel e August. Passara a achar que nada importava para ela, exceto os filhos, que eles não morressem.

— Viveremos para eles, não é? Não olharemos para trás.

Jacob tinha feito essas juras, aquelas que um homem faria, embora houvesse sido emasculado, não tivesse sexo. Os ratos também tinham devorado seu sexo. Onde um dia haviam ficado seus órgãos genitais existia agora algo inútil, um fruto apodrecido. Patético, cômico. Por essa maçaneta de carne ele conseguia urinar, às vezes com dificuldade. Ah, já era o bastante!

— Eu já *disse*. Teremos de conviver com isso, *por enquanto*.

Assim como não falava de seu medo da água contaminada — nem mesmo depois das chuvas fortes, quando a água do poço ficava muito turva, e as crianças se engasgavam com ela e a cuspiam —, Anna se recusava a falar do futuro. Não fazia nenhuma pergunta ao marido. Quanto dinheiro ele havia economizado, por exemplo. Quando eles poderiam sair de Milburn.

E qual era o salário dele, como zelador do cemitério?

Se Anna se atrevesse a perguntar, Jacob lhe diria que não era da sua conta. Ela era esposa, mãe. Era mulher. Ele lhe dava dinheiro toda semana: notas de um, cinco, dez dólares para as compras. Contando moedas na mesa da cozinha, franzindo o cenho e transpirando, sob o halo da lâmpada nua no alto.

Sim: Jacob Schwart tinha uma caderneta de poupança. Atrás da majestosa fachada neogrega do First Bank de Chautauqua, na Avenida Central. Não seria exagero dizer que Jacob pensava quase constantemente nessa conta, em sua soma exata; mesmo quando não pensava nela conscientemente, a conta pairava no fundo de sua mente.

Meu dinheiro. Meu.

O livrinho preto em nome de *Jacob Schwart* ficava tão habilmente escondido, enrolado numa lona impermeável numa prateleira, no barracão do cortador de grama, que ninguém senão *Jacob Schwart* jamais teria a esperança de encontrá-lo.

Toda semana, desde o primeiro contracheque, ele havia tentado — ah, como tinha tentado! — economizar alguma coisa, nem que fossem centavos. É que um homem tem que guardar alguma coisa. No entanto, em outubro de 1940, ele só havia conseguido poupar duzentos e dezesseis dólares e setenta e cinco centavos. Depois de quatro anos! Mesmo assim, a importância auferia três por cento de juros, alguns centavos, uns dólares.

Não era preciso ser um gênio da matemática para saber: *de grão em grão, a galinha enche o papo!*

Ele não tardara a pedir um aumento às autoridades municipais de Milburn.

Com muita cortesia, em seu segundo ano como zelador do cemitério, havia-o solicitado. Com muita humildade, fizera seu pedido. As reações tinham sido rígidas, reservadas.

Bem, Djei-cob! Talvez no próximo ano.

Depende do orçamento. Dos impostos do condado, entende?

Polidamente, Jacob havia assinalado que eles estavam usufruindo do trabalho não remunerado de seu filho mais velho, que agora o ajudava muitas horas por semana. E também do filho mais novo, às vezes.

Os homens lhe haviam assinalado que ele morava no chalé de zelador sem pagar aluguel. E também não pagava imposto predial.

Diferente dos outros cidadãos, Djei-cob. *Nós* pagamos impostos.

E riram. Eram homens joviais, simpáticos. *Os outros*, que o viam como um cãozinho se equilibrando nas patas traseiras.

Se ele estava fazendo um trabalho satisfatório como zelador? Ora, sim, estava fazendo um trabalho satisfatório. Um trabalho não qualificado, era isso que era, na manutenção do cemitério; só que, na verdade, era preciso ter algumas qualificações. Só que não se podia pertencer a nenhum sindicato. Só que não se receberia pensão nem seguro, como os outros funcionários municipais.

Só que, no fim, o sujeito temia parecer que estava reclamando. Tinha medo de ficar conhecido em Milburn, Nova York, como *Schwart, o lamuriento.*

Schwart, o chucrute, era assim que o chamavam pelas costas. Ele sabia.

Schwart, o judeu.

(Por acaso Schwart não tinha nariz de judeu? Ninguém em Milburn jamais vira um judeu de verdade, mas agora a revista *Life*, por exemplo, e a *Collier's* também andavam reproduzindo tirinhas e caricaturas nazistas anti-semitas, ao lado de fotografias divertidas de civis britânicos ineptos, preparando-se para defender sua pátria.)

Desgraçados, ele lhes mostraria!, jurou. Aos *outros* que o insultavam, assim como a sua família. *Os outros* cuja fidelidade secreta era para com Hitler. Jacob tinha seus próprios segredos, guardando dinheiro para a fuga. Havia escapado de Hitler e escaparia de Milburn, Nova York. Guardando os centavos com muito cuidado, porque, embora não fosse judeu (ele não era judeu), Jacob Schwart possuía a antiga sagacidade judaica para escapulir por entre as muletas do adversário, prosperar e se vingar. Com o tempo.

12

E veio o dia em que Gus voltou correndo da escola, com o nariz escorrendo e fungando, perguntando mamãe o que é judeu, o que é uma porcaria de um judeu, aqueles cretinos da rua do Correio estavam implicando com ele, e o Hank Diggles tinha jogado espigas de milho nele e todo o mundo estava rindo como se o detestasse, até alguns que ele achava que eram seus amigos. E a mãe quase desmaiou, parecendo uma afogada, amarrou um lenço no cabelo e saiu correndo para procurar o papai no cemitério, gaguejando e arfando, e foi a primeira vez que ele se lembrou de tê-la visto, sua mulher, tão longe da casa, do lado de fora, no cemitério, onde ele estava usando uma foice na grama alta e nas roseiras-bravas que infestavam uma colina, e ficou chocado ao ver o quanto ela parecia assustada, desgrenhada, com aquele vestido caseiro amorfo, as meias enroladas nos tornozelos, as pernas de um branco gritante, cobertas de pêlos finos, castanho-claros, aquelas pernas gorduchas, e o rosto dela estava estufado, inchado, ela que um dia fora uma moça bonita e esbelta, sorrindo com tímida adoração para o marido professor, e que tocava Chopin, Beethoven, Mendelssohn, Deus sabe o quanto ele a havia amado! — e agora vinha aquela mulher desajeitada, gaguejando num inglês tão macarrônico que ele teve dificuldade de saber que diabo ela estava dizendo, achou que talvez fossem os malditos garotos escondidos atrás do muro, jogando espigas de milho na roupa lavada do varal, ou nela, e então escutou, ele ouviu *judeu judeu judeu*, ouviu e a agarrou pelos ombros e a sacudiu, mandando-a calar a boca e voltar para dentro de casa; e naquela noite, ao ver Gus, que nessa época tinha dez anos, aluno da quinta série da escola primária de Milburn, Jacob Schwart deu-lhe uma bofetada no rosto com a mão espalmada, e disse estas palavras de que Gus se lembraria por muito tempo, assim como sua irmã Rebecca, que estava parada por perto:

— Nunca diga isso.

13

Foi um dos atos espantosos de sua vida na América.

De um negociante de Milburn, na primavera fria e úmida de 1940, ele comprou o rádio. Ele, Jacob Schwart! Sua impulsividade o assustou. Sua confiança absurda na integridade de um estranho. Porque o rádio era de segunda mão e vinha sem qualquer garantia. Nesse gesto irrefletido, ele violou os princípios da salutar desconfiança *dos outros*, que pretendia inculcar em seus filhos para protegê-los da desgraça.

"Que foi que eu fiz! Que foi..."

Como um ato aleatório de adultério, era o que tinha sido. Ou de violência.

Ele, justo *ele!*, que com certeza não era homem de violências, mas um homem civilizado, agora exilado de sua verdadeira vida.

Mas a compra fora premeditada durante semanas. As notícias instigantes da Europa eram tais que ele não suportara continuar na ignorância. Os jornais locais eram insuficientes. Nada o satisfaria, a não ser um rádio em que ele pudesse ouvir diariamente, todas as noites, as notícias de todas as fontes possíveis.

Em estado de mal controlada agitação, ele se apresentou ao caixa do First Bank de Chautauqua. Tímido, porém resoluto, enfiou a caderneta bancária pelo guichê. O caixa, um indivíduo sem maior importância terrena, exceto pelo fato de estar segurando a caderneta bancária de Jacob Schwart, franziu o cenho ao olhar para os números anotados à tinta, como se estivesse preparado para lhe lançar um olhar severo — a essa figura encarquilhada de duende, com as roupas sujas de trabalho e o boné de pano, "Jacob Schwart" — e lhe dizer que tal caderneta de poupança não existia, que ele estava inteiramente enganado. Em vez disso, como se se tratasse de uma transação cotidiana, o caixa contou mecanicamente as notas, não uma, porém duas vezes; e eram notas engomadas, novinhas em folha, o que agradou Jacob Schwart absurdamente. Ao empurrar o dinheiro e a caderneta pelo guichê, o caixa quase pareceu piscar o olho para seu cliente. *Sei o que você vai fazer com esse dinheiro, Jacob Schwart!*

Depois disso, Jacob passou dias com cólicas e diarréia, tamanha a culpa que o atingiu. Ou tamanha a euforia e o impacto da culpa. Um rádio! Na choça do zelador! Um Motorola, *o melhor fabricante de rádios do mundo*. A caixa era de madeira e o botão seletor emitia um brilho cálido, tão logo se ligava o rádio. Era um milagre ver como, ao girar o botão de ligar, sentia-se imediatamente a vida vibrante do maravilhoso instrumento no interior do gabinete, como uma alma tamborilante.

É claro, Jacob havia comprado o rádio sem falar com Anna. Já não se dava o trabalho de contar à mulher muito do que fazia. De uma forma obscura, os dois tinham passado a se ressentir um do outro. Os silêncios pétreos duravam horas. Um dia, uma noite. Quem tinha magoado quem? Quando é que aquilo havia começado? Como criaturas submarinas cegas e surdas, eles viviam juntos em sua caverna sombria, apenas com um mínimo de consciência um do outro. Jacob aprendeu a comunicar seus desejos grunhindo, apontando, fazendo caretas, dando de ombros, mudando bruscamente de posição na cadeira, olhando de relance para Anna. Ela era sua mulher, sua serva. Tinha que obedecer. Ele controlava todas as finanças; todas as transações com o mundo externo eram suas. Visto que tinha proibido a mulher intimidada de falar sua língua materna, mesmo quando os dois estavam sozinhos no quarto, mesmo na cama, no escuro, Anna ficava em desvantagem, e passara a se ressentir de ter que falar inglês quando quer que fosse.

Anna também ficou profundamente chocada com a compra impulsiva do rádio pelo marido, a qual interpretou como um ato não apenas de desperdício atípico, mas também de infidelidade conjugal. *Ele ficou louco. Isso é o começo.* A família com tão pouco dinheiro, e as crianças precisando de roupas e de idas ao dentista. E com o preço do carvão, os preços dos alimentos... Anna sentiu-se em choque e amedrontada, e não conseguiu falar do assunto sem gaguejar.

Jacob a interrompeu.

— É um rádio de segunda mão, Anna. Uma pechincha. E é *Motorola*.

Estava fazendo troça dela, Anna sabia. Porque Anna Schwart não fazia a menor idéia do que fosse ou quisesse dizer *Motorola*, assim como não seria capaz de recitar os nomes das luas de Júpiter.

Nessa primeira noite, Jacob ficou zonzo, magnânimo; convidou a família para ir à sala escutar o grande objeto parecido com uma caixa, instalado junto a sua cadeira. Anna guardou distância, mas os meninos e Rebecca ficaram extasiados. Só que tinha sido um erro de julgamento, percebeu Jacob, porque a notícia dessa noite foi de um ataque ocorrido no mar do Norte, no qual o contratorpedeiro britânico *Glowworm* fora afundado por navios de guerra alemães, mas os sobreviventes do ataque tinham sido salvos do afogamento pela tripulação de um dos navios alemães... No mesmo instante, Jacob mudou de idéia sobre deixar os filhos ouvirem o rádio e ordenou que eles saíssem da sala de estar.

Navios de guerra alemães! Socorrendo marinheiros ingleses! O que significava...

— Não. É imprevisível. Tem coisas medonhas. Não é para os ouvidos de crianças.

O noticiário, ele queria dizer. Imprevisível, portanto medonho.

Dezenove anos depois, ao ouvir o rádio murmurando e cantarolando noite adentro no quarto de Niley, Rebecca se lembraria do rádio do pai, que se havia tornado um acessório importantíssimo em casa. Como um deus maléfico, que exigia atenção e exercia uma influência irresistível, mas era inabordável, incognoscível. É que, como ninguém senão o pai jamais se atrevia a sentar na cadeira do papai (uma velha poltrona de couro com rachaduras finas, com um banquinho para apoiar os pés e um encosto sólido, quase vertical, por causa das dores que ele sentia na coluna), ninguém senão o pai podia ligar ou mesmo encostar no rádio.

— Estão ouvindo? Ninguém.

E falava sério. Sua voz tremia.

O aviso era sobretudo para Herschel e August. Anna, ele compreendia, desdenharia encostar no rádio. Rebecca, era certo, nunca desobedeceria a suas ordens.

Papai tinha um ciúme daquela porcaria como se fosse (essa tinha sido a observação galhofeira de Herschel) uma namorada. Dava pra gente ficar pensando no que o velho fazia com ele umas noites, hein?

Durante o dia, enquanto o pai trabalhava no cemitério, o rádio ficava desprotegido na sala. Mais de uma vez, Jacob tinha aparecido de supetão em casa, entrando pé ante pé na sala para verificar as válvulas na traseira do rádio: se estivessem quentes, ou até mornas, alguém ia se danar, em geral Herschel.

A razão dessa frugalidade era que *eletricidade não dá em árvore*.

E, como papai dizia repetidas vezes, em tom lúgubre, *notícias de guerra não são para os ouvidos de crianças*.

Pelas costas do velho, Herschel xingava, indignado:

— Fodam-se as notícias do rádio. Porra, como se não tivesse outras coisa no rádio, como música e piadas, o velho sacana não ia morrer se nos deixasse escutar.

Herschel tinha idade suficiente para saber o que era um rádio, tinha amigos na cidade cujas famílias possuíam rádios, e todo mundo ouvia rádio o tempo todo, não era só a porcaria das notícias de guerra!

No entanto, noite após noite, o pai fechava a porta da sala e não os deixava entrar.

Quanto mais o pai bebia no jantar, maior a força com que lhes fechava a porta.

Em certas noites, a ânsia de ouvir o rádio era tão intensa, que os dois irmãos de Rebecca ficavam choramingando atrás da porta.

— A gente também pode ouvir, papai?

— A gente não vai falar nem nada...

— É! Não vai.

Herschel era atrevido a ponto de bater na porta com os nós dos dedos ralados, embora não muito alto. Vinha crescendo tão depressa que os punhos se projetavam para fora das mangas da camisa, e o colarinho ficava apertado demais para fechar no pomo-de-adão. Em pouco tempo, na metade inferior de seu rosto brotariam pêlos parecidos com arame, que ele seria obrigado a raspar antes de ir à escola, para não ser mandado de volta pela professora.

Através da porta, os três (Herschel, August e Rebecca) ouviam uma voz no rádio, que subia e descia em ondas, mas não conseguiam distinguir palavra alguma, porque o pai mantinha o volume baixo. O que dizia a voz? Por que as "notícias" eram tão importantes? Rebecca era pequena demais para saber o que era guerra ("É assim um lugar com canhões e bombas, e tem também aviões", informou Herschel), mas a mãe lhe disse que aquilo tudo estava acontecendo muito longe, na Europa, a milhares de quilômetros de distância. Herschel e August falavam de "nazistas" e "Hitler" como entendidos, mas diziam que esses também estavam muito longe. Ninguém queria que a guerra chegasse aos U-Esse. De qualquer jeito, havia o ciano Tlântico no meio. A guerra nunca chegaria a um lugar como Milburn, com uma única comporta no canal das balsas.

— A titica dos nazista não ia se incomodar com um lugar que nem este — comentou Herschel com desprezo.

A mãe de Rebecca menosprezava o rádio como um *brinquedinho* do pai com que a família não podia arcar, mas que ele havia comprado. Ele o tinha comprado! Anna jamais o perdoaria.

Passou-se um mês após outro, naquele ano de 1940. E no de 1941. Que estava acontecendo no *noticiário de guerra*? Papai dizia que a coisa andava terrível, e piorando a cada dia. Mas os U-Esse continuavam de fora, feito uns covardes safados que não queriam se machucar. Era de se supor, se não estavam nem aí para a Polônia, a França, a Bélgica, a Rússia, que se importassem um pouco com a Inglaterra...

Mamãe ficava nervosa e começava a cantarolar alto. Às vezes sibilava, com sua voz entrecortada e rouca:

— "Notícias de guerra não são para os ouvidos de crianças."

Rebecca sentia-se confusa: papai queria que a guerra chegasse lá? Era isso que ele queria?

Havia noites em que, no meio do jantar, o pai ficava distraído, e era perceptível que estava pensando no *noticiário da guerra* na sala ao lado. Com aquela expressão enojada e ansiosa no olhar. Aos poucos, ele ia parando de comer, empurrava o prato e tomava goles de bebida, como se fosse remédio. Às vezes a bebida era cerveja, às vezes, uma sidra fermentada (comprada na sidraria de Milburn, uns oitocentos metros rio acima, que tinha um cheiro muito forte quando o vento soprava daquela direção), e às vezes, uísque. O estômago do pai tinha sido devorado pelos ratos, ele gostava de dizer. Naquela droga de barco vindo de Mar-séia. Ele perdera as entranhas e perdera a juventude, dizia. Isso era para ser brincadeira, Rebecca sabia. Mas lhe parecia muito triste! Sem se dar conta, o pai deixava os olhos resvalarem para ela, sem ver exatamente a filha, mas sim a *caçulinha*, a indesejada, a neném que nascera após onze horas de trabalho de parto, numa cabine imunda de um navio imundo ancorado no porto de Nova York, do qual os outros passageiros tinham fugido. Ela era nova demais para saber disso, mas sabia. Quando o pai fazia uma de suas piadas, soltava sua risada de escárnio. Herschel fazia eco a esse riso e, com menos segurança, August. Mas a mãe nunca. Rebecca não se lembrava de ter visto a mãe rir de nenhuma piada ou dito espirituoso do pai, nunca.

O pior era quando ele chegava em casa de mau humor, capengando e xingando, cansado demais para tomar banho, depois de dez, doze horas de trabalho no cemitério, e nem a promessa do *noticiário da guerra* conseguia animá-lo. No jantar, ele mastigava a comida como se ela lhe causasse dor ou o deixasse enjoado. E bebia cada vez mais o líquido do copo. Com o garfo, empurrava pedaços gordurosos de carne para fora do prato, em cima do oleado, e acabava afastando o prato com um safanão e um suspiro de nojo.

— Bá! Alguém deve achar que isto aqui é uma família de porcos, para nos servir essa lavagem.

À mesa do jantar, a mãe de Rebecca se enrijecia. O rosto enrubescido e macio de menina, que ficava preso dentro de seu outro rosto, mais velho e mais cansado, não dava nenhum sinal de mágoa, nem mesmo de ter ouvido o comentário do marido. Os meninos riam, mas não Rebecca, que sentia a fisgada de dor no coração da mãe como se fosse no seu.

O pai grunhia que estava farto. Empurrava a cadeira para trás, afastando-a da mesa, pegava a garrafa para levá-la para a sala e fechava a porta com força, barrando a família. Em sua esteira deixava um silêncio incômodo, constrangido. Até Herschel, com as orelhas vermelhas, baixava os olhos para o prato e mordia o lábio inferior. Na sala, ouvia-se a voz de um estranho: abafada, provocante-desdenhosa. A mãe se levantava depressa da mesa e começava a cantarolar, e continuava cantarolando, com a intensidade de um enxame de abelhas, batendo com as panelas e os talheres na pia, enquanto lavava a louça com água aquecida no fogão. Toda noite, agora que já era uma menina crescida, não mais uma garotinha aprendendo a andar, Rebecca ajudava a mãe, enxugando a louça. Eram momentos felizes para ela. Sem que a mãe desse o menor sinal de notá-la, menos ainda de ficar aborrecida, Rebecca podia ficar perto das pernas dela, que exalavam muito calor. Com os olhos semicerrados, às vezes olhava para cima e via a mãe a espiá-la. Seria uma brincadeira? A brincadeira de Não-Ver, só que com a mamãe?

O jantar acabava de repente. Os meninos saíam. O pai ia para a sala. Restavam apenas Rebecca e a mãe na cozinha, lavando louça. De vez em quando, a mãe murmurava entre dentes algumas palavras naquela língua estranha e sibilante que a mulher do lavrador tinha falado na porta da frente, depressa demais para Rebecca apreender, e que ela sabia que não era para ouvir.

Depois de enxugado e guardado o último prato, a mãe dizia, sem sorrir para Rebecca, falando com a voz súbita e estrídula de uma mulher que houvesse acabado de acordar:

— Você foi desejada, Rebecca. Deus a quis. E eu quis você. Nunca acredite no que aquele homem diz.

14

Nunca diga isso.

E haveria outras coisas *para nunca dizer*. Que, com o tempo, caíram no esquecimento.

Marea era uma delas.

Marea... um som de música, misterioso.

Quando Rebecca tinha cinco anos, no verão de 1941.

Mais tarde, a lembrança de *Marea* seria obliterada pela emoção de seu pai na época de "Pearl Harbor".

Marea, "Pearl Harbor", "Segunda Guerra Mundial" (porque era assim que soava aos ouvidos de Rebecca). Na época em que ela ainda era uma garotinha, pequena demais para ir à escola.

Uma noite, depois do jantar, em vez de ir para a sala, o pai ficou na cozinha. Ele e mamãe tinham uma surpresa para os filhos.

A Herschel e August foi perguntado: vocês gostariam de um irmão?

A Rebecca: você gostaria de duas irmãs?

Foi o pai que falou assim, misterioso. Mas lá estava mamãe sentada ao lado dele, muito nervosa. Zonza e com jeito de menina, os olhos brilhando.

Enquanto as crianças olhavam, o pai tirou de um envelope umas fotografias e as espalhou com cuidado sobre o oleado da mesa da cozinha. Era uma noite quente de junho, o cemitério estava animado com os sons dos insetos noturnos, e havia duas ou três mariposinhas na cozinha, atirando-se contra a lâmpada sem lustre no teto. Em sua empolgação, o pai bateu com a cabeça na lâmpada pendurada e o halo de luz balançou, oscilando feito um bêbado pela mesa; foi a mãe quem levantou a mão para firmar a lâmpada.

Primos deles. Da cidade de Kaufbeuren, na Alemanha, do outro lado do oceano.

E esses eram o tio Leon e a tia Dora, que era a irmã mais nova da mamãe.

Os meninos olharam. Rebecca olhou. *Seus primos. Seu tio, sua tia.* Nunca tinham ouvido essas palavras da boca do pai.

— O Herschel deve se lembrar deles, hein? Do tio Leon, da tia Dora. Da El-zbieta, sua priminha, talvez não. Ela era só um bebê.

Herschel debruçou-se sobre a mesa, franzindo o cenho para os estranhos das fotografias, que espremiam os olhos para ele em miniatura, ao lado do polegar esparramado do pai. O garoto respirava forte pelo nariz.

— Por que é que eu ia lembrar deles?

— Porque você os conheceu, Herschel. Quando pequeno, em Munique.

— "Mu-nic"? Que diabo é isso?

O pai falou apressado, como se as palavras o machucassem.

— É onde nós morávamos. Quando você nasceu. Naquele outro lugar, antes deste.

— Naaa! — fez Herschel, abanando a cabeça com tanta veemência que a boca tremeu. — Não pode ser. Eu não.

A mãe tocou no braço do pai, dizendo baixinho:

— Pode ser que o Herschel não se lembre, era muito pequeno. E aconteceu tanta coisa desde...

O pai retrucou, seco:

— Ele se lembra.

— Não lembro, porra! Eu nasci na droga dos U-Esse.

A mãe disse:

— Herschel.

Foi um momento perigoso. As mãos do pai estavam trêmulas. Ele empurrou uma das fotos em direção a Herschel, para que ele a olhasse. Rebecca notou que as fotografias eram meio amassadas e cheias de dobras, como se fossem velhas ou tivessem vindo de muito longe. Quando Herschel pegou uma delas e a levantou contra a luz, espremendo os olhos para examinar o casal, ela temeu que o irmão a rasgasse ao meio; era típico de seu irmão mais velho fazer umas maluquices, de repente.

Em vez disso, Herschel grunhiu e deu de ombros. Podia ser que sim, podia ser que não.

Isso acalmou o pai, que pegou a fotografia de volta e a alisou na mesa, como se fosse uma coisa preciosa.

Havia cinco fotos, todas amarrotadas e meio desbotadas. A mãe dizia a Rebecca:

— Suas novas irmãs, Rebecca. Está vendo?

Rebecca perguntou o nome delas.

A mãe pronunciou os nomes das crianças da fotografia como se fossem muito especiais:

— Elzbieta, Freyda e Joel.

Rebecca repetiu, com sua vozinha ansiosa de menina:

— Elz-bi-e-ta. Frey-da. Jo-el.

Elzbieta era a mais velha, disse a mãe. Doze ou treze anos. Freyda era a menor, da idade de Rebecca. E Joel ficava no meio.

Rebecca já vira fotos de pessoas em jornais e revistas, mas nunca tinha visto fotografias que a gente pudesse segurar na mão. Os Schwart não tinham máquina fotográfica, porque isso era um luxo, e eles não podiam ter luxos, como dizia o pai. Para a menina, pareceu maravilhoso que uma foto pudesse ser de alguém que a gente conhecia, cujo nome sabia. E de crianças! De uma garotinha da idade dela!

A mãe disse que eram suas sobrinhas e seu sobrinho. Filhos de sua irmã Dora.

Que estranho Anna Schwart falar de *sobrinhas, sobrinhos. Irmã!*

Esses estranhos atraentes não se chamavam Schwart, mas Morgenstern. O sobrenome "Morgenstern" era completamente novo, e melodioso.

Nas fotos, as crianças Morgenstern tinham um sorriso inseguro. Dava para achar que estavam olhando para a gente, porque era possível olhá-las muito de perto. Elzbieta franzia o cenho ao sorrir. Ou talvez nem estivesse sorrindo. Nem o Joel, que espremia os olhos como se a luz o incomodasse. A menorzinha, Freyda, era a criança mais bonita, embora não se pudesse ver seu rosto com clareza, porque estava de cabeça baixa. Timidamente, ela sorria como quem dissesse: *Não olhem para mim, por favor!*

Nesse instante, Rebecca viu que Freyda era sua irmã.

Nesse instante, Rebecca viu que Freyda tinha os mesmos olhos escuros e sombrios que ela. E, exceto pelo fato de Freyda ter uma franjinha fofa na testa, enquanto a de Rebecca era descoberta, as tranças do cabelo das duas eram iguais. Numa das fotos, a favorita de Rebecca, porque era onde se via Freyda com mais clareza, a garotinha parecia estar puxando a trança por cima do ombro esquerdo, do jeito que Rebecca às vezes fazia com a dela, quando ficava nervosa.

— "Frey-da." Ela pode dormir na minha cama.

— Isso mesmo, Rebecca — disse a mãe, apertando-lhe o braço em sinal de aprovação. — Ela pode dormir na sua cama.

O pai estava dizendo que os Morgenstern "fariam a travessia" com outros novecentos passageiros num navio chamado *Marea*, que partiria em meados de julho de Lisboa, em Portugal, para a cidade de Nova York. Depois, eles viajariam até Milburn, no norte do estado, para ficar com os Schwart até "se estabelecerem" no país.

Rebecca empolgou-se ao ouvir isso: seus primos atravessariam o oceano, o mesmo que sua família havia cruzado antes de ela nascer? Veio-lhe à cabeça uma historinha estranha, do jeito que era comum essas histórias aparecerem, feito sonhos, rápidas como um piscar de olhos, e depois sumirem, antes que ela soubesse: a história de que ali nasceria outra garotinha. Como Rebecca nascera. E então, quando os Morgenstern fossem morar com eles, será que haveria um novo bebê?

Pareceu a Rebecca que sim, haveria um novo bebê em casa. Mas ela achou melhor não mencionar isso a ninguém, nem mesmo à mãe, porque estava começando a compreender que algumas coisas que ela acreditava serem verdade eram apenas sonhos de sua cabeça.

Herschel disse, emburrado, que não haveria espaço para todos quando essa gente nova chegasse, pelo amor de Deus, haveria?

— Já está ruim à beça a gente viver que nem porco.

Rapidamente, Gus disse que o primo Joel poderia dormir com ele em sua cama.

E a mãe se apressou a dizer que haveria espaço, sim!

O pai não parecia tão seguro quanto a mãe, mais preocupado, de ombros arriados e esfregando os olhos com os nós dos dedos, daquele jeito que o fazia parecer muito cansado, com um ar envelhecido, e disse que sim, a casa era pequena, mas talvez ele e o cunhado pudessem ampliá-la. Transformar o barracão de lenha num cômodo extra. Leon era carpinteiro, os dois poderiam trabalhar juntos. Antes de os Morgenstern chegarem, ele e os meninos poderiam começar. Tirar as quinquilharias de lá e nivelar o chão de terra, e pôr umas tábuas para servir de piso. E arranjar umas folhas de papel alcatroado, para fazer o isolamento.

— Papel alcatroado! — bufou Herschel. — Que nem o lá do lixão, né?

A uns oitocentos metros dali, na estrada da Pedreira, ficava o depósito municipal de lixo de Milburn. Herschel e Gus costumavam fazer explorações por lá, assim como outros garotos da vizinhança. Às vezes arrastavam coisas para casa, objetos úteis, como carpetes, cadeiras ou cúpulas de abajur descartados. Acreditava-se que Jacob Schwart também explorava o lixão, embora nunca em horários em que pudesse ser observado.

O lixão era um dos lugares que Rebecca era proibida de freqüentar, permanentemente. Não podia ir com os irmãos, e sobretudo não sozinha.

Usando sua voz calorosa e ligeira, a mãe disse que poderia arrumar melhor todos os cômodos. Nunca chegara a fazer tudo o que tinha pretendido, porque andava muito cansada na época em que eles se haviam mudado para lá. Agora poderia pôr cortinas. Ela mesma faria as cortinas. A mãe falava de um jeito que deixou os filhos inquietos, porque eles nunca a tinham ouvido falar assim. Ela dava sorrisos iluminados e nervosos, mostrando a falha entre os dentes, e passava as duas mãos no cabelo, como se as mariposas tivessem entrado nele.

E disse:

— É, vocês vão ver. Nós temos espaço.

Herschel remexeu os ombros por dentro da camisa, na qual faltava metade dos botões, e disse que a casa era pequena demais para abrigar quantas pessoas: dez?

— Dez pessoas, cacete, que nem num cercado de animais, já tá ruim do jeito que é, pelo amor de Deus! A porcaria do fogão não serve pra nada, exceto pra este cômodo, e a desgraçada da água do poço tem gosto de gambá, e eu e o Gus tamos sempre trombando um no outro na droga do nosso quarto, como é que a gente vai botar um novo "irmão" lá? Merda!

Sem aviso, rápida como uma cobra venenosa, a mão do pai voou e acertou o lado da cabeça de Herschel. Ele se encolheu, berrando que a porcaria do tímpano tinha estourado.

— E não é só isso que vai estourar, se você não calar a boca e continuar com ela fechada.

A mãe disse, súplice:

— Oh, por favor.

Gus, ainda debruçado sobre a mesa, imóvel, com medo de erguer os olhos para o pai, tornou a dizer que Joel poderia dormir com ele, que por ele tudo bem.

Herschel levantou a voz:

— E quem é que vai dormir com *ele*, mijando na cama toda noite!? Já tá ruim como está, dormindo no mesmo quarto, que nem porco.

Mas agora Herschel estava rindo. E esfregando a orelha esquerda, aquela em que o pai tinha batido, como uma forma de mostrar que não doía muito. E disse:

— Não dou a mínima, porra, não vou ficar nessa bosta desse buraco. Se vier a guerra, tão sabendo, eu vou me a-lis-tar. Tem uns caras que eu conheço que vão se alistar, e eu também, vou pilotar um avião e jogar bombas que nem a... como é que se chama? A Blitz. É, vou mesmo.

Rebecca tentou não ouvir as vozes elevadas. Olhava para Freyda, sua irmã Freyda, que (quase dava para acreditar!) estava olhando para ela. Agora, as duas se conheciam. Agora teriam segredos entre si. Atreveu-se a aproximar a fotografia da luz, como que para espiar lá dentro. Ah, queria ver os pés da Freyda, ver que tipo de sapatos ela calçava! Parecia saber que Freyda usava sapatos melhores que os dela. Porque o vestidinho jardineira de Freyda era mais bonito do que qualquer coisa que Rebecca possuísse. *Kaufbeuren*, pensava Rebecca, *na Alemanha, do outro lado do oceano.*

Pareceu-lhe que sim, podia enxergar um pouquinho dentro da fotografia. Seus primos estavam parados do lado de fora, atrás de uma casa, em algum lugar. Havia árvores ao fundo. Na grama, algo que parecia ser um cachorro com manchas brancas no rosto, um cachorrinho de focinho pontudo e rabo espichado.

Rebecca murmurou:

— Frey-da.

Isso mesmo, o cabelo de Freyda era dividido no centro da cabeça, certinho, e tinha tranças como as de Rebecca. Em duas marias-chiquinhas grossas, do jeito que a mamãe trançava o cabelo da filha, que tendia a se embaraçar, dizia ela, feito pequenas teias de aranha. A mãe fazia tranças tão apertadas no cabelo de Rebecca, que suas têmporas doíam, e dizia que era a única maneira de domar o cabelo fugidio.

A única maneira de domar menininhas fugidias.

— Frey-da.

Elas escovariam e trançariam o cabelo uma da outra, era uma promessa!

Estava na hora de as crianças menores se deitarem. Herschel saiu de casa pisando duro, sem dizer mais nada, mas Gus e Rebecca quiseram se demorar, fazer mais perguntas sobre os primos de *Kaufbeuren, na Alemanha.*

O pai disse que não. Devolveu as fotografias para um envelope que Rebecca nunca vira antes, de papel fino azul.

As mariposas continuavam a voejar em torno da lâmpada descoberta. Agora eram mais numerosas, com as asinhas brancas animadas. Gus dizia nunca ter sabido que havia primos na família. Droga, nunca soubera que houvesse ninguém na família!

15

Aquelas semanas de verão em que ela nunca esteve só. Rebecca sempre se lembraria. Ao brincar sozinha, não estava sozinha, mas com sua nova irmã, Freyda. As meninas viviam conversando e trocando segredos. Ah, agora Rebecca nunca estava só! Não precisava ficar tanto tempo em volta da mãe, cutucando os joelhos da mãe, até a mãe empurrá-la e reclamar que estava quente demais para aqueles agarramentos.

Herschel sempre dava presentes à irmãzinha, coisas que achava no lixão e levava para ela em casa: dera-lhe duas bonecas, chamadas Maggie e Minnie, e agora Maggie era a boneca de Freyda, e Minnie, a de Rebecca, e as quatro brincavam juntas do lado da casa, entre as malvas-rosas. Maggie era a boneca mais bonita, de modo que Rebecca a dera a Freyda, porque Freyda era a mais bonita das irmãs, além de ser a mais especial, porque era de *Kaufbeuren, na Alemanha, do outro lado do oceano.* Maggie era uma boneca-menina, com cabelo ondulado e castanho de plástico e olhos azuis arregalados, mas Minnie era só uma boneca-bebê nua, de borracha, careca e com uma cara corroída de buldogue, muito suja. O jeito de Herschel dar Minnie à irmã tinha sido jogar a boneca de borracha para o alto, imitando com a boca um barulho de bebê chorão, e ela havia aterrissado com um baque surdo aos pés da menina, dando-lhe um susto tão grande que Rebecca quase se urinara. Por isso, quando a Minnie se comportava mal, a gente podia castigá-la jogando-a no chão, o que quase não a machucava, ao passo que ninguém ia querer jogar a Maggie no chão, nunca, porque ela podia quebrar, e por isso Maggie era a mais comportada das duas bonecas, e obviamente mais esperta, porque era a mais velha. E Maggie sabia ler as palavras, um pouquinho. Os jornais e revistas velhos do papai, esses a Maggie sabia ler, ao passo que a Minnie era só um bebê e ainda nem sabia falar. Era sobre esses assuntos que Rebecca e Freyda segredavam sem parar entre as malvas-rosas silvestres, em pleno calor do meio-dia, e tanto que a mãe ia até o lado de fora espiá-las, admirada, com as mãos nas cadeiras.

Perguntava a Rebecca o que ela estava fazendo naquele lugar quente e poeirento, com quem estava falando? E sua voz era rouca, entrecortada e assustada, e Rebecca virava o rosto enrubescido, recusando-se com a cara emburrada a tirar os olhos das bonecas, como se ninguém tivesse dito nada.

Vá embora! Vá embora, a Freyda e eu não precisamos de você.

Mas segunda-feira era dia de lavar roupa, e as duas meninas ficavam ansiosas por ajudar.

É que Anna Schwart não saía com freqüência do chalé de pedra, e essa era uma ocasião especial. Ela amarrava um lenço na cabeça, às pressas, para esconder parcialmente o rosto. Mesmo em dias muito quentes, usava um dos casacos de Herschel por cima do vestido caseiro e sem formas. Assim, se alguém a estivesse espiando (no cemitério, atrás do muro de pedra decrépito), não a enxergaria com clareza. Jacob Schwart havia tentado envergonhar a mulher, para que ela parasse com esse comportamento excêntrico, porque os visitantes do cemitério certamente a notavam, abanavam a cabeça e riam da mulher maluca do coveiro, mas Anna Schwart o ignorava, pois que é que Jacob Schwart podia saber? Apesar de tanto ouvir o rádio e ler os jornais, ele não sabia nada de seus vizinhos de Milburn. *Ela* sabia.

Mas a roupa suja tinha que ser lavada na velha máquina de lavar do barracão, e as roupas encharcadas tinham que ser prensadas no espremedor manual e postas na cesta de vime, e a cesta tinha que ser arrastada até o quintal, onde o sol brilhava e soprava o vento. E Rebecca ajudava a carregar a cesta. E Rebecca e Freyda iam entregando peças tiradas da cesta à mamãe, para serem penduradas na velha corda amarrada entre dois postes e ficarem balançando e batendo e fazendo placplacplac nos dias de vento forte. Rebecca fazia Freyda rir, enfiando uma camiseta na cabeça quando a mãe estava de costas, ou deixando um par de cuecas cair sem-querer-de-propósito na grama, como se tivesse pulado das mãos de Rebecca, mas Freyda levava a camiseta e as cuecas para entregar à mamãe, porque a Freyda era uma boa menina, uma menina séria, muitas vezes Freyda punha o dedo na boca, *psiu!*, quando Rebecca falava alto ou bancava a boba.

Na cama de Rebecca, elas ficavam juntinhas, aninhadas e abraçadas, e às vezes se faziam cócegas. Rebecca passava o braço nu e quente de Freyda por cima de seu corpo, das costelas, para as duas se aninharem mais e ela poder dormir sem ouvir as vozes do rádio do pai na madrugada.

Ah, aquele sonho delicioso, de dar tonteira: Rebecca e sua nova irmã, Freyda, indo juntas para a escola, de jardineiras combinando e sapatos brilhantes de verniz, pela estrada da Pedreira e a rua do Correio de Milburn; era uma caminhada de dois quilômetros e meio até a Escola Primária de Milburn, e elas iriam de mãos dadas, como irmãs. E não sentiriam medo, por serem duas. Só que a mãe andava dizendo que esse ano ainda era cedo demais, que não deixaria Rebecca ir. *Quero minha filhinha em segurança a meu lado, enquanto eu puder.* O pai dizia que Rebecca teria de freqüentar a escola, teria que começar a primeira série, e por que não nesse ano, já que sabia o á-bê-cê e sabia contar, e já quase sabia ler? Mas a mãe insistia: *Não. Ainda não. Só daqui a um ano. Se vierem perguntar, diremos que ela é muito pequena, que anda doente, que tosse e chora a noite inteira.*

Mas Rebecca pensava: agora a Freyda estará comigo. E a Elzbieta.

Todas as irmãs andariam juntas para a escola.

Rebecca sentia a emoção da vitória, agora sua mãe não poderia impedi-la.

Como era estranho que, naquelas semanas de julho de 1941, houvesse tanta agitação no chalé de pedra, como o zumbir das abelhas nas flores pulverulentas das serpentárias, perto das quais a gente não podia brincar, para não levar picadas, e por baixo, aquela sensação enjoativa, como quando a gente dispara morro abaixo cada vez mais depressa, até correr o risco de cair, e, no entanto, o nome *Morgenstern* raramente fosse falado, e, mesmo assim, só aos sussurros. Por *Morgenstern* se fazia referência tanto aos adultos quanto às crianças, mas Rebecca não pensava minimamente nos pais de seus primos. *Freyda*, esse era o único nome com que se importava! Era como se os outros, até Elzbieta e Joel, não existissem. Como se especialmente os adultos não existissem.

Ou então, se esses Morgenstern existiam, eram apenas estranhos em fotografias, um homem e uma mulher num cenário esvaziado de todas as cores, começando a desbotar como fantasmas.

16

E assim, eles esperaram, no chalé de pedra do zelador, logo depois dos portões de entrada do cemitério de Milburn.

E esperaram pacientemente, no começo, depois com inquietação e angústia crescentes, durante a segunda quinzena de julho, e durante o calor úmido e terrível do início de agosto no Vale do Chautauqua.

E os Morgenstern, que eram parentes de Anna Schwart, não chegaram. O tio, a tia e os primos não chegaram. Apesar de o chalé ter sido preparado para eles, esvaziado o galpão de lenha, penduradas cortinas nas janelas, eles não chegaram. E veio um dia, uma hora, em que finalmente ficou claro que eles não chegariam, e Jacob Schwart foi a Milburn dar alguns telefonemas, para averiguar se isso era verdade.

— Pergunte a Deus por quê: por que essas coisas acontecem. Não a mim.

Era a voz do pai dela, que perfurou o coração de Rebecca com sua fúria, sua vergonha.

Ouvir a voz dele desse jeito a deixou desfalecente, aturdida, como se as próprias tábuas do piso se inclinassem sob seus pés descalços. Mas havia também uma curiosa euforia na voz do pai. Uma espécie de alívio por ter acontecido o pior, como ele previra desde o começo. Por ele ter tido razão e Anna haver errado em sentir esperança.

— Mandados de volta! Novecentos refugiados mandados de volta, para morrer.

Acima do zumbir nos ouvidos e das batidas em pânico do coração, Rebecca ouviu os pais na cozinha. As palavras do pai, incisivas e distintas, e as da mãe, que não eram palavras, mas sons, gemidos de tristeza.

O choque de ouvir sua mãe chorar! Sons medonhos, engasgados, como os de um animal ferido.

Rebecca se atreveu a entreabrir a porta. Viu apenas as costas do pai, a poucos metros. Ele usava uma camisa toda empapada de suor. O cabelo já meio grisalho esfiapava-se por cima do colarinho, tão ralo no alto da cabeça que o couro cabeludo transparecia, como uma pálida meia-lua reluzente. Agora ele falava com a voz quase calma, porém ainda havia a euforia por baixo, aquele tripudiar obsceno. É que agora ele não tinha esperança, recusava-se a ter esperança. A esperança das semanas anteriores tinha sido dilacerante para Jacob Schwart, que ansiava pelo pior e ansiava por que o pior acabasse, e sua vida também. Rebecca era apenas uma menina de cinco anos, mas sabia.

— Por que não matá-los no navio, não pôr fogo no navio? No porto de Nova York, para o mundo inteiro ver? "Esse é o destino dos judeus." Seria uma bênção para os cristãos, hein? Aquele canalha hipócrita do Roosevelt, que sua alma apodreça no inferno, seria melhor matá-los aqui do que mandá-los de volta, para morrer feito gado.

Era desesperado o seu desejo de passar correndo pelo pai e ir até a mãe, mas Rebecca não podia, Jacob Schwart lhe barrava o caminho.

Inconscientemente, a menina procurou a mão de Freyda. Desde a noite das fotografias espalhadas na mesa da cozinha, ela não se havia separado de Freyda. Não se via uma irmã sem a outra! Rebecca e Freyda eram da mesma altura, usavam as tranças iguais e tinham olhos idênticos, olhos escuros, ensombrecidos, encovados nas órbitas, vigilantes e alertas. Nessa hora, porém, Rebecca procurou a mão de Freyda e encontrou apenas o ar.

Agora não podia virar-se e ver Freyda encostando o indicador na boca, *Psiu, Rebecca!*, porque a própria Freyda tinha virado fumaça.

Rebecca abriu a porta e entrou na cozinha. Estava descalça e trêmula. Viu o pai virar-se para olhá-la com uma expressão de aborrecimento, o rosto ruborizado, os olhos encolerizados, nos quais não havia nenhum amor por ela naquele instante, nem mesmo reconhecimento. A menina gaguejou, perguntando qual era o problema, onde estava a Freyda, a Freyda não vinha?

O pai lhe disse para ir embora, sair dali.

Rebecca choramingou: Mamãe? Mamãe? Mas a mãe não lhe deu atenção, virou-se para a pia, soluçando. As mãos esfoladas da mãe lhe esconderam o rosto e ela chorou sem som, com o corpo liso e macio balançando como se ela risse. Rebecca correu em direção à mãe, para lhe puxar o braço, mas o pai interveio, segurando-a com força.

— Eu disse *não*.

Rebecca ergueu os olhos para fitá-lo e viu o quanto ele a odiava.

Ficou pensando no que Jacob Schwart via nela: no que haveria nela, uma menina de cinco anos, para ser tão desprezado.

Durante anos, continuou a ser pequena demais para considerar que *Ele odeia a si mesmo em mim*. E menos ainda *É a vida que ele odeia, em todos os seus filhos*.

Correu para o lado de fora. Aos tropeços, descalça. O cemitério era um local proibido, onde ela não devia perambular entre as fileiras de lápides, que assinalavam o lugar de repouso dos mortos na terra e que pertenciam a outras pessoas, *aos outros* que ajudavam a pagar o salário de Jacob Schwart; ela sabia, tinham-lhe dito inúmeras vezes que *esses outros* não queriam ver uma criança zanzando a esmo pelo cemitério que lhes pertencia. Seus irmãos também estavam proibidos de entrar no cemitério, a não ser como ajudantes do pai.

Rebecca correu, enceguecida pelas lágrimas. No lugar em que o pai a havia agarrado pelo ombro, sentia uma dor latejante. Murmurou "Freyda...", mas não adiantou, ela sabia que era inútil, agora estava sozinha e continuaria sozinha, não tinha irmã.

O cemitério estava deserto, não havia visitas. O vento soprava com um gosto úmido, e a casca das bétulas, estriada de branco, luzia com um brilho artificial. Nas árvores mais altas, os corvos crocitavam, chamando uns aos outros. Onde não se ouvia a voz de Jacob Schwart nem se via Anna Schwart virada de costas, soluçando arrasada em sua derrota, era como se nada houvesse acontecido.

Os gritos dos passageiros em chamas do *Marea*, ela os ouvia. Sim, em sua lembrança, era como se o *Marea* tivesse pegado fogo, como se ela mesma tivesse visto o incêndio, tivesse visto sua irmã Freyda queimada viva.

Por quê? — "Pergunte a Deus por quê: por que essas coisas acontecem. Não a mim."

Assustada, ela passou horas escondida no cemitério.

Ninguém chamou seu nome. Ninguém deu por sua falta.

Na véspera, tinha havido um funeral, uma procissão de carros e carregadores levando um caixão para uma sepultura aberta, escrupulosamente preparada por Jacob Schwart. Rebecca tinha observado os acompanhantes do enterro a distância, contara vinte e nove *daqueles outros*, alguns dos quais tinham-se demorado junto ao túmulo, como se relutassem em ir embora, e quando enfim todos partiram, lá veio Jacob Schwart, com sua roupa escura e calado como uma ave comedora de carniça, para encher a sepultura, cobrir o caixão de terra esfarelada e úmida, até restar apenas a terra, a curva da terra, e uma lápide lisa de granito com letras e números gravados. E vasos de flores, cuidadosamente dispostos a intervalos em volta do túmulo retangular.

Rebecca aproximou-se desse túmulo, que ficava a certa distância do chalé de pedra. Estava descalça, mancando. Havia cortado o pé numa pedra. Nos verões, ela era uma criança morena com jeito de índia, de aparência furtiva e comumente suja, com as tranças apertadas do cabelo começando a se soltar em mechas. Não era de admirar que essa menina fosse proibida de vagar pelo cemitério, onde os visitantes poderiam ficar assustados e aborrecidos ao vê-la.

Só ao ver a caminhonete do pai se afastar é que ela emergiu do esconderijo, de modo a voltar para a casa e para a mãe. Levou para a mamãe um punhado de lindas flores azul-claras em ramalhete, quebradas de um dos vasos de plantas.

Para-não-dizer, no chalé de pedra do cemitério de Milburn, desse dia em diante, houve palavras como "primos", "Morgenstern", "navio", *Marea*. Com certeza não se diria "Kaufbeuren", "tia Dora", "Freyda" ou "Alemanha". Não que mamãe ouvisse, ou que, em sua confusão nervosa, imaginasse ter ouvido. Não que papai pudesse ouvir, porque entraria num de seus acessos de raiva cuspidores.

Rebecca perguntou aos irmãos o que tinha acontecido, o que acontecera com seus primos. Era verdade que tinham posto fogo no *Marea*? Mas Herschel deu de ombros e fez uma careta, perguntando como diabos havia de saber, nunca achara mesmo que alguém fosse vir para Milburn, não numa travessia tão grande pelo oceano, com os submarinos e as bombas. Além disso, era certo que haveria dificuldades com aqueles desgraçados dos vistos, como o papai se preocupava.

— Sabe, não tem espaço pra todo mundo aqui. Tem essa gente miserável, pior do que nós, um milhão de pessoas, talvez. É que nem esta porcaria desta casa, dá pra ver que ela não tem tamanho suficiente pra mais ninguém! A gente percebe. E a *Imigrazon* dos U-Esse percebe.

Rebecca perguntou o que era isso, a *Imigrazon* dos U-Esse.

— É que nem a polícia. Os soldados. Eles têm que proteger os U-Esse, pro lugar não ficar cheio de refugiados, tipo assim. Gente tentando fugir do Hitler, não dá pra culpar eles. Mas também não dá pra culpar o pessoal daqui, tentando manter essa gente do lado de fora. Por que foi que eles nos deixaram entrar — disse Herschel, sorrindo e coçando os fundilhos do macacão —, *eu* juro que não sei. Sabe, eu vou me alistar nos pilotos da Marinha, assim que eu puder. Tô torcendo pra gente entrar logo na guerra.

Naquele fim de verão de 1941 e durante boa parte do outono, Anna Schwart ficou de cama. Dormia, ou ficava deitada sem dormir, de olhos fechados, ou deitada sem dormir com os olhos abertos, mas sem foco, cobertos por uma película fina feito muco, que, ao secar, ficava grudada em seus cílios. Quando Rebecca sussurrava "mamãe?", em geral não havia resposta. Talvez um tremor nas pálpebras da mãe, como se uma mosca tivesse zumbido muito perto.

Quase sempre, a porta do quarto ficava fechada para a família, exceto, é claro, que o pai podia entrar a qualquer hora (porque não havia espaço no chalé de pedra do qual Jacob Schwart pudesse ser barrado), e em certos momentos, hesitante, Rebecca também entrava, levando comida para a mãe, e depois tirava os pratos e copos sujos para lavar, a ser lavados por ela, que precisava trepar numa cadeira para isso, diante da pia da cozinha. O quarto era pequeno, só comportava mesmo a cama de casal e uma cômoda. Não era arejado e tinha um cheiro forte, úmido como uma caverna. A mãe se recusava a deixar que abrissem a janela, nem que fosse uma frestinha. Assim como sentira o gosto da morte na água do poço, agora ela sentia o cheiro da morte no ar úmido do cemitério, com seu toque de aroma de plantas. Uma persiana rachada e desbotada fechava-se sobre a janela, dia e noite, para que ninguém pudesse espiar lá dentro.

É que *os outros* tinham aguda consciência dos Schwart em seu chalé de pedra no cemitério. Toda Milburn, no estado de Nova York, tinha aguda consciência. Desde que o *Marea* fora mandado de volta no porto de Nova York, com certeza todo o mundo sabia, e soltava sua risada cruel e grosseira, feito hienas. Só se podia imaginar como deviam rir ao falar da "Sra. Schwarz", da "Sra. Warts", da "mulher do coveiro", que havia parado de aparecer na cidade e agora todos achavam que estava sofrendo de alguma doença debilitante, feito tuberculose, tumor cerebral ou câncer do útero.

Quando estava totalmente sóbrio, Jacob Schwart entrava no quarto de enferma de sua mulher, num silêncio meticuloso, e em silêncio se despia; devia dormir em silêncio ao lado do corpo inerte, carnudo e perspirante da mulher; de manhã cedo, antes do alvorecer, levantava, vestia a roupa e saía. Não se chamou nenhum médico, porque Anna Schwart gritaria e se debateria como uma fera em pânico se algum estranho tentasse entrar em seu refúgio, e porque Jacob Schwart não pareceu considerar que ela estivesse doente a ponto de precisar de um médico. A parcimônia tornara-se tão instintiva nele, que nem lhe era preciso considerar os lugares-comuns que ele aprendera a imitar, tirados de uma infinidade de frases feitas que estavam a seu dispor nessa língua nova, ainda canhestra e improvisada: *dólar não dá em árvore; quem poupa sempre tem.*

Quando bebia, o pai se tornava barulhento e belicoso, tropeçando nas coisas, e Rebecca o ouvia da cama, onde ficava deitada no escuro, de olhos abertos, à espera de que acontecesse alguma coisa que, na verdade, não aconteceria durante oito anos. Às vezes, quando se embriagava, o pai se tornava jovial, tagarela, falava sozinho. Xingava e ria. Nunca havia nenhuma resposta audível de Anna Schwart. Quando ele se acomodava pesadamente na cama, podiam-se ouvir as molas rangerem, como se a cama estivesse prestes a quebrar, e depois era comum ouvir-se um acesso de tosse, uma tosse encatarrada em *staccato*. Provavelmente, ele nem se dava o trabalho de se despir, ou de tirar os sapatos borrifados de lama, porque os malditos cadarços tinham nós impossíveis de desatar.

Depois da morte dele, essas botas deformadas teriam que ser cortadas para sair de seus pés, como se, à semelhança de cascos, estivessem fundidas com sua própria carne.

Já não havia refeições no chalé de pedra, apenas episódios isolados e amiúde famintos de comilança. Muitas vezes, a comida era devorada na pesada frigideira de ferro que permanecia mais ou menos continuamente no fogão, tão revestida e incrustada de gordura que nunca era preciso lavá-la. Havia também mingau de aveia, numa panela do fogão que nunca era lavada. Sempre havia pão, nacos e cascas de pão, e havia bolachas Ritz, comidas aos punhados; havia alimentos enlatados — ervilha, milho, beterraba, chucrute, feijão-mulatinho e feijão guisado —, vorazmente comidos às colheradas, direto da lata. De uma fazenda próxima vinham ovos frescos, que eram preparados na frigideira, nadando em gordura; e havia garrafas de leite fresco mantidas no refrigerador, bem ao lado da pedra de gelo que derretia devagar, porque Jacob Schwart confiava no valor do leite para as crianças ("para que seus ossos não se entortem e quebrem como os meus"). Quando estava sóbrio, ele mesmo tinha uma predileção por leite, que bebia diretamente na garrafa, como se fosse cerveja, em goladas sedentas, sem parecer saborear ou sequer provar o que bebia, com a cabeça jogada para trás e os pés afastados, numa pose clássica de beberrão. Jacob tinha começado a mascar fumo, de modo que era comum o leite ter gosto de saliva com um toque de tabaco, depois que ele se servia da garrafa.

Rebecca tomava esse leite, com ânsias de vômito. Na maioria dos dias, ficava tão faminta que não tinha escolha.

Com o tempo, Anna Schwart emergiu do leito de enferma e, numa medida restrita, reassumiu seus deveres de dona de casa e mãe. Com o tempo, depois da catástrofe de Pearl Harbor em 7 de dezembro de 1941 e da tão esperada declaração de guerra dos Estados Unidos aos países do Eixo, Jacob Schwart recuperou parte de sua antiga e amarga energia.

— No reino animal, os fracos são rapidamente descartados. Por isso, você deve esconder sua fraqueza, Rebecca.

Sim, papai.

— Quando *os outros* perguntarem de onde você é, quem é a sua gente, você deve dizer: "Os U-Esse. Eu nasci aqui."

Sim, papai.

— Por que este mundo é um saco de bosta, há! Pergunte Àquele que lança os dados! Ninguém é mais do que um dado. Ninguém é mais que uma sombra passando pela face das profundezas.

Com a mão cheia de cicatrizes e crostas levantada em concha junto à orelha, num gesto exagerado, ele ria:

— Está ouvindo? Hein? Um bater de asas? É "a coruja de Minerva alçando vôo ao anoitecer".

Ela sorria um sorriso desolado, sim, papai. Sim.

E perguntava a si mesma: que é coruja? Nas árvores altas, sim, às vezes havia corujinhas piando na madrugada: aquele grasnir agudo e fantasmagórico, de notas rapidamente descendentes, significava uma coruja. Mas o que era "Minerva", disso ela não fazia idéia.

Também o hálito do pai, que fedia a álcool e a alguma coisa úmida, adocicada e podre, dava-lhe ânsias de vômito. Como sua roupa, endurecida pela sujeira, e o corpo sem banho. O cabelo oleoso, as suíças malcuidadas. No entanto, a menina não conseguia correr dele. Não se atrevia a correr dele. É que, dentre os filhos de Jacob Schwart, ela, a *caçulinha*, a indesejada, vinha-se tornando a favorita. Os filhos varões o haviam decepcionado e, muitas vezes, era-lhe impossível olhá-los. Herschel era macambúzio e desleixado, e se ressentia de trabalhar com o pai no cemitério sem qualquer remuneração; Gus estava crescendo como um garoto magrela, com braços e pernas de aranha e um perpétuo olhar de esguelha, como quem temesse levar um tabefe de uma hora para outra. (Quando sua mãe desapareceu no quarto, Gus parou de falar nela e, semanas depois, quando ela reapareceu, manteve os olhos afastados, como se a própria visão do rosto de menina abatida de Anna Schwart o deixasse aflito, envergonhado.)

E assim, nas noites em que o pai se virava para ela, a *caçulinha*, segurando-lhe as mãos e puxando-a para perto, rindo, brincando e lhe segredando essas coisas estranhas e fantasiosas, que ela não conseguia compreender, como é que Rebecca podia resistir, como podia fugir dele? Ah, não podia!

E havia a mãe, que nunca parecia mudar. Pelo resto da infância de Rebecca, ela pareceria não se modificar jamais.

Se bem que, desde a doença misteriosa e prolongada, houvesse ficado ainda mais retraída da família. Seus filhos varões, aqueles meninos desengonçados e sem graça, ela mal parecia enxergar, e eles, por sua vez, tinham aguda consciência da mãe e se envergonhavam dela, como fazem os adolescentes para quem o ser físico e sexual é predominante. É que o corpo de Anna Schwart era tão balofo, espichando o tecido dos vestidos caseiros, os seios eram tão fartos, caídos e de mamilos grandes, a barriga, tão bojuda, e as pernas e tornozelos varicosos eram tão inchados, que como podiam os garotos tirar os olhos dela? Perversamente, o rosto de Anna continuava relativamente jovem, com a pele luminosa e rosada, como se ela estivesse com febre. Embora a mãe fosse de um acanhamento mórbido e tivesse medo de ser espionada, parecia alheia à própria aparência, para desolação dos filhos, quando pendurava a roupa lavada no varal, num vento que lhe desenhava o contorno das costas, das nádegas e das coxas, nos vestidos descuidadamente amarrados. Numa agonia de vergonha, os meninos viam a mãe, invariavelmente do lado de fora, quando os cortejos fúnebres passavam pelo chalé de pedra, sempre muito devagar. Herschel reclamava que os seios da mãe pareciam malditas tetas de vaca penduradas, por que ela não comprava um *sutião*, como as mulheres faziam, e não se arrumava direito? E Gus protestava que a mãe não podia fazer nada, eram os nervos, Herschel devia saber. E Herschel dizia: eu sei, merda! Sei, mas não adianta nada.

Rebecca tinha uma consciência menos aguda da aparência da mãe. É que Anna Schwart a fascinava, alarmava e inquietava tanto, que a menina mal sabia que jeito tinha ela aos olhos dos outros. Sentia a distância entre as duas, mesmo nos cômodos atravancados do chalé de pedra. Sentia que até nas refeições, enquanto lhes servia a comida, a mãe tinha um ar vago e preocupado no rosto esfogueado e úmido; era um olhar perdido e sonhador, como se, dentro da cabeça, ela ouvisse vozes que ninguém mais ouvia, de um interesse infinitamente maior do que as vozes rudes e briguentas de seus familiares. Nesses momentos, Rebecca sentia uma fisgada dolorosa de perda e ciúme. Quase odiava a mãe por abandoná-la com os outros. Com o pai, os irmãos! Quando era a mãe que ela queria.

É que Rebecca já não tinha irmã. Até nos sonhos havia perdido Freyda. Com uma lógica infantil, culpava Ana Schwart por essa perda. Que direito tinha a mulher de falar em *minhas sobrinhazinhas, meu sobrinho, seus priminhos*? Que direito tinha de mostrar aquelas fotografias, e agora virar as costas, distraída e alheia?

Em especial, Rebecca se ressentia de a mãe falar sozinha. Por que não podia falar com *ela*, em vez daqueles outros? Umas figuras de fantasma, isso é que eram, fazendo Anna Schwart sorrir de um jeito que sua família viva já não conseguia fazê-la sorrir. Nos cômodos dos fundos, Rebecca ouvia a mãe murmurando, dando risadas tristes, suspirando. Deixando cair braçadas de lenha no fogão, bombeando ruidosamente a água com a bomba manual da pia, passando repetidamente a feiticeira nos tapetes esgarçados, Anna Schwart conversava consigo mesma numa voz murmurante e alegre, feito água rolando nas pedras. *Ela está falando com os mortos*, Rebecca veio a perceber. *Está conversando com a família que deixou na Alemanha.*

Num dia de inverno, os homens chegaram em casa e descobriram que a mãe tinha tirado as cortinas de todas as janelas. As mesmas cortinas que havia feito com tanta empolgação em julho. Na cozinha, houvera cortinas franzidas cor de narciso, na sala, diáfanos painéis rosa-pálido, e cortinas estampadas de flores nos outros lugares.

Por quê?

— Porque estava na hora — disse a mãe.

Ao lhe indagarem que diabo significava isso, ela informou, imperturbável, que estava na hora de tirar as cortinas porque ela ia usá-las como panos de limpeza, e um trapo não devia ficar cheio de poeira, porque seria usado para tirar o pó.

Enfiadas no saco de trapos do armário, estufado com os despojos de Anna Schwart! Jacob Schwart brincou com os filhos, dizendo que um dia acabaria no saco de trapos da mãe deles, só os ossos descarnados.

Herschel e Gus riram, sem jeito. Rebecca mordeu o polegar até sangrar, ao ver como a mãe começou a sorrir para o chão, calada.

Exceto ao despertar para indagar, com um sorriso desdenhoso: para que alguém haveria de querer ossos velhos e descarnados num saco de trapos? Ela não.

Calmamente, o pai disse: você me despreza, não é?

Calmamente, o pai disse: vamos combinar o seguinte, mãe. Vou comprar uma arma. Uma espingarda. Aí você pode estourar os miolos do Jacob Schwart, mãe. Espalhar o cérebro dele por toda a sua preciosa parede.

Mas a mãe de Rebecca já se desligara, indiferente.

Aquelas horas solitárias, mesmo depois de ela começar a primeira série. Seguindo a mãe feito um cachorrinho. Torcendo para que a mãe dissesse: me ajude com isto, Rebecca. Ou então, Rebecca, venha cá! E Rebecca iria, correndo ansiosa.

Aqueles anos. Rebecca se lembraria de como as duas tinham trabalhado juntas, quase sempre em silêncio. Desde que Rebecca era uma garotinha até os seus treze anos, quando Anna Schwart morreu.

Morreu, diria Rebecca. Sem querer dizer *foi morta*.

Sem querer dizer *foi assassinada*.

E, no entanto, durante todos aqueles anos (preparando as refeições, arrumando a cozinha depois delas, lavando roupa, limpando o pó e esfregando, e batendo os tapetes), elas nunca tinham falado de coisas sérias. Nunca de coisas essenciais.

A mãe de Rebecca só se animava, com a voz embargada, ao alertar Rebecca para o perigo.

Não perambule pela estrada! Fique longe das pessoas que você não conhece! E, mesmo que as conheça, não entre em nenhum carro ou caminhonete! E fique longe daquele canal! Há pescadores que vão lá pescar, e homens que passam pelo canal de barco.

Sabe, você não vai querer que lhe aconteça alguma coisa, Rebecca. Vão culpá-la, se acontecer alguma coisa com você.

Você é *menina*, entende?

Tome cuidado naquela escola, acontecem coisas com as meninas na escola. Muitas coisas. Coisas horríveis. Se um menino chamar você de um porão, ou dentro de algum lugar, ou escondido numa vala, você fuja dele com toda a força, porque você é *menina*, sabe?

A mãe ficava toda alvoroçada ao falar tanto. Nunca, em outras ocasiões, falava tanto assim. E avisava que Rebecca também não devia cometer o erro de ir atrás dos irmãos, que eram meninos e sairiam correndo e a largariam, você é *menina*.

Rebecca passou a perceber que isso era como uma ferida. Ser *menina*.

A escola! Esse foi o grande acontecimento da curta vida de Rebecca.

A mãe se opusera ferrenhamente a que ela fosse. A mãe tentara mantê-la em casa até o último dia. Porque Rebecca tinha que andar uns oitocentos metros sozinha pela estrada da Pedreira, até se juntar a outras crianças; e, de qualquer modo, a mãe não confiava nessas outras crianças, porque elas moravam num barraco caindo aos pedaços, perto do lixão municipal.

No entanto, a mãe não demonstrava o menor interesse na escola de Rebecca, a não ser por esses perigos teóricos. Era como se, não se materializando os perigos, ela desdenhasse da escola, tal como desdenhava de Milburn e seus vizinhos. É claro que não visitava a escola como os outros pais. (E Jacob Schwart também não a visitava.) Nenhum dos pais de Rebecca fazia mais do que olhar de relance para seus boletins. Anos se passaram até Rebecca se dar conta de que sua mãe não sabia ler o inglês, e por isso escarnecia de qualquer material impresso: seria capaz de jogar fora os livros escolares da filha, junto com os jornais e revistas velhos do marido, tão pequena era a importância que tinham para ela. Anna Schwart só parava para olhar as fotografias, de vez em quando. Uma vez, Rebecca a viu na cozinha fitando uma reportagem fotográfica da revista *Life*, que mostrava homens, mulheres e crianças caídos, seminus e ensangüentados, esparramados em meio a escombros numa cidade distante. Quando Rebecca se aproximou para dar uma espiada na legenda, a mãe afastou a revista com um safanão e bateu no rosto da filha com ela.

— Não. Não é coisa para menina ver. *Ruim*.

E um dia eu a vi, ela que havia manifestado um pavor tão grande de serpentes, matar uma cobra com uma enxada. Estávamos pendurando roupa no varal e uma cabeça-de-cobre saiu de debaixo da casa, a uns trinta centímetros dos meus pés, na grama, e mamãe não disse nada, mas pegou a enxada que estava encostada do lado da casa e bateu na cobra, e a picotou e picotou feito louca, até deixá-la morta, sangrando e mutilada.

Na Escola Fundamental de Milburn, a professora de Rebecca na primeira série era a Srta. Lutter, que se identificou como cristã no primeiro dia de aula. A Srta. Lutter era uma mulher magra, com cabelo cor de poeira e dentes que se projetavam por entre os lábios franzidos quando ela sorria. Ela disse a Rebecca e aos outros que todos tinham alma, a qual era "uma pequena chama" dentro do corpo, na região do coração; essa chaminha nunca se apagava, ao contrário do fogo comum.

Rebecca, que nunca tinha ouvido uma coisa dessas, soube de imediato que devia ser verdade.

É que a estufa a carvão e o fogão a lenha da casa dos Schwart eram as únicas coisas que impediam o chalé de congelar no frio rigoroso do inverno, e era assim também que as chamas dentro da pessoa impediam que ela congelasse. Rebecca quase podia ver as chamas dentro do pai e da mãe, por trás dos olhos deles, mas sabia que não convinha falar-lhes desse assunto. Porque qualquer autoridade fora da família os deixaria furiosos.

Qualquer crença *daqueles outros*, dita a seus filhos, os enfureceria.

E também há um fogo dentro de mim.

Essa revelação deixou Rebecca tão feliz, que ela desejou que sua irmã Freyda estivesse ali para compartilhá-la.

— "Rebecca Esther Schwart."

Será que o homem estava caçoando dela, estava? De seu nome? Ou... de quem ela era?

É que a menina sentiu o impacto do nome, ali, entre estranhos. Com que dureza a sílaba final áspera, *Schwart*, atingia o ouvido, como se fosse a lâmina de uma pá, usada como arma.

— Rebecca, você está aí?

A Srta. Lutter a cutucou. Rebecca despertou do transe, levantou-se e caminhou pelo corredor, trêmula, subindo no palco iluminado. Com aquele rugir do sangue nos ouvidos, misturado com os aplausos da platéia — tão altos! Como chamas crepitando. Fileiras de estranhos, *os outros*, como os desdenharia papai, mas que sorriam para ela, batendo palmas com vigor, como se, para eles, por aqueles segundos fugazes de vida, a garota dos Schwart, com seu cabelo preto e seu jeito de cigana, a filha do coveiro, não fosse uma figura digna de pena.

— Rebecca?... Meus parabéns.

Ela estava apavorada demais para murmurar Obrigada. Não conseguia enxergar com clareza o rosto do homem que lhe dirigia a palavra, de óculos cintilantes e gravata listrada; tinham-lhe dito o seu nome e quem ele era, e é claro que ela havia esquecido. Desesperada, estendeu a mão para fosse o que fosse que o homem lhe estava entregando — um livro grosso, um dicionário —, e houve um risinho divertido na platéia quando, por não esperar que o livro fosse tão pesado, por pouco Rebecca não o deixou cair. O homem dos óculos cintilantes riu e segurou o livro — "Opa, mocinha!" —, para tornar a entregá-lo de maneira mais segura, e nesse instante Rebecca o viu a fitá-la com um ar curioso, como quem a gravasse na memória, *a garota dos Schwart, a filha do coveiro, pobre menina, mandada para a escola parecendo uma selvagem.*

Num aturdimento de embaraço e confusão, Rebecca desceu do palco aos tropeços e voltou para sua fileira e seu lugar, onde a Srta. Lutter lhe sorria, enquanto chamavam o nome seguinte.

Foi em abril de 1946. Ela estava com dez anos e ficara entre os vencedores do Concurso de Ortografia da Divisão Administrativa de Ensino de Milburn. Havia representado sua escola primária, que era o Distrito nº 3. Passara semanas decorando listas de palavras. Palavras como *profligar, precipitante, precipitado, epíteto, disforia, expurgar, cotidiano, lapidador, lacrimoso, estático, extático, inigualável, incipiente, hediondo, baldaquino, atro, erradio, assediar, ímpio, fortim, paul, presságio, pressago, descrição, discrição, ressuscitar, genealogia, sacrílego, blasonador, gnômico, tortuoso, fortuito, contingência, autarquia, temerário, encômio.* Como outros alunos que haviam decorado a grafia dessas palavras, Rebecca tinha apenas uma idéia sumamente vaga do que elas significavam. Eram sons misteriosos, sílabas que tanto poderiam estar numa língua estrangeira quanto na língua conhecida como inglês. Era uma brincadeira, aprender a soletrar. Mas uma brincadeira que deixava a pessoa nervosa, irrequieta e transpirando a noite inteira. A Srta. Lutter havia insistido em que Rebecca seria capaz de concorrer com estudantes mais velhos, da sétima à nona séries, e assim, pelo pavor de fracassar e desapontar a professora, ela havia decorado as palavras e superado as outras crianças, e agora a Srta. Lutter se orgulhava dela e apertava sua mão gelada; e o rugir nos ouvidos foi cedendo aos poucos.

Só que ela se lembrou de *procurá-los na platéia, no fundo do auditório da escola secundária, sabendo que eles não iriam, é claro. Não sua mãe, Anna Schwart, nem seu pai, Jacob Schwart. Eles nunca iriam a esse lugar público para ver a filha ser homenageada.* Depois da cerimônia, ela foi saindo como um bicho furtivo pelo saguão da escola, onde estava havendo uma "recepção" para os vencedores do concurso de ortografia, seus parentes, professores e outros adultos. Rebecca estava sem jeito e constrangida entre eles, uma criança solitária, sem família. Seu rosto pinicava de mágoa e vergonha. Mas ela sabia o quanto os pais desdenhariam desse lugar e dessa gente.

Os outros em quem nunca se devia confiar, nossos inimigos.

— Rebecca? — alguém chamou seu nome, porém, em meio à confusão de vozes e risos, não se podia esperar que ela ouvisse. Encaminhava-se para uma porta lateral que dizia SAÍDA.

— Rebecca Schwart! Por favor, venha cá.

Alguém a segurou. Viu-se cercada por adultos. Uma mulher com a cabeça que parecia um elmo de bronze e um olhar fixo. E lá estava o homem dos óculos cintilantes e da gravata listrada, o diretor da Escola Secundária de Milburn, segurando-a firme pelo cotovelo e a conduzindo a um grupo de estudantes e adultos que estava sendo fotografado para o *Semanário de Milburn* e a *Gazeta do Vale do Chautauqua*. Rebecca, a menor e mais jovem dos vencedores do concurso, foi colocada na frente, parada no centro. Disseram-lhe para sorrir e ela sorriu. Dispararam os *flashes*. Ela manteve o sorriso assustado, de olhos espremidos, e as câmeras tornaram a disparar. E ela ouviu sem ouvir uma conversa murmurada, não muito longe:

— Aquela menina, a Schwart, onde estão os pais dela?

— Não estão aqui.

— Santo Deus, por que não?

— Só sei que não estão.

E então ela foi liberada e rumou para a saída. De algum lugar às suas costas, ouviu a Srta. Lutter dizer — Rebecca, você não precisa de carona para casa? —, mas, dessa vez, não voltou.

Não havia planejado mostrar-lhes o dicionário. Nem a ninguém da família. Tinha falado com o pai sobre o concurso de ortografia e a cerimônia de premiação, mas ele mal a havia escutado, e a mãe também não a ouvira. E agora, ela esconderia o dicionário embaixo da cama, sabendo o quanto eles o desprezariam.

E havia o perigo de que um deles o jogasse no fogão.

Muito tempo antes, Jacob Schwart tivera a esperança de que os filhos varões se saíssem bem na escola, mas nem Herschel nem Gus tiveram bom aproveitamento e, por isso, ele ficara indiferente à escolarização das crianças e zombava das cartilhas de Rebecca, às vezes as folheando e dizendo que eram contos-da-carochinha, lixo. Os jornais e revistas que levava para casa, esses ele tendia a ler de ponta a ponta, com um ardor perverso, mas também os descartava como lixo. Desde o término da guerra, já não ouvia o rádio depois do jantar, mas não queria que outras pessoas da família o escutassem. "As palavras são mentiras." Era um pronunciamento que fazia com freqüência, franzindo o rosto com um ar jocoso. Quando estava mascando fumo, cuspia.

É que, desde a guerra, muitas coisas tinham virado piada para ele. Mas nem sempre dava para saber o que seria e o que não seria piada. O que o faria rir tanto que sua gargalhada se desmancharia em acessos de tosse sibilantes, ou o que *faria o papai estourar*.

Alguma coisa nos jornais, talvez.

Sacudindo a primeira página com o rosto contorcido de escárnio e indignação. Esmurrando o jornal até achatá-lo na toalha de oleado da mesa da cozinha. Jacob Schwart abominava particularmente o homenzinho de cabelo liso e bigode preto que era governador do estado de Nova York, e sua boca se movia numa fúria muda ao ver a foto desse governante. Por quê, exatamente, ninguém na família sabia. Jacob Schwart detestava os republicanos, sim, mas também detestava FDR., e FDR. era democrata, não é? Rebecca tentava guardar esses nomes direito. O que significava tanto para o papai também deveria significar alguma coisa para ela.

Os outros. Nossos inimigos. Somos lixo para eles, terra a sacudir dos sapatos.

— Que diabo é isto? *Você?*

Foi um susto, papai jogando o *Semanário de Milburn* na mesa, achatando-o com um soco e confrontando a filha.

Estava inflamado, ofendido. Rara vez Rebecca o vira tão transtornado. É que lá estava *Rebecca Esther Schwart, do Distrito nº 3 de Milburn*, numa fotografia de grupo, na primeira página do jornal. *Vencedores do Concurso de Ortografia. Cerimônia de Premiação na Escola Secundária de Milburn.* O pai a puxou para a mesa com um safanão, para que a menina olhasse para si mesma, uma imagem diminuta e assustada dela própria, em meio ao conjunto de estranhos sorridentes. Rebecca se esquecera dessa ocasião, não podia ter previsto que nada real saísse daqueles *flashes* e do jocoso e brincalhão *Sorriam, por favor!* E agora o pai exigia saber o que era aquilo! Que significava? E dizia, enxugando a boca:

— *Eu* nunca soube de nada disso, soube? Diabo dos infernos, não quero nenhum filho meu agindo pelas minhas costas.

Rebecca disse, gaguejando, que lhe havia contado, que tentara contar-lhe, mas o pai continuou a esbravejar. Era uma dessas pessoas cuja ira se alimenta dela mesma, extasiada. Segurou o jornal diante da luz, em ângulos diferentes, para ver com mais clareza a primeira página incriminadora. Por fim, virou-se para Rebecca, incrédulo:

— É você, hein?! Diabo dos infernos! Pelas minhas costas, minha filha.

— Eu lhe contei, papai. O concurso de ortografia.

— "Concurso"... do quê?

— "Concurso de ortografia." Palavras que a gente soletra. Na escola.

— "Palavras", eu vou lhe dizer o que são as palavras: uma balela. Todas as palavras já enunciadas pela humanidade são balelas.

Herschel e Gus, atraídos pela comoção, examinaram a fotografia e a reportagem da primeira página, ambas escandalosas, admirados. Gus disse que era uma boa notícia, não era?

O pai retrucou, às cusparadas:

— Vá buscar a porcaria do "prêmio", eu mesmo quero ver essa droga de "prêmio". Já!

Rebecca foi correndo buscar o dicionário onde o havia escondido. Embaixo da cama. Que pena, que pena, sabia que isso lhe traria encrencas, por que tinha escondido o dicionário *embaixo da cama*?

Como se fosse possível esconder alguma coisa de Jacob Schwart. Como se algum segredo não viesse a ser denunciado, com o tempo, feito sujeira na roupa de baixo ou nos lençóis.

O rosto de Rebecca estava muito quente, os olhos ardiam com as lágrimas. (Onde estava a mamãe? Por que não estava ali para interceder? Estaria no quarto, escondendo-se da voz elevada do papai?)

A menina levou o *Webster's Dictionary* para o pai: obedeceria a ele, apesar de temê-lo e detestá-lo. Como que sabendo de antemão, com a resignação da criança ao destino, a do animal condenado que expõe o pescoço ao predador, que ele jogaria o dicionário no fogão, praguejando.

Chegaria quase a ter a lembrança de vê-lo fazer isso. Atirar seu dicionário no fogo e dar gargalhadas.

Na verdade, não foi o que o pai fez. Pegou das mãos da filha o dicionário pesado e o pôs em cima da mesa, subitamente mais calmo, como que intimidado. Um livro muito pesado, e muito visivelmente caro!

Sua mente fez as contas depressa, quanto custaria um livro daquele tamanho: cinco dólares? Seis?

Letras douradas na lombada e na capa. Folhas de guarda marmorizadas. Quase duas mil páginas.

Com um floreio, Jacob abriu a capa e viu o ex-líbris:

CAMPEÃ DE ORTOGRAFIA DO DISTRITO Nº 3 DE MILBURN
*** 1946 ***
REBECCA ESHTER SCHWART

Percebeu de imediato o erro ortográfico e deu uma risada áspera, triunfal.

— Ei, já viu? Estão insultando você: "Eshter." Estão nos insultando. Isso não é por acaso, é proposital. Grafar o nome errado da criança, para insultar quem lhe deu esse nome.

O pai mostrou a vinheta gravada a Herschel, que deu uma espiada, sem conseguir lê-la. Frustrado, o rapaz cutucou o dicionário como se cutucaria uma cobra com uma vara, e disse:

— Caramba, bota essa porcaria longe de mim, eu sou *lérgico*.

Isso provocou uma sonora gargalhada no pai, que tinha uma queda pelo humor rude do filho primogênito.

Gus objetou:

— Que droga, Herschel, alguém nesta família conseguiu alguma coisa, para variar, e eu acho que é muito *legal*.

Gus gostaria de dizer algo mais, porém o pai e Herschel o ridicularizaram.

O pai fechou o dicionário. Era chegado o momento, soube Rebecca, em que ele se inclinaria com um resmungo, abriria a porta do fogão e jogaria o livro lá dentro...

Em vez disso, o pai disse, emburrado:

— Diacho, não gosto de nenhum filho de Jacob Schwart fazendo as coisas pelas minhas costas, na surdina. Neste buraco de fim de mundo em que todo mundo está nos observando, podem ter certeza. Uma droga de uma fotografia no jornal, para todo o mundo ver. Da próxima vez...

Em desespero, Rebecca o interrompeu:

— Não vou, papai! Não faço mais isso!

E viu com alívio que o pai parecia estar perdendo o interesse no assunto, como era comum quando não encontrava oposição. De repente, ele pareceu entediar-se e pôs de lado o dicionário.

— Pegue essa porcaria, só não me deixe vê-lo de novo.

Rebecca pegou depressa o volume pesado. O pai e os irmãos tiveram que rir, ao vê-la tão aflita e atrapalhada, quase deixando cair o livro em cima dela mesma.

Voltou às pressas para o quarto. Tornaria a escondê-lo ali, embaixo da cama.

E ouviu às suas costas Jacob Schwart passando um sermão nos filhos.

— Que são as palavras? As palavras são lorotas e mentiras, mentiras! Vocês vão aprender.

E veio a risada insolente de Herschel.

— Então, pai, diga pra gente uma coisa que não seja lorota, o senhor que é um tremendo gênio!

19

Um dia luminoso de verão. A persiana da sala arriada. Rebecca se recordaria desse dia, tentando calcular quantos anos tinha, que idade tinha a mãe, quantos meses tinha sido antes da morte de Anna Schwart. Mas não conseguiu, porque a luminosidade do ar ofuscou-a até na memória.

Era verão, disso ela sabia: sem aulas na escola. Ela estivera passeando por uma larga área arborizada atrás do cemitério, vagando pelo caminho de sirga do canal, observando as balsas e acenando para os pilotos que lhe acenavam, como tinha sido proibida de fazer. E também estivera no depósito de lixo do município. Sozinha, não com os amigos.

Porque agora Rebecca tinha amigos. Na maioria, meninas também, moradoras dos arredores de Milburn. Estrada da Pedreira, rua do Correio de Milburn, rua do Canal. Essas meninas moravam em velhas casas de fazenda dilapidadas, em barracos revestidos de papel alcatroado, em *trailers* escorados por blocos de concreto, em pátios cheios de ervas daninhas e lixo espalhado. Para essas meninas, Rebecca não era digna de desdém como filha do coveiro. É que seus pais, quando elas os tinham, não eram muito diferentes de Jacob Schwart.

Os irmãos, quando havia, não eram muito diferentes de Herschel e Gus.

E as mães...

— Como é a sua mãe? — perguntavam as amigas de Rebecca. — Ela está doente? Está com algum problema? Não gosta de nós?

Rebecca dava de ombros. Sua expressão calada e taciturna significava que *Não é da sua conta, droga.*

Nenhuma das amigas de Rebecca jamais tivera um vislumbre de Anna Schwart, embora as mães pudessem lembrar-se de tê-la visto, anos antes, no Centro de Milburn. Mas agora Anna Schwart já não se aventurava a ir ao Centro, nem sequer saía das imediações do chalé de pedra. E, é claro, Rebecca não podia levar nenhuma amiga em casa.

Nesse dia, havia um enterro no cemitério, Rebecca viu. Parou atrás de um dos barracões para observar a lenta procissão de veículos, sem querer ser vista. O cabelo preto e grosso lhe caía pelas costas feito crina, a pele era áspera e morena. Ela usava um short cáqui e uma blusa suja, sem mangas, coberta de carrapichos. Exceto pelo cabelo, poderia ser confundida com um menino desengonçado, de pernas compridas.

O carro fúnebre! Majestoso, negro, luzidio, com janelas escuras. Rebecca começou a sentir uma batida estranha no coração. *Ali há morte, a morte está lá dentro.* Sete carros seguiam o rabecão, os pneus estalando sobre a alameda de cascalho. Rebecca vislumbrou rostos no interior dos automóveis, mulheres com véus nos chapéus, homens olhando fixo para a frente. Vez por outra, um rosto mais jovem. Em especial, a menina se encolheu para não ser vista por alguém da sua idade, alguém que pudesse conhecê-la.

Um funeral no cemitério de Milburn significava que, na véspera, Jacob Schwart havia preparado um túmulo. A maioria das sepulturas mais novas ficava num terreno ladeirento nos fundos do cemitério, onde cresciam carvalhos e olmos altos cujas raízes se emaranhavam no solo rochoso. Cavar sepulturas era uma tarefa árdua. É que Jacob Schwart tinha que cavá-las com uma pá, num trabalho extenuante, sem nenhum instrumento mecânico que o ajudasse.

Rebecca protegeu os olhos contra a luz e avistou o pai nos fundos do cemitério. Era um homem-duende, Jacob Schwart. Como uma criatura que tivesse brotado da terra, ligeiramente torto, com as costas recurvadas e a cabeça mantida num ângulo estranho, que dava a impressão de ele estar sempre olhando o mundo com suspeita, de esguelha. Ele havia rompido um ligamento num joelho e agora andava mancando, com um dos ombros mais levantado que o outro. Usava sempre roupas de trabalho, sempre o boné de pano na cabeça. Era do tipo que conhecia seu lugar entre os agentes funerários e os acompanhantes do enterro, os quais sempre tratava por *senhor* e *senhora* e com quem era infalivelmente deferente. Herschel tinha falado em ter visto o pai no Centro da cidade, na avenida Central, a caminho do First Bank de Chautauqua — e que figuraça era o velho, com sua roupa e suas botas de coveiro, andando de cabeça baixa, sem ver como as pessoas o olhavam, e sem dar a mínima quando esbarrava em alguém que não saísse depressa o bastante do seu caminho.

Herschel tinha avisado a Rebecca: se ela fosse à cidade e visse o pai, era para não deixar que ele a visse:

— O velho sacana ia ficar fulo da vida. Como se a gente, os filhos, estivesse espionando ele na ida pro banco, entendeu? Como se alguém desse a mínima pra saber o que o velho sacana anda aprontando, ele acha que ninguém sabe.

Tantos milhões de mortos atirados em valas, simples carne.

Pergunte por quê: pergunte a Deus por que essas coisas são permitidas.

Ao olhar para o pai, quando ele não sabia de sua presença, às vezes Rebecca estremecia, como se o visse pelos olhos dos outros.

— Mãe...?

O interior do chalé estava na penumbra, úmido e cheio de teias de aranha, nesse dia ensolarado. Na cozinha, havia pratos de molho na pia e a frigideira continuava no fogão, desde o café da manhã. Um cheiro de gordura predominava. Desde a doença, a mãe de Rebecca ficara desleixada no trabalho doméstico, ou indiferente. Desde o *Marea*, pensou a menina.

Persianas fechadas em todas as janelas, ao meio-dia.

Da sala vinha um som estranho: rápido e tempestuoso, como cristal se estilhaçando. A porta estava fechada.

Agora que o pai já não escutava o noticiário todas as noites, depois do jantar, o rádio raras vezes tocava. O pai não o permitia, quando estava em casa, resmungando que *eletricidade não dá em árvore, quem poupa sempre tem*. Mas Rebecca ouviu o rádio nesse momento.

— Mamãe? Posso... entrar?

Não houve resposta. Com cautela, Rebecca abriu a porta.

A mãe estava lá dentro, sentada bem perto do móvel de pé do rádio Motorola, como que para se aquecer. Havia puxado um banquinho para junto dele, não tinha sentado na poltrona do marido. Rebecca viu que o botão de sintonia do rádio emitia um brilho laranja, vibrante e quente, como uma coisa viva. Do alto-falante rajado de poeira provinham sons tão lindos, rápidos, mas precisos, que Rebecca ficou escutando, admirada. Um piano, seria? Música de piano?

A mãe a olhou, como que para se certificar de que não era Jacob Schwart, não havia perigo. Suas pálpebras estremeceram. Ela estava absorta, concentrada, não queria distrair-se. O indicador levado aos lábios sinalizou: *Não fale! Fique quieta!* E assim, Rebecca ficou muito quietinha, sentada aos pés da mãe, escutando.

Para além do Motorola, além da penumbra e do cheiro de mofo na sala do velho chalé de pedra do cemitério, não havia nada.

Além da mãe encostada no rádio, acenando com a cabeça e sorrindo ao som do piano, além daquele momento, além da felicidade daquele momento, não havia nada.

Quando houve uma pausa na música, uma brevíssima pausa entre os movimentos da sonata, a mãe de Rebecca sussurrou-lhe:

— É Arthur Schnabel. Tocando Beethoven. "Appassionata", é assim que se chama.

Rebecca ouviu atenta, sem a menor idéia do que significava a maioria das palavras da mãe. Já ouvira o nome Beethoven, só isso. Notou que o rosto macio e ruborizado de menina de sua mãe brilhava com lágrimas que não eram de mágoa, nem tristeza ou humilhação. E os olhos da mãe estavam lindos, olhos escuros, lustrosos, de uma intensidade espantosa, que deixavam a gente inquieta ao vê-los de perto.

— Quando eu era menina, na minha velha terra, tocava essa "Appassionata". Não como o Schnabel, não tocava, mas tentava.

A mãe procurou a mão de Rebecca e lhe apertou os dedos, como não fizera em anos.

A música do piano recomeçou. Mãe e filha escutaram juntas. Rebecca se agarrou à mão da mãe como se corresse o risco de cair de uma grande altura.

Tanta beleza, e a intimidade dessa beleza, eis o que Rebecca prezaria pela vida afora.

20

— Papai! Vem aqui fora, droga!

Foi Herschel, guinando arfante pela porta da cozinha. Era um garoto alto, desengonçado, sem graça, com a barba por fazer e a voz alta que parecia um zurro. Soprava os nós dos dedos, era uma manhã fria de outono.

Foi a manhã do Dia das Bruxas, em 1948. Rebecca tinha doze anos e estava na sétima série.

Passava pouco do amanhecer. Durante a madrugada houvera uma queda da temperatura e uma leve poeira de neve. Agora, o céu estava cinzento e carregado, e no leste, para lá da cordilheira de Chautauqua, o sol era um olho encapuzado com um brilho tênue.

Rebecca estava ajudando a mãe a preparar o café-da-manhã. Gus ainda não tinha saído do quarto. O pai, de macacão, bombeava água na pia, tossindo e cuspindo ruidosamente, daquele jeito que deixava Rebecca enojada. Levantou os olhos para Herschel com rispidez, perguntando:

— Que é? O que foi?

— É melhor o senhor mesmo vir aqui fora, pai.

Herschel falou com uma severidade atípica. Rebecca o olhou, para ver se ele daria uma piscadela, reviraria os olhos, torceria a boca daquele seu jeito cômico, dando algum sinal de estar brincando, mas ele estava sério, nem sequer a olhou.

Jacob Schwart encarou o filho mais velho e viu no rosto do rapaz alguma coisa — fúria, mágoa, perplexidade e uma trêmula agitação de animal — que não vira antes. Praguejou e apanhou o atiçador ao lado da estufa de ferro fundido. Herschel deu uma risada áspera e disse:

— É muito tarde pra porcaria do atiçador, papai.

O pai o seguiu até o lado de fora, mancando, e Rebecca os teria seguido, mas o velho se virou como que por instinto, para admoestá-la:

— Fique aí dentro, menina.

A essa altura, Gus saíra do quarto aos tropeços, desgrenhado e com o cabelo em pé; aos dezenove anos, estava quase da altura de Herschel, com 1,88m, mas com catorze quilos a menos, magro feito um varapau e assustadiço.

Anna Schwart, no fogão, sem olhar para ninguém, tirou do queimador a pesada frigideira de ferro e a pôs de lado.

— Porra! Sacanas!

Herschel foi na frente, o pai logo atrás, gingando feito um bêbado, olhando fixo. A noite da véspera do Dia das Bruxas era conhecida como Noite do Diabo. No Vale do Chautauqua, parecia ser uma tradição antiga, de certo modo reverenciada. "Peças" eram pregadas por pessoas desconhecidas, que chegavam furtivamente no escuro. "Diabruras." Esperava-se que fossem levadas na brincadeira.

Fazia muito tempo que o cemitério de Milburn era alvo das traquinadas da Noite do Diabo, desde antes que Jacob Schwart se tornasse zelador. Era o que lhe diriam, insistindo nisso.

— Tão pensando que eu não sei quem fez isso, caramba, eu *sei*. Tenho uma boa idéia, manjou?

Herschel falou enojado, com a voz trêmula. Jacob Schwart mal escutava o filho. Na noite anterior, havia arrastado os portões de ferro para fechar a entrada principal e prendido uma corrente neles; é claro que sabia o que era a Noite do Diabo, já houvera danos no cemitério em anos anteriores, e ele tentara ficar acordado para proteger a propriedade (só que estava exausto e andara bebendo), mas havia adormecido por volta da meia-noite e, de qualquer maneira, não tinha nenhuma arma, nenhum revólver. Homens e garotos de apenas doze anos tinham rifles ou espingardas, mas Jacob Schwart não se havia armado. Tinha pavor de armas de fogo, não era caçador. Parte dele o advertia desde longa data contra esse passo irrevogável. *Arme-se! Um dia, será tarde demais.* Parte dele não queria matar nem morrer, mas, no final, os inimigos não lhe estavam deixando alternativa.

Os portões fechados não tinham detido os vândalos, que simplesmente haviam pulado o muro do cemitério. Dava para ver o lugar em que o tinham derrubado parcialmente, a cerca de cem metros da estrada, em direção aos fundos.

Não havia como impedi-los de entrar. Rapazes e garotos saqueadores. Talvez ele conhecesse seus rostos. Seus nomes. Eram moradores de Milburn. Alguns seriam vizinhos, provavelmente da estrada da Pedreira. *Os outros* que desprezavam os Schwart. Que os menosprezavam. Herschel parecia saber quem eram eles, ou suspeitar. Jacob Schwart foi tropeçando atrás do filho, esfregando os olhos. A torção de um sorriso aturdido, macabro, pairava em seus lábios.

Não havia como impedir a entrada dos inimigos quando não se estava armado. Ele não voltaria a cometer esse erro.

Potes de cerâmica e vasos de flores tinham sido quebrados entre as sepulturas. Havia abóboras destroçadas, com um ar de frenética euforia, e suas sementes e a polpa suculenta pareciam cérebros derramados. Já havia corvos se banqueteando com esses cérebros.

— Vão embora, seus sacanas! Filhos-da-puta.

Herschel bateu palmas para espantar os corvos. O pai mal pareceu notá-los.

Corvos! Pouco se importava com os corvos! Criaturas brutas, inocentes.

Várias bétulas mais novas tinham sido cruelmente vergadas até o chão, estavam partidas e não se recuperariam. Diversas lápides mais antigas, as mais frágeis, que remontavam a 1791, tinham sido chutadas e rachadas. Os quatro pneus da picape Ford 1959 do zelador haviam sido cortados, de modo que a caminhonete estava arriada sobre os aros das rodas, como uma criatura abatida e desdentada. E nas laterais da picape havia marcas feitas com piche, marcas medonhas, com a autoridade de gritos zombeteiros.

E também nos barracões do zelador, e na porta de entrada do chalé de pedra do zelador, de modo que as marcas pavorosas eram plenamente visíveis da alameda de cascalho, e seriam vistas por todos os visitantes do cemitério.

Gus correra para o lado de fora e Rebecca o havia seguido, cruzando os braços para se proteger do frio. Estava confusa demais para sentir medo, no começo. Mas que coisa estranha: seu pai estava calado, enquanto Herschel xingava *Porra! Sacanas!* Seu pai, Jacob Schwart, tão estranhamente silencioso, apenas piscando e olhando fixo para as marcas reluzentes de piche.

— Pai, o que quer dizer isso?

O pai a ignorou. Rebecca estendeu a mão para tocar no piche rabiscado num dos lados de um barracão, e o piche estava frio, duro. Ela não conseguia se lembrar como se chamavam aquelas marcas, uma coisa feia — um som que começava por *s*, mas ela sabia o que significava: Alemanha? Nazistas? As Potências do Eixo, derrotadas na guerra?

Mas fazia muito tempo que a guerra havia acabado, não é?

Rebecca fez as contas: ela estava na quarta série no dia em que a sirene dos bombeiros havia disparado, e todas as aulas da escola primária tinham sido suspensas. Agora, estava na sétima série. Três anos: os alemães tinham-se rendido aos Aliados em maio de 1945. Parecia ter sido num passado muito distante, quando ela era pequena.

Agora já não era uma garotinha. E seu coração batia de raiva e indignação.

Herschel e Gus falavam em tom exaltado. O pai continuava a olhar fixo e piscar. Não era próprio de Jacob Schwart ficar tão calado, e os filhos estavam cônscios dele, inquietos. O homem correra para o lado de fora sem paletó nem boné de pano. Parecia confuso, mais velho do que Rebecca jamais o vira. Como um daqueles sem-teto, indigentes, como eram chamados, que se juntavam na estação rodoviária de Milburn e, quando fazia bom tempo, circulavam pela ponte do canal. À luz crua da manhã, o rosto do pai parecia ferido, deformado. Os olhos exibiam círculos escuros de cansaço e o nariz estava inchado, com capilares rompidos que eram minúsculas teias de aranha. A boca se mexia inutilmente, como se ele não conseguisse mastigar o que fora enfiado dentro dela, não pudesse engolir nem cuspir. Herschel tornou a dizer que tinha uma idéia muito boa de quem eram os sacanas que tinham feito aquilo, e Gus, desperto e indignado, concordou.

Rebecca esfregou os olhos, lacrimejantes de frio. O céu começava a clarear no leste, com frestas e fissuras nas nuvens. Ela fitou as marcas medonhas — "suásticas", recordou como se chamavam — pelos olhos do pai. Como se poderia tirá-las, aquele piche negro, mais duro que qualquer tinta? Como limpá-las, esfregá-las, se eram de *piche*? E como a mamãe ficaria transtornada! Ah, se de algum modo eles conseguissem esconder as marcas da mãe...

Mas a mãe de Rebecca ficaria sabendo. É claro, já sabia. O instinto de Anna Schwart era temer, suspeitar do pior; a essa altura, ela devia estar agachada atrás da janela, espiando. Não só as suásticas, mas as bétulas, cuja visão era de rasgar o coração. E os vasos de flores quebrados, e as abóboras estraçalhadas, as lápides rachadas que seria impossível substituir.

— Por que eles nos odeiam?

Rebecca falou em voz alta, porém baixo demais para que os irmãos ou o pai a ouvissem.

Mas o pai a ouviu, parece. Virou-se para ela e foi capengando em sua direção.

— Você! Diabo, o que foi que eu lhe disse, menina! Fique lá dentro com a desgraçada da sua *mãe*.

Jacob Schwart ficou furioso de repente. Arremeteu contra ela, num movimento rápido, mesmo com o joelho ruim. Agarrou Rebecca pelo braço e a arrastou de volta para casa. Xingando, machucando, tanto que a menina gritou, reclamando, e os dois irmãos protestaram — "Ei, pai!" —, mas mantiveram a distância e não se atreveram a tocá-lo.

— Para dentro, eu já *disse*! E, se você contar isso à miserável da sua *mãe*, eu arrebento você.

Seus dedos deixariam marcas na pele de Rebecca, que ela contemplaria por dias. Como marcas de suásticas, os machucados roxo-alaranjados horrendos.

E a fúria com que ele disse *mãe*. Aquela sílaba curta e bruta na boca de Jacob Schwart, que soava como um xingamento.

É ele que nos odeia.
Mas por quê?

Nesse dia. Dia das Bruxas, 1948. A mãe tinha querido que ela ficasse em casa, que não fosse à escola, mas não, ela havia insistido em ir à aula como de hábito.

Tinha doze anos, estava na sétima série. Sabia que, na escola, alguns colegas saberiam da profanação do cemitério, saberiam das suásticas. Não queria pensar que alguns de seus colegas de turma, em companhia de irmãos mais velhos, talvez houvessem participado do vandalismo.

Vieram-lhe alguns sobrenomes à lembrança: Diggles, LaMont, Meunzer, Kreznick. Garotos do secundário que faziam caçoadas altas, ou desistentes como os próprios irmãos de Rebecca.

Na cidade, entre as crianças de sua escola, sempre havia alvoroço no Dia das Bruxas. Elas usavam máscaras e fantasias (compradas na Pechinchas Woolworth, onde a vitrine da frente exibia bruxas, demônios e caveiras, em meio a risonhas lanternas de plástico que imitavam abóboras com feições humanas) e iam de porta em porta, no escuro, gritando *Guloseima ou travessura!* Havia algo de excitante naquilo, achava Rebecca. Esconder-se atrás de uma máscara, usar fantasia. Desde o começo da primeira série, ela havia implorado que a deixassem sair na noite do Dia das Bruxas, mas Jacob Schwart não deixava, é claro. Não os seus filhos, e certamente não sua filha. O Dia das Bruxas era um costume pagão, dizia, degradante e perigoso. Só perdia para a mendicância! E se um indivíduo, perguntava o pai com um sorriso matreiro, cansado de crianças batendo na porta para chateá-lo, resolvesse pôr veneno de rato nas guloseimas?

Rebecca tinha rido: — Ora, papai, por que alguém faria uma maldade dessas? — e ele respondera, inclinando a cabeça para a filha como quem pretendesse transmitir sabedoria a uma menininha ingênua:

— Porque existe maldade no mundo. E nós vivemos no mundo.

Também em Milburn houvera travessuras na Noite do Diabo, viu Rebecca a caminho da escola. Papel sanitário jogado em galhos de árvores, abóboras arrebentadas nas escadinhas da frente de casas, caixas de correio destroçadas, janelas cobertas de sabão e de cera. (As janelas sujas de sabão eram fáceis de limpar, mas as cobertas de cera exigiam um trabalho minucioso com gilete. A garotada da escola falava em passar cera nas janelas de vizinhos malquistos, ou de qualquer um que não desse guloseimas muito gostosas. Às vezes, por pura maldade, eles sujavam de cera as vitrines das lojas da avenida Central, porque os janelões de vidro laminado eram um alvo muito convidativo.) Rebecca ficou nervosa ao ver as travessuras da Noite do Diabo à crua luz matinal. Na escola secundária, havia crianças apontando e rindo: muitas janelas do térreo tinham sido cobertas de cera, tomates e ovos tinham sido atirados nas paredes de concreto, e havia mais abóboras arrebentadas nos degraus. Pareciam corpos despedaçados, destruídos numa raiva eufórica. A pessoa passava a perceber, pensou Rebecca, que talvez se cometessem maldades o tempo todo, todas as noites, se não houvesse ninguém para impedir.

— Olhem! Olhem aqui! — dizia alguém, apontando para outro estrago na escola: uma rachadura em ziguezague na lâmina de vidro de uma das portas da frente, toscamente remendada com fita-crepe pelo zelador.

Mas não havia marcas feitas com piche na cidade, em parte alguma que Rebecca tivesse visto. Nenhuma "suástica".

Por quê?, intrigou-se. Por que só havia suásticas no cemitério, só na casa de sua família?

Não perguntou a ninguém. Nem mesmo às amigas mais íntimas. E ninguém lhe falaria das suásticas, se soubesse.

Na aula de inglês, diabo!, a Sra. Krause, que vivia tentando fazer os alunos da sétima série gostarem dela, teve a idéia de eles lerem em voz alta um conto sobre o Dia das Bruxas e os fantasmas: uma versão abreviada de *A lenda do cavaleiro sem cabeça*, de um velho escritor morto, chamado Washington Irving. Era típico da Sra. Krause, cujas gengivas cintilavam quando ela sorria, fazê-los lerem uma prosa antiquada que ninguém conseguia acompanhar, com aquelas malditas palavras complicadas que ninguém sabia pronunciar, muito menos compreender. (Rebecca se perguntou se a Sra. Krause as entendia.) Fileira após fileira, um aluno após outro tropeçou por alguns parágrafos densos e lentos de *A lenda do cavaleiro sem cabeça*; eles hesitavam e amarravam a cara, especialmente os meninos, que leram tão mal que a professora, exasperada, acabou por interrompê-los e pediu a Rebecca para continuar.

— E o resto da turma trate de ficar em silêncio e ouvir.

O rosto de Rebecca ficou em fogo. Ela se remexeu na carteira, aflita.

Com vontade de dizer à Sra. Krause que estava com dor de garganta, que não podia ler. Ah, não podia!

Todo o mundo a encará-la. Até suas amigas, as meninas que ela acreditava serem suas amigas, fitando-a com ressentimento.

— Rebecca. Pode começar.

Que pesadelo! É que ela, que era uma das melhores alunas, sempre ficava constrangida quando qualquer professor a destacava. E a história era muito lenta, tortuosa, com frases compridas e palavras que pareciam grunhidos — *aparição, cognome, extasiado, supersticioso, supranumerário*. Quando ela errava a pronúncia de uma palavra e a Sra. Krause a corrigia, cheia de afetação, os outros alunos riam. Quando Rebecca pronunciava nomes bobos, como "Ichabod Crane", "Brom Bones", "Baltus Van Tassel" e "Hans Van Ripper", eles riam. Dos trinta estudantes da turma, talvez houvesse uns cinco ou seis tentando compreender a história, ouvindo calados; os demais ficaram irrequietos, dando risadas. O menino que se sentava atrás de Rebecca sacudiu sua carteira, que ficava presa à dele. Uma bola de alguma coisa a acertou entre as escápulas. *Coveira! Coveira judia!*

— Rebecca? Continue, por favor.

Ela havia parado e se perdera no texto. A Sra. Krause ficou aborrecida e começou a se decepcionar.

O que era um judeu, isso Rebecca sabia que não convinha perguntar. O pai os proibira de perguntar.

Ela já não se lembrava por quê. Tinha alguma coisa a ver com o Gus.

Eu não sou, pensou Rebecca. *Não sou isso.*

Aturdida de constrangimento e aflição, foi tropeçando pela história. Reviu o cemitério vandalizado naquela manhã, as abóboras esborrachadas e os corvos ruidosos de asas largas, alçando vôo, assustados, quando Herschel bateu palmas e gritou com eles. Reviu as marcas horríveis que tanto haviam assustado seu pai.

Sentiu os dedos dele apertando seu braço. Sabia que as manchas roxas já se haviam formado, mas ainda não quisera vê-las.

Tinha sido bonito seus irmãos protestarem, quando o pai a agarrou daquele jeito. Dentro de casa, quando o pai era mesquinho com ela ou fazia um gesto ameaçador, a mãe é que tendia a resmungar ou a dar um gritinho de advertência, que não constituía exatamente palavras, porque Anna Schwart e o marido raramente se falavam na presença dos filhos, mas um som, ou a mão erguida, num gesto para dissuadi-lo.

Um gesto que significava *Estou de olho em você, estou observando.*

Um gesto que significava *Protegerei minha filha.*

Como Rebecca detestou aquele velho idiota, aquele velho horroroso que era Ichabod Crane, que a fez lembrar de Jacob Schwart! Gostou de o belo e arrojado Brom Bones ter jogado a cabeça de abóbora em Ichabod, fazendo-o fugir assustado de Sleepy Hollow, para sempre. Talvez Ichabod até se houvesse afogado no riacho... E seria bem feito para ele, pensou Rebecca, por ser tão pomposo e esquisito.

Ao terminar de ler *A lenda do cavaleiro sem cabeça*, Rebecca estava aturdida e exausta, como se houvesse passado horas andando de quatro. Odiou a Sra. Krause, nunca mais sorriria para ela. Nunca mais ansiaria por ir à escola. Sua voz estava rouca e sumindo, como a própria voz do fantasma de Ichabod Crane — "ao longe, entoando um salmo melancólico em meio aos ermos tranqüilos de Sleepy Hollow".

— Não somos nazistas! Estão pensando que somos nazistas? *Não somos.* Viemos para este país há doze anos. A guerra acabou. Os alemães foram vencidos. Não temos nada a ver com os nazistas. *Somos americanos como vocês.*

Em Milburn, haveria quem contasse e recontasse entre risadas a história de como Jacob Schwart ficara enlouquecido naquela manhã do Dia das Bruxas. De como, capengando muito, ele havia caminhado pela estrada até o posto Esso, onde dera telefonemas para o escritório do xerife do condado de Chautauqua e para o Escritório do Município de Milburn, para relatar os estragos feitos no cemitério na Noite do Diabo e insistir em que as "autoridades" fossem investigá-los.

Depois, Jacob Schwart voltou a pé para casa, onde ignorou os apelos da mulher para que entrasse e, em vez disso, ficou esperando no portão, andando de um lado para outro na rua, sob uma garoa enregelante, até que, por fim, ali pelo meio-dia, chegaram dois representantes do condado de Chautauqua numa viatura policial. Eram homens que conheciam Jacob Schwart, ou sabiam dele; trataram-no de um modo familiar, divertido:

— Sr. Schwarzz, o que está havendo?

— Os senhores podem ver! Se não forem cegos, podem ver!

Não só haviam cortado os pneus da caminhonete de Jacob Schwart, como o motor também fora danificado. Ele estava em desespero, precisaria de um substituto de imediato! A picape pertencia ao município, não a ele, e o município deveria substituí-la prontamente! O zelador não tinha dinheiro para comprar seu próprio veículo.

A caminhonete era responsabilidade do município, disseram os policiais. O escritório do xerife não tinha nada a ver com a municipalidade.

Jacob Schwart lhes disse que ele e seus dois filhos poderiam limpar a maior parte dos estragos no cemitério, mas como tirar o piche? Como retirar o piche?

— Os criminosos que fizeram isso, eles é que têm que removê-lo. Têm que ser presos e obrigados a removê-lo. Os senhores vão encontrá-los, hein? Vão prendê-los? "Destruição de propriedade", não? É um crime grave, não é?

Os policiais escutaram Jacob Schwart com expressões neutras. Foram gentis, mas claramente não se interessaram muito por suas queixas. Fingiram examinar os estragos, inclusive as marcas de suásticas, mas disseram que era apenas o Dia das Bruxas, eram só travessuras de criança, nada pessoal.

— Sabe, Sr. Schwarzz, os cemitérios sempre são alvos na Noite do Diabo. Em todos os lugares do vale. Crianças danadas. E está piorando. Foi sorte não terem incendiado nada, como em alguns lugares. Não é nada pessoal, Sr. Schwarzz. Nada contra o senhor e sua família.

O policial mais velho falou com voz monocórdia, nasalada e arrastada, tomando notas desconexas com um coto de lápis. Seu parceiro, cutucando com a bota uma das lápides quebradas, deu um risinho afetado e abafou um bocejo.

Pelos olhos injetados, de repente Jacob Schwart percebeu que estavam zombando dele.

Percebeu assim como o sol ao irromper pelas nuvens, e suas mãos calejadas tremeram de vontade de agarrar um atiçador, uma pá, uma enxada.

Ele não tinha arma. Os policiais portavam pistolas nos coldres, na cintura. Eram camponeses astutos, de rosto grosseiro. Eram brutamontes nazistas das tropas de assalto. Eram da mesma laia dos que tinham saudado Hitler, marchado e desejado morrer por Hitler. Jacob Schwart compraria uma espingarda de cano duplo, calibre doze, para se proteger deles. Mas ainda não a possuía. Tinha apenas as mãos nuas e maltratadas, que eram inúteis contra brutamontes armados.

Em toda parte de Milburn se comentaria como Jacob Schwart começou a tresvariar, agitado. O sotaque ridículo se acentuou a tal ponto que o homem tornou-se praticamente indecifrável:

— Vocês têm relação com essas "crianças", hein? Conhecem elas, hein?

É que, de repente, ficou claro o motivo de os policiais terem ido até lá. Não fora para ajudá-lo, mas para rir do sofrimento de um homem. Para zombar dele diante de sua família.

— Sim. Vocês aqui são todos parentes. Neste buraco de fim de mundo, vocês protegem uns aos outros. Não ajudam alguém como eu. Não vão prender os criminosos. Noutros anos, não prenderam os criminosos. Este é o pior, e vocês não vão prendê-los. Sou cidadão americano, mas vocês caçoam da minha família e de mim como animais. "Vida indigna de vida", hein? É o que vocês pensam, vendo o Jacob Schwart?

O Goebbels vocês admiravam, hein? Mas o Goebbels também era aleijado. Matou a família e se matou, não? Então, por que vocês admiram o nazista? Pois vão embora, saiam daqui e vão para o inferno, vão com as malditas almas nazistas para o inferno, eu não preciso de vocês.

Em sua veemência, Jacob Schwart falava errado. Seus filhos, ouvindo seus delírios sem serem vistos, num dos galpões, encolheram-se de vergonha.

Que explosão! Era como se ele fosse um anão sob o efeito de estimulantes, gesticulando e cuspindo, sem que se entendesse metade do que falava. Mais tarde, os policiais brincariam, dizendo terem tido uma sorte danada por estarem armados, porque aquele coitado do Schwarzz parecia, ele mesmo, ser uma espécie de abóbora esborrachada do Dia das Bruxas.

Um quarto de sangue sêneca.

De algum modo, ele havia adquirido essa reputação. No Vale do Chautauqua, entre os que conheciam Herschel Schwart sem conhecer sua família.

Ele havia largado a escola aos dezesseis anos. Tinha sido suspenso da Escola Secundária de Milburn por causa de uma briga e, durante a suspensão de duas semanas, completara dezesseis anos e fora embora. Caramba, que alívio tinha sentido! Repetente na nona série, o maior garoto da turma, e levado a se sentir envergonhado e destrutivo. Arranjara de imediato um emprego na serraria Milburn. Tinha amigos que trabalhavam lá, nenhum deles concluíra o curso médio e todos ganhavam um bom salário.

Herschel continuou morando em casa. Continuou a ajudar o velho no cemitério, de vez em quando. Sentia pena de Jacob Schwart. Toda vez que brigava com o velho, fazia planos para se mudar; no entanto, aos vinte e um anos, em outubro de 1948, ainda não se mudara. Era a inércia que o prendia ao chalé de pedra. Era a mãe que o prendia. A comida feita por ela Herschel devorava, sempre faminto, assim como os cuidados que ela lhe oferecia em silêncio, sem recriminações. E o filho nunca diria *eu a amo, não posso deixá-la com ele.*

E não diria *Minha irmã também. Eu não poderia deixá-la com eles dois.*

O irmão Gus, este ele sabia que conseguiria cuidar de si. O Gus era legal. Também havia abandonado a escola aos dezesseis anos, por insistência do pai, para ajudá-lo no maldito cemitério como um trabalhador comum, em horário integral. Mas Herschel era esperto demais para isso.

Como é que, sendo filho primogênito de imigrantes nascidos na Alemanha, ele havia adquirido a fama local de ter uma parcela de sangue índio, dos sênecas, o próprio Herschel não saberia dizer. Com certeza nunca fizera essa afirmação. Tampouco a havia negado. O cabelo desgrenhado e hirsuto, escorrido e sem brilho, os olhos, também escuros, vidrados e sem brilho, o gênio estourado e o jeito excêntrico de falar, tudo isso sugeria algum tipo de ascendência exótica, talvez incognoscível. Um jovem mais arguto teria sorrido, pensando: *é melhor ser sêneca do que chucrute.*

Aos dezoito anos, Herschel exibia um rosto acavalado e anguloso, com uma filigrana de cicatrizes em torno da boca, dos olhos e das orelhas, resultantes de brigas de socos. Aos vinte, tinha sido ferido por outro rapaz com uma garrafa quebrada de cerveja, o que lhe deixara doze pontos malfeitos atravessando a testa. (Reticente e teimoso, Herschel não dissera aos policiais do xerife quem o havia ferido. Ele mesmo se vingou do rapaz, no devido tempo.) Seus dentes tinham passado a vida inteira apodrecendo na boca. Faltavam-lhe vários, na frente e atrás. Quando ele sorria, a boca parecia piscar. O nariz tinha sido quebrado e achatado na ponte. Embora ele assustasse a maioria das moças de Milburn, era uma figura atraente para certas mulheres mais velhas, divorciadas ou separadas, que apreciavam o que havia de especial em Herschel Schwart. Gostavam de seu rosto. Gostavam de seu jeito afável, apesar de explosivo e imprevisível. De sua risada, alta feito um zurro, do corpo forte e musculoso, que exalava calor como um cavalo. Do pênis grosso, que continuava a ser um assombro, mesmo quando seu portador cambaleava de bêbado ou estava comatoso. Fascinadas, essas mulheres deslizavam as pontas dos dedos sobre a pele do rapaz — peito, costas, laterais do tronco, barriga, coxas, pernas —, que era áspera feito couro, coberta de pêlos cerdosos e pontilhada de verrugas e espinhas como uma metralha.

Eram mulheres de apetites rudes e afáveis, que brincavam com o jovem amante perguntando *que parte dele era sêneca.*

Não era segredo que Herschel Schwart tinha uma ficha policial no condado de Chautauqua. Em mais de uma ocasião, fora detido pelos agentes da lei. Sempre estivera na companhia de outros rapazes no momento da detenção, e sempre estivera bebendo. Não era visto pelos policiais do condado como propriamente perigoso, e nunca havia passado mais de três noites consecutivas na cadeia. Era um brigão que se envolvia em delitos públicos e impetuosos e a quem faltava a sutileza da astúcia ou da premeditação. Não era cruel nem maldoso e não odiava as mulheres; não era de invadir casas para furtar ou roubar. Na verdade, Herschel era descuidado com o dinheiro e tendia a ser generoso quando bebia. Nesse aspecto, era admirado e percebido como o inverso diametral de seu velho, o coveiro Jacob Schwart, que diziam ser capaz de *espremer um sujeito até lhe arrancar o último centavo, se pudesse.*

No entanto, em Milburn, durante anos se contaria a história de como, naquela noite do Dia das Bruxas, a noite seguinte ao vandalismo no cemitério, vários rapazes foram surpreendidos e agredidos por Herschel Schwart, que agiu sozinho. O primeiro deles, Hank Diggles, arrastado para fora de sua picape no estacionamento mal iluminado da Taberna da rua Mott, não pôde dizer que tinha visto Herschel Schwart, mas apenas sentido sua presença e seu cheiro, antes de ser espancado pelos punhos do agressor até ficar inconsciente. Não houve testemunhas da surra levada por Diggles, nem da outra, ainda mais sangrenta, aplicada em Ernie LaMont no vestíbulo de seu edifício, bem pertinho da avenida Central, uns vinte minutos depois de Diggles levar sua coça. Mas houve testemunhas oculares da agressão a Jeb Meunzer, em frente à casa de sua família, na rua do Correio: por volta da meia-noite, Herschel surgiu na varanda, muito depois de ter ido embora a última criança que pedia guloseimas, com sua fantasia de Dia das Bruxas; ele esmurrou a porta, pediu para falar com Jeb e, quando o rapaz apareceu, agarrou-o no ato e o arrastou para fora, jogou-o no chão e começou a desferir socos e pontapés, sem maiores explicações do que *Quem é que é nazista? Seu sacana, quem é nazista, porra?* A mãe de Jeb e uma irmã de doze anos viram a surra da varanda e gritaram para que Herschel parasse. Já o conheciam, é claro, porque ele freqüentara a escola com Jeb e os dois tinham sido amigos, intermitentemente, embora não o fossem nessa época. Mais tarde, a Sra. Meunzer e a irmã de Jeb descreveram Herschel como "desvairado", deixando-as apavoradas ao golpear Jeb com o que parecia ser uma faca de pesca, o tempo todo xingando *Quem é que é nazista agora? Quem é nazista, seu filho-da-puta?* Embora fosse do tamanho de Herschel e tivesse fama de brigão, Jeb pareceu dominado pelo rapaz, incapaz de se defender. Também ele ficou apavorado e implorou ao agressor que não o matasse, quando, prendendo-o

no chão sob os dois joelhos, Herschel usou a faca para entalhar toscamente em sua testa a marca

que deixaria uma cicatriz em Jeb Meunzer pelo resto da vida.

    Mais tarde se contaria que, feito isso, Herschel Schwart limpou
calmamente a faca ensangüentada nas calças da vítima, saiu de cima
dela, acenou com insolência para a Sra. Meunzer e sua filha, que o olhavam, perplexas, e saiu correndo pela escuridão. Disseram que, numa
curva da rua do Correio, havia um automóvel ou uma picape parada
em ponto morto, com os faróis apagados, e que Herschel entrou nesse
veículo e partiu, ou foi levado para longe por um cúmplice, desaparecendo para sempre do Vale do Chautauqua.

21

Ansioso, ele insistiu:

— Meu filho é um bom menino! Como todos os seus meninos. Seus meninos de Milburn. *Ele* não machucaria ninguém. Nunca!

E ainda:

— Meu filho Herschel, para onde ele foi, eu não sei. Sempre foi bom menino, trabalhando duro para dar seu salário à mãe e ao pai. Vai voltar para se explicar, eu sei.

Foi o que declarou Jacob Schwart quando os policiais do condado de Chautauqua foram interrogá-lo sobre Herschel. Como o pobre infeliz se manteve inflexível em sua afirmação de não saber! Com uma postura acovardada, agarrando o boné de pano com as duas mãos e falando depressa, num inglês de sotaque muito carregado. Seriam necessários homens de maior sutileza do que aqueles policiais de raciocínio literal para decifrar a zombaria dissimulada do coveiro, e assim, mais tarde eles disseram sobre Jacob Schwart: *Coitado do cretino! Ele não é certo da cabeça, é?*

Em meio aos inimigos, advertia o pai de Rebecca, era prudente esconder a inteligência e esconder a fraqueza.

Expediu-se um mandado de prisão em que Herschel passou a ser procurado por três acusações de "lesão corporal qualificada, com intenção de cometer homicídio". De suas três vítimas, duas tinham sido hospitalizadas. A mutilação de Jeb Meunzer com a suástica foi grave. Ninguém da região de Milburn jamais fora agredido daquela maneira. Expediram-se boletins em todo o estado de Nova York e na fronteira com o Canadá, descrevendo o "perigoso fugitivo" Herschel Schwart, de vinte e um anos.

Os agentes de polícia não interrogaram Anna Schwart longamente. Agitada, a mulher se retraiu diante deles, tremendo e semicerrando os olhos, como uma criatura noturna apavorada com a luz do dia. Em sua confusão, pareceu achar que o próprio Herschel fora ferido e hospitalizado. Ficou com a voz entrecortada, quase inaudível, e com um sotaque tão carregado que os policiais mal conseguiram compreendê-la.

Não! Ela não sabia...

...não sabia nada de aonde Herschel fora.

(Ele estava ferido? Seu filho? Que tinham feito com ele? Para onde o tinham levado? Queria vê-lo!)

Os policiais trocaram olhares de piedade e impaciência. Era inútil interrogar essa estrangeira simplória, que não só parecia não saber coisa alguma sobre o filho violento, como também parecia ter medo do marido coveiro.

Os policiais interrogaram August, ou "Gus", o irmão mais novo de Herschel, mas também ele afirmou não saber de nada.

— Quem sabe você ajudou seu irmão, hein?

Mas Gus abanou a cabeça, intrigado:

— Ajudei como?

E havia Rebecca, a irmã de doze anos.

Também ela declarou não saber nada do que o irmão mais velho tinha feito nem para onde teria fugido. Abanou a cabeça, muda, enquanto os policiais a interrogavam.

Aos doze anos, Rebecca ainda usava o cabelo em tranças grossas até os ombros, como insistia sua mãe. O cabelo castanho-escuro era dividido no centro da cabeça, de modo não muito uniforme, e exalava um forte odor rançoso, por não ser habitualmente lavado. Nenhum dos Schwart tomava banho com freqüência, porque os baldes grandes de água quente tinham que ser aquecidos no fogão, o que era uma tarefa maçante e demorada.

Diante da autoridade adulta, a expressão de Rebecca tendia a ser taciturna.

— "Rebecca", é esse o seu nome? Há alguém em sua família que esteja em contato com seu irmão, Rebecca?

O policial falou em tom severo. Rebecca, sem levantar os olhos, abanou a cabeça, *não*.

— *Você* não esteve em contato com seu irmão?

De novo ela abanou a cabeça, *não*.

— Se o seu irmão voltar, mocinha, ou se você souber onde ele está escondido, ou souber de alguém que esteja em contato com ele, por exemplo, arranjando-lhe dinheiro, você é obrigada a nos informar de imediato, senão será acusada como cúmplice dos crimes de que ele foi acusado... está entendendo, mocinha?

Obstinada, Rebecca olhou para o chão. Para o piso gasto de linóleo da cozinha.

Era verdade, ela nada sabia de Herschel. Achava que sim, era ele o homem que os policiais procuravam. Chegava quase a se orgulhar do que Herschel tinha feito: castigar os inimigos deles. Entalhar uma suástica na cara malvada de Jeb Meunzer!

Mas também estava com medo. É que agora Herschel poderia ser caçado e ferido, ele próprio. Era sabido que os fugitivos que *resistiam à prisão* eram passíveis de surras violentas nas mãos dos perseguidores, às vezes até de morte. E se Herschel fosse mandado para a prisão estadual...

Jacob Schwart interveio:

— Policiais, minha filha não sabe nada! É uma menina sossegada, não muito inteligente. Vocês vêem. Não devem assustá-la, policiais. Eu imploro vocês.

Rebecca sentiu uma pontada de ressentimento pelo fato de o pai falar errado. E falar mal dela.

Não muito inteligente. Seria verdade?

Os policiais se prepararam para sair. Estavam insatisfeitos com os Schwart e prometeram voltar. Com seu sorriso sonso, falsamente servil, Jacob Schwart os acompanhou até a porta. E tornou a dizer que o filho mais velho era um menino que sempre rezava para Deus, que não levantaria a mão nem mesmo para um bruto que merecesse sofrer. E Herschel não abandonaria a família, porque era um filho muito leal.

— "Inocente até provar culpado", não? Essa é sua lei?

Ao ver os policiais se afastarem em sua viatura verde-e-branca, o pai de Rebecca riu com raro prazer.

— Gestapo. São brutamontes, mas são bobos, tapeados feito bois, levados pelo nariz. Veremos!

Gus riu. Rebecca obrigou-se a sorrir. A mãe se esgueirara para um dos cômodos dos fundos, para chorar. Quase se poderia imaginar, ao ver Jacob Schwart entrar saltitante na cozinha, jogando na boca um chumaço de fumo de mascar Mail Pouch, que havia acontecido alguma coisa animadora, que *os outros* tinham trazido boas notícias sobre Herschel, e não um mandado de prisão contra ele.

Nos dias seguintes, ficou claro que Jacob Schwart se orgulhava do que Herschel fizera, ou do que era opinião geral que tinha feito. Ele superou sua parcimônia costumeira e comprou vários jornais com matérias sobre as agressões. Sua favorita era uma reportagem de primeira página no *Semanário Milburn*, com uma manchete destacada:

TRÊS AGRESSÕES BRUTAIS NO DIA DAS BRUXAS
LIGADAS A SUSPEITO DE 21 ANOS
Jovem da Região é Fugitivo Considerado Perigoso

Há em cada um de nós uma chama que jamais morrerá, Rebecca!

Essa chama é acesa por Jesus Cristo e alimentada por Seu amor.

Com que intensidade Rebecca queria acreditar nessas palavras da ex-professora, a Srta. Lutter! Mas era muito difícil. Era como tentar subir no telhado do galpão de ferramentas, revestido de papel alcatroado, usando apenas os braços, na época em que ela era pequena e queria imitar os irmãos. Os dois riam da irmãzinha que se esforçava às suas costas, com braços fracos demais, na época, pernas finas demais, sem músculos. Enquanto eles trepavam no telhado, ágeis como gatos, ela caía de costas no chão, desamparada.

Às vezes um dos irmãos se inclinava para lhe dar a mão e puxá-la para o telhado. Às vezes, não.

Em cada um de nós, uma chama. Acredite, Rebecca!

Jacob Schwart zombava *dos outros* por serem cristãos. Em sua boca, a palavra "criss-tãos" era uma sibilação cômica.

O pai de Rebecca dizia que Jesus Cristo tinha sido um Messias judeu perturbado, que não conseguira salvar nem a si próprio nem a mais ninguém da sepultura, e o que vinha a ser todo aquele alvoroço em volta dele, quase dois mil anos depois de sua morte, só Deus sabia!

Isso também era uma piada. Jacob Schwart vivia rindo quando a palavra "Deus" lhe saltava da boca, como uma língua zombeteira. Dizia, por exemplo:

— Deus nos persegue e nos imprensa num canto. Deus nos pisoteia com seu pezão de botas, para nos obliterar. Mas há uma saída. Lembrem-se, crianças, há sempre uma saída. Se a gente conseguir fazer-se pequena o bastante, feito um verme.

E ria, quase radiante. Seus dentes podres brilhavam.

E assim, esse tornou-se o segredo que Rebecca escondia da família: seu desejo de acreditar no amigo da Srta. Lutter, Jesus Cristo, que era inimigo de Jacob Schwart.

A Srta. Lutter lhe dera figurinhas bíblicas, a serem escondidas nos livros escolares de Rebecca e levadas para casa.

— É o nosso segredo, Rebecca!

Os santinhos eram pouco maiores do que cartas de baralho. Eram imagens coloridas de cenas bíblicas, retratadas com tamanha precisão, achava Rebecca, que se poderia achar que eram fotografias. Havia os Reis Magos do Oriente (Mateus 2,1), com seus mantos esvoaçantes. Havia Jesus Cristo de perfil, com um manto ainda mais esvoaçante e surpreendentemente colorido (Mateus 6,28). Havia a Crucificação (João 19,26) e a Ascensão (Atos 1,10): Jesus Cristo, com o rosto barbudo quase invisível, agora com um manto branco como a neve, pairando acima da cabeça de seus discípulos em oração. (Rebecca se perguntava: de onde vinham os mantos de Jesus? Haveria lojas naquela terra distante, como em Milburn? Era impossível comprar uma roupa daquelas em qualquer loja de Milburn, mas podia-se comprar o tecido e costurá-lo. Mas quem teria costurado os mantos de Jesus, e como é que eles eram lavados? E será que eram passados? Uma das tarefas domésticas de Rebecca era passar a ferro para a mãe as coisas lisas, que não se enrugavam com facilidade.) A figurinha bíblica favorita de Rebecca era a da Ressurreição da Filha de Jairo (Marcos 5,41), porque a filha de Jairo tinha doze anos e fora dada como morta, só que Jesus Cristo se aproximou do pai dela e disse: *Por que vos alvoroçais tanto e chorais? A menina não está morta, apenas dorme.* E era verdade, e Jesus pegou a menina pela mão e a acordou, e ela se levantou e ficou boa outra vez.

A Srta. Lutter não havia entendido que os Schwart não tinham Bíblia, e Rebecca jamais quis que ela soubesse disso. Havia muitas coisas de que a filha do coveiro se envergonhava. Mas também não queria atraiçoar os pais. Agora, na sétima série, já não era aluna da Srta. Lutter e a via poucas vezes. Mas se lembrava das palavras dela. *Basta você acreditar em Jesus Cristo, o Filho de Deus, para Ele entrar no seu coração. Ele a amará e protegerá para sempre.*

E por isso ela tentava, tentava muito acreditar! — e não conseguia, não muito bem. Mas quase chegava a acreditar! Em especial, todos os dias, desde o desaparecimento de Herschel e a perturbação de sua vida familiar, e a antipatia generalizada com que todos os Schwart tinham passado a ser vistos, Rebecca queria acreditar.

Quando estava sozinha, sem que ninguém a observasse. Sem que ninguém caçoasse dela ou a xingasse. Ou lhe desse trombadas no corredor da sétima série, ou na escadaria da escola. Quando voltava depressa para casa, cortando becos, terrenos baldios e campos. Rebecca vinha-se transformando numa gata selvagem, furtiva e arisca. Agora tinha pernas fortes, podia correr, correr, correr, se fosse perseguida. Uma menina não inteligente, diriam. Uma menina de uma família pobre, de roupas mal combinadas e tranças feias, balançando dos lados da cabeça. Havia um morrinho acima do talude da ferrovia, pouco antes da estrada da Pedreira, no qual, ao descê-lo deslizando e escorregando no cascalho solto, Rebecca sentia o coração bater forte nas costelas, porque nessa hora poderia descobrir: *Se você merecer cair e se machucar, isso acontecerá agora.*

Fazia pouco tempo que ela aprendera a barganhar desse jeito. A se oferecer como vítima. Em lugar das outras pessoas da família que andavam sendo punidas. Queria acreditar que Deus agiria com justiça.

Às vezes caía mesmo, e cortava os joelhos. Porém o mais comum era não cair. Nem mesmo quando se deu conta da figura espectral que se aproximava, de manto branco e esvoaçante e um arranjo branco na cabeça, nem mesmo nessa hora ela perdeu o equilíbrio; seu corpo se tornara ágil e astuto.

Colunas de névoa, de cerração, erguiam-se das valas fundas de escoamento dos dois lados da estrada da Pedreira, que era uma estrada rural sem pavimentação, nos arredores de Milburn. Havia ali um cheiro intenso e frio de lama, de pedra.

Rebecca sentiu-se autorizada a falar, se não mexesse a boca e não emitisse nenhum som.

O Herschel voltaria para eles?

Jesus disse, em voz baixa e bondosa:

— Com o tempo, seu irmão retornará para você.

A polícia ia prendê-lo? Machucá-lo? Ele iria para a cadeia?

Jesus disse:

— Não acontecerá nada que não esteja predestinado, Rebecca.

Rebecca! Jesus sabia seu nome.

Ela estava com muito medo, disse a Jesus. Seus lábios tremeram, por pouco não falou em voz alta.

Jesus disse, só com um tantinho de reprovação:

— *Por que* tamanho alvoroço, Rebecca? Estou do seu lado.

Mas Rebecca precisava saber: aconteceria alguma coisa com eles? Aconteceria alguma coisa terrível com... com sua mãe?

Era a primeira vez que mencionava a mãe a Jesus.

Era a primeira vez (sua cabeça fez as contas depressa, ela sabia que Jesus também devia estar pensando nisso) que aludia ao pai, de forma indireta.

Jesus disse, com um toque de irritação na voz:

— Não acontecerá nada que não tenha sido predestinado, minha criança.

Mas isso não servia de consolo! Rebecca virou-se, confusa, e viu Jesus a encará-la. O homem não se parecia nem um pouco com o Jesus dos santinhos da Bíblia. Não usava um manto branco esvoaçante, afinal, nem enfeite na cabeça. Tinha a cabeça descoberta e o cabelo desgrenhado e seboso, com toques grisalhos. Havia no queixo cotos de barba por fazer e o rosto era vincado por rugas profundas. Na verdade, Jesus se parecia com aqueles homens de olhos embotados, indigentes, como eram chamados, vagabundos que rondavam o pátio da ferrovia e as piores tabernas do sul da avenida Central. Aqueles homens esfarrapados de quem sua mãe a avisava repetidamente para se afastar, que a aconselhava a evitar.

Esse Jesus também se parecia com Jacob Schwart. Sorria para ela, com ar raivoso e zombeteiro. *Se você acredita em mim, é mesmo uma idiota.*

E então um carro passou chacoalhando pela estrada da Pedreira e Ele desapareceu.

22

Não acontecerá nada que não tenha sido predestinado.

Eram as palavras do Jesus indigente zombeteiro. Rebecca as ouviu, a troçar dela, durante todo aquele longo inverno e pela primavera gelada de 1949, que seria seu último ano na velha casa de pedra do cemitério.

Depois diriam em Milburn que o fim havia chegado para os Schwart logo depois da conduta criminosa de Herschel e de sua escapada como fugitivo, mas, na verdade, houve oito meses de intervalo. Foi um período de estase e confusão: aquele em que a pessoa fica aprisionada na paralisia do sono, mesmo quando o sonho se rompe e se desintegra. Rebecca soube apenas que os episódios de fúria e desespero do pai, de angústia e de entorpecida depressão alcoólica, passaram a se alternar com mais freqüência e ficaram imprevisíveis.

Jacob Schwart punha cada vez mais defeitos no filho que lhe restara. O próprio nome do rapaz o enchia de desprezo:

— "Gus." Que é esse tal de "gus", é "gás"? Quem é que se chama "gás"?

E Jacob ria, aquilo era muito divertido. Até quando não andara bebendo, ele atormentava o rapaz:

— Se os nossos inimigos nazistas levaram um dos meus filhos, por que não *você*? Hein?

E dizia:

— Deus é um gozador, a gente sabe: levar meu primogênito e deixar *você*.

O estranho é que o inglês falado por Jacob Schwart foi adquirindo um sotaque mais e mais carregado, como se fizesse apenas alguns semanas, e não mais de uma década, que ele morava no Vale do Chautauqua.

Gus resmungava, falando com Rebecca:

— Por que ele tem ódio *de mim*? Não fui eu que fiz o Herschel pirar daquele jeito.

Ao contrário de Herschel, Gus não parecia capaz de enfrentar o pai. E Jacob Schwart era o tipo de homem que, sem oposição, tornava-se ainda mais desdenhoso e cruel. Na escola, Rebecca já vira que, quando tentava ignorar o sarcasmo das outras crianças, os motejos só faziam intensificar-se. Não havia como aplacar um valentão. Não se podia esperar que um valentão se cansasse de sua crueldade e procurasse outro alvo. Só quando Rebecca revidava no ato é que seus algozes a deixavam em paz.

Temporariamente, pelo menos.

Pobre Gus, que não tinha emprego fora do cemitério. Não tinha vida própria fora do chalé de pedra. O pai se recusava a deixá-lo arranjar um emprego, como fizera Herschel, e ganhar seu próprio dinheiro. E Gus também não tinha força para sair de casa, porque a mãe dependia dele. Aos dezenove anos, ele se tornara o ajudante (não remunerado) de Jacob Schwart:

— Venha cá! Trate de mexer essa bunda e vir aqui! Estou *esperando*.

Nas mínimas coisas, Gus tinha que obedecer ao pai; Rebecca o achava covarde como um soldado-menino, com um medo pavoroso de desobedecer ao oficial superior. Ela havia amado Gus quando os dois eram menores, mas agora se retraía dele, enojada. Aos poucos, Gus se tornara um animal cativo, com o espírito subjugado. Tinha o cabelo fino, castanho-claro, vinha emagrecendo a olhos vistos e coçava muito a cabeça. A testa começava a ficar vincada como a de um velho. Ele sofria de misteriosas erupções cutâneas, que vivia coçando com as unhas. Rebecca tinha horror a ver Gus enfiar o indicador no fundo do canal auditivo e se coçar loucamente, como que na esperança de arrancar o cérebro com as garras.

Desde que Herschel saíra de casa, a perseguição vinha piorando. Mas tinha começado anos antes, quando Jacob Schwart insistira em que Gus abandonasse a escola, ao completar dezesseis anos.

Tinha dito, em tom displicente:

— Filho, você não é brilhante. A escola não faz nenhum bem a gente como você. Naquela viagem marítima terrível, você sofreu de disenteria e febre. Depois que o cérebro começa a derreter feito cera, não há como recuperar a inteligência. Nessa escola, você está cercado por nossos inimigos. Camponeses rudes, grosseiros, que riem de você e, através de você, riem da sua família. De sua mãe! Isso é intolerável, filho!

Quando o pai se inflamava numa raiva moralista, não havia como argumentar com ele.

Era verdade, Gus tivera que admitir. Suas notas eram baixas, ele tinha poucos amigos, a maioria dos colegas de turma o evitava. No entanto, ele nunca havia criado problemas, nunca machucara ninguém! Era sua pele inflamada que exsudava uma aparência de fúria. Eram seus olhinhos espremidos que fitavam o mundo com tanta desconfiança.

E, assim, Gus obedeceu ao pai e abandonou a escola. Passou a não ter vida própria fora do cemitério, fora dos domínios de Jacob Schwart. Rebecca tinha medo de que, um dia, o pai insistisse em também fazê-la sair da escola. Ele havia repudiado com muito ressentimento o mundo do saber, dos livros, das *palavras*. E a mãe de Rebecca também desejaria isso. *Você é menina, não vai querer que lhe aconteça alguma coisa.*

(Rebecca ficava intrigada: seria castigada por ser menina, ou por ser a filha do coveiro?)

Um dia, no fim de março, quando Gus estava ajudando o pai a retirar a sujeira deixada no cemitério por uma tempestade, Jacob Schwart impacientou-se com o filho, que trabalhava distraído e sem habilidade. Xingou-o e fez que ia atingi-lo com a pá, como que para bater nele. É claro que só estava brincando. Mas a reação encolhida de Gus, a expressão de pavor abjeto em seu rosto, enfureceu o velho, que perdeu a paciência e acertou as costas do filho com a base da pá.

— Idiota! Burro!

Não foi um golpe forte, como depois insistiria Jacob Schwart, mas, só de perversidade, Gus caiu, bateu com a cabeça numa lápide e se cortou. A pouca distância dali, diversos visitantes de uma sepultura observavam. Um homem gritou, perguntando qual era o problema, o que estava acontecendo, mas Jacob Schwart o ignorou, xingando o filho caído e ordenando que ele se levantasse:

— Você é uma vergonha, se portando desse jeito. Fingindo que está machucado, feito um bebê.

Quando Gus se pôs de pé, com muito esforço, limpando o rosto ensangüentado, Jacob esbravejou:

— Olhe só pra você! Desgraçado de bebezinho! Vá, vá procurar a mamãe, mamar nas tetas da mamãe! Vá embora!

Gus virou-se para o pai, encarando-o. Nessa hora não houve expressão de pavor abjeto em seu rosto. Com o corte na testa sangrando, ele fitou o velho com uma expressão de ódio. Os dedos remexeram-se, agarrados a um ancinho de metal de dentes largos.

— Atreva-se! Vamos ver se você se atreve! *Você*! Você não ousaria, vá chupar as tetas da mamãe — esbravejou Jacob, enquanto o filho avançava em sua direção com o ancinho levantado. Ao mesmo tempo, o homem que os tinha chamado veio se aproximando, cauteloso, falando com calma, tentando dissuadi-los de uma violência maior. No túmulo, agarradas uma à outra, duas mulheres gemiam de alarme.

— Experimente! Tente bater no seu pai! Seu bebezinho aleijado, você *não consegue*.

Gus ergueu o ancinho nas mãos trêmulas e em seguida, abruptamente, deixou-o cair. Não tinha dito nem viria a dizer uma palavra. Enquanto Jacob Schwart continuava a xingá-lo, virou as costas e se afastou com passos meio trôpegos, pingando sangue na neve, determinado a não cair, como um homem atravessando o convés de um navio que jogasse muito.

Quando Gus entrou em casa, lá estava Anna Schwart à sua espera, trêmula de emoção.

— *Ele? Ele* fez isso com você?

— Não, mãe. Eu caí. Fui eu mesmo que fiz.

Anna fez uma tentativa canhestra de abraçar o filho, que dessa vez se recusou a ser abraçado ou impedido.

Ela implorou, súplice:

— Ele ama você, August! É só o jeito dele, machucar. Magoar quando ama. Os nazistas...

— Fodam-se os nazistas. Ele é um nazista. *Ele* que se foda.

Anna embebeu uma toalha na água fria, para colocá-la na testa ensangüentada do filho. Mas Gus não teve paciência para seus cuidados, mal parecia estar sentindo dor, o sangramento apenas o chateava.

— Que merda, mãe, me solta! Está tudo bem comigo.

Com surpreendente rispidez, ele afastou Anna com um empurrão. No quarto, esvaziou as gavetas da cômoda na cama, arrancou do armário as poucas peças de roupa que tinha e amontoou tudo numa pilha. Fez uma trouxa grosseira com um cobertor de flanela e amarrou seus bens escassos. A mãe, aflita, não conseguia acreditar no que via: o filho machucado, o único filho que lhe restava, tão exultante? Sorrindo, rindo sozinho? August, que raras vezes sorrira desde a terrível manhã das suásticas.

No piso da cozinha, do corredor e do quarto, as manchas de sangue brilhavam na esteira de August Schwart, feito moedas exóticas, quando Rebecca as descobriu, ao voltar da escola para a casa de pedra, silenciosa e devastada.

Como o outro, ele nem disse adeus. Foi embora sem falar comigo, sem se despedir.

23

Agora os dois filhos tinham partido. Em sua fúria, ele passou a achar que o haviam abandonado.

— Os planos que eu tinha para eles. Traidores!

Com o tempo, ruminando, bebendo até alta madrugada, com os olhos fixos em seu reflexo embotado na janela, que parecia o de um afogado, ele viria a descobrir que os filhos lhe tinham sido roubados.

Era uma conspiração. Um plano. É que eles odiavam Jacob Schwart. Seus inimigos.

Vagou pelo cemitério, por entre as árvores que gotejavam no degelo.

Leu em voz alta:

— "Sou a Ressurreição e a Vida."

Que afirmação obtusa, não? Uma notável afirmação de consolação e poder. Palavras gravadas numa lápide desgastada do ano de 1928.

A voz de Jacob era jocosa, mas rouca. A nicotina lhe havia queimado o interior da boca. O homem relembrou que, quando Herschel ainda estava na escola, anos antes, ele havia trabalhado ali com o filho e lera em voz alta essas mesmas palavras para ele, e Herschel tinha coçado a cabeça, perguntando que diabo era aquilo — "Rezurreiçon" —, e Jacob respondera que significava que um Messias viera salvar os cristãos, somente os cristãos; também queria dizer que os cristãos esperavam ser ressuscitados na carne, quando Jesus Cristo voltasse à terra.

Herschel dera um risinho de chacota, perplexo.

— Que porra de *carne*, pai? Tipo assim, os cadáver nas *sepultura*?

É, era isso. Cadáveres nas sepulturas.

Herschel havia soltado sua gargalhada resfolegante, alta como um zurro. Como se aquilo fosse piada. Jacob Schwart fora obrigado a sorrir: seu filho primogênito, analfabeto, tinha um discernimento tão perspicaz da trágica farsa da ilusão humana quanto aquele grande pessimista alemão, Arthur Schopenhauer. Se tinha!

— Caramba, pai, eles vão tá feio pra cacete, hein? E como é que vão *sair* daí?

E Herschel dera uma pancadinha na curva arredondada de um túmulo com a base da pá, como que para despertar e zombar de quem estivesse lá dentro, embaixo da relva.

Diabo, ele sentia saudade do Herschel. Agora que fazia meses que o filho estava sumido (um garoto que, na verdade, ele mal tinha conseguido tragar), Jacob sentia sua falta como que de algo que lhe tivesse sido arrancado das entranhas. Com Anna, às vezes grunhia:

— Tudo aquilo, aquilo que tínhamos. Foi embora com ele.

Anna não respondia. Mas sabia o que o marido queria dizer: *Tudo o que tínhamos naquela época, quando éramos moços. Lá na nossa terra. Quando Herschel nasceu. Antes dos nazistas. Tudo se foi.*

Havia uma teoria: Herschel tinha sido caçado como um cão, alvejado numa vala pelos policiais do xerife do condado de Chautauqua. Gestapo. Eles alegariam legítima defesa. "Resistência à prisão." Podia ter sido nas montanhas. Era comum ouvir tiros vindos das montanhas — "caçadores".

Herschel não andava armado, ao que Jacob soubesse. Talvez uma faca. Mais nada. Haviam atirado nele, deixando-o sangrar até a morte numa vala. Os moradores de Milburn nunca perdoariam Herschel por surrar e assustar seus filhos nazistas.

— *Eu* farei justiça. Não estarei desarmado.

Foi uma primavera gélida! Uma primavera infernal. Enterros demais, o coveiro sempre assoberbado. Nesse ano maldito de 1949. Ele também sentia saudade do filho mais moço. O choramingas fracote das erupções cutâneas, "August".

"August" — assim denominado em homenagem a um tio idoso e favorito de Anna, que havia morrido mais ou menos na época em que ela e Jacob se casaram.

Por algum tempo, ficou furioso com August, por ter-se portado com tanta insolência e estupidez e fugido para onde Jacob Schwart não podia encontrá-lo, para lhe pôr juízo na cabeça, mas depois, pareceu-lhe perfeitamente lógico que August também lhe tivesse sido roubado, para deixar Jacob Schwart ao desamparo. Por acaso o menino não tinha sido espancado, com o sangue jorrando de um corte horroroso no rosto...?

Um garoto obtuso, mas bom trabalhador. Bom filho. E August sabia ler, pelo menos. Sabia a aritmética do primário.

— Não estarei desarmado... Não serei "manso".

Estranha e terrível a paralisia que havia tomado conta dos inimigos declarados do Reich alemão. Como criaturas hipnotizadas, enquanto o predador se aproxima. Hitler não tinha obscurecido nada. Hitler tinha sido direto, inequívoco. Jacob Schwart se obrigara a ler *Mein Kampf*. Pelo menos, dera um sentido a *Mein Kampf*. Aquela certeza lunática! A paixão! *Minha batalha, minha campanha. Minha luta. Minha guerra.*

Comparadas aos discursos bombásticos de Hitler, à lógica demoníaca de Hitler, que tíbias, que vulneráveis, que meras *palavras* eram as grandes obras da filosofia! Que meras *palavras* eram os sonhos humanos de um deus!

Entre seus inimigos, ali no Vale do Chautauqua, Jacob Schwart não seria hipnotizado. Não seria surpreendido, e não estaria desarmado. A história não se repetiria.

Também culpou os inimigos por isso: pelo fato de ele, Jacob Schwart, um indivíduo refinado e instruído, ex-cidadão da Alemanha, ser obrigado a se portar de maneira tão bárbara.

Ele, um ex-professor de matemática de uma prestigiosa escola para meninos. Ex-empregado respeitado de uma gráfica sumamente ilustre de Munique, especializada em publicações científicas.

Agora, coveiro. Zelador *dos outros*, seus inimigos.

Tendo que zelar por seu cemitério cristão. Por sepulturas que tinha de manter bem cuidadas. Cruzes! Crucifixos! Anjos ridículos de pedra!

Ah, ele cuidava das sepulturas, se cuidava! Quando não havia ninguém observando, lá estava Jacob Schwart "regando" os túmulos com sua urina quente e ácida.

Ele e Herschel, anos antes. Em meio a gargalhadas frenéticas, feito burros zurrando.

Gus, nunca. Não se podia brincar com Gus desse jeito. Urinando com o pai, abrindo o zíper das calças e botando o pênis para fora, o menino ficaria mortificado, constrangido. Mais parecia uma menina, pensou Jacob.

Essa era sua vergonha, ele tinha perdido os filhos varões.

E viria a responsabilizar os integrantes do Conselho Municipal por isso. Porque, de outro modo, seria confuso demais.

— Vocês vão ver. Logo, logo seus olhos cegos vão se abrir com uma explosão.

Jacob havia decorado os nomes. Eram *Madrick, Drury, Simcoe, Harwell, McCarren, Boyd...* Não tinha certeza dos rostos, mas sabia os sobrenomes e poderia descobrir onde eles moravam, se necessário.

Muito agradecido, senhores. Obrigado, senhores!

Idiotas rurais. Torcendo o nariz por causa do cheiro dele. Ao ver que ele não fizera a barba, que era um homem-duende com as costas arrebentadas, retorcendo o boné de pano entre as mãos... Com pena dele, dando-lhe o desprezo, explicando-lhe com desfaçatez, em sua falsidade, que o orçamento, era o orçamento, eram os cortes no orçamento, talvez no ano que vem, Jacob, possivelmente no ano que vem, vamos ver, Jacob. Obrigado por ter vindo, Jacob!

Algum tipo de arma comprida, era o que ele compraria. Um rifle para matar cervos, ou uma espingarda. Tinha dinheiro guardado. No First Bank de Chautauqua, tinha quase duzentos dólares guardados.

— "Genocídio", é assim que se chama. Agora você é pequena, é ignorante e está recebendo uma falsa educação naquela escola, mas um dia terá que saber. No mundo animal, os fracos são rapidamente descartados. Você tem que esconder sua fraqueza, Rebecca!

Falou com veemência alarmante. Como se ela se atrevesse a duvidar. Como se, na verdade, não estivesse acenando a cabeça, sim, papai.

Sem a menor idéia do que ele estava dizendo. Inquieta com a possibilidade de que, em sua empolgação, o pai cuspisse nela. É que mascava um chumaço enorme de fumo, cujo sumo ácido lhe escorria pelo queixo. Quanto maior a veemência com que falava, mais cuspe voava de sua boca. E se ele tivesse um daqueles acessos de tosse...

— Está escutando, Rebecca? Está me ouvindo?

A tristeza dele era não lhe restar nenhum filho homem. Ele fora castrado, emasculado. Sua vergonha.

Só a menina. Precisava amar a infeliz da menina, não tinha mais ninguém.

E assim, ele lhe contou — deu para lhe contar, às vezes à noite, sem conseguir lembrar-se do que tinha dito ou de quando começara a instruí-la — que, na Europa, os inimigos deles tinham querido matar não apenas ele e sua gente, "como num ato de guerra", mas exterminá-los por completo. Porque eles eram tidos como "poluentes", "toxinas". Portanto, não tinha sido uma mera guerra, que é um ato político, mas um genocídio, que era um ato moral, metafísico, podia-se dizer. Porque o genocídio, se posto em prática, é um ato que o tempo não consegue desfazer.

— Está aí um enigma digno de Zenão: que possa haver, na história, atos que a história, a totalidade do "tempo", não é capaz de desfazer.

Uma declaração profunda. Mas a menina apenas o olhava.

Diabo, como era irritante! Uma menina sem graça, com a pele morena como a dele. Jeito de cigana. Belos olhos escuros, luminosos. Não olhos jovens. A culpa era de Anna, ele culpava Anna, obscuramente, pela menina. Não que não amasse a filha, é claro. Mas na família, sabe-se lá por quê, às vezes a mãe é culpada, simplesmente por dar à luz.

Outro filho? Não posso suportar. Não.

No beliche empapado de sangue, naquele "camarote" sem janelas, de indizível imundície. Como seria fácil asfixiar a nenenzinha! E que bênção teria sido asfixiá-la. A mão de um adulto pressionando o rostinho murcho, vermelho como um tomate fervido. Antes que ela pudesse inspirar e começar a chorar. Antes que os meninos vissem e compreendessem que tinham uma irmã. E, nos dias da amamentação desleixada e aturdida de Anna, a menina também podia ter sido asfixiada. Talvez deixando-a cair no chão. Podia ter sido tirada do berço com descuido, sem que a cabeça desproporcionalmente pesada fosse sustentada no pescoço frágil pela mão protetora de um adulto. (A dele!) A neném podia ter adoecido, o catarro podia ter-lhe entupido os pulmões minúsculos. Pneumonia. Difteria. A natureza fornecia um sortimento maravilhoso de saídas da vida. No entanto, de algum modo, a pequena Rebecca não tinha perecido. Sobrevivera.

Trazer um filho para o inferno do século XX, como se podia suportar isso?!

E agora ela estava com doze anos. Em sua presença, Jacob sentia o coração empedernido contrair-se com uma emoção que não conseguia definir.

Amor não era, talvez fosse pena. É que Rebecca era filha de Jacob, inequivocamente. Mais parecida com ele que qualquer dos dois filhos. Tinha suas maçãs do rosto acentuadas e o bico-de-viúva que ele tivera (quando havia mais cabelo). Tinha seus olhos irrequietos e famintos. Era inteligente como ele; e desconfiada. Muito diferente da mãe, que tivera um rosto meigo e bonito quando moça, a tez alva, finos cabelos claros, e um jeito tão encantador de rir, que a pessoa era seduzida a rir com ela das coisas mais banais. Em tempos remotos, quando Anna ria... Mas Rebecca, a filha deles, não era de rir. Talvez houvesse sentido, quando pequena, quanto chegara perto de não existir. Tinha um espírito melancólico e era teimosa. Como o pai. O coração pesado. As sobrancelhas estavam ficando grossas e retas como as de um homem, e nenhum homem jamais condescenderia em chamá-la de "bonitinha".

Jacob não confiava nas mulheres. Schopenhauer sabia muito bem: a mulher é mera carne, fecundidade. A fêmea seduz o macho (fraco, enamorado) para o acasalamento e, contrariando a inclinação de seu desejo, para a monogamia. Pelo menos em tese. O resultado é sempre o mesmo: a espécie continua. Sempre o desejo, o acasalamento, sempre a geração seguinte, sempre a espécie! Uma vontade cega, irracional, insaciável. Do alegre e inocente amor dos dois, num tempo longínquo, viera seu primogênito, Herschel, nascido em 1927. Depois viera August e, por fim, a caçulinha, Rebecca. E cada um deles era um indivíduo, mas o indivíduo mal chegava a importar, apenas a espécie. A serviço dessa vontade cega, a secreta maciez feminina, os odores úmidos; as *entranhas* introversas e rosadas da mulher, que o homem podia penetrar inúmeras vezes, mas não discernir nem compreender. Do corpo da mulher é que havia brotado o labirinto, o emaranhado. O favo de mel com uma única entrada e nenhuma saída.

Ora! O fato de sua filha se parecer tanto com ele, e, ainda assim, ser uma mulher em ponto pequeno, parecia ainda mais repulsivo a Jacob, pois era como se Jacob Schwart não se conhecesse plenamente e não pudesse confiar em si mesmo.

E dizia, ralhando:

— Sim. Hoje você é ignorante. Não sabe nada desse buraco infernal que é o mundo.

Jacob puxou o braço da filha, tinha algo a lhe mostrar lá fora.

Contou-lhe que, no século XX, com os atos da Alemanha e das chamadas Potências do Eixo, todo o esforço de civilização iniciado desde os gregos fora varrido para longe, com uma alegria demoníaca; abandonado e obliterado, em prol dos interesses da besta. Os alemães não faziam segredo disso — "A adoração da besta". Dentre eles, nenhum dos que estavam vivos lamentava a guerra, apenas o fato de a haverem perdido e terem sido subjugados, humilhados; e frustrados em seu desejo de exterminar os inimigos.

— Muitos neste país tinham as convicções deles, Rebecca. Muitos daqui de Milburn. E muitos nazistas foram e serão protegidos. Nada disso você aprenderá em seus livros escolares. Seus ridículos livros de "história", que eu examinei. Por fora, hoje a guerra está terminada, desde 1945. Mas veja só como este país premia os guerreiros alemães. Tantos milhões de dólares doados à Alemanha, o covil da besta! E por que, senão para recompensá-los? Internamente, a guerra continua a campear. Não acabará nunca, até que morra o último de nós.

Ele estava agitado, o cuspe voando. Por sorte, ao ar livre, Rebecca podia evitar ser atingida por qualquer chuvisco.

— Você está vendo, hein? Aqui.

Tinha levado a filha para a alameda de cascalho que passava pela casa e conduzia ao interior do cemitério. Era responsabilidade do zelador conservar essa alameda, espalhar uniformemente o cascalho sobre ela; à noite, no entanto, seus inimigos tinham ido lá com um ancinho ou uma enxada, para troçar dele.

Rebecca olhou para a alameda. O que era que devia ver?

— Você é cega, menina? Não está *vendo*? Como nossos inimigos nos perseguem?

É que ali, de forma inconfundível, havia suásticas riscadas no cascalho, não flagrantes como as suásticas de piche do Dia das Bruxas, porém mais dissimuladas.

— Está *vendo*?

Ah, que menina teimosa! Olhava fixo e não sabia responder.

Com raiva, Jacob arrastou o salto da bota pelo cascalho, destruindo o mais óbvio dos desenhos galhofeiros.

Meses antes, quando da profanação inicial, ele se esfalfara retirando as marcas de piche. Raspara o piche da porta de entrada da casa de pedra, num frenesi de repugnância, e no entanto! — não conseguira removê-lo por completo. Só lhe restara repintar a maldita porta de um verde-escuro mais sombrio, só que a sombra de uma grande 卐 era visível por baixo da tinta, se a gente olhasse bem de perto. Ele e Gus haviam repintado algumas partes dos galpões e tentado raspar a sujeira das lápides desfiguradas. Mesmo assim, as suásticas tinham persistido, para quem soubesse onde procurar.

— Há! Você é um *deles*.

Comentário absurdo, como ele percebeu já ao proferi-lo. Mas era o pai dessa menina, podia dizer qualquer coisa que lhe viesse à cabeça, e ela devia respeitá-lo.

Sua filha estúpida e teimosa, incapaz de ver o que tinha diante dos olhos, bem a seus pés! Jacob perdeu a paciência, agarrou-a pelos ombros e sacudiu, sacudiu, sacudiu, até ela gemer de dor.

— Um *deles*! Um *deles*! Agora, vá chorar lá com a sua mãe!

Afastou-a com um safanão, jogando-a na alameda, no cascalho de pedrinhas afiadas, e a largou ali, arfando e enxugando o nariz, fitando-o com olhos arregalados, dilatados de pavor. Jacob se retirou praguejando e foi buscar um ancinho para apagar as suásticas zombeteiras, numa outra hora.

Dybbuks! Ele não tinha pensado nisso.

Era um homem da razão, é claro que não havia pensado numa coisa dessas. No entanto...

Um *dybbuk*, ardiloso e ágil como uma serpente, poderia dominar uma mulher de cabeça fraca. No zoológico de Munique, ele tinha visto uma cobra extraordinária de dois metros e meio, uma naja admiravelmente flexível, que se movia no que parecia ser um fluxo contínuo como água; a cobra "corria" em suas numerosas vértebras, por dentro da pele escamada, cintilante e belíssima. Os olhos de Jacob reviraram e ele quase se sentiu desfalecer, ao imaginar como a cobra-*dybbuk* penetraria na mulher.

Subindo por entre as pernas e entrando.

Porque ele não podia confiar em nenhuma das duas: mulher, filha.

Como homem racional, não queria acreditar em *dybbuks*, mas talvez fosse essa a explicação. Os *dybbuks* ganharam vida na lama primeva da Europa. E ali em Milburn. Rondando o cemitério e a zona rural, mais além. *Dybbuks* que se erguiam como brumas da grama alta e úmida que estremecia ao vento. Das serpentárias e espadanas. *Dybbuks* atirados pelo vento nas janelas mal encaixadas da velha casa de pedra, arranhando o vidro com as garras, aflitos para entrar. E *dybbuks* buscando acesso ao interior dos corpos humanos em que a alma era mal encaixada e primitiva.

Anna. Casada com ele fazia vinte e três anos. Será que Jacob podia confiar em Anna, em sua feminilidade?

Tal como o corpo, a mente de Anna havia amolecido com o tempo. Ela nunca se recuperara por completo da terceira gravidez, da angústia daquele terceiro parto. Na verdade, nunca se recuperara plenamente da fuga em pânico da Alemanha.

E o culpava, ele sentia. Por ser seu marido e homem e, ainda assim, um homem incapaz de protegê-la e proteger os filhos.

À noite, porém, uma outra Anna ganhava vida. Durante o sono, em seus sonhos lascivos. Ah, ele sabia! Ouvia os gemidos dela, a respiração acelerada. Sentia os tremores em sua carne. A cama de casal recendia ao suor dela, a suas secreções femininas. De dia, Anna se afastava dele, desviando os olhos. Assim como ele desviava os olhos da nudez da mulher. Ela nunca o amara, supôs. É que a dela tinha sido uma alma de menina, rasa e fácil de levar pela emoção. No círculo de jovens freqüentado pelos dois em Munique, Anna tinha rido e flertado com muitos rapazes, via-se quanto estes se sentiam atraídos por ela, e a moça se refestelara nessa atenção. Agora, Jacob Schwart podia admitir que fora apenas um deles. Talvez ela tivesse amado um outro que não a amara. E então chegara Jacob Schwart, cego de amor. Suplicando que Anna se casasse com ele. Na noite de núpcias, ele não tivera a idéia de se perguntar: *Minha noiva é virgem? É virginal o amor dela?* O ato de amor tinha sido esmagador para Jacob, explosivo, aniquilador. Ele tinha tão pouca experiência! Não tivera julgamento, e não o teria por anos.

Na travessia do oceano é que o *dybbuk*-Anna tinha vindo à tona pela primeira vez. Ela havia delirado, resmungando, dizendo incoerências e socando-o com os punhos. Nos olhos não houvera amor por ele, nem sequer reconhecimento. Olhos demoníacos, de um brilho castanho-amarelado! As mais grosseiras blasfêmias e obscenidades alemãs haviam saltado da boca de Anna, palavras que não eram as de uma jovem esposa e mãe inocente, mas as de um demônio, um *dybbuk*.

Como no dia que ele encontrara Anna no galpão. Escondida lá, com a caçulinha embrulhada num xale sujo. *Quer que eu a estrangu-*

le? Será que ela havia falado sério ou caçoado dele? Jacob não soubera dizer.

Agora, ele não podia confiar no preparo correto das refeições pela mulher. Anna tinha o hábito de ferver a água do poço, porque era muito provável que a água do poço estivesse contaminada, mas Jacob sabia que ela era descuidada e indiferente. Por isso, todos vinham sendo envenenados aos poucos. E ele não podia confiar na mulher com outros homens. Qualquer homem que a visse veria imediatamente sua feminilidade, tão evidente quanto a nudez. É que havia algo de promíscuo e erótico no corpo macio e alquebrado de Anna e em seu rosto brando de menina, naquele olhar úmido e abobalhado que excitava o desejo masculino, mesmo causando repulsa.

Os policiais do xerife, por exemplo. Desde o desaparecimento de Herschel, eles passavam na casa de vez em quando, para fazer perguntas. Jacob nem sempre estava presente em sua chegada, e Anna tinha que atender à porta e falar com eles. O marido começava a desconfiar de que essas investigações eram mero pretexto.

Era comum haver homens perambulando pelo cemitério, entre as sepulturas. Parecendo visitar as sepulturas. Pessoas enlutadas. Ou que assumiam esse papel.

Anna Schwart tornara-se dissimulada, desafiadora. Jacob sabia que ela lhe havia desobedecido, atrevendo-se a ligar seu rádio em mais de uma ocasião. Ele nunca a havia apanhado, porque Anna era muito esperta, mas sabia. Agora, as válvulas estavam queimadas e não seriam substituídas, e por isso ninguém podia ouvir o maldito rádio. Havia essa satisfação, pelo menos.

(O próprio Jacob havia afrouxado as válvulas do rádio. Para frustrar Anna. Depois, tinha esquecido que as afrouxara. E, quando ligava o rádio, só havia silêncio.)

E havia Rebecca, sua filha.

Sua magreza desengonçada vinha-se encorpando, ganhando contornos de mulher. Por uma porta entreaberta, ele a vislumbrara lavando a parte superior do corpo, com uma expressão de concentração carrancuda. O choque dos seios pequeninos da menina, espantosamente brancos, de mamilos miúdos como caroços de uva! Nas axilas brotavam pêlos finos e escuros, e nas pernas... Jacob havia compreendido que já não podia confiar nela, quando a filha se recusara a reconhecer as marcas de suástica riscadas na alameda. E anos antes, ao descobrir sua fotografia no jornal de Milburn. Campeã de ortografia! *Rebecca Esther*

Schwart! Primeira vez que ele ouvira falar numa coisa dessas. A filha guardara segredo dele e de Anna.

A menina cresceria depressa, ele sabia. Desde que fora para a escola, tinha começado a se transformar num *daqueles outros.* Jacob a vira com aquela vadia, a menina dos Greb. A filha cresceria e o abandonaria. O homem é obrigado a entregar a filha a outro homem, a menos que a reclame para si, o que é proibido.

— Por isso, tenho que endurecer o coração contra as duas.

Do proprietário da Loja de Rações Milburn ele comprou uma espingarda de segunda mão, uma Remington calibre doze de cano duplo, uma pechincha por setenta e cinco dólares.

Outros cinco dólares por uma caixa de cinqüenta cartuchos, quase cheia.

Para caçar, Sr. Schwart?

Para proteger minha propriedade.

A temporada dos faisões só começa no outono. Segunda semana de outubro.

Proteger minha casa. Minha família.

Ela dá um coice, a calibre doze.

Minha mulher, minha filha. Ficamos sozinhos lá. O xerife se recusa a nos proteger. Estamos sozinhos neste país. Somos cidadãos norte-americanos.

É uma boa arma para proteção, se a pessoa souber usá-la. Lembre-se de que ela dá um coice, Sr. Schwart.

Coice?

No ombro. Se o senhor segurar a coronha muito de leve, na hora de puxar o gatilho. Se não tiver prática. Feito um coice de mula.

Jacob Schwart soltou uma gargalhada sonora, arreganhando os dentes manchados de nicotina num sorriso feliz. *Coice feito mula, hein? Ora! Eu sou uma mula.*

— Idiotas! Não havia ninguém.

Em algum momento da lenta e gotejante primavera de 1949 veio-lhe a descoberta. Seu desprezo mais profundo não era pelos camponeses ignorantes que o cercavam, mas pelos anciãos judeus de sua remota juventude, com seus quipás e xales de oração, murmurando para seu deus ridículo.

Um deus vulcânico extinto, Jeová.

Durante a noite lhe vinham essas verdades. Ele ficava sentado na cozinha, ou na entrada da casa, bebendo. Agora, bebia exclusivamente a sidra fermentada da sidraria que ficava ali perto, na estrada, porque era barata e forte. Com a espingarda do lado. Para o caso de haver gente rondando, vândalos. Ele não tinha medo dos mortos. Um *dybbuk* não é um morto. Um *dybbuk* é impetuosamente vivo, insaciável. Nesse lugar onde a maré da história o havia lançado à praia e abandonado feito lixo. Mas seu desprezo mais profundo era pelos anciãos-duendes barbudos, vestidos de preto, de sua longínqua meninice em Munique. Jacob riu cruelmente ao ver o pavor doentio nos olhos deles, quando enfim compreenderam.

— Ninguém, viram? Deus não é ninguém, e não está em lugar nenhum.

E Jacob Schwart não era filho dessa tribo.

24

Como se tivesse acabado de pensar nisso, Katy Greb disse:

— Você podia ficar comigo, Rebecca. Dormir na minha cama, tem espaço.

Katy sempre falava com a impulsividade da pessoa para quem não há hesitação entre um desejo e sua expressão imediata.

Gaguejando, Rebecca disse que não sabia.

— É claro! A mamãe não vai se incomodar, a mamãe gosta à beça de você.

A mamãe gosta à beça de você.

De tão comovida, a princípio Rebecca não conseguiu falar. Não estava olhando para onde andava, deu uma topada com o dedão do pé numa pedra à beira da estrada da Pedreira.

Katy Greb era a única menina a quem Rebecca tinha dito umas coisas particulares.

Katy era a única menina que sabia do medo enorme que Rebecca tinha do pai.

— Não do que ele pode fazer comigo. Mas com a mamãe. Numa noite em que estiver bêbado.

Katy deu um resmungo, como se essa revelação, audaciosa na boca de Rebecca, não fosse surpresa para *ela*.

— Meu pai é igualzinho. Só que agora não tá por aqui, e a mamãe sente saudade dele.

As duas meninas riram. Só se podia mesmo rir dos mais velhos, eles eram muito ridículos.

É claro que não havia espaço para Rebecca na casa dilapidada dos Greb, com sua estrutura de madeira. Não havia espaço para uma garota de doze, quase treze anos, alta para sua idade, sem graça e taciturna.

De alguma forma, na sétima série, sucedera a Katy Greb tornar-se a amiga mais íntima (secreta) de Rebecca. Katy era uma garota de ossos grandes, cabelos feito palha, dentes que cheiravam a água salobra das valas e um rosto grande e rosado como um girassol. Sua risada era aguda e contagiante. Os seios eram protuberâncias bamboleantes no peito, como punhos fechados dentro de seus suéteres de segunda mão.

Katy era um ano mais velha que Rebecca, mas estava em sua mesma turma da sétima série na escola de Milburn. Era amiga (secreta) de Rebecca porque nem o pai nem a mãe desta aprovavam que ela tivesse amigos. *Aqueles outros* em quem não se podia confiar.

Rebecca queria que Katy fosse sua irmã. Ou que ela fosse irmã de Katy. E que morassem com os Greb e fossem apenas vizinhas dos Schwart, que moravam a menos de um quilômetro de distância.

Katy vivia dizendo que sua mãe achava Rebecca uma "boa influência" para ela, porque levava os estudos escolares a sério e não ficava "cavalando" feito as outras crianças.

Rebecca ria, como se lhe tivessem feito cócegas. Não era verdade, mas ela adorava saber que a Sra. Greb falava dela de forma tão lisonjeira. Era típico de Leora Greb dizer coisas extravagantes, não muito baseadas em provas. "Cavalar" era uma de suas expressões comuns, a gente quase chegava a ver os potros galopando e saltitando na campina.

Os Greb eram os vizinhos mais próximos dos Schwart na estrada da Pedreira. Leora Greb tinha cinco filhos, dos quais os dois menores pareciam retardados. Um garoto de sete anos que ainda usava fraldas e não havia aprendido a ir ao banheiro sozinho. Uma menina de seis anos que choramingava e matraqueava coisas ininteligíveis, frustrada por não conseguir falar como os outros. A casa dos Greb era parcialmente coberta por um revestimento de asfalto e ficava pertinho do lixão. Pior do que o lugar em que os Schwart moravam, pensava Rebecca. Quando o vento soprava da direção do depósito de lixo, um fedor enjoativo de lixo e pneu queimado invadia a casa dos Greb.

Diziam que o pai de Katy, Bud Greb, que Rebecca nunca tinha visto, estava em Plattsburgh, na fronteira com o Canadá. *Encarcerado* na prisão masculina de segurança máxima que havia lá.

En-car-ce-ra-do. Uma dignidade inesperada somava-se a essas sílabas, quando se falava de Bud Greb.

Que surpresa para Rebecca saber que Leora Greb não era mais moça do que Anna Schwart! Rebecca fez as contas, as duas tinham quarenta e poucos anos. No entanto, como eram diferentes! O cabelo de Leora era de um louro chamativo, ela usava uma maquiagem que lhe dava um ar juvenil e glamoroso, e seus olhos eram alertas, risonhos. Mesmo com o Sr. Greb lá longe, em Plattsburgh (cumprindo pena de sete a dez anos por assalto à mão armada), Leora tendia a estar de bom humor quase todo dia.

Leora trabalhava meio expediente como camareira do Hotel General Washington, em Milburn, que se dizia o hotel "de primeira" dessa região do Vale do Chautauqua. O General Washington era um grande prédio quadrado com fachada de granito, janelas com persianas brancas e, na entrada, uma tabuleta pintada que pretendia retratar a cabeça do general Washington, com seu cabelo encaracolado de ovelha e o rosto queixudo, no longínquo e improvável ano de 1776. Leora vivia trazendo pacotes de celofane do General Washington, com amendoins, *pretzels* e batatas fritas, abertos mas não inteiramente consumidos pelos hóspedes no bar.

Leora era dada a recitar provérbios sábios. Um de seus favoritos era uma variação do usado por Jacob Schwart: "Guarda hoje e terás amanhã."

Outro, proferido com a boca repuxada para baixo, num risinho de desdém, era: "Cada um colhe o que semeia."

Leora dirigia um sedã Dodge 1945, deixado sob seus cuidados pelo encarcerado Bud Greb, e às vezes, num de seus momentos de bom humor, podia-se convencê-la a levar Katy e Rebecca para dar uma volta na cidade, ou a fazer um passeio de ida e volta até Drottstown, pelas margens do rio Chautauqua.

O que havia de intrigante em Leora Greb, e que Rebecca ainda estava por compreender plenamente, era que ela parecia gostar da família amontoada naquela casa. Leora parecia gostar de sua vida!

Katy admitia que eles sentiam saudade do pai, às vezes. Mas era muito mais fácil sem ele. Não havia tantas brigas, nem os amigos dele zanzando pela casa, nem os tiras aparecendo no meio da porcaria da noite, acendendo as lanternas pelas janelas e fazendo todo mundo se borrar de medo.

— O que eles fazem é berrar num megafone. Você já ouviu um desses troços?

Rebecca abanou a cabeça, não. E nem planejava ouvir, se tivesse como evitá-lo.

Katy lhe contou, com ar de quem confidenciasse um segredo, que Leora tinha namorados, uns sujeitos que conhecia no hotel:

— Não é pra gente saber, mas, ora bolas, a gente sabe.

Esses homens lhe davam coisas, ou deixavam coisas para ela em seus quartos no hotel. Leora as passava para as filhas. Ou então lhe davam dinheiro sonante, o qual, na voz de Leora, lírica e provocante como uma voz do rádio, era "Sem-pre bem-vin-do".

Verdade seja dita, às vezes Leora bebia e podia ser um pé no saco, implicando e ralhando com os filhos. Mas, na maior parte do tempo, era muito boazinha.

E um dia perguntou a Rebecca, aparentemente sem mais aquela:

— Não há nada de errado lá na sua casa, há, meu bem?

Cinco deles estavam jogando cartas na mesa da cozinha dos Greb, coberta por um oleado pegajoso. No começo, tinham sido apenas Katy e Rebecca jogando paciência em dupla, que estava em moda na escola. Depois, Leora havia chegado e chamado as crianças menores para uma partida de *gin rummy*. Rebecca era estreante no jogo, mas pegou o jeito depressa.

Deliciou-se com o elogio descontraído de Leora de que ela possuía uma *aptidão natural* para as cartas.

Rebecca tivera que se adaptar ao que esperar de uma família. Ao que esperar de uma mãe. No princípio, ficara chocada ao ver como os Greb se acotovelavam na mesa, empurrando uns aos outros e rindo das coisas mais bobas. Leora podia ter oscilações de humor, não era muito diferente de Katy e Rebecca. Só que fumava um cigarro atrás do outro, e bebia cerveja Black Horse direto da garrafa. (Mas tinha maneirismos afetados de grande senhora. Como esticar o dedo mindinho ao levar a garrafa à boca.) Rebecca estremecia ao pensar no que Anna Schwart diria de uma mulher assim.

E do jeito de Leora roncar de rir quando as cartas ficavam contra ela, como se a falta de sorte fosse uma espécie de piada.

Leora deu as cartas primeiro. Depois, Katy. Em seguida, Conroy, o irmão de onze anos de Katy. A seguir, Molly, que só tinha dez anos. E por fim, Rebecca, que no começo ficou sem jeito e se atrapalhou com as cartas, na empolgação de ser incluída no jogo.

Surpreendeu-se com a pergunta descontraída de Leora. E murmurou qualquer coisa vaga, que pretendia transmitir a idéia de *não*.

Leora disse, distribuindo rapidamente as cartas.

— Bem, que bom. Fico muito contente por saber disso, Rebecca.

Foi um momento constrangedor. Rebecca ficou à beira das lágrimas. Porém se recusou a chorar. Katy comentou, com aquele toque choramingas na voz:

— Eu disse à Rebecca, mamãe, que ela podia ficar com a gente. Se não quisesse ir pra casa, sabe? Numa noite qualquer.

Houve um zumbido na cabeça de Rebecca. Ela devia ter dito a Katy umas coisas que não pretendia contar. Como o medo que tinha do pai, às vezes. Ou quanto sentia falta dos irmãos e gostaria que eles a tivessem levado.

Suas palavras exatas tinham sido irrefletidas, extravagantes. Como um personagem de histórias em quadrinhos, ela dissera: *Queria que eles tivessem me levado até para o inferno, se era para lá que estavam indo.*

Leora comentou, soltando fumaça pelas narinas:

— Aquele Herschel! Ele era uma figuraça, sempre foi o meu favorito. *É* uma figuraça, quero dizer. Ele está vivo, não está?

Rebecca ficou perplexa com a pergunta. Por um momento, não conseguiu responder.

— O que estou querendo perguntar é se o seu pessoal teve notícias dele. Ao que você saiba.

Rebecca resmungou *não*. Não que ela soubesse.

— É claro que, se o seu pai tivesse notícia do Herschel, podia ser que não lhe contasse. Podia não querer espalhar. Você sabe, por causa da *condição de fugitivo* do Herschel.

Era uma expressão alarmante e eletrizante, que Rebecca nunca tinha ouvido: *condição de fugitivo.*

Com seu jeito digressivo, Leora continuou a falar de Herschel. Katy costumava dizer que, se a gente escutasse sua mãe, ela soltava muitas coisas, talvez até uma porção que não pretendia dizer. Para Rebecca, foi uma revelação constatar que Leora parecia conhecer Herschel muito bem. Até Bud Greb o havia conhecido, antes de ser mandado para a prisão. E Herschel havia até jogado *gin rummy* e pôquer, bem ali naquela mesa!

Rebecca se emocionou ao ver como o irmão era conhecido por outras pessoas, de um jeito que a própria família não o conhecia. Era estranho como se podia conviver de perto com uma pessoa e não saber tanto sobre ela quanto os outros. Isso a deixou com uma saudade ainda maior de Herschel, embora a implicância dele não tivesse sido legal. Leora declarou, com uma veemência de menina:

— O que o Herschel fez, meu bem, aqueles cretinos mereceram. Tomar a droga da lei nas próprias mãos: às vezes, isso é uma coisa que a gente tem que fazer.

Katy concordou. E também Conroy.

Rebecca enxugou os olhos. Deu vontade de chorar, ouvir Leora dizer essas coisas sobre seu irmão.

Como mexer num espelho, só um pouquinho. A gente enxerga um lado das coisas, um ângulo visual que não conhecia. Que surpresa!

Na escola, ninguém jamais dizia algo de bom sobre Herschel. Só que ele era um *foragido da justiça, procurado pela polícia*, e com certeza seria mandado para Attica, onde os prisioneiros negros de Buffalo fariam picadinho dele. Para ele ter o que merecia.

O jogo continuou. O tape-tape-tape das cartas pegajosas. Leora ofereceu a Rebecca um gole de sua cerveja e, a princípio, a menina declinou, depois disse que estava bem e se engasgou um pouco ao engolir o líquido forte, e os outros riram, mas sem maldade. Depois, Rebecca se ouviu dizer, como que para surpreendê-los:

— Meu pai é um desgraçado de um velho bêbado, eu o odeio.

Esperou que Katy caísse na risada, como sempre fazia quando uma amiga se queixava da família num tom comicamente ríspido. Era assim que se fazia! Mas ali, na cozinha dos Greb, havia alguma coisa errada. Leora a olhou fixo, segurando uma carta levantada, e Rebecca percebeu, com vergonha, que tinha dito uma coisa imprópria.

Leora passou o Chesterfield de uma das mãos para a outra, espalhando cinzas. Devia ter sido a cerveja Black Horse que instigara Rebecca a enunciar aquelas palavras, deixando-a na bica de engasgar e rir ao mesmo tempo.

— O seu pai — disse Leora, pensativa — é um homem difícil de entender. É o que dizem. Eu não diria que entendo Joseph Schwart.

Joseph! Leora nem sequer sabia o nome do pai de Rebecca.

A menina se retraiu, envergonhada. Aquele monossílabo ríspido, *Schwart*, era incômodo de ouvir. E saber que outras pessoas podiam enunciá-lo, podiam falar de seu pai de maneira ao mesmo tempo impessoal e familiar, foi chocante para ela.

No entanto, Rebecca se ouviu dizer, meio desafiadora:

— A senhora não tem que "entendê-lo", eu é que tenho. E a mamãe.

Com cuidado, sem olhar para Rebecca nesse momento, Leora perguntou:

— E sua mãe, Rebecca? Ela é meio reservada, não é?

Rebecca riu, um som duro e sem alegria.

Virando-se para Leora com uma vozinha triunfante, como se as duas houvessem discutido e esse fosse o ponto decisivo, Katy comentou:

— Está vendo, mamãe? Eu disse à Rebecca que ela pode ficar conosco. Se precisar.

Bem devagar, Leora sugou o que restava do cigarro.

— Bem...

Rebecca estivera sorrindo. Esse tempo todo, sorrindo. O líquido quente e amargo que havia engolido era uma bolha gasosa em seu estômago, uma bolha que ela sentia e temia vomitar. Suas bochechas ardiam como se alguém as houvesse esbofeteado.

Durante todo esse período, Conroy e Molly tinham ficado remexendo em suas cartas, indiferentes ao diálogo. Não tinham a menor consciência de que Rebecca Schwart havia traído os pais, nem de que Katy submetera a Leora, com Rebecca como testemunha, a idéia de que a menina fosse morar com eles, e Leora estava hesitante, sem querer concordar. Sem a mínima consciência! Conroy era um menino de ossos grandes, que fungava e tinha o péssimo hábito de enxugar o nariz com o dorso da mão a todo momento, e ocorreu a Rebecca a idéia perversa de que, *se ele fosse meu, eu o estrangularia*, e o desejo de dizer isso a Leora foi tão intenso que ela teve de segurar as cartas com força.

Copas, ouros, paus... Tentando entender a mão que havia recebido.

Será que um rei de copas pode nos salvar? Um dez de paus? Um par de rainha e valete? Ela desejou ter sete cartas do mesmo naipe, para baixá-las na mesa com um floreio. Os Greb ficariam de olho arregalado!

Não queria outra coisa senão continuar jogando *gin rummy* eternamente com a família de Katy. Rindo, fazendo piadas, bebericando cerveja, e, quando Leora a convidasse a ficar para jantar, Rebecca lhe diria, com um pesar verdadeiro, *Obrigada, mas acho que não posso, estão me esperando em casa*; só que, em vez disso, lá estava ela largando as cartas de repente, deixando algumas caírem no chão, e empurrando a cadeira para longe da mesa, ruidosamente, ao diabo se ia chorar! Os Greb que se danassem, se era o que estavam esperando.

— Odeio vocês também! Vocês podem ir todos para o inferno!

Antes que alguém pudesse dizer uma palavra, Rebecca saiu, batendo a porta de tela. Correndo, tropeçando pela rua. Lá dentro, os Greb deviam estar olhando para ela, atônitos.

Veio a voz de Katy, quase fraca demais para ser ouvida:

— Rebecca! Ei, volte aqui, qual é o problema?

Nunca. Não voltaria.

Foi em abril. Na semana seguinte à partida de Gus.

Meu pai é um desgraçado de um velho bêbado, eu o odeio.

Não podia acreditar que tivesse dito essas palavras. Para todos os Greb ouvirem!

É claro que eles contariam a todo o mundo. Até Katy, que gostava de Rebecca, contaria a quem tivesse ouvidos para escutar.

Depois disso, na escola, Rebecca ignorou Katy Greb para sempre. Recusava-se a olhar para Katy Greb. De manhã, sua estratégia era esperar Katy e os outros sumirem de vista na estrada, antes de sair atrás deles; ou então pegar uma de suas rotas secretas, passando pelos campos e pinheirais, e o caminho favorito, pelo talude da ferrovia, que tinha um metro e meio de altura. Muito feliz! Ela era um potrinho galopando, de pernas muito ágeis e fortes, e ria em voz alta, de pura felicidade, podia correr-correr-correr para sempre, até chegar à escola com relutância, fortalecida, suarenta, torcendo por uma briga, doida como Herschel para que alguém a olhasse de esguelha, ou murmurasse *coveiro!*, ou qualquer titica dessas, nossa, sentia-se irrequieta demais para se acomodar numa carteira! Herschel dizia que tinha vontade de quebrar a porcaria da carteira, de juntar os joelhos embaixo dela e levantá-la, para exercitar os músculos, e era exatamente assim que Rebecca se sentia.

— Ei, Rebecca...

Vá para o inferno. Me deixe em paz.

O ódio a Katy Greb e Leora Greb e todos os Greb, além de muitos outros, tornou-se um consolo estranho e potente, como chupar uma coisa amarga.

Ela endureceu o coração para a bobalhona da Katy Greb. A garota amável, bondosa e não muito brilhante que fora a amiga mais íntima de Rebecca Schwart desde a terceira série. Até que um dia Katy a olhou, magoada, perplexa e, por último, ressentida e com antipatia.

— Dane-se você também, Schwart. Dane-se *você*.

Um grupo de meninas, Katy no centro. Sorrindo com desprezo, ao falar de Rebecca Schwart.

Bem, era isso que Rebecca tinha querido, não era? Querido que elas a odiassem e a deixassem em paz.

Durante toda aquela primavera, a inimizade das outras a seguiu como o fedor de borracha queimada: *A filha do coveiro que vá se danar.*

25

— Mamãe. Mamãe?...

No final das contas, ela não precisou fugir de casa. A casa é que a expulsou. Rebecca sempre se lembraria da ironia disso: seu castigo, finalmente.

Foi em 11 de maio de 1949. Dia de semana. Ela ficara na rua, depois da aula, o máximo que se atrevera. Com medo de voltar para casa, como que prevendo intuitivamente o que a esperava.

Chamou a mãe. Sua voz se elevou num terror infantil. Sentiu-se em pânico, tropeçando até a porta de entrada, parcialmente aberta... A tosca porta de madeira que, depois do vandalismo do Dia das Bruxas, ele havia pintado com brochadas grossas e furiosas de tinta verde-escuro, para encobrir as marcas embaixo, que não podiam ser obscurecidas.

— Mamãe?... Sou eu.

Para lá de um canto da casa, como que caçoando de seu alarme, havia uma visão de roupa lavada no varal, toalhas esgarçadas e um lençol agitados ao vento, de modo que foi lógico para Rebecca, que acreditava no pensamento mágico, dizer a si mesma: *Se a mamãe pendurou a roupa lavada hoje...*

...se hoje tem roupa no varal, o dia de lavagem da mamãe...

Mesmo assim, ficou sem fôlego. Estivera correndo. Correra desde a estrada da Pedreira. Fazia horas que as aulas tinham terminado na escola. Eram quase seis da tarde e o sol ainda se destacava no céu. O coração batia no peito como um sino enlouquecido. Assim como um animal fareja o medo, a carne machucada, o sangue derramado, ela soube instintivamente que havia acontecido alguma coisa.

Nas bordas de sua visão embotada, no interior do cemitério, a uma certa distância, havia um ou alguns carros estacionados na alameda de cascalho, donde ela pensou que possivelmente houvera um enterro, e alguma coisa tinha saído errada, e Jacob Schwart fora responsabilizado, embora a culpa não fosse dele. Pensou assim até ao se precipitar para a porta de entrada da casa. Até ao ouvir as vozes elevadas. Com uma obstinação infantil, sem querer ouvir a mulher que gritou:

— Não entre aí! Alguém a detenha!

Estava pensando na mãe, Anna. A mãe encurralada naquela casa.

Como é que Rebecca poderia não entrar, sabendo que a mãe estava lá dentro, aprisionada?

Pergunte a Deus por quê: por que se permitem essas coisas. Não a mim.

Nessa primavera, nessa estação de perambulações aleatórias e desafiadoras. Como um cachorro perdido, era assim que ela vagava. Relutando em voltar para a casa de pedra do cemitério, que um dia ela recordaria como tendo sido construída na lateral de uma montanha maciça, feito um porão ou um sepulcro, quando, na verdade, não era uma coisa nem outra, apenas uma habitação de pedra e estuque curtida pelo tempo, com poucas janelas, e estas pequenas e quadradas, e recobertas por fora de uma sujeira hibernal quase opaca.

Detestava voltar para casa, mesmo sabendo que a mãe estava à sua espera. Detestava voltar desde que Herschel se fora, desde que Gus partira de carona com um caminhoneiro rumo a algum lugar no oeste. Seus dois irmãos tinham ido embora sem uma palavra, uma palavra de afeição, pesar, explicação ou sequer despedida para a irmã que os amava. E que agora pensava, furiosa: *Odeio todos dois. Sacanas!*

Essa linguagem raivosa era algo que ela começava a saborear. Primeiro entre dentes, depois em voz alta. A pulsação batia forte e quente na garganta, na alegria enraivecida de odiar os irmãos que haviam abandonado ela e a mãe nas mãos do louco Jacob Schwart.

Rebecca sabia: seu pai estava maluco. Mas não doido varrido, não irremediavelmente louco, a ponto de alguma autoridade vir socorrê-las.

Ainda assim:

Eles sabem, mas não se importam. Mesmo que ele tenha comprado uma arma, eles não se importam. Pois porque deveriam pensar em nós, que somos apenas piadas para eles.

Um dia, logo, logo, ela também fugiria. Não precisava que Katy Greb a acolhesse. Não precisava que ninguém a acolhesse ou sentisse pena dela. Eram todos uns *sacanas*, de quem ela se afastava com escárnio.

Após o degelo da primavera, ficou cada vez mais difícil para Rebecca passar o dia inteiro na escola. Mais e mais, ela se apanhava saindo abruptamente. Mal sabendo o que fazia, exceto que não suportava as salas abafadas, a lanchonete que cheirava a leite e a comida queimada e gordurosa, aos corredores em que seus colegas passavam trombando uns nos outros, como animais idiotas e cegos precipitando-se numa corredeira. Ela fugia por uma saída nos fundos, sem se importar com quem estivesse olhando e pudesse denunciá-la. Quando uma voz adulta a chamava, severa e admoestadora — *Rebecca! Rebecca Schwart, onde você vai?* —, nem se dava o trabalho de olhar para trás, apenas saía correndo.

Agora, quase todas as suas notas eram C e D. Mesmo em inglês, que tinha sido sua melhor matéria. Os professores tinham passado a desconfiar dela como se desconfia de um rato encurralado.

Igual aos irmãos, era assim que Rebecca estava ficando. A menina que um dia fora tão promissora...

Correr, correr! Pelo terreno baldio, coberto de ervas daninhas, do lado da escola, por uma rua de casas geminadas de arenito pardo e pequenas lojas, por um beco, até chegar ao campo e ao talude da ferrovia Buffalo & Chautauqua, que ela seguia pelo Centro da cidade até a rua do Canal. A ponte da rua do Canal, na avenida Central Sul, era tão larga que o estacionamento era permitido. Lá onde ficavam as tabernas. Um quarteirão adiante, no alto de uma colina, o Hotel General Washington. Várias ruas, inclusive a avenida Central Sul, convergiam para a ponte. Em Milburn, todos os morros desciam para o Canal de Balsas Erie, e o canal em si fora escavado no leito de rocha, até o interior da terra. Na ponte, homens ociosos debruçavam-se na balaustrada, nove metros acima das águas revoltas, fumando e, às vezes, bebendo em garrafas escondidas em sacos de papel. Era um lugar decadente, um lugar inclinado ao mutismo, como um cemitério em que as coisas vão descansar.

Por que Rebecca se sentia atraída por ele, não saberia dizer. Ela mantinha distância dos estranhos.

Alguns homens eram veteranos de guerra. Havia um homem de muletas, mais ou menos da idade de Jacob Schwart, com o rosto meio desintegrado. Outro usava óculos grossos, com uma das lentes tapada, donde se percebia que lhe faltava um olho. Outros tinham rostos ainda não velhos, mas profundamente vincados, devastados. Havia mãos trêmulas, pescoços e pernas enrijecidos. Um homem obeso, com um coto que ia até o joelho, às vezes se esparramava numa borda de concreto, se fazia bom tempo, tomando sol feito um réptil, repulsivo mas fascinante de observar. Seu cabelo era grisalho e fino como o de Jacob Schwart e, quando Rebecca se atrevia a chegar perto, ouvia a respiração rouca e úmida do homem, que parecia a de seu pai quando agitado. Uma vez, ela viu que o homem-réptil tinha acordado de seu cochilo e a observava por entre as pálpebras trêmulas, com um sorrisinho maroto. Ela achou que, se corresse, o homem-réptil se zangaria e a chamaria, e todo mundo ia ver.

Não mais de uns três metros e meio os separavam. Rebecca não conseguiu entender como se atrevera a chegar tão perto.

— Não tem aula hoje, garotinha? Hein? Feriado, é?

Estava implicando com ela, mas com um ar de ameaça. Como se fosse denunciá-la por gazetear.

Rebecca não disse nada. Ficou encostada na balaustrada da ponte, olhando para a água lá embaixo. Na zona rural, o canal era plano e de aparência plácida; ali, na comporta de doze metros, a correnteza era veloz e perigosa, precipitando-se sobre a eclusa numa agitação incessante, revolta e espumosa, com um barulho de incêndio florestal. Quase não se conseguia ouvir o ruído do trânsito na ponte. Não se ouvia o badalar metálico das horas na torre do carrilhão do First Bank de Chautauqua. Não se ouvia a voz de outra pessoa, a menos que ela falasse alto, em tom de provocação.

— Tô falando com você, garotinha. É feriado, é?

Rebecca continuou sem responder. E não se afastou. Viu-o pelo canto do olho, esparramado ao sol, arfante. Ele deu um risinho e esfregou as mãos na virilha, que parecia meio gorda, feito um bócio.

— Tô te vendo, garotinha! E você tá me vendo.

Correr, correr! Naquela primavera de 1949.

Milburn sempre fora uma velha cidadezinha rural, dava para ver onde as novidades do pós-guerra estavam vingando. As lúgubres fachadas de tijolo vermelho da avenida Central vinham sendo substituídas por elegantes edifícios modernos, com janelas de vidro laminado. Em alguns dos novos prédios havia portas giratórias e elevadores. O velho correio de Milburn, do tamanho de uma cabana, fora substituído por uma construção de tijolo bege que dividia suas instalações com a ACM. A Fábrica de Rações Grovers, a Serraria Central e a Tecidos e Aviamentos Jos. Miller foram sendo expulsas pelas lojas Montgomery Ward, Woolworth's, Norban's e por uma nova filial do supermercado A & P, com seu próprio estacionamento asfaltado. (A Tecidos e Aviamentos Jos. Miller era a loja a que Rebecca tinha ido com a mãe para escolher os tecidos das cortinas feitas por Anna Schwart, nos preparativos para a visita dos Morgenstern, quase oito anos antes. O pai de Rebecca as levara ao Centro da cidade na picape do zelador. Tinha sido uma rara saída para Anna Schwart, e a última. A única vez que Rebecca tinha sido levada à cidade com a mãe. Tempos depois, ela se lembraria dessa saída e da empolgação que ela trouxera com vaga incredulidade, do mesmo modo que, olhando para o local da antiga loja, agora substituída por outra, sentia dificuldade de recordá-la.)

Ainda recentemente, a Artigos Masculinos Irmãos Adams tinha sido substituída pela Sapataria Thom McAn. Um novo e imponente banco fora construído na esquina diagonal à do First Bank de Chautauqua, com o nome de Poupança & Empréstimos Nova Milburn. O Hotel General Washington havia iniciado uma obra de ampliação e reforma. Havia um Cinema Capitólio recém-reformado, com uma esplêndida marquise que brilhava e piscava à noite. Um prédio comercial de cinco andares (médicos, dentistas, advogados) fora erguido na esquina da avenida Central com a rua Sêneca, sendo o primeiro de seu tipo em Milburn.

(Disseram que foi a esse edifício que Jacob Schwart se dirigiu, na primavera de 1949. Disseram que ele entrou num escritório de advocacia no térreo, sem hora marcada, e insistiu em "expor seu caso" ao jovem e perplexo advogado; a fala do Sr. Schwart foi dispersiva, incoerente, alternadamente inflamada e resignada, alegando que ele tinha sido tapeado durante doze anos no reconhecimento de seu "devido mérito" pelo município de Milburn, que se recusava a lhe pagar um salário decente e havia rejeitado outras solicitações suas.)

Na avenida Central Sul, as tabernas pouco tinham mudado. Assim como o salão de bilhar, os boliches e a Tabacaria Reddings. Na Saldos do Exército e da Marinha, na rua Erie — loja que parecia um túnel, com uma iluminação opressivamente forte e prateleiras e balcões repletos —, era possível comprar jaquetas e calças camufladas, ceroulas de lã, botas de soldados de infantaria e bonés de marinheiro, além de cartucheiras de couro comercializadas como bolsas para as meninas do secundário.

Na época em que era amiga de Katy Greb, Rebecca fora muitas vezes com ela à Saldos do Exército e da Marinha, porque lá as coisas estavam sempre "em liquidação". As meninas também perambulavam pela Woolworth's, pela Norban's e pela Montgomery Ward. Raras vezes para fazer compras, quase sempre para olhar. Sem Katy, Rebecca já não se atrevia a entrar nessas lojas. Sabia como os olhares dos vendedores convergiriam para ela, cheios de suspeita e antipatia. É que havia nela um certo jeito de índia. (Uma reserva dos sênecas situava-se ao norte de Cataratas do Chautauqua.) Ainda assim, ela se sentia atraída pelas vitrines. Que fartura! Quantas coisas! E o reflexo pálido e espectral de uma menina, magicamente superposto a elas.

A solidão da vida solitária. Consolando-se com a idéia de ser invisível, de ninguém se importar o bastante para vê-la.

Só uma vez sucedeu a Rebecca ver o pai em Milburn. No Centro da cidade, quando ele atravessava uma ruela, a caminho do First Bank de Chautauqua.

Jacob Schwart pareceu surgir do nada, exalando um brilho estranho. Um homem-duende, recurvado e manco, de roupas sujas de trabalho e um boné de pano que parecia feito de uma substância mais dura do que o mero tecido; andava pela calçada, aparentemente sem notar que os outros, olhando-o com curiosidade e alarme, saíam do caminho.

Rebecca encolheu-se, recuando para um beco. Ah, ela sabia! Não devia deixar que o pai a visse.

Herschel tinha avisado: *Não deixe o velho sacana te ver em lugar nenhum fora de casa. Porque, quando vê a gente, ele perde as estribeira que nem doido. Diz que a gente tá seguindo ele, espionando ele pra contar pra mamãe o que ele faz, essas merdas.*

Isso tinha sido em abril de 1949. Na ocasião em que Jacob Schwart havia fechado sua caderneta de poupança e comprado a espingarda calibre doze, de cano duplo, e a caixa de munição.

Aquele dia, 11 de maio. Ela não suportou ir à escola e, em vez disso, vagou pelo talude da ferrovia e pelo caminho de sirga do canal. Um cheiro acre vinha dos lados do depósito de lixo, e ela o evitou atravessando o canal na ponte da estrada Drumm. Ali, embaixo da ponte, ficava um dos esconderijos de Rebecca.

Odeio, odeio, odeio eles dois. Queria que estivessem mortos.

Todos dois. E aí eu...

Mas o que ela faria? Fugir como os irmãos? Para onde?

Essas idéias lhe ocorreram, amotinadas e excitantes, sob a ponte da estrada Drumm, onde ela se agachou em meio a pedregulhos e pedras, velhos canos enferrujados, pedaços de concreto e vergalhões que se projetavam da água rasa perto da margem. Eram restos da construção da ponte, vinte anos antes.

Agora estava com treze anos. Seu aniversário passara despercebido na casa de pedra do cemitério, como tantas outras coisas que não eram notadas por lá.

Ela gostava de ter treze anos. Queria ser mais velha, como eram os irmãos. Sentia-se impaciente por continuar criança, presa naquela casa. Ainda não havia começado a sangrar, a ter "menstruações", "cólicas", como faziam Katy e outras meninas, todo mês. Sabia que isso não devia tardar a lhe acontecer, e o que mais temia era ter que contar à mãe. É que a mãe teria que saber, e ficaria profundamente constrangida e até ressentida por ter que saber.

Rebecca se afastara de Anna Schwart desde o desaparecimento de Herschel. Achava que a mãe já não ouvia música no rádio porque o pai dizia que o rádio estava quebrado. Fazia tanto tempo que Rebecca não o escutava com a mãe, que chegava a se perguntar se algum dia o ouvira.

Música para piano. Beethoven. Mas como era mesmo o nome da sonata... um nome parecido com "Passionata"?

Precisava ir logo para casa. A tarde estava chegando ao fim, a mãe a esperava. Sempre havia as tarefas domésticas, mas, acima de tudo, Anna Schwart queria a filha em casa. Não para falar com ela, e certamente não para tocá-la, mal chegava a olhar para a menina. Mas para saber que Rebecca estava em casa, e a salvo.

Embaixo da ponte de tábuas havia rostos extasiantes! Rostos espectrais que se refletiam nas marolas da água. Rebecca fitava esses rostos, que quase sempre eram os de seus primos perdidos, Freyda, Elzbieta e Joel. E, mais recentemente, os de Herschel e Gus. Observava-os, sonhadora, e ficava pensando se eles podiam vê-la.

Sabia por que seus irmãos haviam desaparecido, mas não soubera por que os primos e os pais deles tinham sido mandados de volta para o Velho Mundo. Para morrer lá, dissera o pai. Feito animais.

Por quê? Pergunte a Deus por quê.

Pergunte por que àquele hipócrita do FDR.!

Rebecca lembrou-se de suas bonecas, Maggie e Minnie. Uma delas tinha sido de Freyda. Era uma lembrança tão vívida, Maggie aninhada no colo de Freyda, que Rebecca quase acreditava que devia ter acontecido.

Fazia muito tempo que Maggie e Minnie haviam sumido. Era muito provável que a mãe as tivesse jogado fora. A mãe era chegada a se desfazer das coisas quando *estava na hora*. Não tinha outra necessidade de se explicar, e Rebecca também não gostava de perguntar.

Minnie, a pobre neném de borracha careca e feia, tinha sido de Rebecca. Minnie estava tão arrasada que era impossível machucá-la mais. Havia um certo consolo nisso. Careca como um bebê murcho. Um bebê-cadáver. (No cemitério, havia bebês-cadáveres enterrados. É claro que Rebecca nunca vira nenhum, mas sabia que havia caixões tamanho bebê em túmulos tamanho bebê. Muitas vezes, eles nem tinham nome, a não ser Bebê.) Rebecca estremeceu ao pensar que já fora tão infantil a ponto de brincar de bonecas. A irmã retardada de Katy, uma menina bochechuda e de olhos vidrados, estava sempre agarrada a uma velha boneca careca, de um jeito patético e repulsivo de ver. Katy dizia, dando de ombros: ela acha que é de verdade.

A não ser pelos rostos espectrais, a parte inferior da ponte da estrada Drumm era feia. Havia longarinas enferrujadas, enormes parafusos e teias de aranha gigantescas. Aquela aparência da superfície oculta das coisas, feito esqueletos que a gente não deve ver.

Nos dias ensolarados, como esse, as sombras embaixo da ponte eram nítidas e cortantes.

Comumente, diziam que o Canal de Balsas Erie era mais fundo do que parecia. De vez em quando, no auge do verão, tinha-se a impressão de que era possível andar em sua superfície, opaca como chumbo.

Minha boa menina que é tudo que eu tenho, preciso confiar em você.

Assim, como é que Rebecca podia fugir de casa? Não podia.

Agora que Herschel e Gus tinham ido embora, ela era a única filha remanescente de Anna Schwart.

Uma menina, você não deve andar sozinha. Não vai querer que lhe aconteça alguma coisa.

— Raios, quero sim! Quero que alguma coisa aconteça comigo. Eu *quero*.

Com que cara Anna a olharia, atônita e magoada!

Uma carreta de fazendeiro aproximou-se da ponte. Rebecca cruzou os braços sobre a cabeça, enrijecendo-se. Veio um barulho fragoroso, a ponte chacoalhou e vibrou, menos de três metros acima de sua cabeça. Partículas de saibro e terra caíram como que de uma peneira.

A caminho de casa, na estrada da Pedreira, ela ouviu tiros.

Caçadores. Era comum haver caçadores nos pinheirais mirrados ao longo da estrada da Pedreira.

Rebecca jamais saberia. Mas pôde imaginar.

Como, no fim da tarde de 11 de maio de 1949, chegaram ao Cemitério Municipal de Milburn dois irmãos, Elroy e Willis Simcoe, com sua tia de sessenta e seis anos. Tinham ido visitar o túmulo dos pais, marcado por uma bela e pesada lápide de granito com a inscrição VENHA A NÓS O VOSSO REINO, SEJA FEITA A VOSSA VONTADE. Elroy Simcoe, que era corretor de seguros em Milburn e integrante de longa data do Conselho Municipal, tinha morado em Milburn a vida inteira; Willis se mudara para a cidadezinha de Strykersville, sessenta e cinco quilômetros a oeste. Os irmãos Simcoe eram muito conhecidos na região. Eram homens de meia-idade, barrigudos e bem-vestidos. Usavam paletó esporte e camisa de algodão branco, aberta no colarinho. Elroy tinha levado o irmão e a tia ao cemitério num Oldsmobile cinza, modelo novo, que parecia um vagão. Assim que cruzaram o portão do cemitério, eles começaram a notar que o terreno não estava tão meticulosamente cuidado quanto seria desejável. Havia uma profusão de dentes-de-leão desabrochando, além de cardos altos que brotavam em torno das lápides. Uma faixa toda torta fora cortada na grama, com um jeito de descontração ébria ou de desprezo, e, o que era mais irritante de ver, havia montes de terra acumulados junto às sepulturas mais recentes, como detritos que deveriam ter sido retirados.

Um galho caído atravessava em diagonal a alameda de cascalho. Com extremo mau humor, Willis Simcoe desceu do Oldsmobile para tirá-lo do caminho.

Quando Elroy recomeçou a dirigir, ele e o irmão avistaram o zelador do cemitério, trabalhando sem muita energia com uma foice pequena, a uns quinze metros da alameda de cascalho. Elroy não reduziu a velocidade do Oldsmobile, não houve diálogo nesse momento.

O trabalhador, cujo nome era conhecido por Elroy Simcoe como "Schwart", nem sequer olhou de relance quando os Simcoe passaram, mantendo-se de costas para eles.

É claro que ele sabia. Jacob Schwart sabia. Tinha aguda consciência de todos os visitantes do cemitério.

Na sepultura do velho Simcoe, os irmãos e sua tia idosa ficaram chocados ao ver capim e dentes-de-leão não podados. Os vasos de jacintos e gerânios, que tinham sido carinhosamente colocados em volta da sepultura no Domingo de Páscoa, não muito antes, estavam caídos de lado, quebrados e ressequidos.

Elroy Simcoe, homem de pavio curto, pôs as mãos em concha na boca para chamar o zelador:

— Você aí, Schwart!

Estava disposto a lhe *passar uma descompostura*, como diria depois em seu depoimento. Mas o zelador, ainda de costas, recusou-se até mesmo a virar a cabeça para dar uma olhada.

Elroy o chamou, elevando mais a voz:

— Sr. Schwart! Estou falando com o senhor!

Seu sarcasmo pareceu passar despercebido ao zelador, que continuou a ignorá-lo.

Embora depusesse a foice na grama, pela última vez. E recusasse sem pressa, sem olhar para trás. Schwart capengou até um galpão que servia de depósito, anexo à casa de pedra do zelador, desapareceu lá dentro e ressurgiu pouco depois, agora capengando deliberadamente em direção aos Simcoe, no interior do cemitério, já então — que coisa inesperada! — empurrando pela grama um carrinho de mão, ploft-ploft-ploft, com o conteúdo coberto por uma tira de lona. Agora, nada de voltar atrás! *Ele sabia o que precisava ser feito. Agora os inimigos tinham iniciado o ataque, não mais de forma dissimulada, porém abertamente.* Quando Jacob Schwart se aproximou dos irmãos Simcoe, que ficaram imóveis, vendo-o empurrar o carrinho de mão aparentemente em direção a eles, e observando com expressão divertida e irritada aquele homenzinho duende peculiar, é possível que tenha havido uma troca de palavras ásperas. Mais tarde, Elroy Simcoe, o irmão sobrevivente, testemunhou junto com a tia idosa, dizendo que foi Jacob Schwart quem falou primeiro, com o rosto contorcido de ódio:

— Assassinos nazistas! Já chega!

Nesse momento, os dois irmãos Simcoe gritaram com ele, ao perceberem que o homem estava louco; e súbito, sem aviso prévio, depois de empurrar o carrinho de mão até menos de quatro metros de Willis Simcoe, Schwart arrancou a lona e pegou uma espingarda que parecia imensa em suas mãos diminutas, mirou em Willis e, praticamente no mesmo instante, puxou o gatilho.

O homem atingido viria a morrer de um enorme ferimento no peito. O antebraço direito, erguido na inútil tentativa de proteger o tronco, foi destroçado, expondo os ossos brancos que se projetaram na carne dilacerada.

Agora vocês estão vendo, hein? Agora! Acabou-se o pogrom.

Ela continuou a chamar, infantil e súplice:

— Mãe? Mamãe!...

De algum modo, havia entrado na casa de pedra. Talvez sabendo que não devia, que havia perigo ali. Uma mulher, uma estranha a havia chamado, para alertá-la. Rebecca não tinha escutado, e não vira com clareza o homem ferido que jazia no chão, no cemitério.

Não tinha visto! Diria que não tinha visto, mais tarde.

O que ela lembrava era da roupa balançando ao vento no varal.

Ao perceber tardiamente que a mãe ficaria furiosa com ela. Porque Rebecca devia ter ajudado na lavagem, como sempre.

Mesmo assim: *Não pode acontecer, hoje é dia de lavar roupa.*

Na cozinha, alguma coisa barrou-lhe a passagem, e era uma coisa errada: uma cadeira caída de costas. Rebecca chocou-se com ela feito uma menina cega, encolhendo-se de dor.

— Mamãe?

Chamou a mãe, mas a voz saiu tão fraca que Anna Schwart não teria conseguido ouvir, se Anna Schwart fosse capaz de ouvir.

Depois, ela chamou o pai — Papai? Papai? —, ponderando, mesmo nesse momento de terror: *Ele deve querer que eu reconheça sua autoridade, que eu o respeite.*

Estava na cozinha da velha casa de pedra, e ouviu o som de briga num dos cômodos dos fundos. O quarto dos pais?

Rebecca arfava, coberta por uma película de suor frio. O coração batia desvairado, como um pássaro ferido agitando as asas. Tudo o que sabia, ela estava esquecendo. Roupa suja? Dia de lavagem? Esquecia-se. Já tinha esquecido a desconhecida gritando *Não entre aí! Alguém a detenha!* Tinha se esquecido dos tiros escutados; não seria capaz de dizer quantos disparos tinha ouvido. E por isso não poderia pensar *Ele recarregou. Está preparado.* Porque há uma distinção importante nessas questões: quando um homem age por impulso ou com premeditação.

Ela os ouviu. As tábuas do piso vibravam com a briga. A voz agitada e ansiosa do pai e os gritos breves e entrecortados da mãe — aquele som que, mais tarde, Rebecca perceberia ter sido Anna Schwart implorando pela vida, de um jeito que nunca havia implorado, ao que a menina tivesse ouvido. A indiferença gorducha da mãe e sua compostura teimosa haviam sumido, desaparecido como se nunca houvessem existido; sumira aquele ar de calma estóica, que parecia um convite à humilhação, à mágoa e até à tristeza. Uma mulher implorava pela vida, e lá estava Jacob Schwart interrompendo, para dizer, como quem risse da desgraça alheia:

— Não, Anna! Eles estão vindo, Anna. Está na hora!

Desde que Rebecca tinha começado a correr para casa, lá na estrada da Pedreira, houvera um vago rugir em seus ouvidos. Um som de água borbulhando sobre a eclusa de doze metros do canal, em Milburn. E nesse momento veio um ruído ensurdecedor, uma explosão tão próxima que Rebecca pensou, em pânico, que ela mesma fora atingida.

Achava-se no corredor, fora do quarto. A porta estava entreaberta. Ela podia ter-se virado e corrido. Podia ter fugido. Não estava se portando com o instinto do animal em pânico, determinado a sobreviver. Em vez disso, gritou mais uma vez — Mãe! Ah, mamãe! — e entrou no quarto, o quartinho atravancado e mal iluminado dos fundos da casa em que Anna e Jacob Schwart haviam dormido na mesma cama por mais de uma década, e no qual os filhos raramente se aventuravam. Quase se chocou com o pai, que arfava e gemia e talvez estivesse resmungando consigo mesmo, o pai que agarrava com as duas mãos a espingarda desajeitada, com os canos virados para cima. Havia no cômodo um cheiro forte de pólvora. À luz pálida da janela imunda, o rosto de Jacob Schwart tinha a cor de um tomate fervido, e seus olhos cintilavam como querosene. E ele sorria.

— Para poupá-la, sim? Eles não deixam alternativa...

No chão, junto à cama, havia uma forma, uma forma esparramada e imóvel que talvez fosse um corpo, mas Rebecca não conseguiu ver a cabeça, o lugar onde estivera a cabeça, ou era possível que houvesse uma cabeça, ou parte de uma cabeça, sim, mas estava no escuro, para lá dos pés da cama; só que a escuridão cintilava, a escuridão estava molhada e se espalhava feito tinta derramada. Rebecca não era capaz de pensar, mas lhe veio a idéia, soprada de leve, caprichosamente, como algodãozinho-do-campo: *Está quase acabado, depois vai parar. Eu mesma posso tirar a roupa do varal.*

O pai, Jacob Schwart, estava falando com ela. O rosto e a frente da roupa tinham sido salpicados por aquele líquido escuro. Podia ser que ele estivesse tentando bloquear-lhe a visão do que caíra no chão, porque, sorrindo mais, como um pai sorri para uma filha recalcitrante, a fim de distrair sua atenção de algo que tem que ser feito, pelo próprio bem dela, estava tentando, naquele espaço exíguo, manobrar os canos da espingarda e apontá-la para ela. Mas o pai parecia não querer tocá-la, entrar em contato corporal com a menina. Fazia muito tempo que não punha a mão na filha. Em vez disso, ele recuou. Mas a borda da cama o impediu de se afastar muito. E ele disse:

— *Você*... você nasceu aqui. Eles não vão machucá-la.

Havia mudado de idéia a respeito da filha. Apontava os canos para a própria cabeça, desajeitado, com o queixo projetado para a frente, feito uma tartaruga. É que restava um segundo cartucho para disparar. Ele suava e arfava como quem tivesse subido um morro correndo. Firmou o queixo, trincou os dentes manchados. O último olhar que Jacob Schwart lançou à filha foi de indignação, censura, enquanto se atrapalhava para puxar o gatilho.

— Papai, não...

A explosão foi de novo ensurdecedora. O vidro da janela atrás de Jacob Schwart estilhaçou-se. Nesse instante, pai e filha foram um só, obliterados.

26

Cada um de nós é uma chama viva, e Jesus Cristo acendeu essa chama. Lembre-se, Rebecca!

As palavras de Rose Lutter ecoaram em seus ouvidos. Ela continuava tentando acreditar.

Tinha treze anos, era menor. Ficaria sob a tutela do condado de Chautauqua até os dezoito anos. Embora se esperasse que, aos dezesseis, deixasse a escola pública e obtivesse um emprego de horário integral para se sustentar, como tinham feito outros órfãos indigentes no passado.

É que ela não tinha pais. Não tinha parentes que a acolhessem. (Um de seus irmãos estava com vinte e um anos. Mas Herschel Schwart era um notório fugitivo da justiça.) Afora alguns objetos surrados, retirados às pressas da velha casa de pedra no cemitério, ela não possuía herança, nem um centavo. Jacob Schwart fechara sua caderneta de poupança no First Bank de Chautauqua e ninguém sabia o que tinha feito com o dinheiro, exceto por comprar uma espingarda e munição. As palavras *indigente* e *miserável* foram pronunciadas a respeito de Rebecca, na audiência da vara de família no tribunal do condado de Chautauqua.

Que fazer com a filha do coveiro?

Houve uma proposta de mandá-la para uma instituição destinada a "órfãos indigentes" em Port Oriskany, um lugar associado à União de Igrejas Metodistas. Houve uma proposta de instalá-la na casa de uma família local, de sobrenome Cadwaller, onde outras duas crianças tuteladas pelo condado já estavam morando, em meio a uma mistura imunda de cinco filhos dos Cadwaller: a família era dona de uma fazenda de quatro hectares onde se criavam porcos, e todas as crianças trabalhavam. Houve uma proposta de instalá-la com um casal de sexagenários sem filhos que tinha vários cães da raça Dobermann

Pinscher. Houve uma proposta de alojá-la com uma certa Sra. Heinrich Schmidt, que, na verdade, dirigia uma pensão na avenida Central Sul, em Milburn, cujos residentes eram sobretudo homens solitários de vinte a vinte e sete anos; alguns deles eram veteranos da Segunda Guerra Mundial e a maioria vivia de pensões previdenciárias do condado.

O homem-réptil obeso! Em seu estado onírico, Rebecca teve a impressão de saber que ele se hospedava na pensão da Sra. Schmidt. Estava à espera dela por lá, com seu risinho sonso e molhado.

— Bem-vinda, garotinha!

27

No entanto:

— Foi Jesus quem providenciou isso, Rebecca. É o que devemos pensar. "Sou a luz que veio ao mundo para que os que crêem em mim não permaneçam nas trevas." Você é bem-vinda para morar em minha casa, Rebecca. Tomei as providências com o condado. Rezaremos juntas para descobrir o que significa essa coisa terrível que afetou sua jovem vida.

É que não foi com a Sra. Schmidt, e sim com a Srta. Rose Lutter, a ex-professora de Rebecca, que ela pôde morar como tutelada do condado de Chautauqua durante dois anos e meio.

Surgida do nada, pareceu a Rebecca, chegou sua ex-professora. Mas houve um sentimento, que cresceria na menina com o tempo, de que a Srta. Lutter passara anos esperando por ela.

Rose Lutter foi a única pessoa de Milburn a se oferecer para custear grande parte do sustento de Rebecca Schwart (o termo "sustento" foi assinalado com freqüência), mas também a pagar por um jazigo no próprio cemitério de Milburn, do qual ele fora zelador, para o falecido e desonrado Jacob Schwart e sua esposa, Anna. Não fosse a generosidade de Rose Lutter, os restos mortais dos Schwart teriam sido sepultados à custa do condado, na parte não marcada nem cuidada do cemitério que era reservada aos indigentes.

Túmulos de indigentes, era assim que se chamavam. Sem lápides nem inscrições.

Mas a Srta. Lutter não quis ouvir falar disso. A Srta. Lutter era cristã, uma portadora da clemência. Embora houvesse se aposentado cedo do magistério público, por motivos de saúde, e vivesse de uma pensão modesta, complementada por uma anuidade da família, ela tomou providências para que Jacob e Anna Schwart fossem adequadamente sepultados e para que uma plaquinha de alumínio fosse colocada na terra, na cabeceira da sepultura. Como Rebecca não foi capaz de fornecer informações sobre os pais, tais como suas datas de nascimento, e como ninguém em Milburn estava muito interessado em vasculhar a barafunda de documentos velhos, amarelados e bolorentos deixada por Jacob Schwart numas caixas na casa de pedra, tudo que se indicou na tabuleta de metal foi:

SCHWARD, Anna & Jacob, fal. 11-04-49

Rebecca percebeu os erros. A grafia errada do sobrenome, a data inexata do falecimento. É claro que não disse nada. Afinal, quem se importaria com o fato de um coveiro imigrante ter assassinado a mulher enfermiça com um tiro de espingarda, e se suicidado com um segundo tiro de espingarda, num dia de semana de abril ou maio?

Quem se importaria com o fato de alguém chamado Schwart, ou Schward, ter vivido ou morrido, e muito menos quando?

E assim, no tribunal do condado de Chautauqua, quando a Srta. Rose Lutter apareceu no meio de um bando de estranhos, todos eles homens, e segurou as mãos de Rebecca em triunfo, e proferiu palavras extravagantes como *destino especial, escolhida por Deus*, Rebecca não protestou.

— Jesus, eu acreditarei. Jesus, ajudai-me a acreditar em Vós.

Ele a observava, Rebecca sabia. Pelo canto do olho, às vezes O via. Mas, quando virava a cabeça, por mais devagar que fosse, Ele se afastava. Rebecca tinha a vaga lembrança de que um dia Ele a havia ironizado, não era? Fingiu não lembrar.

Com o tempo, ela ficaria sabendo: o homem assassinado por seu pai no cemitério chamava-se Simcoe, tinha cinqüenta e um anos, era ex-morador de Milburn e não era conhecido de seu pai, e seu assassinato por Jacob Schwart fora "não provocado". Ele havia morrido na ambulância, a caminho do hospital de Cataratas do Chautauqua, de um enorme ferimento à bala no peito. Seu antebraço esquerdo, levantado no gesto fútil de se proteger de uma explosão de chumbo grosso à queima-roupa, tinha sido esfacelado, exibindo o osso branco numa fratura exposta.

Essa morte tinha sido o ultraje, a injustiça. Essa morte fora o crime.

A morte dos Schwart tinha sido menos importante, é claro. A lógica era perceptível. A morte de Anna Schwart por um tiro de espingarda, também à queima-roupa. Lesões maciças na cabeça. A morte auto-infligida de Jacob Schwart, à queima-roupa. Pessoas estranhas perguntaram à filha o que ela sabia, o que podia contar-lhes. Ela falou tão devagar e com tamanha confusão, e tantas vezes sua voz se extinguiu num silêncio perplexo, que alguns observadores acharam que a menina devia ter um retardo mental ou, quem sabe, ser "prejudicada" de algum modo, como outros membros da família, como a esposa, Anna, por exemplo, e pelo menos um dos filhos, ou ambos.

E havia o pai, o louco.

Como foi que Rebecca saiu da casa de pedra naquele dia, para onde foi levada e por quem, ela não se recordava com clareza. Não recordou o que era pegajoso e coagulante em seu cabelo, que teve de ser cortado por uma enfermeira de cenho franzido, em cujas mãos a tesoura tremia.

— Menina! Procure ficar *quieta*!

Apesar disso, numa cama estranha, ela dormia doze horas, às vezes catorze, mesmo com o sol da manhã batendo eu seu rosto de máscara. Dormia com os membros enroscados, como cobras na toca durante o inverno. A boca ficava aberta, escancarada. Os pés descalços, de dedos gelados, crispavam-se e se debatiam, para impedi-la de cair. No interior de sua cabeça vazia, a água corria, corria, corria por cima da gigantesca eclusa de três metros, numa torrente incessante. *Sortuda pra diabo por estar viva! Nunca se esqueça, foi uma sorte danada eu não estourar seus miolos, você é um deles, não é?, nascida aqui, ora, eu não podia confiar em você, fazendo as coisas pelas minhas costas, e não estava certo?*

Nenhuma lembrança de como saíra da casa de pedra. Talvez tivesse corrido para o lado de fora, desesperada e gritando. Talvez houvesse fugido em pânico, como um animal ferido, gotejando sangue, uma coisa macia e líquida no cabelo, no rosto e nos braços. Talvez tivesse desmaiado e alguém a houvesse carregado. Numa maca, talvez? Achando que ela também fora alvejada, estava ferida? Uma menina agonizante, parece ter uns treze anos.

Na espantosa intimidade da cozinha da Srta. Lutter. Onde, numa prateleira com diversos vasos de lindas violetas africanas em flor, numa moldura oval de bom gosto, a bela imagem morena e de barba escura de Jesus Cristo erguia a mão numa bênção despreocupada, assim como, no Cinema Capitólio, no cartaz de um filme, Cary Grant, Henry Fonda ou James Stewart podiam erguer a mão num cumprimento risonho e informal, desses que aquecem o coração.

Havia duas fatias de torrada de pão de passas, cobertas de mel. Postas diante dela.

— Coma, Rebecca. Você *precisa*.

— Jesus, eu acreditarei. Jesus, ajudai-me a acreditar em Vós.

Pertences pessoais, era o que se chamavam. Levados para ela da velha casa de pedra do cemitério.

As roupas de Rebecca, seus sapatos e botas. Peças tão surradas, que a menina se envergonhou de vê-las aparecerem na casa impecável da Srta. Lutter, tiradas de caixas de papelão. Até seus livros escolares pareciam surrados! E ali estava o dicionário que ela ganhara como campeã do concurso de ortografia de 1946, agora deformado pela umidade da velha casa de pedra e cheirando a mofo. Algumas roupas de Anna tinham sido misturadas com as suas — uma blusa de ilhós de algodão branco, amassada e grande demais para Rebecca, vestidos caseiros que pareciam caixotes, meias de algodão enroscadas umas nas outras feito cobras, luvas de pelica preta que Rebecca nem sabia que a mãe possuía, uma camisola de flanela desbotada de tanto lavar, grande e amorfa como uma barraca... Ao ver a expressão assustada no rosto de Rebecca, a Srta. Lutter dobrou depressa as coisas de Anna Schwart e as repôs na caixa.

Ali estava uma surpresa: o rádio-console Motorola que passara anos fechado na sala, o bem mais precioso de Jacob Schwart. Na caixa de papelão rasgada em que foi levado para a casa da Srta. Lutter, também ele pareceu furreca, diminuído como algo retirado do lixão. Rebecca o contemplou, incapaz de falar. Passou os dedos entorpecidos pelo gabinete de madeira: atrapalhou-se para girar o botão de ligar, embora, é claro, o rádio não estivesse conectado à tomada, e acaso o pai não lhes dissera, com rude satisfação, que as válvulas estavam queimadas...?

Polidamente, a Srta. Lutter disse aos carregadores que o levassem embora, por favor.

— Tenho meu próprio rádio, obrigada.

A maioria dos *pertences pessoais* foi doada pela Srta. Lutter ao capítulo de Milburn da Casa Beneficente Boa Vontade. E assim, durante todo o tempo em que Rebecca morou em Milburn, e mesmo depois de se mudar com Niles Tignor para outro lugar, ela evitou instintivamente olhar para as vitrines de lojas de artigos de segunda mão, como o Exército da Salvação ou a Boa Vontade, por medo de ver expostos os despojos de sua família: roupas velhas e feias, móveis surrados e o patético rádio-console Motorola, em seu gabinete arranhado de imitação de madeira.

No outono de 1949, a velha casa de pedra do cemitério foi demolida.

Ninguém tinha morado nela desde o assassinato-suicídio. Ninguém sequer tentara limpá-la. O Conselho Municipal aprovou sua substituição por outra moradia em que o novo zelador do cemitério e seus familiares pudessem viver.

Nessa ocasião, fazia quase cinco meses que Rebecca estava morando na impecável casa de tijolos bege de Rose Lutter, no número 114 da rua Rush, num bairro residencial de casinhas semelhantes, feitas de tijolos e telhados de madeira. A um quarteirão de distância ficava a Primeira Igreja Presbiteriana, da qual a Srta. Lutter era devota ardorosa. Na entrada da casa havia uma escadinha na qual, nas estações apropriadas, a Sra. Lutter punha vasos de gerânios, crisântemos e hortênsias. Por dentro, a casa não era muito maior que o chalé de pedra, mas como era diferente!

A diferença mais espantosa era que a casa da Srta. Lutter não tinha nenhum *odor* forte. Não havia cheiro de querosene ou fumaça de lenha, nem de comida velha e rançosa, nem de madeira podre ou terra úmida logo abaixo das tábuas do piso. E tampouco aquele cheiro de corpos humanos em espaços apinhados.

Só que, na casa de Rose Lutter, em especial às sextas-feiras, havia um cheiro de polidor de móveis. E, por baixo dele, uma vaga e persistente fragrância adocicada do que a Srta. Lutter chamava de *sachês de ervas aromáticas.*

Os sachês eram uma mistura de flores silvestres, ervas e especiarias, preparada pela própria Srta. Lutter e posta para secar. Essa mistura era colocada em potinhos por toda a casa, inclusive no banheiro, onde seu lugar era atrás do vaso sanitário de reluzente porcelana branca.

A mãe da Srta. Lutter, já falecida, sempre tivera sachês em casa. E também a avó dela, morta fazia muitos anos.

Rebecca nunca tinha ouvido falar em *sachês de ervas aromáticas* e nunca sentira o cheiro de nada parecido. Às vezes, ele quase a deixava zonza. Ao entrar em casa e ser atingida por aquela fragrância. Ou ao acordar de manhã e encontrá-la à sua espera.

E piscar os olhos, sem saber ao certo onde estava e o que significava aquilo.

Outra coisa espantosa era a *limpeza* das paredes da casa da Srta. Lutter. Algumas eram cobertas de papel florido, outras tinham sido pintadas de branco. E todos os tetos eram brancos. Havia janelas em todos os quartos — até no banheiro! E em cada uma dessas janelas, mesmo no postigo da porta dos fundos, havia cortinas.

De manhã, ao abrir os olhos no quarto designado como seu, o do canto esquerdo dos fundos da casa, a primeira coisa que Rebecca via eram as cortinas de organdi cor-de-rosa em frente a sua cama.

Como gostaria de ainda ser amiga de Katy Greb! Puxa, adoraria mostrar esse quarto à Katy! As cortinas, o papel de parede de botões de rosa cor-de-rosa, o tapetinho felpudo, o *closet*... Não para se gabar, apenas para mostrá-los a ela. É que Katy ficaria impressionada. E com certeza contaria à Leora.

Que sorte teve a Rebecca, mamãe! Você devia ver o quarto dela...

Outra coisa notável era o número pequeníssimo de teias de aranha que se viam na casa da Srta. Lutter. Nem mesmo no verão havia muitas moscas. Nenhuma daquelas moscas picadoras malucas que ficavam pelas cozinhas e banheiros e infernizavam a vida das pessoas. Rebecca ajudava a Srta. Lutter na limpeza da casa e era raro descobrir bolotas de poeira embaixo dos móveis, ou uma pátina de sujeira sobre qualquer superfície. Quer dizer que era assim que as pessoas viviam, nas casas de verdade em Milburn! No mundo *daqueles outros* que havia escapado aos Schwart.

Havia um procedimento na vida, percebeu Rebecca. Não era para ser aleatório, fabricado à medida que a pessoa ia vivendo.

Assim como fora uma professora escrupulosa na escola primária de Milburn, a Srta. Lutter também era uma dona de casa escrupulosa. Não só tinha uma feiticeira para limpar os carpetes, mas também um aspirador General Electric. Era um aparelho vertical pesado, com um motor trovejante e um saco que inflava feito um balão com a poeira e outras partículas, e também rodinhas para ser empurrado pelo chão. Dentre todas as tarefas domésticas, passar o aspirador era aquela de que Rebecca mais gostava. O motor barulhento enchia sua cabeça e expulsava todos os pensamentos. O próprio peso do aspirador, puxando seus braços e deixando-a sem fôlego, era como lutar com alguém forte e teimoso, mas que acabava sendo tratável e se tornava um aliado. Não demorou para que fosse confiada a Rebecca a tarefa de aspirar todos os cômodos da casa de tijolos bege da rua Rush, 114.

Há sempre uma saída. Se a gente conseguir fazer-se pequena o bastante, feito um verme.

Durante dois anos e meio, Rebecca morou com Rose Lutter, e durante dois anos e meio esperou por Jesus.

Desistiu de esperar que os irmãos fossem buscá-la. Nem Herschel nem Gus. Herschel continuava *foragido da justiça*, e Gus simplesmente desaparecera. Rebecca achava que eles deviam saber o que tinha acontecido, porque, em seu estado de aturdimento, acreditava que o mundo inteiro devia saber. Quando saía da casa da Srta. Lutter e ia a pé para a escola, quando aparecia com a Srta. Lutter nos ofícios religiosos da Primeira Igreja Presbiteriana, todos os que a viam sabiam, como se ela estivesse cercada por um halo cintilante, igual às auréolas luminosas que cercavam as figuras das imagens bíblicas: Jesus aplacando a tempestade, Jesus curando os leprosos, Jesus presidindo a milagrosa multiplicação dos peixes, mas também Daniel na cova dos leões, Salomão dedicando o templo, Moisés e a serpente de bronze, Maria visitada pelo anjo. Alguns eram destacados para receber atenção e não tinham esperança de se esconder.

Na escola dominical, no porão da Primeira Igreja Presbiteriana, Rebecca aprendeu a bater palmas enquanto cantava com outras crianças, quase todas menores:

Esta minha luzinha,
Vou deixá-la brilhar!

Brilhar sobre toda a montanha do Senhor!
Vou DEIXÁ-LA BRILHAR!

É que as novas do Evangelho eram boas-novas, disseram a Rebecca. Eram todas sobre Cristo e o novo advento de Cristo, e Cristo entrando no coração.

Às vezes, Rebecca via a mulher do pastor, a Sra. Deegan, a observá-la por cima das cabeças das crianças menores. Nesses momentos, Rebecca sorria e cantava mais alto. As palmas de suas mãos ardiam prazerosamente, de tanto bater.

— Muito bem, Rebecca! Que bela voz você tem, Rebecca. Sabe como se chama? *Contralto.*

Rebecca baixava a cabeça, tímida demais para agradecer à Sra. Deegan. Sua voz era áspera como uma lixa e lhe arranhava a garganta ao cantar, especialmente quando ela cantava alto. Mesmo assim, ela cantava.

Cantava canções de criança para agradar à mulher do pastor, que usava o cabelo em franjinhas enroladas na testa e contaria ao reverendo Deegan que boa menina era Rebecca Schwart. A Srta. Lutter também seria informada. Sem sombra de dúvida. Eles vigiavam de perto a filha do coveiro, ela sabia.

Sabia e aceitava. Era tutelada pelo condado de Chautauqua, um caso de caridade.

— Rebecca! Ponha suas luvas, meu bem. E ande logo.

A escola dominical começava às 9 horas em ponto, e às 9h50 em ponto a Srta. Lutter aparecia na porta da sala para levar Rebecca ao serviço religioso, no andar de cima. Se Rebecca deixasse as luvas de algodão branco em casa, a Srta. Lutter as descobriria e as levaria para entregá-las à menina.

Podia-se dizer que freqüentar a igreja era o próprio cerne da semana sossegada da Srta. Lutter. Ela sempre usava luvas ofuscantemente brancas e um de seus chapeuzinhos chiques, com véu; e "escarpins" que lhe davam uma altura inesperada, estonteante, de cerca de 1,55. (Aos treze anos, Rebecca já era mais alta e mais pesada que a Srta. Lutter.) No calor, a Srta. Lutter usava vestidos estampados de flores, com a saia rodada e anáguas de crinolina por baixo, que faziam um som farfalhante quando ela andava. Suas bochechas magras brilhavam de prazer, ou de ruge. Os lábios finos eram pintados de vermelho. O cabelo cor de pardal era encaracolado em cachos miúdos como os de uma criança.

— Não devemos atrasar-nos, querida. Vamos!

Às vezes, em seu entusiasmo, a Srta. Lutter segurava a mão de Rebecca, para puxar a menina tímida e desengonçada.

Era como a abertura do mar Vermelho na imagem da Bíblia, achava Rebecca, quando a Srta. Lutter caminhava com imponência pela nave central da igreja, até seu banco lá perto da frente, com a menina a reboque. — Olá! Olá! Bom dia! Olá! — Eram muitos rostos amáveis e curiosos a que a Srta. Lutter precisava dirigir-se, meio sem fôlego. Muitos olhares que passavam por ela e pousavam em Rebecca.

A Srta. Lutter havia comprado para sua pupila vários vestidos de menininha, de saia rodada, que já estavam apertados demais no busto e nas axilas. Comprara fitas de seda para o cabelo de Rebecca. Na Sapataria Thom McAn para a Família, um par de lindos sapatos pretos de verniz, para ela usar com meias soquete brancas. E luvas brancas para combinar com as da Srta. Lutter, um número maior que as dela.

No fim, a Srta. Lutter foi obrigada a comprar vários outros vestidos, sapatos e luvas para Rebecca, pois, santo Deus, como a menina *crescia*!

E o cabelo dela, que era grosso, toscamente ondulado e propenso a embaraçar, a Srta. Lutter insistia em que Rebecca o escovasse, escovasse, escovasse com uma escova de arame, até deixá-lo brilhando e sentir o pulso doer de cansaço. Parecia crina, suspirava a Srta. Lutter. Mesmo assim, passava a mão nesse cabelo, com fascinada repugnância.

— Às vezes, acho que você é meio cavalinho, Rebecca. Um pônei castanho selvagem.

Rebecca ria, sem jeito. Nunca sabia ao certo se a Srta. Lutter estava brincando ou se fazia a sério esses comentários extravagantes.

Quando o másculo reverendo Deegan se dirigia ao púlpito, para fazer seu sermão, a Srta. Lutter empertigava-se no banco à frente dele, absorta como se fosse a única pessoa na igreja. O pastor fora capelão do Exército norte-americano e tinha servido na guerra, no Pacífico. Era o que se notava com freqüência em seus sermões. Ele falava com uma voz que deslizava e caía, uma voz treinada como a de um cantor; franzia o cenho, sorria. Em tom quase inaudível, a Srta. Lutter murmurava *Sim, sim, sim. Amém, sim.* Seus lábios se entreabriam, úmidos como os de uma criança, e as pálpebras tremiam. Rebecca se esforçava muito para ouvir o que a Srta. Lutter ouvia, pois queria ardorosamente acreditar, porque, se não acreditasse, Jesus não entraria em seu coração, e sua alma seria como urtigas lançadas na terra, em vez de sementes. E as pedras que os judeus haviam pegado para atirar em Jesus por Sua blasfêmia seriam o destino dela.

Com que empenho Rebecca tentava, semana após semana! Mas era como tentar içar-se pelos braços para o telhado do galpão, quando era pequena e os irmãos subiam à sua frente, rindo dela.

O estranho é que, quando estava sozinha, não lhe era tão difícil acreditar em Jesus Cristo. Ela quase chegava a sentir que Jesus a observava, sorrindo Seu sorriso enigmático. É que Jesus também tinha rido de Rebecca na estrada da Pedreira. Mas Jesus a havia perdoado. Jesus lhe salvara a vida, e por que razão?

A Srta. Lutter prometera que um dia elas descobririam.

A Srta. Lutter também levara Rebecca à sepultura de seus pais, que era muito simples e coberta de ervas daninhas. Não havia reparado (por tato, ou por ter a vista fraca) nos erros factuais da tabuleta de metal. *Eles não tinham religião, segundo me disseram. Mas rezaremos por eles.*

Ali na igreja, porém, era difícil acreditar naquilo tudo. Embora Rebecca tentasse concentrar-se. Quanto mais compenetrado era o reverendo Deegan ao falar de Jesus, menos real Jesus parecia. Em meio àquela congregação de gente boa e distinta. Em meio aos bancos polidos de madeira de lei, às vozes robustas elevadas em cânticos, ao talco das mulheres, à brilhantina e à loção de barba dos homens.

Hora de pegar o hinário. O sorriso do reverendo Deegan abriu-se, branco e úmido.

— Meus irmãos e irmãs em Cristo, façamos um som jubiloso para o Senhor.

A congregação levantou-se. A Srta. Lutter cantou com a mesma solenidade que os outros. Com sua vozinha de soprano. A cabeça esperançosamente erguida, a boca lembrando um biquinho faminto, trabalhando. *Uma fortaleza poderosa, uma fortaleza poderosa é Nosso Senhor.* A organista de cabelo branco e esvoaçante tocou seus acordes estrídulos. A crinolina sob o vestido de raiom da Srta. Lutter estremeceu. Rebecca também cantou, de olhos fechados. Adorava o ondular da música, que se misturava ao rugir da água sobre a comporta gigantesca. Seu coração batia de um modo estranho, ela ficava empolgada. Ah, de repente havia esperança! Fechando bem os olhos, na expectativa de ter um vislumbre do distante Jesus, em seu diáfano manto branco, flutuando. Ela não gostava de pensar na crucificação, queria que Jesus fosse distante como um anjo, como uma linda nuvem correndo veloz lá no alto, carregada pelo vento; é que as nuvens mais bonitas formavam-se acima do lago e eram dispersadas pelo vento em todas as direções, e ninguém via, exceto Rebecca Schwart. Ela explicaria à Srta. Lutter. É que adorava a Srta. Lutter, e era tão grata por ela ter salvo sua vida, por tê-la acolhido, a ela, uma tutelada do condado de Chautauqua, um caso de caridade, que quase não conseguia encará-la, quase não conseguia falar sem gaguejar. Ela amava o Jesus distante que ascendera para o Pai, mas, como uma menina voluntariosa, detestava cada vez mais que Jesus fosse um cadáver numa cruz, como qualquer outro cadáver, gotejando sangue, e que logo começaria a se decompor e a cheirar mal. Jesus não precisaria ser ressuscitado se não tivesse morrido, e não precisaria ter morrido se não Se houvesse submetido a Seus inimigos, e tivesse fugido. Ou então, melhor ainda, por que não tinha liquidado Seus inimigos? Não era Jesus o Filho de Deus, dotado do poder da vida e da morte?

As palavras são lorotas, mentiras. Toda palavra que já foi proferida, que já foi usada, é uma mentira.

Terminou o cântico. A congregação sentou-se. Rebecca abriu os olhos e Jesus tinha desaparecido. Ridículo pensar que algum dia Jesus estaria ali, invocado pelo reverendo Deegan, da Primeira Igreja Presbiteriana de Milburn, no estado de Nova York.

Rebecca tentou abafar um bocejo. Um daqueles bocejos poderosos, de quebrar o queixo, que faziam as lágrimas rolarem pela face. A Srta. Lutter notaria e ficaria magoada (a Srta. Lutter magoava-se facilmente), e depois a repreenderia, com seu jeito elíptico-nasal.

Agora Rebecca sentia-se irrequieta, em cócegas. Piorava a cada domingo.

Tentou sentar-se quieta. Tentou ser boazinha. Ah, mas era tão idiota! Uma balela, aquilo tudo. Mas procurou dizer a si mesma o quanto era grata. Grata à Srta. Lutter. Grata por estar viva. Uma sorte danada. Ela sabia! Podia ser erroneamente tida como retardada, mas era uma garota inteligente, que tinha olhos para tudo, e sabia exatamente como Milburn a encarava e falava a seu respeito. Sabia como Rose Lutter era admirada e, em alguns círculos, olhada com ressentimento. A professora aposentada que tinha acolhido a filha do coveiro, a órfã. Rebecca sentiu as axilas coçarem, assim como os tornozelos, dentro das meinhas soquete brancas que detestava. Esfregou um tornozelo no outro, embaixo do banco. Com força. Não fosse pelo lugar onde estava e por quem poderia estar olhando, ela enfiaria a mão na faixa de pêlos duros que tinha entre as pernas e coçaria com força suficiente para tirar sangue.

28

Ela não esperou completar dezesseis anos para largar a escola.

Foi expulsa em novembro de 1951, e não voltou mais.

Deixou Rose Lutter arrasada, porque era inevitável.

É que, nesse dia, foi demais para Rebecca. Porra, ela já estava cheia! Por muito tempo a haviam perseguido na escola. Os professores sabiam, o diretor sabia, e ninguém fazia nada para intervir. No corredor da décima série, na escada, a mais velha das garotas Meunzer deu-lhe um empurrão pelas costas e, em vez de se portar como se não tivesse notado, virando a outra face, como aconselhava a Srta. Lutter, e se afastando depressa sem olhar para trás, Rebeca virou-se, atirou os livros na agressora e começou a bater nela, socando-a com os punhos, como faria um menino, não com o braço levantado, mas partindo do ombro para baixo. E um segundo agressor voou para cima dela, um garoto. E outros se juntaram contra Rebecca. Xingando, arranhando, esmurrando. Um *frisson* espalhou-se pelo corredor como um incêndio florestal, quando ela foi derrubada no chão e chutada, chutada, chutada.

Eles a odiavam por ser irmã de Herschel Schwart e por Herschel ter deixado o rosto de Jeb Meunzer desfigurado por cicatrizes. Odiavam-na por ser filha do coveiro Jacob Schwart, que havia matado um homem chamado Simcoe, um nome muito conhecido em Milburn, e escapado da punição por ter-se matado, e que não morreria na cadeira elétrica. Fazia muito tempo que se ressentiam de Rebecca, por ela permanecer em seu meio. Por ela não se humilhar. Por ter um jeito geralmente arrogante, alheio. Tanto com os colegas quanto com os professores, que ficavam constrangidos em sua presença e a faziam sentar-se com outros desajustados e encrenqueiros no fundo das salas de aula.

Todos os que se envolveram na briga foram expulsos da Escola Secundária de Milburn e receberam ordens do diretor para se retirar imediatamente das instalações. Não fez diferença que Rebecca tivesse sido agredida primeiro, ele não admitiria brigas em sua instituição.

Haveria uma possibilidade de recorrer da decisão do diretor no ano seguinte. Mas Rebecca a recusou.

Estava fora, não voltaria mais.

A Srta. Lutter estarreceu-se com a notícia, ficou arrasada. Rebecca nunca a vira tão aflita.

— Rebecca, você não pode estar falando sério! Está nervosa. Vou conversar com o diretor, você precisa formar-se no secundário. Foi você a agredida, só estava se defendendo. Isso é uma injustiça terrível, que tem de ser corrigida...

A Srta. Lutter pôs a mão trêmula no peito, como se seu coração batesse em disparada. Nesse momento, por pouco Rebecca não enfraqueceu e cedeu.

Mas não: estava farta da Escola Secundária de Milburn. Estava farta daqueles mesmos rostos, ano após ano, dos mesmos olhares impudentes a fitá-la. Imaginando que a *conheciam*, quando apenas tinham conhecimento *dela*. Imaginando que lhe eram superiores, por causa da família dela.

As notas de Rebecca eram apenas medianas, ou baixas. Por tédio, muitas vezes ela matava aula. A matéria de que menos gostava era álgebra, pois o que é que as equações tinham a ver com *coisas* reais? Na cadeira de inglês, os alunos eram obrigados a decorar poemas de Longfellow, Whittier, Poe, umas rimas cantaroladas ridículas; que é que as rimas dos poemas tinham a ver com as *coisas*? Ela estava farta da escola; arranjaria um emprego em Milburn e se sustentaria.

Durante dias a Srta. Lutter fez apelos a Rebecca. Era quase como se o futuro da própria Rose Lutter estivesse em perigo. Ela disse à menina que não permitiria que aqueles bárbaros ignorantes estragassem sua vida. Rebecca tinha que perseverar, formar-se. Só com um diploma do curso médio é que poderia ter esperança de arranjar um emprego decente e levar uma vida decente.

Rebecca riu, isso era ridículo. Vida decente! Ela não tinha a menor esperança de uma vida decente.

Era como se o ato praticado por Jacob Schwart a cercasse como uma auréola. Em todo lugar a que Rebecca ia, essa auréola ia atrás. Era invisível para ela, mas muito visível para os outros. Exalava um odor como o da borracha queimada do lixão municipal.

Um dia, Rose Lutter lhe confessou que deixara prematuramente o magistério por não ter conseguido suportar as crianças ignorantes e cada vez mais insolentes. Começara a ficar alérgica à poeira do giz, vivia com os seios nasais cronicamente inflamados. Tinha recebido ameaças de pais que faziam parte da ralé branca. O diretor da escola se mostrara covarde demais para defendê-la. Depois, um menino de dez anos lhe dera uma dentada na mão, num dia em que ela tentou interromper uma briga entre ele e um garoto menor, e o médico tivera que lhe dar uma medicação para os nervos e para as palpitações, e o distrito escolar lhe concedera uma licença médica e, ao cabo de três meses, ao entrar novamente no prédio da escola, ela tivera uma crise de taquicardia e por pouco não havia desmaiado, e seu médico recomendara que o distrito escolar a aposentasse por invalidez, e ela havia cedido, porque provavelmente era melhor assim; no entanto, queria muito que Rebecca não desistisse, porque ela era jovem e tinha a vida inteira pela frente.

— Você não deve reproduzir o passado, Rebecca. Deve elevar-se acima do passado. Na sua alma, você é superior a...

Rebecca sentiu o insulto, como se Rose Lutter a tivesse esbofeteado.

— Superior a quem?

A voz da Srta. Lutter ficou trêmula. Ela tentou segurar as mãos frias e rígidas da menina, mas foi repelida.

Não me toques! Dentre a miríade de ditos de Jesus Cristo que ela havia aprendido desde a mudança para a casa de Rose Lutter, *não me toques!* era a que mais a havia impressionado.

— ...a suas origens, meu bem. E aos que são seus inimigos na escola. No mundo inteiro, há bárbaros que querem destruir a civilização. E também são inimigos de Jesus Cristo. Você precisa saber disso, Rebecca.

Abruptamente, ela saiu correndo do quarto, para se impedir de gritar com a velha chata: *Vá para o inferno! Você e Jesus Cristo, vão para o inferno!*

"Mas ela tem sido muito boa para mim. Gosta de mim..."

No entanto, o fim não tardaria a chegar, Rebecca sabia. O rompimento que ela meio desejava, meio temia.

É que não voltaria para aquela escola, por mais que a Srta. Lutter implorasse. Por mais que a Srta. Lutter a repreendesse ou ameaçasse. Nunca!

Mais e mais, começou a ficar longe da linda casa de tijolinhos bege da rua Rush, como antes se mantivera longe da velha casa de pedra no cemitério. O aroma dos sachês de ervas aromáticas lhe era enjoativo. E ela também ficou longe dos ofícios religiosos. Depois de anoitecer, às vezes até mesmo à meia-noite, quando todas as outras residências da rua Rush estavam às escuras e em profundo silêncio, Rebecca voltava para casa, desafiadora e em culpa.

— Por que fica acordada me esperando, Srta. Lutter? Eu gostaria que não fizesse isso. Detesto ver todas essas luzes acesas.

Detesto você, detesto sua espera. Deixe-me em paz!

A tensão entre as duas se acentuava cada vez mais. É que Rebecca se recusava a dizer à Srta. Lutter aonde ia. Com quem passava o tempo. (Agora que tinha saído da escola, ela vinha travando novos conhecimentos. Katy Greb havia abandonado a escola no ano anterior, e as duas tinham voltado a ser amigas íntimas.) Desde que fora agredida na escola, de maneira tão perversa e tão pública, passando semanas com lanhos e manchas roxas horrorosos nas costas, nas coxas, nas nádegas, até nos seios e na barriga, Rebecca passara a se ver de outra maneira, e gostava do que via. Sua pele brilhava com uma estranha palidez morena. Suas sobrancelhas estavam muito grossas e escuras, como as de um homem, quase encostando uma na outra acima do nariz. Um cheiro penetrante e rançoso de bicho grudava-se em sua pele quando ela transpirava. Com que força repentina e inspirada ela havia esmurrado Gloria Meunzer e seus outros agressores, fazendo-os encolher-se de surpresa e dor; havia tirado sangue.

E sorria ao pensar em como se parecia com o foragido Herschel, no fundo.

E ali estava a Srta. Lutter, insistindo:

— Sou detentora da sua guarda, Rebecca, nomeada pelo tribunal. Tenho uma responsabilidade formal. É claro que só quero o que for melhor para você. Tenho rezado, tenho tentado compreender em que foi que falhei com você...

Rebecca mordeu o lábio, para não dar um grito.

— Não falhou. Não falhou em nada comigo, Srta. Lutter.

O próprio nome *Srta. Lutter* a fez sorrir de escárnio. *Rose Lutter, Srta. Rose Lutter.* Era impossível agüentar.

— Não? — disse a Srta. Lutter, com um falso ar de tristeza. Seu cabelo fino e desbotado tinha sido cacheadinho em pequenos chumaços, de algum modo, achatando-se na cabeça sob uma rede. A pele fina exibia rugas terríveis em volta dos olhos míopes e formava uma pelanca no queixo, reluzindo com um creme noturno que cheirava a remédio. Ela estava de camisola, com um roupão de raiom azul-real por cima, bem amarrado na cintura finíssima. Rebecca não conseguiu deixar de contemplar o peito da Srta. Lutter, achatado, ossudo. — É claro que falhei, meu bem. A sua vida...

— A minha vida é minha! É a minha vida! Não fiz nada de errado! — protestou Rebecca.

— Mas você precisa voltar para a escola, querida. Falarei com o diretor, ele é um homem íntegro, eu o conheço. Farei um apelo por escrito. Tenho certeza de que ele está esperando que façamos um apelo. Não posso deixar que a tratem de forma injusta.

Rebecca teve vontade de passar com um safanão pela Srta. Lutter no corredor estreito, mas a mulher barrou sua passagem com firmeza surpreendente. Apesar de ser mais alta do que Rose Lutter e talvez uns sete quilos mais pesada, Rebecca não pôde confrontá-la.

— O seu destino, querida. Ele está ligado ao meu. "Não plantes tua semente nas pedras."

— Jesus não disse isso! Não com essas palavras, foi a senhora que inventou.

— Jesus disse, sim. Talvez não exatamente com essas palavras, mas sim, Ele o disse.

— A senhora não pode inventar o que Jesus diz, Srta. Lutter! Não pode!

— Essa é a essência do que Jesus disse. Se ele estivesse aqui, pode ter certeza de que falaria com você como estou falando. Jesus tentaria dar-lhe um pouco de juízo, minha menina.

Nas áreas pobres de Milburn, rabiscadas nos muros e nas calçadas, e nas laterais dos vagões de frete, viam-se as palavras FODA-SE FODAM-SE FODA-SE, que as meninas não deviam proferir em voz alta. Os meninos as diziam constantemente, os meninos as gritavam, radiantes, mas as "boas" meninas tinham que desviar os olhos, profundamente embaraçadas. Nesse momento, Rebecca mordeu o lábio inferior, para conter essas palavras. FODA-SE, FODA-SE, ROSE LUTTER, FODA-SE FODA-SE FODA-SE, ROSE LUTTER. Um espasmo de riso apoderou-se dela, feito um espirro. A Srta. Lutter a encarou, magoada.

— Ah, e o que é tão engraçado agora? Num momento como este, Rebecca, o que há de tão engraçado? Eu gostaria que você compartilhasse a sua alegria.

Nessa hora, Rebecca passou pela Srta. Lutter com um empurrão, entrou no quarto e bateu a porta.

Sortuda pra diabo, e você sabe disso. Você! Era verdade, ela sabia. Ele a estava repreendendo. Porque um pai tinha esse direito.

Naquele quarto mal iluminado, onde o tempo passava tão depressa, sempre lhe escapava alguma coisa. Ela sempre se esforçava para ver e ouvir. Era um esforço que a deixava com as costas doendo. Com dor nos olhos. Revivia aqueles segundos fugazes e confusos, na casa de pedra, que haviam marcado o término irreversível de sua vida na casa de pedra, como filha daquela casa. O término do que ela não teria como chamar de sua infância, muito menos sua vida de mocinha.

O cheiro dos sachês aromáticos a deixava aturdida, misturando-se aos odores daquele outro quarto. Ela fazia força para acordar, respirando depressa, transpirando, com os olhos revirados na agitação de finalmente tentar *enxergar...* o que estava no chão, obscurecido pela sombra.

Uma sombra molhada e brilhante, para lá da cama. O corpo macio caído, que bem poderia ser (na penumbra, na confusão do momento) apenas um monte de roupas largadas, ou de roupa de cama.

Mamãe? Mamãe...

Não. Ela não conseguia ver. O homem bloqueava sua visão. Não a deixava olhar. Quando não estava inteiramente acordada nem inteiramente adormecida, Rebecca tinha o poder de evocar de novo a visão do pai, Jacob Schwart, dando-lhe um sorriso tenso, com os olhos úmidos e selvagens, enquanto tentava manobrar a arma desajeitada, tentava virar discretamente os canos naquele espaço apertado, pois queria mirar a arma nela, mas não queria tocá-la. É que, com seu tato paterno puritano, ele não havia de querer tocar os seios da filha, nem mesmo com um objeto de permeio. Rebecca tinha visto o pai olhando fixo para seu peito, muitas vezes, no ano anterior, sem saber que olhava fixo e que a filha o via, e a menina virava a cabeça de lado, instintivamente, e não pensava mais no assunto. Ele também não quereria encostar os canos da espingarda no pescoço dela, onde uma veia batia furiosamente. Mesmo assim, Rebecca tentara enxergar mais adiante do pai, onde a mãe jazia imóvel. Onde a parte superior do que tinha sido o corpo de sua mãe dissolvia-se numa escuridão amorfa. Ela queria ver, tinha que ver!

— mas não com clareza. Enquanto os olhos não se abrissem e ela pairasse naquele estado crepuscular entre o sono e a vigília, poderia enxergar dentro daquele quarto e, por um ato de vontade, poderia enxergar *em retrospectiva*.

Aproximando-se outra vez da casa de pedra, vindo da alameda de cascalho. E lá estava a porta da frente, com sua pintura tosca. E ali, nos fundos da casa, o varal, e no varal, a roupa agitada na brisa, porque era uma tarde ventosa de maio e gordas nuvens de chuva manchavam o céu. Toalhas, um lençol, as camisas dele. As cuecas dele. Enquanto a roupa balançasse na corda, seria um dia comum de lavagem; havia sempre algo de cômico e tranqüilizador na lavagem da roupa, não podia haver nenhum perigo dentro de casa. Nem mesmo quando soou a voz de uma estranha, urgente e estrídula, *Não entre aí!... alguém a detenha!* Uma voz de mulher, inquietante. Mas já era tarde demais. Porque, na história, há atos que nenhum ato da história é capaz de desfazer.

Faltava alguma coisa! Sempre lhe faltava alguma coisa, ela não conseguia ver o bastante, nem ouvir o bastante. Tinha que recomeçar.

Correndo pela estrada da Pedreira, arfante. Entrando no cemitério, pela alameda de cascalho que tinha ficado malcuidada nos meses anteriores, com pedrinhas espalhadas pela grama dos lados da alameda e capim brotando. Dentes-de-leão por toda parte! É que o zelador do cemitério de Milburn já não era tão meticuloso como antes. É que o zelador do cemitério de Milburn já não era tão cortês e deferente como antes. Havia um veículo, ou veículos, no interior do cemitério. E havia algo errado, alguma perturbação por lá. E uma mulher que chamava Rebecca, que não deu o menor sinal de ouvir. Que chamava *"mamãe?"* com uma voz tão absurdamente baixa, que como poderia Anna Schwart ouvi-la? Rebecca havia entrado na casa quando irrompeu a explosão. Até o ar sacudiu, vibrou. Ela viria a crer que tinha assistido ao disparo, ao impacto do chumbo grosso de caça, a uma distância de aproximadamente quinze centímetros, em seu alvo macio e indefeso, mas não havia testemunhado isso, apenas ouvira. Na verdade, a explosão tinha sido tão ensurdecedora, que ela não a tinha escutado. Seus ouvidos não tiveram capacidade para ouvi-la. Seu cérebro não tivera capacidade para absorvê-la. Ela poderia ter fugido em pânico, como faria um animal, mas não fugira. Talvez a inconseqüência nascida da vaidade obstinada e inviolável dos jovens, que não conseguem acreditar que podem morrer, a tivesse levado para dentro do quarto, onde, praticamente na porta, porque era um cômodo muito pequeno, Jacob Schwart estava parado, bloqueando sua passagem. Ela implorou. O pai deu seu sorriso conhecido. Era um sorriso zombeteiro, de dentes manchados e podres, como um sorriso de lanterna toscamente recortada numa abóbora, mas era (Rebecca o veria assim, ela que era sua única filha e, àquela altura, a única que lhe restara da prole) um sorriso sarcasticamente terno. Um sorriso de censura, mas de perdão. *Você! Nascida aqui. Eles não vão machucá-la.* As palavras do pai não faziam sentido, como muito do que ele dizia, mas ainda assim, ela, sua filha, compreendera. Sempre o compreenderia, embora não fosse capaz de articular o que entendia naquele rosto desesperado e jocoso do pai, quando, com um resmungo, ele conseguiu virar a espingarda contra si mesmo, e veio uma segunda explosão, muito mais alta que a primeira, muito mais maciça, obliterante; e uma coisa molhada, carnuda e pegajosa voou para o rosto dela, para seu cabelo, onde se coagulou e teve que ser cuidadosamente cortada por uma estranha.

No entanto, mais uma vez escapou alguma coisa a Rebecca. Diabos, passava tudo tão depressa, que ela não conseguia *ver*.

A crucificação de Cristo, isso era um mistério.

A crucificação de Cristo ela passou a detestar.

Ao ouvir, com o coração empedernido e sem emoção, o reverendo Deegan pregar seu sermão da Sexta-Feira Santa. Que Rebecca já ouvira antes, e mais de uma vez. A cara de buldogue do homem e sua voz choramingas e estrondosa. A traição de Judas, a hipocrisia dos judeus. Pôncio Pilatos lavando as mãos da culpa, com a desculpa *Que é a verdade?* E depois, em casa, Rebecca teve vontade de fugir, mas não pôde, porque a Srta. Lutter tinha que ler em voz alta o Evangelho de São João, como se a menina não fosse capaz de ler sozinha. E a Srta. Lutter abanava a cabeça, suspirando. Cruelmente, Rebecca pensou: *É de si mesma que a senhora sente pena, não d'Ele.* E se ouviu perguntar, com uma lógica infantil:

— *Por que* Jesus deixou que O crucificassem, Srta. Lutter? Ele não precisava, não é? Se era o Filho de Deus?

Com ar cansado, Rose Lutter ergueu os olhos da Bíblia e franziu o cenho para Rebecca por trás dos bifocais de aro prateado, como se, mais uma vez, para seu desgosto, a menina tivesse proferido uma blasfêmia em voz baixa.

— Bem, por quê? É só uma pergunta, Srta. Lutter.

Detestava o jeito como a velha andava sempre com um ar tão magoado, nos últimos tempos. Quando o que sentia não era mágoa de verdade, mas raiva. Uma raiva de professora cuja autoridade foi questionada.

Rebecca insistiu:

— Se Jesus realmente era Deus, podia fazer o que quisesse. Então, se não fez, como podia ser Deus?

Era a suprema lógica adolescente. Uma lógica incontestável, pensou Rebecca.

Rose Lutter soltou uma exclamação úmida, sofrida. Com dignidade, levantou-se, fechou sua preciosa Bíblia encadernada de couro macio e se retirou da sala, murmurando para Rebecca ouvir:

— Perdoai-a, Pai. Ela não sabe o que diz.

Mas eu sei, sim. Sei exatamente o que estou dizendo.

Nessa noite, Rebecca dormiu mal, acordando várias vezes. Sentindo o cheiro dos malditos sachês em sua cômoda. Por fim, descalça e sorrateira, tirou-os do quarto e foi escondê-los num armário do corredor, embaixo da prateleira mais baixa, onde, para sua tristeza, Rose Lutter só viria a descobri-los depois de Rebecca ter partido.

29

Estava livre! Ela se sustentaria, moraria no Centro de Milburn, afinal. Não na pensão mal-afamada da Sra. Schmidt, mas perto da esquina da rua Ferry, num sobrado caquético, subdividido num ninho de quartos e pequenos apartamentos. Era ali que viviam Katy Greb e sua prima LaVerne, um pouco mais velha, que convidaram Rebecca a morar com elas. Sua parte do aluguel era de poucos dólares por semana — "O que você puder pagar, Rebecca." Nas primeiras semanas, ela dormiu numa pilha de cobertores no chão, um sono tão exausto que nem lhe importava onde dormisse! Trabalhou como garçonete, trabalhou como balconista de loja e, por fim, tornou-se camareira do Hotel General Washington.

Foi Leora Greb, agora novamente sua amiga, quem a ajudou a arranjar o emprego no hotel. "Diga que você tem dezoito anos", aconselhara Leora. "Ninguém vai saber."

Rebecca era paga em dinheiro, contado na palma da mão. O hotel não daria informações à Receita Federal sobre seus vencimentos, de modo que ela não pagaria imposto. E o hotel também não pagaria sua contribuição para a Previdência Social. "Nada de registros, hein? Facilita as coisas", dissera Amos Hrube, encarregado do pessoal da limpeza e da cozinha, piscando o olho para Rebecca, como se isso fosse uma piada divertida entre os dois. Antes que Rebecca pudesse recuar, Hrube lhe deu um beliscão na bochecha, entre o segundo e o terceiro dedos da mão direita.

— Não! Isso dói.

A expressão de Hrube foi brincalhona, fazendo biquinho. Como um adulto que fingisse solidarizar-se com uma criança que se houvesse machucado de um modo tolo e inconseqüente.

— Puxa! Des-*culpe*!

Hrube tinha a cara achatada e feia, a boca com um jeito amassado. Poderia ter qualquer idade, entre trinta e cinco e cinqüenta e cinco anos. Na parede atrás de sua escrivaninha ficava a foto emoldurada de um rapaz com uniforme do Exército dos Estados Unidos, magro e de cabelos pretos, mas com as feições inconfundíveis do Hrube mais velho. O escritório era um cubículo sem janelas nos fundos do hotel. Leora disse para Rebecca não se importar com Hrube, porque ele tentava agir assim com todas as empregadas, e algumas gostavam de dar umas voltinhas, outras não.

— Ele tem bom coração, no fundo. Já me fez alguns favores. Ele a respeitará, se for isso que você quer e se você trabalhar duro. Olhe — acrescentou, como se isso fosse uma boa notícia —, eles não podem despedir todas nós.

Rebecca riu. Na verdade, era uma boa notícia. Seus empregos anteriores a tinham posto numa proximidade indesejada com homens encarregados das contratações. Sempre cônscios dela, a olhar e julgar. E sabiam quem ela era: a filha de Jacob Schwart. No General Washington havia muitos empregados. As camareiras eram essencialmente invisíveis. E Leora havia prometido não dizer a Hrube nem a ninguém quem ela era, de quem era filha.

— De qualquer jeito, isso é notícia velha em Milburn. É como a guerra, as pessoas começam a esquecer. A maioria delas, pelo menos.

Seria verdade? Rebecca queria acreditar que sim.

Ela sempre soubera do Hotel General Washington, num quarteirão meio ladeirento da avenida Central, mas, até ser levada por Leora para se candidatar ao emprego, nunca havia pisado no hotel. O movimentado saguão de entrada, com seu reluzente piso de cerâmica preta, os móveis de couro e as luminárias de cobre, os vasos de samambaias, os lustres e espelhos ornamentais, com certeza era um dos maiores interiores em que Rebecca já estivera, e sem dúvida o mais impressionante. Ela perguntou a Leora qual era a diária de um quarto e, quando Leora lhe disse, comentou, chocada:

— Tanto dinheiro assim, só para *dormir*? E depois a pessoa não tem nada para mostrar?

Leora riu da observação. Estava guiando Rebecca pelo saguão, em direção a uma porta nos fundos, onde se lia numa placa: ENTRADA EXCLUSIVA DE PESSOAL. E disse:

— Rebecca, as pessoas que se hospedam num hotel como este têm dinheiro, e as pessoas que têm dinheiro dão gorjetas. E a gente conhece uma classe melhor de homens... às vezes.

Ela foi contratada *sem registro* e, em sua ingenuidade, achou que isso era ótimo. Nada de impostos!

Gostou do fato de haver tantos empregados no General Washington. A maioria usava uniformes que indicavam sua função e seu nível. Os uniformes mais bonitos eram os dos homens: porteiro-chefe, ajudantes de porteiro, carregadores ou moços de recado. (Nem todos esses mensageiros eram "moços", alguns eram homens bem maduros.) O pessoal da gerência usava terno e gravata. Só havia garçons no melhor dos dois restaurantes do hotel, e estes usavam trajes elegantes. A equipe feminina era formada por telefonistas, secretárias, garçonetes do restaurante mais simples e do barulhento Tap Room, ajudantes de cozinha e camareiras. Um pequeno exército de camareiras. A mais velha era uma mulher pesadona de cabelos brancos, na casa dos sessenta anos, que afirmava com orgulho haver trabalhado no General Washington desde que o hotel abrira suas portas, em 1922. Rebecca era a mais jovem.

As camareiras usavam uniformes de raiom branco, com a saia até o meio das canelas e mangas curtas e retas. O uniforme fornecido a Rebecca era muito grande no busto e muito apertado nos ombros e na cava, e ela detestou a sensação escorregadia do tecido na pele; em especial, detestou a exigência, como empregada do General Washington, de usar meias de náilon o tempo todo.

Diabos, não podia, não o faria. No verão úmido do Vale do Chautauqua, arrastando um aspirador de pó, lavando pisos. Era pedir demais!

Leora disse:

— É nessa hora que convém ter o Amos Hrube do seu lado, benzinho. Se ele gosta de você, isso faz diferença. Se não gosta, pode ser um maníaco com as regras. Um filho-da-mãe dos bons.

Só superfícies. Isso eu sei fazer.

Ela gostava de empurrar o carrinho pelo corredor. O carrinho tinha pilhas de lençóis, toalhas, produtos de limpeza, sabonetinhos perfumados. Com seu uniforme sem graça de raiom branco, Rebecca era invisível para a maioria dos hóspedes do hotel e nunca os fitava olho no olho, nem mesmo quando alguns (mulheres, invariavelmente) lhe dirigiam a palavra.

"Bom dia!"

"Está um dia bonito, não é?"

"Se quiser arrumar meu quarto agora, moça, eu posso esperar."

Mas ela nunca arrumava nenhum quarto com o hóspede do lado de dentro, observando.

Nunca permanecia em nenhum quarto com um hóspede e a porta fechada.

Era a solidão desse trabalho que ela adorava. Desfazendo as camas, tirando toalhas sujas dos banheiros, passando o aspirador nos carpetes, ela podia resvalar para um raso sonho hipnótico. Um quarto vazio de hotel e ninguém para observá-la. O que mais gostava era do momento de destrancar a porta e entrar. Porque, como camareira, tinha a chave mestra de todos os quartos. *Ela*, Rebecca Schwart, que não era ninguém. Mas podia circular pelos quartos do Hotel General Washington, invisível.

Uma dentre muitas. "Camareiras!"

Era uma palavra que ela nunca tinha ouvido. Viu-o torcer a boca com ar de mofa, ao pronunciá-la:

Camareira! Limpando a sujeira dos porcos.

Minha filha.

Mas até Jacob Schwart teria ficado impressionado com os quartos dos hóspedes do Hotel General Washington. Janelas tão altas que quase chegavam ao teto, com aquele pé-direito de três metros! Cortinas de brocado corrediças e, por trás delas, diáfanos painéis de tecido branco. Era verdade que, em alguns quartos menores, o carpete vinho-escuro estava desgastado em alguns pontos; mas era claramente de alta qualidade, feito de lã. Os espelhos reluzentes refletiam por um instante a figura ágil de Rebecca, com seu uniforme branco de raiom e o rosto moreno pálido, embotado. Era raríssimo ela se olhar nesses espelhos, porque o importante no hotel era o anonimato.

Na casinha bem cuidada da Srta. Lutter, tudo tinha sido pessoal demais. Tudo tinha significado demais. No General Washington, nada era pessoal e nada significava coisa alguma, a não ser o que se via. Excetuadas as suítes do sétimo andar, as mais altas (que Rebecca nunca tinha visto), os móveis dos quartos eram idênticos. Havia colchas, cúpulas de abajur, papel de carta e blocos de rascunho idênticos, com o nome do hotel em letras douradas, sobre escrivaninhas idênticas. Até nas paredes havia reproduções idênticas de quadros oitocentistas, com cenas do Canal de Balsas Erie no fim do século XIX.

Quem sabe se nas camas idênticas havia sonhos idênticos?

Ninguém saberia dizer. Porque ninguém se disporia a admitir que seus sonhos eram idênticos aos sonhos dos outros.

Era esse o consolo do impessoal! Os hóspedes se registravam, depois saíam do hotel. Os quartos eram ocupados e abruptamente desocupados. Muitas vezes, Rebecca nem sequer chegava a vislumbrar esses estranhos. Ao cruzar com eles no corredor, baixava os olhos. Sabia que nunca devia abrir nenhuma porta sem primeiro bater com força e se identificar, mesmo quando tinha certeza de que o quarto estava vazio. A maioria dos hóspedes do General Washington era masculina, homens de negócios em viagens de carro ou de trem; nos fins de semana, tendia a haver mais mulheres e casais. Era costume esses estranhos deixarem gorjetas para a camareira num roupeiro, mas Rebecca logo aprendeu a não ter expectativas. Podia encontrar até dois dólares, ou descobrir apenas umas moedinhas de cinco e dez centavos. E, às vezes, nada. Os homens tendiam a deixar gorjetas, dissera Leora, exceto quando acompanhados pelas mulheres, que às vezes embolsavam o dinheiro sem que os maridos soubessem.

(E como é que a Leora sabia disso?, perguntava-se Rebecca.)

Os homens mais velhos tendiam a dar gorjetas mais generosas que os moços. E, quando se trocavam algumas palavras com um hóspede, quando se sorria para ele, era quase certo ele deixar uma gorjeta.

Katy e LaVerne mexiam com Leora por causa de alguns de seus "amigos do hotel", que passavam com freqüência por Milburn.

Leora respondia, com uma risada raivosa:

— Pelo menos, eles são cavalheiros. Não são como certos patifes.

Nunca foi segredo que o *barman* do Tap Room era o amigo de Leora que a havia apresentado a alguns desses "amigos do hotel", no correr dos anos.

Ele também se aproximou de Rebecca. Mas ela disse *não*.

Nem mesmo por uma gorjeta de cinqüenta dólares, meu bem? Não, *não*!

(Na verdade, Rebecca não se permitia pensar se as gorjetas de cinqüenta dólares eram uma possibilidade, ou uma das piadas de Mulingar. Por sua semana de trabalho de seis dias, numa jornada de oito horas, ela recebia exatamente quarenta e oito dólares, contados na palma da mão por Amos Hrube, com um risinho desdenhoso.)

Rebecca sentia nojo da idéia de ser tocada por um estranho. A perspectiva do sexo por dinheiro não era algo em que quisesse pensar, pois sabia (embora tendo que fingir não saber) que Katy e LaVerne às vezes aceitavam dinheiro dos homens com quem "saíam", assim como

Leora. Como dissera Katy, com um dar de ombros, *é só uma coisa que acontece, não é como se a gente planejasse.*

E era verdade, esses encontros não pareciam planejados. Quando se era uma garota jovem, aparentemente sozinha e desprotegida. Às vezes um homem voltava a seu quarto no hotel, dizendo ter esquecido alguma coisa, quando Rebecca estava fazendo a arrumação. Ou um homem a olhava com um sorriso no corredor, como se não a tivesse visto até aquele momento, e começava a falar com ela com um ar de intimidade tensa, e ela dava um sorriso polido e continuava a empurrar seu carrinho pelo corredor, abanando a cabeça como quem não compreendesse, e, a menos que o homem estivesse muito bêbado ou muito agressivo, em geral ele não a seguia.

"Está certo, benzinho. Como você quiser."

Ou então, num estranho eco a Amos Hrube: "Ei! Des-*culpe!*"

Não havia como prever que gorjeta ela receberia depois de um desses contatos. Podia ser que lhe deixassem alguns centavos espalhados entre os lençóis sujos, ou uma nota de cinco dólares dobrada na penteadeira. Talvez lhe deixassem um quarto devastado. O banheiro imundo, a válvula do vaso sanitário por puxar.

Mesmo assim, Rebecca entendia que não era nada pessoal. Não significava nada.

Mesmo quando não tinha havido nenhum contato, quando ela não vira de relance um hóspede do hotel, nem este a ela, às vezes Rebecca era despertada de seu transe de camareira por um quarto deixado em condições repulsivas. Logo ao entrar, já se sabia: um cheiro. Uísque derramado, ou cerveja. Comida entornada. Cheiros de sexo, cheiros do banheiro. Inconfundíveis.

Havia roupa de cama arrastada pelo chão, como que numa brincadeira embriagada. Lençóis manchados, cobertores queimados por cigarro, fronhas encharcadas de óleo de cabelo. Tapetes manchados, cortinas de brocado arrancadas dos trilhos e amontoadas no chão. Banheiras com uma risca de sujeira, pêlos pubianos nos ralos. (Cada ralo de cada banheiro tinha que ficar limpo. Não só limpo, mas o que Amos Hrube chamava de tinindo de limpo. Era sabido que Hrube fazia inspeções aleatórias nos quartos.) O pior eram os vasos sanitários imundos, com urina e até fezes respingadas no chão.

Mas também nisso havia uma satisfação perversa. *Eu sou capaz de fazer isso, tenho força suficiente.* Todas as camareiras acabavam tendo esse tipo de experiência. Ser esposa e mãe não devia ser muito diferente.

À medida que o quarto ia sendo limpo, à medida que Rebecca esfregava, areava, passava o pano de chão e o aspirador de pó, refazia a cama e restabelecia a ordem no que estivera tão desarrumado, começava a se sentir exultante. Conforme o cheiro forte do detergente substituía os outros odores do banheiro e o espelho e a pia de porcelana branca brilhavam, também o ânimo dela se refazia.

Como isso é fácil! Superfícies!

Era assim que ela viveria, sem pensar. Vagaria de um dia para outro. O erro de sua mãe fora se casar e ter filhos. Desse erro havia decorrido todo o resto.

Queria esgotar-se, para poder mergulhar, à noite, num sono profundo e sem sonhos. Ou, se sonhasse, sem a lembrança deles. *Sortuda pra diabo, e você sabe disso! Você, nascida aqui!* Às vezes ela funcionava como uma sonâmbula, mal consciente do que a cercava, nos corredores de pé-direito alto do Hotel General Washington, no qual, em vida, Jacob Schwart nunca havia pisado.

"Camareira, papai. É isso que eu sou."

Era sua maneira de se vingar dele, não? Ou seria de se vingar da mãe?

Rebecca havia abandonado Rose Lutter abruptamente e se sentia culpada por sua conduta. Uma noite, quando a casa estava às escuras, tinha-se esgueirado de lá, furtiva e covarde. Dias depois da Páscoa. Nunca mais teria que ouvir outro sermão do reverendo Deegan. Nunca mais veria o olhar de mágoa e censura da Srta. Lutter, lançado para ela de esguelha, feito um anzol de pesca. Rebecca fizera planos secretos com Katy e LaVerne, que a tinham convidado a morar com elas, e assim, enquanto a Srta. Lutter dormia, fizera cuidadosamente a cama pela última vez, deixando um bilhetinho no travesseiro.

O maldito bilhete tinha sido dificílimo de escrever! Rebecca havia tentado, tentado, e só conseguira produzir isto:

Querida Srta. Lutter,

Obrigada por tudo que a senhora me deu.

~~Eu gostaria de~~

Um texto rigidamente escrito na "Caligrafia Parker", aquela letra de criança de escola que a Srta. Lutter havia instilado em seus alunos de primário. Rebecca tinha tentado pensar em alguma outra coisa para dizer e sentira o suor brotar por todos os poros; diabo, estava envergonhada de si mesma e se ressentia disso, de perder tempo com Rose Lutter, enquanto as amigas a esperavam, ansiosas, em sua casa na rua Ferry, e ela estava impaciente por encontrá-las, porque já passava da meia-noite. Levou consigo apenas seus pertences especiais: o dicionário recebido de prêmio e pouquíssimas peças de roupa das que a Srta. Lutter lhe havia comprado, e que ainda lhe serviam e não tinham um jeito criançola e bobo demais em seu corpo alto e longilíneo.

Por fim, ela havia rasgado o bilhete já escrito e tentado outra vez:

Srta. Lutter,

Obrigada por tudo que me deu.

Jesus será melhor para a senhora do que eu posso ser. Sinto muito!

Rebecca Esther Schwart

30

"Desde a primeira vez que a vi, garota. Eu sabia."

Foram essas as palavras de Niles Tignor. Proferidas do seu jeito impassível, curto e grosso. De um jeito que fazia a gente olhar para o homem e se saber sem equilíbrio, como se ele houvesse esticado a mão e nos cutucado com aquele indicador grande, não com força, mas com força suficiente, bem no meio do peito.

Foi em agosto de 1953. Uma tarde escaldante, sem ar refrigerado na maioria das áreas do Hotel General Washington, com os corredores internos abafados, sufocantes. Rebecca estava empurrando seu carrinho no quinto andar, com uma pilha de lençóis e toalhas sujos, quando viu, aborrecida, uma porta no fim do corredor abrir-se com exasperante lentidão. Era o quarto 557, ela sabia: o hóspede desse quarto, registrado como H. Baumgarten, era um sujeito que lhe vinha criando problemas. Baumgarten pagara adiantado por várias noites no hotel, o que não era típico da maioria dos hóspedes, mas, afinal, ele não era um hóspede típico. Parecia ter pouco a fazer, além de zanzar pelo quarto e beber no salão e no Tap Room do primeiro andar. Ficava sempre à espreita no corredor, na esperança de falar com Rebecca, que procurava ser gentil com ele, embora detestasse homens assim, detestasse esses joguinhos! Se reclamasse sobre Baumgarten com o gerente do hotel, ele quereria culpá-la, sabia disso. Por experiência prévia, sabia disso.

"Seu cretino. Você não tem esse direito."

Rebecca tinha dezessete anos e três meses. Já não era tão menina. Não era mais a caçula das empregadas do General Washington.

Gostava menos do seu trabalho. Uma faina obtusa, mecânica e repetitiva; mas a solidão ainda era uma espécie de droga para ela, que podia atravessar os dias num sono acordado, como um animal que não precisa levantar os olhos do chão à sua frente. A não ser quando era rudemente despertada pela interferência indesejada de alguém, como o homem do quarto 557.

Rebecca percebeu que a porta havia parado de se abrir, mais ou menos depois de uns cinco centímetros. Baumgarten devia estar observando lá de dentro. E ia querer que ela soubesse, que ficasse incomodamente cônscia de sua espreita, sem poder vê-lo nem saber se ele estava vestido ou de cuecas, ou, pior ainda, nu. Baumgarten devia estar se divertindo com o embaraço da camareira, com a antipatia que despertava nela.

Era o começo da tarde e fazia horas que Rebecca estava trabalhando. Tinha as pernas descobertas, sem meias. Ao diabo se ia usar aquelas meias ridículas porque a gerência queria. Nesse calor! Não as usaria, e não usava. Se Amos Hrube tinha notado, ainda não lhe chamara a atenção.

A garota Schwart, era assim que Hrube se referia a ela. Não na sua cara, mas deixando que ela ouvisse. Não gostava de Rebecca, mas tinha passado a respeitá-la, como previra Leora.

Ela era uma boa empregada. Seus músculos dos braços e dos ombros eram pequenos, rijos e compactos. Ela era capaz de levantar seu próprio peso. Raramente se queixava. Pela sobriedade e concentração no trabalho, parecia mais velha do que era. No calor, trançava parcialmente o cabelo farto e o enrolava na cabeça, para tirá-lo do rosto e do pescoço, que ficava estranhamente sensível no calor, como se a pele estivesse queimada. Agora, seu uniforme branco de raiom estava pegajoso, por causa da transpiração, e uma película de suor brilhava em seu lábio superior. Rebecca estava muito cansada, com uma dor incômoda entre as omoplatas e uma dor ainda mais forte começando a surgir entre os olhos.

O homem do quarto 557 apresentara-se a ela como um hóspede freqüente do General Washington, que tinha "amizade" com a gerência e o pessoal, inclusive com diversas camareiras, para quem deixava gorjetas generosas — "quando elas mereciam, é claro".

Rebecca havia notado o cheiro adocicado e enjoativo de uísque no hálito dele. E um tremor nas mãos, que faziam movimentos nervosos e exagerados enquanto ele falava. Noutra ocasião, Baumgarten havia tentado abordá-la quando Rebecca limpava o quarto ao lado do seu, ansioso por lhe informar que tinha negócios cruciais no Vale do Chautauqua — "em parte familiares, em parte puramente financeiros, e nenhum deles do menor *valor*".

Ao pronunciar a palavra *valor*, ele tinha cravado em Rebecca um olhar amarelado. Como se aquilo devesse significar alguma coisa para ela, sugerir algum vínculo entre os dois.

No dia desse episódio, ele estava descalço, o que parecera muito impróprio e ofensivo a Rebecca naquele contexto. Usava uma camisa havaiana festiva, parcialmente desabotoada, que deixava à mostra os pêlos grisalhos do peito. Suas faces e o queixo flácido tinham sido barbeados atabalhoadamente e exibiam uma profusão de cortes minúsculos. Um homem na casa dos quarenta, beberrão, mal equilibrado nos pés e com aqueles olhos amarelados, a devorá-la com uma ânsia descarada. "Meu nome é Dagwood Bumstead, querida. Você já me viu nas histórias em quadrinhos da Belinda. Não sou um homem real, e é por isso que estou sorrindo. Você acreditaria, meu bem, que já tive a sua idade?" Era o que ele tinha dito, e depois dera um risinho e fingira esmurrar o nariz achatado e vermelho.

Nessa hora é que Rebecca havia percebido que as calças amarrotadas de Baumgarten só estavam parcialmente fechadas. Ele devia estar nu por baixo, porque algo parecido com um pedaço de carne cozida e alguns pêlos pubianos estavam visíveis. Enojada, Rebecca tinha passado por ele, empurrando o carrinho para dentro do quarto e fechando depressa a porta, para que o hóspede não pudesse segui-la. Mas o homem tivera o atrevimento de passar alguns minutos batendo e falando com ela num tom lamurioso e súplice, com palavras que ela não conseguira ouvir, porque tinha começado a arrumar o banheiro.

Ela ainda não havia limpado o quarto desse hóspede. A tabuleta que dizia FAVOR NÃO PERTURBAR estava sempre pendurada na maçaneta da porta. Rebecca tinha medo do chiqueiro que estaria à sua espera. Mas enquanto a placa estivesse pendurada, ela não poderia entrar no quarto, mesmo que soubesse que o homem havia saído; e não entraria enquanto Baumgarten estivesse por perto, nem mesmo se ele a convidasse. Rebecca tinha torcido para que ele fosse embora nessa manhã, mas o homem havia insinuado que talvez se demorasse um pouco mais.

E agora, passado um dia, Baumgarten estava fazendo outra de suas brincadeiras. Não havia como fugir dele!

Ao se aproximar do quarto 557, Rebecca viu que a porta continuava entreaberta. Mas o homem tinha se afastado (a não ser que estivesse escondido atrás da porta, para saltar em cima dela). Aquela figura grandalhona e meio balofa, que ela sentia pavor de vislumbrar nua. Mas não lhe restou escolha senão dar uma espiada para dentro do quarto.

— Moço? Tem alguém...?

O quarto parecia um chiqueiro, como Rebecca havia esperado. Que diabo, havia roupas e toalhas espalhadas por toda parte, e um único pé de chinelo masculino virado no carpete, logo atrás da porta. Embora passasse do meio-dia, as cortinas pesadas de brocado estavam inteiramente fechadas. Havia um abajur aceso, com a cúpula entortada. Predominava um cheiro de uísque e brilhantina. O homem, por sua vez, estava deitado na cama, de barriga para cima. Respirava com dificuldade, com os olhos fechados e os braços abertos em cruz; usava calças, fechadas às pressas e sem cinto, e uma camiseta fina de algodão; mais uma vez, estava descalço, com a cabeça virada num ângulo esquisito e a boca escancarada, úmida de saliva. Na mesa-de-cabeceira havia um copo vazio e uma garrafa quase vazia de uísque. Rebecca ficou olhando fixo, vendo o que parecia ser um filete de sangue escorrer pelo pescoço e tronco de Baumgarten.

— Meu senhor, há alguma coisa...?

No chão, junto à cama, diversos objetos tinham sido dispostos como que numa vitrine: uma carteira de homem, um relógio de ouro masculino com pulseira de esticar, um anel feminino com uma grande pedra lilás, uma bolsinha de moedas de couro e uma frasqueira também de couro, para combinar. Várias notas tinham sido parcialmente puxadas da carteira, para deixar à mostra seu valor: algumas notas de vinte, uma de cinqüenta.

Para mim, pensou Rebecca, calmamente.

Mas não podia tocar em nenhum daqueles objetos. Não os tocaria.

Havia parado junto à cama, sem saber ao certo o que fazer. Se Baumgarten se houvesse machucado seriamente com uma gilete ou um canivete, haveria mais sangue na cama, ela sabia. Mas talvez ele se houvesse cortado no banheiro e voltado cambaleando para o quarto. Talvez houvesse ferimentos que ela não podia ver. E talvez o homem tivesse bebido tanto que havia entrado em coma, e podia estar morrendo, ela precisava ligar para a recepção...

Rebecca fez um gesto em direção ao telefone, para tirar o fone do gancho. Para isso, porém, teria que chegar muito perto do homem. E talvez aquilo fosse uma brincadeira dele. Baumgarten abriria os olhos amarelados, piscaria para ela...

— Moço, acorde! O senhor precisa acordar.

A voz de Rebecca elevou-se muito. Ela notou as veias no rosto destruído do homem, como arames incandescentes. O nariz chato e engordurado, a boca escancarada e úmida como a de um peixe. O cabelo grisalho e fino distribuía-se em mechas desgrenhadas pela coroa protuberante da cabeça. Só os dentes eram perfeitos, devia ser uma dentadura. Suas pálpebras tremiam e ele gemia e tinha a respiração ruidosa, irregular. Nesse instante, Rebecca sentiu pena do homem.

Se ele está morrendo, sou sua última testemunha.

Se ele está morrendo, não há ninguém além de mim.

Já ia levantando o fone e discando o número da recepção quando o homem prostrado abriu matreiramente um olho e lhe deu um sorriso. As brancas dentaduras de porcelana brilharam. Antes que Rebecca pudesse recuar, Baumgarten agarrou-lhe o pulso, com dedos surpreendentemente fortes.

— Oi, minha querida! Que surpresa agradável!

Rebecca deu um grito e o empurrou, lutando para se desvencilhar. Mas Baumgarten a segurou com força.

— Me solte! Seu desgraçado...

Cravou as unhas nas mãos de Baumgarten. Ele a xingou, já sentado e com uma das pernas para fora da cama, e usou as duas, como faria um lutador, para segurar Rebecca pelos quadris. Na luta, o hóspede conseguiu puxá-la para seu lado na cama, chiando como um asmático e dando risadas. Mais tarde, ela se lembraria do cheiro forte de uísque no hálito de Baumgarten, e de um outro cheiro por trás desse, mais nojento e obscuro, de alguma coisa fétida, pútrida. E se lembraria de como estivera perto de desmaiar.

— Ei, que diabo está havendo aqui?

Um homem alto, de cabelo espetado, cor de níquel, havia entrado no quarto. Como um urso erguido sobre as patas traseiras, movia-se com espantosa agilidade. Baumgarten protestou:

— Dê o fora! Isto aqui é um quarto particular, isto é um assunto privado!

Mas o homem não lhe deu atenção; segurou-o por um dos ombros flácidos e começou a sacudi-lo com força.

— Solte a garota, seu sacana. Eu quebro a sua cara.

Rebecca escapuliu das mãos que a agarravam. Os dois homens lutaram e o estranho esmurrou Baumgarten, enquanto este tentava debilmente defender-se. Com um golpe do punho do estranho, o nariz do hóspede quebrou-se. Com outro, quebraram-se as dentaduras reluzentes. O que quer que Baumgarten tivesse respingado no corpo não devia ser sangue, porque, nesse momento, houve um súbito esguicho de sangue vivo, muito vermelho, em seu rosto contorcido e em seu tronco.

Rebecca recuou. A última coisa que viu foi Baumgarten/ Bumstead implorando pela vida, enquanto o homem de cabelo cor de níquel agarrava sua cabeça e batia com ela — uma, duas, três vezes — contra a chacoalhante cabeceira de mogno da cama.

Rebecca fugiu. Largou o carrinho no corredor do quinto andar; voltaria para buscá-lo em outra hora.

O homem, o estranho: quem era ele?

Discretamente, nos dias que se seguiram ao "espancamento selvagem" ocorrido no quarto 557, Rebecca fez indagações sobre o homem alto e espadaúdo, de cabelo cor de níquel: quem era, como se chamava. Não pretendia envolvê-lo no espancamento de H. Baumgarten, no quarto 557, que a polícia estava investigando. Jamais envolveria aquele que interviera para socorrê-la.

Solte a garota. Solte a garota...

Que estranho pensar em si mesma como uma *garota*! Uma *garota* que precisava de intervenção, de proteção, aos olhos de terceiros.

Na verdade, Rebecca já vira de relance o homem de cabelo cor de níquel no Hotel General Washington, de vez em quando. Devia ser um cliente assíduo do hotel ou da taberna. Ela o vira na companhia do *barman* do Tap Room, Mulingar: era um homem de trinta e poucos anos, com bem mais de 1,85m, e se distinguia pelo cabelo de aço e a risada grave e sonora.

Um homem admirado pelos outros. E ciente de que era admirado pelos outros.

Se ele houvesse matado o Baumgarten...

Rebecca teria guardado segredo. Não contaria ao gerente do hotel nem à polícia. Não se apresentaria como testemunha do espancamento "selvagem".

Baumgarten mentiu para a polícia, dizendo que dois intrusos (do sexo masculino) tinham invadido seu quarto, espancando-o e assaltando-o. Dois! Disse ter estado na cama, dormindo. Não vira o rosto deles, exceto por saber que eram brancos e "desconhecidos". O nariz, o maxilar inferior e várias costelas de Baumgarten estavam quebrados.

Os dois olhos, roxos. Sangrando nos ferimentos da cabeça, ele passara mais de uma hora prostrado e desamparado, antes de recuperar forças suficientes para pegar o telefone.

Baumgarten afirmou que os "ladrões" tinham levado sua carteira, o relógio e outros objetos pessoais, no valor aproximado de seiscentos dólares.

Não disse nada sobre Rebecca. Nem uma palavra sobre a camareira a quem havia atraído para o quarto. Durante uma semana, Rebecca teve medo de que a polícia viesse interrogá-la. Mas não apareceu ninguém. Ela sorriu ao pensar: *Ele está com medo, quer esquecer.*

Ressentiu-se disso, do fato de Baumgarten ter contado mentiras sobre ser roubado. O homem que lhe dera uma surra certamente não era do tipo que o roubaria! Baumgarten devia ter escondido suas coisas, para fazer uma falsa acusação. Talvez pudesse processar a gerência do hotel. Pleitear uma indenização de seguro.

Machucado demais para andar, Baumgarten fora levado de maca para uma ambulância que aguardava em frente à entrada do hotel, e de ambulância fora levado para o Hospital Geral de Cataratas do Chautauqua. Não voltaria ao Hotel General Washington. Rebecca nunca mais o viu.

"Niles Tignor."

No dizer de Leora Greb, não havia como confundir Tignor com mais ninguém.

Era representante comercial ou vendedor de uma cervejaria. Viajava pelo estado, negociando com donos de hotéis, restaurantes e tabernas em nome da Cervejaria Black Horse, de Port Oriskany. Seu salário dependia das comissões. Diziam que era o mais agressivo e, em geral, o mais bem-sucedido dos vendedores da cervejaria. Passava por Milburn de tempos em tempos e sempre se hospedava no Hotel General Washington. Dava gorjetas generosas.

Diziam que Tignor era um homem com "segredos".

Diziam que Tignor era um homem que nunca se chegava a conhecer — mas o que se conhecia era de impressionar.

Diziam que Tignor gostava de mulheres, mas era "perigoso" para elas. Não: era "galanteador" com as mulheres. Havia mulheres que o adoravam, espalhadas por todo o estado, desde o extremo leste do lago Erie até a margem noroeste do lago Champlain, na fronteira canadense. (Será que Tignor também tinha mulheres no Canadá? Com certeza!) Mas diziam que ele era "protetor" com as mulheres. Fora casado anos antes, e sua jovem esposa havia morrido num "acidente trágico"...

Diziam que Tignor não confiava em ninguém.

Diziam que, uma vez, Tignor havia matado um homem. Talvez em legítima defesa. Com as próprias mãos, os punhos. Numa briga de bar, na cordilheira de Adirondack. Ou talvez tivesse sido em Port Oriskany, no inverno de 1938-1939, durante as famigeradas guerras das cervejarias.

"Se você for homem, é melhor não mexer com o Tignor. Se for mulher..."

Rebecca sorriu, pensando: *Mas ele não me machucaria. Há um sentimento especial entre ele e mim.*

Diziam que Tignor não era natural dessa região. Nascera em Crown Point, ao norte de Ticonderoga, no lago Champlain, e tinha por ancestral o general Adams Tignor, que travara uma batalha sem vencedores com o general inglês John Burgoyne, em 1777, quando o Forte Ticonderoga fora incendiado pelo exército britânico em retirada.

Não: Tignor era natural da região. Nascera em Port Oriskany, um de vários filhos ilegítimos de Esdras Tignor, um dirigente do Partido Democrata, na década de 1920, que se envolvera no contrabando de uísque trazido de Ontário, no Canadá, para os Estados Unidos, durante a época da Lei Seca, e que fora morto a tiros numa rua de Port Oriskany por seus concorrentes, em 1927...

Diziam que ninguém devia se aproximar de Tignor, mas esperar que ele se aproximasse.

31

— Há uma pessoa que quer conhecê-la, Rebecca. Isso se você for a "camareira de cabelo preto que parece cigana" e trabalha no quinto andar.

Foi a primeira vez que Rebecca soube que Niles Tignor estava interessado nela. Por Amos Hrube, com seu risinho irônico, insinuante.

Horas depois, no mesmo dia, veio Mulingar, o *barman* corpulento e bigodudo do Tap Room:

— R'becca! Tenho um amigo que gostaria de conhecê-la, na próxima vez que vier à cidade.

E foi Colleen Donner, uma telefonista do hotel e nova amiga de Rebecca, quem fez os arranjos. Tignor estaria na cidade na última semana de outubro. Passaria apenas duas noites no hotel.

No começo, Rebecca não conseguiu falar. Depois, disse sim, sim, eu vou.

Ficou doente de apreensão. Mas iria até o fim. Porque estava apaixonada por Niles Tignor, a distância. Em toda a sua vida, nunca havia amado nenhum homem como amava Niles Tignor.

"Só eu é que sei. Conheço *ele*."

Era assim que se consolava. Em sua solidão, ansiava fervorosamente por acreditar. Porque fazia muito tempo que Jesus Cristo deixara de lhe aparecer, espectral e sedutor, visto pelo canto do olho.

Desde que abandonara a Srta. Lutter, Rebecca havia deixado de pensar em Jesus Cristo, completamente.

Solte a garota, seu sacana.

Eu quebro a sua cara.

Essa era a voz alta e furiosa que ela ouvia quase continuamente. Sempre presente em seus pensamentos. Ao limpar os quartos, ao empurrar o carrinho, ao sorrir para si mesma, evitando o olhar dos estranhos. Moça? Moça? Com licença, moça? Mas Rebecca era gentil e evasiva. De todos os homens mantinha distância, assim como mantinha distância de todos os hóspedes do hotel, inclusive as mulheres, em quem não podia confiar, pela autoridade que exerciam sobre ela. Porque era prerrogativa de qualquer hóspede acusar qualquer membro da equipe do hotel de grosseria, trabalho malfeito, roubo.

Solte a garota...

Ela andava sonhadora e agitada. Inexplicavelmente excitada, e tomada por uma letargia quase erótica. Nunca se envolvera com nenhum rapaz ou homem, até esse momento. No curso médio, houvera rapazes que se sentiam atraídos por ela, mas apenas de uma forma grosseira, sexual. Porque ela era a filha do coveiro, dos arredores de Milburn. Uma garota da estrada da Pedreira, como Katy Greb.

Quando pensava em Niles Tignor, Rebecca era perpassada por uma sensação cruel, voluptuosa. É claro, não sabia o nome dele na ocasião em que o homem havia entrado no quarto de Baumgarten, mas, de algum modo, Rebecca o conhecia. Gostava de pensar que os dois haviam trocado um olhar naquele momento. *Conheço você, garota. Vim aqui por sua causa.*

Nesse dia, uma sexta-feira de outubro de 1953, Rebecca havia cumprido seu turno de oito horas no hotel. Não estava cansada! Nem um pouco. Voltou para a rua Ferry, tomou banho, lavou a cabeça com xampu, escovou e escovou o cabelo comprido e ondulado, que lhe descia pelos ombros até a metade das costas. Katy lhe deu um batom para passar nos lábios: vermelho-peônia, brilhante.

— Nossa, como você está bonita! Parece a Ruth Roman.

Rebecca riu, só tinha uma vaga idéia de quem era a atriz de cinema Ruth Roman.

— "Ruth", "Rebecca". Vai ver que somos irmãs — disse. Estava usando um suéter verde-limão bem justo nos seios e uma saia de flanela cinza que descia até metade das canelas, uma saia "feita sob medida", como a descrevera a vendedora da Norban's. LaVerne emprestou-lhe uma echarpezinha de seda para amarrar no pescoço, porque esses "lencinhos" estavam na moda.

Meias! Rebecca tinha um par que não estava desfiado. E sapatos altos de couro preto, que ela havia comprado para essa ocasião, por sete dólares e noventa e oito centavos.

Encontrou-se com Colleen na entrada dos fundos do hotel. Como empregadas, elas não se atreveriam a entrar pelo saguão.

Colleen a repreendeu:

— Rebecca! Não faça essa cara de quem está indo pra uma titica de um enterro, procure *sorrir*! Não vai lhe acontecer nada que você não queira.

A noite mal havia caído e o Tap Room estava começando a encher. Rebecca viu Niles Tignor no mesmo instante, no bar: um homem alto, de costas largas, com um cabelo peculiar, cor de níquel, que parecia espetado na cabeça. Ele a surpreendeu, por estar parado no bar com outros homens comuns.

Rebecca o olhou fixo, subitamente assustada. Era um erro encontrá-lo. Aquele não era exatamente o homem de quem ela se lembrava. Ali estava um homem cuja gargalhada estrondosa ela podia ouvir do outro lado do salão, acima da barulheira das vozes masculinas.

Niles estava conversando com os homens do bar, sem manifestar o menor interesse em Colleen e Rebecca, que se aproximaram lentamente. Parecia haver alguma coisa errada na simetria do rosto dele, como se os ossos sob a pele tivessem sido quebrados e um lado houvesse ficado mais alto que o outro. A pele tinha um tom afogueado, cor de barro vermelho. Tignor era maior do que ela recordava: o rosto, a cabeça, os ombros e o tronco, que lembrava um barril com aduelas horizontais, em vez de verticais, e uma caixa torácica de musculatura densa. Mas ele usava um paletó esporte, de um cinza opaco com listras mais escuras, justo nos ombros. Calças escuras e camisa branca, aberta no colarinho.

Rebecca puxou o braço de Colleen, num gesto débil. Mas Colleen, que procurava chamar a atenção de seu amigo Mulingar, atrás do balcão do bar, rechaçou-a.

Era um erro, mas ia acontecer. Rebecca sentiu a crosta de batom nos lábios, brilhantes e risonhos como a boca de um palhaço.

Tignor era homem de prender a atenção de outros homens, isso se percebia. Estava contando uma história, concluindo uma história, e os outros escutavam atentamente, já começando a rir. No final, que talvez tivesse sido inesperado, houve uma gargalhada explosiva. Seis, sete homens, incluindo o *barman*, reuniam-se em volta de Tignor. Nesse momento, Mulingar olhou de relance e viu Colleen e Rebecca, duas moças sozinhas no Tap Room, em meio a tantos homens, e começando a chamar a atenção. Piscou o olho para Colleen e fez sinal para que ela se aproximasse. Inclinou-se para dizer alguma coisa no ouvido de Tignor, dando seu sorriso sonso e lascivo.

Mas Tignor interrompeu a conversa com os outros homens e se virou para encará-las. No mesmo instante, risonho e de mão estendida, aproximou-se.

— Meninas, olá!

Espremeu os olhos para elas. Para Rebecca. Como um caçador os espreme sobre o cano da espingarda. Rebecca, que estava sorrindo, sentiu o sangue lhe subir ao rosto, uma verdadeira hemorragia. Mal conseguia enxergar, ficou com a visão embotada.

Colleen e Niles Tignor trocaram algumas palavras animadas. Em meio ao rugido nos ouvidos, Rebecca ouviu seu nome e sentiu a mão do homem, forte e muito quente, apertar e soltar a sua.

— "R'becca." O-*lá*!

Tignor escoltou-as até um compartimento reservado em outra parte da taberna, onde havia mais silêncio. Logo adiante ficava uma grande lareira de pedra, na qual ardiam toras de bétula.

Como era agradável ali! A parte "histórica", a mais antiga do Hotel General Washington, que Rebecca nunca vira antes.

Colleen tinha vinte e um anos, de modo que podia beber. Tignor pediu um chope para ela. Rebecca era menor de idade, donde só podia tomar refrigerantes. Tignor fez o pedido e conversou com as duas polidamente, em tom bastante formal, a princípio. Seu jeito com as moças era muito diferente do que tinha com os homens.

Ficou claro que Tignor estava caído por Rebecca, embora sua conversa inicial fosse com Colleen, uma espécie de papo brincalhão com jeito de flerte. Como eram grandes os dentes do homem, dentes de cavalo! Meio tortos, cor de espiga de milho estragada. E aquele rosto esquisito, que parecia quebrado. E os olhos eram de um cinza-metálico pálido, mais claros do que a pele; seu brilho, fixado em Rebecca, deixava-a sem jeito, mas animada. O coração dela batia como naquela manhã, na escola, em que Gloria Meunzer a havia empurrado pelas costas e Rebecca soubera que daquela vez não sairia correndo, mas se viraria para enfrentar os inimigos, lutaria.

Tignor sorriu e lhe perguntou sobre seu trabalho no hotel.

— Uma camareira deve ver muitas coisas, não é? Aposto que você teria umas histórias para contar.

Rebecca riu. Sentia-se muito tímida, com Tignor a fitá-la daquele jeito.

— Não, eu não conto histórias — disse.

Tignor riu, com ar de aprovação.

— Boa menina! Isso é que é uma boa menina.

Ele entenderia que ela não havia falado com a polícia a seu respeito. Havia entre os dois esse segredo, que Colleen não tinha como adivinhar.

Disfarçadamente, Rebecca bebeu do copo de Colleen. É que havia aquela farsa de que a gerência do hotel não devia perceber que ali estava uma freguesa menor de idade. Tignor pediu mais dois chopes para a mesa, Black Horse, é claro.

Droga, Rebecca não tinha a menor intenção de ficar sóbria nessa noite. Estava farta de ser sempre tão séria, com aquele maldito *ar acabrunhado*, como ralhavam suas amigas. Com cara de enterro, que diabo! Homem nenhum quer sair com uma moça de *ar acabrunhado*. Rebecca ouviu seu próprio riso, sentiu o rosto enrubescer e percebeu que estava bonita à beça, e era por isso que Niles Tignor se sentia atraído. Ela ia beber o mesmo que Colleen, e não ficaria bêbada nem enjoada. E, quando Tignor resolveu se exibir, oferecendo-lhes cigarros Chesterfield de sua elegante cigarreira de prata, gravada com as iniciais *NT*, Rebecca viu seus dedos puxarem um deles, com a mesma presteza que Colleen, e também isso a fez rir.

Foi nessa hora que Tignor disse, inesperadamente, franzindo o cenho, com seu jeito desajeitado e direto:

— "R'becca Schwart." Ouvi falar de você, e sinto muito por sua perda.

Foi um momento doloroso. A princípio, Rebecca não teve certeza do que tinha ouvido.

Mordeu o lábio para não rir. Mas não conseguiu impedir-se.

Por que você acha que sofri uma perda? Não sofri. Não me incomodo. Eu queria que eles morressem, odiava os dois.

Foi puro reflexo nervoso a risada de Rebecca. Tignor e Colleen a encararam. Ela teve vontade de esconder o rosto nas mãos. Teve vontade de sair do reservado, de fugir daquele lugar. Conseguiu dizer a Tignor:

— Eu... agora eu não penso nisso.

Tignor pôs a mão em concha no ouvido, não tinha escutado.

Rebecca repetiu suas palavras hesitantes. A essa altura, seu rosto latejava de novo com o sangue. Tignor acenou com a cabeça:

— Isso mesmo, garota. Muito bem.

Havia coisas em que Niles Tignor também não queria pensar.

Ele lhe apertou a mão. Rebecca por pouco não desmaiou com o contato.

Sua mão não era propriamente uma delicada e miúda mão feminina, mas era assim que ficava na de Tignor; os dedos dele, apertando-a com uma força inconsciente, fizeram-na encolher-se.

Garota, ele a chamara.

Fazia muito tempo que os dois se conheciam.

— Assim, Rebecca. *Não trague* de uma vez, espere até se acostumar mais.

Era Colleen ensinando-lhe a fumar. Enquanto Tignor observava, com ar divertido. Como num filme em tecnicólor, com a música elevando-se por trás. Não era Ruth Roman, mas Debbie Reynolds, June Allyson. Rebecca se portava como essas atrizes bonitinhas e espevitadas do cinema. Era uma boa menina aprendendo a fumar, e tossia, com lágrimas nos olhos. Era uma mocinha aprendendo a beber. Era uma moça feita para agradar a um homem, não um homem qualquer, mas um homem como Niles Tignor, e, embora parecesse uma vadia, com seu suéter apertado, a saia justa, a boca num vermelho espalhafatoso de batom e o cabelo ondulado e embaraçado nas costas, queria que os outros achassem que era uma boa menina, e ingênua.

Uma garota que um homem quereria proteger e amar.

Por que isso tinha acontecido, Rebecca não sabia: Colleen se inclinou e a beijou na boca!

Uma piada, devia ser. Tignor riu.

Ah, mas o fumo tinha um gosto horroroso. Misturado com leite, em sua cabeça...

Diabo, Rebecca não ia vomitar. Não ali! Ela não!

Por sorte, mudou-se de assunto. Rebecca deixou o cigarro apagar. Lavou o gosto com um gole da Coca-Cola morna. Colleen, uma garota esperta que já "saíra" com muitos homens, alguns da idade de Niles Tignor, sabia as perguntas certas a fazer a seu acompanhante: por onde ele viajava, de onde gostava mais, se tinha namoradas por todo o estado, como diziam, para onde iria depois de Milburn e se tinha uma casa de verdade em algum lugar.

Tignor respondeu à maioria das perguntas com ar de seriedade. Gostava de todos os lugares a que ia, mas seus favoritos eram o lago Champlain e a cordilheira de Adirondack. Ele gostava de todas as pessoas que conhecia! É claro que gostava do General Washington: o hotel era um ótimo cliente da Black Horse.

Ele não tinha "casa", talvez. Não era do tipo que quisesse especialmente ter um "lar", como outras pessoas. Ao que ele pudesse perceber, o "lar" era um peso morto pendurado no tornozelo. A não ser que fosse uma coisa que ele pudesse levar consigo para onde fosse, como seu carro.

Rebecca impressionou-se com essas palavras. Não conhecia ninguém que já houvesse exposto idéias parecidas. Havia nelas uma precisão de raciocínio que a encantou, apesar de as palavras efetivas de Tignor serem corriqueiras. Ele era como Herschel. Uma expressão rude, mas com algo sutil por baixo, e inesperado. Porque, na verdade, o "lar" não era mesmo uma armadilha? Um confinamento, uma prisão. Uma toca úmida e sem ar. A pessoa rastejava para dentro da caverna para morrer. Que é que um homem como Niles Tignor haveria de querer com um simples *lar*?

Rebecca disse, animada:

— Também não tenho isso. Um "lar". Só um lugar para guardar minhas coisas. Moro na rua Ferry com minhas amigas, mas não é minha casa. Posso dormir em qualquer lugar, à beira do canal ou num carro.

Tignor riu, fitou-a e bebeu. Agora Rebecca estava tomando cerveja, de um copo que alguém pusera na sua frente.

Passava das nove horas. Tignor pediu o jantar.

Rosbife servido em pão condimentado com alcaravia, o *kimmelwick*, uma especialidade do Tap Room. Batatas fritas, pepinos em conserva temperados com aneto. Copos espumantes de chope Black Horse. Rebecca não imaginava que pudesse comer na presença de Niles Tignor, mas estava surpreendentemente faminta. Ele devorou não um, mas dois dos enormes sanduíches de rosbife, regados a cerveja. Seus dentões luziam, o homem estava muito contente.

— *Gin rummy*, meninas. Vocês conhecem?

Rebecca abriu os olhos, já com as pálpebras pesadas. De repente, lá estava Tignor embaralhando cartas.

Surgido do nada, um baralho reluzente, novinho em folha! Tignor misturou as cartas com notável habilidade, fazendo-as cintilarem no ar numa espécie de cascata, fascinante de se observar. Rebecca nunca vira nada parecido com a destreza do homem. E com mãos tão grandes e deselegantes!

— Corte, boneca — fez ele, depois de baixar o baralho. Rebecca cortou, Tignor tornou a pegá-lo e continuou a misturar as cartas, sorrindo para sua platéia. Como se fossem lâminas cintilantes, distribuiu-as para Colleen, para Rebecca, para ele, para Colleen, para Rebecca, para ele... Quando é que se decidira que eles iam jogar cartas? Rebecca lembrou-se das partidas de *gin rummy* que jogara na casa dos Greb e se perguntou se Leora lhes teria ensinado direito.

Tignor anunciou que essa partida seria de *gin rummy* cigano, uma variação do outro jogo.

Gin rummy cigano? Nem Colleen nem Rebecca tinham ouvido falar disso.

Tignor tirou o paletó e o jogou no encosto do reservado. A camisa de algodão branco era de boa qualidade, mas ficara úmida e amarrotada. O rosto dele também estava úmido, com um filete de suor nas têmporas. O estranho cabelo de aço parecia uma touca de arame. Os olhos eram pálidos, como que luminescentes, em contraste com o rosto corado. Olhos de predador do fundo do mar, pensou Rebecca. Para um homem de seu tipo, ele tinha unhas surpreendentemente limpas, bem aparadas, apesar de grossas e meio descoloridas. Usava um relógio com pulseira de couro preto, não o relógio de Baumgarten. E um anel de ouro na mão direita, com uma figura estranha, feito um leão de rosto humano, em baixo-relevo.

— Pegue suas cartas, Rebecca. Veja o que você tem.

Ela pegou as cartas, ansiosa, mas atrapalhada. Tentou lembrar qual era o objetivo do jogo. As cartas eram contadas em seqüências do mesmo naipe, ou grupos de valor idêntico. Havia duas pilhas na mesa, o descarte e o monte, e era esperável que se fizesse alguma coisa com elas. O objetivo era acumular pontos e dizer "*gin*".

Colleen ficou decepcionada com suas cartas. Riu, mas mordeu o lábio inferior e fez biquinho.

Rebecca olhou para as cartas brilhantes em sua mão. Rainha de espadas? Dez de espadas? Valete, ás...?

Seus dedos tremeram de leve. A fumaça ardente dos toros de bétula a distraiu. Veio-lhe uma visão de bétulas, bétulas lindamente brancas, com estrias pretas, curvadas até o chão, com as costas vergadas até o chão... Não precisou comprar nem descartar. Baixou a mão inteira. Era ingênua demais como jogadora para questionar a estranheza de uma mão como essa.

Tignor riu e lhe deu parabéns. Registrou o resultado com um toco de lápis num guardanapo de coquetel.

O jogo continuou. Tignor voltou a cartear. As moças insistiram em que fosse ele o carteador, pois adoraram vê-lo baralhar as cartas. Mas Colleen reclamou:

— A sorte é toda da Rebecca. Que droga!

Era uma garota bonita, de cenho franzido, com a boca rosa-escuro carnuda, seios grandes e firmemente levantados numa blusinha preta de malha de jérsei, argolas cintilantes nas orelhas. Rebecca intuiu o quanto Colleen estava aflita para atrair o olhar de Tignor, para despertar seu interesse, que continuava a resvalar para sua colega.

— Precisam de mais cartas, meninas? É *rummy* cigano. Se me pedirem, eu dou.

As duas riram. Não faziam idéia do que o homem estava dizendo.

Rebecca vinha notando que, em meio à movimentação e à risadaria do Tap Room, Tignor parecia isolar-se. Se tinha consciência de que outras pessoas os olhavam de vez em quando, homens que talvez se imaginassem amigos dele, ou conhecidos amistosos, na expectativa de serem convidados para seu reservado, não deu nenhum sinal. É que ele não era como os outros homens: tinha um autocontrole supremo. Não estava propriamente rindo de Colleen e Rebecca, essas moças crédulas que pegavam as cartas que ele lhes dava, feito crianças.

— Ah, olhe só a minha mão...

— Ah, olhe...!

Rebecca riu, tinha cartas tão lindas e brilhantes, rei, rainha, valete de paus... Desistiu de contar seu valor, confiaria em que Tignor fizesse as contas.

O homem debruçou-se sobre suas cartas e fez um muxoxo de insatisfação, ou falsa insatisfação, e de repente disse:

— A sua raça, Rebecca. Vocês são andarilhos.

— Raça? Que raça?

— A raça de que você descende.

Foi tão repentino que Rebecca não entendeu do que ele estava falando. Suas pálpebras, já pesadas e ardendo por causa da fumaça, ergueram-se, antagônicas.

— Sou da mesma raça que você. Da mesma porcaria de raça de todo mundo.

Súbito, ficou furiosa com Niles Tignor. Naquele instante, sentiu no fundo da alma uma antipatia selvagem por ele. O homem a havia tapeado para ganhar sua confiança. Passara a noite toda apoiado nos cotovelos, a observá-la com ar divertido. Ela teve vontade de cravar as unhas naquele rosto ossudo e tão convencido.

Mas Tignor franziu o cenho, e sua pergunta pareceu sincera:

— Que raça é essa, Rebecca?

— A raça humana.

As palavras foram proferidas com tamanha ferocidade, que Tignor e Colleen caíram na gargalhada. E Rebecca também riu, ao perceber que era para ser uma brincadeira — não era? Gostou de poder fazer Niles Tignor rir. Tinha esse dom de enfeitiçar os homens, quando queria. De lhes despertar a atenção, fazendo-os desejá-la. O exterior dela, o que eles podiam ver. Desde que Tignor a cumprimentara na chegada, Rebecca estivera intensamente cônscia dele, do calor sexual que exsudava de seu corpo. Porque é claro que Tignor queria fazer sexo com ela: queria sua sexualidade. Uma ova se ia subir com ele para o quarto do hotel, ou entrar em seu carro para um passeio noturno à beira do rio... Sentiu a palpitação de sua vontade em oposição à dele. Por pouco não desmaiou, exultando em seu antagonismo.

Tignor deu as cartas. Novamente velozes. Os dedos dele, o anel de esfinge na mão direita, o filete serpeante de suor que lhe escorria pela testa e aqueles dentões de cavalo a sorrir para ela...

— Não precisa de cartas, hein? Então, mostre a sua mão, garota.

Rebecca arriou as cartas sobre o tampo pegajoso da mesa: rei, rainha, valete, dez, sete, ás... todos de ouros.

E então, inesperadamente, começou a chorar. As lágrimas rolaram por suas faces quentes, ardidas como ácido.

32

Com o tempo, os dois se tornaram amantes. Porque Tignor tinha que possuí-la. Casaria com ela, se não houvesse outro jeito.

Ele foi embora de Milburn e voltou. No inverno de 1953 para 1954, houve ocasiões em que se ausentou por um mês, às vezes mais. Em janeiro, porém, voltou inesperadamente, depois de apenas duas semanas. Não havia em seu calendário um padrão que Rebecca pudesse discernir. Ele nunca lhe dizia quando estaria de volta, ou sequer se voltaria, e, por orgulho, ela se recusava a perguntar. É que Rebecca também era teimosa e apenas se despedia do homem, calmamente, irritantemente, como se cada vez que aceitava a partida dele pudesse ser a última em que o veria.

Beijava-o no rosto. Ele lhe segurava a cabeça e a beijava na boca, machucando.

E implicava: "Você não me ama, garota?"

E: "Não fica curiosa sobre como seria fazer amor comigo?"

Ou: "Não vai me fazer casar com você, vai, garota? É isso?"

Ela o mantinha a uma pequena distância, recusava-se a dormir com ele. Era doloroso, mas se recusava.

É que Rebecca sabia: Tignor a usaria e a jogaria fora como um lenço de papel. Não retribuiria seu amor, retribuiria?

Era um risco. Como baixar uma carta do baralho, irreversivelmente.

— É melhor você não se apaixonar por esse homem, Rebecca. Seria um erro lamentável para uma moça como você.

Assim dizia Leora Greb. Mas outras também a invejavam. Ficavam com raiva por Niles Tignor procurar Rebecca Schwart, que era tão jovem, praticamente com metade da idade dele. Rebecca Schwart, que, aos olhos delas, era sem graça, feiosa e cabeça-dura.

Rebecca perguntou a Leora:

— O que é isso, Leora, "uma moça como você"?

— Uma moça jovem. Uma moça que não sabe titica nenhuma sobre os homens. Uma moça que... — e Leora fez uma pausa, carregando o cenho. Prestes a dizer *uma moça sem mãe nem pai*, mas pensou melhor e mudou de idéia.

Rebecca retrucou, acalorada:

— Por que eu me apaixonaria pelo Tignor, ou por qualquer outro homem? Não confio em droga de homem nenhum.

Ela sabia: quando estava longe de Milburn, o homem a esquecia, ela simplesmente deixava de existir para Tignor. Mesmo assim, não conseguia esquecê-lo.

Quando estava em Milburn, no General Washington, ele sempre queria vê-la. De algum modo, em algum horário. Tinha "compromissos de negócios" durante boa parte do dia e, muitas vezes, no jantar, e por isso tinha que encaixar Rebecca no fim da noite. Ela estaria livre? Gostaria de encontrá-lo? Rebecca lhe dera o número do telefone do apartamento da rua Ferry. Do meio do nada, Tignor telefonava. A voz dele era sempre um choque, tão íntima em seu ouvido.

Ela procurava usar um tom leve e brincalhão quando ele ligava. Muitas vezes, Katy e LaVerne estavam perto, escutando. Rebecca perguntava a Tignor onde ele estava, e a resposta era: "A um quarteirão de você, num telefone público da rua Ferry. Aliás, estou vendo suas janelas. Onde você achou que eu estava, garota?"

Garota! Era assim que a chamava, de implicância. Às vezes, *garota cigana*.

E Rebecca lhe dizia que não era cigana! Que tinha nascido nos Estados Unidos, exatamente como ele.

Não vou dormir com ele. Mas vou me casar com ele.

Era ridículo, ela não acreditava nisso, na verdade. Não mais do que acreditara de verdade, anos antes, que Jesus Cristo era seu salvador: que Jesus Cristo tinha algum conhecimento de Rebecca Schwart.

Não tinha querido se apaixonar por Niles Tignor, nem por homem algum. O amor era a isca envenenada, ela sabia! O amor sexual, o amor dos sentidos. Embora não conseguisse lembrar-se de jamais ter visto os pais se tocarem com afeição, ela era forçada a supor que os dois se haviam *amado* em algum momento. Quando jovens, tinham amado um ao outro e se casado. Muito tempo antes, no que Anna Schwart chamava de sua velha pátria. Por acaso Herschel não havia surpreendido Rebecca, ao lhe contar que *o papai cantava um pedaço, a mamãe respondia cantando, e os dois ria, tipo assim?* E Herschel lhe dissera que o pai dera um beijo *nele*! O amor era a armadilha que puxava para dentro da caverna. E, depois de entrar na caverna, não se conseguia escapar.

Amor sexual. Isso significava desejo. Um desejo tão intenso que chegava a doer entre as pernas. Rebecca sabia o que ele era (achava), e sabia que era mais forte nos homens, não era coisa com que se brincar. Lembrava-se de seu irmão Herschel a rondá-la, murmurando e choramingando, querendo esfregar-se em suas costas quando ela era pequena: a necessidade bruta e úmida nos olhos do menino, com uma angústia no rosto que se poderia confundir (vendo apenas o rosto, os olhos luzidios, virados para cima) com um anseio espiritual. Herschel, que a mãe tinha que afastar da irmãzinha, dando um tapa na cabeça do garoto grande e desengonçado.

Mas Rebecca pensava constantemente em Tignor. Quando ele ficava fora de Milburn, o que ocorria na maior parte do tempo. Lembrava-se com uma vergonha excruciante de como havia fugido do Tap Room naquela noite, desesperada para escapar. Não sabia por que tinha prorrompido em lágrimas. Aquela mão de cartas brilhantes, todas de ouros... Colleen tinha tentado acompanhá-la, mas Rebecca se escondera dela numa escada nos fundos do hotel.

Tinha bebido demais, devia ser isso. Não estava acostumada com o álcool. Não estava acostumada com tamanha proximidade física de um homem, sabendo que ele a queria. E aquelas cartas tão brilhantes...

Em sua vergonha, Rebecca havia suposto que Niles Tignor nunca mais quereria vê-la. Mas ele quisera.

As horas de trabalho no hotel, como que em transe, foram invadidas por Tignor. Especialmente quando ela empurrava o carrinho no corredor do quinto andar. E abria a porta do quarto 557 e entrava. Como num sonho desperto, ela revia Tignor andando até a cama, um homem alto, de cabelo cor de níquel, com o rosto rubro de ódio; ouvia as palavras furiosas de Tignor, *solte a garota*, ao agarrar Baumgarten e começar a espancá-lo.

Pelo bem de Rebecca, Tignor se arriscara a ser preso. Não a conhecia na época: apenas ouvira seus gritos de socorro.

Foram margeando o rio Chautauqua. Para oeste de Milburn, em direção a Beardstown. Nos pontos em que a neve recém-caída, fina como poeira, não fora soprada para o gelo, o rio congelado cintilava, azulando-se ao sol. Era fevereiro de 1954. Fazia semanas que Rebecca não via Tignor. Ele tinha chegado a Milburn dirigindo um Studebaker último tipo, azul como os ovos de sabiá, um sedã com as maiores janelas que Rebecca já vira em qualquer veículo, na frente e atrás.

— Gostou? Quer dar uma volta?

Ela quis. É claro que quis.

Tignor dirigiu com uma garrafa aberta de cerveja Black Horse entre os joelhos. De vez em quando, levava-a à boca e tomava um gole, depois a passava para Rebecca, que bebia aos pouquinhos, embora tivesse começado a não desgostar do sabor forte e acre da cerveja *ale*. Ela só bebia na companhia de Tignor e, por isso, associava a bebida, o cheiro da cerveja ou da *ale* e aquele zumbido morno na base do crânio à felicidade ansiosa que sentia com ele.

Tignor cutucou-a com o cotovelo:

— Ande, boneca, beba. Não é legal eu beber sozinho.

Ainda não eram amantes. Havia aquela tensão entre eles, uma certa irritabilidade e censura por parte de Tignor. Rebecca compreendia que os dois não tardariam a se tornar amantes.

Nessa tarde de domingo, eles pararam em várias tabernas e hotéis ao longo do rio. Seu destino era a Pousada Beardstown. Em todos esses lugares, a Cervejaria Black Horse tinha negócios, e Niles Tignor era conhecido e benquisto. Era um prazer ver os rostos dos estranhos se iluminarem, quando ele entrava num bar e os homens erguiam os olhos. A camaradagem dos homens bebendo juntos, mesmo ao meio-dia. Como mulher, Rebecca jamais saberia nem quereria saber, mas o fato é que, na companhia de Tignor — usando o casaco verde de lã xadrez que ele lhe dera no Natal, para substituir seu casaco de lã marrom, velho e surrado, o qual dizia parecer um cobertor de cavalo —, também ela se sentia especial.

É sua nova garota, Tignor? Meio novinha, não é?

Para você, talvez, parceiro. Para mim, não.

Quando, pelo canto do olho, Rebecca percebia a presença de Tignor, alto e dominador como um urso erguido nas patas traseiras, muitas vezes entreouvia conversas desse tipo entre ele e outros homens, todos estranhos.

Nossa, Tignor! Essa é um tesão.

Rebecca entreouvia e não dava sinal de ouvir. Retirava-se para o toalete feminino, para que os homens pudessem conversar com toda a crueza e gozação que quisessem, sem ela.

Os homens gostavam de ser vistos com moças bonitas. Quanto mais jovens, melhor. Alguém podia culpá-los? Não podia! Era inveja de Leora; Leora Greb tinha passado dos quarenta e nenhum homem jamais voltaria a olhá-la do jeito que Tignor olhava para Rebecca.

As mulheres mais jovens de Milburn também a invejavam. Algumas tinham saído com Tignor. Ele as levara para passear num ou noutro de seus carros, com certeza lhes dera presentes. Mas o tempo delas havia passado, agora era a vez de Rebecca.

— Hoje, benzinho, pode ser que eu tenha uma surpresa para você.

— O quê, Tignor? Não me provoque!

Mas ele provocava. Tignor era um implicante terrível.

Rebecca adorava andar com ele no Studebaker azul-ovo-de-sabiá, que não se parecia com nenhum outro veículo que a gente tendesse a ver na zona rural serrana entre Milburn e Beardstown, a quase cinqüenta quilômetros de distância. Vez por outra, carros, picapes e calhambeques dirigidos por rapazes passavam por eles, mas, na maior parte do tempo, a estrada ficava deserta. Agradava a Rebecca pensar que eles eram as duas únicas pessoas que restavam no mundo: nenhum destino pela frente e nada de Hotel General Washington atrás, onde Niles Tignor era um hóspede favorito e Rebecca Schwart, uma camareira cujo salário era pago em espécie, sem registro nos livros.

O rio Chautauqua estava congelado, submerso no gelo. Rebecca nunca se aproximara tanto de sua cabeceira. Toda a paisagem lhe era nova, e a neve a tornava bela e misteriosa. Ao longe ficava a cordilheira de Chautauqua, pálida e esmaecente nas brumas hibernais. Mais perto havia fazendas, terra arada, trechos de terra sem cultivo. Rebecca impressionou-se com os milharais, em cujo interior esfiapado e mirrado às vezes vislumbrava as formas fantasmagóricas de veados-galheiros-do-norte. Em sua maioria, os rebanhos compunham-se de fêmeas e filhotes de oito meses, quase adultos, com sua pelagem grossa e opaca de inverno, mas, ocasionalmente, ela via um macho: peito largo, corpulento, com uma galhada rebuscada. Ao ver um macho, Rebecca murmurava: "Ah, olhe, Tignor!" Ele diminuía a marcha para espremer os olhos, vasculhando as fileiras de milheiros quebrados.

Não havia criatura mais linda que um veado-galheiro adulto com uma galhada completa. Tignor assobiava entre dentes, admirado ao ver um ser do seu tipo.

— Puxa, garota! Como eu queria estar com a minha espingarda!

— Você não ia atirar nele, ia, Tignor? Aí, ele só ia morrer.

Tignor ria. Era impossível saber o que ele queria dizer.

Rebecca pensava, calmamente: *Ele já matou. Alguém, ou alguma coisa.*

E pensava, com seu orgulho e vaidade: *Mas não vai me matar!*

Tignor gostava de senti-la aninhada em seu corpo enquanto dirigia. Gostava que ela deitasse a cabeça em seu ombro. Afagava seu joelho e sua coxa, por cima das camadas de roupas de inverno. Afagava-lhe a mão e o braço por dentro da manga do casaco, onde a pele dela se arrepiava. Como se a mão dele se mexesse por conta própria, ou conforme o desejo de Rebecca. Ela começava a se sentir excitada, ansiosa. Para Rebecca, a excitação sexual era indistinguível da ansiedade. Dava vontade de empurrar o homem, para afastá-lo, mas querendo que ele não parasse.

O corpo dela se acendia, ardia. Nos seios, na depressão da barriga. Ficava inundado até a alma, como que por um sol líquido.

Ele já matou, tenho medo dele.

Eu não devia estar aqui. Vim longe demais. Isso é um erro.

Ele vai se casar comigo. Um dia!

Tignor lhe dissera que era louco por ela. Dissera que queria estar com ela. *Estar.* Rebecca sabia o que isso significava.

Sexo. Esse desejo. Somente através do sexo havia possibilidade de amor. Ela precisava ter cuidado com esse homem, tinha medo de engravidar como outras garotas de Milburn que conhecia, garotas que tinham abandonado o curso médio, algumas mais novas que ela e já mães. Tignor lhe avisara que não era homem de se casar.

Mas se ele me amasse. Aí, sim!

Ela sabia que falavam coisas ruins sobre Tignor. Até Mulingar, que se dizia amigo dele, repetia os boatos. Ele já fora casado, mais de uma vez. Sem dúvida era casado agora. Tinha família no lago Champlain, que pouco sabia de sua vida noutros lugares. Tinha família em

Buffalo. Restos de famílias espalhados por todo o estado: ex-esposas que choravam sua ausência, filhos sem pai.

Mas eu, não. Ele não me deixaria. Comigo será diferente.

— Que surpresa é essa, Tignor?

— Aí não seria surpresa, não é, benzinho? Se eu lhe dissesse antes da hora.

— É uma coisa que vai me deixar feliz ou...?

A voz de Rebecca se extinguiu. Que idéia era essa, sugerir essas coisas a um homem? Que uma surpresa, para ela, podia deixá-la infeliz.

Tignor resmungou que sim. Achava que sim.

Ela estava usando um suéter de *mohair* cor de pêssego que tinha achado numa cesta de papéis, num dos quartos do General Washington, cuja gola desfiada escondera com uma echarpe amarrada com um nó, e uma saia de lã preta bem justa nos quadris, e botas pretas brilhantes até o meio da canela. Toda contente!

Na Pousada Beardstown havia um quarto à disposição de Tignor.

Um quarto particular, um quarto com cama de casal e banheiro.

Um quarto no segundo andar da velha pousada histórica, à disposição do representante da Cervejaria Black Horse, toda vez que ele ia lá a negócios. Inquieta, Rebecca se perguntou se a idéia era que ficasse com Tignor, que dormisse com ele naquela cama.

Tignor foi brusco, objetivo. Deixou-a no quarto e desceu, e passou mais de uma hora sumido, tomando drinques e "falando de negócios" com o gerente do hotel. Rebecca usou o banheiro com cautela e enxugou as mãos não na toalha branca recém-lavada, praticamente idêntica às do General Washington, mas com papel sanitário. Sentou-se numa poltrona dura, junto à janela de onde vinha uma corrente de ar; não quis deitar-se na cama, na colcha de brocado cor de terra, que exalava um frio hibernal.

Minha surpresa, qual é a minha surpresa...

Tignor, pare de implicar!

A Pousada Beardstown era menor do que o General Washington, mas de idade comparável. Originalmente, como o outro hotel, tinha sido uma parada de diligências, muito tempo antes. As partes mais antigas dos dois hotéis eram suas tabernas ou *"tap rooms"*. Sabia-se que os bordéis — os "puteiros" — muitas vezes faziam parte desses serviços oferecidos aos homens.

Tremendo num quarto da Pousada Beardstown, Rebecca foi levada a pensar: antigamente, como deviam sentir-se assustadas e desesperadas aquelas garotas e mulheres chamadas de "putas", nos ermos do Vale do Chautauqua. Deviam ser moças sem teto, sem um tostão. Sem família. Sem maridos para protegê-las. Algumas deviam ser retardadas. Com o tempo, engravidavam, adoeciam. No entanto, havia algo de cômico nas próprias palavras, *puta, puteiro*. Era impossível dizer palavras tão vulgares sem um sorriso de mofa.

Esse quarto, observou Rebecca com olhar crítico, tinha sido impecavelmente arrumado. A cama, ligeiramente mais alta que as do General Washington, com uma cabeceira mais simples e balaústres antiquados, fora feita com perfeição. As cortinas horrorosas de veludo estavam caprichosamente arranjadas. Predominava um vago aroma de detergente. E um cheiro mais pungente de velhice, de gesso decrépito. O carpete estava quase puído em alguns pontos, e as paredes exibiam um papel floral com um fundo branco-pérola que parecia descolorido. No teto havia manchas de infiltração que faziam pensar em aranhas de pernas compridas, correndo lá em cima. A janela alta e estreita ao lado de Rebecca, emoldurada por pesadas cortinas de veludo, dava para um pátio lateral desolado, coberto de neve e riscado por inúmeras pegadas de cães, e, agora que o sol se punha, esses rastros iam escurecendo como marcas misteriosas em código.

Tignor voltou, num estado de ânimo mais exacerbado. Seus olhos pálidos pousaram em Rebecca e, ao ver que ela não tinha tirado o casaco e nem sequer o desabotoara, ele riu, dizendo-lhe que o tirasse:

— Você parece estar esperando um ônibus, garota. Ainda não estamos indo embora. Vamos jantar aqui, com certeza. Relaxe.

Quando Rebecca ficou de pé e se atrapalhou com os botões forrados, Tignor os puxou e um deles voou longe, rolando pelo carpete de um jeito que a teria feito rir, em outra ocasião.

Tignor despiu-lhe o casaco e o jogou com descaso numa cadeira, em cima de seu próprio casaco, largado antes no mesmo lugar. Sorriu para ela com seus dentões brilhantes, afagou-lhe os ombros e o cabelo e lhe deu um beijo molhado na boca. Pareceu engoli-la com a dele, como uma cobra engoliria sua pequena presa paralisada. A língua de Tignor tinha gosto de uísque e fumaça de cigarro, mas era estranhamente fria. Rebecca afastou-se e começou a tremer de forma incontrolável.

— Tignor, eu não posso. Não posso ficar aqui. Você espera que eu fique aqui hoje? É essa a surpresa? Não posso, sabe? Não trouxe minhas coisas. Não tenho nenhuma... nem uma muda de roupa. Tenho que trabalhar amanhã, Tignor. Às sete da manhã. Tenho que estar no hotel. Eles vão me despedir se...

Tignor deixou-a tagarelar, nervosa. Sorriu-lhe, com uma expressão divertida.

— Nenhum sacana vai despedir *você*, coração. Eu lhe dou minha palavra.

Que significava isso? Rebecca sentiu-se zonza.

— Não posso passar a noite. Eu...

— Eu não disse que íamos passar a noite. Só disse que tenho este quarto. Ele está aqui.

Falou como um pai que censurasse uma criancinha voluntariosa. Rebecca sentiu a ferroada: não suportava que a repreendessem.

Tignor foi ao banheiro sem fechar a porta. Rebecca tapou os ouvidos, para não escutar o jorro satisfeito da urina dele, que corria, corria sem parar. Torceu para que ele não houvesse respingado o assento do vaso sanitário nem a parede de ladrilhos. Isso não!

Ela limparia tudo, se ele o tivesse feito. Não deixaria esse tipo de prova para que a camareira a limpasse.

No momento em que Tignor voltava para o quarto, fechando o zíper das calças e assobiando, houve uma batida cautelosa na porta: ele havia encomendado uma garrafa de burbom, dois copos e um pote de frutas secas mistas. O burbom ele serviu cerimoniosamente nos dois copos, para Rebecca e para ele, insistindo:

— Não é bom um homem beber sozinho, Rebecca. Isso, boa menina!

Tocou com o copo no dela e os dois beberam. O burbom foi uma chama líquida descendo pela garganta de Rebecca.

— Desde a primeira vez que a vi, garota. Eu sabia.

Ele nunca havia aludido àquele primeiro encontro. Mesmo nessa hora, não ficou claro o que queria dizer, e Rebecca sabia que não devia questioná-lo. Como homem que escolhia as palavras com cuidado, embora sem elegância, Tignor não desejaria ser interrompido.

— Sabe, você é uma moça bonita. Vi isso de cara. Com o seu uniforme de empregada e aqueles sapatos baixos feiosos, eu vi. Só precisa sorrir mais, docinho. Você anda por aí com ar de quem está voltada para os próprios pensamentos, e eles com certeza não a estão deixando feliz.

Tignor inclinou-se e beijou-a na boca, de leve. Sorriu para ela, com os olhos do mesmo tom pálido de metal dos cabelos, e sua respiração se acelerou.

Rebecca tentou sorrir. Sorriu.

— Assim é melhor, benzinho. Assim é muito melhor.

Rebecca estava sentada na antiquada poltrona de estofamento duro, que Tignor havia arrastado para perto da cama, enquanto ele próprio se sentava na beira da cama, agradavelmente aquecido, exalando um aroma de suor de homem, desejo de homem, burbom e fumaça de cigarro, e avultava diante de Rebecca. Ela se apanhou pensando que se sentia atraída por Niles Tignor por causa do tamanho dele; era um homem que fazia uma moça do seu tipo, nada pequena, sentir-se preciosa como uma boneca.

Do bolso da calça Tignor puxou um maço de notas soltas. Jogou-as na cama a seu lado, observando Rebecca com atenção. Como se fosse um truque com as cartas.

— Para você, ciganinha.

Chocada, Rebecca contemplou as notas esvoaçantes. Não conseguia acreditar nos próprios olhos.

— ...para mim? Mas por quê...?

Várias notas eram de dez dólares. Uma, de vinte. Outras eram de cinco e um dólar. E veio mais uma de vinte. Ao todo, devia haver umas vinte notas.

Tignor riu da expressão no rosto de Rebecca.

— Eu lhe disse que havia uma surpresa à sua espera em Beardstown, não disse?

— Mas... por quê?

Novamente ela tentou sorrir. Mais tarde se lembraria de como lhe pareceu importante sorrir nesse momento, como no momento crucial em que seu pai, Jacob Schwart, tentava manobrar a espingarda para atirar nela.

Tignor respondeu com um jeito expansivo:

— Porque há alguém pensando em você, eu acho. Talvez se sentindo culpado em relação a você.

— Tignor, não estou entendendo.

— Neném, estive em Quebec na semana passada. Em Montreal, a negócios. Encontrei seu irmão por lá.

— Meu irmão? Que irmão?

Tignor parou, como se não soubesse que Rebecca tinha dois irmãos.

— Herschel.

— Herschel!

Ela ficou perplexa. Fazia muito tempo que não ouvia o nome do irmão e, de forma meio inconsciente, passara a achar que talvez ele estivesse morto.

— O Herschel lhe mandou esse dinheiro, sabe? Porque não vai voltar para os Estados Unidos, nunca mais. Eles o prenderiam na fronteira. Não é um montão de dinheiro, mas ele quer que seja seu, Rebecca. Por isso eu disse que o daria a você.

Não ocorreu a Rebecca duvidar de nada disso. Tignor falava de modo tão convincente, que era sempre mais fácil ceder do que duvidar dele.

— Mas... como vai o Herschel? Ele está bom?

— Pra mim pareceu legal. Mas, como eu disse, não vai voltar para os Estados Unidos. Um dia, talvez você possa vê-lo no Canadá. Quem sabe possamos ir juntos.

Ansiosa, Rebecca perguntou o que Herschel estava fazendo, como ia passando, se estava trabalhando, e Tignor encolheu os ombros, afável, com uma expressão evasiva nos olhos.

— Deve estar trabalhando, se lhe mandou esse dinheiro.

Rebecca insistiu:

— Por que o Herschel não me telefona, se está pensando em mim? Você disse a ele que eu trabalho no General Washington, não foi? E você tem meu telefone, não o deu a ele? Assim ele poderia me telefonar.

— É claro.

Rebecca fitou as notas espalhadas na cama. Relutou em tocá-las, pois o que significaria isso? Que significava aquilo tudo? Não suportou pegar as notas, contá-las.

— O Herschel foi embora e me deixou, passei muito tempo com ódio dele.

Suas palavras soaram muito ríspidas. Tignor franziu o cenho, inseguro.

— Não tenho muita certeza de tornar a ver o Herschel. Pode ser que ele esteja de mudança.

— De mudança... para onde?

— Para algum lugar no oeste. O que eles chamam de "províncias da pradaria". Estão surgindo uns empregos no Canadá.

Rebecca tentou pensar. O burbom lhe subira à cabeça depressa, as idéias lhe vinham em formas lentas e flutuantes, cor de âmbar, feito nuvens. Mas ela estava tensa, porque havia alguma coisa esquisita ali. E ela não devia estar nesse lugar, na Pousada Beardstown, com Niles Tignor.

Perguntou-se por que Tignor lhe teria feito essa surpresa. Espalhando notas de dólares numa cama de hotel. Sentiu uma dor no peito, como se houvesse um nervo comprimindo seu coração.

Com energia renovada, Tignor declarou:

— Mas a minha surpresa para você não é essa, Rebecca. Essa é a do Herschel, a *minha* é esta.

Levantou-se, vasculhou os bolsos do paletó que jogara de lado e voltou com um embrulhinho de papel cintilante; não era uma caixa, só um papel de presente, toscamente colado com fita adesiva em volta de um objeto muito pequeno.

No mesmo instante, Rebecca pensou: *Um anel. Ele está me dando um anel.*

Era uma idéia absurda. Ávidos, os olhos de Rebecca fixaram-se no embrulhinho cintilante que Tignor lhe entregou com um floreio, do jeito como havia embaralhado e distribuído as cartas.

— Ah, Tignor. O que é...

Com as mãos trêmulas, ela mal conseguiu abrir o papel de embrulho. Dentro havia um anel: uma pedra leitosa pálida, não transparente, mas opaca, de formato oval e tamanho aproximado de uma semente de abóbora. O engaste era de prata e parecia levemente manchado.

Mesmo assim, era um lindo anel. Ninguém jamais dera um anel a Rebecca.

— Ah, Tignor!

Sentiu-se fraca. Isso era o que havia desejado, e agora estava amedrontada. Atrapalhada com o lindo anelzinho, com medo de deixá-lo cair.

— Vamos, garota. Experimente. Veja se serve.

Ao ver que as lágrimas cegavam Rebecca, Tignor, com os dedos desajeitados, tirou-lhe o anel e tentou enfiá-lo em seu dedo médio da mão direita. Quase serviu. Se ele tivesse querido empurrar com mais força, teria servido.

Com a voz débil, Rebecca disse:

— É muito bonito. Obrigada, Tignor...

Estava quase atordoada de emoção. Mas parte de sua cabeça continuava distante, zombeteira: *É aquele anel. Ele o roubou daquele quarto. Do homem que quase matou. Está esperando que eu o reconheça e o acuse.*

Tirou o anel da mão de Tignor e o colocou num dedo mais fino, no qual ele serviu, frouxo.

Deu um beijo no homem, ouviu-se rir de alegria.

— Tignor, isso significa que estamos noivos?

Ele bufou de escárnio.

— Significa uma ova, garota. O que significa é que eu lhe dei um anel bonito pra cacete, é isso que quer dizer.

Parecia muito satisfeito consigo mesmo.

Para além da janela alta e estreita, emoldurada por pesadas cortinas de veludo, o sol hibernal quase havia desaparecido por trás das copas das árvores. A neve estava carregada de um branco sombrio, melancólico, e a profusão de pegadas de cães que perturbara a visão de Rebecca havia desaparecido. Ela tornou a rir — o burbom saboroso e flamejante a fazia rir. Eram tantas as surpresas nesse quarto, que lhe tinham subido à cabeça. Rebecca ficou sem fôlego, como se houvesse corrido.

Viu-se nos braços de Tignor, beijando-o impetuosamente. Como quem se atirasse de um precipício, caindo, mergulhando na água lá embaixo, confiando cegamente em que a água a acolheria, em vez de esmagá-la.

— Amo você, Tignor. Não me deixe, Tignor...

Falou com ardor, meio soluçante. Agarrada a ele, à carne musculosa e meio gorda de seus ombros. Tignor a beijou, com a boca inesperadamente macia. Agora que Rebecca se aproximara, ele estava assustado com a paixão da moça, quase hesitante, contido. Em suas trocas de carícias, era sempre Rebecca quem se enrijecia, recuava. Agora ela o beijava com força, numa espécie de frenesi, com os olhos bem fechados, visualizando o gelo cintilante e luminoso do rio, azulado ao sol, com aquela dureza que ela ambicionava para si mesma. Apertou os braços em volta do pescoço de Tignor, triunfante. Se estava com medo dele nesse momento, de sua virilidade, resolveu não dar nenhum sinal. Abriu a boca para a dele. Agora ela o possuiria, se entregaria a ele. Odiava ter sua alma exposta desse jeito. Ser vista pelos olhos desse homem, que tinham visto tantas outras mulheres nuas. Não suportava essa exposição, mas estava decidida a tê-lo nessa hora. Com seu corpo, que agora era um corpo de mulher, com os seios fartos, a barriga, a faixa de pêlos pubianos pretos e encaracolados que subia afinando até o umbigo, feito uma alga marinha, enchendo-a de uma vergonha raivosa.

Era como jogar um fósforo aceso em gravetos secos, Rebecca beijar Niles Tignor desse jeito.

Apressado, ele lhe tirou a roupa. Nem notou que a gola do suéter de *mohair* estava esgarçada e suja; tinha tão pouca consciência da roupa de Rebecca quanto do papel de parede florido que os cercava. Quando não conseguia desabotoar nem desatar, ia arrancando. E fez o mesmo com sua roupa, parcialmente aberta, na atrapalhação da pressa. Afastou a colcha pesada, jogando-a no chão, e tornou a espalhar as notas de dólares, dessa vez no carpete. Algumas se perderiam, escondidas nas dobras da colcha de brocado, para ser descobertas depois por uma camareira. Ele estava impaciente por fazer amor com Rebecca, mas era um amante experiente de moças inexperientes, e teve suficiente presença de espírito para buscar no banheiro não uma, porém três toalhas, as mesmas que Rebecca se sentira acanhada demais para sujar com as mãos molhadas, e que nesse momento Tignor dobrou com habilidade e colocou na cama descoberta, sob os quadris dela.

Rebecca se perguntou por quê, por que essa precaução. E então soube.

33

E depois ele se foi outra vez. Caiu na estrada, tornou a sumir. Um dia e uma noite depois de os dois voltarem de Beardstown, lá se foi Tignor, com um simples *tchau*! E Rebecca não recebeu nenhuma notícia, nem dele nem sobre ele. Até que um dia, no fim de fevereiro, obrigou-se a falar com Mulingar; lá estava Mulingar, a esfregar preguiçosamente o bar do Tap Room com um trapo, e Rebecca Schwart, com seu uniforme branco de camareira e o cabelo trançado e enrolado na cabeça, a perguntar baixinho quando ele achava que Tignor voltaria a Milburn; e Mulingar lhe deu um sorriso insolente e perguntou:

— Quem quer saber, boneca? *Você*?

Mesmo nessa hora, ao se retirar depressa e sem olhar para trás, para o homem debruçado sobre o balcão, que observava seu corpo se afastando, seus quadris e suas pernas musculosas, mesmo pensando *Eu sabia, mereço essa humilhação*, ela não foi menos inflexível do que antes: *Ele vai se casar comigo, ele me ama! A prova está aqui*, e correu o dedo pela gema lisa do anel, de um roxo pálido, no engaste ligeiramente manchado que ela acreditava ser de prata autêntica.

34

Desde a primeira vez que a vi, garota. Eu sabia.

Ele se fora, mas voltaria. Rebecca sabia, porque ele tinha prometido.

No trabalho, ela tirava o anel para guardá-lo. Embrulhava-o num lenço de papel e o carregava junto do coração, num bolso do uniforme de raiom branco. Ao tirar o uniforme no fim do turno, repunha o anel de prata no dedo mínimo da mão esquerda.

Agora, ele se encaixava perfeitamente. Katy lhe mostrara como diminuí-lo com uma tira estreita de fita gomada transparente.

Era de conhecimento geral, no pequeno círculo de conhecidos de Rebecca, que Niles Tignor lhe dera esse anel. *Vocês estão noivos? Você passou a noite com ele, não foi?* Mas Rebecca se recusava a falar de Tignor. Não era do tipo que falasse com displicência de sua vida pessoal. Não era de rir e fazer piadas sobre os homens, como as outras mulheres. Seus sentimentos por Tignor eram profundos demais.

Detestava a leviandade com que as mulheres falavam dos homens, quando não havia nenhum por perto. Comentários vulgares, zombeteiros, que pretendiam ser engraçados: como se as mulheres não se assombrassem com o poder masculino, com a autoridade de um homem como Tignor. Com a própria despreocupação do macho, capaz de espalhar sua semente com a descontração do algodãozinho-do-campo ou das sementes de bordo que rodopiavam loucamente nas rajadas de vento da primavera. A chacota feminina era meramente defensiva, desesperada.

E por isso Rebecca se recusava a falar de Tignor, embora as amigas insistissem em lhe fazer perguntas. Ela *estava* noiva? E quando ele voltaria a Milburn? Rebecca protestava:

— Ele não é o homem que vocês pensam conhecer. Ele é...

Sabia que as outras riam dela pelas costas, e sentiam pena.

No velho chalé de pedra do cemitério houvera muitas palavras, mas eram as palavras da Morte. Agora, Rebecca não confiava em palavras. Com certeza, não havia palavras adequadas para falar do que acontecera entre ela e Tignor em Beardstown.

Agora somos amantes. Fizemos amor um com o outro. Nós nos amamos...

Havia palavras feias, rabiscadas nos muros e calçadas de Milburn pelos meninos. Na manhã do Dia das Bruxas, invariavelmente, FODA-SE, FODA-SE, grafados com cera em letras de trinta centímetros de altura nas vitrines das lojas, nas janelas da escola.

Era isso mesmo, pensava Rebecca. As palavras mentem.

Confiava em que Tignor voltaria para ela, porque havia prometido. Ali estava o anel. E havia o amor que os dois tinham feito, o jeito de Tignor amá-la com o corpo; aquilo não podia ser falso.

Não existe acontecimento erótico isolado, a ser experimentado apenas uma vez e esquecido. O erótico só existe na lembrança: recordado, reimaginado, revivido, e revivido num presente incessante. Era o que Rebecca entendia, agora. Via-se acossada pela lembrança daquelas horas passadas em Beardstown, que pareciam ocorrer num presente incessante a que só ela tinha acesso. Não vinha ao caso se estava trabalhando no Hotel General Washington, ou na companhia de outras pessoas, falando com elas e aparentemente atenta, engajada: mesmo assim, ela estava com Tignor na Pousada Beardstown. Na cama deles, naquele quarto.

A *cama deles*, era isso que parecia ser, na sua memória. Em vez de apenas *a cama*.

— Tignor, sirva um burbom para mim.

O que ele fez, alegremente. Porque também precisava de uma bebida.

Levou o copo aos lábios esfolados de Rebecca, deitada nos lençóis revirados e sujos. O cabelo estava grudado em seu rosto e pescoço suados, os seios e o ventre estavam escorregadios de suor, o dela e o de Tignor. Ele a fizera sangrar, as toalhas dobradas mal tinham sido suficientes para absorver o sangramento.

Ao fazer amor com Rebecca, Tignor não prestara atenção a seus gritos abafados. Movera-se sobre ela, maciço e obliterante como um deslizamento de terra. Que peso o dele! Que massa, que calor! Ela nunca havia sentido nada semelhante. De tão chocada, arregalara os olhos. Com o homem dando bombadas dentro dela, como se aquele ato fosse sua própria vida, como se não pudesse controlar a urgência que o perpassava feito uma chama, catastrófica. Tignor mal se dera conta dela, não podia ter tido consciência de suas tentativas de acariciá-lo, beijá-lo, dizer seu nome.

Depois, Rebecca tentara esconder o sangramento. Mas Tignor tinha visto e assobiado entre dentes: "*Caramba!*"

Mas Rebecca estava bem. Mesmo tendo havido dor, uma dor latejante, não só entre as pernas, onde ela se sentia em carne viva, lacerada, como se ele tivesse enfiado o punho em suas entranhas, mas também na coluna e na pele avermelhada e esfolada dos seios, e nas marcas dos dentes dele em seu pescoço, ela não ia chorar, diabos!, recusava-se a chorar. Entendeu que Tignor estava meio arrependido. Agora que a urgência flamejante havia passado, agora que ele bombeara sua vida dentro dela, sentia uma vergonha masculina e o pavor de que Rebecca irrompesse em soluços desamparados, pois então teria que consolá-la, e sua natureza sexual não se sentia à vontade com a consolação. A culpa seria capaz de enlouquecer Niles Tignor, como um cavalo atormentado por mutucas.

E ele também não tinha *tomado precauções*, como disse. O que certamente pretendera fazer.

Rebecca soube, por instinto, que não devia fazer Tignor sentir-se culpado ou com remorsos. Se o fizesse, o homem não gostaria dela. Não quereria fazer amor com ela de novo. Não a amaria e não se casaria com ela.

Ah, que gosto bom tinha o burbom ao descer! Os dois beberam do mesmo copo. Rebecca fechou os dedos em volta dos dedões de Tignor, no copo. Adorava o fato de a mão dele ser tão maior do que a sua. Com os nós dos dedos pronunciados, e pêlos cor de níquel crescendo em profusão no dorso das mãos, como uma pelagem.

Rebecca estava nua, o homem também. Naquele quarto, na cama deles, na Pousada Beardstown, onde passavam a noite juntos.

Agora, abruptamente, tinham-se tornado íntimos. O choque da nudez se transformara numa coisa muito estranha: essa intimidade e a proximidade suarenta dos corpos. Agora, quando se beijavam, era o beijo dessa nova intimidade. Eram amantes, e esse era um fato inalterável.

Rebecca sorriu, ávida desse conhecimento. O que Tignor tinha feito com ela, com seu corpo, era como um tiro de espingarda, irreversível.

— Você me ama, Tignor, não é? Diga que sim.

— "Que sim."

Ela riu e lhe deu um tapinha. De brincadeira, nessa nova e estonteante intimidade em que ela, Rebecca Schwart, tinha o direito de castigar de leve seu amante.

— Tignor! Diga que *ama*.

— É claro, boneca.

Nos lençóis grudentos e malcheirosos deitavam-se os dois, aturdidos, exaustos. Como nadadores que se houvessem esfalfado e jazessem na areia, arfantes. O que tinham feito pareceu ter menos importância do que o fato de o haverem feito, e terem sobrevivido.

Tignor resvalou rapidamente para o sono. Seu corpo palpitava e estremecia, com sua poderosa vida interior. Rebecca maravilhou-se com ele, com a realidade dele. Deitado de qualquer jeito em seus braços, com o peso do ombro esquerdo esmagando o braço direito dela. *O que significa isso que fizemos juntos?* Rebecca sentia o latejar intenso e machucado entre as pernas, mas, mesmo assim, a dor era distante, suportável. O burbom chamejante corria em suas veias, e ela também dormiu.

Acordou depois, de madrugada. E o abajur da mesa-de-cabeceira continuava aceso.

Rebecca sentiu a garganta arder por causa do burbom, estava com muita sede. E sentiu o gotejar do sangue de suas entranhas, que ainda não tinha cessado. Chegou quase a entrar em pânico. Mal conseguiu pensar no nome do homem.

Espiou-o de uma distância de poucos centímetros. Tão perto que era difícil enxergar. Ele tinha a pele avermelhada e grossa, ainda muito quente. Era um homem que normalmente transpirava ao dormir, porque seu sono era agitado, irrequieto. Ele resmungava durante o sono, gemia e choramingava de surpresa, como uma criança. Com aquele cabelo metálico que se erguia da testa em espetos úmidos... As sobrancelhas tinham a mesma tonalidade cintilante, assim como a barba que lhe brotava do queixo. Tignor tinha virado de barriga para cima, extravagantemente esparramado na cama, e jogara o braço esquerdo sobre Rebecca, que se deitava abrigada por ele, sob seu peso entorpecedor.

Como era forte a respiração do homem durante o sono! Ele meio que roncava, produzindo um clique ritmado e úmido com a garganta, como o zumbir de um inseto noturno.

Rebecca esgueirou-se da cama incomumente alta. Encolheu-se com a dor na virilha, que parecia uma facada. E continuava sangrando, e era melhor levar uma toalha consigo, para não deixar manchas de sangue no carpete.

— Que vergonha. Ai, meu Deus.

Mas era perfeitamente natural, não? Ela sabia.

Katy e as outras ficariam ansiosas por saber o que tinha acontecido em Beardstown. Sabiam ou julgavam saber que Rebecca nunca *estivera* com um homem. Agora, ficariam ávidas de curiosidade e a interrogariam. Ainda que ela não lhes contasse nada, falariam dela pelas costas e ficariam matutando.

Niles Tignor! Era assim que ele se chamava.

Rebecca entrou no banheiro, rígida, e fechou a porta. Que alívio estar sozinha!

Com dedos trêmulos, lavou-se entre as pernas, usando papel sanitário molhado. Não quis jogá-lo no vaso e puxar a válvula até ter certeza de que o sangramento havia parado, pois tinha medo de acordar Tignor. Eram três e vinte da madrugada. O hotel estava em silêncio. Os encanamentos eram antigos e barulhentos. Rebecca desanimou-se ao ver que, sim, havia mais sangue escoando de seu corpo, se bem que mais devagar do que antes.

— Você vai ficar boa. Não vai sangrar até morrer.

No espelho acima da pia, surpreendeu-se ao ver seu rosto enrubescido, o cabelo rebelde e desgrenhado. Não restava nenhum batom na boca, que parecia em carne viva, inchada. Os olhos tinham uma expressão perturbada, com minúsculas linhas vermelhas. E o nariz brilhava, oleoso. Como era feia! Como é que um homem poderia amá-la?

Mesmo assim, sorriu. Era a garota de Niles Tignor, o sangue era prova disso.

De manhã o sangramento pararia. Não era sangue menstrual, dos que continuam por dias. Não era escuro como aquele sangue nem tinha coágulos. O cheiro era diferente. Rebecca ia se lavar, lavar, lavar até ficar limpa, e o homem não pensaria mais no assunto.

Ele havia rompido seu *hímen*, palavra que Rebecca conhecia pelo dicionário. Anos antes, ela havia sorrido ao perceber como *hímen* era próximo de *hino* e *hinário*.

E de repente se lembrou de que, na igreja presbiteriana, ao lado de Rose Lutter, que fora tão bondosa com ela, na verdade Rebecca não escutava os sermões do pastor. Sua mente vagava para os homens, a masculinidade e o sexo. Mas com mal-estar e desdém, porque ela ainda não havia conhecido Niles Tignor.

De manhã, embora grogue e de ressaca, Tignor precisou fazer amor. Com um hálito fétido de água estagnada, precisou fazer amor. Porque estava completamente excitado e louco de amor por ela. Não conseguia tirar as mãos de Rebecca, dizia. Doido por ela, que era tão bonita, dizia. *Minha ciganinha. Minha judia. Ah, Jesus...*

Mais tarde, voltando para Milburn no carro de Tignor, com a cabeça encostada no ombro dele, Rebecca disse:

— Sabe, Tignor, não sou cigana. Não sou "judia".

Com os olhos embotados no ar frio da manhã e os pêlos da barba brilhando no queixo, nos pontos em que se barbeara às pressas, Tignor não pareceu ouvir. Como um pescador que jogasse a linha na correnteza veloz, já estava pensando mais à frente, em Milburn e no que o esperava. E mais adiante.

— É claro, garota. Eu também não.

O anel: não era o que Baumgarten/Bumstead pusera aos pés da cama, para seduzir Rebecca. Disso ela estava certa, agora que tivera tempo para examiná-lo. A pedra do outro anel era de um roxo mais escuro que o dessa, de corte quadrado ou retangular, transparente como vidro. (Era muito provável que fosse de vidro.) Essa pedrinha oval era roxa e opaca.

Rebecca não estava grávida. Mas estava prenhe de amor pelo homem, um sentimento que a acompanhava em toda parte e em todos os momentos.

Eram meados de março, mas o inverno continuava, muito frio à noite. Só os dias estavam se alongando, com períodos cada vez mais compridos de sol e de gelo derretendo, gotejando. Rebecca se obstinava em sua convicção de que Tignor voltaria, se hospedaria no Hotel General Washington, como de hábito, e lhe telefonaria. Sabia disso, não duvidara dele. Mesmo assim, quando o telefone tocou no começo da noite e LaVerne atendeu, ela foi escutar no vão da porta, com o coração batendo de medo. LaVerne era uma loura meio desleixada de vinte e três anos, cuja atitude para com os homens era de flerte e zombaria; sempre se sabia dizer se era com um homem que ela falava ao telefone, por seu sorriso malicioso.

— Rebecca? Não sei se ela está, vou ver.

Rebecca perguntou quem era.

LaVerne tapou o bocal com a palma da mão, indiferente.

— Ele.

Rebecca riu e atendeu.

Tignor queria encontrar-se com ela nessa noite. Depois das dez horas, se ela estivesse livre. A voz do homem foi um choque em seu ouvido, muito próxima. Ele parecia tenso, não tão expansivo e seguro quanto Rebecca se lembrava. O riso pareceu forçado, pouco convincente.

Rebecca disse que sim, ia encontrar-se com ele. Mas só por pouco tempo, tinha que trabalhar no dia seguinte.

Seco, Tignor retrucou que também teria que trabalhar na manhã seguinte:

— Estou em Milburn a negócios, meu bem.

Em fevereiro, Rebecca não tivera desculpa para dar a Amos Hrube por chegar atrasada ao trabalho, quando Tignor a levara de volta de Beardstown ao meio-dia. Tinha ficado muda e emburrada enquanto Hrube a repreendia, dizendo que outra camareira tivera de cuidar dos quartos que competiam a ela. Tignor quisera interceder por ela junto a Hrube, mas a moça não havia permitido. A última coisa que queria era o pessoal do hotel falando dela e de Tignor, afora o que já andavam dizendo.

Eram 22h20 quando o Studebaker de Tignor parou em frente ao sobrado da rua Ferry. Ele não era de subir e bater na porta do apartamento; preferia apenas entrar no vestíbulo e gritar o nome de Rebecca na escada, com ar de impaciência.

Disse LaVerne:

— Diga a esse sacana pra ir pro inferno. Porra, que grande merda ele pensa que é, para chamar você aos gritos, desse jeito?

LaVerne tinha conhecido Niles Tignor antes de Rebecca. A relação entre os dois era vaga para ela, enigmática.

Rebecca riu e disse a LaVerne que não se incomodava.

— Bom, eu me incomodo — retrucou a outra, exasperada. — Aquele sacana.

Rebecca saiu do apartamento. Sabia que LaVerne reclamaria dela com Katy, e que Katy riria e daria de ombros.

Droga, o mundo é dos homens, que é que a gente vai fazer...

Se Niles Tignor estalasse os dedos, Rebecca iria correndo. Iria, a princípio, mas nos seus termos. Porque precisava rever o homem, estar com ele, restabelecer a ligação íntima entre os dois.

Usou o casaco de xadrez verde que Tignor lhe dera e do qual se orgulhava muito. Raramente usava esse casaco, porque era bom demais para Milburn e para a camareira do hotel. Tinha passado batom: um vermelho-peônia espalhafatoso. No dedo levava o anel de prata com a pedrinha oval roxa-leitosa, que a essa altura ela havia descoberto que era uma opala.

— Oi, Tignor...

Quando ele a viu na escada, seu sorriso murchou. Foi como se alguma coisa se quebrasse em seu rosto. Começou a falar, com a intenção de ser jocoso, naquele seu jeito descontraído e bem-humorado, mas a voz falhou. Aproximou-se depressa de Rebecca e segurou sua mão com força, num gesto desajeitado de posse.

— Puxa, Rebecca...

Por entre os cílios baixos ela avaliou o homem que era seu amante e seria seu marido: corado, sensual, esse homem que a havia seduzido e cujo desejo era dobrá-la, usá-la e descartá-la, como se fosse tão sem importância quanto um lenço de papel. E nesse instante o viu exposto, nu. Por baixo da sociabilidade bem-humorada de Tignor havia uma terrível nulidade, um caos. A alma dele era um poço fundo de pedra, quase sem água, com paredes rochosas íngremes e traiçoeiras.

Rebecca estremeceu por saber disso.

Mas ergueu o rosto para Tignor, para ser beijada. É que esses eram rituais que tinham de ser cumpridos. Ela pretendia mostrar-se sem subterfúgio, erguendo o rosto jovem e ansioso para o dele, com a boca úmida e vermelha que tanto o excitava. Queria fazê-lo pensar que tinha completa confiança nele, para não ser machucada.

Tignor hesitou e a beijou. Rebecca percebeu que, no último instante, ele não quisera beijá-la. No alto, a luz do vestíbulo era ofuscante. E o lugar estava caindo aos pedaços, com o chão por varrer. Os inquilinos do primeiro andar tinham um filho pequeno em cujo velocípede Tignor tropeçou, ao cumprimentar Rebecca. Era intenção dele beijá-la de leve, um simples beijo de cumprimento, mas até nisso Tignor se atrapalhou. Gaguejou como ninguém em Milburn já o ouvira gaguejar:

— Eu... eu... acho que estava... com saudade de você. Nossa, Rebecca...

E sua voz se extinguiu, com ele parado ali, desconcertado.

Na rua Ferry, o Studebaker cor de ovo de sabiá estava parado em ponto morto junto ao meio-fio, soltando nuvens de fumaça pela descarga.

No carro, Tignor atrapalhou-se para girar a chave na ignição, mas é que a chave já fora girada, o motor estava rodando. Ele disse um palavrão e riu. O interior do carro já não recendia ao estofamento novo e elegante, mas a burbom e fumaça de cigarro. No banco de trás, em meio a jornais espalhados, Rebecca viu uma valise, um par de sapatos masculinos e o brilho de uma garrafa. Ficou pensando se estaria vazia ou ainda conteria burbom e, nesse caso, se Tignor esperaria que ela bebesse.

Tignor disse:

— Meu bem, podemos ir para o hotel. Lá onde estou hospedado.

Não olhou para Rebecca. Foi dirigindo devagar pela rua Ferry, como se não tivesse certeza de onde estava.

Baixinho, Rebecca disse não:

— No hotel, não.

— Por quê? Tenho um quarto lá.

Não ouvindo resposta, Tignor prosseguiu:

— Quem eu levo para o hotel é assunto meu, particular. Ninguém vai interferir. Lá eles me conhecem e respeitam minha privacidade. Estou numa suíte do sétimo andar de que você vai gostar.

De novo, baixinho, Rebecca disse que não. No hotel, não.

— Tem janelas que dão para o canal, por cima dos telhados. Eu peço o jantar pelo serviço de quarto. E bebidas.

Não, não! Rebecca se recusava. Sorriu, mordendo o lábio inferior.

Tignor já estava guiando mais depressa pela rua Ferry e entrou na avenida Central. No alto da ladeira íngreme, as luzes do Hotel General Washington brilhavam, em meio a quarteirões de prédios apagados, em sua maioria.

Rebecca repetiu:

— Naquele hotel, não, Tignor. Você sabe por quê.

— Que merda! Então, vamos a outro lugar.

— Não a um hotel qualquer, Tignor.

Na luz fugaz que vinha da rua, Rebecca o viu a olhá-la fixo. Era como se o tivesse esbofeteado. Como se tivesse rido dele, zombado dele. Percebeu a surpresa e a mágoa de Tignor, brotando devagar, como uma dor física. E seu ressentimento dela, dessa mulher resistente e inflexível. Ele cerrou os dentes com força, mas se obrigou a sorrir.

— Então, você é quem manda. É claro.

Tomou o rumo da Sandusky's, uma taberna à margem do rio. Ficava a uns três quilômetros de distância e, durante o trajeto, Tignor não dirigiu a palavra a Rebecca, nem ela a ele.

Calmamente, ela pensou: *Ele não me tocaria. Não ia querer me machucar.*

Assim que entraram no interior enfumaçado da taberna, alguns homens o chamaram: "E aí, Tignor! Tudo bem, cara?" Ou então: "Tignor! Como é que você vai?" Rebecca notou como era gratificante para ele ser reconhecido e benquisto dessa maneira. Tignor pisou firme e retribuiu os cumprimentos. É claro que conhecia Sandusky, o dono da taberna, e conhecia os rapazes do bar. Apertou mãos e deu tapinhas em ombros. Recusou convites para se juntar a outros homens no bar, onde eles queriam que ficasse. Não se deu o trabalho de apresentar Rebecca, que se manteve a uma pequena distância. Ela notou que os homens a avaliaram e gostaram do que viram.

A garota do Tignor.

Essa era nova, jovenzinha.

Alguns desses homens de Milburn deviam conhecê-la, ou saber dela. A garota Schwart. A filha do coveiro. Mas agora ela estava mais velha, já não era criança. Na companhia vistosa de Niles Tignor, eles não a reconheceriam.

— Venha aqui, meu bem. Para onde está sossegado.

Levou-a para sentar-se num reservado, longe do bar. Uma fileira de festivas lâmpadas verdes e vermelhas, sobras do Natal, brilhava no alto. Tignor pediu uma *ale* Black Horse para ele, dois copos. E uma Coca para Rebecca. Ela tomaria cerveja do seu copo, se quisesse. Tignor esperava que sim.

— Está com fome? Puxa, eu seria capaz de comer um cavalo.

Pediu duas bandejas de sanduíches de rosbife, cebola frita, batatas fritas e ketchup. E também quis rodelas de batata. E amendoim salgado. Pepinos em conserva, um prato de pepinos em conserva temperados com aneto. Começou a conversar com Rebecca com seu jeito descontraído, brincalhão. Nesse lugar, onde talvez houvesse outras pessoas observando, ele não queria ser visto como um homem constrangido com a namorada. Falou das viagens recentes pelo estado, no vale do Hudson, e na região de Catskill, no sul, mas em linhas muito gerais. Não lhe diria nada crucial sobre si mesmo, Rebecca sabia. Não o tinha feito em Beardstown, quando houvera oportunidade. Havia se empanturrado de comida, bebida e do corpo de Rebecca, e não quisera mais nada.

— Nessas duas últimas noites, estive em Rochester. Naquele hotel grande de lá, o Statler. Ouvi um quarteto de *jazz* numa boate. Você gosta de *jazz*? Não conhece *jazz*? Bem, um dia. Talvez eu a leve lá. A Rochester.

Rebecca sorriu.

— Sim, espero que sim.

Sob as luzes piscantes, Rebecca era uma moça bonita, talvez. Desde que Tignor fizera amor com ela, tornara-se mais bonita. O homem experimentou uma forte atração por ela ao se lembrar. Ressentiu-se disso, do poder que a garota exercia sobre ele, o poder de distraí-lo. Porque não queria pensar no passado. Não queria que o passado, nem mesmo de semanas antes, exercesse qualquer influência sobre ele no presente. A seu ver, ser influenciado dessa maneira, como homem, era ser fraco, pouco viril. Ele só queria viver o presente. Mas não conseguia entender como agora Rebecca se mantinha distante dele. Sorria, mas se mostrava cautelosa. Na pele morena dela havia um brilho passional; os olhos eram admiravelmente límpidos, os cílios, escuros e espessos, com uma curiosa obliqüidade furtiva.

— Quer dizer que você não me ama, hein? Não como da última vez.

Apoiado nos cotovelos, Tignor falou com um jeito pensativo, meio brincalhão, mas havia ansiedade em seus olhos. Não que quisesse amar mulher alguma, porém queria ser amado, e muito.

Rebecca respondeu:

— Amo, Tignor. Eu amo você.

Disse-o com uma voz estranha, exultante, perturbadora. Era tanto o barulho na taberna, que Tignor poderia fingir que não tinha escutado. Os olhos pálidos e sem emoção do homem ficaram opacos. O rosto enrubesceu. Se ele a ouvira, não fazia idéia de como entender seu comentário.

Chegaram as bandejas de rosbife. Tignor comeu sua comida e boa parte da de Rebecca. Terminou os dois copos de cerveja e pediu o terceiro. Levantou-se do reservado para usar o banheiro masculino:

— Tenho que dar uma mijada, benzinho. Já volto.

Grosseiro! Ele era grosseiro, irritante. Saiu do reservado, mas não voltou logo.

Mordiscando com displicência pedaços gordurosos de batata frita, Rebecca viu Tignor parar junto a outros reservados e no bar. Meia dúzia de homens no bar parecia conhecê-lo. Havia uma mulher de suéter turquesa e cabelo louro afofado que insistia em pôr o braço em volta do pescoço dele ao lhe dirigir a palavra, compenetrada. E havia o dono da taberna, Sandusky, com quem Tignor teve uma longa conversa, pontuada por explosões de riso. *Ele quer se esconder entre eles*, pensou Rebecca. *Como se fosse um deles.*

Sentiu a vitória da posse, por conhecê-lo intimamente. Nenhum daqueles outros conhecia Tignor do jeito que ela o conhecia.

Mesmo assim, ele se manteve afastado, de propósito. Rebecca sabia, sabia o que ele estava fazendo; Tignor passara semanas sem lhe telefonar, esquecera-se dela. Pois ela sabia e aceitaria. Iria como um cachorrinho quando ele estalasse os dedos, mas só no começo: ele não poderia obrigá-la a fazer mais nada.

Quando Tignor voltou para a mesa, carregando outra cerveja, tinha o rosto ruborizado e úmido e andava com a precisão e os passos curtos de um homem num convés adernado. Olhou-a de relance, com aquela curiosa mescla de ansiedade e ressentimento.

— Desculpe, boneca. Fiquei envolvido por lá.

Tignor não soou muito como quem se desculpasse, mas se inclinou para beijar o rosto de Rebecca. Passou a mão no cabelo dela, afagou-o. Deixou a mão no ombro da moça.

— Sabe de uma coisa? — disse. — Vou comprar uns brincos para você, R'becca. Umas argolas de ouro. Esse seu jeito de cigana é muito sensual.

Rebecca tocou os lóbulos das orelhas. Katy os havia furado com um grampo "desinfetado" na chama de uma vela, para que ela pudesse usar brincos de orelha furada, mas as pequenas perfurações não tinham cicatrizado bem.

Inesperadamente, ela disse:

— Não preciso de brincos, Tignor. Mas obrigada.

— Uma garota que "não precisa" de brincos, nossa!...

Tignor sentou-se pesadamente em frente a ela. Num gesto de ébrio bem-estar, passou as mãos robustamente pelo cabelo e esfregou as pálpebras avermelhadas. Com ar cordial, disse, como se tivesse acabado de pensar no assunto:

— Alguém me disse, R'becca, que você é, como se chama?... "tutelada pelo Estado".

Rebecca franziu o cenho, não estava gostando daquilo. Que inferno, gente falando dela com Niles Tignor!

— Estou sob a tutela do condado de Chautauqua. É que meus pais morreram e tenho menos de dezoito anos.

Rebecca nunca havia proferido essas palavras até então.

Meus pais morreram.

É que não pensava em Jacob e Anna Schwart exatamente como mortos. Eles a estavam esperando no velho chalé de pedra no cemitério.

Tignor, bebendo, esperou que ela lhe dissesse mais alguma coisa, de modo que Rebecca lhe contou, com a vivacidade de uma aluna de escola:

— Uma mulher, uma ex-professora, foi nomeada pelo tribunal do condado para ser minha tutora. Morei com ela por uns tempos. Mas agora já saí da escola e estou trabalhando. Não preciso de tutor. Arco com o meu sustento. E, quando fizer dezoito anos, deixarei de ser tutelada pelo Estado.

— Quando será isso?

— Em maio.

Tignor sorriu, mas estava perturbado, constrangido. Dezessete anos: muito novinha!

Ele tinha pelo menos o dobro dessa idade.

— Essa tutora, quem é ela?

— Uma mulher. Uma cristã. Era... — interrompeu-se, hesitante, sem querer enunciar o nome de Rose Lutter — foi muito boa para mim.

Sentiu uma pontada de culpa. Tinha se portado mal com a Srta. Lutter, muito se envergonhava disso. Não apenas de ter deixado a Srta. Lutter sem se despedir, mas também porque, em três ocasiões, a professora tentara entrar em contato com ela no Hotel General Washington, e Rebecca havia rasgado os recados.

Tignor insistiu:

— Por que o tribunal nomeou *essa mulher*?

— Porque ela já tinha sido minha professora na escola primária. Porque não havia mais ninguém.

Falou com ar de impaciência, doida para que Tignor mudasse de assunto.

— Raios, *eu* podia ser seu tutor, garota. Você não precisa de nenhum estranho.

Rebecca sorriu, insegura. Sentia-se acalorada, constrangida, por ser interrogada por Tignor. Não tinha certeza do que ele pretendera dizer com esse comentário. Só estava brincando, provavelmente.

Tignor indagou:

— Você não gosta de falar dessa história de "tutela", é isso?

Rebecca abanou a cabeça. Não, não! Por que diabo ele não a deixava em paz?

Gostava das brincadeiras de Tignor, sim. Daquele jeito impessoal que ele tinha, que a fazia rir e se sentir sensual. Mas isso, isso era como enfiar o punho dentro dela, fazendo-a se contorcer e gritar, só para se divertir.

Escondeu o rosto, julgando essa idéia muito feia.

De onde é que tinha vindo essa idéia horrorosa?

— Que diabo, neném, você está chorando?

Tignor puxou as mãos de Rebecca, para afastá-las de seu rosto. Ela não estava chorando, mas se recusou a encará-lo.

— Eu queria que você gostasse mais de mim hoje, boneca. Acho que alguma coisa deu errado entre nós.

Tignor falou bancando o tristinho, mas sentia-se perplexo com ela, frustrado com a vontade de Rebecca em oposição à sua. Não estava acostumado a que as mulheres se opusessem a ele por muito tempo.

Rebecca retrucou:

— Gosto de você, Tignor. Você sabe disso.

— Só que não quer voltar comigo. Para o hotel.

— Porque não sou sua puta, Tignor. Não sou puta.

Ele recuou, como se tivesse levado uma bofetada. Esse tipo de linguagem numa mulher lhe era profundamente chocante, e o homem começou a gaguejar:

— Por que você... acharia isso? Ninguém nunca disse... uma coisa dessas! Puxa, Rebecca... que tipo de conversa é essa? Não sou homem de procurar... putas. Caramba, *não sou.*

Era o orgulho do homem que ela havia insultado. Como se tivesse debruçado sobre a mesa e esbofeteado seu rosto, para todo o mundo no Sandusky's ver.

Rebecca tinha falado num tom veemente, impulsivo. E, agora que tinha começado, não conseguia parar. Não havia provado a cerveja de Tignor nessa noite, mas sentia a euforia inconseqüente da embriaguez.

— Você me deu dinheiro, Tignor. Me deu oitenta e quatro dólares. Peguei as notas do chão, as que consegui achar. Você não me ajudou. Ficou olhando. Disse que o dinheiro era do meu irmão Herschel, em Montreal, mas não acredito.

Até esse momento, Rebecca não soubera no que acreditava. Não tinha querido desconfiar de Tignor, não quisera pensar no assunto. Oitenta e quatro dólares! E também esse dinheiro era *sem registro*. Agora lhe parecia provável que Tignor a houvesse tapeado. Ela era estupidamente ingênua. Tignor pagara a Rebecca Schwart para ser puta, e o fizera com tanta habilidade, daquele seu jeito de embaralhar e distribuir as cartas, que era possível argumentar que Rebecca Schwart não era puta.

Tignor protestou:

— Que diabo você está dizendo, você? Que eu inventei? Ele... como é que se chama... o "Herschel"... ele me deu aquele dinheiro para você. Seu próprio irmão, que ama você... pelo amor de Deus, você devia ficar agradecida!

Rebecca tapou os ouvidos com força. Agora lhe parecia muito claro, e todo o mundo devia saber.

— Escute, você pegou o dinheiro, não foi? Não a vi deixá-lo no chão, boneca.

Boneca, palavra que ele proferiu com a voz carregada de sarcasmo.

— É, eu o peguei. Peguei.

Na ocasião, ela não quisera questionar o dinheiro. Gastara-o em poucos dias. Tinha comprado comida para refeições suntuosas com suas colegas de apartamento. Comprara coisas bonitas para a sala. Nunca tinha podido contribuir tanto para a casa quanto Katy e LaVerne, sempre se sentira culpada.

Mas nessa hora percebeu que as outras deviam ter adivinhado de onde viera realmente o dinheiro. Ela dissera *Herschel*, mas, com certeza, as duas deviam ter pensado *Tignor*. Katy lhe dissera que receber dinheiro por sexo era só uma coisa que acontecia às vezes.

Um brilho perverso luziu nos olhos de Tignor.

— E você aceitou o anel, R'becca. Está usando o anel, não é?

— Vou devolvê-lo! Não o quero.

Tentou tirar o anel do dedo, mas Tignor foi rápido demais para ela. Plantou a mão sobre a sua, imprensando-a com força na mesa. Estava furioso por ela chamar a atenção para os dois, sentia-se exposto, humilhado. Rebecca gemeu de dor, com medo de que ele lhe esmagasse os ossos da mão, tão menor que a dele. Pela expressão rubra e acalorada no rosto do homem, viu que ele gostaria de matá-la.

— Vamos embora. Pegue seu casaco. Porra, se você não vai pegar, eu pego.

Pegou o casaco de Rebecca e seu paletó sem soltar a mão dela. Arrastou-a para fora do reservado. Ela tropeçou, quase caiu. Havia pessoas olhando, mas ninguém quis interferir. No Sandusky's, ninguém se dispunha a questionar Niles Tignor.

No Studebaker, porém, no estacionamento da taberna, a briga continuou. Assim que Tignor soltou a mão de Rebecca, ela foi tomada por uma chama de loucura e puxou o anel. Não o usaria por mais um minuto sequer! E assim, Tignor a esbofeteou com as costas da mão e ameaçou fazer coisa pior.

— Odeio você. Não o amo. Nunca amei. Acho você um animal nojento.

Rebecca falou baixo, quase com calma. Encolheu-se junto à porta do passageiro, com os olhos brilhando no escuro, refletindo as luzes de neon como os olhos de um gato selvagem. Meio sem jeito, chutou Tignor. Encolheu as duas pernas até o peito e o chutou. Tignor foi apanhado tão de surpresa que não pôde se proteger. Xingou-a e lhe deu um soco. Errou a mira e acertou o volante que estava no caminho. Rebecca tentou arranhar-lhe o rosto e teria cravado as unhas nele, se conseguisse alcançá-lo. Agia com total temeridade, lutando com um homem que tinha força para lhe arrebentar o rosto de um só golpe. Tignor ficou deslumbrado, foi quase obrigado a rir:

— Caramba, garota!

Agitando os braços, Rebecca o atingiu e fez seu lábio sangrar. Tignor enxugou a boca e descobriu o sangue. E então começou a rir, porque a garota era muito atrevida em sua necessidade de machucá-lo, parecendo não saber o que ele lhe poderia fazer.

Rebecca não o tinha perdoado por não telefonar. Em todas essas semanas. Esse era o xis da questão, Tignor compreendeu.

De algum modo, ele conseguiu ligar o carro. Com um braço esticado, manteve Rebecca a distância. O sangue lhe escorria pelo queixo em filetes que lembravam presas, ia estragar seu paletó de camurça. Tignor deu marcha a ré, girando o Studebaker, e conseguiu dirigir quase até a rua antes que Rebecca voltasse a atacar. Dessa vez, ele a agarrou pelo cabelo comprido e farto, fechando o punho, e a atirou com tanta força contra a porta do passageiro, batendo sua cabeça na janela, que ela deve ter perdido a consciência por um momento. Torceu para não ter quebrado o vidro. A essa altura, os homens tinham ido atrás deles no estacionamento, para ver o que estava acontecendo. Mesmo nessa hora, porém, ninguém quis intervir. O próprio Sandusky, que era amigo de Tignor, correra para o lado de fora, com a cabeça descoberta no ar gelado, mas uma ova se ia interferir. Isso era entre Tignor e a garota. Era de se supor que houvesse um propósito no que Tignor tinha de fazer nessas circunstâncias, e também justiça.

Rebecca ficou enfraquecida, chorando baixinho. O último golpe a havia acalmado, e Tignor pôde voltar para Milburn e para a rua Ferry. Pretendia ajudar a moça a sair do carro, só que, assim que pisou no freio junto ao meio-fio, ela abriu a porta, evitando-o, saiu correndo, tropeçou escada acima pelo sobrado e entrou. Arfante, Tignor meteu o pé no acelerador e foi embora. Sangrava não só na boca, mas também num corte vertical na bochecha direita, onde as unhas de Rebecca o haviam atingido. "Vaca. Vaca sacana", xingou. Mas estava tão inundado de adrenalina que quase não sentia dor. Imaginou que a garota também devia estar bem machucada. Torceu para não ter quebrado nenhum de seus ossos. Era provável que a tivesse deixado com um olho roxo, talvez os dois. Torceu muito para que ninguém chamasse a polícia. No estacionamento atrás do hotel, apagou os faróis do Studebaker e, como sabia que veria, viu no banco dianteiro, atirado com desdém, o anelzinho de opala.

O casaco da garota estava amarrotado no chão.

— Então, acabou-se. Ótimo!

35

Na manhã seguinte, o rosto de Rebecca tinha tantos inchaços e machucados e seu andar estava tão entrevado, que Katy insistiu em ligar para Amos Hrube e dizer que ela havia adoecido e não poderia trabalhar.

LaVerne comentou, inflamada:

— Devíamos chamar a polícia! Aquele sacana.

Katy disse, menos segura:

— Não devíamos levá-la ao médico, Rebecca? Você está com uma cara péssima.

Rebecca estava sentada à mesa da cozinha, comprimindo o rosto com cubos de gelo enrolados num pano de prato. Seu olho esquerdo estava fechado, inchado e descolorido como um bócio. A boca intumescida dobrara de tamanho. Na mesa havia um espelhinho de mão, virado para baixo.

Ela agradeceu a Katy e LaVerne e lhes disse que estava tudo bem: ficaria boa.

LaVerne indagou:

— E se ele voltar, para machucar você ainda mais? É isso que os caras fazem, quando não matam a gente da primeira vez.

Rebecca disse que não, Tignor não voltaria.

LaVerne pegou o telefone da bancada da cozinha e o pôs na mesa, ao lado de Rebecca:

— Para o caso de você precisar chamar a polícia.

Katy e LaVerne saíram para trabalhar. Rebecca estava sozinha em casa quando Tignor chegou, no fim da manhã. Ela ouvira um veículo parar com uma freada junto ao meio-fio e uma porta bater com força, com um barulho de estremecer. Mas estava zonza demais para olhar pela janela.

O apartamento das moças no segundo andar só tinha três cômodos. Havia uma única porta, que dava para o patamar da escada. Rebecca ouviu os passos pesados de Tignor na subida, depois, os nós de seus dedos batendo:

— Rebecca?

Ficou muito quieta, escutando. Havia trancado a porta depois de Katy e LaVerne saírem, mas a fechadura era frágil, Tignor poderia derrubar a porta com um pontapé, se quisesse.

— Rebecca, você está aí? Abra, é o Tignor.

Como se o cretino precisasse se identificar! Rebecca teria sido capaz de rir, não fosse a dor que sentia na boca.

A voz dele tinha um tom sóbrio, rude e aborrecido. Rebecca nunca ouvira seu nome ser pronunciado com tanta ansiedade. Viu a maçaneta da porta girar freneticamente.

— Vá para o inferno! Não quero você.

— Rebecca, deixe eu entrar. Não vou machucá-la, juro. Tenho uma coisa para lhe dizer.

— Não. Vá embora.

Mas Tignor não quis ir embora. Rebecca sabia que não iria.

Mesmo assim, não conseguiu dispor-se a chamar a polícia. Sabia que devia, mas não pôde. É que, se os policiais tentassem prendê-lo, Tignor reagiria, e eles o machucariam muito. Como num sonho em que ela já vira o amante baleado no peito, de joelhos, sangrando no piso de linóleo da cozinha...

Sacudiu a cabeça para afastar essa visão. Aquilo não tinha acontecido, fora apenas um sonho. Um sonho de Jacob Schwart, quando a Gestapo o perseguira até a casa de pedra do cemitério.

Para proteger Tignor, ela não teve alternativa senão abrir a porta.

— Oi, garota: você é minha garota, não é?

Entrou de imediato, radiante. Rebecca sorriu ao ver que seu rosto também estava marcado: o lábio superior inchado, com uma crosta úmida e feia. E na face direita havia um risco vertical irregular, feito por suas unhas.

Tignor a fitou, vendo nela a prova da passagem de suas mãos.

Deu um sorriso lento, sofrido, com uma expressão quase tímida, por Rebecca exibir sinais tão visíveis do que ele lhe fizera.

— Arrume suas coisas, vamos fazer uma viagem.

Apanhada de surpresa, ela riu:

— Viagem? Para onde?

— Você vai ver.

Tignor estendeu a mão, ela se esquivou. Sentiu vontade de bater nele de novo, de afastar suas mãos a tapas.

— Você está maluco, não vou a lugar nenhum com você. Eu tenho um emprego, droga, você sabe que eu tenho que trabalhar hoje de tarde...

— Isso acabou. Você não vai voltar para o hotel.

— O quê?! Por quê? — fez Rebecca. Ouviu seu próprio riso, já assustada.

— Só pegue suas coisas, Rebecca. Vamos embora de Milburn.

— Por que diabos você acha que eu o acompanharia a algum lugar?... um desgraçado de um cretino como você, um homem que bate em mulher, me tratando com tanto desrespeito...

Calmamente, Tignor respondeu:

— Isso não vai acontecer de novo, Rebecca.

Os ouvidos dela rugiam. O cérebro tornara-se um branco, como um filme superexposto. Tignor lhe afagou o cabelo, que estava despenteado, embaraçado.

— Vamos, meu bem. Temos que nos apressar, temos uma viagenzinha pela frente... até as Cataratas do Niágara.

Na mesa da cozinha, ao lado do telefone negro, Rebecca deixou um bilhete escrito às pressas para Katy Greb e LaVerne Tracy descobrirem naquela noite:

Querida Katy e querida LaVerne — adeus estou indo embora me casar.

Rebecca

36

Sra. Niles Tignor.
Toda vez que assinava o novo nome, Rebecca tinha a impressão de que sua letra estava mudada.

— Tenho inimigos por lá, meu bem, que nunca se aproximariam de mim. Mas com uma esposa, seria diferente.

Com o sobrolho carregado, Tignor fez esse pronunciamento na noite de 19 de março de 1954, enquanto os dois tomavam champanhe na suíte nupcial do luxuoso Hotel Cataratas do Niágara, que, por entre uma cortina esvoaçante de brumas, dava para as fabulosas Cataratas da Ferradura. A suíte ficava no oitavo andar do hotel e Tignor a havia reservado por três noites. Rebecca estava trêmula, mas se obrigou a rir, sabendo que o homem precisava que ela risse, porque passara boa parte do dia carrancudo. Foi sentar-se no colo dele e o beijou. Estava tremendo, ele a consolaria. Com sua nova camisola de seda debruada de renda, que não se parecia com qualquer peça de roupa que Rebecca já tivesse visto, muito menos usado. Tignor grunhiu de satisfação e começou a lhe acariciar os quadris e as coxas com movimentos rudes das mãos fortes. Gostava de senti-la nua por baixo da camisola, com os seios soltos, pesados em sua boca como se estivessem carregados de leite. Gostava de estimular, apertar, excitar. Gostava que ela gritasse quando lhe fazia cócegas. Gostava de lhe enfiar a língua na boca, no ouvido, no umbiguinho apertado, nas axilas quentes e úmidas, que nunca tinham sido raspadas.

Rebecca não perguntou o que Tignor queria dizer com suas palavras enigmáticas, porque supôs que ele as explicaria, se quisesse explicar; se não, não. Fazia menos de doze horas que ela era mulher de Niles Tignor, mas já compreendia.

* * *

Presa entre os joelhos, enquanto ele dirigia, uma garrafa de meio litro de burbom. O trajeto de Milburn para o norte e o leste, em direção às Cataratas do Niágara, tinha aproximadamente 145 quilômetros. Essa paisagem, coberta de neve feito camadas de pedra, passou por Rebecca num borrão. Quando Tignor levantava a garrafa para que ela bebesse, tal como se estimularia uma criança a tomar uma mamadeira, cutucando-lhe a boca, não gostava que ela hesitasse, de modo que Rebecca engolia os menores goles que se atrevia a beber. E pensava: *Nunca diga não a esse homem*. Era uma idéia reconfortante, como se um mistério se houvesse esclarecido.

— Tignor, meu chapa! Ela é maior, né?

— É.

— Certidão de nascimento?

— Perdida num incêndio.

— Tem dezesseis anos, pelo menos?

— Faz dezoito em maio. É o que ela diz.

— E não foi *co'gida*, foi? Vocês dois parece que saiu de um desastre de automóvel, ou coisa assim.

Rebecca ouviu *coagida* como *cozida*. Não fazia idéia do que estava falando aquele sujeito careca e atarracado, de sobrancelhas em tufos, que Tignor dizia ser seu amigo de confiança e um juiz de paz que poderia casá-los.

Tignor respondeu com dignidade: ninguém estava sendo *co'gido*. Nem a garota nem ele.

— Legal. Vamos ver o que dá pra fazer, cara.

Era estranho que o escritório do juiz de paz ficasse numa residência particular, um bangalozinho de tijolos numa rua residencial de Cataratas do Niágara, que não ficava nem perto das cataratas. E que a mulher dele, a "Sra. Mack", fosse a única testemunha do casamento.

Tignor equilibrou Rebecca, precisou ajudá-la a entrar na casa, porque o burbom no estômago vazio lhe deixara as pernas bambas como pasta de alcaçuz derretida. Sua visão no olho esquerdo, aquilo que se conhecia como olho roxo, estava nublada. E a boca inchada latejava, não com uma dor comum, mas com uma fome voraz de ser beijada.

Foi uma cerimônia "civil", ao que lhe disseram. Muito rápida, levou menos de cinco minutos. Passou num borrão, como um girar do botão do rádio, com as estações entrando e saindo de sintonia.

— Você, Rebecca, aceita...

(Ela havia começado a tossir, depois, a soluçar. Com uma vergonha enorme!)

— ...seu legível, digo, legítimo esposo...

(E Rebecca teve um acesso de riso, em pânico.)

— Diga "aceito", querida. Você *aceita*?

— S-sim. Aceito.

— E você, Niles Tignor...

— Cacete, aceito.

E a voz entoou, com uma imitação de severidade:

— Pela autoridade em mim investida pelo estado de Nova York e pelo condado de Niágara, neste dia "dezenóvimo" de março de 1954, eu os declaro...

Lá fora, em algum lugar, soou uma sirene distante. Um veículo de emergência. Rebecca sorriu; o perigo estava muito longe.

— O noivo pode beijar a noiva. Cuidado!

Mas Tignor apenas envolveu Rebecca nos braços, como que para protegê-la com o corpo. Ela sentiu o coração do homem, do tamanho de um punho cerrado, batendo contra seu rosto quente e dolorido. Teria gostado de abraçá-lo, mas ele a segurou com força, firme. Com os braços pesados e musculosos, arranhando-lhe o rosto no paletó esporte. As idéias chegavam a Rebecca em lentos balões flutuantes: *Agora estou casada, serei esposa.*

Havia uma pessoa a quem queria contar, alguém que não vira durante muito tempo.

A "Sra. Mack" trouxe documentos para assinar e uma caixa de um quilo de chocolate Fanny Farmer. Atarracada como o marido, com sobrancelhas finas, desenhadas a lápis, e um jeito agitado, apresentou formulários para Tignor e Rebecca assinarem e uma certidão de casamento a ser levada por eles. Tignor estava impaciente e assinou o nome com um rabisco, que talvez fosse *N. Tignor*, se a gente examinasse de perto. Rebecca teve dificuldade para firmar a caneta entre os dedos, não tinha percebido que todos os dedos de ambas as mãos estavam meio inchados, e sua concentração entrava e saía de foco, de modo que Tignor precisou guiar sua mão: *Rebecca Schard*.

A "Sra. Mack" agradeceu aos dois. Tirou a caixa de chocolates da mão do marido (a caixa já fora aberta, o Sr. Mack tinha se servido e mastigava vigorosamente) e a entregou a Tignor, como um prêmio.

— Está incluído no preço, sabe? Vocês podem levar para a lua-de-mel.

— Mamãe sempre me avisou que podia acontecer alguma coisa comigo. Mas nunca aconteceu nada. E agora estou *casada*.

Com sua boca estropiada, Rebecca deu um sorriso tão feliz, que Tignor riu e lhe lascou um beijão molhado em plena vista de quem pudesse estar olhando, no saguão do Hotel Cataratas do Niágara.

— Eu também, R'becca.

No Hotel General Washington, Rebecca nunca tinha visto um quarto como a suíte nupcial do Hotel Cataratas do Niágara. Dois cômodos amplos: quarto com cama de dossel e sala com sofá de veludo, poltronas, um televisor de pé Motorola, balde de gelo e bandeja de prata, taças de cristal. Também ali, com ar brincalhão, Tignor cruzou a soleira da porta carregando a noiva e desabou com ela na cama, puxando sua roupa, agarrando feito um lutador seu corpo que se debatia, e Rebecca fechou os olhos para fazer o teto parar de rodar, o dossel da cama no alto, oh! oh! oh!, e segurou os ombros de Tignor com o desespero de quem se agarrasse à borda de um parapeito, enquanto ele abria atabalhoadamente as calças e se atrapalhava para penetrá-la, a princípio mais hesitante do que tinha sido em Beardstown, murmurando com a voz abafada, entrecortada, o que talvez fosse o nome de Rebecca; e ela fechou os olhos com mais força, porque seus pensamentos se dispersavam feito pássaros em pânico diante da ira dos caçadores, cujos tiros explosivos enchiam o ar, e os pássaros fugiam em direção ao céu para salvar sua vida, e ela tornou a ver o rosto do pai, percebendo pela primeira vez que era uma máscara de pele, uma máscara de pele e não um rosto, e viu seus olhos enlouquecidos, que eram iguais aos dela, e viu suas mãos trêmulas e, também pela primeira vez, ocorreu-lhe *tenho que tirá-la dele, é isso que ele quer de mim, ele me chamou para isso, para tirar dele sua morte*. Mas não a havia tirado. Ficara paralisada, sem conseguir se mexer. Vira-o manobrar com esforço a espingarda enorme naquele espaço estreito, apontá-la para si mesmo e puxar o gatilho.

Tignor gemeu, como se tivesse sido atingido por uma marreta.

— Ai, boneca...

* * *

Era seu privilégio beijá-lo, como mulher dele.

Do homem que dormia pesado, tão indiferente aos beijos de Rebecca em seu rosto suado, junto ao contorno do couro cabeludo, quanto à mosca aflita que zumbia no alto, aprisionada no dossel de seda da cama.

Foi à noite que ela encontrou aquilo que não sabia estar procurando: num compartimento "secreto" da mala de Tignor, no banheiro que também era quarto de vestir.

De dia, quando os dois saíam do hotel, Tignor mantinha a mala trancada. Mas não à noite.

Eram três horas da madrugada, Tignor dormia. Dormiria um sono profundo até as dez da manhã, pelo menos.

No banheiro, que reluzia e cintilava com ladrilhos perolados, ferragens de bronze e espelhos com molduras ornamentadas a ouro, como nenhum outro banheiro que ela já tivesse visto no General Washington, Rebecca ficou parada, descalça, nua e trêmula. Tignor lhe arrancara a nova camisola rendada e a jogara embaixo da cama. Queria-a nua a seu lado, gostava de acordar junto à nudez feminina.

"Ele não se incomodaria. Por que se incomodaria? Agora somos marido e mulher..."

É claro que Tignor se incomodaria. Tinha um gênio explosivo, se alguém chegasse sequer a questioná-lo de um jeito que não lhe agradasse. Uma garota não devia bisbilhotar a vida pessoal de Niles Tignor. Uma garota não devia provocar um homem, enfiando a mão no bolso dele (para pegar a cigarreira ou o isqueiro), por exemplo.

Leora Greb lhe avisara: nunca mexa nas malas dos hóspedes; eles podem preparar armadilhas e você se ferra.

Era possível que Rebecca estivesse procurando a certidão de casamento. Tignor a havia dobrado com descuido, escondendo-a entre suas coisas.

Não estava procurando dinheiro! (Parecia saber que Tignor lhe daria todo o dinheiro que ela quisesse, enquanto a amasse.) Não estava procurando documentos e papéis dos negócios da cervejaria. (Esses Tignor guardava numa valise trancada na mala do carro.) No entanto, num dos vários compartimentos fechados com zíper na mala, ela a encontrou: uma arma.

Parecia um revólver, com um cano duplo fosco, preto-azulado, de uns treze centímetros de comprimento. O cabo era de madeira. Não parecia uma arma recém-comprada. Rebecca não fazia idéia de qual era o calibre, nem sabia se o revólver estava travado ou carregado. (É claro que devia estar carregado. Que é que Tignor havia de querer com uma arma descarregada?)

Era como Rebecca havia entendido no carro em que tinha chispado para Cataratas do Niágara, para se casar: *Nunca diga não a esse homem.*

Não sentiu vontade de tirar a arma do compartimento. Em silêncio, tornou a fechar o zíper, e em silêncio fechou a mala. Era uma mala de homem, de peso pouco funcional e couro de boa qualidade, mas bastante arranhado. Com um monograma brilhante de latão, *NT.*

37

Tinha a expectativa de engravidar. Agora estava casada com um homem, depois seria mãe de um filho.

Sempre *em movimento*! Tignor dizia não haver vida melhor.

Nos anos em que eles não moraram em lugar nenhum. Durante o resto de 1954, até a primavera de 1955 (quando Rebecca engravidou pela primeira vez), não moraram em outro lugar senão o carro de Tignor e uma sucessão de hotéis, quartos mobiliados e, com menos freqüência, apartamentos alugados por uma semana. A maioria das paradas era para pernoitar. Percebia-se que eles não moravam em lugar nenhum, apenas se detinham por períodos variáveis. Pararam em Buffalo, Port Oriskany e Rochester. Pararam em Syracuse, Albany, Schenectady, Rome. Pararam em Binghamton, Lockport e Cataratas do Chautauqua, e em cidadezinhas do interior como Hammond, Elmira, Chateaugay e Lake Shaheen. Pararam em Potsdam e em Salamanca. Pararam no lago George, no lago Canandaigua, no lago Schroon. Pararam em Lodi, Owego, Schoharie e Port au Roche, na margem norte do lago Champlain. Em alguns desses lugares, Rebecca entendeu que Tignor negociou a compra de imóveis, ou já havia comprado imóveis. Em todos eles, Tignor tinha amigos e o que chamava de *contatos*.

Ele voltava com regularidade a Milburn, é claro. Continuava a se hospedar no Hotel General Washington. Mas, nessas ocasiões, deixava Rebecca em outra cidade, porque ela não suportava voltar a Milburn.

Ao hotel, dissera a Tignor. Isso não!

Na verdade, era à própria Milburn. Onde ela era a filha do coveiro e onde, se quisesse dar-se o trabalho de procurar, poderia visitar os túmulos cheios de mato dos pais, num canto malcuidado do Cemitério Municipal de Milburn.

Ela nunca havia retornado à rua Ferry para buscar o que restara de suas coisas, tamanha a pressa com que tinha partido, naquela primeira e espantosa manhã de sua nova vida.

Meses depois, no entanto, escreveu para Katy e LaVerne. Sentia-se arrependida, nostálgica. Temia que as amigas tivessem deixado de gostar dela, por inveja. *Sinto saudade de vocês! Estou muito feliz como mulher casada. Tignor e eu viajamos o tempo todo a negócios e nos hospedamos nos melhores hotéis, mas sinto falta de vocês duas e de Leora. Tenho a esperança de ter um bebê...* Mas o que era isso, esse tom entusiasmado de menina? Era essa a voz da Sra. Niles Tignor? Rebecca sentiu um arrepio de puro nojo ante a voz que brotava dela ao escrever, tão depressa quanto conseguia fazer a pena deslizar na folha de papel timbrado da Pousada do Lago Schroon, na estranha quietude do quarto do hotel. *Estou mandando algum dinheiro, por favor, comprem uma coisa bonita para o apartamento — uma cortina nova? Um abajur? Ah, sinto falta de nós, acordadas até tarde, rindo; sinto falta das visitas da Leora; por mim, eu ligaria para vocês, mas acho que o Tignor não ia gostar. Os maridos têm ciúme das mulheres! Eu não devia ficar surpresa, suponho. Em especial, o Tignor tem ciúme dos outros homens, é claro. Diz que sabe como eles são, "no fundo", e não confia sua mulher a nenhum deles.* Não conseguiu autorizar-se a ler o que tinha escrito. Não conseguiu autorizar-se a imaginar o que Tignor diria, se lesse o que ela havia escrito. *Posso pedir um favor? Será que vocês me mandariam umas coisas que deixei aí, especialmente meu dicionário? Sei que é um grande favor, pedir para vocês embrulharem e despacharem uma coisa tão pesada; acho que eu poderia comprar um dicionário novo, porque o Tignor é muito generoso e me dá dinheiro para gastar, como sua mulher. Mas aquele dicionário é especial para mim.* Rebecca fez uma pausa, piscando para conter as lágrimas. Seu dicionário velho e surrado, com o nome com a grafia errada lá dentro. Mas era o seu dicionário, o que seu pai não tinha jogado no fogão; ele havia cedido, como se, naquele instante, que tornou a inundá-la nesse momento com a força de uma alucinação, o pai a tivesse amado, afinal. *Por favor, enviem para a Sra. Niles Tignor, a/c Caixa Postal 91, Hammondsville, NY (que é onde o Tignor recebe a correspondência, já que é um ponto central em suas viagens pelo estado de NY). Aqui vão três dólares para isso. Obrigada! Dêem um abraço e um beijo na Leora por mim, sim? Sinto saudade dos nossos velhos tempos, quando jogávamos* rummy *depois da aula, você não, Katy? Sua amiga, Rebecca.* De repente, sentiu-se exausta. Tomada por um grande mal-estar. É que essa voz não lhe pertencia; como Rebecca, ela não tinha palavras; como Sra. Niles Tignor, cada palavra que lhe escapava era falsa, de algum modo. Releu depressa a carta e ficou pensando se devia rasgá-la; mas a finalidade da carta era pedir que lhe mandassem seu dicionário. Como se sentia cansada, com a cabeça doendo de angústia! Tignor logo voltaria para o quarto, e ela não se atrevia a deixar que a visse escrevendo uma carta.

Às pressas, acrescentou um PS que a fez sorrir:

Digam à Leora para transmitir àquele babaca do Amos Hrube que NÃO SINTO FALTA DA CARA HORROROSA DELE.

A cada mês que passava, ela ficava mais perto de engravidar, acreditava Rebecca. Porque agora era menos freqüente Tignor *tomar precauções*. Sobretudo depois de beber, quando simplesmente não dava tempo. Durante a própria relação sexual ela imaginava dizer-lhe: *Tignor, tenho uma novidade*. Ou então, *Tignor, adivinhe o que você vai ser! E eu também*. E afastava, como quem afastasse uma mosca incômoda, qualquer lembrança dos boatos que ouvira sobre Niles Tignor em Milburn: que o homem tinha filhos de todas as idades espalhados pelo estado, que suas jovens esposas sofriam maus tratos, que, neste exato momento, ele tinha pelo menos uma mulher com filhos pequenos, os quais abandonara recentemente.

Em certos meses, Rebecca seria capaz de jurar que *estava* grávida. *Tinha que estar.*

Ficava com os seios pesados, e com os mamilos tão sensíveis que chegava a se encolher quando Tignor os chupava. E com a barriga dura, redonda e esticada que nem um tambor. Tignor era louco por ela, dizia que ela parecia um vício, que não conseguia se fartar dos dois juntos. E o *não tomar precauções* era, para Rebecca, um sinal de que ele tinha tanto desejo de um filho quanto ela.

Não quisera perguntar-lhe diretamente se ele queria filhos, e o marido também não lhe perguntaria, porque havia entre os dois uma curiosa reticência nessas questões. Tignor falava com rudeza e descontração, usando palavras como *foder, trepar, chupar* ou *merda*, mas ficaria profundamente constrangido se usasse uma expressão como *manter relações sexuais*. Era-lhe tão impossível falar em *fazer amor* com Rebecca quanto falar uma língua estrangeira.

Tudo bem que Rebecca fosse emotiva — esse comportamento era esperável na mulher. "Você me ama, não ama, Tignor?", perguntava ela, chorosa como um gatinho, e ele resmungava "É claro". E ria, à beira da irritação: "Por que eu teria casado com você, docinho, se não a amasse?"

A recompensa de Rebecca era e continuaria a ser esta: o peso do homem em cima dela.

Como Tignor era grande, e como era pesado! Parecia o céu desabando em cima dela. Arfando, exausto, e com aquela pele áspera, de aparência desarmônica, brilhando com uma espécie de beleza insólita.

Rebecca achava que seu amor por Niles Tignor duraria a vida inteira, que sempre seria grata a ele. O homem não precisava ter-se casado com ela, sabia disso. Podia tê-la jogado fora como um lenço de papel usado, porque talvez fosse isso que ela merecia.

Ela existia em algum lugar, no meio das coisas dele: a certidão de casamento. Rebecca a vira, sua mão até a havia assinado.

Sem o peso de Tignor para segurá-la firme, mantê-la imóvel, ela se quebraria e se espalharia como as folhas secas levadas pelo vento. E não teria maior importância do que folhas secas sopradas pelo vento.

Estava começando a amá-lo sexualmente. Extraía dele um prazer sexual fugaz. Não era a sensação intensa que Tignor parecia experimentar, que tanto o aniquilava. Rebecca não queria vivenciar nenhuma sensação tão extrema. Não queria despedaçar-se nos braços dele, não queria gritar como um animal ferido. Era o peso do homem que ela queria, só isso. E a ternura repentina de Tignor, ao resvalar para o sono em seus braços.

O primeiro filho seria um menino, Rebecca esperava. Niles Jr., era assim que o chamariam.

Se fosse menina... Rebecca não fazia idéia.

Em movimento! Porque o ramo das cervejarias era uma *concorrência mortífera*. Como vendedor, Tignor tinha um salário-base, mas seu dinheiro de verdade vinha das comissões.

Qual era a receita anual de Tignor, Rebecca não fazia idéia. Seria tão incapaz de lhe perguntar isso quanto de perguntar a seu pai qual era a renda dele. Com certeza, se perguntasse, Tignor não lhe diria. Daria risada na cara dela.

Possivelmente, se ela se enganasse quanto ao estado de ânimo do marido, ele lhe daria uma bofetada na cara.

Poderia esbofeteá-la por *sair da linha*. Por *desrespeitá-lo*, bancando a espertinha.

Tignor nunca batia nela com força nem com o punho fechado. Falava com desprezo dos homens que batiam nas mulheres desse jeito.

Uma vez, ingenuamente, Rebecca lhe perguntou quando conheceria a família dele, e o homem, acendendo um charuto, riu com ar simpático e disse: "Os Tignor não têm família, meu bem." Em seguida, calou-se e, minutos depois, virou-se abruptamente para ela e a esbofeteou com o dorso da mão, querendo saber com quem a mulher andara conversando.

Ela gaguejou: com ninguém!

— Se alguém vier falar de mim com você, ou fizer perguntas a meu respeito, você me avisa, meu bem. E eu cuido disso.

Era verdade, como Rebecca se gabara com Katy e LaVerne, que Tignor era um marido generoso. No primeiro ano de casamento. Enquanto foi louco por ela. Comprava-lhe presentes, bijuterias, perfumes, vestidos e roupas de baixo sensuais, coisas de seda que o deixavam sexualmente excitado só de olhar, quando Rebecca as tirava dos embrulhos de papel fino e as colocava diante do corpo.

— Ah, Tignor! É lindo! Obrigada.

— Vista, boneca. Vamos ver se serve.

E como Tignor era implicante! Às vezes, era uma ajuda Rebecca tomar um ou dois drinques, para combinar com o estado de ânimo dele.

Espalhar dinheiro na cama para ela no quarto de hotel, como fizera em Beardstown, ele também espalhou em Binghamton, no lago George e em Schoharie. Tirava da carteira e jogava para o alto as notas de dez, vinte, às vezes até cinqüenta dólares, que voejavam no ar e caíam feito borboletas feridas.

— É para você, ciganinha. Agora você é minha mulher, não é minha puta.

Rebecca sabia: Tignor se casara com ela, mas não a tinha perdoado. Pelo insulto de achar que ele, Niles Tignor, pudesse ser visto como um homem que precisava pagar a mulheres para ter relações sexuais. Um dia ele a faria arrepender-se desse insulto.

* * *

E como era irrequieto! Era quase uma reação física, como uma erupção pruriente.

Uns poucos dias em cada lugar. Às vezes, apenas o pernoite. O pior foi no fim do ano, na chamada época das festas. De meados de dezembro até o dia de ano-bom, os negócios de Tignor praticamente pararam. Bebeu-se muito, e Tignor providenciou para eles ficarem no Hotel Buffalo Statler; na região de Buffalo e Cataratas do Niágara, ele tinha amigos com quem podia beber e jogar cartas, mas, mesmo assim, ficou num *tédio do cacete*. Rebecca percebeu que não devia irritá-lo, dizendo alguma coisa errada ou atrapalhando.

Bebeu com ele nas primeiras horas da madrugada, quando ele não conseguia dormir. Tocou-o com delicadeza em alguns momentos. Com a cautela de uma mulher que tocasse num cachorro ferido, capaz de se voltar contra ela e rosnar. Afagou-lhe a testa quente e o cabelo duro e metálico, de um jeito provocante de que ele gostava, e fez de Niles Tignor um enigma para ele mesmo:

— Tignor, você é um homem que viaja o tempo todo por ser inquieto, ou virou um homem inquieto por viajar o tempo todo?

Ele franziu o cenho, intrigado.

— Puxa, não sei. As duas coisas, talvez.

E disse, depois de uma pausa:

— Mas a sua raça também é de andarilhos. Não é, R'becca?

Às vezes, quando eles tinham acabado de se registrar num hotel, Tignor dava ou recebia um telefonema e anunciava a Rebecca que havia "surgido" alguma coisa — que tinha "negócios além dos negócios" e precisava se ausentar, imediatamente. Nessas ocasiões, ficava com o ânimo exacerbado, excitado. Com um ar de urgência que era um sinal para Rebecca recuar, não esperá-lo de volta por algum tempo. E não fazer perguntas.

Negócios além dos negócios significavam negócios não relacionados com a Cervejaria Black Horse, Rebecca depreendeu. Em mais de uma ocasião em que Tignor desapareceu desse jeito, veio um telefonema para ele no hotel, da sede da cervejaria em Port Oriskany, e Rebecca teve que dar uma desculpa, dizendo que ele fora visitar uns amigos locais, que eles o tinham levado para uma caçada até o dia seguinte... Quando Tignor voltava e ela lhe dava o recado, ele encolhia os ombros:

— E daí? Eles que se danem.

Rebecca ficava solitária nessas ocasiões. Mas nunca duvidava de que Tignor voltaria. Nessas viagens imprevistas, ele deixava quase todas as suas coisas, inclusive a mala grande de couro arranhado.

Mas não deixava o revólver. Levava-o com ele.

Sra. Niles Tignor. Ela adorava assinar esse nome, abaixo de *Niles Tignor*, nos livros de registro dos hotéis. Havia sempre a expectativa de que um funcionário da recepção ou um gerente indagasse se Rebecca era mesmo a mulher de Tignor, mas ninguém jamais perguntou.

Sra. Niles Tignor. Ela passara a se achar muito esperta. Mas, como toda jovem esposa, cometia erros.

Era como dissera a Katy e LaVerne: Tignor tinha uma veia ciumenta. Rebecca supunha que isso queria dizer que ele a amava, ninguém nunca a havia amado assim; mas havia um perigo nisso, como aproximar demais um fósforo de um material inflamável. É que Tignor não era um homem acostumado a dividir as atenções de uma mulher com outros homens, embora gostasse de vê-los olharem para Rebecca e, muitas vezes, a levasse a restaurantes, bares e tabernas para lhe fazer companhia. Mas não gostava que ela olhasse para outros homens, nem mesmo seus amigos. Em especial, não gostava que ela conversasse e risse por mais de alguns minutos com esses homens. "Quando um homem olha pra você, só tem uma idéia na cabeça. E você é minha mulher, essa idéia é minha", dizia. Era para Rebecca sorrir ao ouvir isso, mas levando a advertência a sério. O que mais perturbava Tignor, no entanto, era a perspectiva de que ela fizesse amizade com estranhos pelas suas costas. Estes podiam ser hóspedes do hotel, empregados do hotel, ou até mensageiros pretos cujos rostos se iluminavam ao ver o "*seu* Tig-ger", que nunca deixava de dar gorjetas generosas.

— Se alguém sair da linha com você, garota, você fala comigo que eu resolvo.

E o que você faria? E Rebecca pensava nos punhos de Tignor atingindo o indefeso Baumgarten, arrebentando-lhe o rosto como um melão. Pensava no revólver de cabo de madeira.

— Você não parece ser daqui.

Um homem de jaqueta e boné da Marinha, enterrado até a testa. Viera sentar-se ao lado de Rebecca no balcão de uma lanchonete em Hammond, ou talvez Potsdam. Uma das cidadezinhas do norte do estado, naquele inverno de 1955. Rebecca sorriu de esguelha para o estranho, não pretendendo propriamente sorrir. E disse:

— Isso mesmo. Não moro aqui.

Com o cotovelo no balcão, junto ao braço de Rebecca, e apoiado na palma da mão, o homem aproximou incomodamente o rosto do seu, prestes a lhe perguntar mais alguma coisa; e ela se levantou com um gesto abrupto, deixou um dólar no balcão para pagar o café e saiu depressa da lanchonete.

Era fevereiro. Céu de quadro-negro, com as marcas de giz descuidadamente apagadas. Uma neve fina caindo sobre um rio cujo nome Rebecca não conseguia lembrar, assim como, em seu estado de tensão, seria incapaz de lembrar o nome da cidade em que ela e Tignor haviam parado, fazia alguns dias.

Até aquela manhã, ela havia acreditado que estava grávida. Mas a menstruação finalmente chegara, inconfundível, com cólicas, sangramento e uma febre ligeira, e ela soubera que *ainda não é desta vez; fui poupada de contar ao Tignor*. No quarto de hotel, tinha ficado inquieta, o marido só voltaria à noite. Havia tentado ler um de seus livros em brochura. Também estava com seu dicionário. Procurara algumas das antigas palavras do concurso de ortografia: *precipitante, profecia, contingência, incipiente*. Quanto tempo fazia! Ela fora apenas uma menina que não sabia nada. Mas era reconfortante ver que as palavras, que lhe eram inúteis, continuavam no dicionário e sobreviveriam a ela. A camareira ainda não tinha aparecido para arrumar o quarto, e Rebecca havia puxado a colcha pesada por cima dos lençóis amarfanhados, que cheiravam a suor, a sêmen e ao corpo irrequieto de Tignor.

Era imperativo sair! Ela pusera o casaco e as botas. Andara sob a neve fina pela região do Centro da cidade, perto do hotel, até ficar trêmula de frio, depois entrara numa lanchonete para tomar uma xícara de café, e lá teria permanecido no balcão, refestelando-se no calor, mas o homem de jaqueta da Marinha a havia abordado. *Um homem só tem uma idéia na cabeça*. E na rua, por acaso ela olhara de relance por cima do ombro e tinha visto o homem lá atrás, e se perguntara se ele a estaria seguindo. E lhe parecera já ter visto aquele homem, ou alguém muito semelhante a ele, no saguão do hotel, ao andar dos elevadores para a porta de entrada. Será que ele a havia seguido desde o hotel? Rebecca tivera apenas uma vaga impressão do sujeito. Na casa dos trinta anos, talvez. O homem havia acelerado o passo quando ela apertara o seu, dobrara uma esquina de repente, atravessara a rua pouco atrás dela, apenas o bastante para que ela não o visse, a menos que lhe ocorresse procurá-lo. *Uma idéia. Uma idéia. O homem só tem uma idéia na cabeça.* Rebecca ficara alarmada, mas não realmente com medo. Tinha andado mais depressa, começado a correr. Os pedestres a olhavam, curiosos. Mas como era bom correr sob a neve fina, inspirando o ar frio e cortante! Tal como costumava correr em Milburn quando menina, ela havia corrido em Potsdam, ou Hammond.

Entrara às cegas numa loja de roupas femininas. Surpreendera as vendedoras ao sair pelos fundos. Voltara correndo para o hotel, tinha escapado do homem de jaqueta da Marinha. E não havia pensado mais nele. Só que, na mesma noite, ao entrar na taberna do hotel para se encontrar com Tignor, viu o homem que a havia seguido com ele no bar. Os dois conversavam e riam. O homem não estava usando a jaqueta da Marinha, mas Rebecca teve certeza de que era ele.

Um teste! Tignor estava me testando.

Rebecca nunca soube ao certo. Quando se aproximou do marido, ele estava sozinho no bar. O outro homem se escafedera. Tignor estava num de seus momentos calorosos, expansivos, devia ter tido um bom dia.

— Como vai a minha garota? Sentiu saudade do maridão?

Dessa vez era fato. Nada de especulação.

Ela acordou certa manhã com os seios pesados e anormalmente sensíveis. A barriga parecendo inchada. Um formigamento no corpo, como uma pequena corrente elétrica. Na cama, nos braços de Tignor, atreveu-se a acordá-lo, a lhe sussurrar sua apreensão. É que, de repente, Rebecca sentiu medo. Como se tivesse sido empurrada para a beira de um parapeito, como se corresse um risco grande demais. A reação de Tignor foi surpreendente. Ela havia esperado que ele reagisse com um resmungo de desaprovação, mas não foi o que se deu. Ele ficou plenamente desperto, pensando. Rebecca pôde sentir as idéias agitando-se em seu cérebro. E então, Tignor não disse nada, apenas lhe deu um beijo, um beijo rude, molhado, agressivo. Amassou-lhe os seios, sugou os mamilos ultra-sensíveis, fez Rebecca se encolher. E murmurou:

— Que tal? Quer mais?

Ela o apertou com força, com força para salvar a própria vida.

Querida Katy e querida LaVerne, escreveu no papel timbrado, deitada numa cama de hotel, com um dos copos de burbom de Tignor na mesa-de-cabeceira, quase vazio, deixado na noite anterior. Tenho uma novidade empolgante, ESTOU GRÁVIDA. O Tignor me levou a um médico em Port Oriskany. O bebê vai nascer em dezembro, disse ele. ESTOU TODA ANIMADA.

Releu o que tinha escrito para as amigas distantes, que se tornavam cada vez mais vagas para ela, e acrescentou: O Tignor também quer o bebê, diz que, se isso vai me deixar feliz, também é o que ele quer. E tornou a reler a carta, depois rasgou-a, enojada.

Era verdade, como tinha dito Jacob Schwart. As palavras mentem.

Agora estava grávida, e com uma sensação muito reconfortante. Até o chamado enjôo matinal tornou-se conhecido, tranqüilizador. O médico tinha sido muito gentil. Dissera a ela o que esperar, etapa por etapa. Sua enfermeira lhe dera um folheto. Nem por um instante os dois tinham parecido duvidar de que ela fosse mulher de Niles Tignor; na verdade, os dois conheciam Tignor e ficaram contentes por vê-lo. Rebecca aninhou-se no marido na cama e disse:

— Vamos precisar de um lugar para ficar, Tignor. Por causa do bebê. Não é, Tignor?

E ele respondeu, com sua voz afável de sono:

— É claro, meu bem.

E Rebecca disse:

— Porque ficar só em hotéis, como nós fazemos... Seria difícil, com um bebê pequetitinho.

Era um sinal da gravidez Rebecca dizer bebê pequetitinho. Ela estava começando a falar e a pensar em linguagem tatibitate. Pequetitinho! Pressionou a boca com o punho para não cair na risada. Um bebê pequetitinho seria do tamanho de um camundongo.

Nessas conversas amoroso-sonolentas com Tignor, ela não falava em lar. Sabia como ele torceria o nariz para lar.

* * *

Mas Tignor era imprevisível. Surpreendeu Rebecca ao dizer que já vinha pensando em alugar um apartamento mobiliado para ela, de qualquer maneira. Em Cataratas do Chautauqua, ele conhecia um lugar às margens do canal, no interior, onde era sossegado.

— Você e o neném ficariam morando lá. O papai iria quando pudesse.

Tignor falou com tanta ternura, que Rebecca não teve motivo para crer que isso fosse o fim de coisa alguma.

Deitada numa cama de hotel, escrevendo uma carta no papel timbrado, com um copo de burbom na mesa-de-cabeceira. Que delícia, à luz do abajur! Já não ficava tão solitária na ausência de Tignor, agora que tinha o bebê encolhidinho dentro dela. Trabalharia com muito afinco nessa carta, faria primeiro um rascunho, depois a passaria a limpo.

19 de abril de 1955

Querida Srta. Lutter,

Envio-lhe esta lembrancinha de Páscoa porque pensei na senhora ao vê-la numa loja daqui, em Schenectady. Espero que possa usá-la em seu casaco ou seu vestido de Páscoa. A "madre-pérola" é linda, eu acho.

Creio que nunca lhe contei que estou casada e me mudei de Milburn. Meu marido e eu teremos uma rezidência em Cataratas do Chautauqua. Meu marido se chama Niles Tignor e trabalha na Cervejaria Black Horse, da qual a senhora deve ter ouvido falar. Ele viaja a negócios com freqüência. É um belo "homem mais velho".

Teremos nosso primeiro filho em dezembro!

Farei dezoito anos daqui a três semanas. Agora estou bem "crescida"! Eu era muito ignorante quando fui morar com a senhora e não soube apreciar a sua benevolência bondade.

Aos dezoito anos, eu já não seria tutelada pelo condado, se não fosse casada. Logo, ficará tudo legalizado que

Srta. Lutter, há uma coisa para eu lhe dizer não sei como encontrar as palavras

Sinto muita vergonha de

Sinto muito por

Espero que a senhora se lembre de mim em suas orações. Desejo

— Babaquice.

Rebecca tinha levado quase uma hora para gaguejar essas linhas hesitantes. E, ao relê-las, sentiu-se tomada de desgosto. Como parecia idiota! Que infantil! Tivera que consultar as palavras mais simples no dicionário e, mesmo assim, conseguira escrever *residência* errado. Picou a carta em pedacinhos.

Mais tarde, mandou o broche de madrepérola para a Srta. Lutter apenas com um cartão de Páscoa. *Da sua amiga Rebecca.*

O broche tinha o formato de uma pequena camélia branca, que Rebecca havia achado muito bonita. Custara vinte dólares.

— Vinte dólares! Ah, se a mamãe soubesse!

Não indicou o endereço da remetente no pacotinho. Para que a Srta. Lutter não pudesse escrever para agradecer. E para nunca saber se a ex-professora escreveria para lhe agradecer.

— Sra. Tignor. É um prazer conhecê-la.

Eram homens corpulentos e afáveis como Tignor, que a pessoa não gostaria de contrariar. Nas tabernas e bares dos hotéis, bebiam com ele e tinham a aparência e a conduta de outros companheiros de copo de Tignor, mas eram policiais: não do tipo que usava uniforme, como Tignor explicou. (Rebecca não sabia que havia policiais que não usavam uniforme. Tinham cargos mais elevados: detetives, tenentes.)

Esses homens se relacionavam facilmente com os outros. Comiam e bebiam à larga. Palitavam os dentes, pensativos, com palitos de madeira colocados em copinhos de dose única de uísque nos bares, ao lado de pés de porco em conserva e anéis de cebola fritos. Preferiam charutos a cigarros. Preferiam a cerveja *ale* Black Horse, que era por conta da casa em todos os lugares em que Niles Tignor bebia. Eram respeitadores com Rebecca, a quem nunca deixavam de tratar por "Sra. Tignor" — às vezes, com uma leve piscadela para Tignor por cima da cabeça da moça.

Eles já conheceram outras mulheres dele. Mas nunca uma esposa.

Rebecca sorria ao pensar nisso. Era muito jovem e bonita pra diabo, sabia que eles diziam, cutucando uns aos outros. Com inveja de seu amigo Niles Tignor.

Se eles portavam armas embaixo da roupa volumosa, Rebecca nunca as viu. Se Tignor às vezes andava armado, Rebecca nunca viu.

38

Ela era mulher de Niles Tignor e ia ter um filho de Niles Tignor. Foram dias, semanas, meses de felicidade excepcional. No entanto, como qualquer jovem esposa, Rebecca cometeu um erro.

Rebecca sabia: Tignor não gostava que ela se portasse de maneira excessivamente amistosa com os homens. Havia deixado isso claro. Já a tinha avisado, em mais de uma ocasião. Agora que ela estava grávida, sua pele brilhava com uma palidez morena, como que internamente iluminada pela chama de uma vela. Era comum haver um rubor em seu rosto, e muitas vezes ela ficava sem fôlego, com os olhos úmidos. Tinha os seios e os quadris mais amplos, de mulher. Tignor fazia troça, dizendo que Rebecca estava comendo mais do que ele. O bebê em seu ventre parecia crescer quase a cada hora.

É claro que Rebecca sabia (pelo folheto ilustrado *Seu corpo, seu bebê e você*) que, na verdade, o "feto" mais se assemelhava a um sapo do que a um ser humano, mas, na décima segunda semana, em maio, fantasiou que o bebê Niles já tinha adquirido um rosto e uma alma.

— Há homens que são doidos por grávidas. Uma mulher bojuda feito uma titica de uma baleia, e, mesmo assim, há homens que...

A voz de Tignor, perplexa e desdenhosa, ia sumindo. Era visível que ele não se inclinava para essas perversões.

E assim, Rebecca aprendeu a evitar as atenções dos homens. Até dos idosos. Mostrava-se distante e indiferente até aos cumprimentos mais inofensivos — "Bom dia!", "Bonita manhã, não acha?" — que vinham dos homens para ela, nos corredores, elevadores e restaurantes de hotel. Mas tinha uma queda pelas mulheres. Na gravidez, sentia-se ávida de companhia feminina. Tignor se irritava ao vê-la *matraqueando* com garçonetes, vendedoras e camareiras por mais de um ou dois minutos. Gostava que sua jovem esposa de exótica beleza fosse admirada, vivaz e cheia de "personalidade", mas não gostava de um excesso disso pelas suas costas. Nos hotéis em que era conhecido como hóspede constante, sabia que o pessoal da casa falava dele, sabia e aceitava, mas não queria que Rebecca contasse histórias a seu respeito, histórias que pudessem ser exageradas quando repetidas para terceiros e que o transformassem em objeto de chacota. E, agora que sua mulher estava grávida e logo deixaria transparecer a gravidez, ele estava particularmente sensível.

Foi em maio de 1955 que Tignor voltou inesperadamente para o quarto no Hotel Henry Hudson, em Troy, e encontrou Rebecca não só *matraqueando* com a camareira que arrumava o quarto, mas ajudando a mulher a trocar a roupa de cama. No corredor, do lado de fora da porta, ele estancou, observando.

Ali estava sua mulher, prendendo habilmente os lençóis, puxando uma ponta do lençol enquanto a camareira puxava a outra. Com uma sofreguidão de menina, Rebecca dizia:

— ...esse bebê está *sempre* com fome! Saiu ao pai, com certeza. O pai o quer tanto quanto eu. Fiquei tão surpresa! Pensei que meu coração ia explodir, eu... bem, fiquei muito surpresa. A gente não espera que os homens tenham esse tipo de sentimento, não é? Fiz aniversário na semana passada, estou com dezenove anos, e isso é idade mais do que suficiente para ter um bebê, disse o meu médico. Acho que estou com um pouco de medo. Mas sou muito saudável. Meu marido vive viajando, ficamos nos melhores hotéis, como este aqui. Ele tem um cargo importante na Cervejaria Black Horse, pode ser que você o conheça. Será que conhece?... Niles Tignor?

Ao dar uma olhada para trás, para ver por que a camareira olhava tão fixo por cima de seu ombro, Rebecca viu Tignor no vão da porta.

Baixinho, Tignor disse à camareira:

— Saia. Preciso conversar com a minha mulher.

Rebecca não tentou escapar dele. Lembrava-se vividamente de quando o pai precisava discipliná-la. Não uma, mas muitas vezes. E Tignor tinha sido comedido com ela, até esse momento. O pai não fora de dar pancadas, mas de agarrá-la pelo braço e sacudir, sacudir, sacudir, até os dentes dela chacoalharem. *Você é um deles. Um deles!* Rebecca já não sabia se algum dia entendera o que o pai queria dizer com essas palavras, nem o que teria feito para provocá-lo, mas sabia que tinha merecido o castigo. A gente sempre sabe.

* * *

O sangramento começou meia hora depois. Cólicas na base da barriga, e um jorro súbito e quente de sangue. Tignor não a havia atingido ali, não era culpa dele. Niles Tignor não era homem de bater com os punhos numa mulher, nem de bater na barriga de uma grávida. Mas o sangramento começou, um *aborto espontâneo*, como o chamaram. Tignor serviu burbom nos copos para os dois.

— Com o próximo você pode ficar.

39

E assim foi. Ele cumpriu a promessa. Rebecca não havia duvidado.

— Você vai ficar segura aqui. É sossegado. Não é como na cidade. Nem como na estrada, que não é boa para uma mulher que está tentando ter um filho. Sabe, aqui há um armazém. Cinco minutos a pé. A hora que você quiser, se eu não estiver aqui, pode ir a pé até o Centro da cidade, pelo canal. Você gosta de andar, não é? É a garota mais andarilha que já conheci! Ou pode pegar uma carona, aqui há uma porção de vizinhos. A mulher do Meltzer leva você, quando for até lá. Vou pagar o telefone, e é claro que ligo para você quando estiver viajando. Vou me certificar de que você tenha tudo de que precisa. Dessa vez, você precisa se cuidar melhor. Diminuir a bebida, quem sabe. Isso é culpa minha, eu meio que a incentivei, acho. Também é o meu ponto fraco. E estarei aqui o máximo que puder. Ando meio cansado de pegar a estrada, para ser franco. Estou procurando um imóvel na cidade, talvez entre de sócio numa taberna. Bom!

Deu-lhe um beijo e arreganhou os dentões de cavalo num sorriso.

— Você sabe que sou doido por você, hein, garota?

Ela sabia. Estava novamente com quatro semanas de gravidez e, dessa vez, teria o bebê.

— Por que ela se chama "estrada da Fazenda dos Pobres"?

Rebecca estava com medo, era natural que fizesse perguntas brincalhonas.

Mas Tignor a surpreendeu, sabia a resposta: muito tempo antes, talvez uns cem anos, tinha havido de fato uma "fazenda dos pobres" — uma "fazenda para gente pobre" — a uns oitocentos metros de onde agora ficava o prédio da escola. Tignor tinha uma idéia vaga de que talvez isso tivesse alguma coisa a ver com a construção do canal.

Edna Meltzer disse que sim, houvera mesmo uma fazenda dos pobres, mais adiante na estrada.

— Eu me lembro bem dela, de quando eu era pequena. A maioria era gente velha. Eles ficavam doentes, ou velhos demais, e não podiam mais cuidar das fazendas, e tinham que vendê-las por um preço baixo. Não havia essa história de "assistência social" que temos agora para cuidar das pessoas; não existia "imposto de renda", "previdência social", nada desse tipo.

A Sra. Meltzer deu um bufo que podia significar que estava desgostosa com o fato de a vida ter sido tão cruel, ou talvez que estava enojada por as pessoas serem tão paparicadas nos tempos modernos. Era uma mulher robusta, com cara de pudim, olhinhos argutos e um jeito maternal que parecia sugar o oxigênio do ambiente.

Os Meltzer, que moravam a uns quatrocentos metros de distância, eram os vizinhos mais próximos de Rebecca na estrada da Fazenda dos Pobres. O Sr. Meltzer era dono do Posto de Gasolina e Oficina Meltzer, que tinha um grande letreiro redondo da Esso, em letras vermelhas, em frente a sua garagem. Havia algum tipo de ligação que Rebecca não conseguiu entender entre Meltzer e Niles Tignor. Os homens se conheciam, mas não eram exatamente amigos.

Tignor avisou:

— Cuidado para não ficar matraqueando com a velha, hein? Uma bruxa feito ela, com os filhos já crescidos, vai querer lhe perguntar todo tipo de coisa que não é da conta dela, entendeu? Mas acho que você já está mais esperta.

Tignor afagou a cabeça de Rebecca, seu cabelo. Desde o *aborto espontâneo*, tinha sido gentil com ela, e paciente. Mas Rebecca sabia que não podia conversar descuidadamente com ninguém. Quer Tignor estivesse por perto, quer estivesse fora.

Era uma casa velha de fazenda, caindo aos pedaços, no fim de uma estradinha de terra — não o lugar em que se esperaria ver Niles Tignor morando! Rebecca havia esperado uma casa ou um apartamento alugados numa das cidades favoritas do marido, pelo menos uma residência em Cataratas do Chautauqua, e não no meio da roça. Mas Tignor ficou repetindo:

— Agradável, não é? Privacidade mesmo.

Das janelas do segundo andar da casa não se via nenhuma outra residência. Também não se via a estrada, que era uma pista estreita de cascalho. A não ser pela nuvem de fumaça que subia lentamente no leste, ninguém saberia em que direção ficava a cidade de Cataratas do Chautauqua. Tudo que havia restado dos trinta e sete hectares originais da fazenda eram algumas campinas e pastos cheios de mato, um celeiro de feno de um vermelho desbotado, caindo aos pedaços, e mais umas construções externas, e um poço de pedra de nove metros de profundidade, de onde saía uma água tão gelada que fazia os dentes doerem e tinha um gosto vago de metal.

— É bonito, Tignor. Será especial para nós.

Vista da entrada de automóveis, a casa da fazenda parecia imponente, cercada por teixos selvagens e rugosos, mas, de perto, estava claramente dilapidada e precisando de reparos. No entanto, quando Tignor estava em casa, embora não a chamasse de *lar*, parecia ficar de bom humor.

Comia as refeições que Rebecca lhe preparava, nervosa, usando receitas de livros de cozinha. Tignor era fácil de agradar: carne, carne, carne! E sempre batatas: em purê, assadas no forno, cozidas. Quando estava em clima de fazer compras, ele a levava a Cataratas do Chautauqua para comprar mantimentos. "É nossa lua-de-mel, garota. Meio atrasada", dizia. A casa velha era parcialmente mobiliada, mas precisava muito de um novo fogão a gás, uma geladeira para substituir o refrigerador antigo e malcheiroso, um colchão novo para a cama do casal, cortinas e tapetes. E coisas para o bebê: um berço de vime, um carrinho, uma banheira:

— Uma dessas coisas de borracha em que a gente põe água, esquenta a água e põe lá dentro, e que têm uma espécie de mangueirinha, e o escoamento embaixo. E tem rodinhas.

Rebecca riu e cutucou as costelas de Tignor:

— Você já foi pai, não é? Quantas vezes?

Falou num tom tão brincalhão, tão sem acusação, que Tignor não poderia se ofender. Com ar contrito, ele respondeu:

— É sempre a primeira vez, meu bem. Tudo que é importante é assim.

A resposta deixou Rebecca tão impressionada, que ela teve vontade de chorar. Era a resposta perfeita do amor.

Então, ele não vai me deixar. Ficará.

* * *

Durante algum tempo, Tignor se portou como se a casa de fazenda dilapidada fosse um *lar* para ele; talvez fosse verdade, como tinha dito, que estava cansado de viajar. Talvez se houvesse cansado da concorrência implacável. Embora, quando estava oficialmente em casa, ele se ausentasse com freqüência, para o que chamava de viagens diurnas. Saindo de manhã, voltando depois de anoitecer. Rebecca começou a se perguntar se o marido ainda era representante da Cervejaria Black Horse. Tignor era um homem de segredos, como essas fogueiras de brasas subterrâneas que ardem durante semanas, meses, anos. Rebecca queria acreditar que, um dia, ele a surpreenderia com uma casa comprada para a família, sua casa na cidade. Tignor era uma grande lua de face maltratada no céu noturno; a gente só via a parte vivamente iluminada, que brilhava feito uma moeda, mas sabia que havia um outro lado, obscuro e secreto. Os dois lados da lua bexiguenta eram simultâneos, mas, como uma criança, a gente queria acreditar que havia apenas a luz.

Ele está querendo me deixar.

Não, ele me ama. Ele jurou.

Desde o aborto espontâneo de Rebecca e da febre que ela tivera depois, durante dias seguidos, o sentimento entre ela e Tignor sofrera uma mudança sutil. O marido já não era tão jovial, já não ria tão alto. E também não tendia tanto a empurrá-la, sacudi-la. Raramente a tocava, exceto quando estavam na cama. Ela o via a observá-la, espremendo os olhos. Como se a mulher fosse um enigma para ele, que não gostava de enigmas. Tignor estava arrependido, mas continuava com raiva. Porque não era homem de esquecer a raiva.

É que Rebecca havia causado o aborto espontâneo, por sua conduta inconseqüente. Falar de Tignor com uma camareira! Ajudar uma camareira a arrumar o quarto! Quando ela era a Sra. Niles Tignor e devia ter dignidade.

Em sua solidão na estrada da Fazenda dos Pobres, Rebecca viria a concluir que devia ter havido uma lógica em seu comportamento. No modo como, quando menina, ela havia ficado longe da velha casa de pedra do cemitério, e com isso se salvara do que poderia ter-lhe acontecido naquele último dia. Ela não tinha como saber o que estava fazendo, mas parte dela — com a sagacidade do animal que, preso na armadilha, rói a própria perna para se salvar —, parte dela soubera.

É que Niles Jr. ia nascer. O outro (uma menina? — em seus sonhos, era uma menina) fora sacrificado para que o filho deles viesse ao mundo.

O Dr. Rice explicou: muitas vezes, o aborto espontâneo é "a maneira de a natureza corrigir um erro". Por exemplo, um feto "malformado".

Era uma bênção disfarçada, às vezes.

O Dr. Rice explicou:

— É claro que a mulher grávida pode vivenciar o luto quase como se tivesse perdido um bebê de verdade. E o luto pode persistir durante o começo de uma nova gestação.

Luto! Rebecca teve vontade de rir do médico sabichão, o obstetra, com uma antipatia raivosa.

O Dr. Rice, de Cataratas do Chautauqua. Que a examinou como se ela fosse uma posta de carne em sua mesa de exames, afetado, mas rude, meticuloso, mas machucando-a com suas malditas mãos, cobertas por luvas de borracha, e com seus frios instrumentos de metal que pareciam fura-gelos, a tal ponto que ela teve de morder o lábio para não gritar e não lhe dar um pontapé na barriga. Depois, no entanto, no consultório, quando Rebecca tinha voltado a se vestir e tentava recuperar a compostura, ele a ofendera ainda mais com essa baboseira.

— Doutor, não estou "de luto". Não sou o tipo de mulher que fica chorando o passado. Sabe, sou de olhar para o futuro, como meu marido, Tignor. Se esse novo bebê for saudável e nascer, é só isso que nos importa, doutor.

O Dr. Rice piscou os olhos para Rebecca. Teria subestimado a Sra. Niles Tignor, confundindo-a com uma garota chorona e molenga? Apressou-se a dizer:

— É uma filosofia muito sensata, Sra. Tignor. Eu gostaria que mais pacientes minhas tivessem a sua sensatez.

Sua *casa*! Quando Niles Jr. nascesse, no fim de novembro de 1956, Rebecca passaria a amá-la.

— É linda, Tignor. Será especial para nós.

Havia proferido essas palavras mais de uma vez. Como a letra de uma canção de amor, para fazer Tignor sorrir e, quem sabe, abraçá-la.

A velha casa dos Wertenbacher, era assim que chamavam a casa da fazenda no local. Uns três quilômetros ao norte de Cataratas do Chautauqua, numa área de colinas ondulantes, feita de pequenas fazendas, pastos, campos abertos e charcos. Ficava no extremo oeste da cordilheira de Chautauqua, em seu sopé. Por acaso (Rebecca não acreditava em coincidências, apenas no puro acaso), Cataratas do Chautauqua era um velho lugarejo com um canal, como Milburn, cento e trinta quilômetros a oeste de Milburn. Ao contrário de Milburn, tinha se tornado uma cidadezinha, com uma população de 16.800 habitantes. Era uma cidade industrial, com fábricas e indústrias de confecções e enlatados, às margens do rio Chautauqua. Havia tráfego no canal. O maior empregador era a Union Carbide, que havia ampliado suas instalações nos anos de expansão de 1955 e 1956. Um dia, Rebecca viria a trabalhar na linha de montagem da Tubos Niágara. Mas fora para a zona rural de Cataratas do Chautauqua que Tignor a tinha levado, para um povoado numa encruzilhada chamada Quatro Esquinas. Ali, no cruzamento da estrada da Fazenda dos Pobres com a estrada Stuyvesant, havia uma pequena agência dos correios, um depósito de carvão, um celeiro, o Armazém do Ike, com um grande cartaz da empresa de laticínios Sealtest na vitrine, e o Posto de Gasolina e Oficina Meltzer. Havia uma escola de dois cômodos no terreno da antiga fazenda dos pobres. Havia um posto de voluntários do corpo de bombeiros. Havia uma igreja metodista revestida de tábuas e um cemitério atrás dela. Às vezes, ao passar a pé por essa igreja, Rebecca ouvia a música lá dentro e sentia uma pontada de dor.

Edna Meltzer freqüentava essa igreja e convidou Rebecca várias vezes a acompanhá-la.

— Há um sentimento de alegria naquela igreja, Rebecca! A gente sorri só de pisar lá dentro.

Rebecca murmurou vagamente que talvez gostasse disso. Um dia.

— Quando o seu neném nascer? Você vai querer batizá-lo.

Rebecca murmurou vagamente que isso dependeria do que o pai da criança quisesse.

— O Tignor é religioso, é? Qual!

A Sra. Meltzer surpreendeu Rebecca com sua risada familiar. Como se Tignor fosse um velho conhecido seu. Rebecca franziu o cenho, constrangida.

— E os seus familiares, Rebecca, de que religião eram?

A Sra. Meltzer lhe fez essa pergunta num tom agradável e descontraído, como se tivesse acabado de pensar no assunto. Pareceu inteiramente inconsciente do *eram*.

Por que *eram*, em vez de *são*?, perguntou-se Rebecca.

Por um longo momento, não conseguiu pensar numa resposta à pergunta. E ali estava, à sua espera, a mulher sobre quem Tignor a advertira.

As duas tinham se encontrado no Armazém do Ike. Rebecca ia saindo, a Sra. Meltzer estava acabando de entrar. Eram meados de setembro, um tempo seco e muito quente. Tignor estava fora, em Lake Shaheen, cuidando de "propriedades na zona portuária". Rebecca estava com sete meses de gravidez e não queria calcular quantos quilos havia engordado além de nove. Era uma barriga só, que se agitava e estremecia de vida. Seu cérebro tinha parado de funcionar de forma significativa, como um rádio quebrado. Sua cabeça estava tão vazia quanto um velho refrigerador jogado no lixo.

Sem dizer outra palavra a Edna Meltzer, ela se retirou da loja. A sineta acima da porta bateu com um som estrídulo à sua saída. Rebecca não deu atenção ao olhar com que a Sra. Meltzer a seguiu nem se interessou pelo que a vizinha diria dela à mulher de Ike, Elsie, que estava atrás do balcão. *Aquela moça! Como é esquisita, não é? A gente chega quase a sentir pena dela, pelo que a espera.*

Durante o outono, quando os dias começaram a encurtar e o ar ficou mais frio, pareceu a Rebecca que a fazenda se tornara mais bonita do que antes. Todos os lugares por onde andava, todos os lugares que explorava, eram malcuidados e lindos. O canal: ela se sentia atraída pelo canal, pelo caminho de sirga. Gostava de observar as balsas em seu vagaroso deslocamento. Os homens que lhe acenavam. Quando ela se plantava lá de pé, equilibrando o peso nos calcanhares, barriguda e risonha, rindo de como devia parecer ridícula aos olhos deles, quão pouco atraente. Agora Anna Schwart não lhe diria que *vai acontecer alguma coisa com você*, porque homem algum quereria uma mulher tão visivelmente grávida.

E o céu daquele outono! Nuvens marmóreas, nimbos-cúmulos, cirros altos e pálidos que se desfaziam diante dos olhos. Rebecca ficava a observá-los por longos e oníricos minutos, com as mãos cruzadas sobre a barriga.

Com o próximo você pode ficar.

...na cama deles, na velha casa dos Wertenbacher, na estrada da Fazenda dos Pobres. Tignor encostou o rosto em sua barriga dura e quente. Apertou-lhe as coxas, as nádegas. Apertou-lhe os seios. Sentia ciúme do bebê que ia mamar naqueles seios. Ao voltar para casa, não quis falar sobre onde estivera, disse-lhe que não se casara com ela para ser interrogado. Rebecca havia apenas perguntado há quanto tempo ele estava dirigindo, e se estava com fome. Percebeu a antipatia do homem pelo barrigão que interferia na hora de fazer amor. Mas ele quis tocá-la. Não conseguia tirar as mãos dela. Apertou-lhe a pélvis, os pêlos pubianos eriçados que se irradiavam até o umbigo. Apertou tanto o ouvido contra o ventre de Rebecca que chegou a doer, dizendo-se capaz de escutar o coração do bebê. Estivera bebendo, mas não parecia bêbado. E disse, ressentido:

— Eles me jogaram fora quando eu era pequeno. Eu tinha umas idéias de encontrá-los, um dia. Queria fazê-los pagar.

Em Troy, no quarto de hotel em que Rebecca havia sangrado numa pilha grossa de toalhas, no papel sanitário e em lenços de papel, ela é que havia consolado Tignor. *A culpa não é sua. A culpa não é sua.* Havia perscrutado a alma dele, vira o que estava quebrado e estilhaçado nela, como vidro fulgurante. Acreditara ser forte o bastante para salvá-lo, como não tivera força suficiente para salvar Jacob Schwart.

40

Havia uma mulher gritando como se Rebecca fosse retardada.

— Ele vai sair quando estiver pronto pra sair, meu bem. E, depois que estiver do lado de fora, você não vai dar a mínima pra saber como foi que saiu.

Na traseira chacoalhante do Chevrolet sedã baixo dos Meltzer, Rebecca se esparramava, braços e pernas abertos, gemendo de dor. Relâmpagos de dor. Eram as contrações, e ela devia estar contando os intervalos, mas a surpresa da dor...! Agora já não estava tão segura de si. Nem tão satisfeita consigo mesma. Tinha pretendido nem mostrar o bebê a Edna Meltzer, porque temia e antipatizava com a mulher, mas ali estava ela no carro dos Meltzer, sendo levada para o hospital de Cataratas do Chautauqua. Tivera que ligar para eles quando as dores começaram. Tignor lhe havia prometido que não estaria viajando nessa época. Tinha jurado que ela não ficaria sozinha. Ela não tinha o telefone de Tignor, por isso havia ligado para os Meltzer. De algum modo, estava emborcada no banco traseiro do carro deles, vendo a paisagem que corria fora das janelas, uma tira de céu branco, de baixo para cima. Com o tempo, teria poucas lembranças desse trajeto, a não ser de Howie Meltzer ao volante, com seu boné da Esso sujo de graxa, mastigando um palito, e de Edna Meltzer resmungando, debruçada sobre o encosto do assento do passageiro para segurar uma das mãos agitadas de Rebecca, dando-lhe um sorriso severo, para mostrar que não havia motivo para pânico.

— Meu bem, eu já lhe disse: ele vai sair quando estiver prontinho da silva. É só você se controlar, *eu estou do seu lado.*

Essa mão de Edna Meltzer, Rebecca a apertou, apertou, apertou.

...um delírio entorpecido, no qual ondas de dor excruciante se confundiam com um som que parecia uma música frenética e aguda.

Era ela chamando o pai do bebê, mas o homem não estava em parte alguma. Ela gritou e gritou até ficar com a garganta arranhada, como que em carne viva, mas o homem não estava em parte alguma. Ah, mas tinha prometido que estaria com ela! Tinha jurado que ela não estaria sozinha quando o neném nascesse. Ao começarem as primeiras contrações, Rebecca havia caído de joelhos, de susto, embora se houvesse preparado como uma estudante diligente, lendo e sublinhando e decorando trechos de *Seu corpo, seu bebê e você*. Tinha segurado a barriga enorme com as duas mãos. Gritara por socorro, mas não havia ninguém. E nenhum número para chamar, para falar com Niles Tignor. Nenhuma idéia de onde ele estava. Em seu desespero, ela fizera o que nem ele jamais precisara proibi-la de fazer: tinha ligado para o serviço de informações de Port Oriskany, depois a Cervejaria Black Horse, e fora informada por uma voz feminina desdenhosa de que não havia ninguém pelo nome de Niles Tignor trabalhando na cervejaria nessa ocasião.

Mas havia! Rebecca protestara que fazia anos que ele trabalhava como representante da cervejaria!

A voz feminina desdenhosa informara que ninguém que respondesse pelo nome de Niles Tignor era empregado da cervejaria nesse momento.

Rebecca seguira aos tropeços para a casa dos Meltzer, a quatrocentos metros de distância.

Implorara que a ajudassem, porque estava sozinha e não tinha ninguém.

Sua camisola e os artigos de toalete já estavam embalados. E um livro em brochura para ler no hospital, porque, em sua ingenuidade, ela tinha achado que haveria tempo livre para ler... Perdera minutos preciosos na busca inútil da certidão de casamento, para o caso de ter que provar às autoridades do Hospital Geral de Cataratas do Chautauqua que era uma mulher legalmente casada, que esse era um parto legítimo.

... um delírio entorpecido que depois seria descrito como onze horas de trabalho de parto, das quais ela, bem no centro, se lembraria vagamente, como quem recorda um filme visto em tempos remotos, na infância, e mesmo então não compreendido. E o bebê depois seria descrito como um *menino de três quilos setecentos e catorze gramas, Niles Tignor Jr.*, que ainda não tinha nome, assim como ainda não havia respirado para chorar. Uma coisa violenta, que empurrava a cabeça dura e letal como uma bola de boliche, bizarramente entalada dentro dela. E essa bola de boliche era um fenômeno de calor sólido, dentro do qual, a gente queria acreditar, vivia uma alminha translúcida como uma lesma do arroio. *Vai acontecer alguma coisa com você, uma menina. Que você não quer que aconteça.* Agora que era tarde demais, ela sabia do que a mãe a tinha avisado.

...um delírio entorpecido do qual, mesmo assim, para seu espanto, ela emergiu ouvindo o que parecia ser um miado, uma coisa estranhíssima naquela sala feericamente iluminada. Alguém disse: *Sra. Tignor?* Rebecca piscou, para limpar a vista embotada. Viu mãos colocarem um bebê nu, que agitava as mãos e os pés, primeiro sobre sua barriga achatada e flácida, depois mais para cima, entre seus seios. *É o seu bebê, Sra. Tignor. Um menino, Sra. Tignor.* Essas vozes vinham de muito longe. Ela mal as ouvia, pois com que força gritava o bebê, aquele miado ensurdecedor! Rebecca riu ao ver como ele estava zangado, e como era pequeno; furioso como o pai, e perigoso; olhos fechados e os punhos minúsculos se agitando. Cara franzida de macaco, cabeça de coco macia, coberta de cabelos pretos e grossos. Ela riu, viu o pênis minúsculo e teve que rir. Ah, nunca vira nada igual a esse bebê que diziam ser seu! Teve vontade de brincar — *O papai desse aí deve ter sido um macaco!* —, mas entendeu que uma piada assim, nessa hora e nesse lugar, poderia ser mal interpretada.

E o leite já começava a vazar de seus seios, e uma das enfermeiras ajudou a boquinha sugadora a achar o caminho.

— "Dar à luz." Isso é o que diria um homem, eu acho. Como se um bebê fosse alguma coisa que nos coubesse "dar", ainda por cima à "luz". Deus do céu!

Sentia-se tão zonza e feliz, agora que voltara do hospital e tinha seu bebê, que era como a sensação de zumbido quando se bebe chope misturado com burbom. Adorava amamentar o macaquinho de pele quente que ficava faminto a intervalos de poucas horas e, enquanto ele mamava-mamava-mamava vorazmente um seio farto, depois o outro, ela, a nova mamãe, só queria falar, falar, falar. Ah, tinha tantas coisas para dizer! Puxa, adorava esse macaquinho! Era tudo muito... selvagem e estranho!

Edna levara para a garota um exemplar do *Semanário de Cataratas do Chautauqua*. Rebecca foi para as páginas finais, com obituários, casamentos e anúncios de nascimentos. Havia fotos dos recém-falecidos e dos recém-casados, mas nenhuma das novas mamães, que eram identificadas como mulheres de seus maridos. Leu em voz alta:

— "A Sra. Niles Tignor, da estrada da Fazenda dos Pobres, em Quatro Esquinas, deu à luz um menino de 3,714kg, Niles Tignor Jr., no Hospital Geral de Cataratas do Chautauqua, em 29 de novembro."

Depois riu, sua risada animada e áspera que parecia arranhar os ouvidos, e as lágrimas lhe saltaram dos olhos. E continuou a falar sem parar sobre *dar à luz*, no dizer de Edna, como se estivesse bêbada, ou coisa pior.

Verdade seja dita, essa garota Rebecca não fora mal preparada para um novo bebê, Edna teve que admitir. Tinha um bom estoque de fraldas e algumas roupas de criança. Um berço e uma banheirinha. Andara estudando um panfleto sobre bebês, que um médico lhe dera. Na cozinha havia comida, na maioria enlatados. E Edna com certeza tinha em casa umas coisas de bebê descartadas para dar. E Elsie Drott também. E outras vizinhas, se fosse preciso. Num raio de uns seis quilômetros, as mulheres souberam de Rebecca Tignor, algumas sem sequer saber seu nome verdadeiro. *Mãe do primeiro filho, é só uma garota. Parece que não tem família. O pai do bebê não apareceu. Parece que a abandonou na zona rural. Naquela casa velha dos Wertenbacher, que está praticamente desmoronando.*

Se a garota estava preocupada com o futuro, ainda não o demonstrava. E isso parecia irritante a Edna Meltzer.

— Ele lhe deixou algum dinheiro, imagino.

— Ah, sim! É claro que deixou.

Edna franziu o cenho, como se precisasse ser convencida.

Ah, agora Rebecca já estava farta da Sra. Meltzer! O bebê tinha terminado de mamar e cochilava em seu colo, com a boca entreaberta, e era uma rara oportunidade para a mamãe também tirar um cochilo.

Um sono doce e delicioso, como um poço de pedra em que a pessoa podia cair, cair e cair.

Uma noite, no começo de dezembro, doze dias depois do nascimento do bebê, lá estava Tignor no vão da porta do quarto, olhando fixo. Rebecca ouviu um assobio baixo, esbaforido — "Nossa!" O rosto de Tignor estava na sombra, ela não podia ver sua expressão. O homem ficou muito quieto, desconfiado. Por um instante tenso, Rebecca meio que esperou que ele virasse as costas.

— Tome, Tignor — disse-lhe, erguendo o bebê para o pai, com um sorriso. Era um bebê perfeito, Tignor veria. Tinha acabado de acordar de seu cochilo, olhando fixo e piscando para o estranho no vão da porta. Começou a fazer seus barulhinhos cômicos de sopro, com bolhas de saliva na boca. Agitou as pernas, sacudiu os punhos minúsculos. Lentamente, Tignor aproximou-se da cama e pegou o bebê das mãos de Rebecca. Com um assombro infantil, o menino abriu a boca diante do rosto do pai, que devia parecer gigantesco e luminoso como a lua. Com muito cuidado, Tignor o segurou. Rebecca percebeu que ele sabia pôr a mão em concha para sustentar a cabecinha no pescoço delicado. Antes de entrar em casa, tinha jogado fora o charuto, mas ainda cheirava a fumaça, e o bebê começou a se agitar. Com o polegar manchado de nicotina, Tignor afagou a testa do menino:

— É meu, é?

41

Olá, corujas noctívagas, aqui é a Rádio Wonderful WBEN de Buffalo, transmitindo o melhor do jazz na madrugada. Vocês estão ouvindo Zack Zacharias, seu locutor da noite inteira, que lhes traz a seguir a qualidade invulgar de Thelonius Monk...

Rebecca estava acordada no escuro, com as mãos cruzadas atrás da cabeça. Pensando em sua vida, desfiada no passado em contas de uma profusão de formas, atravancadas na memória, tão confusas quanto cada uma tinha sido singular na vida, definindo-se com a lentidão da trajetória solar no céu. A gente sabia que o sol se mexia, mas nunca o via se mover.

No quarto contíguo ao de Rebecca, Niley dormia. Pelo menos, ela esperava que o filho estivesse dormindo. Ouvindo o rádio durante o sono, desesperado para não ficar sozinho nem mesmo ao dormir, e desesperado para ouvir a voz do pai em meio às vozes de estranhos. Rebecca pensou em como dera Niley à luz sem saber quem ele seria, em como abrira seu corpo para uma dor tão excruciante, que nem podia ser resgatada pela consciência, de modo que era exatamente como Edna Meltzer tinha previsto: *Depois que ele estiver do lado de fora, você não vai dar a mínima pra saber como foi que saiu.*

Rebecca sorriu, era isso mesmo. Esse era o único fato real de sua vida.

Ela também tinha aberto seu corpo para Niles Tignor. Sem ter a menor idéia de quem ele era. A não ser por Niley, talvez isso tivesse sido um erro. Mas Niley não era erro nenhum.

Com o que agora sabia de Tignor, ela nunca teria se atrevido a se aproximar do homem. Mas não podia deixá-lo, ele jamais permitiria. Não podia deixá-lo e sentia um aperto no coração, simplesmente ao pensar em vê-lo de novo.

Oi, garota: você me ama?

Puxa, você sabe que eu sou louco por você.

No fim da alameda, junto à estrada da Fazenda dos Pobres, havia uma caixa de correio feita de lata, presa a um poste de madeira podre, na qual ainda se via, em letras pretas quase apagadas, o nome WERTENBACHER. Nunca havia correspondência para Niles Tignor ou sua mulher, exceto por folhetos de propaganda enfiados na caixa. Num dia de março, porém, pouco depois de Rebecca começar a trabalhar na Tubos Niágara (teria havido alguma ligação? tinha que haver!), ela fora esvaziar a caixa e descobrira, em meio à papelada inútil, uma primeira página do *Port Oriskany Journal*, cuidadosamente dobrada. Fascinada, Rebecca lera uma reportagem com o título DOIS MORTOS E UM FERIDO EM "EMBOSCADA" EM LAKESIDE: dois homens tinham sido baleados e mortos, um terceiro ficara ferido, no estacionamento de uma taberna e marina muito popular de Port Oriskany; a polícia ainda não fizera nenhuma detenção, porém mantinha em custódia um certo Niles Tignor, de quarenta e dois anos, residente em Buffalo, como testemunha direta. A polícia acreditava que o ataque estava relacionado com a extorsão e o crime organizado na área lacustre de Niágara.

Rebecca tinha lido e relido a matéria. O coração batia tão forte que ela tivera medo de desmaiar. Niley, que fora com ela esvaziar a caixa de correio, tinha se agitado, agarrado a suas pernas.

Mantido em custódia! Quarenta e dois anos! Residente em Buffalo!

"Testemunha direta": que significaria isso?

Nessa ocasião, fazia uma semana que Tignor estava fora, na região de Catskill. Pelo menos, Rebecca acreditava que era nessa parte do estado que ele se encontrava; Tignor lhe havia telefonado, uma vez. A emboscada havia ocorrido no fim de fevereiro, três semanas antes. Logo, o que quer que houvesse acontecido, Tignor fora liberado.

Ele não lhe contara nada disso, é claro. Nem Rebecca se lembrava de nada incomum em seu comportamento ou seu estado de ânimo.

Ele havia chegado em casa num carro novo: um sedã Pontiac verde-metálico, com acabamentos reluzentes de cromo. Levara sua familinha, como os chamava, para um passeio de domingo em Lake Shaheen...

Rebecca fizera umas indagações e tinha descoberto o que significava "testemunha direta": um indivíduo que a polícia tem motivos para crer que possa ser útil numa investigação. Na biblioteca de Cataratas do Chautauqua ela havia examinado edições antigas do jornal de Port Oriskany, mas não conseguira encontrar outras informações sobre o tiroteio. Havia telefonado para a polícia de Port Oriskany, fazendo perguntas, e fora informada de que a investigação ainda estava em andamento e era sigilosa — "E quem é a senhora? Por que está querendo saber?"

Rebecca dissera "Ninguém, não sou ninguém. Obrigada."

Tinha desligado e resolvido não pensar no assunto. De que adiantaria pensar nele...?

(Tignor, quarenta e dois anos: ela o imaginaria anos mais moço. E residente em Buffalo, como era possível? Ele residia em Cataratas do Chautauqua.)

(O importante era isto: ele era o pai de Niley e era seu marido. Quem quer que fosse Niles Tignor, eles o amavam. Rebecca não tinha direito de bisbilhotar a parte da vida do marido não relacionada com ela, que a havia precedido em muito.)

Ainda não chegava a fazer três anos que Tignor havia entrado nessa casa e nesse quarto e segurado o filho no colo pela primeira vez. Para Rebecca, parecia ter se passado uma vida inteira, mas talvez fosse apenas o começo.

Ele é meu, é?

De quem mais? Rebecca fora obrigada a fazer piada, para que os dois rissem.

Mas Tignor não tinha rido. Tardiamente, Rebecca percebera que não se brincava com um homem sobre essas coisas. Ele havia franzido o cenho, como se a mulher tivesse pronunciado a palavra *puta*. Segurando o bebê agitado na palma de uma das mãos, olhando fixo para seu rostinho vermelho e espremido. Passara-se um longo momento antes de Tignor sorrir, depois dar uma risada.

Ele tem o meu gênio, hein? Invocadinho.

Tignor dissera a Rebecca que sentia muito por ter estado ausente, não queria que ela ficasse sozinha num momento daqueles. Tentara telefonar-lhe várias vezes, mas o telefone estivera sempre ocupado. É claro que tinha se preocupado com ela, sozinha na casa da fazenda. Mas tivera certeza de que nada de mau aconteceria, porque a sorte estava do lado deles.

Sorte! Rebecca tinha sorrido.

Tignor havia levado umas coisas para casa: um abajur de pé em bronze, com três bocais para lâmpadas, um cinzeiro de jade num pedestal entalhado em forma de elefante. Eram peças vistosas, próprias para um saguão de hotel. Para Rebecca, um novo *négligé* de renda cor de champanhe, para substituir o antigo, que estava esgarçando; um vestido preto de cetim com peitilho de lantejoulas ("para a noite de ano-novo") e um par de sapatos altos de pelica (tamanho 37, quando o de Rebecca era 38,5). Ela havia abanado a cabeça, ao perceber que era como se Tignor houvesse esquecido que a mulher estava grávida na época em que ele tinha viajado. Como se houvesse esquecido por completo que havia um bebê a caminho.

No começo, Tignor ficara encantado com o filho. Parecia estar sempre a carregá-lo no alto, como um prêmio. Adorava levar o bebê nos ombros, fazendo Niley bater as pernas e gritar de excitação. Nessas horas, um rubor quente iluminava o rosto largo de Tignor e Rebecca sentia uma pontadinha de ciúme, pensando: *posso perdoar qualquer coisa nele, por causa disso.* Os dois tinham rido do fato de a primeira palavra coerente de Niley não ter sido "ma-mã", e sim "pa-*pá*", proferida num grito de assombro infantil. Mesmo não gostando de molhar as mãos para dar banho em Niley, Tignor adorava enxugar o filho com a toalha, vigorosamente. E gostava de ver Rebecca amamentar o bebê, ajoelhado junto à cadeira dela e pondo o rosto perto da boquinha do neném, que sugava avidamente, até que o próprio Tignor não agüentava mais e tinha que beijar e sugar o outro seio de Rebecca, tão excitado que precisava fazer amor com ela... Rebecca ainda estava dolorida do parto, mas sabia que não devia dizer não àquele homem.

Nessas ocasiões, porém, era comum Tignor querer apenas que ela o masturbasse, de forma rápida e conveniente, até levá-lo ao orgasmo. Seu rosto se contorcia e franzia, encostado nela, com os dentes arreganhados. Depois ele ficava envergonhado, antipatizava com a mulher por ter testemunhado uma necessidade tão crua e animalesca. Afastava-se dela, saía de carro, e Rebecca se perguntava quando voltaria.

A novidade do bebê recém-nascido havia começado a perder a graça para Tignor depois de alguns meses. Nem mesmo o fascínio de Niley pelo pa-*pá* fora suficiente. É que Niley era um bebê alvoroçado, que recusava o alimento e raramente dormia mais de três horas seguidas. Era animado, alerta e curioso, mas se assustava e se angustiava com facilidade. Tinha o pavio curto do pai, mas não a segurança. Seu choro era estridente, ensurdecedor. Era incrível que aqueles pulmõezinhos infantis fossem capazes de atingir tamanho volume. Rebecca ficara tão privada de sono, que cambaleava pela casa, zonza e tendo alucinações. E mal Tignor voltava, já ameaçava ir embora de novo:

— Dê de mamar a ele, faça-o dormir. Você é a mãe dele, pelo amor de Deus!

Você é a mãe dele tinha se tornado uma frase familiar. Rebecca não gostava de pensar que era uma acusação.

— Ma-mãe? Posso dormir com você, ma-mãe? — veio a vozinha de Niley, que queria escalar a cama para ficar com ela.

Rebecca protestou:

— Ah, benzinho! Você tem a sua cama, como um menino crescido, não tem?

Mas Niley queria dormir com a ma-mãe, sentia-se sozinho, disse.

Naquele quarto, havia coisas com ele, coisas que o amedrontavam. E o menino queria dormir com a ma-mãe.

Rebecca o repreendeu:

— Por hoje, passa, mas, quando o papai voltar, você não vai poder dormir aqui. O papai não vai mimá-lo como eu.

Puxou o menino e o aninhou embaixo das cobertas. Eles se deitaram juntinhos e mergulharam no sono ouvindo a Rádio Wonderful WBEN no quarto ao lado.

42

Foi na primeira semana de outubro de 1959. Doze dias depois do homem do chapéu-panamá. Agora era menos sedutor o som de HAZEL JONES HAZEL JONES VOCÊ É A HAZEL JONES, no clamor e na fedentina de borracha queimada na linha de montagem da Tubos Niágara. Rebecca estava começando a esquecer.

Ela era uma moça prática. Era mãe de um filho pequeno e, pelo bem dele, aprenderia a esquecer.

E então Tignor voltou.

Ela foi buscar Niley na casa dos Meltzer e a Sra. Meltzer lhe disse que Tignor já havia passado por lá e levado o menino para casa.

Rebecca perguntou, gaguejando:

— Aqui? O Tignor está... aqui? Ele *voltou*?

Edna Meltzer disse que sim, Tignor tinha voltado. Rebecca não sabia que o marido ia chegar nesse dia?

Ela se envergonhou de se ver exposta desse jeito. De ter que dizer que não sabia. Detestou que Edna Meltzer percebesse sua confusão, e depois fosse falar dela com os outros, com pena.

Saiu da casa dos Meltzer e correu o resto do caminho para casa. O coração lhe estourava no peito. Ela havia esperado Tignor no domingo anterior, e ele não tinha aparecido nem telefonado. Rebecca tinha querido pensar que ele a buscaria na Tubos Niágara e a levaria para casa... Niles Tignor em seu carro reluzente, encostado no meiofio à espera dela. No Pontiac verde-metálico último tipo que os outros olhariam, admirados. Agora havia alguma coisa errada, mas Rebecca não conseguia imaginar o que fosse. *Ele levou o Niley embora. Nunca mais verei o Niley.*

Mas lá estava o Pontiac, estacionado no fim da entrada de automóveis, cheia de mato. Dentro de casa, lá estava a figura alta e espadaúda de Tignor na cozinha, com Niley, disparando perguntas para o menino, em sua voz ebuliente de locutor de rádio — "E aí? Aí o quê? O que vocês fizeram, você e a 'ma-mãe'? Hein?" —, o que significava que estava falando sem escutar, num estado de ânimo exaltado. A cozinha cheirava a fumaça de charuto e a cerveja recém-aberta. Rebecca entrou e ficou perplexa, ao ver que tinha acontecido alguma coisa com Tignor... sua cabeça estava parcialmente raspada. O belo cabelo farto e metálico fora cortado curto e o homem parecia mais velho, inseguro. Virando os olhos para Rebecca, arreganhou os dentes num sorriso que era uma careta:

— Voltou, hein, garota? Da fábrica.

Era um dos comentários absurdos de Tignor. Como um jabe de pugilista, para desequilibrar, confundir. Não havia forma de responder que não soasse culpada ou defensiva. Rebecca murmurou que sim, tinha voltado. Como todas as tardes, nesse horário. Aproximou-se de Tignor, que não se movera em direção a ela, e o abraçou. Passara dias com tantos pensamentos rebeldes sobre esse homem, que nessa hora se viu tomada pela emoção e só queria esconder o rosto no peito dele, afundar em seus braços. Niley saltitou em volta dos dois, tagarelando pa-*pai*, pa-*pai*. O pa-*pai* tinha trazido presentes, a mamãe queria ver?

Tignor não beijou Rebecca, mas deixou que ela o beijasse. Tinha a barba por fazer e o hálito pesado. Parecia meio desorientado, como se houvesse chegado à casa errada. E era possível que estivesse olhando por cima da cabeça dela, espremendo os olhos para a porta, como se esperasse ver outra pessoa aparecer. Afagou as costas e os ombros da mulher com muita força, distraído.

— Boneca. Minha garota. Sentiu saudade do maridão, hein? Sentiu?

Arrancou bruscamente o lenço que Rebecca tinha posto na cabeça e soltou seu cabelo embaraçado, não muito limpo, deixando-o cair até a metade das costas.

— Hmm. Você está cheirando a borracha queimada — disse. Mas riu e a beijou, afinal.

Rebecca hesitou em tocar a cabeça de Tignor e mexer em seu cabelo, tão modificado.

— Vejo que você está olhando para mim, hein? Droga, tive um acidentezinho lá em Albany. Precisei levar uns pontos.

Tignor lhe mostrou, na parte posterior da cabeça, onde o cabelo fora raspado até o couro cabeludo, uma crosta repulsiva e rubra de uns doze centímetros de comprimento. Rebecca perguntou que tipo de acidente tinha sido e ele respondeu, dando de ombros:

— O tipo que não vai se repetir.

— Mas, Tignor, que aconteceu?

— Eu já disse, não vai se repetir.

Ele havia jogado a maleta, a mala e o paletó nas cadeiras da cozinha. Rebecca o ajudou a levá-los para o quarto dos fundos da casa. Esse quarto, o cômodo especial da casa para ela, era mantido sempre pronto para a volta imprevisível do marido: a cama estava feita e coberta com uma colcha de retalhos; todas as roupas de Rebecca estavam cuidadosamente penduradas num armário; em todas as superfícies, nem um grão de poeira; e havia até um vaso de sempre-vivas na cômoda. Tignor contemplou o interior do quarto como se nunca o tivesse visto.

Resmungou alguma coisa que soou como *Hmmm*!

Empurrou Niley para fora do quarto e o deixou choramingando diante da porta fechada. De repente, ficou excitado, empolgado. Meio que carregou Rebecca para a cama; ela o beijou, enquanto o marido a despia e tirava a própria roupa e, em poucos minutos, ele havia descarregado no corpo ávido da mulher a tensão acumulada. Rebecca apertou com força os músculos protuberantes das costas de Tignor. Mordeu o lábio inferior para não chorar e disse em tom súplice, em voz baixa, quase inaudível:

— ...amo você tanto, Tignor. Por favor, não nos deixe de novo. Nós amamos você, não nos magoe...

Tignor deu um suspiro de enorme prazer. Seu rosto, curiosamente dissimétrico, iluminou-se, quente e corado. Ele virou de barriga para cima e enxugou a testa com o braço musculoso. De repente, pareceu exausto, e Rebecca sentiu o peso em todos os seus membros. Na porta trancada, Niley arranhava e chamava pa-*pai*, ma-*mãe*, choroso como um gato faminto. Tignor resmungou, irritado:

— Faça o garoto ficar quieto, sim? Preciso dormir.

Primeira noite. A volta de Tignor, que ela tanto havia esperado.

Sem querer pensar no significado daquilo. Por quanto tempo ele ficaria ao seu lado desta vez.

Rebecca saiu do quarto em silêncio, carregando sua roupa. Tomaria banho antes de fazer o jantar. Tomaria banho e lavaria o cabelo escorrido e engordurado, para agradar ao marido. Andou com passos bambos, como se estivesse misteriosamente ferida. O sexo com Tignor fora agressivo, ríspido, egoísta. Fazia quase seis semanas que os dois não tinham relações. Foi quase como se tivesse sido a primeira vez, desde o nascimento de Niley.

Aquela ferida maciça do parto. Rebecca ficou pensando se seria possível recompor-se, curar-se completamente. Será que algum dia Hazel Jones fora casada? Teria tido um filho?

Era preciso tranqüilizar Niley, dizer-lhe que o papai estava mesmo em casa e ficaria em casa por algum tempo; mas agora papai estava dormindo e não queria ser incomodado. Mesmo assim, Niley implorou para espiar pela fresta da porta. E murmurou:

— É ele? Aquele é o pa-pai? Aquele homem?

Mais tarde, depois do jantar, Tignor bebeu e se mostrou arrependido. Sentira saudade deles, disse. De sua familinha em Cataratas do Chautauqua.

Rebecca indagou, em tom leve:

— Só uma "familinha"? E as outras, onde estão?

Tignor riu. Estava observando Niley batalhar com o carrinho vermelho e brilhante que lhe dera, grande e desajeitado demais para um menino de três anos.

— Precisa haver umas mudanças na minha vida, puxa, eu sei. Está na hora.

Ele havia comprado terras em Shaheen, contou-lhe. E estava fechando negócio com um restaurante e taberna em Cataratas do Chautauqua. E havia outras propriedades... Com ar pesaroso, Tignor passou a mão pelo dorso da cabeça, onde o couro cabeludo fora marcado por uma cicatriz.

— Esse acidente foi um cretino que tentou me matar. Raspou minha cabeça com uma bala.

— Quem? Quem tentou matar você?

— Mas não matou. E, como eu disse, não vai acontecer de novo.

Rebecca ficou calada, pensando no revólver que tinha encontrado na mala de Tignor. Imaginou que estaria na mala nesse exato momento. Imaginou que ele tivera motivo para usá-lo.

Talvez Hazel Jones tivesse um filho como Niley. Mas não teria um marido como Niles Tignor.

— Sei o que aconteceu em Port Oriskany. Quando você foi mantido sob custódia como "testemunha direta".

As palavras saíram de repente, num impulso.

Tignor perguntou:

— E como é que você sabe, boneca? Alguém lhe contou?

— Li sobre isso no jornal de Port Oriskany. A "emboscada". O tiroteio. E o seu nome...

— E como foi que você viu esse jornal? Alguém lhe mostrou, alguém que more por aqui?

A voz de Tignor continuava afável, com leve curiosidade.

— Deixaram na caixa de correio. Só a primeira página.

— Isso já foi há algum tempo, Rebecca. No inverno passado.

— E agora acabou? O que quer que tenha sido, será... será que acabou?

— Sim, acabou.

Ao tirar a roupa para se deitar, Tignor ficou vendo Rebecca escovar o cabelo. A mão que manejava a escova movia-se com destreza e deliberação. Agora que estava lavado de pouco, o cabelo ficara muito escuro e lustroso; recendia a um xampu perfumado, não à fábrica, e parecia soltar faíscas. Pelo espelho, Rebecca viu o marido aproximar-se. Começou a tremer de expectativa, mas a mão não diminuiu o movimento. Tignor estava nu, imponente, o tronco e a barriga cobertos de pêlos brilhantes e grossos. Entre as pernas grossas, saindo de um denso remoinho de pêlos pubianos, seu pênis se elevava, semi-ereto. Tignor afagou-lhe o cabelo e a nuca, muito sensível. Encostou-se em Rebecca, gemendo baixinho, e ela ouviu sua respiração acelerar-se.

Estava assustada, com a mente transformada num branco.

Não conseguia pensar em como portar-se. No que teria feito no passado.

Baixinho, Tignor perguntou, como se fosse um segredo entre os dois:

— Você esteve com um homem, não foi?

Rebecca o encarou pelo espelho.

— Homem? Que homem?

— Como diabos eu vou saber que homem?

E riu. Tinha feito Rebecca levantar-se e a puxou para a cama, que fora preparada pouco antes, com uma dobra de exatos dez centímetros do lençol de cobrir sobre o cobertor. Os dois balançaram como dançarinos desajeitados. Tignor havia passado horas bebendo e estava num clima jovial. Prendeu o dedão do pé no tapetinho ao lado da cama, disse um palavrão e tornou a rir, porque parecia achar alguma coisa muito engraçada.

— O que lhe deu o jornal, talvez. Ou um amigo dele. Ou todos os amigos deles. Você me diz que homem, boneca.

Rebecca entrou em pânico e tentou empurrá-lo, mas Tignor era rápido demais e a agarrou pelo cabelo, fechou o punho em volta de seu cabelo e a sacudiu, não com a força que poderia, mas delicadamente, com ar reprovador, como quem sacudisse uma criança recalcitrante.

— Você me conta, ciganinha. Temos a noite toda.

43

...uma hora e vinte minutos atrasada para o trabalho na manhã seguinte. Com o carro dele na garagem, mas Rebecca não tinha a chave nem coragem de pedi-la ao homem, mergulhado num sono profundo. Moveu-se com passos rígidos. O cabelo foi escondido num lenço. Na linha de montagem, notaram que seu rosto estava inchado e carrancudo. Quando ela tirou os óculos escuros, de armação de plástico, do tipo colorido e barato que era vendido nas drogarias, e os substituiu pelos óculos de segurança, observou-se que seu olho esquerdo estava inchado e descolorido. Quando Rita a cutucou, dizendo em seu ouvido "Ah, meu bem, ele voltou? É isso?", Rebecca não teve nada a dizer.

44

E foi assim que ela soube: ia deixá-lo.

Soube antes de se aperceber plenamente. Antes de esse saber lhe surgir, calmo, irreversível, irrefutável. Antes de as palavras terríveis soarem em seu cérebro, implacáveis como as máquinas da Tubos Niágara: *Que alternativa, você não tem escolha, ele vai matar vocês dois.* Antes de começar a fazer seus cálculos desesperados: para onde iria, o que poderia levar, como conseguiria levar o filho. Antes de contar a pequena soma em dinheiro — quarenta e três dólares! (tinha imaginado haver mais) — que havia conseguido economizar dos cheques do salário e escondido num armário em casa. Antes que, com seu jeito jocoso, fingindo implicar, Tignor começasse a se tornar mais violento com ela e com o menino. Antes que ele começasse a culpá-la pelo fato de o garoto se retrair, afastando-se do pai. Antes que o pavor de sua situação lhe chegasse de madrugada, na cama, na remota fazenda da estrada da Fazenda dos Pobres, quando ela se deitasse insone ao lado do homem que dormia um sono embriagado e profundo. E daquele cheiro de relva úmida, de terra úmida, que subia pelas tábuas do piso. Aquele cheiro adocicado e pútrido. De quando ela era um bebê embrulhado num xale imundo, levado às pressas para o telheiro e segurado junto aos seios fartos da mãe, enquanto a mãe arfava, agachada no escuro durante grande parte da tarde, até uma figura abrir a porta, indignada, ofendida: *Quer que eu a estrangule?*

E foi assim que ela soube. Antes mesmo da manhã de outubro em que o sol mal havia despontado por trás da massa de nuvens, na altura da copa das árvores, e Niley ainda dormia no quarto ao lado, e ela se atreveu a seguir Tignor até o lado de fora, e na estrada, e atravessando a estrada até o canal; antes de se esconder para observá-lo a uma distância de uns nove metros, vê-lo andar devagar pelo caminho de sirga e fazer uma pausa, e acender um cigarro e fumar, pensativo — uma figura masculina solitária, de certa distinção misteriosa, sobre quem era cabível perguntar: *Quem é ele?* Rebecca observou detrás de uma moita de sarças e viu Tignor finalmente dar uma olhadela discreta por cima do ombro, nas duas direções do canal liso, escuro e cintilante (que estava deserto, nenhuma balsa à vista, nenhuma atividade humana no caminho de sirga), e tirar do bolso do paletó um objeto de tamanho esquisito, que ela soube imediatamente ser o revólver, embora estivesse embrulhado numa lona. Tignor pesou o objeto na mão. Hesitou, com ar pesaroso. Depois, como fazia com a maioria das coisas, atirou-o com indiferença no canal, onde ele afundou de imediato.

Rebecca pensou: *Ele usou aquele revólver, matou alguém. Mas não vai me matar.*

Logo depois do casamento, Tignor havia ensinado Rebecca a dirigir. Prometera muitas vezes comprar-lhe um carro — "um cupezinho para minha garota; conversível, talvez". Tinha parecido sincero, mas nunca chegara a comprar o carro.

Ali estava, na entrada da garagem, o Pontiac de Tignor, que ela não se atrevia a pedir para dirigir. Nem mesmo para fazer compras em Cataratas do Chautauqua, ou ir para o trabalho. Em algumas manhãs, quando lhe sucedia acordar muito cedo, ou quando ele havia acabado de chegar da noite anterior, Tignor a levava à Tubos Niágara; algumas tardes, quando estava na vizinhança, ia buscá-la no final do expediente. Mas Rebecca não podia contar com o marido. Na maioria das vezes, continuava a percorrer a pé os dois quilômetros e meio pelo caminho de sirga, como sempre tinha feito.

Não estava muito claro o que fazer com Niley. Tignor objetava a que Edna Meltzer cuidasse de seu filho — aquela bruxa velha, metendo o nariz na vida dele! —, mas dificilmente se poderia esperar que ele próprio ficasse em casa e tomasse conta de um menino de três anos. Se Rebecca deixasse o filho com Tignor, poderia voltar, descobrir que o Pontiac tinha sumido e achar o menino perambulando do lado de fora, com a roupa imunda e desarrumada, se não seminu. Poderia encontrar Niley descalço e de pijama, tentando puxar seu carrinho vermelho brilhante pela alameda sulcada da garagem, ou brincando junto ao poço de nove metros cujas tábuas da tampa estavam podres, ou vagando pelo palheiro dilapidado, em meio às incrustações imundas de décadas de fezes de pássaros. Uma vez, ele fora sozinho até o Armazém do Ike.

Edna Meltzer dizia: "Mas eu não me incomodo! O Niley é como se fosse meu neto. E, quando o Tignor o quiser de volta, é só vir buscá-lo."

No começo, Tignor se interessara pelos desenhos e rabiscos infantis de Niley. Por suas tentativas de soletrar, sob a orientação de Rebecca. Não tinha paciência de ler para o filho, porque o próprio ato de ler em voz alta o entediava, mas se esparramava no sofá, fumando e tomando cerveja, e ouvia Rebecca ler para Niley, que insistia em que ela corresse o dedo por baixo das palavras que ia lendo, para que ele pudesse repeti-las. Um dia, Tignor comentou:

— Esse garoto! Acho que ele é esperto. Para a idade que tem.

Rebecca sorriu, perguntando a si mesma se Tignor sabia a idade do filho. Ou como era uma criança média de três anos. E disse que sim, achava Niley muito esperto para sua idade. E também tinha talento musical.

— "Talento musical"? Desde quando?

Sempre que havia música no rádio, disse Rebecca, ele interrompia o que estivesse fazendo para ouvir. Parecia empolgado com a música. Tentava cantar e dançar.

Tignor declarou:

— Nenhum filho meu vai ser dançarino, isso é certo. Um crioulinho sapateador.

Falou com o exagero implicante de quem pretende ser engraçado, mas Rebecca viu seu rosto ficar tenso.

— Dançarino não, mas pianista, talvez.

— "Pianista", o que é isso? Tocador de piano?

Tignor deu um riso de mofa; estava começando a antipatizar com as palavras difíceis e as pretensões da mulher. Mas às vezes também se comovia com elas, como se comovia com os desenhos desajeitados do filho, feitos com creiom, e com suas tentativas de andar depressa como o papai.

Tignor deparou com a folha de papel em que Niley tinha desenhado *TÉTANO*. E com outras: *AVIÃO, PÚRPURA, GAMBÁ*. Riu, abanando a cabeça.

— Nossa! Desse jeito, você é capaz de ensinar ao garoto todas as palavras da porcaria do dicionário!

— O Niley adora as palavras. Adora a sensação de "soletrar", mesmo ainda não conhecendo o alfabeto.

— Por que ele não conhece o alfabeto?

— Ele sabe uma parte. Mas é meio grande para ele, com vinte e seis letras.

Tignor franziu o sobrolho, pensativo. Rebecca torceu para que ele não pedisse a Niley para recitar o alfabeto, o que terminaria num paroxismo de lágrimas. Mesmo desconfiando que o marido também não conhecia o alfabeto. Não todas as vinte e seis letras!

— Isto aqui leva mais jeito do que a gente esperaria de uma criança — comentou ele, examinando o desenho do chapéu de banana feito por Niley: uma figura que pretendia ser o papai (mas Tignor não sabia que aquela figura gorducha e mal desenhada de cartum pretendia ser o papai), com um chapéu amarelo de banana saindo da cabeça, da metade do tamanho do desenho.

Mais tarde, irrequieto e perambulando pela casa velha, no segundo andar, onde a mulher guardava suas coisas particulares, Tignor encontrou as folhas de palavras e garatujas de Rebecca. Que ficou profundamente embaraçada.

A maioria era de listas de palavras retiradas do dicionário. E de livros escolares jogados fora, de biologia, matemática, história. Tignor leu em voz alta, com ar divertido:

— *Gimnospermas, angiospermas*. Que diabo é isso, *spermas*? — e fuzilou-a com os olhos, fingindo desdém. — *Clorofila, cloroplasto, fotossíntese* — prosseguiu. Estava tendo dificuldade para pronunciar as palavras e ficou com o rosto vermelho: — *Crânio, vértebra, pélvis, fêmur...*

Pronunciou *fêmur* com um grunhido de nojo, *fêêêmur*.

Rebecca tirou as páginas de sua mão, sentindo o rosto arder.

Tignor riu:

— Feito uma garota de ginásio, hein? Quantos anos você tem, afinal?

Rebecca não disse nada. Estava confusa, achando que ele também lhe havia tirado o dicionário para jogá-lo no fogão.

O dicionário! Era seu bem mais secreto.

Com um resmungo, Tignor abaixou-se para pegar alguma coisa caída no chão. Era a folha de papel em que Rebecca tinha escrito, com uma letra inclinada e preguiçosa, que ia escorregando da página:

Hazel Jones
Hazel
Hendricks Byron
"Hazel"

— Quem é essa gente? Amigos seus?

Dessa vez, Rebecca sentiu-se tomada pelo medo. Pelo jeito como Tignor a fuzilava com os olhos.

— Não, não é ninguém, Tignor. São só... nomes.

Ele deu uma bufadela irônica, amassou o papel e o jogou em Rebecca, atingindo-a no peito. Foi um golpe inofensivo, sem peso, mas deixou-a sem fôlego, como se o marido a houvesse esmurrado.

Mas Tignor não estava realmente mal-humorado. Rebecca o ouviu rir consigo mesmo, assobiando pela escada.

— Mamãe, o que foi?

Niley a viu comprimindo a testa com os punhos. De olhos vermelhos, bem fechados.

— A mamãe está envergonhada.

— "Vegonhada"...?

Niley se aproximou e fez carinho na testa quente da mãe. Franziu o cenho, com aquela expressão de moço-velho no rosto.

Raios, por que ela não tinha escondido seus papéis de Tignor? Melhor ainda, por que não os jogara fora?

Agora que o marido estava ali, ela precisava manter a casa se-midilapidada o mais limpa, arrumada e "brilhando" que fosse possível. Tão parecida com os quartos de um bom hotel quanto conseguisse.

Nada de bagunça. Nada de roupas espalhadas. (As roupas e objetos de Tignor ela guardava sem dizer palavra.)

O irônico é que tinha parado de pensar em Hazel Jones. No homem do chapéu-panamá. Na expressão de urgência em seu rosto. Agora, tudo aquilo parecia muito distante, remoto e improvável, como as coisas dos cadernos de colorir de Niley.

Por que é que alguém ia dar a mínima para você, garota?

Uma voz sarcástica de homem. Rebecca não soube ao certo qual.

Niley ficou doente. Um resfriado forte, depois uma gripe.

Rebecca tentou medir a temperatura do filho: 38,3ºC?

Sua mão tremia, segurando o termômetro contra a luz.

— Tignor, o Niley precisa ir ao médico.

— Médico onde?

Era uma pergunta que não fazia sentido. Tignor parecia confuso, abalado.

Mas levou Niley para o carro, embrulhado num cobertor. Levou o filho e Rebecca a Cataratas do Chautauqua e ficou esperando no carro, no estacionamento em frente ao consultório do médico, fumando. Dera a Rebecca uma nota de cinqüenta dólares para o médico, mas não se oferecera para entrar. Ela havia pensado: *Ele tem medo. De doença, de qualquer tipo de fraqueza.*

E ficou com raiva do homem nesse momento. Empurrar-lhe uma nota de cinqüenta dólares, para ela, a mãe da criança doente. Ela não lhe devolveria o troco dos cinqüenta dólares, ia escondê-lo em seu armário.

Tignor se ausentava de casa com freqüência. Porém nunca por mais de dois ou três dias seguidos. Rebecca foi percebendo que ele perdera o emprego na cervejaria. Mas não podia perguntar nada, ele ficaria furioso. Não podia ponderar com ele, *Que aconteceu com você? Por que não pode conversar comigo?*

Quando voltou para o carro com Niley, uma hora depois, viu Tignor de pé, encostado num dos pára-lamas dianteiros, fumando. Um segundo antes de ele a olhar, pensou com seus botões: *Aquele homem não é ninguém que eu conheça.*

Baixinho, informou:

— O Niley está só com uma gripezinha, Tignor. O médico disse para não nos preocuparmos. Disse...

— Ele lhe deu uma receita?

— Disse que é só darmos uma aspirina infantil ao Niley. Lá em casa nós temos, é o que venho dando a ele.

Tignor fechou a cara:

— Nada mais forte?

— É só uma gripe, Tignor. Essa aspirina deve ser forte o bastante.

— É melhor que seja, meu bem. Senão esse "pidiatra" vai ficar com a cabeça quebrada.

Tignor falou com um ar de desafio, de bravata. Rebecca abaixou-se para beijar a testa quente de Niley, para consolá-lo.

Voltaram para Quatro Esquinas. Rebecca levou Niley no colo, no banco do passageiro, ao lado de Tignor, que ficou calado e carrancudo como se tivesse sido obscuramente insultado.

— Pensei que você fosse ficar aliviado como eu, Tignor. O médico foi muito gentil.

Rebecca encostou-se no marido, só um pouquinho. O contato com a pele quente e meio ressentida do homem lhe deu prazer. Um pequeno frêmito de prazer que não sentia já fazia algum tempo.

— O médico disse que o Niley é muito saudável, em termos gerais. No crescimento. Nos "reflexos". Auscultou o coração e os pulmões dele com o estetoscópio.

Fez uma pausa, ciente de que Tignor estava escutando e de que isso era uma boa notícia.

Ele dirigiu mais alguns minutos em silêncio, porém foi se abrandando, derretendo. Olhou de relance para Rebecca, sua garota. Sua ciganinha. Por fim, apertou a coxa dela, com tanta força que chegou a machucar. E estendeu o braço para despentear o cabelo úmido de Niley.

— Ei, vocês dois: amo 'ocês.

Amo 'ocês. Foi a primeira vez que Tignor lhes disse uma coisa dessas.

E assim, Rebecca pensou: *Nunca o deixarei.*

"Ele nos ama. Ama o filho. Nunca nos magoaria. Só está... às vezes...

Esperando? Estaria Tignor esperando?

Mas esperando o quê?

Ele parou de se barbear todos os dias. As roupas já não eram tão elegantes quanto tinham sido. O cabelo já não era regularmente aparado por um barbeiro de hotel. Tignor já não mandava lavar e passar suas roupas em hotéis. Tinha gasto dinheiro para ter boa aparência, mas nunca fora exageradamente detalhista ou niquento. Agora, usava a mesma camisa por dias seguidos. Dormia com a roupa de baixo. Chutava as meias sujas para um canto do quarto, para que sua mulher as encontrasse.

Naturalmente, agora era esperável que Rebecca lavasse e passasse a maioria das roupas de Tignor. O que precisava ser lavado a seco ele não se dava o trabalho de mandar lavar.

E a maldita máquina de lavar velha que ele esperava que Rebecca usasse! Era quase tão ruim quanto fora a de sua mãe. Vivia quebrando e espalhando água ensaboada pelo piso de linóleo da lavanderia. E depois, Rebecca tinha que passar ou tentar passar as camisas brancas de algodão de Tignor.

O ferro era pesado, o pulso dela doía. Aquilo era tão ruim quanto a Tubos Niágara, exceto pelo fato de que os cheiros não eram tão enjoativos. A mãe lhe ensinara a passar roupa, mas só peças lisas — lençóis, toalhas. As poucas camisas do marido, ela mesma passava com cuidado, franzindo o cenho sobre a tábua de passar, como se sua vida inteira, toda a sua ânsia feminina, coubesse na camisa de homem estendida à sua frente.

— Caramba! Um cego aleijado saberia passar melhor do que isso!

Foi Tignor, examinando uma das camisas. O ferro tinha deixado pregas no colarinho. A mãe de Rebecca lhe dissera: *O colarinho é a parte mais difícil, depois vêm os ombros. A frente, as costas e as mangas são fáceis.*

— Ah, Tignor, sinto muito.

— Não posso usar essa merda! Você vai ter que lavar de novo, e passar de novo.

Rebecca tirou a camisa de sua mão. Era uma camisa social de algodão branco, de mangas compridas. Ainda quente do ferro. Ela não voltaria a lavá-la, apenas a molharia, poria para secar e tentaria passá-la de novo de manhã.

Na verdade, Rebecca ficou muda, taciturna. Depois que Tignor foi embora. Que diabo, ela trabalhava oito horas por dia, cinco dias por semana, na porcaria da Tubos Niágara, fazia todo o serviço doméstico, cuidava do Niley e dele, e por que isso não era suficiente?

— Esse emprego da fábrica. Quanto ele paga?

Veio do nada a pergunta de Tignor. Mas Rebecca desconfiava de que fazia algum tempo que ele queria formulá-la.

Hesitou. Depois lhe contou.

(Se mentisse e ele viesse a descobrir, Tignor saberia que ela estava tentando guardar dinheiro do salário.)

— *Só* isso? Por quarenta horas semanais? Caramba!

Tignor mostrou-se pessoalmente ofendido, insultado.

— Tignor, é só a oficina mecânica. Eu não tinha nenhuma experiência. Eles não querem mulheres.

O fim de outubro se aproximava. O céu era uma árida lâmina de aço azulado. Ao meio-dia, o ar continuava frio, avarento. Rebecca tentava não pensar em *como suportaremos o inverno juntos nesta casa velha.*

Sentira saudade de Tignor nas ausências dele. Agora que o marido estava morando com ela e o filho, sentia falta de sua antiga solidão.

E tinha medo dele: de sua presença física, das guinadas de suas emoções, dos olhos que eram como os de um cego subitamente dotado de visão, e que não gostava do que via.

O novo hábito de Tignor era passar as duas mãos pelo cabelo devastado, num gesto de impaciência. O cabelo voltara a crescer aos poucos, mas já não era basto. Agora era o cabelo de um homem comum: fino, escorrido, de um castanho desbotado. Por baixo, o crânio era ossudo.

Tignor estava envergonhado por Rebecca e de Rebecca, bem como dele mesmo como seu marido, e, por um momento prolongado e trêmulo, não conseguiu falar. Depois, cuspindo as palavras, declarou:

— Eu lhe disse, Rebecca, que você não teria mais que trabalhar; naquele dia que nós fomos a Cataratas do Niágara, eu lhe disse. Não foi?

Era quase uma súplica. Rebecca sentiu uma fisgada de amor por ele, sabia que devia consolá-lo. Mas disse:

— Você falou que eu não teria que trabalhar no hotel. Foi só isso que disse.

— Diabos, eu estava me referindo a qualquer tipo de trabalho. Era isso que eu queria dizer, e você sabe, cacete!

Estava ficando zangado. Ela sabia, sabia que não devia provocá-lo. Mas retrucou:

— Só peguei o emprego na Tubos Niágara porque precisava de dinheiro para o Niley e para mim. Criança pequena precisa de roupa, Tignor. E de comida. E você estava fora, Tignor, eu não tinha recebido notícias suas...

— Conversa mole. Eu lhe mandei dinheiro. Pelo correio dos Estados Unidos, mandei.

Não. Não mandou.

Você está se lembrando errado. Está mentindo.

Rebecca conhecia os sinais de alerta, não devia dizer mais nada.

Tignor saiu, furioso. Ela ouviu seus passos. Vibrações de passos pulsando em sua cabeça. Na honradez de sua raiva, era assim que Jacob Schwart tinha andado, pisando duro nos saltos das botas. Botas que, depois de sua morte pela espingarda, tiveram que ser cortadas de seus pés, como cascos nascidos na carne.

Jacob Schwart: um homem em sua casa. Um homem, chefe de sua família. Pisando duro com as botas, para indicar seu desprazer.

— É da fábrica, é? Esse cara?

Rebecca abriu os olhos, confusa. Tignor estava parado diante dela; não tinha saído?

— É capataz, é? Um manda-chuva local? O *patrão*?

Rebecca tentou sorrir. Achou que ele estava só implicando, não falava a sério. Mas podia ser perigoso.

E dizia:

— Não, diabos, patrão não. Um babaca daqueles anda de Cadillac. Não com você. Olhe só para você. Já foi bonita pra danar. Tinha um sorriso feliz de verdade, feito uma garota. Onde é que ele está? Quem anda trepando com você agora tem que ser operário. Sinto o cheiro dele em você: aquele fedor de borracha queimada e suor, feito um crioulo.

Rebecca deu um passo atrás.

— Tignor, por favor. Não diga essas coisas feias, o Niley pode ouvir.

— Deixe o guri ouvir! Ele tem que saber que a mãezinha dele, toda metida a besta, é *p-u-t-a*.

— Tignor, você não quer dizer isso.

— Não, é? Não "quero dizer" o quê, boneca?

— O que você está dizendo.

— Que é, exatamente, que eu estou dizendo? Diga você.

Rebecca retrucou, tentando não gaguejar:

— Eu amo você, Tignor. Não conheço nenhum homem além de você. Nunca houve nenhum outro homem a não ser você. Você deve saber que eu nunca...

Lá estava Niley agachado junto ao sofá, escutando. Niley, que já devia estar na cama.

Na noite anterior, Tignor fora jogar pôquer com amigos em Cataratas do Chautauqua. Exatamente onde, Rebecca não sabia. Ele havia sugerido que a noite tinha "valido a pena pra cacete" e que ele estava num clima generoso, do fundo da alma.

E estava! Porra, ninguém ia estragar o seu bom humor.

Afundou no sofá, pesado. Puxou Niley e o pôs no colo. Pareceu não notar, a menos que isso o divertisse, que o menino se encolheu ao sentir seus dedos brutos e fortes.

Tignor não tinha feito a barba nesse dia. Havia um brilho cinzento nos pêlos curtos do rosto. Ele parecia um gigantesco peixe predador de um livro ilustrado, e Niley o olhou fixo. Os olhos do papai estavam injetados e ele havia arregaçado as mangas da camisa até o bíceps. Gotas de transpiração brilhavam em sua pele, que parecia uma miríade de peles costuradas, quase imperceptivelmente descasadas.

— Niley, meu garoto! Conte pro papai, tem um homem que vem aqui em casa visitar a mamãe?

Niley o encarou, como se não tivesse escutado. Tignor deu-lhe uma sacudida.

— Um homem. Algum homem, hein? À noite, quem sabe? Quando você devia estar dormindo, mas não está. Conte pro papai.

Niley abanou a cabeça de leve.

— O que é isso? Não?

— Não, papai.

— Jura? Jura por Papai do Céu?

Niley fez que sim com a cabeça, com um sorriso inseguro para Tignor.

— Nem uma vez? Nunca veio nenhum homem a esta casa? Hein?

Niley começava a ficar confuso, assustado. Rebecca estava louca para tirá-lo do colo de Tignor.

Mas ele exigia:

— *Nunca* houve um homem? Nem *uma vez*? Nem um único homem, *nunquinha*? Será que você não acordou e ouviu alguém aqui? Uma voz de homem, hein?

Niley tentou ficar muito quieto. Não queria olhar para Rebecca; se olhasse, irromperia em pranto e chamaria por ela. Estava enfrentando Tignor, com as pálpebras meio fechadas, trêmulo.

Rebecca sabia o que ele devia estar pensando: vozes do rádio? Era isso que o papai queria dizer?

Niley murmurou o que soou como um *sim*. Foi quase inaudível, suplicante.

Tignor disse em tom ríspido:

— Um homem? Hein? Aqui?

Rebecca tocou a mão do marido, que segurava com força o ombro magro de Niley.

— Tignor, você está assustando o menino. Ele está pensando no rádio.

— Rádio? Que rádio?

— O rádio. As vozes do rádio.

— Que diabo, ele já me contou, boneca. Deu com a língua nos dentes.

— Tignor, você não está falando sério. Você...

— O Niley admitiu que veio um homem aqui. Ele ouviu a voz. O homem da mamãe.

Rebecca tentou rir, só podia ser piada.

Teve uma sensação de coisas desmoronando. De andar no gelo fino e escorregadio quando ele começa a rachar, a afundar.

— É o rádio, Tignor! Eu já lhe disse. O Niley tem que ficar com o rádio ligado o tempo todo, dia e noite, porque enfiou na cabeça a idéia de que as vozes dos homens são *você*.

— Conversa mole.

Ele estava gostando daquilo, Rebecca percebeu. A cor tinha voltado a seu rosto. Isso era tão bom quanto beber. Tão bom quanto ganhar no pôquer com os amigos. Nem por um instante ele acreditava em nada disso. Mas parecia incapaz de parar.

Rebecca poderia ter saído da sala. Abanando a mão, enojada. Retirar-se e começar a correr. Para onde?

Impossível, não podia deixar Niley. De repente, Tignor se pôs de pé, largando Niley no chão. Segurou o cotovelo da mulher.

— Admita, judia.

— Por que você me odeia, Tignor, se eu o amo...?

O rosto dele ruborizou-se. Os olhos perversos e úmidos desviaram-se dos dela, estava envergonhado. Nesse instante, Rebecca viu sua vergonha. Mas ele estava furioso com a mulher por tê-lo questionado diante do filho.

— Você é judia, não é? Judia cigana! Raios, bem que me avisaram.

— Que quer dizer com "avisaram"? Quem o avisou?

— Todo mundo. Todo mundo que conhecia você e o seu velho maluco.

— Não éramos judeus! Não sou...

— Não é? É claro que é, "Schwart".

— E se fosse? Qual é o problema dos judeus?

Tignor fez um ar de desdém. Deu de ombros, como se soubesse estar acima desses preconceitos.

— Não sou *eu* que digo, boneca, são os outros. "Judeus sujos", a gente escuta isso o tempo todo. O que é que significa as pessoas dizerem isso? Está nos jornais. Está nos livros.

— As pessoas são ignorantes. Dizem todo tipo de coisas ignorantes.

— Os judeus, a negrada. Crioulo é o que chega mais perto do macaco, mas o judeu é esperto demais para o próprio bem dele. Dá uma "judiada" em você: mete a mão no seu bolso, enfia uma faca nas suas costas, e ainda processa você! Tem que haver uma razão muito boa para os alemães terem querido se livrar de vocês. Os alemães são uma raça inteligente pra danar.

Tignor deu uma risada obscena. Não queria dizer nada disso, pensou Rebecca. Mas não conseguia se impedir, assim como, ao fazer amor, não conseguia se impedir de se debater e gemer desamparado nos braços dela.

Com voz súplice, Rebecca perguntou:

— Então, por que se casou comigo, se você não me ama?

Uma expressão matreira, sonsa, surgiu no rosto de Tignor. Rebecca pensou: *Ele nunca se casou comigo. Não somos casados.*

— É claro que eu amo você. Por que diabos estaria aqui, nesta pocilga, com esse garoto nervosinho, esse guri meio judeu, se não amasse? Besteira.

Niley havia começado a choramingar e Tignor saiu da sala, pisando duro, enojado. Rebecca torceu para ouvi-lo bater a porta da casa, para que ela e Niley se encolhessem juntos, ouvindo o carro dar a partida e sair de ré da garagem...

Mas Tignor não pareceu estar saindo. Só tinha ido à geladeira buscar outra cerveja.

Aquela sensação de desmoronamento. Quando o gelo começa a rachar, acontece depressa.

Pôs o filho para dormir, depressa. Estava aflita para deitá-lo na cama e ver a porta de seu quarto fechada. Preferia pensar que, com a porta fechada e Niley quietinho na cama, Tignor se esqueceria dele.

Sentia-se zonza, desnorteada. Havia acontecido muito depressa.

Ele não é meu marido, nunca foi meu marido. Nunca tive marido.

A revelação foi uma luz ofuscante em seu rosto. Rebecca estava enjoada, humilhada. No entanto, tinha sabido.

Naquele dia, na casa furreca de tijolos em Cataratas do Niágara. Casada às pressas por um conhecido de Tignor que se dizia juiz de paz. Ela soubera.

Ajeitou as cobertas do filho na cama, com Niley a puxá-la e se agarrar a ela.

— Não chore! Procure não chorar. Se tiver que chorar, esconda o rosto no travesseiro. O papai fica nervoso quando ouve você chorar, o papai gosta muito de você. E fique nessa cama. Não saia dessa cama. Não importa o que você escutar, Niley. Fique nessa cama, não saia. Promete?

Niley estava agitado demais para prometer. Rebecca apagou a lâmpada de cabeceira e o deixou.

Desde que Tignor regressara, a lâmpada de coelhinho de Niley não ficava acesa a noite inteira. O rádio já não ficava no parapeito de sua janela, mas tinha voltado para a cozinha, onde, quando Tignor estava em casa, só era ligado uma vez por dia, no noticiário noturno.

A intenção de Rebecca era se adiantar a Tignor, ir para a frente da casa e, com isso, impedir que ele entrasse no quarto. Mas lá estava ele no quarto, desalinhado, carrancudo, com uma garrafa de cerveja espumante na mão.

— Está escondendo ele, hein? Fazendo o garoto ficar com medo do pai.

Rebecca tentou explicar que estava na hora de Niley dormir. Passava muito da hora.

— Você anda me envenenando com ele, não é? Esse tempo todo.

Rebecca abanou a cabeça, não!

— Fazendo ele se virar contra mim. Por que ele tem tanto medo de mim? Nervoso feito um cachorro que levou um pontapé. *Eu* nunca levantei a mão pra ele.

Rebecca permaneceu imóvel, olhando para um ponto no chão.

Sem concordar nem discordar. Sem resistência e sem desafio.

— Como se eu não gostasse dele, e de você. Como se eu não estivesse agindo bem pra caramba. Esse é o agradecimento que eu recebo.

Tignor falou num tom ofendido, procurando alguma coisa no bolso. Com um jeito desajeitado, urgente. Tirou a carteira, atrapalhou-se para puxar as notas.

— Ciganinha! Sempre querendo dinheiro, hein? Como se eu não desse o bastante. Como se durante essa porra desses cinco anos você não estivesse me sugando até a última gota!

Começou a jogar as notas em cima dela, daquele jeito que Rebecca abominava. Nesse momento, ela teve certeza de que Tignor havia mentido sobre Herschel, de que nunca havia conhecido Herschel em toda a sua vida, de que aquele episódio tinha sido enganoso, degradante. Ela odiava que lhe jogassem notas de dólares, mas tentou sorrir. Mesmo nessa hora, tentou sorrir. Sabia que Tignor precisava ver-se como um sujeito divertido, não ameaçador. Se ele intuísse o medo que despertava em Rebecca, ficaria com mais raiva ainda.

— Pegue! Pegue! É isso que você quer de mim, não é?

As notas voejaram para o chão, aos pés de Rebecca. Ela sorriu ainda mais, tal como Niley havia sorrido, aterrorizado com o papai implicante. Sabia que tinha que encenar seu papel, de algum modo. Tinha que se degradar mais uma vez, para proteger o filho. Já não se importava consigo mesma, estava cansada demais. Não seria uma daquelas mães (às vezes se ouvia falar delas em Milburn) que não conseguiam proteger os filhos do perigo. Sempre parece muito simples, evidente: *Pelo amor de Deus, por que ela não levou os filhos embora, por que não correu para buscar ajuda, por que esperou até ser tarde demais?* No entanto, agora que estava acontecendo com ela, Rebecca compreendeu a estranha inércia, o desejo de que a tempestade passe, de que a fúria masculina se esgote e cesse. É que Tignor estava muito bêbado, instável nos próprios pés. Seus olhos injetados grudaram-se nos dela, cheios de mágoa e vergonha. Mas a fúria o dominava e ainda não queria soltá-lo.

Num tom amoroso-zombeteiro, ele disse:

— Judiazinha. Puta.

Amassou as notas em bolas e as atirou no rosto de Rebecca. Com os olhos marejados, ela ficou cega.

— Que é que há? Orgulhosa demais? Agora você ganha o seu próprio dinheiro, não é? Deitada? Abrindo as pernas? É isso?

Tignor havia posto a garrafa de cerveja no chão. Não notou que a tinha derrubado. Agarrou Rebecca, rindo enquanto tentava enfiar um maço de notas em sua blusa. Puxou as calças dela, de veludo cotelê preto, puídas nos joelhos e nos fundilhos. Eram roupas da fábrica, ela não tivera tempo de se trocar. Foi enfiando notas nas calças, dentro das calcinhas e entre as pernas dela, enquanto Rebecca lutava para se desvencilhar. Tignor a estava machucando, com os dedos cravados feito garras em sua vagina. Mas ele ria, e Rebecca preferiu pensar: *Então, ele não está zangado, se está rindo. Se está rindo, não vai me machucar.*

Sentiu-se desesperada, torcendo para que Tignor não ouvisse Niley chamando *ma-mãe*!

Tignor havia parado de machucá-la e Rebecca achou que talvez houvesse acabado, só que, de repente, houve uma súbita explosão de luz do lado de sua cabeça. De repente, ela se viu no chão, atordoada. Alguma coisa a havia atingido do lado da cabeça. Rebecca não tinha uma idéia clara de que tivesse sido um punho de homem, ou de que o homem que a atingira fosse Tignor.

O homem parou diante dela, cutucando-a com o pé. Com o bico do sapato entre as pernas dela, fazendo-a contorcer-se de dor.

— E aí, boneca? É disso que você gosta, não é?

Rebecca estava lenta e aturdida demais para reagir como Tignor queria, de modo que ele perdeu a paciência e montou sobre seu corpo. Agora estava com raiva para valer, xingando-a. Muito, muito zangado, e ela não conseguia imaginar por quê. Porque não se opusera a ele, tentara não provocá-lo. No entanto, Tignor estava fechando as mãos em torno de seu pescoço, só para assustá-la. Para lhe dar uma lição. Envergonhá-lo diante do filho! E batia, batia, batia com o dorso da cabeça dela nas tábuas do piso. Rebecca estava sufocando, perdendo a consciência. No entanto, mesmo em sua aflição, pôde sentir o ar frio que subia pelas frestas do piso, vindo do porão. A essa altura, o menino no quarto ao lado dava gritos, ela sabia que o homem a culparia por isso. *Agora ele vai matar você, não pode evitar.* Como quem se houvesse aventurado no gelo fino, com plena confiança de poder voltar correndo a qualquer momento, de estar segura, desde que pudesse dar meia-volta, embora, em seu pavor, começasse a lhe ocorrer que ele tinha que parar logo, é claro que pararia logo, nunca tinha ido tão longe, nunca a havia machucado gravemente no passado. Existia uma combinação entre eles — não era? — de que ele nunca a machucaria seriamente. Ameaçava, mas não machucava. Mas agora a estava asfixiando, enfiando notas em sua boca, tentando empurrá-las por sua goela abaixo. Nunca tinha feito nada parecido antes, isso era inteiramente novo. Rebecca não conseguia respirar, estava sufocando. Lutou para se salvar, com o pânico a lhe inundar as veias. O homem caçoava, "Judia! Cadela! Puta!", furioso, exalando um terrível calor puritano.

Ao todo, o espancamento durou quarenta minutos.

Mais tarde, Rebecca viria a acreditar que não tinha perdido a consciência.

No entanto, ali estava Tignor a sacudi-la:

— Ei! Não tem nenhum problema com você, piranha. Acorde.

Puxou-a para cima, tentando fazê-la ficar de pé. Embora ele mesmo oscilasse, como um homem num convés adernado.

— Ande logo! Pare de fingir!

Os joelhos de Rebecca não tinham força. Rápida como um clarão, veio-lhe a esperança de que, se caísse de joelhos, talvez Tignor finalmente se apiedasse e a deixasse rastejar para longe, feito um cachorro chutado. E nesse momento, por algum motivo, pareceu-lhe que isso já tinha acontecido. Que ela estava escondida embaixo da escada, escondida no porão. Que teria rastejado para a cisterna (a cisterna estava seca, as calhas e os canos de escoamento da casa velha tinham ferrugem demais, e a água da chuva não conseguia acumular-se) e abraçado os joelhos junto ao peito, e nunca deporia contra ele, nem mesmo se ele a matasse. Nunca!

Mas não tinha se afastado rastejando. Continuava naquele cômodo. Um cômodo aceso, não o porão. Por entre a teia enevoada, pôde ver: a cama bem-feita com a colcha de retalhos, que ela ainda não havia dobrado para a hora de dormir, com sua precisão de camareira; os tapetes redondos grossos, cor de ouro velho, comprados por 2,98 dólares em Cataratas do Chautauqua, nas liquidações de depois do Natal; as sempre-vivas na cômoda, que a Srta. Lutter teria admirado. Tignor grunhiu:

— Acorde! Abra os olhos! Eu quebro a sua cara se...

O homem a estava sacudindo, jogando-a contra uma parede. Os vidros da janela vibravam. Alguma coisa havia caído e estava rolando pelo chão, soltando espuma. Rebecca teria escorregado feito uma boneca de trapo, mas o homem a segurou, batendo em seu rosto.

— Me responda, ande logo! Envergonhar um homem aos olhos do próprio filho.

Tignor arrastou-a para a cama. As roupas dela estavam rasgadas e estranhamente molhadas. A blusa se abrira num rasgão. Ele ficaria furioso se visse seus seios, Rebecca precisava esconder os seios. Sua pele nua de mulher o enlouqueceria. Tignor atirou-a na cama, atrapalhou-se com as calças. Achou que a culpa era dela, babaca idiota. As calças dele já não eram bem passadas como antes. Na casa de fazenda da estrada da Fazenda dos Pobres, Niles Tignor tinha se perdido. Perdera sua virilidade, sua dignidade. Suas camisas andavam mal passadas, com pregas no colarinho. Até um cego aleijado seria capaz de passá-las melhor!

Lá estava Niley, puxando as pernas do papai, gritando para ele parar.

— Sacaninha.

Nessa hora, Rebecca percebeu: tinha cometido um erro terrível. O pior erro que uma mãe pode cometer. Pusera o filho em perigo, por estupidez e descuido.

Um botão de sangue vivo na boca do menino, no nariz.

Rebecca implorou ao homem montado em seu corpo para não bater em Niley, bater nela.

Nele não, nela.

— Bebezinho! Diabo de bebê chorão!

Tignor levantou o menino gritalhão por um braço e o jogou na parede.

Niley parou de chorar. Ficou quieto no chão, deitado onde havia caído. E Rebecca, na cama, nesse momento ficou imóvel.

O tecido que lhe encobria o rosto parecia mais apertado. Ela estava cega, com o cérebro próximo da extinção. Não conseguia respirar pelo nariz, havia alguma coisa quebrada, entupida. Como um peixe arquejante, aspirou o ar pela boca, empenhando toda a sua energia nesse esforço. Mas ainda conseguia ouvir, sua audição estava mais aguçada.

Um arfar pesado de homem a seu lado. Um barulho úmido de ronco na garganta. Tignor havia perdido o interesse, agora que ela parara de combatê-lo. Tinha desabado na cama a seu lado. Em meio à roupa de cama remexida e ensangüentada, adormeceu.

Era como deslizar sob a superfície da água: Rebecca desmaiava e acordava. Pareceu passar-se um tempo longuíssimo até ter forças para acordar por completo e ficar de pé. Movia-se tão devagar, tão sem jeito, que esperou que Tignor acordasse e a agarrasse pelo braço. Quase conseguia ouvir suas palavras resmungadas. *Sua puta! Onde você vai?* Mas

Tignor não acordou, Rebecca estava salva. Foi até o menino, ao lugar em que ele havia caído no chão. O rostinho sangrava, o olho esquerdo fora fechado pelo inchaço. Ela mal conseguiu enxergá-lo, mas teve certeza: ele estava bem. Ficaria bom, também estava salvo, não podia haver nada seriamente errado com ele. Impossível. O pai o amava, o pai não ia querer machucá-lo.

Sussurrou para Niley: ele estava seguro, mamãe estava ali. Mas que não chorasse mais.

Niley respirava em arquejos rasos, irregulares. A cabeça havia tombado para a frente num ângulo agudo. *O pescoço dele quebrou*, pensou Rebecca, mesmo sabendo que não podia ser, e não foi. Ela estava sem forças, mas levantou Niley, cambaleando sob seu peso, e o levou para fora do quarto. Ele respirava, não estava gravemente ferido. A mãe tinha certeza.

Em seu estado de aturdimento, Rebecca não se imaginaria capaz de andar do quarto até a cozinha, mas conseguiu levar Niley para lá e não o deixou cair. Sob a luz mais forte da cozinha, viu que o rostinho do menino estava sangrando e inchado; havia um corte feio junto ao couro cabeludo, de onde escorria sangue; a pele não estava rosada como de hábito, mas pálida feito cera, com uma tonalidade azulada. As pálpebras não tinham se fechado por completo, viam-se vagamente duas meias-luas brancas. É que ali ficava o mecanismo da visão, mas não havia visão. Como os olhos de vidro de uma boneca, se a gente empurrasse a pálpebra para cima com o polegar.

— Niley, a mamãe vai cuidar de você.

Ele estava vivo, respirando e vivo, e começou a se remexer, choramingando, no colo da mãe.

— Está tudo bem com você, amorzinho. Você consegue abrir os olhos?

Os bracinhos finos, as pernas não pareciam quebrados.

Fêmur, clavícula, pélvis: nada quebrado.

Crânio: intacto.

Ah, era o que ela queria pensar! Foi tateando, passando as pontas dos dedos no filho, nos braços e pernas que se remexiam de leve, na cabeça curvada para a frente sobre o peito. Se a cabeça dele estivesse fraturada, como é que ela poderia saber? Não tinha como saber.

Lavou o rosto de Niley e o seu. O menino estava grogue, mas começou a acordar. Não tinha forças para chorar alto, e Rebecca deu graças por isso. Lavou-lhe as mãos, os braços, o peito manchado de sangue. Parou para escutar, para ver se Tignor estava acordando e iria atrás deles.

Mas a fúria tinha se esgotado, por enquanto.

Fazia semanas que ela sabia que o deixaria, e, apesar disso, não tinha agido. Agora estava desesperada e tinha que agir. Não conseguia pensar em nenhum lugar para ir que não fosse um erro, uma rede para capturar a ela e a Niley e devolvê-los a Tignor.

Não à casa dos Meltzer. Não à polícia de Cataratas do Chautauqua.

À polícia, nunca! Rebecca compartilhava a desconfiança e a antipatia do pai pela polícia. Parecia saber que aqueles homens, homens tão parecidos com Niles Tignor, se solidarizariam com ele, o marido e pai. Não os protegeriam dele, a ela e a Niley.

Agora Niley estava deitado no chão da cozinha, com a toalha que Rebecca pusera sob sua cabeça. Estava bem, respirava quase normalmente. O rosto já não estava tão branco, um pouco de cor havia retornado às bochechas.

Ela o levaria para o carro, não perderia tempo trocando a roupa do filho. Nem o obrigaria a vestir um casaco, apenas o enrolaria num cobertor.

Pareceu-lhe já ter feito isso: embrulhado Niley num cobertor. Carregou-o para o carro, na entrada da garagem, e o pôs delicadamente no banco de trás. Ali ele dormiria.

Voltou para o quarto, onde Tignor continuava deitado na cama tal como fora deixado, roncando. Ela não se imaginaria com coragem suficiente, ou temeridade suficiente, ou desespero suficiente para retornar a esse quarto de tamanha devastação, que ainda cheirava a seu pavor, mas não teve alternativa. A saída passava por Tignor. Não lhe restava alternativa senão enfiar a mão no bolso da calça dele, para pegar as chaves do carro.

Tignor não se mexeu, não se deu conta da presença dela. Sua boca parecia a de um bebê, úmida e aberta, inspirando o ar. Os olhos estavam como os de Niley, parcialmente fechados, com uma meia-lua de um branco doentio aparecendo.

Que ronco! Um som de rude saúde animalesca, como Rebecca sempre havia achado, sorridente, deitada ao lado de Tignor em suas inúmeras camas. Durante mais de cinco anos, ela se deitara ao lado desse homem. Ouvira-o roncar, ouvira sua respiração mais serena. Com que atenção havia notado cada nuança do funcionamento do corpo dele, que a fascinava como se fosse outra faceta da alma de Tignor, da qual talvez ela tivesse um conhecimento que ele mesmo não possuía.

Agora que a fúria do homem se havia dissipado, Rebecca sentiu-a reviver dentro de si.

Estava com as chaves do carro. Agora eram suas.

Tignor estava deitado na roupa de cama amarfanhada com uma expressão de profundo espanto, como se tivesse caído de uma grande altura e apenas aterrissado naquela cama, intacto. Dormiria assim por dez ou doze horas. Sem Rebecca para acordá-lo, seria incapaz de se arrastar até o banheiro para urinar, e a urina escorreria dele durante o sono, sujando a cama. De manhã, ele se sentiria envergonhado, enojado. Mas, em seu estupor, não tinha como impedir que isso acontecesse.

E já então Rebecca e Niley estariam longe.

Ela sorriu ao pensar nisso. Agora havia uma espécie de paz no quarto.

Fez a mala com agilidade. Não perdeu tempo trocando sua roupa suja. Umas peças suas, outras de Niley, foram dobradas e jogadas na mala que Tignor lhe comprara anos antes. Depois, ela recolheu todas as notas que conseguiu encontrar no quarto. Foi metódica, decidida. Quanto dinheiro! Tignor havia ganhado muito no jogo de cartas e quisera que ela soubesse. Mas Rebecca se recusou a tocar na carteira do homem, caída no chão no lugar onde ele a havia largado.

Da prateleira do alto do armário, tirou o dinheiro que vinha escondendo desde março. Agora eram cinqüenta e um dólares. E também pegou o suéter surrado em que havia enrolado o pedaço de sucata de aço de dezoito centímetros.

Nesse momento, compreendeu por que havia guardado essa faca improvisada. Por que a tinha escondido nesse quarto.

Testou a ponta do aço no polegar. Era afiada como qualquer fura-gelo. Se ela golpeasse Tignor com rapidez e precisão, e com toda a sua força, cortando a artéria grossa que pulsava em seu pescoço, achava que poderia matá-lo. Ele não morreria de imediato, mas sangraria até a morte. Artéria carótida, era isso. Rebecca sabia, do livro de biologia. Bem no fundo do peito maciço de Tignor ficava seu coração, que seria difícil de perfurar com um só golpe violento. Ela não se julgou capaz desse golpe. Se o aço batesse no osso, seria desviado. Se ela errasse por uma fração de centímetro, o homem poderia reanimar-se e, num paroxismo de angústia, arrancar-lhe o aço da mão e virá-lo contra ela, e poderia matá-la com as próprias mãos. O pescoço de Rebecca ainda estava dolorido, por Tignor quase a haver estrangulado. A artéria carótida, tão vulnerável, seria mais prática. Mesmo assim, porém, ela poderia errar. Estava agitada, trêmula de expectativa, mas poderia errar.

E será que queria matar aquele homem? Hesitou, insegura. Queria matar algum ser humano? Qualquer criatura viva? Castigar Tignor, castigá-lo muito. Para que ele soubesse quanto a havia ferido, a ela e ao filho dos dois, e devia ser castigado.

O menino a esperava. Rebecca não tinha escolha, precisava apressar-se.

Colocou a tira de aço na cama, ao lado do homem adormecido.

"Ele vai saber, talvez. Que eu o poupei. E saberá por quê."

45

Três dias depois, em 29 de outubro de 1959, o Pontiac registrado no nome de Niles Tignor foi encontrado, com o tanque de gasolina quase vazio e as chaves no piso, embaixo do banco do motorista, num estacionamento próximo do terminal rodoviário da Greyhound, em Rome, Nova York. Isso ficava uns trezentos e vinte quilômetros ao norte e a leste de Cataratas do Chautauqua. Nenhum bilhete foi deixado no carro, apenas diversos lenços de papel amassados e sujos de sangue, no piso do banco traseiro, um dos quais continha um anel de mulher: uma pedrinha sintética pálida e leitosa, parecida com uma opala, num engaste de prata ligeiramente manchado; e, no porta-luvas, uma lanterna com o vidro rachado, um par de luvas masculinas de couro, sujas, e um mapa rodoviário muito amarrotado do estado de Nova York, os quais seriam identificados pelo dono do carro como seus.

II

No mundo

1

Mesmo quando pequeno, ele era sagaz o bastante para saber que *É como se ela e eu tivéssemos morrido. E agora nada pode nos ferir.*

2

No começo, era uma brincadeira. Ele achava que devia ser brincadeira. Como cantar, cantarolar. Baixinho. Em segredo. Um modo de ser feliz, sem que os dois precisassem de mais ninguém.

Como ao falar com estranhos, quando ela usava sua voz baixa e orgulhosa. *O nome dele é Zacharias. Um nome da Bíblia. Ele nasceu com o dom da música. O pai está morto, nunca falamos disso.*

Ele achava que tinha a ver com o *seguir em frente*. A mãe se referia ao que era a vida dos dois como *seguir em frente*, por ora. Com os nomes de cidades, montanhas, rios e condados sempre mudando. Nunca no mesmo lugar por mais de alguns dias. Um dia em Beardstown, outro em Cataratas do Tintern. Um dia em Barneveld, o seguinte em Granite Springs. O rio Chautauqua transformou-se no rio Mohawk, o Mohawk virou o Susquehanna. Ele via as placas ao longo da estrada. Ficava ansioso por pronunciar os nomes, porque adorava o som de nomes novos, estranhos em sua boca, e também ansiava por aprender sua grafia, mas os nomes mudavam com tanta freqüência que ele não conseguia recordá-los, e a mãe não parecia desejar que ele se recordasse, pois não queria que ele se lembrasse de seu antigo nome, agora que era *Zack, Zack-Zack*; ela o abraçava e adorava dizer-lhe em tom solene: *Agora você é o Zack. Meu filho Zacharias. Abençoado por Deus, porque seu pai* — e exibia um olhar vago, pensativo — *voltou para o inferno, onde o estavam esperando.* E ria e levantava as mãos dele nas suas, na brincadeira de bater palminhas que havia começado quando ele era bebê, batendo com as palmas macias das mãos do menino nas dela, para que ele risse, e o riso dos dois se misturava, arfante, alegre.

Também não se lembrava de quando havia começado a memória. Ao abrir os olhos pela primeira vez. Ao respirar pela primeira vez. Na primeira vez que ouvira música, que o tinha assustado e lhe acelerara o pulso. Na primeira vez que ela havia cantado e cantarolado com ele. Na primeira vez que os dois tinham dançado juntos. Mas se lembrava de que, num dos cafés, tinha havido um piano, um jukebox e um piano, e a vitrola automática era uma velha Wurlitzer larga, atarracada, com as cores da janelinha de vidro escurecidas por uma pátina de sujeira, através da qual brilhava uma luz ofuscante, que pulsava com o ritmo de músicas populares simples, altas, percussivas, e quando, no fim da noite, o jukebox silenciava, mamãe o levava (tão sonolento, com a cabeça tão pesada!) até o velho piano de armário Knabe de teclas amareladas, lá no fundo, ao lado do bar, com enfeites natalinos e fileiras de luzes vermelhas, um cheiro forte de cerveja, fumaça de tabaco e corpos de homens, e mamãe dizia com sua voz animada, clara como um sino, para os outros ouvirem: *Experimente, Zack! Veja se você consegue tocar piano*, e o segurava com os braços fortes e quentes, para ele não escorregar de seu colo, de seus joelhos vigorosos, e nessas horas ele era uma criança desajeitada, um ratinho de menino emudecido de timidez, e o banco muito arranhado do piano era baixo demais para ele, que mal conseguia alcançar o teclado, e havia homens olhando, sempre havia homens nesses cafés, tabernas e bares a que a mamãe o levava, e os homens diziam palavras de incentivo caloroso, *Vamos lá, garoto! Vamos ouvir*, e a respiração dela era quente e vinha com um hálito de cerveja em sua nuca; trêmula de animação, ela lhe segurava as mãozinhas flexíveis e as punha no teclado; não fazia mal que as teclas de marfim estivessem manchadas e tortas e que suas bordas afiadas lhe machucassem os dedos, não fazia mal que as teclas pretas tendessem a ficar presas, e que o piano estivesse manchado e torto e desafinado, mamãe sabia pôr as mãos do filho no centro do teclado, mamãe sabia colocar seu polegar direito no dó central, e cada um de seus dedos buscava a própria tecla por instinto, e isso era reconfortante: *Ele nasceu com esse dom, Deus o designou como alguém especial. Ele nem sempre sabe falar direito.* Nessas horas, a mãe falava de um jeito estranho, imperioso, com grande convicção, e com o olhar firme e a boca moldada num sorriso de enorme esperança bruta, mesmo que ele ficasse magoado com suas palavras, sentindo a falsidade de suas palavras, ao mesmo tempo que supunha compreender a lógica presente nelas. *Condoam-se de nós! Ajudem-nos*; o menino assustava-se por ela, não por si mesmo, por não ter dom nenhum, por ter nascido sem nenhum dom e nenhum deus que o designasse como especial; era por ela que sentia medo, medo de que os homens que haviam parecido cativados, minutos antes, de repente rissem de sua mãe; mas, quando começava a tocar as notas, no mesmo instante ele parava de ouvir as piadas e a risadaria dos homens, parava de ouvir a voz grave, zombeteira e ofendida do pai nas vozes daqueles estranhos, parava de ter consciência da tensão no corpo da mãe e do calor irradiado por ela, e apertava as teclas, as que não ficavam presas, numa sucessão rápida, numa escala de dó maior executada com entusiasmo infantil; mesmo não fazendo idéia do que era a escala de dó maior, ele tocava quase harmoniosamente com as duas mãos, embora a esquerda seguisse a direita uma fração de segundo depois, e aí tocava acordes, tentando apertar as teclas preguiçosas, batendo nas teclas pretas, sustenidos, bemóis, sem a menor idéia do que fazia, mas aquilo era brincar, o piano era brincar e tocar, tocar-para-Zack, e o que ele fazia lhe parecia certo, parecia natural, e do insondável interior do piano (que ele imaginava densamente cheio de fios e com uma válvula brilhante, como um rádio) emergiam aqueles sons maravilhosos, com um ar de surpresa, como se o velho Knabe de armário, enfurnado num nicho de bar de beira de estrada em Apalachin, Nova York, tivesse estado em silêncio por tanto tempo, sem uso, a não ser para batidas ébrias no teclado, durante tanto tempo, que o próprio instrumento houvesse despertado num susto, despreparado.

O que sua mãe queria dizer com *designado por Deus*. Não suas mãos, que eram as mãos atrapalhadas de um menino cego, mas os sons do piano, que não se pareciam com nenhum que ele já tivesse ouvido tão intimamente. No rádio ele ouvira música desde a primeira infância, e parte dela tinha sido de piano, mas não se parecia em nada com o som estranho e vívido que nascia das pontas de seus dedos. Ele ficava com a boca seca de admiração e assombro. Sorria, era uma felicidade imensa. Descobrir o jeito como as notas isoladas fundiam-se com as outras, como se seus dedos se movessem por vontade própria. Ele não era um menino que se sentisse à vontade na presença de estranhos, e os lugares de beira de estrada a que a mãe o levava eram povoados exclusivamente por estranhos, na maioria homens que o viam com o olhar mortiço e indiferente do macho por qualquer rebento que não seja seu. Mas nessa hora ele lhes captava a atenção. É que ia descobrindo, no labirinto de teclas manchadas, tortas, presas e mudas, um número suficiente de teclas vivas para tocar um padrão de notas relacionadas, que ele não tinha como adivinhar que seriam instantaneamente familiares àqueles ouvidos de estranhos — "Footprints in the Snow", de Bill Monroe, que ele andara ouvindo repetidas vezes na vitrola automática, naquele estado onírico entre o sono e a vigília, com a cabeça deitada no casaco dobrado da mãe num dos reservados do café —, sem ter idéia de que a sucessão de notas constituía uma canção composta e executada por indivíduos que lhe eram desconhecidos, e de que as pessoas que a ouviam ficavam deslumbradas: "Nossa mãe, como é que ele consegue? Um garoto tão pequeno, não está tendo aulas, está?"

Ele não ouvia essas vozes. Olhos bem fechados de concentração. Os dedos da mão direita dedilhavam o padrão predominante, como se já lhe fosse familiar, os da esquerda, mais fraca, iam fornecendo os acordes, um preenchimento de lacunas no som. Tocar. Brincar. Isso era a felicidade! As notas do velho piano a percorrê-lo — dedos, mãos, braços, tronco — como uma corrente elétrica.

— Pergunte se ele sabe tocar "Cumberland Breakdown".

A mãe lhes dizia que não. Ele só sabia tocar as músicas que tinha ouvido no jukebox.

— E "Rocky Road Blues"? Essa estava no jukebox.

Ele foi descobrindo que podia tocar um punhado de notas, depois repeti-las como num eco, num tom diferente, meio tom acima ou abaixo. Podia alterar o padrão desse aglomerado, tocando as notas mais depressa ou mais devagar, ou com ênfase em algumas em vez de outras, mas a melodia continuava reconhecível.

Não conseguia alcançar uma oitava inteira, é claro, porque as mãos eram pequenas demais. Não conseguia alcançar os pedais, é claro. Nem fazia idéia do que eram eles. E a mãe também não. Os sons do piano saíram fragmentados, partidos. Não era a música suave que se ouvia no rádio.

Os homens atraídos pelo menino que tocava piano começavam a perder o interesse. Começavam a se afastar. Logo ressurgia seu vozerio alto, o zurrar de suas gargalhadas. Um dia, um homem ficou e chegou mais perto. Pôs o pé no pedal direito e o comprimiu. No mesmo instante, os sons fragmentados fundiram-se uns nos outros.

— Você precisa do pedal. Aperte e solte.

Esse homem, um estranho. Mas não como os outros. Ele sorriu; estivera bebendo, mas sabia algo que os outros desconheciam. E se importava; pareceu sinceramente interessado no menino que se atrapalhava para tocar um instrumento em que nunca pusera as mãos, surpreso com a execução tosca e instintiva do garoto. E havia a jovem mãe do menino, segurando-o no colo, risonha, toda orgulhosa, com uma centelha de loucura no rosto.

Depois perguntou quem eram eles, de onde vinham. E a jovem disse com ar evasivo, embora continuasse a sorrir:

— Ah, de um lugar mais ao norte. Nenhum que o senhor conheça.

E o homem insistiu:

— Experimente, meu bem: de onde?

E a jovem mãe riu, fitando-o com seus olhos calmos, escuros, aparentemente imperturbáveis, ensombrecidos de cansaço, mas belos, e respondeu, como se houvesse ensaiado essas palavras muitas vezes:

— Somos de lugar nenhum, moço. Mas é para algum lugar que estamos indo.

Um café à beira da estrada em Apalachin, Nova York. Logo ao sul do rio Susquehanna e alguns quilômetros ao norte da divisa com a Pensilvânia. Era o final do inverno de 1960, fazia quase cinco meses que eles estavam fugindo de Niles Tignor.

Tinha sido a primeira vez que ele tocara piano. A primeira vez que ela o conduzira a um piano. Era possível que tivesse bebido, visto o piano enfurnado numa alcova do bar, e que a idéia lhe houvesse ocorrido, como agora lhe ocorriam tantas idéias: "Um sopro divino."

Não que ela acreditasse em nenhum deus. Diabos, não mesmo.

Mas às vezes havia essas brisas imprevisíveis. Sopros repentinos de vento. Um vento fustigante, do tipo com que ela havia crescido, que se precipitava para o velho chalé de pedra, vindo da vastidão do lago Ontário. Um vento cruel, sufocante, que não deixava respirar. A roupa era arrancada do varal, às vezes até os próprios postes caíam. Mas havia ventos mais suaves, brisas delicadas como leves sopros. Essas ela vinha começando a reconhecer. Por essas esperava, ansiosa. Por elas norteava sua vida.

Além dessa noite haveria outros cafés, tabernas e restaurantes, hotéis. Haveria outros pianos. Se as circunstâncias ajudassem, ela levaria seu talentoso filho Zacharias a tocar. Se as circunstâncias não ajudassem muito, em algum momento ela levaria seu talentoso filho Zacharias a tocar, de qualquer maneira. Porque ele tinha que ser ouvido! Seu talento musical tinha que ser ouvido!

Toda vez que Zack tocava havia aplausos.

Não se investiga de perto o motivo dos aplausos.

E toda vez havia um homem que se deixava ficar. Um homem que se deslumbrava, admirado. Um homem com dinheiro, nem que fossem apenas alguns dólares, para gastar com a estranha jovem mãe e seu menino de braços e pernas mirrados, de rosto pálido, intenso, e olhos atormentados.

Diga-me o seu nome, meu bem. Você sabe o meu.

Você sabe o nome do meu filho. Por enquanto, isso basta.

Não. Preciso saber o seu nome também.

Meu nome é Hazel Jones.

"Hazel Jones." Que nome bonito!

É? Deram-me esse nome por causa de alguém. Meus pais guardaram segredo, mas agora estão mortos. Mas um dia vou descobrir, eu acho.

3

— Se não fomos mortos até agora, não há razão para achar que um dia seremos.

Ela ria com esse saber delicioso.

Ao fugir com o filho, não tinha olhado para trás. Essa foi sua estratégia durante semanas, meses, depois anos. *Seguir em frente*, era assim que ela a chamava. Cada dia trazia sua própria surpresa e recompensa: bastava *seguir em frente*. Da casa na estrada da Fazenda dos Pobres ela havia tirado o dinheiro lançado em seu corpo, com desprezo por seu próprio corpo e repudiando seu amor de jovem esposa ingênua, fraudada no casamento. Rebecca tinha esse dinheiro, essas notas amarrotadas de valores diversos, e podia dizer a si mesma que o ganhara. Complementava-o trabalhando, quando necessário: como garçonete, faxineira, camareira. Bilheteira, "lanterninha" de cinema. Balconista, vendedora de loja. De joelhos, graciosamente calçando sapatos em pés de homens de meias, Hazel Jones e seu deslumbrante sorriso de garota norte-americana: "E então, como o senhor se sente com eles?"

Era freqüente os homens se oferecerem para lhe pagar refeições e bebidas. Para ela e o filhinho. Era freqüente se oferecerem para lhe dar dinheiro. Ora ela recusava, ora aceitava, mas não concedia favores sexuais por dinheiro: sua alma puritana tinha repugnância por essa idéia.

— Prefiro matar nós dois. Zack e eu. E isso nunca acontecerá.

Ela não sentia remorso por ter deixado o pai do menino como o deixara. Nem remorso nem culpa. Mas sentia medo. Daquele jeito vago e esmaecido com que contemplamos a realidade de nossa própria morte, não iminente, mas próxima. *Enquanto continuarmos a seguir em frente, ele nunca nos achará.*

Não lhe ocorreu que o homem que a havia espancado, juntamente com o filho, tinha cometido atos criminosos. A idéia de correr para a polícia de Cataratas do Chautauqua lhe seria tão estranha quanto a de Anna Schwart correr para a polícia de Milburn, apavorada com Jacob Schwart.

Cada um colhe o que semeia.

Era a sabedoria dos camponeses. Uma rude sabedoria da terra. Não devia ser questionada.

Seus ferimentos cicatrizaram, as manchas roxas desapareceram. Restou um leve silvo agudo no ouvido direito, às vezes, quando ela estava cansada. Porém não mais perturbador que o trinar dos passarinhos na primavera ou o zumbir dos insetos no auge do verão. Havia em sua testa crostas vermelhas e ásperas que ela alisava, distraída, quase com assombro, com um curioso prazer gratificado. Mas essas ela podia esconder sob mechas de cabelo. Sua preocupação era mais com o filho do que com ela própria, o medo de que o pai do menino enlouquecesse de necessidade de retomá-lo.

Ei, vocês dois: amo 'ocês.

Lá estava Leora Greb a abanar a cabeça, dizendo que a pessoa não deve meter-se entre um homem e seus filhos, se quiser continuar viva.

Esse tinha sido o plano de Rebecca: abandonar o carro de Tignor num lugar público, para que o veículo fosse imediatamente encontrado pelas autoridades e seu proprietário fosse identificado, e para que Tignor entrasse em posse dele e tivesse menos razão para persegui-la. Sabia que o homem ficaria furioso com o roubo do carro.

Riu, ao pensar na raiva de Tignor.

"Agora ele gostaria de me matar, não é? Mas estou fora do seu alcance."

Sorriu. Tateou as crostas junto à linha do couro cabeludo, já quase indolores. Não falava de Tignor com o filho e nunca mais tolerou que o menino choramingasse e chorasse pelo *pa-pai*.

— Agora você tem a mamãe. Agora a mamãe será toda para você.

— Mas o pa-pai...

— Não. Não existe mais pa pai. Só mamãe.

Ela riu, beijou o filho angustiado. Eliminaria seus temores com beijos. Ao vê-la rir, o menino riria também, numa imitação infantil. Na ânsia de agradar a mamãe e ser beijado pela mamãe, ele logo aprenderia.

Rebecca nunca mais enunciou em voz alta o nome do homem que se fingira de seu marido. Ele a havia iludido, fazendo-a crer que os dois tinham se casado em Cataratas do Niágara. A estupidez dela é que a havia enganado, e ela não pensaria mais nisso. Agora o homem estava morto e seu nome fora apagado da memória.

O nome do menino, igual ao do pai. Um diminutivo do nome do pai. Um nome curioso, que provocava sorrisos intrigados nos outros. Rebecca nunca mais voltou a chamá-lo por esse nome. Teve que rebatizar o filho, para que o rompimento com o pai fosse completo.

Ao sair de Cataratas do Chautauqua, ela conduziu o Pontiac roubado por estradas vicinais para o norte e o leste, pelos sopés da cordilheira de Chautauqua; entrou e passou pelas ondulantes terras cultivadas da região dos lagos Finger e, por fim, chegou ao vale do Mohawk, onde o rio se deslocava veloz, sombrio, cor de aço, sob colunas mutáveis de bruma. Não se atreveu a parar em nenhum lugar em que ela e o filho pudessem ser reconhecidos e, assim, seguiu adiante, destroçada pela dor e exausta. Num córrego raso e pedregoso ao lado de uma das estradas, banhou o filho e se lavou, tentando limpar os ferimentos. Beijou o menino repetidas vezes, repleta de gratidão por ele não ter sofrido lesões graves; pelo menos, achava que ele não tinha sofrido lesões graves. Seus ossinhos flexíveis pareciam intactos, e o crânio, que parecera tão delicado à mãe aflita, aquele crânio de casca de ovo da infância, na verdade era duro e resistente e não fora rachado pelo homem enfurecido.

Sentiu-se grata também pelo fato de o menino não poder ver seus próprios olhos inchados e roxos, o lábio superior distendido e coberto por uma crosta, as narinas com a borda ensangüentada. E pelo fato de ele ser tão impressionável que assimilaria as emoções da mãe:

— Escapamos! Nós escapamos! Ninguém jamais nos encontrará, nós escapamos!

Estranho como Rebecca foi ficando feliz, à medida que a estrada da Fazenda dos Pobres recuou rapidamente para o passado.

Estranho como se sentiu jubilante, apesar do rosto inchado e das dores em todos os ossos.

Ao se inclinar para beijar e abraçar o filho. Dar sopros em seus ouvidos e murmurar bobagens para fazê-lo rir.

Esconderam-se da estrada em milharais e neles fizeram suas necessidades, feito bichos. Depois correram e se esconderam um do outro, dando gritinhos de tanto rir.

— Ma-mãe! Ma-mãe! Onde você está?

Rebecca aproximou-se por trás e envolveu o filho nos braços, num êxtase de felicidade e possessividade. Tinha salvado o filho e salvado a si mesma. Providenciaria para que sua vida, apesar de maltratada e abalada, como se tivesse estado nas garras de uma grande fera, fosse uma bênção.

Foi nessa hora que lhe ocorreu o verdadeiro nome do filho:

— "Zacharias." Um nome tirado da Bíblia.

Estava felicíssima. Inspirada. Abandonou o carro roubado em Rome, uma cidade envelhecida, para lá do lago Oneida, com aproximadamente metade do tamanho de Cataratas do Chautauqua. Era uma cidade sem nenhum significado para ela, exceto pelo fato de o homem que se fizera passar por seu marido ter negócios lá, ter falado de Rome com freqüência. Deixou o carro nesse local para confundi-lo, como um enigma.

Estacionou-o, com o tanque quase vazio, perto do terminal de ônibus da Greyhound. *Ele vai deduzir que estamos indo para o leste. Jamais nos encontrará.*

Inverteu o curso da fuga. Na estação da Greyhound, comprou duas passagens de adulto para Port Oriskany, retrocedendo quatrocentos quilômetros para o oeste.

Passagens de adultos, para o caso de o bilheteiro ser questionado a respeito de uma mãe em fuga com seu filho.

Nem ela nem o menino jamais tinham andado de ônibus. O Greyhound era enorme! Foi uma experiência estimulante, uma aventura. Num ônibus, não há nada a fazer senão olhar a paisagem pela janela: passando depressa em primeiro plano, junto à rodovia, passando devagar na linha do horizonte. Embora muito cansada e com os ossos doloridos, ela se apanhou sorrindo. O menino dormia a seu lado, encolhidinho e aquecido. Rebecca afagou-lhe o cabelo sedoso, pressionou o rostinho inchado com seus dedos frios.

Será que você pode ao menos ficar com meu cartão?

Para o caso de querer entrar em contato comigo.

Aceite de mim a sua herança, Hazel Jones.

— O nome é "Dr. Hendricks". "Dr. Byron Hendricks", médico.

O homem uniformizado, de pele muito escura, bigodinho fino e pálpebras pesadas, olhou-a com surpresa.

— Quarto andar, madame. Mas acho que ele não está lá.

Rebecca não tinha pensado nessa possibilidade. Desde aquela tarde no caminho de sirga do canal, parecia-lhe que o homem do chapéu-panamá a havia procurado tanto, que por certo estaria à sua espera.

Olhou para o painel exibido na parede. Edifício Wigner de Profissionais Liberais. Lá estava HENDRICKS, B. K., sala 414.

O menino Zacharias perambulava pelo saguão alto e elegante do Edifício Wigner, inquisitivo e irrequieto. Com um nome novo nessa nova cidade de Port Oriskany, à margem de um imenso lago ardósia-azulado, ele parecia ter sofrido uma alteração sutil, já não se mostrando tímido, mas francamente curioso, encarando com indelicadeza os estranhos bem-vestidos que entravam pela movimentada avenida Owego e cruzavam a porta giratória. Até então, tinha sido um menino do interior, e os únicos adultos que vira trajavam-se e se portavam de forma muito diferente desses.

Quando não estava olhando para os estranhos que passavam apressados, ele se abaixava para examinar o mármore polido, cor de ébano, sob seus pés, muito diferente de qualquer piso em que já tivesse andado.

Um espelho escuro! Dentro dele, abaixo de seus pés, movia-se o reflexo saltitante e espectral de um menino cujo rosto ele não conseguia ver.

— Zack, venha cá com a mamãe. Vamos subir no *elevador*.

Ele riu; o nome *Zack* lhe era muito estranho, como um beliscão inesperado que não se soubesse dizer se era de brincadeira ou para machucar.

Zacharias significava "abençoado", sua mãe lhe dissera. E ele já estava a caminho de sua primeira subida num elevador. Embora ainda mancasse, por causa do que o homem bêbado lhe fizera, e seu rostinho pálido parecesse ter sido usado como um saco de pancadas, ele sabia estar entrando num mundo de surpresas e aventuras imprevisíveis.

O homem uniformizado tinha entrado no elevador e assumido sua posição junto aos controles. Disse:

— Posso levar a senhora ao consultório do Dr. Hendricks, mas, como eu disse, acho que ele não está. Faz algum tempo que não vejo nenhum dos dois.

Foi como se Rebecca não tivesse ouvido. No elevador, segurou a mão do filho, de ossos miúdos. Mão seca e quente. Torceu para que ele não estivesse com febre — não tinha tempo para essas tolices nesse momento. Em Port Oriskany, prestes a se encontrar com Byron Hendricks! Ele se mostrara surpreso por Hazel Jones ser casada; que pensaria de ela ter um filho? Rebecca sentiu-se insegura, confusa. Talvez aquilo fosse um erro.

Seus lábios se moveram. Como se falasse consigo mesma:

— O Dr. Hendricks tem que estar aqui. Ele me deu seu cartão há poucos dias. Acho que está me esperando.

— Madame, quer que eu espere a senhora? Pro caso de descer agora mesmo?

O homem de uniforme avultava sobre ela. Rebecca foi obrigada a se perguntar se estaria mexendo com ela, para deixá-la abalada e chorosa e poder consolá-la. Mas ele parecia sincero. Usava luvas brancas para operar o elevador. Ela sentiu o cheiro de brilhantina em seu cabelo. Nunca estivera tão perto de um negro, e nunca estivera na situação de precisar da ajuda de um negro. No Hotel General Washington, a maioria dos "serviçais negros" se mantinha reservada e distante.

— Não. Não é necessário. Obrigada.

O homem de uniforme parou o elevador no quarto andar e abriu a porta com um floreio. Rebecca passou depressa para o corredor, puxando o filho consigo.

Ele está pensando que quero que o Dr. Hendricks examine meu filho. É isso que está pensando.

— Ele fica pra lá, naquela direção. A senhora quer que eu espere?

— Não! Eu já lhe disse.

Aborrecida, Rebecca afastou-se sem olhar para trás. As portas do elevador se fecharam ruidosamente às suas costas.

Zack se agitava, dizendo que não queria nenhum médico velho, *não queria.*

A sala 414 ficava no fim do corredor, que recendia a medicamentos. Numa porta cuja metade superior era formada por uma lâmina de vidro jateado apareciam, em letra caligráfica, os dizeres DR. BYRON K. HENDRICKS. ENTRE, POR FAVOR. Mas o interior parecia escuro e a porta estava trancada. Essa extremidade do corredor tinha um ar sujo e abandonado.

Desesperada, Rebecca bateu no vidro fosco.

Não conseguia pensar no que fazer. Em suas fantasias vagas mas febris de procurar o Dr. Byron Hendricks, antecipando o momento em que os olhos do homem a divisassem, em que ele sorrisse, encantado, ao reconhecer Hazel Jones, não tinha previsto que ele não estivesse onde prometera estar.

Zack se agitava, dizendo não gostar do cheiro daquele lugar, *não gostava*.

Bem, Rebecca tinha dinheiro. Tinha várias centenas de dólares em notas de valores diferentes. Não teria que arranjar emprego por algum tempo, se tomasse cuidado com os gastos. Encontraria um hotel barato em Port Oriskany para ela e Zack pernoitarem. Os dois precisavam muito de um descanso. Tomariam banho, dormiriam numa cama com lençóis limpos, bem passados. Ficariam trancados num quarto de um hotel povoado por estranhos, em completa segurança. Durante três noites seguidas haviam dormido no Pontiac, estacionado junto a uma estrada rural, trêmulos de frio. A viagem de ônibus de Rome tinha durado cinco longas horas.

— De manhã, posso telefonar para ele. Marcar uma consulta.

Zack viu que a mãe estava ficando ansiosa. Encostou-se nas pernas dela, murmurando *ma-mãe* com sua voz chorosa de criança.

Rebecca considerou que não tinha sido sensato ir direto da estação de ônibus para o consultório do Dr. Hendricks. Devia ter telefonado, para saber se ele estava. Poderia ter procurado seu número de telefone num catálogo. Era o que as pessoas faziam, as pessoas normais. Ela precisava aprender com as pessoas normais.

Girou novamente a maçaneta da porta trancada. Por que Hendricks não estava?

Quando a visse, ele a reconheceria. Acreditava nisso. O que acontecesse depois aconteceria sem sua volição. Ele a havia chamado, tinha-lhe implorado. Ninguém jamais lhe implorara nada daquele jeito. Ninguém jamais vasculhara seu coração daquele jeito.

O homem do chapéu-panamá. Ele a seguira desde a cidade, já a conhecia. Tinha alterado o rumo da vida dela. Rebecca fora uma jovem iludida, vivendo com um homem que não era seu marido. Um homem violento, um criminoso. Não teria tido coragem de abandonar esse homem, se não tivesse encontrado Hendricks no caminho de sirga do canal.

Muito possivelmente, não teria despertado o ciúme do homem que se fazia passar por seu marido, se Hendricks não a houvesse abordado no caminho de sirga do canal.

"Sabe, o senhor mudou a minha vida! Agora estou aqui, em Port Oriskany, e este é meu filho Zacharias..."

Não mentiria para ele. Não afirmaria ser Hazel Jones.

Embora também não pudesse negá-lo taxativamente. Porque havia a possibilidade de que tivesse sido adotada. Não era o que sugerira Herschel: que eles a tinham encontrado, quando bebê, recém-nascida num navio no porto de Nova York...?

— Meus pais morreram, Dr. Hendricks. Nunca poderei perguntar a eles. Mas nunca achei que fosse filha deles.

Em seu estado de esgotamento e perturbação, isso lhe pareceu mais do que teoricamente possível.

O menino franziu o cenho para ela. Por que a mamãe estava falando sozinha? E sorrindo, mordendo o lábio cheio de crostas.

— Mamãe? A gente pode ir embora? Aqui tem um cheiro ruim.

Ela se virou, entorpecida. Tateou em busca da mão do menino. Fazia força para pensar, mas não lhe ocorria nenhuma idéia. Nas pálidas superfícies refletoras das portas de vidro por que passavam, seu rosto ficava obscuro e apenas o cabelo grosso e desgrenhado tinha uma definição clara. Rebecca parecia uma afogada.

Uma das portas de vidro fosco se abriu. O cheiro enjoativo de remédio intensificou-se. Havia um indivíduo saindo da sala 420, ocupada pelo Dr. Hiram Tanner, C.D. Num impulso, Rebecca entrou na sala de espera. Será que C.D. significava cirurgião-dentista? Uma recepcionista franziu-lhe o cenho detrás de uma escrivaninha.

— Pois não? Em que posso ajudá-la, moça?

— Estou procurando o Dr. Hendricks, da sala 414. Mas o consultório parece estar fechado.

As sobrancelhas de creiom da recepcionista elevaram-se numa surpresa exagerada.

— Ora, a senhora não soube? O Dr. Hendricks morreu no último verão.

— Morreu! Mas...

— Achei que todos os pacientes dele tinham sido avisados. A senhora era paciente dele?

— Não. Quer dizer... sim, era.

— O consultório dele ainda não foi desocupado, parece que há um problema. Ficou em estado bem precário e precisa ser limpo.

A recepcionista de meia-idade, impecavelmente vestida, olhava de Rebecca para o menino agarrado em sua perna. Olhava para os rostos machucados de ambos.

— Há outros médicos no prédio que a senhora poderia consultar. No segundo andar há...

— Não! Preciso ver o Dr. Hendricks. Estou falando do filho, não do pai.

A recepcionista disse:

— Não há ninguém naquele consultório desde o último verão, que eu tenha visto. Dizem que alguém tem ido lá depois do horário. Umas coisas são remexidas, deixam lixo em caixotes para o zelador levar embora. Eu costumava ver o filho, mas não ultimamente. Dizem que foi um derrame que matou o Dr. Hendricks. Ele tinha muitos pacientes, mas que também estavam ficando velhos. Eu nunca soube que o filho fosse médico.

Rebecca protestou:

— Mas é! Dr. Byron Hendricks. Vi o cartão dele. Era para eu ter marcado uma consulta...

— Um homem de uns quarenta anos, é? Meio nervoso? Assim, com um jeito estranho, e olhos também? Sempre vestido meio diferente, de chapéu? No frio era um chapéu de feltro, tipo diplomata, noutras ocasiões, um chapéu de palha. Eu nunca soube que ele fosse médico, mas talvez esteja enganada. Pode ser que ele tenha freqüentado a faculdade de medicina, mas não exercia a profissão, há uns que são assim.

Rebecca fitou a mulher, enquanto Zack cutucava suas pernas e se contorcia junto delas, impaciente. Ao ver o susto de Rebecca, a mulher pôs a mão no peito:

— Olhe, moça, não me sinto à vontade repetindo boatos. O Dr. Tanner costumava cumprimentar o velho, e às vezes eles conversavam por uns minutos, mas não os conhecia bem, a nenhum dos dois.

Rebecca indagou, confusa:

— A pessoa pode ser médica e não "exercer"? Mas...

E viu nos olhos da mulher uma dose de piedade, mas também de satisfação. Pensou que era melhor se acostumar com isso.

Agradeceu à recepcionista, puxou Zack para fora do consultório e fechou a porta ao sair.

No corredor, Zack desvencilhou-se de sua mão e saiu saltitando à frente dela, agitando bobamente os braços e fazendo um barulho de assobio e engasgo, como se não conseguisse respirar o ar bolorento.

Estava ficando rebelde, obstinado. Nunca se portara dessa maneira em nenhum lugar público.

Rebecca quase soluçou:

— Zack! Droga, volte aqui!

Ele estava prestes a apertar o botão *descer* do elevador. Rebecca surpreendeu-se com o fato de o filho saber uma coisa dessas, na sua idade. Afastou-lhe a mão com um tapa. Não queria chamar o ascensorista, o negro uniformizado de bigodinho fino e olhos brincalhões/tristonhos, sabendo que ele também a olharia com piedade.

— Vamos pela escada, benzinho. A escada é mais segura.

Uma escada sem janelas, três lances de descida, até uma porta pesada com uma placa de SAÍDA, que dava para uma travessa.

A campainha no ouvido estava mais alta, incômoda. Rebecca chegou quase a pensar que havia insetos noturnos por perto, em algum lugar.

E pensou: *O Hendricks queria que você acreditasse nele, confiasse nele. No caminho de sirga. Naquele dia. Não fazia idéia de que um dia você fosse tentar encontrá-lo aqui.*

— Só nós dois. Uma noite. Meu filho e eu.

Passaram a noite num hotel de sobrado sem elevador, a poucos quarteirões da avenida Owego. Rebecca verificou vários quartos antes de ficar com um: examinou lençóis e fronhas, levantou um canto do colchão no estrado de molas, para ver se havia percevejos ou piolhos. A recepcionista deu um sorriso divertido, com uma olhadela para seus cabelos desgrenhados e o rosto cheio de ferimentos:

— Você devia ir para o Statler, meu bem, está no lugar errado.

A cama de casal ocupava quase todo o espaço do quarto, entre as paredes de papel manchado e uma janela melancólica que dava para um poço de ventilação. Não havia banheiro, o toalete ficava no corredor.

Rebecca riu, enxugando os olhos:

— Cinqüenta e cinco dólares por noite. Este é o lugar certo.

Quando ficaram sozinhos no quarto, Zack bisbilhotou tudo, imitando a mãe. Fingiu ser um cãozinho, farejando os cantos. Abaixou-se para espiar embaixo da cama.

— Mamãe, e se o pa-pai...

Rebecca levantou um dedo de advertência:

— Não.

— Mas mamãe! Se o pa...

— Agora é só a mamãe, eu já lhe disse. De agora em diante, só a mamãe.

Não repreendeu o menino. Nunca o assustaria. Em vez disso, abraçou-o, fez-lhe cócegas.

Ele acabaria esquecendo. Rebecca estava decidida.

Levou-o a um restaurante de máquinas automáticas na avenida Owego, para uma refeição antes de irem dormir. O ambiente muito iluminado e barulhento e o modo de comprar a comida, que era empurrada em bandejas de plástico brilhante, fascinaram o menino. Depois da refeição, ela debateu consigo mesma se devia levá-lo ao outro lado da praça larga e batida pelo vento até o Port Oriskany Statler, o hotel mais elegante da cidade. Queria mostrar-lhe o saguão espaçoso e requintado, repleto de homens e mulheres bem-vestidos. Piso de mármore, sofás de couro, vasos de samambaias e pequenas árvores. Um átrio aberto até o mezanino. Porteiros e mensageiros uniformizados.

O Port Oriskany Statler cintilava com suas luzes. Pelo menos vinte e cinco andares. Do outro lado do prédio de arenito ficava um parque à beira d'água e, mais adiante, o lago Erie, estendendo-se até o horizonte. Rebecca tinha uma vaga lembrança da vista dos andares altos. Ele a levara para se hospedar no hotel, anos antes, o homem que se fizera passar por seu marido. Ela estava muito iludida, acreditando-se feliz naquela época! Também o seu papel tinha sido uma farsa.

— Eu era a puta dele. Mesmo não sabendo.

Zack ergueu os olhos para a mãe, intrigado. Como se ela estivesse falando sozinha, rindo. Já tinha idade para saber que os adultos não faziam essas coisas em público.

Ela estava tentando lembrar se tinha sido ali, em Port Oriskany, ou numa outra cidade, que fora seguida ao sair do hotel por um homem de jaqueta e boné da Marinha. O homem se revelara (supunha Rebecca, que nunca tivera certeza) alguém mandado para testar sua lealdade, sua fidelidade. Pela primeira vez, ela se perguntou o que lhe teria acontecido se houvesse sorrido para o homem, rido com ele, aceitado sua cantada.

Não sabia direito se tinha sido em Port Oriskany, porém. Mas se lembrou de que o homem que se fizera passar por seu marido a tinha levado a um obstetra nessa cidade, um médico que a havia examinado e feito um exame de sua urina, e que lhe dera a boa notícia de que ela teria um bebê dali a oito meses.

O homem que se fingia de seu marido tinha dito, com sua voz abrupta e divertida: *Você está grávida, é, garota?* Não dissera *Você vai ter um bebê.*

Anos depois, com o filho sobrevivente, Rebecca contemplou essas palavras. A diferença entre as duas frases.

— Mamãe, você tá triste? Mamãe, você tá *chorando*?

Mas ela não estava. Jurou que estava rindo.

A manhã seguinte foi luminosamente fria, revigorante. À noite, ela decidira não tentar telefonar para o Dr. Byron Hendricks. Seguiria seu próprio caminho, não precisava dele. Também não perdeu tempo procurando *Jones* no catálogo telefônico.

Estava com um humor excelente. Dormira o sono dos mortos, assim como o filho. Mais de nove horas! Só tinha acordado uma vez, precisando levá-lo ao toalete do corredor.

Trêmula de frio. Zonza de sono. Levara-o pela mão e o ajudara a abrir o pijama, depois guiara sua mão para puxar a válvula. Beijara-o com ternura na nuca, onde havia um machucado feio em forma de pêra. "Que menino crescido! Que graça de menino!"

Em hotéis como aquele sobrado sem elevador, acima de um restaurante de persianas fechadas, assim como no glamoroso Port Oriskany Statler, às vezes sucedia um indivíduo se registrar, com ou sem bagagem, passar o ferrolho na porta, fechar as janelas e, de algum modo — desajeitado, inspirado, calculado, desesperado —, conseguir matar-se, em geral entrando na banheira, vestido ou nu, e cortando os pulsos com uma gilete. No Hotel General Washington, esses incidentes eram comentados aos sussurros, embora Rebecca nunca tivesse visto nenhuma cena sangrenta nem sido solicitada a fazer a limpeza, depois.

O suicídio em quartos de hotel não era incomum, mas o homicídio era muito raro. Rebecca nunca ouvira falar de alguém que tivesse matado uma criança num hotel.

Por que eles fazem isso, por que se registram num hotel? Era o que Rebecca havia perguntado a alguém, possivelmente ao próprio Hrube, numa época em que eles deviam estar se dando razoavelmente bem, e Hrube dera de ombros, dizendo: "Para ferrar com o resto de nós, por que mais você acha?" Ela rira, tinha sido uma resposta muito inspirada.

Não conseguiu lembrar-se de por que pensou nele nesse momento: Hrube? Fazia anos que não pensava naquele cretino de cara chata.

De volta ao quarto, ela havia trancado o ferrolho, baixado um pouco mais a persiana surrada, içado o menino grogue para a cama e se deitado ao lado dele, abraçando-o.

O sono dos mortos! Não havia nada mais doce.

De manhã, usando a pequena pia do toalete minúsculo, ela conseguiu dar banho no menino, lavando inclusive sua cabeça. Ele resistiu, mas sem veemência. Graças a Deus havia sabonete! Rebecca lavou o lindo cabelo claro e fino do filho e retirou com o pente as últimas lasquinhas remanescentes de sangue seco.

Seu próprio cabelo era grosso e comprido demais, e tinha demasiados nós e crostas de sangue seco para ser lavado em qualquer pia. Súbito, Rebecca o detestou. Pesado, oleoso, fedido, deixando-a com a alma pesada. Igual a seu irmão Herschel, assim é que ela era, diriam que era uma índia iroquesa.

Deixou o filho no restaurante automático, com a instrução de ele não se mexer nem um centímetro, de esperar pela mãe. O menino comia vorazmente um segundo pote de flocos de aveia, generosamente coberto de leite quente e cristais de açúcar mascavo, de um tipo que nunca havia provado. Rebecca foi lavar e cortar o cabelo no Salão de Beleza Glamore, na esquina ao lado do restaurante. Havia notado o salão na caminhada da noite anterior e estudado os preços listados na janela.

Como estava farta do cabelo de Rebecca Schwart! Seu ex-marido adorava seu cabelo longo e pesado, sensualmente enroscado em seus dedos; enterrava o rosto na cabeleira dela na hora de fazer amor, gemendo e bombeando sua vida no corpo da mulher, e entre as pernas a beijava vorazmente e esfregava o nariz naqueles pêlos ásperos e encaracolados em que ela própria mal suportava tocar. Mas esse tempo se fora. O tempo de sua ilusão de amor se fora. Rebecca tinha passado a detestar aquela cabeleira espessa e amorfa, que estava sempre embaraçada por baixo, onde era impossível forçar a passagem do pente, que ficava oleosa quando não era lavada com xampu, dia sim, dia não, e é claro que já não era lavada com xampu dia sim, dia não, não mais. E agora, aqueles pedaços intratáveis de sangue seco se enredavam no cabelo. Ela mandaria cortar tudo, exceto alguns centímetros para cobrir as orelhas.

No Salão Glamore, folheou as páginas da revista *Hair Styles* até encontrar o que procurava: o corte leve e curto de Hazel Jones, com uma franja acertada pela tesoura logo acima das sobrancelhas.

Lá estava ele sentado no restaurante, onde a mãe o deixara. Muito quieto, como se seus pensamentos tivessem implodido, desmoronado. Com uma expressão intensa, absorta. Estreitava o próprio corpo de um jeito esquisito, com os braços cruzados sobre o peito num abraço apertado. Rebecca pensou: *Ele está tocando piano, seus dedos estão criando música.*

O menino tinha profunda confiança na mãe. Nenhuma dúvida de que ela voltaria. Ao vê-la, ergueu os olhos, piscando.

— Mamãe, você é *bo-ni-ta*. Mamãe, você tá *legal*.

Verdade. Ela era bonita, estava legal. Quando as manchas roxas e os inchaços sumissem, ficaria muito mais do que bonita.

O novo corte de cabelo, leve e gracioso, atraiu olhares para ela. Alguma coisa em seu andar, seu jeito. Comprou duas passagens para adultos no balcão da Greyhound, escolhendo impulsivamente um destino ("Jamestown", em algum lugar ao sul de Port Oriskany), porque o ônibus partiria em vinte minutos e ela temia demorar-se naquele lugar público e movimentado, onde poderia ser observada junto com o filho. (Zack usava um boné de pano. Estava sentado onde Rebecca o pusera, do outro lado da sala de espera abarrotada, de costas para a sala e para ela. Os dois só seriam vistos juntos lá fora, no meiofio, quando os passageiros entrassem, mesmo assim por pouco tempo. E no ônibus, sentariam juntos como que por acaso, bem no fundo.) Rebecca sorriu para o bilheteiro, tirando o homem de seu torpor de final de manhã.

— Que dia bonito, tão *ensolarado*!

O bilheteiro, um homem ainda jovem, de ombros arredondados e olhar melancólico, iluminou-se por sua vez, ao ver aquela americaninha bonita e animada, de franjas pretas e lustrosas na testa e leves mechas de brilhante cabelo preto esvoaçando em volta das orelhas, e sorriu para ela, piscando os olhos e fixando-os na moça:

— É! Cara, tá mesmo!

O resto da vida de Rebecca. Talvez fosse fácil.

Começou o embarque no Greyhound para Jamestown. Rebecca fez sinal para que o menino a seguisse. Deu-lhe de presente duas revistas em quadrinhos descartadas, que tinha achado na sala de espera. Beijaram-se e se aninharam em seu assento no banco.

— Não nos acharam, amorzinho! Estamos seguros.

Era um jogo, só a mamãe conhecia as regras e a lógica por trás das regras. Quando o ônibus roncou de esforço, avançando pelas serras do interior, ao sul de Port Oriskany, o menino já estava absorto numa das revistinhas.

Bichos de história em quadrinhos! Andando eretos, falando e até conversando (em balões que flutuavam acima da cabeça) que nem gente. Não pareceram mais bizarros nem ilógicos ao menino do que os atos de seres humanos que ele havia testemunhado.

Acordou mais tarde, sozinho no banco. Mamãe estava no fundo, jogando *gin rummy* com um casal sentado no banco traseiro, que ia de um lado a outro do ônibus.

Eram os Fisk. Ed e Bonnie. Ed era um careca rechonchudo de rosto corado, de costeletas e risada simpática, e Bonnie tinha o busto grande, maquiagem glamorosa e unhas reluzentes. Sobre os joelhos afastados de Ed havia uma maleta de papelão, em cima da qual ele distribuía cartas para si mesmo e para as mulheres, uma de cada lado.

Mamãe não era de se comportar assim. Na vinda de Rome, no ônibus, tinha sido reservada, sem olhar ninguém de frente.

— "*Gin rummy* cigano." É uma variação do outro, só que com mais opções. No cigano, a gente tem "curingas" e "compra livre de cartas", quando está ganhando. Posso mostrar a vocês, se estiverem interessados.

Os Fisk estavam interessados. Bonnie disse que já ouvira falar do *gin rummy* cigano, mas nunca o tinha jogado.

Zack observou a partida por algum tempo. Gostou de ver a mãe sorrindo, rindo daquele jeito novo. Gostou do bonito penteado novo. De vez em quando, ela dava uma espiada no filho, debruçado sobre o encosto do banco, e piscava o olho para ele. Zack mergulhou no sono ouvindo o plac-plac-plac das cartas, as exclamações e as risadas dos jogadores. Consolou-se com o fato imediato de que *Eles não nos acharam, estamos seguros*. Era só o que queria saber nesse momento.

Mais tarde, em outra ocasião, haveria outros fatos para saber. Ele esperaria.

Port Oriskany, onde tinha sido tão empolgante chegar, já ia recuando no tempo. O hotel de sobrado com a cama de casal rangente. O restaurante de máquinas automáticas! A surpresa de ver a mãe voltando com o cabelo muito curto e brilhante, franjinha na testa para esconder os machucados e as rugas de preocupação. O menino estava começando a conhecer a satisfação da partida. Chega-se a uma cidade para poder deixá-la num momento posterior. Há uma emoção na chegada, mas há uma emoção maior na partida.

Chegou a vez de mamãe dar as cartas. Ela riu e brincou com os novos amigos, que nunca mais veria, depois que o ônibus os depositasse numa fazenda logo nas imediações de Jamestown. Era estonteante pensar que o mundo estava repleto de indivíduos como os Fisk, bem-humorados, de riso fácil, prontos para se divertir. Ela disse:

— O mundo é um jogo de cartas, sabe? A gente pode perder, mas também pode ganhar.

Era Hazel Jones, rindo daquele seu jeito novo, baralhando e distribuindo as cartas.

4

Em Horseheads, Nova York, no fim do inverno/começo da primavera de 1962, ela fez amizade com Willie James Judd, escrivão e tabelião estadual juramentado do Departamento de Registros do Tribunal do Condado de Chemung. Na época, era garçonete do Café Blue Moon, na rua do Depósito, em Horseheads. Viúva jovem, só ela e o filhinho. Uma presença popular no Blue Moon, onde quase toda a clientela era masculina, mas os homens logo aprenderam a respeitar a jovem viúva. *Sabe, a Hazel Jones é como uma irmã. Ninguém dá em cima da própria irmã, dá?*

Willie James Judd estava perto de se aposentar de sua longa carreira no condado. Fazia a maioria das refeições no Blue Moon, onde travou conhecimento com a nova garçonete, Hazel Jones, também conhecida por ele através de sua irmã mais nova, Ethel Sweet, que se casara com o dono da caquética Hospedaria Horseheads, onde a jovem viúva e seu filho alugavam um quarto por períodos semanais. Ethel Sweet gostava de se maravilhar em público a respeito de como Hazel Jones não reclamava de nada. Ao contrário dos outros hóspedes. Sossegada, reservada. Nunca recebia visitas. Nunca desperdiçava toalhas, roupa de cama, água quente nem sabonete. Nunca saía sem apagar todas as luzes do quarto. E não deixava o filho correr pelas escadas nem fazer barulho quando brincava, nem mesmo do lado de fora, atrás da hospedaria. E não o deixava escapulir para o térreo para assistir à televisão na sala com os outros hóspedes.

Quase não dava para saber, dizia Ethel em tom de aprovação, que *havia* uma criança lá.

E a vida de Hazel não tinha sido fácil: aos poucos, fora revelado a Ethel Sweet que a jovem viúva tinha perdido os pais quando menina, o pai num incêndio em casa, quando ela contava quatro anos, a mãe de câncer de mama, quando estava com nove. Depois fora acolhida em Port Oriskany por parentes que se ressentiam dela, que nunca haviam encontrado espaço para acolhê-la em seu coração e que a tinham feito abandonar a escola aos dezesseis anos, para trabalhar como camareira, até que, finalmente, aos dezoito anos, ela havia fugido com um homem do dobro da sua idade, casara-se com ele e descobrira seu erro depois, ao saber que ele já fora casado duas vezes, tinha filhos que não sustentava, bebia muito, batia nela e no filho e ameaçava matar os dois, até que, não conseguindo agüentar mais, ela enfim tinha fugido, uma noite, levando consigo o filho apavorado, e agora fazia três anos que não parava de fugir, por medo de que o homem a encontrasse.

Não, eles não se haviam divorciado. O homem nunca lhe daria o divórcio. Preferiria vê-la morta. E o filho também.

Ethel Sweet contou que, ao lhe dizer isso, Hazel tinha começado a tremer. Era muito real para ela!

Mas agora, em Horseheads, ela queria ficar. Em Horseheads, tinha feito amigos e estava feliz. Contente. Queria matricular Zacharias na escola primária no outono seguinte. Ele estaria com quase seis anos em setembro.

E disse a Ethel que talvez ela já houvesse notado que Zacharias não era como os outros meninos, não? Não brincava com as outras crianças, era tímido e tinha medo de que o machucassem, o pai o espancara muitas vezes, bastava alguém levantar o punho para deixar o menino apavorado, e por isso ela precisava protegê-lo da rudeza dos homens e dos meninos, das brincadeiras e da gritaria dos garotos, e além disso Zacharias tinha talento musical, um dia seria *concertista de piano*, e por isso não podia machucar as mãos.

Ethel Sweet ficou muito comovida! Com o fato de Hazel — que tinha em Horseheads a fama de ser fechada e de, no Blue Moon, evitar as observações e perguntas pessoais com um simples sorriso, sem dizer palavra — de repente ter aberto o coração para ela, Ethel, cujas próprias filhas crescidas tinham ido embora e não davam a mínima para a mãe, a quem sempre haviam desvalorizado.

Só que Ethel percebeu que a moça estava nervosa e com um jeito preocupado. Perguntou-lhe qual era o problema e Hazel lhe disse que não tinha os papéis adequados para matricular Zacharias na escola.

E Ethel perguntou que tipo de papéis. Certidão de nascimento?

Hazel disse que sim. A certidão de nascimento do filho, mas também a dela.

O que acontecera era que a certidão de Hazel fora queimada no incêndio em casa, quando ela contava quatro anos. Não havia registro de seu nascimento em parte alguma! O incêndio havia ocorrido numa cidadezinha do norte do estado, Hazel nem sequer sabia ao certo qual, porque a mãe a levara embora para morar noutros lugares, numa cidade após outra do Vale do Chautauqua. E a mãe tinha morrido quando ela estava com nove anos. E os parentes com que Hazel havia morado não se importavam com ela. Tinham-lhe dito que ela nascera num navio vindo da Europa, no porto de Nova York, e que seus pais eram imigrantes da Polônia, ou talvez da Hungria, mas não lhe disseram em que navio, ela nem sabia ao certo quando ele fizera a travessia e nunca vira nenhum registro de seu nascimento. Foi como se eles quisessem me apagar assim que eu nasci, dissera a Ethel. Mas não como uma queixa, apenas expondo um fato.

E a certidão de nascimento de Zacharias estava em poder do pai, a menos que também se tivesse perdido ou sido destruída de propósito.

Ao ouvir isso, Ethel disse, inflamada, que era uma coisa ridícula: se a pessoa estava viva na sua frente, é claro que tinha *nascido*. Por que é que alguém precisaria de um documento para provar esse fato não fazia o menor sentido, droga.

E disse, inflamada, que era tudo por causa daqueles malditos idiotas dos advogados. A lei. O Willie, que trabalhava lá no tribunal fazia trinta e oito anos, era capaz de contar histórias que fariam a pessoa estourar de rir, ou então vomitar, de tão enojada. E isso também se aplicava aos juízes.

E disse, ainda mais inflamada: O problema, Hazel, são os *homens*. Uns cascateiros, soltando o verbo e cobrando por isso de um jeito que você não acreditaria — setenta e cinco dólares por hora, era o que alguns deles cobravam! Se dependesse das mulheres, ninguém precisaria de documentos legais para porcaria nenhuma, desde comprar ou vender um galinheiro até fazer o próprio testamento.

Hazel lhe agradeceu por ser tão compreensiva. Disse ter passado muito tempo sem confiar em outra pessoa. Mas era um espinho no coração não ter nenhuma prova de que Zacharias ou ela tinham nascido. Agora não era como antigamente, a pessoa precisava de documentos legais para viver. Não havia como evitar. No Blue Moon, ela era paga sem registro, e é claro que as gorjetas não tinham registro, mas, se continuasse assim, um dia ela se aposentaria, já velha, sem pensão da Previdência Social, sem um centavo.

Ethel disse, sem refletir:

— Ah, meu bem, você tem que se *casar*. É disso que você precisa, se *casar*.

E Hazel, mordendo o lábio inferior e parecendo que ia chorar, respondeu, enquanto Ethel desejou ter mordido a língua por ter falado daquele jeito:

— Não posso. Já sou casada, nunca mais poderei me casar.

Foi quando Ethel ligou para seu irmão Willie, imediatamente. Sabia que Willie tinha um coração generoso. Em Horseheads, ele tinha fama de ser um velho cretino implicante, que gostava de mandar em todo mundo, mas isso era só com os indivíduos que lhe davam nos nervos. Ele era um homem de bem. Tinha pena da menina Hazel Jones. E do garotinho, quieto feito um surdo-mudo. E, no Cartório de Registros do condado, Willie Judd era o homem certo para se procurar com respeito a qualquer tipo de documento de que se precisasse. Tinha acesso a todo tipo de documento que se pudesse imaginar. Certidão de nascimento, certidão de casamento, atestado de óbito. Duzentos anos de velhos testamentos amarelados, com a tinta desbotada, escrituras de imóveis que remontavam a 1700, contratos validados com as Seis Nações dos iroqueses. Formulários legais de qualquer porcaria de tipo que a pessoa quisesse. E Willie era tabelião juramentado, graças a sua chancela de tabelião do estado de Nova York.

E foi assim que, na primavera de 1962, Willie Judd sentiu pena de Hazel Jones. Não era homem de dar moleza aos outros, e muito raramente era dado à piedade ou à simpatia. Teria que ser segredo. Convidou a moça a ir a seu escritório no subsolo do tribunal, ali pelas cinco da tarde, o horário de encerramento, num dia de semana, para lhe explicar sua situação, e assim fez ela, anotando criteriosamente alguns dados para Willie. Enquanto os escrevia, parava para enxugar as lágrimas. Seu nome de batismo era "Hazel Jones", mas o nome de casada, é claro, tinha um sobrenome diferente, que ela preferia não declarar; o sobrenome de Zacharias não era "Jones", é claro, e sim o do marido, que a moça tinha pavor de que encontrasse o menino, se seu sobrenome legal fosse revelado. Era por isso, disse Hazel, que eles sempre tinham que continuar em frente, morando em lugares diferentes, onde não fossem conhecidos. Mas agora, em Horseheads, os dois tinham esperança de fixar residência permanente.

Willie descartou esses detalhes como quem enxotasse uma nuvem de borrachudos. Como escrivão do Cartório de Registros fazia trinta e oito anos, além do quê era tabelião juramentado. Tinha o poder de qualquer porcaria de juiz dos Estados Unidos, quase. Podia redigir o documento que bem entendesse e, aos olhos de todo o mundo, ele seria legal.

Então! Uns goles de bom uísque maltado e Willie Judd ficou *inspirado* como o quê.

Redigiu segundas vias das certidões de nascimento de Hazel Jones e de seu filho. Com a imaginação a todo vapor. Havia um formulário, em papel timbrado do Tribunal do Condado de Chemung, que permitia que esses documentos reproduzissem outros que já haviam existido, mas que tinham sido extraviados ou destruídos. Só nas últimas décadas é que se precisava de "certidão de nascimento", afinal. Entre o pessoal da velha guarda, ninguém dava a mínima. Como na adoção. A pessoa pegava uma criança, uma criança de qualquer idade, e ela era sua, sem papéis formais de adoção, nada dessa porcaria. Mas agora a coisa seria uma questão de registro público, ela teria os documentos para comprová-lo: *Hazel Esther Jones, nascida em 11 de maio de 1936 no porto de Nova York, estado de Nova York, de pais desconhecidos.*

Quanto a Zacharias, ele precisaria datilografar um nome do pai. Não via como contornar essa exigência. Alguma sugestão? Foi o que perguntou a Hazel, e ela disse, toda sorridente e sem pensar: Willie? Quer dizer, William.

William... de quê?

Poderíamos dizer "Judd".

Nossa, como ele ficava satisfeito com isso! Envaidecido pra diabo!

Mas poderia trazer complicações, observou. Talvez fosse mais sensato inverter os nomes: Hazel Judd, William Jones. Portanto, Hazel Jones, depois de casada.

Hazel riu, um gritinho abalado, extravagante. A certidão de nascimento de seu filho diria: *Zacharias August Jones, nascido em 20 de novembro de 1956 em Port Oriskany, Nova York, mãe: Hazel Jones, pai: William Jones.*

Quanto ao nome dela, a *seu próprio* nome, ele não seria Hazel Jones, e sim Hazel Judd. Mas só naquela rígida folha de papel timbrado do Tribunal do Condado de Chemung.

Agradecendo ao velho, Hazel derramou-se em lágrimas. Fazia muito, muito tempo que ninguém era tão bom para ela.

(Ninguém deveria saber. Nem mesmo Ethel. A mulher era uma boquirrota, daria com a língua nos dentes. Ficaria orgulhosa da intervenção do irmão em favor de Hazel Jones, sairia tagarelando e criaria problemas para eles. Desse jeito, Hazel tinha os documentos e ninguém os questionaria — por que alguém haveria de questioná-los?

A cada ano de sua vida, Willie Judd tinha concluído que não havia uma lógica clara no porquê de as coisas acontecerem como aconteciam. Podiam perfeitamente ter acontecido de outro jeito.

O sujeito datilografava um formulário. Datilografava outro. Assinava seu nome. Apunha o timbre do estado de Nova York, Tabelião. E pronto.)

No Café Blue Moon, na noite seguinte, Willie Judd chegou mais cedo que de hábito para o jantar, e ficou até mais tarde. Pediu o empadão de frango, que era uma especialidade do Blue Moon. Sentou-se na fileira de reservados de Hazel Jones, como sempre, com os cotovelos na mesa, sorrindo para a garçonete com seus olhos cor de chá. Chovia como o diabo lá fora e Willie tinha usado seu impermeável de oleado preto, que as pessoas brincavam dizendo que o fazia parecer um leão-marinho. Essa enorme peça luzidia ele havia pendurado no cabide de casacos, pingando no chão. Pretendia pedir Hazel Jones em casamento. Não era casado, era o único da família que não se casara, e nunca soubera exatamente por quê. Por ser tímido, talvez. Por trás de sua máscara de Willie. Sentira um orgulho danado de si mesmo ao chegar a escrivão. O único da família, até aquele momento, a se formar no curso médio. Portanto, talvez fosse uma maldição! Willie fora o filho especial, não havia encontrado uma garota com quem se casar, como tinham feito os outros, de expectativas menores. O tempo é um rodamoinho, santo Deus, ele estava com sessenta e quatro anos! Ia aposentar-se no aniversário seguinte. Com uma pensão do condado, o que era bom, mas era também melancólico. O bastante para fazer o sujeito pensar. Ele vira nos olhos de Hazel um certo calor. Uma certa promessa. *Ela o fizera pai de seu filho.* Hazel era sempre muito meiga e transparente, sorrindo para todo mundo como aquela tal de — como era mesmo o nome dela? — Doris Day, mas havia na garota um ar de não-me-toque em que todo mundo reparava. Coisa que um homem tinha que respeitar. Ela levou para Willie uma cerveja *ale* tirada do barril, num caneco espumando até a borda, transbordando. Levou-lhe um dos menus menos manchados de sujeira de mosca, com as ESPECIALIDADES DO BLUE MOON grampeadas na frente, como se Willie, que freqüentara a lanchonete durante metade de sua vida, precisasse ser lembrado do que pedir. E levou uma porção extra de manteiga para Willie espalhar em seus pãezinhos Parker House, pãezinhos crocantes e adoçicados, tinindo de quentes!

Por algum motivo, aconteceu. Willie devia ter bebido *ale* demais. Não era disso, ele que tinha sido um beberrão, mas que se havia regenerado, até certo ponto. Já não conseguia queimar o álcool como antigamente. O fígado começava a ficar mais fraco. Depois que o sujeito passava dos cinqüenta. Contou a Hazel, quando ela lhe trouxe a torta cremosa de chocolate e o café, sobre os velhos tempos em Horseheads, quando ele e Ethel eram pequenos. E Hazel balançou a cabeça e sorriu polidamente, embora tivesse outros fregueses para servir e mesas para limpar. E Willie ouviu aquela voz alta de velho, perguntando:

— Você sabe por que Horseheads tem esse nome, Hazel?

E a moça sorriu, dizendo que não, achava que não, e Willie praticamente a segurou pelo cotovelo para impedir que ela saísse correndo, e disse:

— Havia cabeças de cavalo de verdade aqui! Eu me refiro a cabeças de cavalo reais. Faz muito tempo, sabe? Estamos falando de algo assim como... a década de 1780. Antes da chegada dos colonos. Alguns deles eram da família Judd, sabe? Minha gente. Minha e da Ethel. Tetra-qualquer-coisa, se você me entende. Muito tempo atrás. Havia um tal de general Sullivan que estava lutando com os iroqueses. Tinha vindo da Pensilvânia. Havia trezentos cavalos para os soldados e para o transporte de carga. Eles lutaram com os malditos índios e tiveram de recuar. E os cavalos desabaram. Havia uns trezentos. Dizem que os soldados tiveram que atirar neles. Mas não os enterraram. Dá para imaginar por quê, não é? Você não enterraria trezentos cavalos, se você mesma estivesse a ponto de desabar, não é? Lutando com os iroqueses, que tinham tanta disposição de arrancar o fígado do sujeito e devorá-lo quanto de olhar para ele. Faziam isso com a sua própria gente, com outros índios. Tentavam eliminá-los. Os iroqueses eram os piores, que nem os comanches no oeste. Na época, diziam que o homem branco é que tinha trazido o mal para este continente, conversa! O mal já estava neste continente, bem aqui neste solo, quando os brancos apareceram. Meu pessoal veio de algum lugar no norte da Inglaterra. Desembarcou em Nova York, lá mesmo onde você nasceu, Hazel, não é uma coincidência? "Porto de Nova York." Não há muita gente nascida no "porto de Nova York". Não acredito em coincidências. Os colonos foram abrindo caminho até aqui. Raios me partam se eu sei por quê. Devia ser um deserto na época, hoje não é exatamente a Quinta Avenida em Nova York, não é? Enfim, esses colonos apareceram aqui, mais ou menos um ano depois, e a primeira titica que viram foram aqueles esqueletos de cavalo por toda parte. Na margem do rio e nos campos. Trezentos crânios e esqueletos de cavalos. Não conseguiram imaginar que diabo era aquilo, não havia muito conhecimento de história naquela época. O sujeito sabia das coisas por boatos, suponho. Não se podia ligar o rádio nem a televisão. Trezentos crânios de cavalos, tudo desbotado pelo sol, e por isso eles chamaram o lugar de "cabeças de cavalos", Horseheads.

A essa altura, Willie estava arfante. A essa altura, tinha estendido a mão para segurar o cotovelo da garçonete. No Blue Moon, todos pararam de falar, e até a vitrola automática ficou abruptamente em silêncio, embora Rosemary Clooney tivesse estado cantando um minuto antes. Dava para ouvir um alfinete caindo, segundo disseram. Ethel Sweet ficaria arrasada no dia seguinte. Ao saber como o irmão mais velho, Willie, tinha se embriagado e se mostrado perdido de amores por Hazel, a quem fizera um favor e por isso julgava ter motivos para crer que ela lhe faria um favor, sem querer pensar em como é que uma mulher tão moça e bonita havia de querer casar com um homem da idade dele, e com aquela barriga.

E assim, Willie começou a gaguejar. Com o rosto vermelho, ciente do papelão que tinha feito. Mas sem saber como recuar, e disse, soltando uma gargalhada:

— Enfim, Hazel. Foi assim que "Horseheads" passou a existir. O que intriga a gente é por que diabos eles ficaram aqui. Por que diabo alguém havia de ficar aqui? Era só cavucar a grama e encontrar não uma ou duas, nem uma dúzia de cabeças de cavalo, mas *trezentas*. E essa gente resolveu ficar, e se instalar e demarcar o terreno e reivindicá-lo, e construir casas, arar a terra e ter filhos, e o resto é história. Essa é que é a grande pergunta, Hazel, diabos, não é mesmo?

Hazel assustou-se com a veemência de Willie. Que dava gargalhadas altas e estava com o rosto vermelho como ela nunca vira. Murmurando umas palavras abafadas que ninguém ouviu, a não ser Willie, a garçonete escapuliu de sua mão e entrou apressada pela porta vaivém que dava para a cozinha.

Willie viu a repugnância no rosto dela. Toda aquela conversa sobre esqueletos e crânios de cavalos, "Horseheads" — ele tinha estragado qualquer beleza que o momento pudesse ter.

Na manhã seguinte, Hazel Jones e o filho desapareceram para sempre de Horseheads.

Foi um ônibus que saía cedo, o Greyhound das 7h20, que eles pegaram na Rota 13, com todas as suas malas, caixas de papelão e sacolas de compras. Era um Greyhound com destino ao sul, que ia de Syracuse e Ithaca para Elmira, Binghamton e mais além. Hazel deixou o quarto tinindo de limpo, contou Ethel Sweet. Todos os lençóis e cobertas retirados de sua cama e do catre do menino, inclusive as capas dos colchões, tudo cuidadosamente dobrado para lavar. O banheiro que ela e o filho haviam dividido com outros dois pensionistas, Hazel o deixou igualmente limpo, com a banheira esfregada depois de usada por ela, de manhã bem cedo, e as toalhas dobradas para a lavagem. O único armário do quarto estava vazio, com todos os cabides de arame pendurados. Todas as gavetas da cômoda tinham sido esvaziadas. Não restara um alfinete, um botão. A cesta de papéis que havia no quarto, uma peça de vime, fora esvaziada numa das latas de lixo nos fundos da hospedaria. Em cima da cômoda havia um envelope endereçado à SRA. ETHEL SWEET. Dentro estavam várias notas, que correspondiam ao pagamento integral do quarto por todo o mês de abril (embora fosse apenas dia 17), e um bilhete sucinto, desolador para Ethel Sweet, que estava perdendo não apenas sua inquilina mais confiável, mas também uma espécie de filha, como vinha começando a pensar em Hazel Jones. O bilhete caprichosamente manuscrito viria a ser exibido a inúmeros indivíduos, lido, relido e ponderado em Horseheads durante muito tempo.

Querida Ethel,

Zacharias e eu fomos chamados de repente, lamentamos deixar um lugar tão bom e acolhedor. Espero que isso seja suficiente para o aluguel de abril.

Talvez todos voltemos a nos encontrar um dia, muito obrigada a você e ao Willie, do fundo do coração.

Sua amiga, "Hazel"

5

Era uma velha cidade ribeirinha à margem do São Lourenço, no extremo nordeste do lago Ontário. Parecia ter mais ou menos o tamanho da cidade de suas lembranças mais antigas, no canal das balsas. Do outro lado do rio, que era o mais largo que ele já tinha visto, ficava um país estrangeiro: o Canadá. A leste, a cordilheira de Adirondack. *Canadá* e *Adirondack* eram palavras novas para ele, exóticas e musicais.

Um observador suporia que ela havia viajado para o sul com o filho. Em vez disso, Rebecca trocou de ônibus em Binghamton, viajou num impulso para o norte, até Syracuse, e depois para Watertown, e agora havia cruzado o limite mais setentrional do estado.

— Para despistá-los. Pelo sim, pelo não.

Uma argúcia que se tornara instintiva nela. Sem qualquer relação imediata ou discernível com a lógica a seu dispor, ou mesmo com a probabilidade. Era o *seguir em frente*, o menino sabia. Também ficara viciado no *seguir em frente*.

— Vamos, *vamos*! Droga, ande *logo*!

Agarrando-o pela mão. Arrastando-o. Se ele tivesse saído correndo na frente pela calçada rachada e cheia de buracos, impaciente depois da longa viagem de ônibus, ela o teria repreendido, porque estava sempre com medo de que ele caísse e se machucasse. O filho sentia a injustiça dos caprichos da mãe.

Ela andou depressa, com aquelas pernas compridas que pareciam foices. Nessas horas, parecia saber exatamente onde estava indo e para quê. Haveria uma parada de duas horas na estação da Greyhound. Em diversos armários, ela guardou as posses volumosas dos dois. As chaves estavam seguras em seu bolso, enroladas em papel sanitário. Ela havia fechado o zíper da jaqueta do filho às pressas. Amarrara um lenço na cabeça. Os dois saíram da estação da Greyhound por uma porta traseira que dava para uma viela.

O menino estava sem fôlego. Diabo, não conseguia acompanhar o ritmo dela!

Tinha se esquecido do nome desse lugar. Talvez ela não o tivesse dito. Ele havia perdido o mapa no ônibus. Um mapa muito dobrado e amarrotado do estado de Nova York.

Seguir em frente, era esse o mapa. Permanecer num lugar por tanto tempo quanto eles tinham ficado naquele outro (o menino já começava a se esquecer do nome "Horseheads", em mais alguns dias o esqueceria por completo) era uma aberração.

— Está vendo? Foi um sinal. Talvez haja outros.

Ele não fazia idéia do que a mãe queria dizer. Com aquele brilho excitado nos olhos, a postura do queixo. Ela andava tão depressa e sem hesitação, que as pessoas a olhavam de passagem, curiosas.

Quase todos homens. A maioria ali era de homens, na beira do rio.

Ele tornou a pensar que nunca vira um rio tão largo. Ela lhe dissera que havia mil ilhas naquele rio. O menino protegeu os olhos das manchas de sol na água encapelada, que pareciam explosões de fogo.

Cochilando no ônibus, com a cabeça batendo na janela suja, ele tinha visto, de olhos semicerrados, longos trechos indistintos da zona rural. Por fim, terras cultivadas, habitações humanas. Um aglomerado de casas sobre rodas, depois casebres revestidos de papel alcatroado, um cemitério de automóveis, um entroncamento ferroviário e um celeiro, o Escritório Agrícola da Jefferson Co., bandeiras agitadas ao vento num posto de gasolina Sunoco, outro cruzamento da linha férrea. Fosse qual fosse o lugar para onde seguiam, ele era menos verde que onde tinham estado, centenas de quilômetros ao sul.

Retrocedendo no tempo? Havia ali um brilho hibernal do sol.

A zona rural terminou abruptamente. A estrada desceu por entre prédios de tijolos de três andares, com telhados inclinados de cumeeira alta e um ar emaciado, como homens idosos. Houve uma subida sacolejante para uma velha ponte de ferro arqueada, por cima de um pátio ferroviário. Ele se apressou a dizer a si mesmo: *Estamos seguros, a ponte não vai desabar.* Sabia disso porque a mãe não demonstrou alarme, não mostrou o menor interesse, nem sequer deu grande atenção à velha ponte de pesadelo que o enorme ônibus Greyhound atravessava, a menos de vinte quilômetros por hora.

— Olhe! Ali!

Ela se inclinou por cima do filho, olhando ansiosa pela janela. Toda vez que os dois entravam num vilarejo ou numa cidade, quer fossem desembarcar, quer permanecer no ônibus, a mãe ficava atenta, agitada. Assim tão perto, ela exalava um odor úmido e adocicado, que era tão reconfortante para o menino quanto o cheiro de seu próprio corpo na roupa em que ele havia dormido, ou na roupa de baixo. E havia o cheiro mais pungente do cabelo, logo nos primeiros dias depois que ela tivera de tingi-lo, por não querer que o cabelo de Hazel Jones fosse preto, e sim castanho-escuro, com "mechas ruivas".

A mãe apontou para alguma coisa lá fora. Abaixo da ponte havia um imenso pátio de vagões de frete, BALTIMORE & OHIO, BUFFALO, CHAUTAUQUA & CENTRAL DE NOVA YORK, ERIE & ORISKANY, SANTA FÉ. Palavras que ele aprendera a reconhecer muito tempo antes, de tanto vê-las, embora não soubesse dizer o que significavam. Nomes exóticos e musicais, era assim que lhe pareciam, da alçada da lógica adulta.

A mãe disse:

— Eu quase chegaria a achar que já estivemos aqui, só que sei que não estivemos.

Não pareceu referir-se aos vagões de frete. Estava apontando para um cartaz erguido acima de um gigantesco tambor de petróleo. SORVETE SEALTEST. Uma garotinha de cabelo encaracolado levava à boca sorridente uma colherada de sorvete de chocolate. Veio-lhe num lampejo a lembrança do ARMAZÉM DO IKE, cintilando como um peixe que viesse à tona por um instante brevíssimo, antes de mergulhar outra vez no esquecimento.

A mãe estava dizendo que as pessoas tinham sido boas com ela. Durante toda a vida, quando precisara delas, as pessoas tinham sido boas. Sentia-se grata. Não se esqueceria. Gostaria de poder acreditar em Deus, e assim rezaria para que Deus recompensasse aquela gente.

— Não no céu, mas aqui na terra. É aqui que a gente precisa disso.

O menino não fazia idéia do que ela queria dizer, mas gostou de vê-la feliz. Ao entrar num lugarejo ou numa cidade, ele sempre ficava tensa, mas a garotinha de cabelo encaracolado no cartaz da Sealtest a fizera sorrir.

— Agora somos gente de verdade, Zack. Podemos provar que somos iguais a todo mundo.

Referia-se às certidões de nascimento. Na longa viagem de Binghamton, ela lhe mostrara várias vezes esses documentos de aparência oficial, como se não conseguisse acreditar que existiam.

Zacharias August Jones, nascido em 1956. Hazel Esther Judd, nascida em 1936. Agradou-lhe que as duas datas terminassem em 6. Ele não sabia que seu segundo nome era *August*, o que lhe pareceu estranho: agosto, um nome de mês, feito junho ou julho. Não sabia que o sobrenome da mãe era *Judd* e se perguntou se isso era verdade. E o pai — *William Jones*?

Passou o polegar devagar sobre o selo do estado de Nova York, que era meio em relevo, cheio de saliências, como uma impressão digital do polegar, do tamanho de uma moedinha de prata.

— Nós somos esses aí? — indagou. Pareceu tão em dúvida, que a mãe teve de rir.

E começou a reclamar de que ele estava ficando com idéias muito independentes, e ainda nem tinha seis anos! E nem estava na primeira série! Um cabritinho, era isso que ele era. Com os chifres começando a brotar, e ela teria de serrá-los, porque era isso que se fazia com os chifres de cabritinho que cresciam na testa dos meninos levados.

Ele perguntou onde. E a mãe o cutucou na testa, com dois dedos bruscos.

Mas abrandou-se, ao ver o rosto do menino. Abrandou-se e o beijou, porque Hazel Jones nunca repreendia nem assustava o filho sem lhe dar um ou dois beijos molhados que faziam cócegas, para deixar tudo bem outra vez.

— Sim. Nós somos esses aí.

Quando desceram do ônibus, ela já havia tornado a guardar cuidadosamente as certidões de nascimento no compartimento da mala que era fechado com zíper, entre pedaços de cartolina dura, para impedir que se rasgassem.

No cais havia uma placa desgastada pelo tempo, que o vento fazia ranger.

Baía de Malin Head

Ele supôs que fosse o nome da cidade. Mexeu a boca em silêncio, pronunciando as palavras, baía de malin head, e notando as tônicas rítmicas.

— Que é "baía", mamãe?

Ela estava distraída, não ouviu. Depois ele procuraria *baía* no dicionário.

A mãe andou mais devagar. Tinha soltado a mão do menino. Parecia farejar o ar, alerta e apreensiva. No rio imenso havia barcos de pesca e balsas. A água era muito picada. As balsas, muito maiores do que qualquer das que ele tivesse visto no canal. Na água, manchas flamejantes de sol apareciam e sumiam feito detonações. Fazia frio no vento, mas, se a gente se abrigasse ao sol, era quentinho.

Em frente a uma taberna, havia homens bebendo. E outros pescando num cais. E hotéis decrépitos, QUARTOS POR DIA, SEMANA, MÊS, e nos degraus dilapidados desses hotéis havia homens de aparência doentia, esparramados ao sol. Ele viu a mãe hesitar, fitando um sujeito de muletas que se atrapalhava para acender um cigarro. Viu-a fitar vários homens, um deles sem camisa, refestelados ao sol, bebendo em garrafas marrons. Mãe e filho seguiram em frente. Ela tentou segurar outra vez sua mão, mas o menino se esquivou. Porém foi andando ao lado dela. Com vontade de voltar para a estação de ônibus, mas sabendo que não o fariam, não poderiam voltar, até que ela quisesse. Porque a vontade dela era tudo: vasta como uma rede que abarcava o próprio céu.

Baía de Ma-lin Head. Seus dedos tocaram as teclas, os acordes.

Tudo aquilo com que ele conseguia produzir música lhe era um consolo. E não havia nada, por mais feio que fosse, com que não pudesse produzir música.

A mãe parou de repente. O menino quase se chocou com ela. Viu-a observar um velho grotescamente obeso, sentado esparramado ao sol, a poucos metros de distância. Ele havia arriado a carcaça num caixote de madeira virado ao contrário. Na camisa faltavam vários botões, o que deixava ver as dobras e rugas escamadas da pele, que parecia quente sob o sol. No rosto gorducho, os olhos eram encovados e pareciam sem foco e, quando Hazel Jones passou por ele, a uma distância de não mais de três metros, o homem não deu sinal de vê-la, apenas levou a garrafa ao buraco sedento da boca e bebeu.

— Ele é cego. Não nos vê.

O menino entendeu que isso significava *Ele não pode nos machucar.*

E foi assim que Zack soube que os dois ficariam na baía de Malin Head, ao menos por algum tempo.

6

— Você não parece ser daqui.

Uma ligeira ênfase no *você*. E o homem sorria.

Ela não pareceu propriamente ouvir. Com seu jeito compenetrado, mas meio infantil. O mais fugaz lampejo de atenção voltou-se para o homem quando as unhas pintadas de vermelho receberam o ingresso, mas veio aquele clarão ofuscante de um sorriso:

— Obrigada, senhor!

Como se ele tivesse ganho um prêmio. Como se, com a meia-entrada do fim da tarde, a dois dólares e meio, tivesse obtido acesso a um santuário sagrado, e não ao interior bolorento do Cinema Bay Palace, onde era exibida uma reprise de *Amor, sublime amor*.

A moça cortou com agilidade o ingresso verde e lhe devolveu o canhoto, já olhando por cima do seu ombro, com aquele sorriso luminoso, para quem quer que estivesse logo atrás:

— Obrigada ao *senhor*!

Nova lanterninha do Cinema Bay Palace. Calças cinza de boca larga, jaquetinha justa com debrum vermelho. E, nos ombros com enchimento quase imperceptível, dragonas de franjas douradas. Uma franja brilhante destacando-se na testa, beirando as sobrancelhas. Cabelo castanho-escuro, ou castanho-escuro avermelhado. E a lanterna de cabo comprido que ela segurava com um zelo de menina, conduzindo os freqüentadores mais velhos, ou as mamães com filhos pequenos, pelo interior obscuro do cinema, onde, no tapete puído, podia-se chutar sem querer uma caixa vazia de pipoca ou uma barra de chocolate parcialmente comida, enrolada no papel.

— *Por aqui*, por favor!

A moça poderia ter qualquer idade, de dezenove a vinte e nove anos. Ele não era um bom avaliador de idades, assim como não era um bom juiz do caráter: queria ver o melhor nos outros, como um modo de desejar que os outros vissem nele apenas o melhor, a casca crocante de encanto superficial e de decência norte-americana.

Não conseguiu lembrar-se de ter notado nenhum lanterninha no cinema local até então, homem ou mulher. Era raro alguém lhe causar uma impressão marcante. E ele também não era um freqüentador assíduo de cinemas, na verdade. A cultura popular norte-americana o deixava totalmente entediado. O único tipo de música do século XX que lhe interessava era o jazz. E tinha uma sensibilidade jazzística que se poderia dizer *marginal.* Numa pele de homem branco, por acidente de nascimento.

Ali na baía de Malin Head, no extremo norte do estado de Nova York, fora da estação, todos eram do lugar. Poucos veranistas se deixavam ficar depois do Dia do Trabalho, na primeira segunda-feira de setembro. A lanterninha tinha que ser moradora do local, mas era nova na região. O próprio Gallagher era um novo morador local: um dos veranistas que se haviam deixado ficar.

Fazia décadas que sua família tinha uma casa de veraneio na ilha Grindstone, uma "casa de campo", como eram chamados esses lugares. A ilha Grindstone era uma das maiores das Thousand Islands, alguns quilômetros a oeste da baía de Malin Head, no rio São Lourenço. Gallagher havia freqüentado a ilha no verão durante a maior parte de sua vida; desde o divórcio, em 1959, dera para passar uma parte cada vez maior do ano na baía, sozinho. Havia comprado uma casinha à margem do rio. Era pianista de jazz na Pousada Malin Head, onde tocava duas ou três noites por semana. Ainda tinha propriedades perto de Albany, no vilarejo suburbano de Ardmoor Park, onde moravam os Gallagher; continuava a ser co-proprietário da casa em que morava sua ex-mulher, com o novo marido e os filhos. Não pensava em si mesmo como *exilado* nem como *brigado com os Gallagher,* porque isso faria sua situação parecer mais romântica, mais isolada e significativa do que era.

Que aconteceu com o Chet Gallagher?

Mudou-se de Albany. Está morando às margens do São Lourenço.

Divorciado? Desentendeu-se com a família?

Alguma coisa assim.

Andara vendo a nova lanterninha na baía de Malin Head, percebeu. Não que a houvesse procurado, mas, sim, ele a vira. Talvez no Lucky 13, no verão. Talvez na Pousada Malin Head. Talvez na avenida Central ou na avenida à beira do rio. No mercado IGA, empurrando um carrinho bambo de arame nas primeiras horas da noite, quando havia poucos fregueses, porque a maioria dos residentes da baía de Malin Head jantava às seis horas da tarde, quando não antes. Pareceu-lhe lembrar que havia uma criança pequena com a moça.

Tomara que não.

Eles tiveram filhos, o Chet e a mulher?

Agora ela tem. Mas não dele.

A lanterninha lhe havia sorrido como se sua vida dependesse disso, mas tivera o tato de ignorar seu comentário idiota. Ocorreu-lhe nessa hora que talvez a tivesse assustado. Ocorreu-lhe nessa hora que a tinha deixado constrangida, quando só tivera a intenção de ser amável, como qualquer sujeito da baía de Malin Head seria amável, e talvez devesse voltar lá e pedir desculpas, sim, mas não o faria, sabia que não convinha. *Deixe-a em paz*: essa era a estratégia mais sensata, pensou, tateando em busca de uma poltrona no compartimento escuro e quase deserto para fumantes, nos fundos do cinema.

E pela segunda vez, semanas depois, tornou a vê-la no Cinema Bay Palace; esquecera-se dela nesse intervalo, e revê-la trouxe uma pontada de animação, de reconhecimento. Numa situação dessas, um homem poderia cometer o erro de achar que a mulher também o tinha reconhecido.

Nessa noite, a lanterninha estava vendendo ingressos. Com seu elegante trajezinho de estilo militar, na bilheteria do saguão vivamente iluminado. Gallagher tornou a se impressionar com o jeito da moça: seu sorriso ardoroso. Era dessas pessoas cujo rosto é transformado pelo sorriso, como por uma súbita implosão de luz.

Estava com o cabelo diferente: preso num rabo-de-cavalo que lhe balançava entre os ombros, descendo um pouco pelas costas. Via-se que ela gostava de senti-lo ali, tinha um prazer sensual e infantil ao balançá-lo, virando a cabeça.

Gallagher sentiu-se tomar prontamente por uma velha sensação conhecida. As pernas bambas, engolindo em seco, como se houvesse bebido uísque e estivesse desidratado. *Você nunca soube o que é tristeza. Não, não, não.*

Curiosamente, porém, ele havia esquecido a moça até esse momento. Desde a noite de *Amor, sublime amor*, semanas antes. Agora era outubro, uma nova estação. Embora Gallagher estivesse emocionalmente afastado do pai, Thaddeus, e não tivesse sido íntimo da família durante boa parte de sua vida adulta, estava envolvido em algumas propriedades do Grupo Gallagher de Mídia: estações de televisão e rádio na baía de Malin Head, na baía de Alexandria, em Watertown. Continuava a ser consultor e colunista ocasional do *Watertown Standard* e de sua meia dúzia de filiais na região do Adirondack: o único democrata liberal associado ao Grupo Gallagher, tolerado como um vira-casaca. E tinha suas apresentações de *jazz*, que pagavam pouco, a não ser pelo prazer, e que vinham se transformando no centro de sua vida desfeita.

Quando não bebia ativamente, ele freqüentava reuniões dos AA em Watertown, uns sessenta e cinco quilômetros ao sul da baía de Malin Head. Lá, Chet Gallagher era uma espécie de líder espiritual.

Razão por que, pensou com seus botões enquanto esperava na pequena fila para comprar seu ingresso para *O milagre de Anne Sullivan*, um homem anseia por conhecer uma jovem atraente que não o conheça. A mulher é esperança, o sorriso de uma mulher é esperança. É tão impossível viver sem esperança quanto viver sem oxigênio.

— Olá! São dois e cinqüenta, senhor.

Gallagher empurrou uma nota nova de cinco dólares pela janelinha da bilheteria. Jurou que não faria papel de bobo dessa vez, mas ouviu sua voz indagar, em tom inocente:

— Você recomenda esse filme? Dizem que é... — e fez uma pausa, sem saber como continuar, sem querer ofender o sorriso deslumbrante — ...meio cansativo.

Lamentou o *cansativo*. Na verdade, sua intenção fora dizer *sofrido*.

A moça sorridente recebeu o dinheiro, bateu com destreza nas teclas da caixa registradora, com um lampejo do esmalte vermelho das unhas, e empurrou o troco e o bilhete verde para ele, com um floreio. Parecia ainda mais atraente do que em setembro, com seus olhos de um castanho-escuro caloroso, atentos. O batom vermelho, cuidadosamente aplicado, combinava com as unhas, e Gallagher viu, sem conseguir impedir a busca rápida com o olhar, que ela não usava anel nem aliança.

— Ah, não, senhor! Não é cansativo, é esperançoso. Deixa a pessoa meio desolada, mas, depois — disse com a voz suspirante de quem vinha do sul do estado, quase veemente, como se Gallagher houvesse questionado as mais profundas convicções de sua alma —, faz a gente se regozijar por estar *viva*.

Gallagher riu. Diante daqueles olhos castanho-escuros, ardorosos, como podia resistir? Seu coração, uma passa ressequida, foi agitado pela emoção.

— Obrigado! Com certeza tentarei me "regozijar".

Sem olhar para trás, afastou-se com seu ingresso. A moça já estava sorrindo para o rosto do cliente seguinte, tal como havia sorrido para ele.

Bonita, mas não muito inteligente. Transparente (quebradiça?) como vidro.

A alma dela. Dá para enxergar lá dentro. Rasa, vulnerável.

Na cabine para fumantes, numa poltrona de trás. Dez minutos depois de iniciado o filme, ficou irrequieto, distraído. A trilha sonora lhe soou muito desagradável: invasiva, pesada. O melodrama valente de *O milagre de Anne Sullivan* não conseguiu reter sua atenção, que tinha passado a perceber o fracasso, e não a vitória sobre os obstáculos, como próprio da condição humana; para cada Helen Keller que triunfava, havia dezenas de milhões que fracassavam, mudos, surdos e insensíveis, como vegetais jogados num vasto monte de lixo para apodrecer. Nesse tipo de estado de ânimo, as imagens trêmulas do filme, simples luzes projetadas numa tela vagabunda, não conseguiram exercer sua magia.

E, no entanto, a gente ansiava por um milagreiro para nos redimir.

A bexiga de Gallagher doeu. Ele havia tomado umas cervejas nesse dia. Levantou-se da poltrona e foi usar o banheiro masculino. Aquele lugar brega, chamativo, malcheiroso. Na verdade, ele conhecia o dono e também o gerente. O Cinema Bay Palace fora construído antes da guerra, numa era longínqua. Ornamentação *art déco*, uma vistosa e vazia temática egípcia que fora popular na década de 1920. Na infância e adolescência de seu pai. Quando o mundo era glamoroso.

Sentiu vontade de procurar a moça de rabo-de-cavalo. Mas não o fez. Era velho demais: quarenta e um anos. Ela, possivelmente, teria metade da sua idade. E muito ingênua, confiante.

Seu jeito de erguer os lindos olhos para os dele. Como se ninguém jamais a houvesse repelido, magoado.

Tinha que ser muito nova. Para ser tão ingênua.

Ele não quisera olhar para o lado esquerdo do peito da moça, onde havia um nome bordado em linha vermelha. Não era o tipo de homem que olhasse para os seios de uma moça. Mas poderia telefonar para o gerente, que conhecia do bar Malin Head, e indagar.

E aquela garota nova, a que estava na bilheteria ontem à noite? Jovem demais para você, Gallagher.

Teve vontade de protestar, sentia-se moço. Na alma ele se sentia jovem. Até seu rosto ainda tinha um ar de menino, apesar das rugas na testa e do cabelo mais ralo. Quando ele sorria, seus dentões pontudos brilhavam.

Em alguns círculos da baía de Malin Head, ele era conhecido e respeitado como um Gallagher: filho de um milionário. De propósito, usava roupas velhas e dava pouca atenção à aparência. Com fiapos de cabelo descendo sobre o colarinho e, muitas vezes, passando dias sem se barbear. Fazia as refeições em tabernas e lanchonetes. Era dado a deixar gorjetas impropriamente grandes. Tinha o jeito distraído de quem andou bebendo, mesmo quando não estivera bebendo, mas apenas pensando e queimando a mufa. Voltou para sua poltrona sem perambular pelo saguão, à procura da lanterninha. Sentiu uma pontada de vergonha pela maneira como tinha falado com ela, como um pretexto para lhe provocar uma reação; não tinha sido sincero, mas a moça lhe respondera com sinceridade, de coração.

Quando terminou *O milagre de Anne Sullivan*, num rodopio triunfal de música cinematográfica, às 22h58, e o pequeno público se retirou, Gallagher viu que a bilheteria estava apagada e que a jovem de rabo-de-cavalo e uniforme de lanterninha tinha ido embora.

7

— Esconda a maioria das coisas que você sabe. Como se escondesse uma fraqueza. Porque é uma fraqueza saber demais entre outros que sabem muito pouco.

Ele era Zacharias Jones, de seis anos, e estava matriculado na primeira série da Escola Primária Bay Street. Morava com a mãe, porque o pai *já não estava vivo*.

— É só o que você precisa dizer a qualquer um. Se fizerem mais alguma pergunta, mande perguntarem a sua mãe.

Ele era um menino dissimulado, com jeito de raposa, de olhos escuros, luminosos e ágeis, e uma boca que se mexia em silêncio quando as outras crianças falavam, como se quisesse apressar-lhes a fala tola. E tinha o hábito, desconcertante para a professora, de tamborilar com os dedos — todos os dedos — na escrivaninha ou na mesa, como se quisesse apressar o tempo.

— Se perguntarem de onde você é, diga "do sul do estado". É só o que eles precisam saber.

O menino não precisou perguntar quem eram *eles*; eram *aqueles*, os que estavam em volta. Por instinto, ele sabia que a mãe tinha razão.

Estavam morando em dois quartos mobiliados acima da Farmácia Hutt. A escada externa subia pelos fundos do prédio, revestido de ripas de madeira escura, com jeito de igreja. Um cheiro forte de remédio subia pelas tábuas do piso do apartamento, e a mãe dizia que era um cheiro bom e saudável — "Nada de germes". Havia três janelas, todas dando para uma viela ladeada por fundos de garagens, latas de lixo e restos dispersos. Sempre um ar de sujeira nos vidros, que a mãe só conseguia lavar por dentro. A dois quilômetros de lá ficava o rio São Lourenço, visível ao anoitecer como um brilho azul opaco que parecia tremeluzir acima dos telhados de permeio. Havia outros inquilinos morando em cima da Farmácia Hutt, mas nenhuma criança.

— O seu garoto se sentirá sozinho aqui, não há ninguém com quem brincar — disse a mulher da porta ao lado, com um muxoxo falso, mas Hazel Jones protestou, com sua voz melodiosa de cinema:

— Ah, não, Sra. Ogden! O Zack está ótimo. Nunca se sente só, ele tem sua música.

Sua música. Era um jeito estranho de falar. Porque ele nunca achava que nenhuma música fosse *sua*.

Às sextas-feiras, às 16h30, ele tinha sua aula de piano. Ficava na Escola Primária Bay Street (com a permissão da professora, na biblioteca improvisada em que, ao chegar o primeiro dia de novembro, já tinha lido metade dos livros das prateleiras, inclusive os dos alunos da quinta e sexta séries), até chegar a hora, e depois, tenso de expectativa, corria para o prédio anexo do Ginásio Bay Street, onde, num canto do auditório escolar, nos bastidores, o Sr. Sarrantini dava aulas de piano de meia hora, com graus nitidamente variáveis de concentração e entusiasmo. O Sr. Sarrantini era o diretor musical de todas as escolas públicas do município, além de organista da Igreja Católica Romana do Redentor. Barrigudo e de respiração sibilante, tinha o rosto corado, o olhar inconstante e nenhuma idade que um menino de seis anos fosse capaz de adivinhar, exceto *velho*. Ao ouvir as aulas de seus pupilos, permitia-se fechar os olhos. De perto, cheirava a alguma coisa muito doce, como vinho tinto, e muito penetrante e acre, como tabaco. No fim das tardes de sexta-feira, quando Zacharias Jones chegava para sua aula, o Sr. Sarrantini tendia a estar muito cansado e irascível. Às vezes, quando Zack iniciava suas escalas, ele o interrompia: "Chega! Não adianta malhar em ferro frio." Noutras ocasiões, parecia insatisfeito com Zack. Discernia em seu aluno mais novo uma "atitude pianística" deficiente. Disse a Hazel Jones que o filho dela tinha talento, até certo ponto; era capaz de tocar "de ouvido" e um dia saberia "ler à primeira vista" qualquer peça musical. Mas os passos necessários para tocar bem o piano eram árduos e específicos, a "disciplina pianística" era crucial, e Zacharias precisaria aprender as escalas e estudar as peças exatamente na ordem recomendada para alunos iniciantes, antes de mergulhar em composições mais complexas. Quando Zack tocava algo além do que lhe era estipulado em *Meu primeiro ano de piano*, o Sr. Sarrantini franzia o cenho e o mandava parar. Uma vez, deu-lhe um tapa nas duas mãos.

Noutra, desceu até a metade a tampa do teclado sobre os dedos do menino, como se fosse esmagá-los. Zack puxou as mãos na hora exata.

— Uma coisa que todo professor de piano despreza é o chamado "menino-prodígio" que quer ir além do que pode.

Ou então, com uma risada úmida e sibilante:

— Eis o pequeno Wolfgang! Hum!

Hazel Jones tinha ofendido o Sr. Sarrantini, Zack sabia, ao lhe dizer que seu filho estava *fadado a ser pianista*. O homem se encolhera de horror, ao ouvir uma afirmação tão bombástica dirigida ao diretor musical do município.

— *Fadado*, Sra. Jones? Por quem?

Outra mãe, tratada com tamanho sarcasmo pelo professor, não diria mais nada; mas ali estava Hazel Jones, falando com sua voz compenetrada e melíflua:

— Pelo que todos temos dentro de nós, Sr. Sarrantini, e que só podemos conhecer quando o trazemos à tona.

Com seu olhar arguto de menino, Zack viu que o Sr. Sarrantini ficou impressionado com Hazel Jones. Ao menos na presença dela, portava-se de maneira mais gentil com o pupilo.

Escalas, escalas! Zack tentava ser paciente com o tédio do "dedilhar". Mas as escalas eram intermináveis. Aprendiam-se os tons maiores e vinham os menores. Será que os dedos não saberiam o que fazer, se a pessoa não interferisse? E por que *marcar o andamento* era tão importante? Era uma fórmula tão batida, que Zack era capaz de ouvir cada nota antes de seu dedo apertar a tecla. Piores ainda eram os estudos ("Ding Dong Bell", "Jack and Jill Go Up the Hill", "Three Blind Mice"), que instigavam seus dedos a fugir do controle, por desprezo e zombaria. E ele recordava as peças de boogie-woogie que faziam a gente sorrir, dar risada e ter vontade de levantar e sair pulando, de tão divertidas, aquelas peças que caçoavam de outros tipos de música e que tanto o haviam cativado, muito tempo antes, ao ouvi-las no rádio da casa velha da estrada da Fazenda dos Pobres, na qual ele não devia pensar, porque isso deixaria a mamãe triste, se a mamãe soubesse.

Se a mamãe soubesse. Mas nem sempre a mamãe podia saber seus pensamentos.

Ali na baía de Malin Head, no apartamento em cima da Farmácia Hutt, havia um rádio portátil de plástico que a mãe deixava na mesa da cozinha. E ele girava o botão sem parar, à procura de "música clássica", mas quase só encontrava vozes espalhafatosas fazendo gracinhas, noticiários, estribilhos repetitivos de propaganda, canções populares em que as mulheres tinham a voz rouca e os homens berravam, e estática.

Um dia ele tocaria peças de Beethoven e Mozart, a mãe dizia. Seria um pianista de verdade, no palco. As pessoas escutariam e aplaudiriam. Mesmo que ele não ficasse famoso, seria respeitado. A música era linda, a música era importante. Em Watertown, havia um "concerto juvenil" todo ano, na Páscoa. Talvez não no ano seguinte — seria cedo demais, ela supunha —, mas na outra Páscoa, ele pudesse tocar nesse concerto, se seguisse as instruções do Sr. Sarrantini, se aprendesse os exercícios indicados e fosse um bom menino.

Ele faria isso! Tentaria.

Porque nada era mais importante do que deixar a mamãe contente.

Ele chegava vinte minutos antes da hora da aula, para poder ouvir a aluna que o antecedia, uma menina da oitava série cuja forma animada de tocar o Sr. Sarrantini às vezes elogiava. Era do tipo que tocava as escalas obedientemente, com tenacidade; seguia quase à perfeição o ritmo implacável do metrônomo. Essa garota robusta, de tranças espetadas e lábios carnudos e úmidos, cujo livro era o de capa azul, *Meu terceiro ano de piano*, parecia tocar piano com mais de dez dedos, e às vezes com os cotovelos: a "Serenata do Jumento", de Friml e Stothart, "Bugle Boy March", o "Coro dos ferreiros", de Verdi.

Em casa, Zack não tinha piano em que se exercitar. Desse fato vergonhoso Hazel Jones não queria que ninguém soubesse.

— Podemos fazer nosso próprio teclado. Por que não?

Fizeram juntos o teclado para exercícios, de cartolina branca e preta. Riram juntos, era uma brincadeira. Entre as teclas, desenharam linhas com tinta preta para sugerir a separação. As mãos de Zack ainda eram muito pequenas para cobrir uma oitava, mas os dois fizeram o teclado em escala.

— Você não está fazendo exercícios só para o Sr. Sarrantini, mas para sua vida toda.

Um dia, enquanto preparava o jantar, Hazel deu uma espiada e viu as mãos de Zack movendo-se no teclado de papel. Era um demônio na execução das escalas!

— Amoreco, que pena que essa droga desse teclado não faz nenhum som!

Sem parar de tocar, Zack respondeu:

— Faz, sim, mamãe. Eu escuto.

8

Agora que eles já não estavam *seguindo em frente*, havia perigo. Mesmo na baía de Malin Head, no extremo norte do estado, junto à fronteira canadense, a centenas de quilômetros da antiga casa no Vale do Chautauqua, havia perigo. Agora que Zacharias Jones estava matriculado na escola primária e Hazel Jones trabalhava seis dias por semana no Cinema Bay Palace, onde qualquer um podia entrar e comprar um ingresso, havia perigo.

Ele, ele era o perigo. Com seu nome não dito, tornara-se estranhamente poderoso, com o passar do tempo.

Era como o céu claro e sem nuvens. Ali, às margens do lago, de repente a pessoa olhava para cima e via o céu coalhado de nuvens, nimbos-cúmulos soprados em minutos por todo o lago Ontário.

As brincadeiras de sua mãe! Pareciam vindas do nada.

Ele se esforçava para entender a natureza do jogo enquanto o jogava. É que sempre havia regras. Os jogos tinham regras. Como a música tinha regras. De onde vinham essas regras, ele não fazia idéia.

O Jogo das Pedrinhas (Desaparecidas).

Quinze pedrinhas de tamanhos e formas variáveis, que Hazel colocou no parapeito da maior janela que dava para a ruela atrás da Farmácia Hutt. Uma a uma, foram desaparecendo. No começo do inverno, só restavam três.

Uma regra do jogo era que Zack podia notar a ausência de uma pedrinha, mas não perguntar quem a havia tirado nem por quê. É que, obviamente, sua mãe a tirara. (Por quê?)

Em anos posteriores, Zack compreenderia que essas eram brincadeiras infantis nascidas da necessidade, não da escolha.

Os dois tinham catado os seixos na praia pedregosa junto à ponte da ilha de Santa Maria. Um de seus lugares prediletos para andar, à beira do rio São Lourenço. Os seixos foram admirados como "pedras preciosas", "pedras da sorte". Vários eram incrivelmente bonitos, para pedras comuns: lisos e estriados de cores, como uma espécie de mármore. Zack nunca se cansava de olhá-los, pegá-los. Outros não eram tão bonitos, mas compactos e feios, cerrados como punhos. No entanto, exsudavam uma força especial. Nesses Zack nunca tocava, mas extraía um estranho consolo de vê-los no parapeito, todas as manhãs.

Sem uma ordem discernível, ao longo de um período de meses, as pedrinhas começaram a desaparecer. Não parecia fazer diferença se era uma pedra bonita ou feia, das maiores ou das menores. Havia na brincadeira uma aleatoriedade que mantinha o menino em estado de perpétua inquietação.

Era óbvio que sua mãe estava retirando as pedras. Mas não o admitia, e Zack não podia acusá-la. Parecia ser uma regra não enunciada do jogo que os seixos desapareciam durante a noite, como que por mágica.

Outra regra não falada era que Zack não podia tirar nenhuma pedrinha. Ele havia tirado uma das bonitas, para escondê-la embaixo do colchão de sua cama, porém a mãe devia tê-la encontrado, porque também essa desapareceu.

— Se ele não nos encontrar quando todas as pedrinhas tiverem sumido, é sinal de que nunca nos achará.

Ele, ele. Era o papai-cujo-nome-não-pode-ser-dito.

Agora que era lanterninha do cinema, Hazel Jones tinha um jeito de falar imitando certas atrizes de Hollywood. Como Hazel Jones, podia aludir a coisas a que a mãe de Zack não gostaria de aludir. Havia a mamãe que tinha tido outro nome, nos tempos da grande casa velha da estrada da Fazenda dos Pobres, perto do canal em que ele costumava brincar, e havia o papai que tivera um nome a não ser lembrado, porque a mãe ficaria muito nervosa, e Zack vivia com pavor de deixar a mamãe nervosa.

Agora é só a mamãe. Agora a mamãe será toda para você.

E assim, tudo que Hazel Jones dizia, com seu jeito aéreo e despreocupado, de algum modo não era "real", mas podia ser usado como veículo da fala "real". Como quem falasse pela boca de uma máscara, escondido pela máscara.

* * *

A outra brincadeira era a de assustar. Porque ele nunca tinha certeza de que era uma brincadeira.

Às vezes, na rua. Às vezes, numa loja. Em qualquer lugar público. Ele sentia a apreensão súbita da mãe, seu jeito de parar no meio de uma frase, ou de lhe apertar a mão com tanta força que chegava a machucar, ao olhar para alguém que ele, Zack, não tinha visto. E talvez nem visse. A mãe podia concluir que não, não havia perigo, ou entrar em pânico de repente e empurrá-lo por uma porta, puxá-lo para dentro de uma loja e se precipitar com ele para a saída dos fundos, sem prestar atenção às pessoas que os olhavam, a jovem mãe pálida e seu filho, quase correndo, como quem temesse pela vida.

Sempre acontecia muito depressa. Zack não podia resistir. Não tinha vontade de resistir. Havia uma força enorme no desespero da mamãe.

Uma vez, ela o fez abaixar-se atrás de um carro estacionado. Tentou, meio sem jeito, protegê-lo com o corpo.

— Niley, eu amo você.

Seu antigo nome, o nome de bebê. Mamãe o enunciou sem perceber, em meio ao pânico. Mais tarde ele entenderia que a mãe havia esperado ser morta, esse fora seu jeito de se despedir dele.

Ou então havia esperado que o filho fosse morto.

Só algumas vezes Zack chegou a ver o homem que a mãe tinha visto. Era alto, espadaúdo. De perfil, ou inteiramente de costas para eles. O rosto não ficava claro. O cabelo era curto, de um cinza-prateado. Uma vez, estava saindo da Pousada Malin Head, parando embaixo da marquise para acender um cigarro. Usava paletó esporte e gravata. Noutra vez, estava parado logo na saída do IGA, quando mamãe e Zack iam saindo com o carrinho de compras, de modo que ela teve que inverter a direção, em pânico, e se chocou com outra freguesa que vinha logo atrás.

(O carrinho com suas magras compras teve de ser abandonado por eles, na pressa de fugir por uma saída nos fundos. Felizmente, nessa época Hazel Jones já era conhecida do gerente do mercado, e as compras foram guardadas para que ela as buscasse na manhã seguinte.)

Zack ficava abalado, assustado com esses encontros. Porque sabia que qualquer um poderia trazê-lo, *ele*. E que a mamãe seria castigada por fosse lá o que fosse que os dois tinham feito, porque *ele* nunca perdoaria.

De volta ao apartamento, a mãe fechava todas as persianas das janelas. Ao escurecer, acendia apenas uma lâmpada. Zack a ajudava a arrastar a cadeira mais pesada para junto da porta, trancada e aferrolhada. Nenhum dos dois tinha muito apetite para jantar nessas noites e, mais tarde, ao fazer os exercícios de piano no teclado de faz-de-conta, Zack ficava perturbado, ao ouvir, por trás das notas e acordes nítidos e claros do piano imaginário, a voz elevada de um homem, incrédula, furiosa, impossível de aplacar, nem mesmo pelo terror abjeto de uma criança.

— Não era ele, Zack. Acho que não. Não dessa vez.

O menino se debruçava sobre o piano de faz-de-conta. Batia com os dedos nas teclas de papel. O som do piano expulsaria o outro som, se seus dedos não fraquejassem.

De manhã, as pedrinhas no parapeito.

Se fazia um dia claro, a luz do sol entrava aos borbotões pelo vidro e fazia com que elas ficassem quentes. Zack se dava conta de que a brincadeira das pedrinhas não era meramente um jogo. Era tão real quanto o papai, embora invisível.

A mãe não aludia ao que havia acontecido na véspera, ou quase acontecido. Essa era uma regra do jogo. Abraçava-o e lhe dava um beijo estalado, dizendo, com sua voz animada de Hazel Jones, para fazê-lo sorrir:

— Atravessamos a noite! Eu sabia que conseguiríamos.

Uma variante curiosa do Jogo do *Ele/Dele* foi evoluindo aos poucos. Esse era um jogo inteiramente criado pelo Zack, com regras do Zack.

Por acaso, era Zack que avistava o homem, em vez da mamãe. Um homem suficientemente parecido com o homem de quem eles não podiam falar, mas, por algum motivo, mamãe não o via. Zack esperava, esperava com uma tensão crescente que a mãe visse o homem e reagisse; e, quando ela não reagia, ou, vendo o homem, não lhe dava atenção especial, Zack sentia alguma coisa arrebentar em sua cabeça, perdia de repente o controle e se jogava contra a mãe, agarrando-se nela.

— Zack, o que foi?

Súbito, ele parecia furioso. Empurrando-a, socando-a com os punhos.

— Mas... o que é, meu bem...?

A essa altura, o perigo podia ter passado. O homem, o estranho, havia dobrado uma esquina e sumido. Era possível que não tivesse havido homem algum: Zack o imaginara. Mesmo assim, numa fúria infantil, ele arreganhava os lábios e mostrava os dentes. Era um maneirismo facial do pai, e enxergá-lo no menino era uma visão apavorante.

— Você não viu! Não viu ele hora nenhuma! Fui *eu* que vi! Ele podia ter chegado perto de você e pou, pou, pou!, dado um tiro na sua cara, e pou!, dado um tiro em mim, e você não fez ele parar! Odeio você!

Atônita, Hazel Jones fitava o filho enfurecido. Não conseguia falar.

9

Estarrecida. Atingida no coração. De algum modo, seu filho soubera que o pai tinha um revólver.

De algum modo, o filho havia memorizado algumas expressões do pai. Aquele olhar de nojo. Aquele olhar de fúria moralista, do qual a gente não ousava se aproximar, nem mesmo para tocar com um amor desamparado.

10

Apaixonando-me pelo amor.
   Guardando todo o meu amor. Para você.
   Foi no começo do inverno de 1962 que ele começou a ver a moça no enfumaçado piano-bar da Pousada Malin Head. Onde ele era CHET GALLAGHER, PIANO JAZZÍSTICO, anunciado numa foto ampliada e brilhante, exibida no saguão do hotel.
   A princípio, meio sem acreditar nos próprios olhos, sem acreditar que pudesse ser ela. A lanterninha do Cinema Bay Palace.
   Aquela cujo nome Gallagher havia descoberto com o amigo que gerenciava o cinema. (Embora não tivesse feito uso dessa informação e houvesse jurado não usá-la.)
   Ela chegava cedo ao piano-bar, por volta das oito da noite. Sentava-se sozinha a uma das mesinhas redondas de tampo de zinco, junto à parede. Saía antes que o bar ficasse realmente cheio, pouco antes das dez. Estava sempre só. Visivelmente só. Declinando as ofertas de bebidas feitas por outros fregueses, do sexo masculino. Declinando as ofertas de companhia desses fregueses masculinos. Sorria para abrandar a recusa. Percebia-se que estava decidida a ouvir o pianista de jazz, não a se deixar atrair pela conversa com estranhos.
   Em todas as ocasiões, pedia bebida duas vezes. Não fumava. Sentava-se observando Gallagher, atentamente. Seus aplausos eram mais imediatos e entusiásticos que o da maioria dos outros fregueses, como se não estivesse acostumada a aplaudir em locais públicos.
   "Hazel Jones."
   Ele murmurou o nome consigo mesmo. Sorriu. Um nome tão inocente e ingênuo! Puramente norte-americano.
   A primeira vez que Gallagher a viu foi numa de suas noites ensimesmadas. Dedilhando de leve "Round About Midnight", de Thelonius Monk. Minimalista, meditativo. Como que abrindo caminho pelo sonho de outra pessoa, onde é fácil o sujeito se perder. Gallagher adorava Monk. Havia um lado seu que *era* Monk. Inflexível, talvez

meio ranzinza. Excêntrico. Uma linda música, achava Gallagher, aquele jazz negro muito contido, cool. Queria imensamente que os outros o ouvissem como ele o ouvia. Que se importassem com ele como se importava.

O problema era esse. Para ser sumamente cool, o sujeito não podia se importar. Mas Gallagher se importava.

É ela. Será ela?

Uma mulher sozinha no piano-bar. Era de se esperar que um homem se juntasse a ela, mas não veio ninguém. Aquela jovem notável, no que parecia ser um vestido passeio de um tecido vermelho-escuro glamoroso e meio barato, entremeado de prata. O cabelo leve como uma pluma, flutuando na nuca. Ela deu um sorriso vago, sem ver os olhares fixos dos homens, e, quando o garçom se aproximou, ergueu os olhos para ele com ar súplice. Como quem perguntasse: *Não há nenhum problema em eu estar aqui? Espero ser bem-vinda.*

Gallagher titubeou por algumas notas. Terminou a peça serpenteante de Monk sob aplausos escassos, e seus dedos ágeis saltaram para uma coisa mais animada, ritmada, com uma urgência sensual. "I Can't Give You Anything But Love, Baby." Coisa que não havia tocado em muito, muito tempo.

Não tinha percebido que andara pensando nela. "Hazel Jones." De certo modo, ressentia-se de pensar em qualquer mulher. Seria de se supor que já tivesse superado essa fase, aquela sensação quente e opressiva no peito e na virilha. Desde *O milagre de Anne Sullivan*, naquele verão, só tinha voltado uma vez ao Cinema Bay Palace; e, nessa noite, não se permitira procurar a lanterninha bonita, atraí-la para uma conversa. Não, não! Depois, orgulhara-se de si mesmo por tê-la evitado.

A compulsão a ser feliz só faz complicar a vida. Gallagher já tivera complicações suficientes.

Nessa noite, ele fez seu intervalo sem olhar para a moça. Afastou-se com passos rápidos. Quando voltou, a mesa dela estava ocupada por outra pessoa.

Que pena. Mas era melhor assim.

Teve de perguntar ao garçom o que a moça havia bebido, e foi informado de que tinha sido Coca-Cola com gelo. Ela havia deixado uma gorjeta de trinta e cinco centavos, em moedinhas de dez e de cinco.

* * *

Era uma fase curiosa na vida de Chet Gallagher: acordou uma manhã e se descobriu um excêntrico afável de cidadezinha de veraneio, pianista de jazz da Pousada Malin Head nas noites de quarta, quinta e sexta-feira. (Aos sábados havia uma combinação de música e dança country.) Morava numa casinha de estrutura de madeira à beira-rio e, vez por outra, ia à casa de campo da família na ilha Grindstone, para uns dias de isolamento. Estava fora da temporada nas Thousand Islands e havia poucos turistas. A gente do lugar, que morava o ano inteiro nas ilhas, não era propriamente sociável. Não muito antes, Gallagher poderia ter levado uma amiga para lhe fazer companhia na ilha. Numa fase anterior, essa mulher teria sido sua esposa. Porém não mais.

Era uma trabalheira danada fazer a barba todas as manhãs. Complicado demais ser calorosamente divertido, "bem-humorado".

A compulsão a ser animado só fazia esgotar. Ele sabia disso!

A família de Gallagher morava do outro lado do estado, em Albany e imediações. Em seu próprio e intenso mundo de exclusividade, de "destino" familiar. Fazia meses que ele não falava com nenhum dos parentes, e com o pai, desde o 4 de Julho anterior, na casa de campo de Grindstone.

E assim, tornara-se um músico esporadicamente contratado pela Pousada Malin Head, cujo dono era seu amigo, além de conhecido de longa data de seu pai, Thaddeus Gallagher. A pousada era o maior hotel de veraneio da área, mas, fora da temporada, apenas um quinto de seus quartos era ocupado, mesmo nos fins de semana. Gallagher tocava no estilo de Hoagy Carmichael, debruçando o corpo desengonçado sobre o teclado, com os dedos longos e ágeis subindo e descendo pelas teclas como quem fizesse amor, e um cigarro pendurado na boca. Não cantava como Carmichael, mas era freqüente cantarolar, rindo consigo mesmo. No jazz há muitas piadas particulares. Gallagher era um intérprete apaixonado da música de Duke Ellington, Fats Waller e Monk. No piano-bar, recebia pedidos de "Begin the Beguine", "Parabéns para Você", o "Hino da Batalha da República" ou "Cry". Dava seu sorriso gentil e fugaz e continuava tocando a música que lhe agradava, entremeando-a com toques de música mais crua. Era versátil, brincalhão. Bem-humorado. Sem sarcasmo nem malícia. Um homem de jovial meia-idade, querido pela maioria dos outros homens e pelo qual algumas mulheres sentiam-se fortemente atraídas. E não se embriagava com freqüência.

Em algumas noites, bebia apenas água tônica e gelo, com uma pitada de raspas de limão. Um copo alto e suado em cima do piano, com um cinzeiro do lado.

Gallagher tinha admiradores locais. Alguns chegavam a vir de Watertown. Não muitos, mas alguns. Iam ouvir o PIANO JAZZÍSTICO DE CHET GALLAGHER, quase todos homens, sozinhos como ele, descasados, separados. Homens que começavam a perder o cabelo, de cintura flácida e olhar abatido, que precisavam rir. Precisavam de solidariedade. Homens para quem "Stormy Weather", "Mood Indigo", "St. James Infirmary" e "Night Train" faziam todo o sentido. Havia algumas mulheres locais que gostavam de jazz, mas só algumas. (Pois como é que se podia dançar "Brilliant Corners"? Impossível.) Os hóspedes do hotel eram uma miscelânea confusa, especialmente durante a temporada turística. Às vezes eram verdadeiros entusiastas do jazz. Na maioria delas, não. Os fregueses entravam no piano-bar para fumar e beber. Ouviam um pouco, ficavam inquietos e partiam para a atmosfera menos contida da taberna, onde havia uma vitrola automática. Ou então ficavam. Bebiam e ficavam. Às vezes falavam alto, davam gargalhadas. Não eram intencionalmente grosseiros, apenas sumamente indiferentes. Era impossível não saber, se o sujeito fosse Chet Gallagher, que eles desrespeitavam a cultura musical que lhe era tão cara, e Gallagher não era afável a ponto de não sentir a contundência do insulto, não a ele, mas à música. *Brancos filhos-da-puta privilegiados*, era assim que os via, depois de se instalar na pele negra e subversiva do jazz.

Essa era uma das coisas que o pai detestava nele. Uma história antiga entre os dois. A política de Gallagher, suas tendências "rosadas" de "comuna". Seu coração mole com os negros. Ele tinha votado em Kennedy, não Nixon, em Stevenson, não Eisenhower, e em Truman, não Dewey, nos idos de 1948.

Esse tinha sido o insulto supremo: Truman em vez de Dewey. Thaddeus Gallagher era um velho amigo de Dewey, dera muito dinheiro para sua campanha.

Era uma sorte Gallagher já não beber muito. Quando seu pensamento dava uma guinada para certas direções, ele sentia a temperatura subir. *Brancos filhos-da-puta privilegiados*, era por eles que fora cercado durante quase toda a vida. *Dane-se, e que importância tem isso? Você não está nem aí. A música não depende de você. Você mesmo é um branco filho-da-puta privilegiado, encare os fatos, Gallagher. O que você faz no piano não é sério. Nada do que você faz é sério. Um homem sem família não é sério. Tocar piano na Malin Head não é um emprego de verdade, é só um passatempo. Como se a sua vida já não fosse real, apenas uma coisa que você faz com o tempo.*

Estava tocando "Blue Moon". Numa cadência lenta, melancólica. Sentimentalismo elevado ao mais alto grau. Eram meados de dezembro, uma noite com remoinhos de neve. Flocos lânguidos soprados pelo céu negro sobre o rio São Lourenço. Gallagher nunca se permitia esperar que Hazel Jones aparecesse no piano-bar, como nunca se permitia esperar que ninguém aparecesse. Ela fora até lá várias vezes e saíra cedo. Sempre sozinha. Foi forçoso ele se perguntar se a moça trabalhava em noites alternadas de sexta-feira no Bay Palace, ou se teria largado o emprego. Gallagher andara fazendo umas sondagens e tinha descoberto que o trabalho de lanterninha pagava miseravelmente pouco. Talvez pudesse ajudá-la a arranjar um emprego melhor.

O amigo que era gerente do Bay Palace lhe dissera que Hazel era de algum lugar no sul do estado. Não conhecia ninguém na região. Era meio fechada, mas excelente funcionária, de toda confiança. Sempre com um jeito amistoso, ou parecendo amistoso. Ótima bilheteira. Com um "ponto forte de personalidade". Aquele sorriso! Era útil com a clientela encrenqueira (masculina). O cinema contratava uma moça bonita para encher o uniforme de lanterninha, mas não queria problemas. Ao contrário das outras lanterninhas, Hazel não se perturbava quando os freqüentadores (masculinos) a tratavam de forma agressiva. Falava com eles calmamente, sorria e pedia licença para chamar o gerente. Nunca elevava a voz. Tal como um homem, sem deixar transparecer o que sentia. *Como se fosse mais velha do que parece. A Hazel já passou por poucas e boas. Agora, qualquer coisa é fichinha para ela.*

Gallagher deu uma olhada pelo bar enfumaçado e viu uma moça que acabara de entrar, dirigindo-se a uma mesa vazia junto à parede. *Ela!*

Sorriu consigo mesmo. Não a olhou nos olhos. Como se sentiu bem! Improvisando, gostando de como seus dedos magros corriam no teclado. Transitou com fluência de "Blue Moon" para "Honeysuckle Rose", tocando o melhor de Ellington para alguém que ele julgava conhecer pouco jazz, menos ainda Ellington. Com uma vontade enorme de que ela ouvisse, de que conhecesse. Que ânsia sentia! E pensou: *Ela veio por mim. Para mim!* Num dedilhar rebuscado das notas, até o fim do teclado, Chet Gallagher apaixonou-se pela mulher que conhecia como Hazel Jones.

No intervalo, foi diretamente à mesa dela.

Parou diante da jovem surpresa, que havia aplaudido com grande entusiasmo infantil.

Agradeceu a ela, dizendo havê-la notado. Apresentou-se, como se ela não soubesse seu nome. E se inclinou para ouvir o nome que ela lhe disse.

— "Hazel" de quê? Não ouvi direito.

— Hazel Jones.

Gallagher riu, com o prazer de um ladrão que acertasse a chave da fechadura.

— Importa-se se eu ficar uns minutos com você, Hazel Jones?

Percebeu que ela se envaidecera com sua aproximação. Havia outros fregueses esperando para falar com o pianista, mas ele os deixara de lado, passando sem prestar atenção. Mais tarde, porém, Gallagher se lembraria com tristeza de que Hazel Jones havia hesitado ao fitá-lo. Sorrira, mas os olhos tinham ficado ligeiramente inexpressivos. Talvez se houvesse assustado com ele, avultando à sua frente de forma tão repentina. Era um homem de 1,90m, magro como um galgo e de movimentos ágeis, e seu cocuruto alto e já meio calvo reluzia de calor pelo esforço da apresentação ao piano; seus olhos eram sombrios, bondosos, mas passionais. Hazel Jones não tivera alternativa senão afastar a cadeira para lhe dar espaço. A mesa de tampo de zinco era pequena e seus joelhos batiam embaixo dela.

De perto, Gallagher viu que a moça tinha o rosto cuidadosamente maquiado e a boca muito vermelha. Era um rosto de cartaz de filmes do Bay Palace. E ela usava o vestido *habillé* de tecido vermelho-escuro cintilante, bem justo nos seios e nos ombros. A parte superior das mangas era fofa, os punhos, apertados. Na penumbra enfumaçada do piano-bar, ela exalava um ar sensual e apreensivo, a um só tempo. Rejeitou polidamente o oferecimento de Gallagher de uma bebida mais forte do que Coca-Cola:

— Obrigada, Sr. Gallagher, mas logo terei que ir embora.

Ele riu, magoado. E protestou:

— Por favor, me chame de Chet, Hazel. "Sr. Gallagher" é o meu pai de sessenta e sete anos, que mora lá em Albany.

A conversa foi cambiante, atrapalhada. Como entrar numa canoa sem remos com um estranho. Empolgante e traiçoeira. Mas Gallagher se ouviu rindo. E Hazel Jones riu, de modo que ele devia estar sendo divertido.

Como os homens se envaidecem quando uma mulher ri de suas piadas!

Como ele era infantil em sua alma, desejoso de confiar numa mulher! Por ela ser atraente e jovem. Por estar sozinha.

Gallagher teve de admitir que ficou empolgado com Hazel Jones. Primeiro no Bay Palace, com aquele uniforme ridículo, agora no piano-bar, com seu vestido habillé vermelho cintilante. As sobrancelhas da moça estavam menos grossas do que ele as recordava; ela devia tê-las depilado e desenhado. O cabelo era cortado em camadas leves e soltas, como se fosse um boné frouxo. Castanho, com mechas meio avermelhadas. E a tez era muito pálida. Inclinar-se para Hazel Jones era como debruçar sobre uma labareda. A sensação experimentada por Gallagher veio com um toque de medo, porque ele já não era rapaz, fazia muito tempo que não era jovem, e esses sentimentos eram os que tivera quando moço, e estavam associados à mágoa e à decepção.

Mas ali estava Hazel a lhe sorrir. Também ela tensa, nervosa. Ao contrário de outras mulheres do vasto círculo de Gallagher, parecia falar sem subterfúgios. Faltava alguma coisa nela, decidiu o pianista: aquele verniz que lembrava uma máscara, a cortina de vontade que se interpunha entre ele e tantas mulheres — a ex-esposa, algumas amantes, as irmãs com quem estava brigado. Com uma autoconfiança de menina, Hazel lhe disse que admirava seu "jeito de tocar" — embora o jazz fosse "difícil de acompanhar, de saber para onde vai". E o surpreendeu ao contar que costumava ouvir música de jazz num programa de fim de noite, numa estação de rádio de Buffalo, anos antes.

Gallagher o identificou de imediato: "Zack Zacharias", na WBEN.

Hazel pareceu surpresa por ele conhecer o programa. Gallagher teve de resistir à vontade de lhe contar que a programação jazzística noturna de diversas estações de todo o estado tinha sido idéia dele, Chet Gallagher. A WBEN era afiliada à Mídia Gallagher, uma das estações urbanas mais poderosas.

— Você o conhece, o "Zack Zacharias"? Sempre me perguntei se ele era... sabe, negro.

Hazel pronunciou a palavra com delicadeza: *ne-gro*. Como se ser *ne-gro* fosse uma espécie de invalidez.

Gallagher riu.

— O nome dele não é "Zack Zacharias" e ele é tão negro quanto eu. Mas conhece jazz de qualidade, e o programa está no nono ano.

Hazel sorriu, como se estivesse confusa. O pianista não queria dar a impressão de estar rindo dela.

— Você é de Buffalo, não?

— Não.

— Mas é do oeste de Nova York, certo? Estou ouvindo o sotaque.

Hazel tornou a sorrir, insegura. Sotaque? Ela própria nunca ouvira suas vogais monocórdias e nasaladas.

— Por que veio tão para o norte? Para a baía de Malin Head? Deve ter estado aqui no verão, não foi?

— Foi.

— Conhece alguém daqui? Parentes?

Essa pergunta direta, Hazel não pareceu ouvir. Surpreendeu Gallagher com um comentário que, se vindo de outra mulher, ele teria tido que considerar como um flerte:

— Faz muito tempo que o senhor não vai ao cinema, Sr. Gallagher. Pelo menos, eu não o tenho visto.

Ele se sentiu lisonjeado com o fato de Hazel recordar-se dele. E de se dispor a deixá-lo saber que se lembrava dele.

E tornou a pedir, cutucando-a no braço, que o chamasse de Chet, por favor.

Nesse momento, inclinou-se para Hazel, sentindo o sangue correr quente e animado nas veias. Como era bonita a moça! Que gratidão incrível o invadia por ela ter voltado! Um pianista de jazz toca na esperança de atrair uma mulher assim. Ele lhe disse que não gostava muito de cinema, na verdade. Não era muito americano, muito normal nesse aspecto. Seus antecedentes familiares ligavam-se aos "meios de comunicação", não ao cinema — jornais, rádio, televisão. Lidando com imagens, sonhos. A indústria cinematográfica fora preparada para vender ingressos, esse era seu objetivo. Sabendo disso, não se ficava tão propenso a ser seduzido. O que mais desagradava Gallagher nos filmes de Hollywood era a música. A "trilha sonora". Em geral, ela lhe dava nos nervos. O uso sentimental da música para despertar emoções, "montar cenas", era-lhe ofensivo. Isso era um resquício dos filmes mudos, quando havia um organista tocando em cada cinema. Era tudo exagerado, perverso. Às vezes ele tapava os ouvidos para não ouvir a música. Às vezes, fechava os olhos para não ver as imagens.

Hazel riu. Por sua vez, Gallagher estava exagerando, para ser divertido. Adorou vê-la rir. Achou que, em outras situações, ela não ria muito. Um rubor quente subiu ao rosto da moça. Um de seus cacoetes era passar inconscientemente a mão no cabelo, levantando e soltando a franja bem aparada que lhe cobria a testa. Era um gesto infantil, que chamava a atenção para seu rosto sereno, o cabelo sedoso, os dedos sem anéis e as unhas pintadas de vermelho. E ela remexia os ombros sob o vestido justo, inclinando-se para a frente e para trás. Seu corpo lhe parecia desajeitado, como se ela tivesse crescido cedo demais. O vestido vermelho cintilante era um traje a caráter, como a fantasia de lanterninha; Gallagher soube, sem ter que verificar, que Hazel devia estar usando saltos muito altos.

Sentiu vontade de proteger essa jovem do sofrimento que tanta ingenuidade certamente lhe traria. Quis conquistar sua confiança. Desejou fazer com que ela o adorasse. Teve vontade de lhe acariciar o rosto, o pescoço esguio. E aquele ombro que se remexia, parcialmente desnudo. Teve vontade de segurar seus seios nas mãos em concha. Sentiu uma vertigem de desejo, ao imaginar Hazel nua por baixo da roupa. Que choque ver uma mulher nua pela primeira vez, que *confiança*!

Gallagher pôs-se a falar depressa. Tudo isso vinha muito rápido, dando guinadas em direção a ele. E o pianista não tinha tomado nada mais forte do que cerveja, a noite toda. Só que estava meio embriagado com Hazel Jones.

Aquele velho e conhecido tremor de medo. Mas com um consolo perverso. Gallagher nunca fizera amor com uma mulher sem essa sensação antecipatória de pavor. Exceto no casamento, tinha se entorpecido para os extremos da emoção. Assim que o sexo se transforma em camaradagem, algo habitual, deixa de ser sexo e se torna outra coisa.

Com essa você não se casará.

Era seu desejo de se consolar.

Ouviu-se perguntar a Hazel se ela gostava de cinema, tendo que assistir continuamente a filmes como fazia.

Não estava nem interessado na resposta. Era a voz dela que o atraía, não as palavras. Mas a moça o surpreendeu, dizendo que via apenas fragmentos de filmes no Bay Palace, nunca uma coisa inteira. E, antes de trabalhar como lanterninha, não assistira a muitos filmes — "Meus pais não aprovavam o cinema". E assim, agora ela via apenas partes fragmentadas dos filmes, estas repetidas muitas vezes. Assistia ao final de cenas, horas antes de ver seu começo. Via o início dos filmes, logo depois de ter visto seu término dramático. As histórias se enrolavam nelas mesmas, nenhuma ia a lugar algum. Hazel sabia de antemão o que os atores diriam, no momento em que a câmera se abria numa "nova" cena. Sabia quando a platéia riria, embora cada público fosse novo e seu riso fosse espontâneo. Sabia o que as pistas musicais indicavam, mesmo quando não estava olhando para a tela. Aquilo dava uma sensação confusa do que esperar da vida. Porque na vida não há música, não se tem nenhuma pista. A maioria das coisas acontece em silêncio. A pessoa vive olhando para a frente e só se lembra do que ficou para trás. Nada é revivido, apenas lembrado, e, mesmo assim, de forma incompleta. E a vida não é simples como as histórias dos filmes, há coisas demais para recordar.

— E tudo que a gente esquece vai embora, como se nunca tivesse existido. Em vez de chorar, a gente pode muito bem *rir*.

E Hazel riu, um riso estrídulo e ansioso de menina, que cessou de forma tão abrupta quanto havia começado.

Gallagher ficou perplexo com a explosão da moça. Não fazia idéia do que ela estava dizendo. E sua ênfase curiosa na palavra *rir*, como se o inglês lhe fosse uma língua estrangeira, adquirida. Ele não se dispunha a achar que houvesse subestimado a inteligência dela, não podia propriamente atribuir a uma jovem com a aparência de Hazel Jones qualquer sutileza de análise ou de raciocínio; sua experiência era que a maioria das mulheres falava a partir da emoção. Gallagher tornou a rir, como se ela tivesse pretendido fazer graça. Pegou sua mão, num gesto que poderia ser interpretado como galante, brincalhão. Os dedos de Hazel, esfriados pelo copo gelado, eram inesperadamente fortes, não miúdos nem delicados; a pele era ligeiramente áspera. O pretexto de Gallagher para tocá-la foi um relutante aperto de mão de despedida, porque tinha que voltar ao piano, o intervalo havia acabado.

Eram quase nove e meia da noite. Havia mais fregueses entrando no piano-bar. Quase todas as mesas estavam ocupadas. Gallagher sentiu-se bem: teria uma platéia considerável e Hazel se impressionaria ainda mais.

— Algum pedido, Hazel? Estou às suas ordens.

Ela pareceu refletir sobre a pergunta. Uma pequena ruga surgiu entre suas sobrancelhas.

Uma moça que levava todas as perguntas a sério, ele percebeu.

— Toque a música que o deixa mais feliz, Sr. Gallagher.

— "Chet", meu bem! Meu nome é "Chet".

— Toque o que o deixar mais feliz, Chet. É isso que eu gostaria de ouvir.

11

Era ano-novo. Zack foi levado a entender, por alguns comentários velados e enigmáticos da mãe, que haveria uma surpresa para ele, logo, logo.

— Melhor do que o Natal. Muito melhor!

Fizera-se muito alarde na escola sobre o Natal. Agora, no ano-novo, fazia-se muito alarde sobre 1963. Todos os alunos da primeira série tiveram que aprender a soletrar *JANEIRO*, sem esquecer o *I*. Zacharias Jones, com seu rosto impassível, tamborilava no tampo da carteira, perdido num transe de notas e acordes invisíveis. Ou então, quando a professora o repreendia, cruzava os braços com força sobre o peito e percutia os dedos em segredo, compulsivamente. Escalas, fórmulas de compasso, movimentos contrários, arpejos, acordes fundamentais e inversões. Ele não sabia os nomes desses exercícios, simplesmente os tocava. Ouvia mentalmente as notas, de uma forma tão vívida, que sempre detectava os erros de execução. Quando cometia algum, era obrigado a voltar para o início do exercício e recomeçar. O Sr. Sarrantini era uma presença invisível na sala de aulas da primeira série. Do rosto pálido da Srta. Humphrey emergia o rosto gorducho e corado do professor de piano. A Srta. Humphrey e o Sr. Sarrantini não iam além da má vontade ao elogiar Zacharias Jones. Estava claro que o mestre não gostava do caçula de seus pupilos. Por maior que fosse a fluência com que Zack executava sua lição semanal, sempre havia alguma coisa que não chegava a ser perfeita. Como essa nova escala em fá menor com quatro bemóis. Após apenas um dia de exercícios intensos, Zack era capaz de tocá-la com a mesma fluência com que havia executado a escala de dó maior, sem sustenidos nem bemóis. Mas sabia por antecipação que o Sr. Sarrantini faria aquele barulhinho molhado de censura com a boca.

E diria, com um riso de mofa: *Eis o pequeno Wolfgang! Hum!*

A Srta. Humphrey era mais agradável que o Sr. Sarrantini. Quase sempre era mais agradável. Embora, vez por outra, ficasse exasperada e estalasse os dedos sob o nariz de Zack, para acordá-lo, fazendo as outras crianças rirem. Ela não gostou quando a turma inteira foi instruída a fazer figuras de Papai Noel de cartolina e nelas colar uma lanugem sedosa e branca como "cabelo", e Zack foi desastrado — de propósito, achou a Srta. Humphrey — com a tesoura, o papel e a cola. Disse ela à mãe aflita do menino que Zack lia como as crianças da sexta série e que sua habilidade matemática era ainda maior, mas *Seu filho tem problemas de conduta, de postura. Habilidades sociais. Ou está irrequieto e não consegue ficar sossegado, ou entra num transe e não parece me ouvir.*

O menino tinha seis anos. E nele já se alojara, contundente como uma farpa encravada na pele, a consciência de que, se as pessoas não gostavam de você, não importava quão inteligente ou talentoso você era. A acusação era *Ele não parece me ouvir.*

A Sra. Jones pediu desculpas pelo filho. Prometeu que ele "se esforçaria mais" no novo ano.

O ano-novo chegou com um frio de enregelar: -29ºC, "aquecendo" até a máxima de -20ºC, quando o sol aparecia por entre as camadas de nuvens escuras. Nessas ocasiões, Hazel era pragmática, pouco dada a se queixar. Ria do tom soturno do locutor que fazia a previsão do tempo no rádio. Era cômico ver como a estação local tocava as músicas mais alegres e animadas — "Sunny Side of the Street", "Blue Skies", "How Much Is That Doggie in the Window?" — nas manhãs mais sombrias de inverno.

A mãe preparava grandes canecas de chocolate pelando para Zack e para ela. Era o princípio da garrafa térmica, dizia: com um líquido quente na barriga, você fica aquecido até chegar aonde tem que ir.

Nos dias de nevasca, não se esperava que ninguém fosse a parte alguma. Que felicidade! Zack tinha licença da escola para ficar em casa, refestelando-se no silêncio da neve, e Hazel não tinha que ir para o Cinema Bay Palace. Não precisava se maquiar como um cartaz de filme nem escovar, escovar, escovar o cabelo até ele brilhar como fogo. Cantava baixinho *Savin' all my love for you*, olhando de esguelha para o filho, intensamente absorto nos exercícios de piano na mesa da cozinha. Nas manhãs ofuscantemente ensolaradas que costumavam se seguir às nevascas, a mãe embrulhava Zack em ceroulas compridas de lã que davam coceira, camisa e dois suéteres, uma jaqueta dura e nova de pele de carneiro, fechada com zíper e comprada na Sears, enterrava-lhe um gorro de lã na cabeça e dava voltas e mais voltas com o cachecol de lã em seu pescoço, cobrindo-lhe também a boca, de modo que, quando o menino respirava pela boca, em vez de pelo nariz, do lado de fora, como não conseguia deixar de fazer, a lã se umedecia e cheirava mal. Dois pares de meias de inverno por dentro das botas de borracha, também recém-compradas na Sears. E dois pares de luvas enfiadas à força em suas mãos, o externo feito de imitação de couro e imitação de pele.

— Os seus dedos preciosos, Zack! Os seus dedinhos dos pés podem congelar e cair, meu bem, mas não os dedos das mãos. Um dia eles valerão uma fortuna.

E ria do que chamava de carinha de picles de Zack, dando-lhe um beijo molhado no nariz.

12

— Você tem um novo amigo, Zack! Venha conhecê-lo.

Ele nunca vira a mãe tão arfante, agitada. Ela o fez entrar no hotel feericamente iluminado à margem do rio, a Pousada Malin Head, que Zack só tinha visto por fora, na época do calor, já parecia fazer muito tempo, quando os dois haviam catado as pedrinhas especiais na praia.

Atrapalharam-se juntos, entrando aos tropeços numa mesma divisão da porta giratória. Uma lufada de ar quente atingiu-os no rosto ao serem espirrados no saguão do hotel. Quanta gente! Zack parou, piscando os olhos. A mãe apertou sua mão enluvada e o conduziu para o outro lado do saguão repleto. Havia atividade e movimento por toda parte. Coisas demais para ver. Um grupo barulhento de esquiadores, recém-chegado, dirigia-se à recepção para se registrar. Vários dos rapazes ficaram observando Hazel Jones quando ela atravessou o saguão. As bochechas dela pinicavam, por causa do frio, e a expressão era agitada, como se ela houvesse corrido. Num ponto do saguão, ela parou para abrir a jaqueta de pele de carneiro do filho e tirar seu próprio casaco deselegante, feito de um tecido felpudo cinza e com capuz. Por baixo do casaco, Hazel Jones usava um de seus dois vestidos "de festa", como os chamava. Esse, o favorito de Zack, era de jérsei roxo-escuro, com pérolas minúsculas no peito e uma faixa de cetim. Hazel tinha comprado os dois vestidos por nove dólares, numa liquidação de peças danificadas por um incêndio no Centro da cidade. Era preciso examinar muito de perto para descobrir onde o tecido de cada vestido fora danificado.

— Ele está esperando, amoreco. Por aqui!

Agarrou-lhe a mão já sem luva e foi puxando o filho. Zack gostou de não haver outras crianças no saguão. Sentiu-se especial, porque era tarde para uma criança estar acordada: passava das oito e meia. Ele raramente sentia sono antes das dez horas, às vezes mais tarde, quando ouvia música no rádio. Ouviu música nesse momento, e isso o deixou animado.

— É um casamento. Mas não estou vendo a noiva.

Hazel havia parado do lado de fora de um enorme salão de baile marfim-e-dourado, onde, num tablado encostado na parede oposta, um conjunto de cinco integrantes tocava música dançante. Era daquela música que fazia sorrir e dava vontade de dançar: "*swing*". Que estranho que a maioria dos homens e mulheres do salão, todos bem-vestidos, não estivesse dançando, e sim parada em grupinhos fechados, com copos na mão, conversando e rindo alto.

Zack se perguntou se isso — o casamento — seria a surpresa.

A surpresa não poderia ser o papai, ele sabia. Agora que as pedrinhas tinham sumido.

Mas o próprio papai se foi. Ele precisava se lembrar disso.

Zack cutucou a perna da mãe. Uma mãe com um jeito tão jovem, como um dos rostos femininos dos cartazes do Cinema Bay Palace, e com aquele vestido de jérsei de festa, o fez sentir medo de não ser mãe nenhuma.

— Por que as pessoas se casam, mamãe? É o único jeito?

— O único jeito *de quê*?

Zack não fazia idéia. Torceu para que a mãe terminasse o pensamento para ele, como muitas vezes fazia.

Seguiram depressa por um corredor cheio de vitrines de lojas muito iluminadas. Jóias, bolsas. Suéteres Shetland tricotados a mão. No fim do corredor havia um salão na penumbra, sombrio como uma caverna: PIANO-BAR. Zack ouviu alguém tocando piano. Era essa a sua surpresa! Hazel o puxou para dentro, trêmula e excitada. Do outro lado do salão havia um homem sentado diante de um lindo piano reluzente, não um pianinho de armário como o do auditório da escola secundária, mas um piano "de cauda", do tipo com a tampa aberta. O homem tocava uma música que Zack conhecia do rádio, de muito tempo antes, na estrada da Fazenda dos Pobres: "jazz".

Havia algumas pessoas sentadas junto a mesinhas espalhadas pelo salão enfumaçado. No bar, mais fregueses em banquetas. Alguns conversavam e riam entre si, porém a maioria estava ouvindo o pianista tocar sua música rápida, alegre, surpreendente. Zack sentiu o charme do piano-bar e seu coração bateu forte de felicidade.

Havia uma mesinha redonda, de tampo de zinco, reservada para Hazel Jones, junto ao piano! Hazel instalou o filho onde ele pudesse observar as mãos do pianista. Ele nunca tinha visto dedos tão longos e flexíveis. Nunca ouvira de perto aquele tipo de música. Era assombrosa, emocionante. Zack supôs que o homem ao piano era capaz de alcançar doze teclas — quinze! — com seus dedos ágeis e compridos. Ficou observando, escutando, fascinado. Essa viria a ser uma das grandes lembranças de sua vida, ouvir Chet Gallagher tocar jazz ao piano numa noite de janeiro de 1963, na Pousada Malin Bay.

"If It Isn't Love", "A-Tisket, A-Tasket", "I Ain't Got Nobody", todas no estilo de Fats Waller: peças que Gallagher tocou nessa noite e que Zack viria a conhecer, com o tempo.

No intervalo, Gallagher foi sentar-se à mesa de Hazel Jones. Zack percebeu que os dois se conheciam: era Gallagher o "amigo". Nesse instante, compreendeu a lógica da jaqueta de pele de carneiro e das botas da Sears, todas novas, do telefone recém-instalado no apartamentinho, do ar de sigilo e bem-estar de Hazel. Não se admirou disso, pois fazia muito tempo que havia entendido que era inútil se admirar com a lógica do comportamento dos adultos. O espantoso não era Chet Gallagher conhecer Hazel Jones, mas Chet Gallagher, o homem que pouco antes havia tocado piano, querer conhecê-lo, apertar sua mão, sorrindo e dando uma piscadela:

— Oi, Zack! Sua mãe andou me contando que você também toca piano, não é?

Com Zack impactado demais para falar, Hazel o cutucou e disse baixinho a Gallagher:

— O Zack é tímido com homens adultos.

E Gallagher riu, de um jeito que deixava perceber o quanto gostava de Hazel Jones.

— E o que faz você pensar que eu sou um "homem adulto"?

Gallagher tinha uma cabeça oblonga e grandalhona, como uma coisa esculpida em madeira. O cabelo preto e ondulado emoldurava a testa calva, e o nariz era comprido e fino, com incríveis buracos escuros como narinas. A boca estava sempre sorrindo. A cabeça se projetava para a frente. Ao piano, sua espinha parecia um salgueiro, fácil de se curvar. Ele usava as roupas mais estranhas que Zack já vira num homem: camisa de seda preta sem colarinho, ajustada como uma luva ao tronco musculoso e estreito; suspensórios de um tecido vistoso, azul iridescente, que a gente associaria a um vestido de festa como o de Hazel Jones. Zack nunca tinha visto um homem com rosto igual ao de Gallagher, o qual imaginou ser feio, mas era um rosto que, quanto mais se olhava para ele, mais atraente ficava. E Zack também nunca vira olhos tão bondosos em homem algum.

Gallagher levantou-se. Hora de voltar ao piano. Tinha levado sua bebida para a mesa, um líquido transparente num copo alto. Ao se virar, sua mão roçou de leve no ombro de Hazel, de passagem. Zack adormeceu ouvindo os dedos do pianista subindo e descendo no teclado, num ritmo extravagante e engraçado que fez seus dedos palpitarem por imitação: "boogie-woogie".

Nessa hora eu soube que um homem podia amar.
Um homem pode amar.
Com sua música e seus dedos, um homem pode amar.
Um homem pode ser bom, não tem que nos machucar.

Mais tarde, acordaram Zack. O piano-bar tinha fechado. O barman estava fazendo a limpeza. Chet Gallagher havia pedido sanduíches de rosbife para todos: quatro sanduíches para três pessoas, uma das quais era um menino de seis anos, zonzo de sono. É claro que Chet Gallagher estava faminto. Ele sozinho comeu dois sanduíches e meio. Também estava com sede. Depois da apresentação ao piano, sentia-se animado para comemorar. Hazel riu, protestando que era tarde, passava das duas da manhã, e perguntando se ele não estava cansado, mas Gallagher abanou a cabeça com veemência:

— Diabos, não!

Ansioso, Zack foi até o piano. Teve que ficar de pé, porque a banqueta era muito baixa. No começo, apenas encostou nas teclas, pressionando-as com cautela, ouvindo os súbitos tons nítidos e claros, as notas saídas do misterioso interior do instrumento, que sempre o excitavam, e experimentando o assombro de que tal som pudesse existir no mundo e ser invocado do silêncio por um esforço seu.

Essa era a maravilha: que o som pudesse ser evocado do silêncio, do vazio. E que ele, Zack, fosse um instrumento desse som.

A voz de Gallagher fez-se ouvir, provocante e amistosamente familiar, como se os dois fossem velhos conhecidos:

— Vá em frente, garoto. O piano é seu. Toque.

Zack tocou a escala de fá menor, apenas com a mão direita, depois só com a esquerda, depois as duas juntas. Seus dedos se encaixavam nas teclas como se ele já houvesse tocado aquele lindo piano! O tom, porém, era muito diferente do que ele produzia com o Sr. Sarrantini. Muito mais límpido, as notas mais distintas. Ali, seus dedos começaram a adquirir os movimentos sincopados dos dedos de Gallagher, em ritmos de jazz, de boogie-woogie. Zack se ouviu tocando, tentando tocar, uma das melodias sedutoras que Gallagher tocara mais cedo: a que parecia música de criança, "A-Tisket, A-Tasket". Também com essa criou um boogie-woogie desajeitado. Gallagher aproximou-se do piano, rindo, e se inclinou sobre ele. Seu hálito tinha um cheiro adocicado e rançoso, fumarento:

— Puxa, garoto, você toca de ouvido, hein? Genial!

As mãos enormes de Gallagher desceram ao lado das mãozinhas de Zack no teclado; seus braços compridos, cobertos pelas mangas, ladearam o menino sem encostar nele. Os dedos, muito longos e flexíveis, moveram-se com autoridade até as notas agudas e subiram até as graves, mais grave, mais grave, até elas ficarem quase graves demais para se ouvir. Gallagher roncava de rir, porque era muito engraçado ver os dedinhos do menino tentando seguir os seus, escorregando e hesitando, batendo nas teclas erradas, mas sem desistir, como um filhotinho atrapalhado que corresse atrás de um cão de pernas longas. O rosto de Zack aqueceu-se, ele foi ficando agitado. Gallagher batia nas teclas com força, as mãos saltando. Zack também as percutia com força. Seus dedos doíam. Estava ficando excitado demais, febril.

— Garoto, você é um foguete! De onde é que você saiu?

Gallagher apoiou o queixo no alto da cabeça do menino. Bem de leve, como Hazel às vezes fazia quando o filho se exercitava ao piano na mesa da cozinha e ela estava num clima brincalhão.

— É só um toque, guri. Não precisa bater. Você puxa a música para ela sair, não a faz sair a tapas. Só precisa de um toque. Depois, é andar depressa, está vendo? A mão esquerda é quase só de acordes. Um, dois, três, quatro. Um, dois, três, quatro. Mantenha o ritmo. Mantenha o ritmo. Com ritmo você pode tocar qualquer coisa. "St. James Infirmary."

As manoplas de Gallagher percutiam as teclas com a autoridade de um lamento. Para espanto de Zack, o homem começou a cantar, com uma voz nasalada deslizante, chorosa, que não dava para saber se era para fazer rir ou chorar:

Deixe-a ir, deixe-a ir, Deus a abençoe...
Onde ela estiver...
Ela pode procurar no mundo inteiro,
E nunca encontrará um homem meigo como eu.

E voltou para a mesa, onde Hazel ria e aplaudia com entusiasmo infantil.

Zack permaneceu ao piano, decidido a tocar como o homem. Acordes com a mão esquerda, melodia na direita. As melodias eram bem simples, quando a gente as conhecia. Repetidas vez após outra, em notas idênticas. Zack começou a experimentar uma estranha sensação de tontura, à beira de se apoderar do segredo do piano, através das notas que Gallagher havia tocado com tanta segurança; um dia, seria capaz de tocar qualquer música que ouvisse, porque (de algum modo) ela existiria em seus dedos, como parecia existir nos dedos superiores do homem.

Ouviu e não ouviu a mãe confidenciar a Chet Gallagher que não estava contente com o professor de piano, o Sr. Sarrantini, um homem mais velho que parecia não gostar de lecionar para crianças e criticava muito o seu filho, amiúde deixando-o magoado.

— E o Zack se esforça muito. Esse será o objetivo da vida dele, a música.

Mas o menino não tinha piano em casa. Tinha poucas oportunidades de se exercitar.

Gallagher apressou-se a dizer:

— Ora, passe na minha casa. Tenho um piano, ele pode usar o meu. O quanto quiser.

Hazel retrucou, hesitante:

— Você faria isso pelo Zack?

E o pianista respondeu, com seu jeito descontraído e caloroso:

— Ora, por que não? O menino tem talento.

Houve uma pausa. Zack estava tocando piano, fazendo eco a Gallagher: "St. James Infirmary." Mas seus dedos vinham falhando, agora menos seguros. Com uma parte da cabeça, ele ouviu a voz baixa e ansiosa da mãe:

— Mas... isso pode abandoná-lo, não pode? O talento? É como uma chama, não é? Não tem nada de real.

Zack ouviu e não ouviu. Não podia acreditar que a mãe estivesse dizendo essas coisas a seu respeito, traindo-o com um estranho. Então não passara anos se gabando dele? Insistindo para que ele tocasse piano na presença de estranhos, torcendo por seu aplauso? Ela havia insistido nas aulas com o Sr. Sarrantini. Dissera a Zack, mais de uma vez, que um dia seus dedos valeriam uma fortuna. Por que falava com tanta dúvida agora? E justamente com Chet Gallagher!

Zack ficou com raiva, batendo nas notas agudas e nos acordes para acompanhá-las. Tinha perdido o ritmo. Ao diabo com o ritmo. Seus dedos iam teclando meio ao acaso. Ele ouvia a mãe e seu novo amigo conversarem compenetrados, em voz baixa, como não querendo deixá-lo ouvir, e ele também não queria escutar, mas lá estava Hazel falando, protestando:

— Eu... eu acho que não poderia fazer isso, Sr. Gallagher... quer dizer, Chet. Não seria correto.

E Gallagher rebateu:

— Não seria correto? Mas, que diabo, aos olhos de quem?

E, quando Hazel não respondeu, ele perguntou, com mais simpatia:

— Você é casada, Hazel? É isso?

Nessa hora, Zack tentou não escutar. A voz da mãe era quase inaudível, acanhada:

— Não.

— Divorciada?

Os dedos do menino tatearam as teclas, atrapalhando-se com a melodia. Zack estava à procura da melodia. Era estranho como, quando se perdia uma melodia, ela sumia por completo, ao passo que, quando a gente a tinha, nada parecia tão fácil e natural. Sentiu as pálpebras pesadas. Tão cansado! Ouviu a mãe, com seu glamoroso vestido de festa em jérsei roxo, confessar a Gallagher que não era casada nem divorciada, nunca se casara:

— Nunca fui casada com homem nenhum.

Isso era uma coisa vergonhosa, Zack sabia. Uma mulher com um filho sem ser casada. Por que era vergonhoso, ele não fazia idéia. As simples palavras *ter um bebê*, pronunciadas em certo tom insinuante, provocavam risadas desdenhosas. Na escola, as crianças mais velhas implicavam com ele, perguntando-lhe se tinha pai, onde estava seu pai, e ele dizia que o pai tinha morrido, como a mãe o instruíra, e se afastava delas, de seus rostos cruéis e zombeteiros, virava as costas em desespero para fugir. A mãe lhe dissera para não fugir nunca, porque eles perseguem a gente feito cachorros, mas ele não conseguia impedir-se, tinha medo das crianças que gritavam, alegres e excitadas, atirando-lhe pedaços de gelo. Por que o detestavam, por que gritavam *Jo-nes*, como se fosse um nome feio?

A mãe dizia que eles tinham inveja. Dizia que Zack era especial e que ela o amava, e que ninguém gostava deles do jeito que ela o amava, e era por isso que tinham inveja, e também porque Zacharias era especial aos olhos do mundo, e um dia o mundo inteiro saberia.

Gallagher disse:

— Hazel, isso não tem importância. Pelo amor de Deus!

— Tem importância. Aos olhos dos outros.

— Não aos meus.

Zack não estava olhando para os adultos. Mas viu o homem pôr sua mão enorme sobre a de Hazel, na mesa de tampo de zinco. E o homem inclinou-se para a frente, desajeitado, e roçou os lábios na testa de Hazel Jones. Zack bateu nas teclas com a mão esquerda, grave, mais grave. E nas notas agudas, como o pipiar nervoso de um pássaro. Tinha perdido toda a droga das melodias que julgava saber. E o ritmo, perdera o ritmo. Seus dedos começaram a bater no teclado com mais força. Ele posicionou os polegares e os dedos como garras, batendo em dez teclas ao mesmo tempo, como faria uma criança geniosa comum, socando o teclado que já não conseguia tocar, para um lado e para outro, feito um trovão.

— Zack! Pare, meu bem.

Hazel aproximou-se e segurou suas mãos.

Estava na hora de ir embora. As luzes do piano-bar estavam sendo apagadas. O barman já tinha saído. Chet Gallagher levantou-se, mais alto do que Zack o havia imaginado, e se espreguiçou prazerosamente, bocejando.

— Vamos. Vou levar vocês para casa.

Ajudaram-no a entrar no banco traseiro de um carro. Que carro enorme, largo feito um barco! O banco traseiro era estofado como um sofá. Os olhos de Zack ficavam fechando, ele estava com muito sono. No relógio verde e luminoso do painel, viu que eram 2h48. Mamãe sentou-se no banco da frente, ao lado do Sr. Gallagher. A última coisa ouvida por Zack foi Gallagher dizendo, de forma extravagante:

— Hazel Jones, esta foi a noite mais feliz da minha vida desperdiçada. Até agora.

13

No fim do inverno de 1963, eles se mudaram da baía de Malin Head para Watertown, Nova York. Era um novo modo de *seguir em frente*. Não de ônibus Greyhound e não pobres e desesperados, mas levados no confortável Cadillac 1959 de Chet Gallagher, largo e flutuante como um barco.

— Agora temos uma vida nova. Uma vida decente. Ninguém virá atrás de nós aqui!

Num fim de semana alvoroçado, tomaram-se as providências: Hazel trabalharia como vendedora na Irmãos Zimmerman, Pianos & Artigos Musicais, em Watertown. E Zack teria aulas de piano com o mais velho dos Zimmerman, que só lecionava para alunos sérios.

Deixando a baía de Malin Head, desceram sessenta e cinco quilômetros rumo ao sul e se mudaram para Watertown, uma cidade muito maior, onde não conheciam ninguém. Do apartamento atravancado e cheirando a remédio, em cima da Farmácia Hutt, transferiram-se para um apartamento de dois quartos, com as paredes recém-pintadas de branco, no segundo andar de um sobrado da rua Washington, a cinco minutos a pé da Irmãos Zimmerman.

Hazel Jones quis pagar seu próprio aluguel nesse apartamento. O Sr. Gallagher não pagaria o aluguel. O salário dela na Irmãos Zimmerman era quase o triplo do que tinha sido seu salário de lanterninha no Cinema Bay Palace.

— Quando se vende música, vende-se beleza. De agora em diante, venderei beleza.

De agora em diante, Zack teria aulas sérias de piano. Teria seu próprio piano. Ele era uma criança-não-criança.

Da Escola Primária Bay Street, Zack foi transferido para uma nova instituição, a Escola Primária North Watertown. Nesta, foi matriculado na segunda série. Havia também a possibilidade de que avançasse mais uma série, se continuasse a se destacar na escola.

Um dia, o Sr. Gallagher tinha levado Zack e sua mãe à escola de Watertown, onde o menino passara horas fazendo provas: leitura, redação, aritmética, combinação de figuras geométricas. Não eram provas difíceis, Zack as concluíra depressa. Depois tinha havido uma entrevista com o diretor, e também essa parecia haver corrido muito bem.

Chet Gallagher também devia ter tomado essas providências. A mãe insinuou que sim. Garantiu a Zack que ele seria muito feliz na nova escola, mais do que tinha sido na antiga.

— Sra. Jones, a senhora tem a certidão de nascimento do seu filho?

— Tenho, sim.

Esse documento era exigido, no distrito escolar de Watertown, de todas as crianças que buscavam matricular-se nas escolas públicas. A certidão de nascimento do menino declarou que *Zacharias August Jones* tinha nascido em 29 de novembro de 1956 em Port Oriskany, Nova York. Seus pais eram *Hazel Jones* e *William Jones* (já falecido).

A certidão de nascimento, que parecia nova, era um fac-símile, explicou Hazel ao diretor. É que o original se perdera anos antes, num incêndio em casa.

Adeus, baía de Malin Head! Exceto por ter sido atormentado pelas crianças maiores e nunca muito incentivado pelo Sr. Sarrantini, Zack havia gostado de morar na antiga cidade ribeirinha.

De andar na praia pedregosa com a mamãe, só eles dois. E dos dias de nevasca passados em casa, só os dois. E daquela noite na Pousada Malin Head, que tinha mudado a vida de ambos.

Chet Gallagher era amigo da mamãe e também amigo de Zack. Assim que mãe e filho se mudaram para o novo apartamento em Watertown, surgiu a possibilidade de tornarem a se mudar: para uma casa cuja compra o Sr. Gallagher estava negociando, ou que já tinha comprado.

Excitado demais para dormir, Zack ficou bem quietinho na cama, ouvindo os adultos conversarem em outro cômodo do novo apartamento.

Ouvia-os através da parede. Com os dedos se remexendo, tocando notas num teclado invisível.

É que a fala é uma espécie de música. Mesmo quando as palavras são indistintas, seu tom e seu ritmo prevalecem.

— ...*mas você não gostaria, Hazel?*

Sim, mas...

O quê?

Não seria correto. Se...

Conversa fiada. Não há razão nenhuma.

As pessoas falariam.

E quem se incomoda com o que as pessoas falam? Que pessoas? Quem é que conhece você aqui?

Na Irmãos Zimmerman eles me conhecem. E conhecem você.

E daí?

E há também o Zack.

Então, vamos perguntar a ele.

Não! Por favor, não o acorde, isso só o deixaria nervoso. Você sabe como ele o admira.

Bem, e eu a ele. É um garoto fantástico.

Ele já teve tantas perturbações na vida, só tem seis aninhos...

Você quer se casar, Hazel? É isso?

Eu... eu não sei. Acho que não...

Então, case comigo. Que diabo!

Não estavam propriamente brigando. Hazel Jones não era de brigar. Tinha um jeito meigo, sério. A voz melodiosa e súplice como uma canção. Ouvir Hazel Jones era como escutar música no rádio. Já Gallagher, o homem, era de perder as estribeiras, inesperadamente. Em especial quando tinha bebido. E, quando visitava Hazel, era comum ter bebido. Zack ia resvalando para o sono e era despertado de repente pela voz elevada de Gallagher, pelo som de um punho batendo em alguma coisa, de uma cadeira afastada da mesa com um safanão, de Gallagher de pé, xingando e se dirigindo à porta, e a voz de Hazel Jones pedindo *Chet, por favor! Chet!* Mas lá se ia Gallagher, como uma catarata de notas cascateando pelo teclado — quando o impulso começa, não se pode dctê-lo —, os passos pesados na escada, o orgulho masculino ferido; passava dias sem voltar, novamente enfurnado na baía de Malin Head, e nem sequer telefonava para informar a Hazel Jones, que diabo, que ele podia sair da vida dela tal como havia entrado, que podia sair da vida de qualquer mulher como havia entrado, e daí?

* * *

— Porque eu não sou prostituta. Não sou.

Era pequeno e de armário o piano que Gallagher comprou para Zack. Insistindo em que fora "de segunda mão", "uma pechincha". Não era novo, ele o comprara na Irmãos Zimmerman com desconto. Um presente para o menino, e Gallagher disse que Hazel não precisava sentir-se em dívida.

— Não é um Steinway, é um Baldwin. Palavra, Hazel. Não custou grande coisa.

As teclas não eram de marfim, mas de plástico de um branco ofuscante. A madeira era um compensado, mas muito lisa, cor de teca. O instrumento era do tamanho do piano surrado da Escola Secundária de Bay Street, mas tinha um som muito mais límpido. Zack ficou atônito com o presente. No começo, quase pareceu recuar, amedrontado, perplexo. Hazel viu no rosto do menino a expressão torturada de uma mulher adulta. Ao contrário de qualquer criança normal nessa situação, Zack começou a chorar.

Hazel pensou, encabulada: *Ele sente o peso do presente. Teme não ficar à altura dele.*

O entregador havia trazido o piano para ZACHARIAS JONES. Num cartão preso com destaque ao instrumento estava a garatuja de Gallagher:

Toque até não agüentar mais, Zack!
("Sem nenhuma obrigação")

Seu Amigo C.G.

Com seu jeito provocador, Gallagher falou da casa que estava comprando em Watertown:

— A característica mais atraente para você, Hazel, são as duas entradas separadas: podemos entrar e sair sem ver um ao outro por semanas.

* * *

Ela detestou que o menino ouvisse suas conversas. A vida particular da mamãe não era assunto do filho. Que a cutucou com o cotovelo, tão forte que chegou a machucar:

— Mas por quê, mamãe? Você não gosta do Sr. Gallagher?

E Hazel disse, evasiva:

— Sim, eu gosto do Sr. Gallagher.

E o menino, com aquele jeito de implorar e intimidar das crianças voluntariosas:

— Ele é bonzinho mesmo, não é? *Mamãe?*

E veio a resposta:

— Um homem pode parecer bonzinho, Zack. Antes de a gente morar com ele.

Entre e a mãe e o filho passou a sombra *daquele homem.* No discurso comum aos dois, *aquele homem* nunca tinha nome, e Hazel foi obrigada a se perguntar se Zack se lembrava do nome do pai.

Não era um nome a ser proferido em voz alta. Mas ainda a perseguia, em momentos de fraqueza.

Niles Tignor.

E se perguntou se Zack se lembraria de seu próprio nome inicial. Tantas vezes proferido pela voz da mamãe, com amor.

Niley.

Era como se, de algum modo, Niley tivesse sido seu primogênito. Como se esse Zacharias, mais velho, mais difícil e voluntarioso, fosse uma outra criança, que ela não conseguia amar do mesmo jeito.

Zacharias vinha se afastando dela, Hazel sabia disso. Sua devoção estava se deslocando da mamãe para o homem adulto na vida dos dois, Gallagher. Ela supunha ser inevitável, completamente normal. Mas precisava proteger o filho, assim como precisava proteger-se.

E disse, afagando-lhe a testa quente:

— Acho que não estamos prontos para morar com um homem, Zack. Acho que não podemos confiar num homem. Ainda não.

Falar com tanta franqueza não era o modo preferido de Hazel conversar com o filho, e ela temeu arrepender-se.

— Mas quando, mamãe?

— Um dia, talvez. Não posso prometer.

— No mês que vem? Na semana que vem?

— Não na semana que vem, com certeza. Eu disse...

— O Sr. Gallagher me disse...

— Não interessa o que o Sr. Gallagher lhe disse, ele não tem o direito de falar com você pelas minhas costas.

— Não foi pelas suas costas! Ele me disse!

De repente, Zack ficou com raiva. Era como estalar os dedos, a rapidez com que o menino se enraivecia. Exigindo saber por que não podiam morar com o Sr. Gallagher, se ele os queria! Ninguém mais queria eles dois, não é? Ninguém mais queria se casar com eles! Se o Sr. Gallagher estava comprando uma casa para *eles*! Hazel ficou perplexa ao ver a ira no rostinho acalorado do filho, um rostinho contorcido feito um punho, e a ameaça de violência nos punhos agitados. *Ele quer um pai. Acha que estou mantendo o pai longe dele.*

Tentou falar-lhe com calma. Não era do estilo de Hazel Jones reagir de forma emotiva às emoções de outras pessoas.

— Meu bem, isso não é da sua conta. O que se passa entre o Sr. Gallagher e eu não é da sua conta, você é só uma criança.

Nesse momento, Zack ficou realmente furioso. Ofendido, gritou que não era criança, não era uma porcaria de uma criança idiota, *não era*.

Desvencilhou-se dos braços da mãe com um empurrão e correu dela, trêmulo. Não a atingiu com os punhos, mas a empurrou como se a odiasse, precipitou-se para seu quarto e lhe fechou a porta na cara, enquanto ela o fitava, zonza e abalada.

O acesso de raiva passou. Zack saiu do quarto e foi imediatamente para o piano. Nesse dia, já se exercitara por duas horas. Passou então a tocar e repetir sua lição de casa para o Sr. Zimmerman, depois recompensou-se (Hazel supôs que a lógica era essa, uma barganha) tocando a esmo, executando peças mais avançadas de seu livro *Curso moderno de piano de John Thomson*, ou então jazz/boogie-woogie no estilo de Chet Gallagher.

Hazel o provocou:

— Toque "Savin' All My Love for You".

Talvez. Talvez ele tocasse.

Hazel consolou-se, ouvindo o filho ao piano. Preparando o jantar para os dois. Mesmo quando Zack tocou alto, ou sem cuidado, ou repetiu seqüências de notas compulsivamente, como que para castigar a si mesmo e à mãe, ela pensou: *Estamos no lugar certo neste mundo inteiro. Hazel Jones nos trouxe para cá.*

14

— Quando se vende música, vende-se beleza.

Hazel Jones nunca se orgulhara tanto de um trabalho seu. Nunca ficara tão risonha, eufórica. A luz irradiava de seu rosto jovem como uma réstia de sol refletida no espelho. Os olhos piscavam depressa, emocionados, úmidos de gratidão e incredulidade.

A Irmãos Zimmerman Pianos & Artigos Musicais era um antigo estabelecimento de Watertown, instalado num sobrado de modesta elegância na avenida Central Sul, num bairro em parte residencial, em parte comercial, com antigos prédios residenciais ilustres e pequenas lojas. A primeira coisa que se via, ao chegar perto da Irmãos Zimmerman, era a graciosa janela saliente em que um piano de cauda Steinway ficava permanentemente em exposição. Ao anoitecer e nos dias sombrios de inverno, a janela se acendia. O piano brilhava.

Hazel parava para olhar. O piano era tão lindo que ela se sentia fraca, abalada. Veio-lhe uma idéia: *Nenhum deles pode segui-la até aqui*.

De Milburn, queria dizer. Daquela vida. Dentro em pouco, ela faria vinte e sete anos, a filha do coveiro que era para ter morrido aos treze.

Que piada era sua vida! Aquele homem bom, decente e generoso que era Gallagher acreditava amá-la, ele que não a conhecia minimamente.

Sentia uma pontada de culpa por enganá-lo. Mas, com intensidade muito maior, um estranho prazer estonteante.

Sobretudo de manhã cedo, quando caminhava até a loja de música, ouvindo os saltos altos baterem na calçada, no staccato animado de Hazel Jones, ela se descobria pensando na casa de pedra do cemitério. Nos irmãos, Herschel e August. Na idade que teriam agora, se é que estavam vivos: Herschel na metade da casa dos trinta, August pouco mais novo. Ela se perguntou se os reconheceria. Se eles a reconheceriam em Hazel Jones.

Sentiriam orgulho dela, achou. Os dois gostavam da irmã. Desejariam seu bem — não é? Herschel abanaria a cabeça, incrédulo. Mas ficaria feliz por Hazel Jones, ela sabia.

E havia os Schwart adultos.

Jacob Schwart ficaria muito impressionado com a Irmãos Zimmerman. Com a própria aparência do sobrado, da loja. E era uma loja grande, com piso de parquete no salão de exposição dos pianos e com música clássica ambiente. Embora Jacob Schwart desprezasse os alemães. Assim como desprezava os ricos. Jacob Schwart jamais poderia resistir a ironizar e menosprezar qualquer realização da filha.

Hoje você é ignorante. Não sabe nada desse buraco infernal que é o mundo.

Hazel Jones sabia. Mas ninguém em Watertown adivinharia seu conhecimento.

Anna Schwart se orgulharia dela. Trabalhando numa loja que vendia pianos!

Apesar de as vendas de pianos não serem confiadas a Hazel Jones, nem às outras vendedoras: essa era a seara de Edgar Zimmerman.

Hazel vendia livros didáticos de música, partituras e discos de música erudita. E instrumentos musicais como violões e uqueleles. A Irmãos Zimmerman era um grande ponto de venda de ingressos para concertos locais, recitais, toda sorte de apresentações musicais, e esses ingressos Hazel também vendia, orgulhosamente. Vez por outra, ganhava duas entradas gratuitas para esses eventos, e ela e Zack iam juntos.

— Uma vida nova, Zack. Começamos nossa vida nova.

Em homenagem a essa nova vida, era comum Hazel usar luvas brancas ao chegar à Irmãos Zimmerman. Imitando a glamorosa esposa socialite do presidente Kennedy, às vezes usava um chapeuzinho redondo de copa achatada, com um véu diáfano. Tirava as luvas e o chapéu ao chegar à loja. É claro que usava sapatos de salto alto e meias de náilon sem desfiados, e estava sempre perfeitamente arrumada, como uma moça de mensagens de propaganda. Agora seu cabelo tinha um tom castanho-escuro, tão limpo e furiosamente escovado que estalava de eletricidade estática, cortado na altura do ombro e com uma franja na testa.

Junto ao contorno de seu couro cabeludo havia finas cicatrizes brancas, escondidas embaixo da franja. Ninguém jamais as vira, a não ser seu filho. E era muito provável que as houvesse esquecido.

Na Irmãos Zimmerman havia outras duas funcionárias: Madge e Evelyn, ambas de meia-idade e busto grande. Madge era recepcionista de Edgar Zimmerman, que gerenciava a loja, e também uma espécie de contadora. Evelyn era vendedora especializada em livros didáticos e partituras, conhecida por todos os professores de música das escolas públicas do condado. Ambas usavam vestidos escuros, de formas mal definidas, muitas vezes com um cardigã pendurado nos ombros. Eram muito baixas, mal passando de um metro e meio. Em contraste, Hazel Jones era uma jovem alta e admirável, que só usava roupas que lhe valorizavam o corpo. Não possuía muitas, mas tinha uma arguta compreensão de como variar seus "trajes": uma saia de lã preta pregueada e comprida, combinada com um bolero rebordado de botões de rosa vermelhos; uma saia comprida de flanela cinza, com uma prega baixa atrás e a cintura marcada por um cinto preto de elástico; blusas "semitransparentes" e detalhadamente femininas; suéteres de crochê com contas ou pérolas minúsculas; vestidos justos de tecido brilhoso. Atrás de seu balcão com tampo de vidro, às vezes Hazel parecia um enfeite de Natal, toda ela uma inocência cintilante. Seu patrão, Edgar Zimmerman, ficava perplexo ao notar que, quando um freguês entrava na loja, se era do sexo masculino, dava uma olhada rápida em Evelyn, ou então em Madge, quando ela estava no térreo, depois em Hazel, e se dirigia sem hesitação para a jovem, que aguardava sorridente e toda chique.

— Olá, senhor! Em que posso ajudá-lo?

Às vezes, via-se Hazel atrás do balcão numa postura de aflição repentina. Como se tivesse ouvido alguém chamar seu nome ao longe, ou vislumbrado pela vitrine da loja um transeunte que a tivesse assustado.

— Hazel, há algum problema? — podia indagar Edgar Zimmerman, se não lhe parecesse estar sendo intrometido naquele momento. Mas Hazel Jones saía prontamente do transe e lhe assegurava, com um sorriso:

— Ah, não! Não há nada de errado, Sr. Zimmerman. É só que "a morte passou por perto", eu acho.

Era um comentário tão bobo, tão absurdo, que Edgar Zimmerman explodia numa gargalhada.

Muito engraçada! Hazel Jones tinha esse raro dom de fazer um homem envelhecido, de coração melancólico, rir como um adolescente.

Só Edgar Zimmerman vendia pianos. Os pianos eram sua vida. (Seu irmão mais ilustre, Hans, não se envolvia nas vendas. Desdenhava as "finanças". Só aparecia na loja para dar aulas de piano a alunos seletos.) Hazel Jones, porém, ia constantemente ao salão de exposição dos instrumentos, ansiosa por espanar, alisar, lustrar os lindos pianos reluzentes. Passou a adorar o cheiro característico do tipo especial de polidor com fragrância de limão que era o preferido dos Zimmerman, um dispendioso produto importado da Alemanha e vendido na loja. Passou a adorar o aroma do marfim verdadeiro. A Irmãos Zimmerman havia até adquirido um cravo antigo, um instrumento pequeno e requintado de cerejeira, com incrustações de madrepérola e douraduras, pelo qual Hazel tinha especial admiração. É possível que Edgar Zimmerman, viúvo, um homenzinho miúdo e elegante, com bastos tufos esporádicos de cabelo grisalho e um cavanhaque pontudo que seus dedos puxavam compulsivamente, ficasse envaidecido com o entusiasmo de sua funcionária mais jovem pelo trabalho, pois era freqüente vê-los conversando animadamente no salão de exposição; e, muitas vezes, ele chamava Hazel Jones, não Madge nem Evelyn, para ajudá-lo a fechar uma venda.

— O seu sorriso, Hazel Jones! Ele garante o negócio.

Era uma piadinha entre os dois, bastante ousada por parte de Edgar Zimmerman. Seus dedos acariciavam o cavanhaque pontudo com um ardor inconsciente.

Edgar Zimmerman também era pianista: não tão talentoso quanto o irmão, Hans, mas muito competente, demonstrando a qualidade dos pianos aos clientes com a execução de trechos favoritos de Schubert e Chopin, com a trovejante abertura do "Prelúdio em Dó Sustenido Menor" de Rachmaninoff e com a abertura romântica e melíflua da chamada "Sonata ao Luar", de Beethoven. Edgar falou em ter ouvido Rachmaninoff tocar o Prelúdio, já fazia muito tempo, no Carnegie Hall, em Manhattan. Uma noite inesquecível!

Com seu sorriso ingênuo, Hazel indagou:

— O senhor nunca ouviu Beethoven, não é... na Alemanha? Isso foi há muito tempo, suponho?

Edgar riu:

— É claro, Hazel! Beethoven morreu em 1827.

— E quando foi que a sua família veio para este país, Sr. Zimmerman? Faz muito tempo, será?

— Sim, foi há muito tempo.

— Antes da guerra?

— Antes das duas guerras.

— O senhor devia ter parentes. Lá na Alemanha. Foi da Alemanha que os Zimmerman vieram, não?

— Sim. De Stuttgart. Uma bela cidade, ou era.

— "Era?"

— Stuttgart foi destruída na guerra.

— Qual guerra?

Edgar Zimmerman viu Hazel a lhe sorrir, embora com menos segurança. Parecia uma colegial sem jeito, enroscando uma mecha de cabelo no dedo indicador. As unhas pintadas de vermelho brilhavam.

Disse ele:

— Um dia, Hazel, talvez você visite a Alemanha. Alguns marcos ainda permanecem lá.

— Ah, eu gostaria muito, Sr. Zimmerman! Na minha lua-de-mel, quem sabe.

Os dois riram juntos. Edgar Zimmerman sentiu-se zonzo, como se o piso tivesse começado a se inclinar sob seus pés.

— Hazel, muito do que é dito sobre a Alemanha... sobre os alemães... foi grotescamente exagerado. Os americanos fazem do exagero um fetiche, como em Hollywood, sabe? Em busca de lucro. Sempre em busca do lucro, da venda de ingressos! Todos nós, alemães, fomos pichados com a mesma brocha.

— E que brocha é essa, Sr. Zimmerman?

Edgar aproximou-se mais de Hazel, afagando nervosamente o cavanhaque. Os dois estavam sozinhos no suntuoso salão de exposição dos pianos.

— A brocha dos *Juden*. O que mais?

Edgar falou com um riso amargo. Sentia-se subitamente impetuoso, com aquela jovem ingênua e atraente a fitá-lo de olhos arregalados.

— "*Juden?*"

— Judeus.

Hazel fez um ar tão perplexo, que Edgar lamentou ter trazido à baila o maldito assunto. Nunca era um assunto que justificasse propriamente o gasto de emoção que parecia exigir. Prosseguiu, em voz baixa:

— O que eles alegaram. O modo como eles, os judeus, quiseram envenenar o mundo contra nós. Sua propaganda sobre os "campos de extermínio".

Hazel continuou a parecer perplexa.

— Quem é "nós", Sr. Zimmerman? O senhor se refere aos nazistas?

— Aos nazistas não, Hazel! Ora essa. Aos *alemães*.

A essa altura, estava muito agitado. O coração lhe batia no peito como um metrônomo enlouquecido. Mas lá estava Madge no vão da porta, chamando-o ao telefone.

O assunto nunca mais foi levantado entre os dois.

— Hazel Jones, você nos mantém todos jovens. Graças a Deus por gente como você!

Foi idéia de Hazel levar vasos de flores, para dispô-los nos mais belos pianos em exposição. Foi idéia de Hazel Jones organizar uma rifa para os ingressos do recital anual dos alunos de Hans Zimmerman, realizado todo mês de maio, e oferecer ingressos "de cortesia" aos fregueses que gastassem uma certa importância mensal na loja. Por que não anúncios na televisão, em vez de apenas no rádio? E por que não patrocinar um concurso para jovens pianistas? Seria uma publicidade maravilhosa para a Irmãos Zimmerman...

Hazel ficava arfante ao expressar essas idéias. Suas companheiras mais velhas da loja sorriam, desoladas.

Foi numa dessas ocasiões que Madge Dorsey fez o comentário sobre Hazel Jones mantê-los todos jovens. E graças a Deus por gente igual a ela.

— "Gente como eu?" Quem?

Hazel parecia estar brincando, nunca se sabia ao certo aonde queria chegar. Seu riso de menina era contagiante.

Foi quando Madge Dorsey tomou a decisão de não mais detestá-la. Nas semanas decorridas desde que a nova vendedora — a quem não apenas faltava experiência em vendas, mas que era totalmente ignorante em matéria de música — fora contratada por Edgar Zimmerman, Madge tinha sentido o ódio brotar-lhe na região do peito, como um câncer de crescimento acelerado. Mas odiar Hazel Jones era odiar o tão esperado degelo de primavera no norte do estado de Nova York! Odiar Hazel Jones era odiar a própria inundação ofuscante da luz do sol! E havia também a inutilidade, admitiu Madge: Edgar Zimmerman havia contratado a moça, e Edgar Zimmerman estava claramente encantado com ela.

Evelyn Steadman, que tinha vinte e dois anos de trabalho como vendedora na Irmãos Zimmerman, demorou mais a ser conquistada pela "personalidade" de Hazel Jones. Aos cinqüenta e quatro anos, ainda solteira, Evelyn tinha a esperança decrescente e sempre renovada de que Edgar Zimmerman, já com doze anos de viúvo e no começo da casa dos sessenta, pudesse manifestar um súbito interesse romântico por ela.

Mesmo assim, Hazel Jones prevaleceu. Pensando consigo mesma: *Farei vocês gostarem de mim! Para que nunca desejem me magoar.*

— Como é que vai indo aqui a minha menina Hazel, Edgar? Alguma reclamação?

Semanas depois de Hazel começar a trabalhar na Irmãos Zimmerman, Chet Gallagher deu para passar por lá no fim da tarde, no crepúsculo hibernal, quando a loja estava prestes a fechar. Surgia do nada. Era conhecido dos Zimmerman e parecia ser conhecido por Madge e Evelyn, que se iluminavam com seu aparecimento. Hazel era sempre apanhada de surpresa. Não tinha idéia de que ele estivesse na cidade, planejando surpreendê-la com um convite para jantar; muitas vezes, fazia muitos dias que ele não lhe telefonava, depois de um acesso de raiva.

Nessas ocasiões, ao entrar na loja, Gallagher se mostrava sorridente e exuberante, além de perfeitamente controlado. Usava um sobretudo caro de pêlo de camelo, todo amarrotado, sua testa alta brilhava, e o cabelo mal aparado caía sobre o colarinho da camisa. Muitas vezes, fazia um ou dois dias que não se barbeava, e tinha o queixo cintilando como aparas de metal. Hazel sentia o encanto da presença repentina do amigo e a agitação dramática que acompanhava cada gesto seu. No interior bem decorado da Irmãos Zimmerman Pianos & Artigos Musicais, sobre o parquete polido, Gallagher dava a impressão de ser maior do que o tamanho natural, como uma figura que houvesse saído de uma tela de cinema. Tratava Edgar Zimmerman com grande consideração, apertando prazerosamente sua mão miúda. Parecia gostar até da atenção de Madge Dorsey e Evelyn Steadman, que se alvoroçavam a seu redor, chamando-o de "Sr. Gallagher" e lhe implorando que tocasse.

— Só por uns minutos, Sr. Gallagher. Por favor!

Era uma cena animada. Quando os negócios na Irmãos Zimmerman andavam fracos, o aparecimento de Chet Gallagher fazia o dia terminar com um toque positivo. É que o pianista de jazz parecia ser uma espécie de celebridade local, além de benquisto.

E olhava para Hazel com um sorriso sarcástico: *Viu? O Chet Gallagher é importante em alguns círculos.*

Hazel punha-se de lado, não inteiramente à vontade. Quando Gallagher fazia uma de suas aparições, era obrigada a demonstrar prazer e surpresa. Seu rosto precisava *iluminar-se*. Tinha que correr para ele, com seus sapatos altos, e deixá-lo apertar-lhe a mão. Não podia mostrar-se contida. Não podia magoá-lo. Esse era o homem que tinha pago sua mudança para Watertown e lhe emprestara dinheiro para diversas coisas, inclusive o depósito do apartamento. ("Emprestara" sem juros. E sem que ela precisasse pagar-lhe por muito tempo.) Gallagher insistia em que não havia "nenhum compromisso" em sua amizade com eles, porém Hazel sentia o incômodo de sua situação. Gallagher vinha se tornando cada vez mais imprevisível, indo da baía de Malin Head a Watertown num impulso, para vê-la, e voltando na mesma noite; ou mostrando-se capaz de não aparecer em Watertown quando havia combinado visitá-la, sem qualquer explicação. Embora esperasse explicações de Hazel, ele se recusava a se explicar com ela.

Na loja de música, Hazel viu Gallagher fitá-la com uma expressão de ternura confusa e arrogância sexual, e se encheu de angústia e ressentimento. *Ele quer que os outros pensem que sou sua amante. Que é dono da Hazel Jones!*

Era uma pantomima, porém Hazel não podia abrir mão dela.

— Venha tocar para nós, Chester. Você tem que tocar!

— Tenho? Naaah.

Gallagher fora aluno de Hans Zimmerman quando pequeno. Havia nele um ar de menino rebelde entre aqueles mais velhos que o admiravam. Ao lhe implorarem que se sentasse diante do Steinway de cauda, acabou cedendo. Esticou e flexionou os dedos longos, inclinou subitamente o tronco e começou a tocar uma música de sutileza e beleza inesperadas. Hazel havia contado com um jazz e se surpreendeu ao ouvir música de um tipo inteiramente diverso.

As mulheres, encantadas, identificaram Liszt: "Liebesraum".

Gallagher tocou de memória. Sua execução foi irregular, com ímpetos e cadências repentinos de destreza aparatosa, seguidos por momentos elegantemente contidos, oníricos. E depois, novamente aparatosos, de modo que se era levado a observar as mãos e os braços do homem, o movimento dos ombros e da cabeça, além de ouvir os sons produzidos pelo piano. Mas Hazel se impressionou, encantada. Se ela e Zack morassem com Chet Gallagher, ele tocaria assim para os dois...

Você precisa amar esse homem. Não tem alternativa.

Ela sentiu a coerção sutil. Ah, se Anna Schwart pudesse estar a seu lado agora!

Mas Gallagher também errou algumas notas. Destas, conseguiu disfarçar algumas, porém outras foram flagrantes. Em meio a uma seqüência virtuosística de notas agudas, interrompeu-se com um "Droga!". Estava constrangido por cometer tantos erros. Embora os outros o elogiassem e lhe pedissem que continuasse, ele girou obstinadamente na banqueta do piano, como um menino de escola, virou as costas para o teclado e se atrapalhou para acender um cigarro. Tinha o rosto enrubescido e as orelhas pontudas e proeminentes ficaram vermelhas. Hazel percebeu que ele estava furioso consigo mesmo e impaciente com Edgar Zimmerman, que explicava alvoroçadamente às três mulheres:

— Sabem, esse é o estilo do próprio Liszt, o modo como Chester toca o "Liebesraum". O modo de os braços ondularem com as notas, a força dos braços, que flui das costas e dos ombros. É o estilo másculo e revolucionário que Liszt tornou tão famoso, para que o pianista pudesse ficar à altura da arte do compositor.

A Gallagher, Zimmerman disse, num tom de censura paternal:

— Você nunca deveria ter abandonado a música séria, Chester. Teria deixado seu pai muito orgulhoso.

— É mesmo?

Gallagher falou em tom monocórdio. Estava acendendo o cigarro com descaso, e Hazel temeu que caíssem fagulhas no piano.

Em seguida, Gallagher passou a implicar com Edgar Zimmerman, do mesmo jeito que fizera com Hazel, ao perguntar "como vai minha garota", e assim, ela pediu licença, com uma risada sem jeito. Sabia que era à ligação de Gallagher com Hans Zimmerman que devia seu emprego ali, que devia ser grata a ele e aos irmãos, e que a melhor maneira de expressar essa gratidão era não ficar à toa, como todos os outros. Hazel estivera fechando o caixa quando Gallagher havia aparecido e, nesse momento, voltou à tarefa anterior. Passou alguns minutos empilhando habilmente as moedas de cinco e dez centavos em rolos para enviar ao banco.

Que ritual enfadonho e cansativo! Nem Madge nem Evelyn o suportavam, mas Hazel o executava de forma impecável e sem reclamações.

— Hazel, querida. É hora de encerrar o expediente.

Era Gallagher, com seu sobretudo amarrotado, aproximando-se com o casaco da própria Hazel aberto para ela, como uma rede.

Desculpe eu ter aparecido de supetão daquele jeito, Hazel. Você não me esperava hoje, imagino.
Não.
Mas que importância tem isso? Você não anda escondendo nada de mim, anda?

Não era provável que ele os perseguisse nessa nova vida.

Porque aquele era o *seguir em frente* dessa nova maneira. Hazel sorriu ao pensar em como ele ficaria espantado, se soubesse.

Irmãos Zimmerman Pianos & Artigos Musicais. Numa fileira de sobrados de arenito pardo da avenida Central Sul, em Watertown. A janela saliente, visível de um lado e outro da rua, e o Steinway de cauda iluminado dentro dela. E, sobre o piano, um vaso com lírios brancos e altos, de cérea perfeição.

E o sobrado de arenito pardo no número 1722 da rua Washington, onde H. Jones e o filho moravam no apartamento 26. Onde, no vestíbulo, ao lado da caixa de correio de alumínio correspondente ao apartamento 26, o nome H. JONES fora cuidadosamente manuscrito num cartãozinho branco, numa concessão ao Serviço Postal dos Estados Unidos.

(Hazel havia protestado com o carteiro: "Mas eu não recebo nenhuma correspondência, a não ser contas de gás, luz e telefone! Será que as contas não podem ser entregues apenas ao 'ocupante do apartamento 26'? *Isso é lei?*" Era.)

Ela ainda se lembrava: Hotel Watertown Plaza.

Onde havia assinado seu nome, como *Sra. Niles Tignor*, no livro de registro. Onde fora conhecida como *Sra. Niles Tignor*. Só tinha uma vaga lembrança dos quartos em que ela e Niles Tignor se haviam hospedado, e já não lembrava nada do rosto dele, de seu jeito ou das palavras que o homem lhe dirigira, porque uma névoa lhe toldava a visão, do mesmo modo que, quando estava cansada, o vago zumbir agudo era discernível em seu ouvido (direito). Na maior parte do tempo, Hazel evitava o antigo e majestoso Hotel Watertown Plaza. Só que Gallagher gostava do Restaurante Plaza, especializado em carnes. Era natural que gostasse do Restaurante Plaza, onde era conhecido e recebia calorosos apertos de mão. Gallagher era um homem carnívoro: tábua de filé na brasa, anéis de cebola, martínis muito secos. Quando visitava Watertown, ele insistia em levar Hazel e Zack ao Restaurante Plaza. Hazel tinha consciência do perigo. Apesar de instruir a si mesma: *Não seja ridícula, o Tignor não é mais representante da cervejaria. Aquilo tudo acabou. Ele a esqueceu. Nunca conheceu Hazel Jones.* Para essas noites no restaurante, ela se vestia de forma um tanto chamativa. Gallagher tinha o hábito de surpreendê-la com "trajes" atraentes para essas ocasiões. Sempre atento aos olhares perscrutadores dos outros homens, mesmo assim tinha um orgulho perverso da aparência de Hazel a seu lado. No salão do Watertown Plaza, segurando a mão de Zack e andando bem junto de Chet Gallagher, Hazel sentia o *glissando* deslizante e doentio dos olhares masculinos movendo-se sobre ela, mas certamente não havia ali ninguém que a conhecesse, que conhecesse Niles Tignor e a denunciasse a ele.

Tinha certeza.

A mulher abre seu corpo para um homem e ele o possui como se fosse seu.

Depois que um homem a ama dessa maneira, passa a odiá-la. Com o tempo.

O homem nunca a perdoa por sua própria fraqueza de amá-la.

15

— Repita, menino.

Um estudo de Czerny que era um *allegretto* de vinte e sete compassos de semicolcheias com quatro bemóis. Zack o tocara uma vez, ligeiramente corrido, em pequenos impulsos ansiosos, enquanto o professor de piano marcava o compasso com um lápis tão exato quanto o metrônomo antiquado sobre o piano. Pelo menos não tinha pulado nem errado nenhuma nota. Agora, a pedido de Hans Zimmerman, tornou a tocar o estudo.

— E mais uma vez, menino.

De novo ele tocou o estudo de Czerny. Com os olhos semicerrados, enquanto os dedos voavam rapidamente até os agudos, subindo, subindo para os agudos em deslizantes movimentos repetitivos. Era o momento, seriam meses, anos desses estudos: Czerny, Bertini, Heller, Kabalevsky. Para adquirir e aprimorar a técnica. Ao terminar, Zack não retirou do teclado as mãos levemente trêmulas.

— Você o decorou, foi?

O Sr. Zimmerman fechou o livro de exercícios.

— Outra vez, menino.

Semicerrando os olhos como antes, Zack voltou a tocar o estudo, vinte e sete compassos de semicolcheias em *allegretto* com quatro bemóis. O compasso da composição, quatro por quatro, nunca variava. Nenhuma composição dos *Estudos do Conservatório Real para Piano* jamais variava. Quando Zack terminou, o mais velho dos irmãos Zimmerman deu um murmúrio de aprovação. Havia tirado os óculos de lentes sujas e sorria para seu aluno mais novo.

— Ótimo, menino. Você o tocou quatro vezes, não há dúvida de que só tocou as notas certas.

Em Watertown, estado de Nova York, para onde o Sr. Gallagher os tinha levado. Onde os dias de semana eram cruciais como não tinham sido na baía de Malin Head. Onde o sábado era tão crucial que a sexta-feira, véspera de sábado, logo se transformou, para Zack, num dia de agitação e apreensão quase insuportáveis: ele ficava dispersivo na escola, exercitava-se febrilmente ao piano durante horas, em casa, sem querer parar para jantar e se recusando a dormir até tarde: meia-noite. É que na manhã de sábado, às dez horas, havia sua aula semanal com Hans Zimmerman.

O sábado era seu dia favorito! A semana inteira era uma preparação para a manhã de sábado, quando a mãe o levava para a Irmãos Zimmerman, lá chegando às 8h45, e os dois só saíam depois que a loja fechava à tarde, ainda cedo, às três e meia.

Quantos anos ele tem, Hazel?

Seis anos e meio.

Só seis anos e meio! Os olhos dele...

Havia a empolgação da aula com o mais velho dos irmãos Zimmerman, que às vezes se estendia por dez ou quinze minutos depois da hora, enquanto o aluno seguinte aguardava pacientemente num canto da sala de aulas de música, nos fundos do sobrado. Mas havia também a empolgação de poder ficar para observar ao piano alguns alunos adiantados do Sr. Zimmerman, porque esse também era um modo de adquirir a técnica.

— Desde que você prometa ficar sentado bem quietinho no canto, menino. Quieto como um *ratinho*.

Zack pensava: *ratinho não é quieto, é nervoso.*

Zack achava de grande interesse as aulas dos outros alunos. É que entendia que, um dia, essas aulas mais avançadas seriam suas. Não duvidava disso. O Sr. Gallagher havia disparado uma seqüência de ações, e a confiança do menino no Sr. Gallagher era absoluta.

Ele tem deixado o Zack observar outros alunos, Chet. Não é maravilhoso?

Se não for demais para o garoto.

Demais, como pode ser demais?

As crianças se voltam contra a música quando são exigidas demais.

Estranho, ele não sentia inveja dos outros alunos de piano, apenas inveja de suas mãos maiores, de sua maior força. Mas também estas seriam suas, um dia.

* * *

Que alívio, Hans Zimmerman nunca tecia comentários pessoais ou ferinos sobre os alunos, como fizera Sarrantini! Só se importava com a execução da música. Parecia fazer pouca distinção entre alunos mais velhos e mais novos. Era um professor bondoso, que elogiava quando o elogio era cabível, mas não gostava de enganar, porque sempre havia mais trabalho:

— O Schnabel tomou por seu ideal só tocar as peças de piano que não podiam ser inteiramente dominadas. Só as peças "maiores do que é possível tocá-las". Pois o que pode ser tocado não é o transcendental. O que se pode tocar bem e com facilidade é *Schund*.

A expressão desdenhosa no rosto de Hans Zimmerman permitia aos alunos saber o que devia significar a palavra alemã.

Zimmerman havia estudado pessoalmente com o grande Arthur Schnabel, Gallagher lhes informou. Em Viena, no começo da década de 1930. Agora estava aposentado da Academia Portman de Música, em Syracuse, onde havia lecionado durante décadas. Fazia muito tempo que se afastara dos palcos de concerto. Gallagher surpreendeu Hazel e Zack, levando-lhes vários discos gravados por Zimmerman no fim dos anos quarenta, numa pequena e prestigiosa gravadora de música clássica na cidade de Nova York.

Os discos eram peças de piano da autoria de Beethoven, Brahms, Schumann e Schubert. Hazel gostaria de conversar com Hans Zimmerman sobre elas, mas Gallagher a alertou:

— Acho que o Zimmerman não quer se lembrar disso.

— Mas por que não?

— Alguns de nós temos esse sentimento a respeito do passado.

Na Irmãos Zimmerman, Hans Zimmerman se mantinha na parte dos fundos do sobrado de arenito, enquanto Edgar Zimmerman dirigia os negócios. Os dois eram sócios, ao que se acreditava, mas Hans não tinha praticamente nada a ver com a venda de mercadorias, os empregados e as finanças; Edgar gerenciava tudo. Sabia-se que Hans era apenas quatro ou cinco anos mais velho que o irmão, mas parecia ser de outra geração totalmente diferente: modos corteses, fala muito desprendida e compassada, óculos bifocais borrados, que muitas vezes pendiam do bolso do colete, suíças mal aparadas, que lembravam aço, e o hábito de respirar ruidosamente por entre os dentes, ao se concentrar num aluno tocando. Hans, que era alto, macilento e de porte nobre, usava casacos que não combinavam com o restante da roupa, suéteres e calças por passar. Seu calçado favorito era um par de mocassins baratos e velhíssimos. Via-se que um dia fora um homem bonito, mas agora tinha o rosto decrépito. Era reticente, tão elíptico nas críticas quanto nos elogios. Sentado em seu canto, Zack assistia a aulas inteiras em que o Sr. Zimmerman não murmurava uma só palavra, a não ser "Bom, siga adiante", ou "Repita, por favor". Por diversas vezes, Zack ouviu as palavras terríveis: "Repita a lição para a próxima semana. Obrigado."

Era comum o Sr. Zimmerman fazer Zack repetir algumas peças, mas nunca lhe pedira para repetir uma lição inteira. Chamava-o de "menino" — não parecia lembrar-se de seu nome. E por que deveria lembrar-se de um nome? Por que de um rosto? Seu interesse nos alunos estava nas mãos destes; não exatamente em suas mãos, porém nos dedos; e não exatamente nos dedos, mas em seu "dedilhado". Podia-se avaliar um jovem pianista por seu "dedilhado", mas não se podia tirar nada de importante de um nome ou um rosto.

A íntegra da magnífica sonata *Hammerklavier*, que Hans Zimmerman tinha decorado mais de cinqüenta anos antes, continuava intacta em sua memória, cada nota, cada pausa, cada variação tonal; no entanto, Hans se recusava a se dar o trabalho de recordar os nomes de pessoas que via com freqüência.

E ali estava o menino talentoso, uma raridade em sua vida atual: parecia haver surgido do nada, com seus olhos ansiosos e, de algum modo, velhos e europeus; não tinha nada dos meninos norte-americanos, segundo o modo de pensar de Hans Zimmerman. Ele se recusava a fazer perguntas pessoais à mãe do garoto, não queria saber dos antecedentes dele, não queria sentir nada pelo menino. Agora, tudo se extinguira nele. Mesmo assim, em momentos de fraqueza, o professor de piano se apanhava a contemplá-lo enquanto ele tocava seus exercícios, talvez um dos pequenos Czerny traiçoeiros. *Presto* em compasso 6/8 com três sustenidos. A mão direita e a esquerda espelhando uma à outra, velozes, subindo e descendo. Nos últimos compassos, as duas mãos ficavam separadas por quase todo o teclado, e o menino esticava os braços numa crucificação ridícula.

Hans Zimmerman se surpreendeu, dando uma gargalhada alta.

— Bravo, menino! Se você toca Czerny como Mozart, como tocará Mozart?

16

Me faz feliz. O que me faz feliz. Ai, meu Deus, o quê?

Não tinha a menor idéia do que tocar. Ninguém jamais fizera um pedido desses ao pianista de jazz. Seus dedos hesitaram no teclado. Grande parte de sua vida adulta se tornara mecânica, com sua vontade suspensa e indiferente. O vazio de sua alma abria-se diante dele como um poço tão fundo, que ele não se atrevia a espiá-lo.

Mas os dedos não falharam. Chet Gallagher ao teclado. Aquele velho clássico que falava de guardar todo o amor para alguém, "Savin' All My Love For You".

E tinha sido assim.

17

Uma balada de amor, um número chegado ao blues.

Dirigindo pela paisagem nevada.

Gallagher perdido num sonho, ao volante do carro. Durante a vida inteira, tinha ouvido música em sua cabeça. Ora a música dos outros, ora a sua.

> *Dirigindo para a ilha Grindstone*
> *que flutua no rio São Lourenço*
> *num céu refletido*
> *O enamorado Gallagher redimido*
> *na ilha Grindstone*
> *que flutua no rio São Lourenço*
> *num céu refletido.*

— Há alguém interessado em voltar? *Eu* não estou.

Estavam a caminho da ilha Grindstone. Planejavam passar o fim de semana de Páscoa na casa de campo dos Gallagher. Os três: a pequena família do pianista. É que ele os amava, no desespero de a mulher não o amar. O menino que ele amava às vezes parecia gostar dele. Mas, pelo retrovisor, desde a saída de Watertown, o rosto do garoto estava desviado e Gallagher não conseguia captar seu olhar, para lhe sorrir e dar uma piscadela cúmplice, repetindo seu desafio atrevido: "Há alguém interessado em voltar? *Eu* não estou mesmo."

Que é que os Jones poderiam dizer? Aprisionados em seu carro, sendo conduzidos a menos de sessenta e cinco quilômetros por hora pela escorregadia Rota 180, cheia de gelo.

E então, Hazel murmurou algo que soou como *Não*, com aquele seu jeito enlouquecedor, que conseguia ser a um tempo entusiasmado e vago, cheio de dúvidas.

Era assim que deixava Gallagher amá-la. Se é que o deixava amá-la.

No banco traseiro do carro, o menino Zack havia desaparecido por completo do retrovisor. Levara consigo os *Estudos do Conservatório Real para Piano* e estava perdido em sisuda concentração, alheio à rodovia cheia de neve e aos veículos ocasionais abandonados à beira da estrada.

Gallagher lhe havia assegurado que havia um piano na casa de campo. Ele poderia fazer seus exercícios lá. O próprio Gallagher tinha socado aquele piano muitas vezes. Entretendo os parentes. Tocando para si mesmo. Nos verões na ilha Grindstone, suas lembranças mais felizes. Queria transmitir ao menino e à mãe dele a idéia de que a felicidade era possível, talvez fosse até um lugar a que se pudesse chegar.

Num impulso, havia comprado a casa em Watertown. Mas Hazel ainda não estava preparada para aquilo.

Fim de semana de Páscoa na ilha Grindstone. Tinha sido um ótimo plano, só que, na manhã de quinta-feira, uma chuva gélida havia começado e, em poucas horas, transformara-se numa chuva de granizo, e o granizo tinha virado neve úmida, soprada pelo vento, uivando pelo lago Ontário. Vinte e três a vinte e cinco centímetros na manhã de sexta-feira, e se acumulando ainda mais.

Apesar disso, a região estava acostumada com tempestades anômalas. Neve em abril, às vezes em maio. Nevascas rápidas, degelo rápido. Os caminhões limpa-neve tinham trabalhado a noite inteira. As estradas da cordilheira de Adirondack estavam intransponíveis, mas a Rota 180 norte, que ia para a baía de Malin Head e a ponte da ilha Grindstone, continuava mais ou menos aberta: o trânsito avançava devagar, mas avançava. Na tarde de sexta-feira, o vento tinha soprado até parar. Céu claro e quebradiço como vidro.

Diabos, Gallagher não pretendia modificar seus planos.

A neve teria derretido no domingo. Com certeza derreteria. Gallagher insistira nisso. Tinha falado com o zelador por telefone, de manhã, e ele lhe havia garantido que a entrada de automóveis estaria liberada quando Gallagher e seus convidados chegassem. A casa estaria aberta, pronta para ser ocupada. A energia estaria ligada. (McAlster tinha certeza de que haveria energia na casa de campo, porque não faltava luz noutros pontos da ilha.) Na casa havia uma cozinha abastecida com mantimentos enlatados e engarrafados. Geladeira e fogão. Tudo em perfeito funcionamento. McAlster já teria arejado os quartos. Era um homem com quem se podia contar. Gallagher não quisera alterar seus planos e o zelador havia concordado: um pouquinho de neve não atrapalharia ninguém. A ilha estava linda, coberta de neve. Era uma pena que um lugar tão bonito ficasse deserto a maior parte do ano.

Uma pena que pertença a gente como você.

Fazia décadas que McAlster, agora na casa dos sessenta anos, era encarregado de supervisionar as propriedades dos veranistas. Desde quando Gallagher era pequeno. Nem uma única vez o homem havia falado com o mínimo ar de recriminação, ao que Gallagher tivesse ouvido. Era Gallagher quem sentia vergonha e culpa. Sua família possuía trinta e seis hectares da ilha Grindstone, dos quais menos de dois ou dois e meio eram efetivamente usados; o resto eram florestas de pinheiros e bétulas. Havia um quilômetro e meio de terras à beira do rio, de uma beleza excepcional. O pai de Thaddeus Gallagher havia comprado a propriedade e construído a cabana de caça original, nos primeiros anos da década de 1900, muito antes de a região das Thousand Islands ser desenvolvida para o turismo de verão. Na época, era uma região inculta, numa longínqua borda setentrional do estado de Nova York. A pequena população natural da ilha vivia quase toda na área do porto de Grindstone, em casas com as paredes externas cobertas de asfalto, barracos revestidos de papel alcatroado e *trailers*. Essas pessoas eram donas de lojas de iscas e artigos de pesca, postos de gasolina e restaurantes de beira de estrada. Eram caçadores de peles, guias, pescadores profissionais e zeladores como McAlster, que ofereciam seus serviços a moradores ausentes como os Gallagher.

Você não se sente culpado por ser dono de uma propriedade tão grande, que raramente vê? Era o que Chet perguntara ao pai, Thaddeus, quando jovem e propenso a discussões ideológicas, e a resposta de Thaddeus fora proferida em tom acalorado, sem hesitação: *Essa gente depende de nós! Nós os contratamos. Pagamos impostos territoriais que custeiam suas estradas, escolas e serviços públicos. Agora há um hospital no porto de Grindstone, e antes não havia! Como foi que isso aconteceu? Metade da população das Thousand Islands vive da previdência social, fora da temporada, e quem diabos você pensa que paga por isso?*

A raiva que Gallagher sentia do pai era tão sufocante, que ele tinha dificuldade de respirar na presença do velho. Era como um ataque de asma.

— O meu pai...

A seu lado, no banco do carona, Hazel lançou-lhe um penetrante olhar de esguelha. Inconscientemente, Gallagher estava sugando o ar com força. E tamborilando no volante.

— Sim?

— ...disse que quer conhecê-la, Hazel. Mas isso não vai acontecer.

Ele lhe falara pouquíssimo do pai. Pouquíssimo da família. Supunha que ela já tivesse sabido por terceiros.

Na verdade, Thaddeus havia telefonado para o filho na semana anterior, para perguntar: *Essa sua nova mulher, ela é garçonete de bar, não é, faz striptease, é uma garota de programa com um filho ilegítimo e retardado, certo? Corrija-me se eu estiver errado.*

Gallagher tinha desligado sem falar.

Antes desse telefonema, não tivera notícias do pai desde o Natal de 1962, e, mesmo assim, a secretária particular de Thaddeus é que havia ligado, dizendo que o pai estava na linha para falar com ele, e Chet respondera em tom cortês: *Mas eu não estou na linha. Desculpe.*

— Bem, se você não quer que eu conheça seu pai, não o conhecerei.

— Você e o Zack. Nenhum dos dois.

Hazel deu um sorriso inseguro. Gallagher sabia que a deixava constrangida, por não conseguir decifrar seus estados de ânimo: brincalhão, irônico, sincero. Do mesmo modo que não conseguia interpretar o tom das peças de jazz mais tortuosas e ziguezagueantes que ele executava ao piano.

— Você é boa demais para conhecer aquele homem, Hazel. Na sua alma.

— Será?

— É verdade, Hazel! Você é boa demais, bonita demais e pura demais para conhecer um homem como Thaddeus Gallagher. Seria devastada pelo olhar dele. Por respirar o mesmo ar que ele.

Por que tinha ficado com tanta raiva de repente, Gallagher não sabia. Era possível que tivesse alguma coisa a ver com McAlster.

Hazel Jones, William McAlster. Membros da classe dos serviçais. Thaddeus Gallagher identificaria Hazel Jones no ato.

Atrás de um caminhão lento que ia espalhando sal na rodovia, eles se aproximaram da baía de Malin Head. Eram quase seis horas da tarde. O céu ainda estava claro. Havia uma camada de gelo em muitas árvores, fazendo a luz do sol faiscar como fogo. O trânsito se arrastava pela avenida Central, onde uma única pista fora desobstruída pelo limpa-neve.

Gallagher recusou-se a pensar em como estaria a ilha Grindstone.

Mas McAlster lhe havia jurado. McAlster jamais voltaria atrás em sua palavra.

McAlster nunca desapontaria o filho de Thaddeus Gallagher.

Entregando os pontos, Chet disse que eles ainda poderiam ficar na Pousada Malin Head, se a ilha não prestasse.

— Você não está preocupada, está, Hazel?

Ela riu.

— Preocupada? Estando com você, não.

Tocou-lhe o braço para tranqüilizá-lo. Uma mecha de seu cabelo encostou no rosto de Gallagher, que sentiu uma asfixia no peito.

Hazel lhe contara que um homem a havia ferido. Chet supôs que devia ter sido o pai de Zack, que a havia abandonado, não se casara com ela. Isso teria sido quase sete anos antes. Ela lhe dera um beijo e se afastara, dizendo que não queria voltar a ser ferida por outro homem.

— Eu a compensarei por isso, Hazel. O que quer que tenha sido.

Gallagher tateou em busca da mão dela e a levou aos lábios. Beijou vorazmente seus dedos. Não foi um beijo erótico, a não ser para quem conhecesse os costumes desesperados de Eros. Gallagher não a havia beijado nesse dia. Os dois não tinham passado nem cinco minutos sozinhos. Ele se sentia fraco de desejo, uma sensação de afronta mesclada com o desejo. Casaria com Hazel Jones: da próxima vez que atravessasse a Ponte de Santa Maria para a ilha Grindstone, ela seria sua esposa.

McAlster tinha razão, a ilha estava linda sob a neve.

— A nossa propriedade começa mais ou menos aqui. Naquele muro de pedra.

Hazel olhou pelo pára-brisa. O menino no banco traseiro finalmente ficou atento, vigilantc.

— Tudo aquilo também é propriedade dos Gallagher. Por quilômetros, montanha acima. E ao longo do rio.

A estrada do Rio tinha sido desobstruída, ainda que de forma meio descontínua. Gallagher foi guiando devagar. O carro era equipado com correntes nas rodas e ele estava habituado a dirigir em superfícies de cascalho cobertas de gelo. Na ilha havia mais árvores cobertas de neve, inclinadas em ângulos agudos, como figuras ébrias. Algumas bétulas tinham se quebrado e caído. A vegetação perene era mais resistente, não tinha sofrido danos tão extensos. Na estrada havia troncos de árvore caídos, que Gallagher contornou com cuidado.

— Percebe-se que não é inverno, não é? Pelo sol. Mas olhe quanta neve. Nossa!

O rio estava encapelado, agitado pelo vento. Vasto e belíssimo. Antes da onda de frio repentina, ele havia degelado; agora, à beira da água, em meio a enormes pedregulhos, havia picos irregulares de gelo que se projetavam na vertical, como estalagmites. Gallagher percebeu que a mulher e seu filho estavam vendo aquilo pela primeira vez.

— Aquela é a casa de campo, no alto daquele morro. Entre as árvores perenes. Lá adiante ficam as casas de hóspedes. Parece que o McAlster desobstruiu a entrada para nós, estamos com sorte por hoje.

A casa, no estilo das residências encontradas na cordilheira de Adirondack, era do tamanho de um pequeno hotel, feita de toras de madeira, pedras e estuque. O telhado tinha a cumeeira alta, revestimento de telhas e duas enormes chaminés de pedra. Perdida na neve, no topo de uma colina, ficava a quadra de tênis. Havia uma garagem para três carros, com telhado de duas águas, e um antigo estábulo. No alto um gavião planava, mergulhando preguiçosamente e girando com as asas abertas. O céu parecia de vidro, prestes a se estilhaçar. Gallagher viu Hazel Jones finalmente começar a perceber: *Ele é rico. A família dele é rica.*

Não fora essa a razão para ele os levar até lá. Gallagher achava que não.

18

Era uma brincadeira rude, selvagem! Impelindo-a feito um animal em pânico pelas fileiras do milharal. Pés de milho que pareciam bêbados, quebrados e ressecados sob o calor de início de outono, com os pendões escurecidos a lhe açoitar o rosto e cortá-lo. Herschel batia palmas, soltando sua risada estrídula feito um zurro, e dizia *Andando, cadelinha, andando, fracotinha*, com suas pernas compridas e ágeis, e respirava pela boca ao correr, e ela corria, com uma queimação na barriga, e também ela dava risadas, desajeitada e tropeçando nas pernas curtas, e caindo sobre um dos joelhos, e caía mais de uma vez, e se levantava aos trambolhões, antes que o arranhão se enchesse de sangue empoeirado, ah, se conseguisse chegar ao fim da fileira de pés de milho e à borda do campo cultivado, e depois à estrada e ao cemitério, mais adiante...

Como terminava a brincadeira do milharal, Rebecca nunca conseguiu recordar.

19

— *Mãe*, nós vamos?

Era de manhã. Manhã de Sábado de Aleluia. Luminosa, com muitas rajadas de vento. Hazel Jones estava escovando o cabelo com gestos rápidos e punitivos, ignorando o menino agitado que a puxava.

No espelho da cômoda flutuava um rosto pálido e indistinto, como que submerso na água. Não o dela, mas o rosto jovem de Hazel Jones, com um sorriso desafiador.

Você! Que direito tem de estar aqui?

Ela havia atravessado a primeira noite na ilha Grindstone e acreditava que atravessaria a segunda, e então estaria tudo decidido.

— Mãe! *Mãe*!

O menino dormira sobressaltado na noite anterior. Ela o ouvira no quarto contíguo ao seu, choramingando durante o sono. Nos últimos tempos, ele também começara a ranger os dentes. O vento, aquele maldito vento que o mantivera acordado, inquieto! Não era um único vento, mas muitos, soprando do rio São Lourenço e através do lago Ontário na direção oeste, confundindo-se com vozes humanas, gritos e risadas abafados.

Você! Você! Era o que pareciam dizer as risadas acusadoras.

Hazel havia acordado cedo na cama desconhecida, a princípio sem saber onde estava e que época era essa em sua vida, e o coração tinha batido forte no peito, enquanto as vozes ficavam mais atrevidas, zombeteiras: *Você! Judiazinha, você não tem o direito de estar aqui.*

Fazia anos que ela não escutava essas vozes, anos que não tinha esses pensamentos. Levantara da cama trêmula, assustada.

Mas Gallagher é que a tinha levado para lá. Gallagher, seu amigo.

Pelas janelas frontais do quarto via-se uma outra ilha flutuando no rio cintilante. Mais ao longe, a densa costa canadense, em Gananoque.

A casa de campo da família Gallagher era ainda maior do que parecia do sopé da alameda de entrada. Fora construída numa colina, com três andares, e uma ala de construção mais recente a ligava à mansão principal por um terraço revestido de lajes, agora coberto de neve.

Ao vê-la, Hazel Jones tinha rido. Uma residência particular daquelas dimensões!

Por um instante dos mais fugazes, vira a propriedade dos Gallagher como Jacob Schwart a veria. Com a gargalhada zombeteira do homem mesclando-se ao riso de Hazel Jones.

Sem jeito, Gallagher tinha dito que sim, era um lugar grande, mas realmente com muita privacidade. E a maior parte da casa estava fechada, por causa do inverno, e eles usariam apenas alguns cômodos.

Hazel compreendeu que o amigo se envergonhava da riqueza da família e, ao mesmo tempo, envaidecia-se dela. Não podia evitá-lo. Não tinha um conhecimento claro de si mesmo. Seu ódio pelo pai era um ódio sagrado, no qual Hazel sabia que não convinha interferir. Mas também não acreditava profundamente nesse ódio.

Gallagher a levara a esse quarto, que mais era uma suíte, com um quarto adjacente de criança para Zack. Seu próprio quarto, dissera ele, ficava logo adiante no corredor. Na aparência, Gallagher estava controlado, exuberante. Era a primeira vez que os três viajavam juntos, e ele era o anfitrião e o responsável pelo bem-estar de todos. Ao depositar a mala leve de Hazel na cama — uma antiga cama de baldaquino feita de metal, com uma colcha de retalho em tons pálidos de azul e violeta —, ele ficara olhando para o móvel por um longo momento, com a respiração acelerada por causa da escadaria e o rosto ruborizado e inseguro, e Hazel tinha notado que ele buscava as palavras exatas que queria dizer, para impressioná-la.

— Hazel, espero que você fique bem acomodada aqui.

Fora um comentário com um sentido mais profundo. Naquele momento, ele não conseguira fitá-la.

Se Zack não estivesse com eles, investigando o próprio quarto (um quarto para meninos, com camas-beliches, e o garoto queria dormir na de cima), Hazel sabia que Gallagher a teria tocado. Que a teria beijado. Emolduraria seu rosto nas mãos grandes e a beijaria. E ela teria retribuído o beijo, sem enrijecer o corpo em seus braços, como às vezes fazia, involuntariamente, mas ficando muito quieta.

E imploraria: *Não me ame! Por favor!*

E Gallagher cederia, com seu sorriso magoado e esperançoso. *Está bem, Hazel. Eu posso esperar.*

Zack tornou a cutucá-la na coxa:

— Mãe! Nós vamos casar com o Sr. Gallagher?

Hazel foi rudemente despertada do transe. Estivera escovando o cabelo com movimentos longos e rápidos, em frente ao espelho arqueado.

Da noite para o dia, Zack havia começado a chamá-la de "mãe", não mais "mamãe". Às vezes, era uma sílaba dita de má vontade, pronunciada como "mã".

O menino sabia instintivamente que a fala é música para o ouvido. E pode ser uma música para ferir o ouvido.

Fazia mais de quarenta minutos que ele estava acordado e fora da cama, e se mostrava inquieto. Talvez não se sentisse à vontade nesse novo lugar. E pressionava a coxa de Hazel, cutucando-a com força suficiente para machucá-la, se ela não o impedisse. Com o dorso da escova, a mãe brincou de acertá-lo, mas o menino insistiu:

— Eu perguntei se *vamos*, mãe. Vamos casar com o Sr. Gallagher?

— Zack, não fale tão alto.

— Mãe, *eu disse...*

— Não.

Hazel segurou-o pelos ombros, não para sacudi-lo, mas para fazê-lo ficar quieto. Seu corpinho tremia de indignação. Os olhos pretos, úmidos e brilhantes, fixaram-se nos dela, com uma expressão de desafio capaz de lhe despertar raiva, só que Hazel nunca se zangava. Não era mãe de levantar a mão para o filho, nem mesmo a voz. Ah, se Gallagher ouvisse essa conversa! Ela ficaria mortificada, não conseguiria suportar.

Seu rosto ainda não era o de Hazel Jones, porém de tez mais escura, uma viçosa tez morena que ela disfarçou com maquiagem mais clara, primeiro líquida, depois em pó. Tomou o cuidado de estender essa maquiagem até o pescoço, esbatendo-a aos poucos, sempre de forma sutil, meticulosamente. E tomou o cuidado de disfarçar as cicatrizes finas e pálidas junto ao couro cabeludo, que Gallagher nunca tinha visto. Mas seu cabelo fora vigorosamente escovado e agora se eriçava com a eletricidade estática, e era de um tom quente e castanho, com mechas vermelho-escuras, um tom que lhe parecia perfeitamente natural como Hazel Jones. Ela vestiu uma calça cinza de lã bem passada e um suéter cor-de-rosa, também de lã, com gola de renda destacável. Para essa visita de fim de semana à ilha Grindstone, Hazel tinha levado dois pares de calças de lã bem passadas, um suéter bege tricotado em cordas e barras, o suéter de gola de renda e duas blusas de algodão. Hazel Jones era uma moça que se vestia e se portava com extrema propriedade. Gallagher ria desse seu jeito tão comportado. Mas ela percebia que o amigo a adorava por esse seu jeito de Hazel Jones e não gostaria que ela fosse diferente. (Ele continuava a sair com outras mulheres. Ou seja, dormia com outras mulheres. Quando podia, quando era conveniente. Hazel sabia e não ficava enciumada. Nunca faria perguntas sobre a vida sexual privada do amigo, que nada tinha a ver com ela.) Do mesmo modo, na Irmãos Zimmerman Pianos & Artigos Musicais, ela havia criado para si uma personalidade distinta, de personagem de histórias em quadrinhos: Olívia Palito e Popeye, Pafúncio e Marocas, Dick Tracy, ou Brenda Starr, Repórter. A verdade mais profunda sobre a alma norte-americana é que ela é tão rasa quanto uma tirinha cômica e, atrás de seu balcão de tampo de vidro na Irmãos Zimmerman, lá estava Hazel Jones, lindamente empertigada, risonha e expectante. Tal como Gallagher, Edgar Zimmerman adorava Hazel Jones. Não conseguia parar de tocá-la com suas mãos esvoaçantes de homenzinho, secas e quentes de anseio. *Cretino. Nazista.* O sorriso de Hazel só vacilava quando Edgar a segurava muito enfaticamente pelo braço, ao conversar com ela num intervalo entre os clientes; caso contrário, ela deixava as mãos repousarem, esguias e serenas, sobre o luzidio balcão envidraçado. E os fregueses de Zimmerman tinham passado a conhecer Hazel, e aguardavam pacientemente, ignorando as outras vendedoras, até ela ficar livre para atendê-los.

— Mãe, *nós vamos*? Vamos casar com o Sr. *Gallagher*?

— Zack, eu já lhe disse...

— Não, não, não, não, *não*! Não, *mãe*.

Hazel se ressentiu de Zack fingir-se de criança. Infantil. Ela sabia que, no fundo, o filho era tão adulto quanto Hazel Jones.

— Zack, que história é essa de "nós"? Não existe "nós". Só quem se casa são um homem e uma mulher, mais ninguém. Não seja bobo.

— Eu não sou bobo. *Você* é que é boba.

Zack vinha ficando rebelde, incontrolável. Em casa, nunca se atreveria a fazer essas perguntas. Estava proibido de falar com familiaridade sobre o "Sr. Gallagher", que entrara na vida deles para alterá-la, assim como estava proibido de falar com familiaridade sobre "Hazel Jones".

Como quando, na baía de Malin Head, já parecia fazer muito tempo, fora proibido de perguntar pelas pedrinhas que desapareciam do parapeito, uma a uma.

Essa ilha de neve ofuscante chamada Grindstone, no encapelado rio São Lourenço, parecia ter desatrelado em Zack um espírito insurgente. Já nessa manhã ele havia saído do quarto para correr pelas escadas e deslizar em cima dos tapetes do corredor, e, quando a mãe o chamara de volta, tinha vindo com relutância, como um cachorro malcomportado. Agora, irrequieto, zanzava pelo quarto, bisbilhotando um armário embutido de cedro e dando pulos na cama de baldaquino, que Hazel fizera com todo o cuidado, tão logo tinha saído debaixo das cobertas. (Nada de camas desfeitas nem amarrotadas em nenhuma casa em que Hazel Jones morasse! Essa era a única coisa que despertava nela uma espécie de indignação moral.) Em cima da cômoda havia um antigo relógio entalhado, com uma tampa de vidro que se abria sobre o mostrador; Zack começou a girar os ponteiros pretos de metal e Hazel temeu que viesse a quebrá-los.

— Você está com fome, meu amor. Vou preparar seu café.

Segurou as mãos do filho. Por um instante, ele pareceu disposto a lutar contra ela, depois cedeu.

Os ambientes desconhecidos deixavam Zack nervoso, hiperativo. Ele quisera muito passar o fim de semana na ilha Grindstone, mas se angustiava com as mudanças em sua rotina de vida. Hans Zimmerman tinha dito a Hazel que, com um jovem pianista talentoso como seu filho, a vida devia girar em torno do piano. Zack sempre acordava no mesmo horário, de manhã cedo. Sempre fazia meia hora de exercícios no piano antes de ir para a escola. Depois das aulas, fazia não menos de duas horas de exercícios, às vezes mais, dependendo da dificuldade da lição. Quando tocava uma nota errada, ele se obrigava a recomeçar a peça desde o princípio: não podia haver desvios desse ritual. Hazel não podia interferir. Se tentasse mandá-lo parar, ir dormir, ele podia ter um acesso de raiva. Hazel já o vira sentado ao piano com os ombros levantados, como quem estivesse prestes e entrar em combate. Ela se orgulhava do filho e se inquietava por ele. Consolava-se ao ouvi-lo exercitar-se ao piano, pois, nesses momentos, compreendia que Hazel Jones e seu filho Zacharias estavam no lugar certo, que fora para isso que sua vida tinha sido poupada na Fazenda da Estrada dos Pobres.

— E você pode tocar piano, meu bem. O quanto quiser.

Como prometera Gallagher, havia um piano no térreo da casa. Na noite anterior, Chet havia tocado antes do jantar, ruidosas canções populares norte-americanas e músicas de shows, e Zack se sentara ao lado dele na banqueta do piano. A princípio, mostrara-se tímido, mas Gallagher o induzira a tocar com ele, fazendo interpretações jazzísticas de canções populares a quatro mãos, num clima de camaradagem. E ambos haviam tocado um dos estudos de Kabalevsky do livro de aulas de piano de Zack, num estilo boogie-woogie que fizera o menino gargalhar delirantemente.

O piano era de meia cauda, preto fosco, e não estava em suas melhores condições. Fazia anos que não era afinado e algumas teclas tendiam a ficar presas.

Gallagher disse:

— A música pode ser divertida, garoto. Nem sempre é séria. Afinal, um piano é só um piano.

Zack fizera um ar intrigado diante do comentário.

Na cozinha, Gallagher havia ajudado Hazel a preparar o jantar. Os dois tinham ido juntos comprar mantimentos para o fim de semana, ainda em Watertown. Hazel lhe perguntara:

— Um piano *é mesmo* apenas um piano?

E ele havia respondido com uma bufadela:

— É só um piano, querida! Com certeza não é um caixão.

Hazel não tinha gostado dessa observação, que era típica de quando Gallagher havia tomado um ou dois drinques e ficava num de seus estados de espírito fanfarrões e ruidosos, nos quais seus olhos, tristonhos e acusadores, enlevados e ressentidos, voltavam-se para ela com demasiada ênfase. Nessas horas, Hazel se enrijecia e desviava os olhos, como se não tivesse visto.

Não sei o que as suas palavras querem dizer. Estou chocada com você, não quero ouvi-lo. Não me toque!

Ela podia imaginar como seria viver com Gallagher, como fizera a ex-mulher dele durante oito anos. Chet era o mais bondoso dos homens, mas até sua bondade podia ser sufocante, dominadora.

Com alguns contratempos cômicos e uma boa dose de fumaça, daquelas de fazer os olhos arderem, Gallagher tinha acendido o fogo com toros de bétula na imensa lareira de pedra que havia na sala, e os três tinham jantado numa mesinha de tábua em frente ao fogo; Zack estava faminto e comera depressa demais, por pouco não ficando com o estômago embrulhado. Na cozinha, perturbara-se com o piso de ladrilhos — um desenho de losangos em preto-e-branco que o deixara tonto, porque parecia mexer-se e se contorcer. Na sala, tivera medo de que as faíscas da lareira caíssem no tapete feito a mão, além de ficar fascinado e estarrecido com as diversas cabeças de animais — urso-negro, lince, veado com chifre de doze pontas — penduradas nas paredes. Gallagher lhe dissera para ignorar os "troféus", que eram nojentos, mas Zack os olhara fixo, em silêncio. Em especial, a cabeça chifruda do veado lhe chamara a atenção, porque estava pendurada acima da lareira e seus olhos de bola de gude pareciam artificialmente grandes e de uma ironia vítrea. A pelagem do animal era de um castanho queimado, mas parecia meio fosca, manchada. Uma frágil teia de aranha pendia da ponta mais alta da galhada.

Hazel levara o filho para a cama logo depois das nove horas, mesmo duvidando que ele fosse dormir, porque estava hiperestimulado, com a pele quente, e nunca tinha dormido numa cama-beliche.

Mesmo assim, o menino insistira em subir a escadinha e dormir na cama de cima. A idéia de dormir no beliche inferior parecera amedrontá-lo.

Hazel o deixara ficar com um abajur aceso ao lado da cama e lhe prometera não fechar a porta entre os dois quartos. Se ele acordasse agitado durante a noite, precisaria saber onde estava.

— Por favor, Zack, seja bonzinho! Está fazendo uma manhã linda e este é um lindo lugar. Nunca estivemos num lugar tão bonito, não é? É uma ilha. É especial. Se você se "casasse" com o Sr. Gallagher, teria que morar com ele numa casa, não é? Isto é como morar com ele, este fim de semana. Esta é a casa dele, uma das casas da família. Ele ficará magoado se você não for bonzinho.

Falou como quem se dirigisse a uma criança muito pequena. Havia entre eles esse faz-de-conta, o de que Zack era criança.

Hazel tornou a abotoar a camisa de flanela do filho, que ele abotoara torta. Enfiou-lhe um suéter pela cabeça e penteou seu cabelo. Deu um beijo em sua testa aquecida. Muito agitado! Notou que o pulso do menino estava tão acelerado quanto o seu.

Nenhum dos dois fazia parte daquele lugar. Mas tinham sido convidados e estavam ali.

Hazel conduziu Zack para fora do quarto. Havia uma corrente de ar bastante forte no corredor, com um cheiro acre da fumaça da véspera.

A não ser pelo vento, pelo som do gelo derretendo e gotejando dos beirais e pelos grasnidos ásperos e intermitentes das gralhas, a casa estava muito quieta. No céu havia rabiscos de nuvens finas, esgarçadas, através das quais o sol brilhava com intensidade. Seria um daqueles dias amenos de inverno. Hazel segurou a mão de Zack, para impedi-lo de disparar pelo corredor, e lhe veio a idéia extravagante de que ela e o filho poderiam entrar no quarto de Gallagher, que ficava próximo: mexer com o homem zonzo de sono até acordá-lo, rir dele. Gallagher era um homem que gostava de ser provocado e de que rissem dele, até certo ponto. Ela e Zack poderiam subir na cama em que Gallagher dormia...

Em vez disso, pararam do lado de fora da porta e o ouviram roncar lá dentro: um som molhado, gorgolejante, forçado, como se o homem lutasse para subir uma encosta com um peso desajeitado. De algum modo, era muito engraçado que os ruídos do ronco não fossem nem um pouco ritmados, porém desiguais; havia pausas de vários segundos, puro silêncio. Zack começou a rir e Hazel lhe encostou os dedos na boca, para abafar o som. Depois, também ela desatou a rir e os dois tiveram que se afastar depressa.

A chama da loucura crepitou entre os dois. Hazel temeu contagiar o filho e deixá-lo incontrolável por horas. Zack escapuliu de sua mão e foi perambular pelo térreo da casa. Havia muito que ver, sem a presença de Gallagher. Hazel ficou muito interessada numa parede de fotos emolduradas, da qual ele havia falado com desdém na véspera. A família Gallagher claramente se tinha em alta conta. Hazel presumiu que aquilo fosse um sinal da riqueza: naturalmente, a pessoa faria um excelente juízo de si mesma e gostaria de exibir esse juízo aos outros.

Em meio aos rostos de estranhos, ela buscou o rosto conhecido do amigo. De repente, sentiu-se ansiosa por vê-lo como um Gallagher, um filho mais novo. Pronto: ali estava uma fotografia de Chet Gallagher com a família, tirada quando ele tinha vinte e poucos anos, com uma cabeleira preta surpreendentemente volumosa e um sorriso oblíquo e meio acanhado. Ali estava ele quando menino magrela de uns doze anos, de camiseta branca e short, agachando-se encabulado no convés de um barco a vela; lá estava Gallagher alguns anos depois, com ombros e braços musculosos, segurando uma raquete de tênis. E Gallagher por volta dos vinte e cinco anos, de paletó esporte claro, surpreendido no meio de uma risada, com os dois braços sobre os ombros nus de duas moças de vestidos de verão e sandálias altas. Essa fotografia fora tirada no jardim da casa de campo, durante o verão.

Lindas mulheres! Muito mais bonitas do que Hazel Jones jamais poderia tornar-se.

Perguntou a si mesma: seria uma delas a ex-mulher de Gallagher? Veronica, era esse o seu nome. Ele raramente falava da ex-esposa, exceto para comentar que era uma sorte tremenda os dois não terem tido filhos.

Hazel sabia que ele precisava acreditar nisso. Era um homem que dizia a si mesmo coisas em que acreditar, na presença de testemunhas.

Em muitas das fotos de Gallagher havia um homem de peito largo e cabeça grande, sólida, com um rosto de beleza rude que parecia esculpido em pedra. Era um homem corpulento, confiante. Nas fotografias, estava sempre sentado no centro, com as mãos nos joelhos. Nas fotos tiradas quando ele parecia mais velho, segurava uma bengala com um gesto meio moleque. Seu rosto só se assemelhava ao de Gallagher na região dos olhos, joviais e maliciosos, de pálpebras pesadas. Sua estatura era mediana e as pernas pareciam encurtadas. Havia nele algo de atarracado, como se lhe faltasse uma parte do corpo, mas não se soubesse dizer o quê.

Tinha que ser o pai, Thaddeus.

Num conjunto de fotografias, Thaddeus estava sentado com uma figura feito um manequim, que Hazel julgou familiar: o ex-governador Dewey? Um homem baixo, de cabelo preto e lustroso, um bigodinho bem aparado que parecia grudado no lábio superior, e olhos pretos luminosos e protuberantes. Nas fotos em que apareciam outras pessoas, Thaddeus Gallagher e Dewey sentavam-se juntos bem no centro, dando uma espiada para a câmera como se tivessem sido interrompidos na conversa.

Eram fotos de verão de anos antes, a julgar pela roupa dos homens. Thomas E. Dewey, um alinhado manequinzinho de traje esporte e postura muito rígida e decidida.

Esses outros. Que nos cercam. Nossos inimigos.

A palma da mão batendo na primeira página do jornal, no oleado que cobria a mesa da cozinha. Com a raiva transbordando de repente, imprevisível.

Só que ela passara a saber: todos os políticos, todas as figuras públicas eram objeto do ódio dele. Todas as imagens de riqueza. Inimigos.

— Agora é outro momento, papai. Agora a história mudou.

Que estranho, Hazel tinha falado em voz alta. Não era de falar em voz alta, nem mesmo na segurança de sua solidão.

Viu então uma outra foto de Gallagher quando rapazola: parecendo ter uns dezesseis anos, carrancudo, sombrio, com a pele ligeiramente marcada, postado de terno e gravata diante de um piano de cauda não muito grande, no que parecia ser um palco. A seu lado havia um homem mais velho em trajes formais, olhando severamente para a câmera: Hans Zimmerman.

— Zack, venha ver!

Hazel sorriu, Gallagher era muito jovem. Mas era inequivocamente ele próprio, tal como Zimmerman, apesar de muito mais moço, talvez com quarenta e poucos anos, era inconfundivelmente ele mesmo. Percebia-se que o professor de piano tinha certo orgulho de seu aluno. Hazel experimentou uma sensação curiosa, quase de dor, desânimo.

— Eu não o amo. Será que amo?

Então lhe ocorreu que jamais o conheceria plenamente. Na noite anterior, deitada na cama nesse ambiente pouco conhecido, havia pensado em Gallagher a seu lado, soubera que ele estava pensando nela, esperando que ela o procurasse, e tinha sentido uma pontada de pânico, em seu pavor de conhecê-lo. Desde Tignor, ela não quisera fazer amor com homem algum. Não confiava em nenhum homem, não para penetrar em seu corpo daquela maneira.

Mas nesse momento lhe pareceu óbvio que não conseguiria conhecer Chet Gallagher nem mesmo se viesse a ser sua amante. Mesmo que morasse com ele. Mesmo que ele se tornasse pai de Zack, como queria. Uma parte muito grande da alma desse homem fora desperdiçada, se perdera.

— Zack? Meu bem? Venha ver o que achei.

Mas Zack estava preocupado noutro lugar. Hazel foi procurá-lo, torcendo para que não estivesse destruindo nada.

Lá estava ele, de pé num dos sofás de couro, espiando o "troféu" montado acima do console da lareira. Ali o ar cheirava a fumaça de lenha. Como era típico de seu filho sentir-se atraído por coisas mórbidas!

— Ah, meu bem, desça daí.

À luz do dia, o cervo era mais visível, mais exposto. Uma bela cabeçorra. E uma galhada notável. A gente sabia que era um mero objeto sem vida, empalhado e montado, de olhos que brilhavam com um saber irônico, mas, na verdade, não passavam de vidro. A galhada heráldica era tola, cômica. O pêlo castanho-prateado do animal estava fosco e manchado, e Hazel viu nele inúmeros fiapos de teias de aranha. Mesmo assim, o troféu era de uma imponência estranha, perturbadora. Por alguma razão, fazia crer que ainda estava vivo. Hazel compreendeu por que o filho se sentira atraído a fitá-lo, fascinado e enojado.

Aproximou-se dele em silêncio, pelas costas, e o cutucou nas costelas.

E disse, com sua voz brincalhona de Hazel Jones:

— Alguém "se casou" com ele.

Quando Gallagher desceu, no fim da manhã, Hazel e Zack já tinham tomado café. Ela havia limpado a cozinha: o tampo do fogão e o forno; as bancadas, misteriosamente pegajosas; os armários, que precisavam de novos forros de papel e que ela havia arrumado com capricho, virando os rótulos das latas para fora. Hazel abrira as janelas para ventilar o ambiente e eliminar o cheiro de fumaça e de bolor. Havia endireitado pilhas de números atrasados das revistas *Life*, *Collier's*, *Time*, *Fortune* e *Reader's Digest*. Arrastando uma cadeira para subir, tirara o pó de todos os "troféus", tomando extremo cuidado com a galhada do cervo. Quando Gallagher a viu, ela estava sentada sob uma réstia de sol, folheando *Minhas Thousand Islands: da época da Revolução até hoje*. Ali perto, Zack tocava um de seus estudos de Kabalevsky, a título de exercício.

— Minha familinha! Bom dia.

Gallagher tencionou ser brincalhão, jocoso, por ter acordado tão depois dos convidados, mas seus olhos vermelhos e trêmulos encheram-se de lágrimas, que Hazel viu, ao dar-lhe uma olhada involuntária.

20

Ele disse, ponderando:

— Por que tem que ter tanta importância, Hazel, se as pessoas são casadas ou não? O McAlster é só um zelador. Não conhece você nem ninguém que a conheça.

Mas Hazel Jones não quis se encontrar com o zelador.

— Mas por que não, Hazel? Você está aqui e ele sabe que eu tenho convidados. É perfeitamente natural. Ele abriu a casa para nós, vai querer saber se há alguma coisa que possa fazer para você ou o Zack.

Mas Hazel não quis se encontrar com o zelador.

Correu escada acima quando a picape de McAlster se aproximou da casa.

Gallagher achou divertido. Estava tentando não ficar irritado.

Amava Hazel Jones! E realmente a respeitava. Só que o risinho rápido e animado dela lhe dava nos nervos, às vezes. Quando ela estava com o olhar assustado e a boca insistia em sorrir. Com aquele jeito de falar descontraído e leve, mas evasivo, como uma atriz recitando um texto em que não conseguisse acreditar.

Gallagher entendia: ela fora ferida de algum modo. Fosse quem fosse o pai do menino, ele a havia magoado, com certeza. Hazel ficava constrangida nas situações que ameaçavam deixá-la exposta. Era de admirar que não tivesse usado luvas brancas, chapeuzinho e sapatos de salto alto para ir à ilha Grindstone. Gallagher jurou conquistar sua confiança, para poder tratar de corrigi-la, porque a imaginação de Hazel Jones era primitiva.

Os parentes de Gallagher em Albany perceberiam num instante o artificialismo da pose dela. Essa perspectiva o deixava apavorado.

Seu pai! Mas Gallagher se recusava a pensar no pai em termos de Hazel Jones. Estava decidido a fazer com que os dois nunca se encontrassem.

Mas era irônico ele se apaixonar por uma mulher que, no fundo, era mais Gallagher do que ele. Mais convencional em suas convicções, sua "moral". O certo, o errado. O conveniente, o inconveniente. Hazel se escondera do zelador por não suportar a idéia de que um estranho a tomasse por amante de Gallagher, passando o fim de semana da Páscoa com ele.

Outras mulheres levadas por ele como companhia para a ilha Grindstone não tinham sido tão acanhadas. Eram mulheres de certo grau de instrução e experiência. Para elas, um empregado como McAlster não existia. E nem por um momento se importariam com o que ele pensasse a seu respeito.

Não que McAlster não fosse um homem do mais extremo tato. Todos os empregados dos Gallagher, na ilha Grindstone ou no território continental, tinham tato. Dificilmente tenderiam a fazer perguntas constrangedoras aos patrões, ou qualquer pergunta, a rigor. McAlster havia conhecido Veronica, a mulher de Chet Gallagher, durante seis ou sete anos, sempre tratando-a polidamente por "Sra. Gallagher"; alguns verões antes, quando aparentemente deixara de existir uma "Sra. Chet Gallagher", o zelador tivera o perfeito bom senso de não perguntar por ela.

Quando ele se retirou com sua picape, Gallagher gritou para o alto da escada, com implicância:

— Hazel! Hazel Jones! A barra está limpa.

Os dois saíram. Foram andando para o rio, até o cais dos Gallagher.

Sob o sol luminoso, o rio estava belíssimo, de um azul-cobalto profundo e não tão revolto como de hábito. O vento tinha diminuído, a temperatura era de 6ºC. A neve derretia por todo lado, num frenesi gotejante de degelo. Gallagher usava óculos escuros para proteger os olhos do sol, cuja luz produzia um estardalhaço de castanholas em sua cabeça.

Será que estou de ressaca? Não estou.

Uma musiquinha enlouquecida de castanholas. Felizmente, Hazel não podia ouvi-la.

Que impressionante era a vista do São Lourenço no cais de nove metros dos Gallagher! Chet, que não ia lá desde o verão anterior e certamente não estaria ali nesse momento, não fosse sua convidada, apontou para o farol da baía de Malin Head, vários quilômetros a leste; na outra direção ficava um farol menor, em Gananoque, na província de Ontário.

E ele que não velejara nos doze anos anteriores ouviu-se dizer:

— No verão, talvez possamos velejar aqui. Você, eu e o Zack. Você gostaria disso, Hazel?

Ela disse que sim, gostaria.

Era típico de Hazel voltar a seu humor habitual. Tão logo descera, a questão do zelador fora esquecida. Não podia haver intransigência nem oposição prolongadas em Hazel, cujos estados de ânimo sempre se derretiam como mercúrio. Gallagher nunca havia conhecido uma mulher tão intensamente feminina, fascinante, a seu ver. Mas se recusava a fazer amor com ele, mantinha-se a uma pequena distância, constrangida.

Ele não conseguiu resistir a provocá-la. Hazel estava protegendo os olhos da luz ofuscante do sol, vendo a paisagem.

— Ele perguntou por meus convidados. O zelador. Quis saber se estava tudo bem com os quartos de vocês, e eu disse que sim, achava que sim.

Hazel disse prontamente que sim, os quartos estavam ótimos. Não ia deixar-se fisgar por Gallagher. E perguntou se o Sr. McEnnis voltaria no dia seguinte.

Gallagher a corrigiu:

— "McAlster." O nome dele é McAlster. A família emigrou de Glasgow quando ele tinha dois anos, e ele mora há mais de sessenta na ilha Grindstone. Não, não voltará amanhã.

Foram caminhando pela margem do rio. Hazel quis descer uma trilha rochosa e traiçoeira até a praia, onde lascas partidas de gelo cintilavam ao sol como dentes enormes, e onde havia detritos trazidos pela tempestade em pilhas emaranhadas, em meio a uma areia endurecida como concreto, mas Gallagher a conteve, assustado.

— Não, Hazel. Você vai torcer o tornozelo.

Haviam caminhado por quase um quilômetro ao longo do rio e teriam que percorrer de novo uma certa distância, ladeira acima. Vista dessa perspectiva, a propriedade dos Gallagher parecia imensa.

Zack tinha preferido ficar em casa, exercitando-se ao piano. Por causa do feriado da Páscoa, sua aula de sábado tinha sido adiada para terça-feira, depois da escola. Hazel contou a Gallagher que o filho passara algum tempo do lado de fora, mais cedo; falou em tom de desculpa, como se o desinteresse do menino pela vida ao ar livre pudesse aborrecer o amigo.

De modo algum! Ele estava do lado do garoto. Tencionava estar sempre do lado do garoto. Seu próprio pai não havia demonstrado muito interesse no filho caçula, exceto para ficar "decepcionado" em momentos cruciais, e Gallagher não pretendia modelar-se nesse pai. *Farei vocês dois precisarem de mim, e aí vocês me amarão.*

Ficou surpreso por Hazel Jones revelar-se muito mais robusta do que ele havia esperado. A moça foi subindo a encosta com menos esforço do que ele, quase sem perder o fôlego. Tinha o andar seguro, ávido. Exsudava um ar de felicidade e bem-estar. O degelo de meados de abril lhe era revigorante e o grande sol resplandecente não a acabrunhava, antes parecia impeli-la para adiante.

Gallagher quisera conversar com ela. Precisava conversar com ela, a sós. Mas Hazel se esquivara dele, como que impaciente. Tropeçava e escorregava na neve derretida, o que não a perturbava, mas a fazia rir. E não pareceu se incomodar com o fato de os ramos das sempre-verdes gotejarem sobre sua cabeça. Tinha os passos seguros e exuberantes de um jovem animal que houvesse estado preso num cercado. Gallagher transpirava por dentro da roupa, começou a ficar para trás. Uma ova se ia chamá-la, pedindo-lhe que o esperasse. Sentiu o coração bater forte no peito.

Você me ama. Tem que me amar.

Por que não me ama?

Hazel vestira uma roupa encantadora para a caminhada. Usava um agasalho e galochas de menina, e tinha na cabeça um chapéu de feltro castanho-claro que havia encontrado num armário da casa de veraneio. Gallagher foi obrigado a se lembrar de como, quando a tocava, em seus momentos mais ternos e íntimos, quando a beijava, Hazel ficava muito quieta, feito um animal cativo que não resiste, mas se mantém ligeiramente tenso, vigilante. Ninguém adivinharia que o corpo da mulher era tão jovem, flexível e palpitante de vida. Por dentro da roupa, o corpo feminino, de pele quente.

No alto, os gaviões descreviam círculos. Sempre havia gaviões de asas largas na ilha Grindstone, ao longo da margem do rio. Eles mergulhavam em busca das presas em áreas abertas; era raro um gavião penetrar nos bosques de pinheiros. Nesse momento, suas sombras velozes passavam por cima da grama coberta de neve e da figura de Hazel — vários gaviões, voando tão baixo que Gallagher podia ver nitidamente o contorno de seus bicos.

Também Hazel notou os gaviões, olhando para cima, inquieta. Começou a andar mais depressa, como que para fugir deles.

Droga! Gallagher a viu subindo uma trilha, os restos esburacados de uma trilha que conduzia a um ponto ainda mais alto da encosta; ele havia pretendido que os dois pegassem outra bifurcação e retornassem à casa, já tinha andado o bastante para um dia. Mas Hazel continuou a caminhar, esquecida do companheiro. A encosta que estavam subindo era de um morro pequeno e densamente arborizado, de superfície recortada e desigual, com afloramentos pontiagudos e diagonais de xisto, cobertos por uma camada de gelo; é que ali a luz solar só chegava em réstias esporádicas, e o interior dos bosques de pinheiros era sombrio e gelado. O topo do morro era intransponível, recordou-se Gallagher. Fazia vinte e cinco anos que ele não subia essa droga de trilha.

— Hazel! Vamos voltar!

Mas ela seguiu em frente, sem prestar atenção. Gallagher não teve alternativa senão segui-la.

Havia comprado uma casa para ela e o filho em Watertown. Uma bela casa colonial de tijolos vermelhos, com duas entradas separadas e vista para um parque. Mas Hazel se recusava a pôr os pés lá.

No fundo, era uma balconista. Uma lanterninha. Encolhida de vergonha ante a opinião de um zelador contratado.

Era um erro amar Hazel Jones. Seria um erro terrível casar com ela.

Gallagher não estava acostumado com esse tipo de energia física em mulher alguma. Na ilha Grindstone, era raro as mulheres subirem aquele morro. Sua ex-mulher riria dele, se Chet sugerisse uma caminhada dessas pela neve em degelo. Ele tinha passado a associar as mulheres com bares enfumaçados, saguões de hotel com serviço de bebidas e restaurantes caros à meia-luz. Pelo menos as mulheres que considerava sexualmente desejáveis. E ali estava Hazel, de agasalho e chapéu de homem, subindo um morro íngreme sem olhar para trás. Outras convidadas da ilha Grindstone, ao passearem com Gallagher em sua propriedade familiar, haviam ficado bem junto dele, atentas a sua conversa.

Outra peculiaridade: ao que ele se recordasse, Hazel era a única visitante da casa de veraneio, homem ou mulher, a não tecer comentários sobre as fotografias expostas. Os hóspedes viviam soltando exclamações diante dos rostos "conhecidos" entre os Gallagher e seus amigos, parecendo tão perfeitamente à vontade. Alguns dos indivíduos fotografados com os Gallagher eram homens ricos e influentes cujos rostos Hazel não reconheceria, mas havia numerosas figuras públicas: Wendell Wilkie, Thomas E. Dewey, Robert Taft, Harold Stassen, John Bricker e Earl Warren, candidatos à vice-presidência na chapa de Dewey nas eleições de 1944 e 1948. E havia deputados e senadores republicanos. Era hábito de Gallagher falar com desdém dos amigos políticos do pai, mas Hazel não lhe dera essa oportunidade, porque não tinha dito nada.

Era ignorante em política, supôs ele. Não tivera instrução, não se formara no curso médio. Pouco sabia do mundo dos homens, da ação, da história. Embora lesse uma ou outra coluna de jornal escrita por Gallagher, não tecia nenhuma crítica ou comentário. *Ela tem muito poucos conhecimentos. Ela me protegerá.*

Por fim, Hazel havia parado de andar. Estava à espera de Gallagher onde a trilha terminava, num amontoado de arbustos rasteiros no pinheiral. Quando ele chegou, arfante e suado, a moça apontou para uma porção de penas espalhadas pelo chão, em meio a pinhas e regatos cintilantes de gelo. As penas não tinham mais de cinco a oito centímetros de comprimento, de um cinza granulado, muito macias e finas. Havia ossos miúdos, ainda presos a partículas de carne. Gallagher identificou os restos da presa de uma coruja.

— Há corujas por toda parte nesses bosques. Nós as ouvimos ontem à noite. Corujinhas-do-mato.

— E as corujas matam outros pássaros? Pássaros menores?

Era uma pergunta ingênua, intrigada, que Hazel formulou com uma expressão sofrida, quase uma careta.

— Bem, as corujas são predadores, querida. Têm que matar alguma coisa.

— Os predadores não têm escolha, não é?

— Não, a menos que queiram morrer de fome. E com o tempo, ao envelhecerem, eles de fato passam fome, e outros predadores os devoram.

Gallagher falou com ar descontraído, para repelir o tom sombrio de Hazel. Como a maioria das mulheres, ela queria exagerar a importância das pequenas mortes.

As faces de Hazel estavam coradas da subida, os olhos arregalados e atentos, reluzindo de umidade. Ela parecia febril, ainda excitada. E tinha algo de acalorado e sensual. Gallagher quase recuou.

Era vários centímetros mais alto do que Hazel. Poderia tê-la segurado pelos ombros e a beijado com força. Mas recuou, com os olhos trêmulos atrás dos óculos escuros.

Droga: estava transpirando, mas tremia. Naquela altitude, o ar era bastante frio, e as finas rajadas de vento que chegavam do rio atingiam seu rosto descoberto como lâminas afiadas. Gallagher sentiu uma pontada de ressentimento infantil, porque ali estava uma mulher que não protegia um homem do adoecimento.

Puxou-a pelo braço e a conduziu trilha abaixo. Ela o acompanhou no ato, dócil.

— "A coruja de Minerva só alça vôo ao anoitecer."

Hazel falou com sua voz estranha, vaga, intrigada, como se outra pessoa falasse através dela. Gallagher a fitou, surpreso.

— Por que disse isso, Hazel? Essas palavras.

Mas ela não parecia saber por quê.

Gallagher comentou:

— É uma observação melancólica. É um dito de um filósofo alemão, Hegel, e parece significar que a sabedoria só nos chega tarde demais.

— "A coruja de Minerva." Mas quem é Minerva?

— A deusa romana da sabedoria.

— Estamos falando de muito tempo atrás?

— Muito, muito tempo atrás, Hazel.

Mais tarde, Gallagher relembrou esse diálogo curioso. Gostaria de ter perguntado a Hazel a quem ela estava fazendo eco, quem fizera esse comentário em sua presença, mas sabia que ela se tornaria evasiva e daria um jeito de não responder a sua pergunta. Seu jeito era ingênuo e pueril, mas, de algum modo, Chet não confiava nisso, não inteiramente.

— E por que acha que "a coruja de Minerva só alça vôo ao anoitecer"? Tem sempre que ser assim?

— Hazel, não faço idéia. Na verdade, é só uma observação.

Ela era de uma mentalidade tão literal, droga! Gallagher teria que tomar cuidado com o que dizia, especialmente se ela se tornasse sua esposa. Hazel acreditaria nele sem questionamento.

Saíram da área densamente arborizada e foram descendo o morro em direção à casa. Ali, diretamente exposto ao sol, Gallagher ficaria cego sem seus óculos escuros. Um cheiro instigante de gambá atingiu-lhes as narinas, a princípio fraco, depois mais forte. Talvez emanasse de um aglomerado de bétulas, talvez de uma das cabanas de hóspedes. A distância, o cheiro do gambá pode ser quase agradável, mas não é tão agradável de perto. É um cheiro de tinta e teia de aranha capaz de se tornar nauseante, quando se chega perto demais.

Às vezes, famílias de gambás hibernavam embaixo dos prédios externos à casa. O clima quente devia tê-las acordado.

— Os gambás têm que morar em algum lugar. Como nós.

Hazel falou em tom brincalhão. Gallagher riu. Estava voltando a gostar de Hazel Jones, agora que ela não mais o conduzia pela subida do maldito morro, em direção a um infarto.

Gallagher testou as portas de várias cabanas, até encontrar uma que não estava trancada. Do lado de dentro, o ar era frio e muito sereno. Como quando se prende a respiração, pareceu a ele, que se sentia inexplicavelmente excitado.

A cabana era de toras de madeira climatizadas, erguida acima de um regato cintilante. Logo adiante havia bétulas de troncos ofuscantemente brancos sob o sol. Havia ali um odor vago, mas pungente, de gambás. E duas camas de solteiro, cujos colchões com aparência de novos estavam cobertos por lençóis soltos e travesseiros sem fronha. No piso havia um tapete feito a mão. Parado na cabana com Hazel Jones, Gallagher sentiu uma onda de emoção tão forte, que ficou bambo. Teve um impulso urgente de falar com ela, explicar-se. Não tivera uma conversa muito séria com ela desde a chegada à ilha, e seu tempo juntos se esgotava rapidamente. No dia seguinte, ele teria que levar sua familinha de volta para Watertown e cada um retomaria sua vida. Gallagher havia comprado uma bela casa para Hazel e seu filho, mas os dois ainda não tinham ido morar com ele.

Sem filhos. Ele não tinha filhos. *Se você está perdido, é melhor não ter filhos.*

Foi nesse momento que começou a falar, desordenadamente. Ouviu-se contar a Hazel Jones que, quando menino, costumava acampar sozinho nos bosques, nas noites de verão. Não com os irmãos, mas sozinho. Tinha uma barraca "portátil" com mosquiteiro. As cabanas de hóspedes ainda não tinham sido construídas. Os barulhos do bosque o assustavam, ele mal conseguia dormir, mas, de algum modo, aquelas tinham sido experiências profundas. Ele se perguntava se todas as experiências profundas ocorriam quando a pessoa estava sozinha e assustada.

Era parecido com a guerra, de certo modo, dormir ao relento em barracas. Só que, na guerra, o indivíduo ficava tão exausto que não tinha dificuldade de dormir.

Ele contou a Hazel que seu pai havia construído a maioria das cabanas depois da guerra. Thaddeus tinha ampliado a casa de veraneio e comprado mais terras à margem do rio. Na verdade, os Gallagher possuíam terras em outros locais das Thousand Islands, onde vinham construindo com muito lucro. Thaddeus Gallagher ganhara dinheiro durante a guerra, e muito mais dinheiro depois dela: leis tributárias sumamente favoráveis ao Grupo Gallagher de Mídia tinham sido aprovadas pela Câmara de Deputados do Estado de Nova York, dominada pelos republicanos, no início da década de 1950.

(Por que estava contando isso a Hazel? Queria impressioná-la? Queria que ela soubesse que era filho de um homem rico, mas pessoalmente inocente da aquisição dessa fortuna? Hazel não teria como saber se ele tinha alguma participação no dinheiro da família, ou se — quem sabe? — teria sido deserdado.)

Ela nunca fizera perguntas sobre sua família, assim como era incapaz de indagar sobre seu casamento anterior. Hazel Jones não era de fazer perguntas de cunho pessoal. Nesse momento, no entanto, de forma espantosamente abrupta, perguntou-lhe se ele estivera na guerra.

— Na guerra? Ah, Hazel.

A experiência de guerra não era assunto de que Gallagher falasse com facilidade. Seu jeito insolente e brincalhão de bravatear não tinha como combinar com isso. Seus olhos relancearam pelos de Hazel Jones, muito brilhantes e intensos. Os dois haviam parado bem perto, logo depois de cruzar a porta da cabana, mas não se tocavam. Estavam muito cônscios um do outro. Naquele espaço exíguo, sua intimidade era enervante para Gallagher.

— Você viu os campos de extermínio?

— Não.

— Não viu os campos de extermínio?

— Eu estava no norte da Itália. Fui hospitalizado lá.

— Não havia campos de extermínio na Itália?

Parecia uma boa pergunta. Gallagher não soube ao certo como responder. Embora tivesse estado no exterior, primeiro na França, depois na zona rural italiana ao norte de Brescia, ele não tivera nenhum conhecimento dos infames campos de extermínio nazistas. Na verdade, não tivera muito conhecimento de sua própria experiência. Vinte e três dias depois de desembarcar na Europa, fora atingido por estilhaços de granada nas costas e nos joelhos. No pescoço, tinha usado um colar cervical grosso como uma coelheira de cavalo, e ficara muito mal por causa das infecções e, mais tarde, da morfina. Compreendia haver testemunhado coisas medonhas, mas não tivera acesso direto a elas. Era como se uma tela houvesse descido sobre seus olhos, como uma membrana.

E agora Hazel o fitava com uma sede ávida e curiosa. Gallagher sentiu o calor febril do corpo da mulher, que era novo para ele e muito excitante.

— Por que os nazistas quiseram matar tanta gente? O que significa algumas pessoas serem "sujas", "impuras", "vidas indignas da vida"?

— Hazel, os nazistas eram loucos. Não importa o que queriam dizer.

— Os nazistas eram loucos?

Mais uma vez, pareceu uma boa pergunta. Hazel falara com uma veemência peculiar, como se Gallagher tivesse dito alguma coisa com a intenção de ser engraçado.

— Com certeza. Eram loucos e assassinos.

— Mas quando os judeus vieram para os Estados Unidos, os navios que os traziam foram mandados de volta. Os americanos não os quiseram, assim como os nazistas não os queriam.

— Não, Hazel. Acho que não foi assim.

— Você acha que não?

— Não, acho que não foi.

Gallagher tirou os óculos escuros. Atrapalhou-se para colocá-los no bolso do paletó, mas eles lhe escorregaram por entre os dedos e caíram no chão. Ele estava chocado e meio incomodado com a intensidade de Hazel, com sua voz estridente, estranha. Aquela não era a voz feminina e melodiosa de Hazel Jones, mas a de outra pessoa, que Gallagher nunca tinha ouvido.

— Não, Hazel. Tenho certeza de que o que você está dizendo não foi o que aconteceu.

— Não foi?

— Foi uma questão diplomática. Se é que estamos falando da mesma coisa.

Gallagher falou em tom inseguro. Não tinha certeza dessa informação, o assunto lhe era vago, desagradável. Ele tentou lembrar-se, mas não conseguiu. Tinha a respiração acelerada, como se ainda estivesse subindo o morro.

— Os navios ancoraram no porto de Nova York, mas os funcionários da imigração não deixaram os refugiados entrarem. Havia crianças, bebês. Havia centenas de pessoas. Elas foram mandadas de volta para a Europa, para morrer.

— Mas por que voltaram para a Europa? — indagou Gallagher. Teve um lampejo de discernimento: podia questionar aquilo.

— Por quê, se podiam ter ido para outro lugar, para qualquer lugar?

— Eles não podiam ir para nenhum outro lugar. Tiveram de retornar à Europa, para morrer.

— Houve refugiados que foram para o Haiti, eu acho. Para a América do Sul. Alguns chegaram a ir até para Cingapura.

Gallagher falou sem certeza. Na verdade, não sabia. Tinha uma vaga lembrança dos editoriais dos jornais do Grupo Gallagher, como de muitos jornais norte-americanos, nos anos anteriores a Pearl Harbor, que se opunham à intervenção dos Estados Unidos na Europa. Os jornais de Gallagher faziam grande oposição a Roosevelt — nos editoriais, FDR era acusado de ser suscetível à influência e aos subornos dos judeus. Nas colunas de alguns comentaristas, era identificado como judeu, assim como seu ministro da Fazenda, Henry Morgenthau Jr. Por um momento confuso, a tela levantou-se da memória de Gallagher e ele reviu, com um olhar curioso de criança, um cartaz no saguão de um hotel de luxo em Miami Beach: PEDE-SE QUE PESSOAS JUDIAS NÃO FREQÜENTEM ESTAS INSTALAÇÕES. Quando tinha sido isso, no começo dos anos 30? Antes de os Gallagher adquirirem sua residência particular à beira-mar em Palm Beach.

Gallagher disse, hesitante:

— Grande parte disso foi exagerada, Hazel. E não foram só judeus que morreram, foi todo tipo de pessoas, inclusive alemãs. Muitos milhões delas. E outros milhões morreriam no governo de Stalin. Crianças, sim. Bebês. Convulsões de loucura feito vulcões cuspindo lava... Sendo soldado, o sujeito entendia como aquilo era impessoal. A "história".

— Então, você os está defendendo. "Grande parte disso foi exagerada."

Gallagher a encarou, perplexo. Sentiu um toque de aversão pela mulher, quase medo dela, que de repente lhe pareceu tão mudada. Tocou-a nos ombros e disse:

— Hazel, o que foi?

— "Grande parte disso foi exagerada", você disse.

Hazel riu. Estava piscando depressa, sem olhar para ele.

— Desculpe, Hazel. Estou dizendo idiotices. Você perdeu alguém na guerra?

— Não. Não perdi ninguém na guerra.

Falou em tom ríspido, meio zombeteiro. Gallagher fez um movimento para abraçá-la. Por um instante, ela se manteve rígida, depois pareceu derreter-se, encostando o corpo no dele, com um tremor. Uma onda de desejo sexual atingiu Gallagher como um soco.

— Hazel! Minha doce, minha querida Hazel...

Segurou o rosto dela entre as mãos e a beijou, e Hazel o surpreendeu com a veemência de sua reação. Os dois estavam sob uma réstia de sol ofuscante. Fora da cabine, o ar bruxuleava com a luz, num coruscar de fogo. A boca de Hazel Jones estava fria, mas pareceu sugar a de Gallagher. Sem jeito, como quem não estivesse acostumado à intimidade, numa espécie de desespero, ela pressionou o corpo contra o dele, apertando-o nos braços. Havia algo de selvagem e terrível na súbita necessidade da mulher. Gallagher murmurou "Hazel, minha querida Hazel, minha querida", numa voz arrebatada e sentimental, uma voz distinta da sua. Puxou-a para o interior da cabana, tropeçando com ela, fazendo vapor com a respiração, os dois rindo juntos, nervosos, beijando-se, tentando beijar-se, atrapalhando-se para se abraçar com suas roupas pesadas. Gallagher puxou-a para uma das duas camas. Sob o lençol solto e desbotado, o colchão estava sem forro. Um cheiro de gambá, animalesco e íntimo, infiltrava-se pelas tábuas do piso. Era um odor estranhamente atraente, não muito forte. Atrapalhada e rindo, mas sem alegria, pois parecia muito assustada, Hazel puxou o paletó de Gallagher e o cinto que lhe prendia as calças. Com dedos desajeitados, deliberados. *Como despia o menino, a mãe despindo o filho*, pensou Gallagher. Estava perplexo com ela. Completamente cativado por ela. Hazel Jones lhe resistira por tanto tempo, e agora! Numa tira ofuscante de luz os dois se deitaram no colchão, aos beijos, lutando para se beijar, ainda atrapalhados com a roupa. Fazia muito tempo que Gallagher dizia a si mesmo que *Ela não é virgem, a Hazel Jones não é virgem, não vou forçar uma virgem, ela tem um filho e já esteve com um homem*, mas, nesse momento, essa Hazel lhe foi espantosa, apertando-o com força, puxando-o para si, para o fundo de suas entranhas. Num frenesi, a boca da mulher sugou a dele, que foi perdendo a consciência de si, num delírio de premência e submissão animalescas. Nos braços da mulher, sentiu-se obliterado, o que não era natural nele, não tinha sido sua experiência, não em muitos anos. Não desde o fim da adolescência, quando tivera início sua vida sexual. Agora ele não era o mais forte dos dois. Sua vontade não era mais forte que a de Hazel. Ele sucumbiu à mulher, não uma, porém muitas vezes, porque essa seria a primeira de muitas vezes, Gallagher entendeu.

O cabelo de Hazel, molhado de suor, grudou-se ao rosto dele, a sua boca. Os seios dela eram muito maiores e mais pesados do que ele os imaginara, alvos como leite, com mamilos do tamanho de amoras. Gallagher não estava preparado para o pêlo abundante e escuro daquele corpo, preto e espetado na virilha, subindo afinado até o umbigo. Não estava preparado para a força muscular daquelas pernas, para os joelhos que o agarraram. *Eu amo amo amo você*, disse com um nó na garganta, enquanto derramava sua vida dentro dela.

Aos poucos, o sol se expandiu e preencheu o céu.

21

"O sopro divino."

Uma brisa caprichosa que a impeliu para uma direção súbita, inesperada, mas que era determinada, dotada de um propósito. A ela e ao filho, que era seu objetivo pessoal.

22

O homem quer saber. O amante quer saber. Quer sugar a gente até a medula, quer *saber*.

O homem tem esse direito. O amante tem o direito. Quando alguém penetra no corpo da gente dessa maneira, tem o direito.

Contar-lhe o que não pode ser dito. O amante quer saber o que não pode ser dito. Porque é preciso oferecer um segredo. Estava na hora, mais do que na hora. Ela sabia, embora não fosse nem viesse a ser sua mulher. *Uma garota da minha escola secundária em Milburn, você sabe onde fica Milburn?*, e ele disse *Não, acho que não*, e ela: *Quando tínhamos treze anos, o pai matou a mãe dela, o irmão mais velho e ela, e depois se matou com uma espingarda de cano duplo, no quarto dos fundos da casa em que eles moravam, uma casa de pedra velha e engraçada, feito um chalé de livro de histórias, só que era velho e estava afundando no chão.* E ele disse *Nossa, que coisa terrível!*, e se remexeu na cama, constrangido, *Ela era sua amiga íntima?*, e Hazel se apressou a dizer *Não*, e depois *Sim, mas não era amiga íntima nessa época, tinha sido quando estávamos no primário*, e Gallagher perguntou *Por que o pai dela fez uma coisa tão pavorosa? Estava louco? Desesperado? Pobre?*, uma pergunta de surpreendente ingenuidade, para quem estivera na guerra e fora ferido na guerra, foi assim que Gallagher perguntou, e Hazel sorriu no escuro, não o sorriso ansioso e animado de Hazel Jones, mas um sorriso de ódio: *Essas são razões para alguém matar a própria família e se matar, são essas as razões reconhecidas?*, mas Gallagher tomou o tremor de Hazel por emoção e a apertou com força nos braços, para protegê-la, como sempre a protegeria, *Minha pobre Hazel! Deve ter sido terrível para você, e para todos os que os conheciam*, e Hazel sorriu, *Será?*, porque essa idéia nunca lhe havia ocorrido. E disse: *Ele era o coveiro da cidade.* Como se essa fosse a explicação. Gallagher aceitou essa explicação.

Hazel sabia que não era verdade, é claro. Ninguém em Milburn teria achado terrível. Fora só o coveiro assassinando a família e se matando.

Porque ele assassinou todos. Não sobrou ninguém para chorar.

23

Por quê? Porque estava na hora.

Hazel Jones foi morar com Gallagher na casa de tijolos vermelhos que ele comprara para ela em Watertown e, é claro, levou consigo o filho. *Consentiu pelo bem do filho, eles ficariam lá enquanto parecesse conveniente, enquanto o homem acreditasse amá-la, porque a filha do coveiro não tinha o direito de deixar passar uma oportunidade dessas*, e quando, dois anos depois, ofereceram ao menino uma bolsa de estudos de piano na Academia de Música Portman, Gallagher comprou uma casa em Syracuse e eles se mudaram para lá.

Minha familinha, eis o que eram para ele. Em sua vida de adulto, Chet Gallagher nunca tinha sido tão feliz.

Tinha que ser. Foi o sopro divino. Que meu filho fosse pianista, que tocasse diante de grandes platéias que o aplaudiriam.

— Mas por que você se importa tanto, Hazel?

Gallagher lhe fez a pergunta com delicadeza. Sorriu e lhe afagou a mão. Estava sempre a tocá-la, acariciá-la. Adorava-a! Mas a teimosia dela, aquela curiosa vontade inflexível e intransigente, deixava-o apreensivo. Era sua alma primitiva, pensou, depois se envergonhou de si mesmo por essa idéia. É que Gallagher a adorava, julgava-se capaz de morrer por ela. E também amava o menino, embora não tanto quanto amava a mãe.

— Porque — respondeu Hazel, fazendo uma pausa e molhando os lábios, confusa ou parecendo confusa, como lhe sucedia parecer tímida e insegura nessas horas, evitando o olhar de Gallagher, para que ele não pudesse confundi-la com sua serenidade — a música é linda. A música é...

Nesse ponto, a voz de Hazel baixou, daquele jeito que Gallagher achava cativante e enlouquecedor, e que o fazia ter de inclinar a cabeça para perto dela, para ouvi-la. E se a pessoa não ouvisse e pedisse a Hazel para repetir o que dissera, ela se afastava, tímida, acanhada como uma garotinha: "Ah, não foi nada! É bobo demais."

E depois ele ouviu as palavras solenes e murmuradas que não escutara direito na ocasião. *A música é tudo.*

— "Por que os tolos se apaixonam...?"

E por que não, diabos? Ele tinha quarenta e dois anos e não estava ficando mais jovem, mais inteligente nem mais bonito.

Riu de si mesmo diante do espelho do banheiro, fazendo a barba. Esse era o rosto do qual costumava desviar os olhos — literalmente! — ao vê-lo a qualquer hora, em especial à luz clínica e inclemente de um espelho de banheiro. Não, obrigado! Mas agora, com Hazel Jones lá embaixo, preparando o café na cozinha para ele e Zack, uma mulher que *realmente gostava de fazer o café-da-manhã, e usava um avental florido enquanto o preparava*, Gallagher sentiu-se com ânimo para enfrentar o próprio rosto, sem aquele antigo impulso de dar um murro no espelho ou vomitar na pia.

E amava o menino também.

Meu menino. Vez por outra, até *meu filho* ele se ouvia dizer, na conversa informal.

Minha familinha, essa ele guardava para si e para Hazel. *Minha nova vida* ele guardava estritamente para si.

"A música não é 'tudo', querida. Há muitas outras coisas que são 'tudo'."

Havia mesmo? Gallagher, um ex-menino-prodígio do piano, esgotado e suicida por um período, aos dezessete anos, certamente achava que sim.

Mas não diria isso a Hazel. Das muitas coisas que ensaiava dizer a Hazel, essa era a que não lhe diria, por medo de perturbá-la, de magoá-la.

Por medo de dizer a verdade.

Chet Gallagher já não tocava jazz ao piano na Pousada Malin Head; mudara-se para Syracuse, cento e sessenta quilômetros ao sul, para uma casa a três quarteirões da escola de música em que agora Zack fazia um curso intensivo com um pianista que tinha sido um dos protegidos favoritos de Hans Zimmerman. Zimmerman havia arranjado a bolsa de estudos, e haveria outras despesas, algumas consideráveis, se Zack viesse a embarcar numa carreira profissional séria. Gallagher não precisara dizer a Hazel que pagaria por esse embarque, pagaria alegremente o que fosse preciso. Já não tocava muito jazz ao piano, queria evitar os bares enfumaçados, as oportunidades de beber demais, as oportunidades de conhecer mulheres solitárias e sedutoras, ah, Deus, preferia muito mais passar as noites em casa com a familinha que adorava.

Por medo de dizer a verdade.

E, no entanto, Hazel relutava em se casar com ele! Esse era o grande mistério da vida de Gallagher.

Um mistério e uma mágoa profunda.

— Mas, Hazel, por que não? Você não me ama?

Como sempre, as razões dela foram vagas, evasivas. Hazel falou com hesitação. Quase se chegaria a pensar que as palavras eram espinhos ou seixos, arranhando-lhe a garganta. Os Gallagher não a aprovariam, uma mãe solteira. Iriam desprezá-la, jamais a perdoariam.

— Hazel! Pelo amor de Deus!

Chet segurou-a nos braços, muito aflita. Não queria perturbá-la mais. Agora que estavam morando juntos, ele era mais apto a avaliar seus estados de ânimo. Uma chama ereta, era isso que Hazel Jones parecia; o olhar era atraído por ela, deslumbrava-se com ela, mas, afinal, uma chama é algo delicado, uma chama pode ficar ameaçada de repente, extinguir-se.

Mãe solteira, desprezar. Perdoar! Gallagher se horrorizava com esses clichês. Não dava a mínima para saber se os Gallagher reprovariam sua ligação com Hazel Jones. Eles nada sabiam dela, na verdade. Em Albany, diziam-se dela as coisas mais absurdas e maldosas. E, agora que Chet estava vivendo abertamente com a moça... Eles jamais se encontrariam com Hazel, se lhe fosse possível evitá-lo. A essa altura, era muito provável que Gallagher tivesse sido deserdado. Thaddeus devia tê-lo tirado de seu testamento anos antes.

— É com o dinheiro que você está preocupada? Não preciso do dinheiro deles, Hazel. Posso ganhar minha própria vida.

Não era bem verdade: Gallagher recebia dinheiro de um fundo de pecúlio criado por seus avós maternos. Mas tinha voltado a trabalhar no jornal e estava produzindo programas de rádio. Se Hazel andava preocupada com o dinheiro, ele ganharia mais dinheiro!

Protegeria Hazel Jones, esse era um princípio de seu caráter. Gallagher gostava de acreditar nisso: era um homem de princípios. Até seu pai, sumamente indiferente ao sofrimento das massas de seres humanos, como a maioria dos "conservadores", era leal — às vezes, de uma lealdade feroz e irracional — aos indivíduos que lhe eram próximos.

Thaddeus também tivera mulheres, ou as tivera quando era mais moço, mais atlético. Com um apetite sexual primitivo e aparentemente insaciável, que satisfazia com quem estivesse disponível. Mesmo assim, continuara a ser um marido "fiel", aos olhos da sociedade. Não traíra a mulher publicamente, e talvez, em sua ingenuidade (era o que Gallagher gostava de achar), sua mãe nunca tivesse sabido que o marido a traía.

Gallagher se ouviu perguntar, em tom queixoso:

— Mas você não me ama, Hazel? Eu com certeza a amo.

Sua voz embargou-se. Ele estava fazendo papel de bobo. Parecia acusá-la.

Hazel aninhou-se em seus braços, como que abalada demais para falar. Era uma prova de que o amava, não? Apertou-a contra o corpo, tal como, na cama, ela encostava o corpo no dele, agora não mais resistindo, com uma afeição calorosa, os braços no pescoço de Chet, a boca abrindo-se para a dele. Nesse momento, Gallagher sentiu o coração de Hazel batendo. Sentiu a pulsação acelerada de seu corpo. E lhe ocorreu: *Ela está se lembrando de outro homem, do homem que a magoou.* Sentiu um ímpeto de quebrá-la em seus braços, como o outro tinha feito. De quebrar os ossos dela, agarrando-a com força, afundando o rosto quente e furioso no pescoço dela, num cacho de seu cabelo de cintilações vermelhas.

Escondeu o rosto crispado e chorou. Lágrimas de que ninguém precisava saber.

Nem em Watertown nem em Syracuse ela vislumbrara nenhum homem parecido com o que se fizera passar por seu marido, mas a idéia lhe vinha, numa vertigem de amarga certeza: *Se eu me casar com esse homem, se eu amar esse homem, o outro nos caçará e nos matará.*

Ele podia ganhar dinheiro para sua familinha, Chet Gallagher com certeza podia.

— Hazel Jones, você tem o dom da felicidade! Trouxe uma imensa felicidade para a minha vida!

Era verdade. Gallagher sentia-se moço outra vez. Amante ardoroso, louco de amor! Nesse homem que um dia fizera pilhéria, dizendo que seu coração havia encolhido para o tamanho de uma passa e tinha a textura ressequida de uma passa, agora o coração tinha o bom e saudável tamanho do punho de um homem, tão inundado de esperança quanto de sangue. O rosto de Gallagher parecia mais jovem. Ele estava sempre sorrindo, assobiando. (Zack tinha que lhe pedir para por favor não assobiar tão alto, porque as melodias que ele assobiava entravam na cabeça do menino e interferiam na música que Zack tocava mentalmente.) Tomava vinho tinto no jantar, só isso. Comia menos compulsivamente, havia perdido quase dez quilos na barriga e no tronco. O cabelo continuava caindo, mas, que diabo, Hazel lhe afagava a cabeça calva e ossuda, enroscava os dedos nas bordas esfiapadas que restavam e o declarava o homem mais bonito que ela já tinha conhecido.

A ex-mulher de Gallagher o ferira sexualmente, outras o haviam desapontado. Mas Hazel Jones obliterava essas lembranças.

Praticamente da noite para o dia, Gallagher passou de um homem que se deitava às quatro horas da manhã e acordava cambaleante no dia seguinte, ao meio-dia, para um homem que ia dormir às onze da noite, em quase todos os dias de semana, e acordava às sete da manhã. Produzia uma série de programas de rádio ("América Jazzística", "Clássicos Norte-americanos"), originados numa estação local de Syracuse e que acabaram sendo transmitidos para todo o estado de Nova York, além de Ohio e da Pensilvânia. Fez amizade com o editor-chefe do *Syracuse Post-Dispatch*, um jornal de propriedade do Grupo Gallagher, porém um dos mais independentes da cadeia, e começou a escrever colunas para a página dos editoriais sobre questões éticas e políticas. Direitos civis, dessegregação nas escolas, Martin Luther King. Discriminação racial nos sindicatos de trabalhadores. A necessidade de uma "reforma radical" na legislação do estado de Nova York concernente ao divórcio. A guerra "moralmente suspeita" do Vietnã. Eram colunas passionais, temperadas de humor, que logo despertaram atenção. *Chet Gallagher* era a única voz liberal publicada nos jornais do Grupo Gallagher, uma presença controvertida. Quando os editores endossavam candidatos republicanos a cargos políticos, como faziam invariavelmente, Gallagher os criticava, dissecava e denunciava sem inibição. Sua possibilidade de ser igualmente crítico com os candidatos democratas era uma medida de sua integridade. Publicavam-se cartas enraivecidas condenando suas idéias. Quanto maior a controvérsia, mais se vendiam jornais. Gallagher adorava a atenção! (Suas colunas nunca eram censuradas no jornal de Syracuse, mas outros jornais da cadeia Gallagher às vezes se recusavam a publicá-las. Essas decisões nada tinham a ver com Thaddeus Gallagher, que raramente interferia no funcionamento de qualquer de seus jornais, desde que dessem lucro. Era muito provável que lesse todas as colunas de Chet, porque era homem de manter uma vigilância cerrada sobre todos os aspectos do Grupo Gallagher de Mídia, mas nunca teceu nenhum comentário sobre as colunas do filho caçula, ao que Chet soubesse, e nunca exerceu seu poder de censurá-las. Fazia muito tempo que era um princípio do velho desvincular-se da carreira do caçula, como uma forma de estabelecer sua superioridade moral em relação a ele.)

E assim, Gallagher era feliz. Até certo ponto.

Ela é casada? Será que é isso? Mentiu para mim, será?

A idéia lhe vinha sem ser chamada, até quando estavam fazendo amor. Até quando se sentavam lado a lado, de mãos dadas, ouvindo o menino Zacharias tocar piano. (Seu primeiro recital público, na Academia Portman. Aos nove anos, Zack foi o músico mais jovem da noite, e o que atraiu os aplausos mais entusiásticos.) Em certos momentos, Gallagher era invadido pelo ciúme, num sofrimento sentido como cobras enroscadas em sua barriga.

Hazel lhe dissera que nunca tinha sido casada. Falara com uma sinceridade tão sofrida, que Gallagher não podia duvidar de sua palavra.

Ele queria mais e mais adotar o menino. Antes que fosse muito tarde. Mas, para adotá-lo, precisava casar-se com a mãe.

No fundo, Gallagher abominava a própria idéia do casamento. Abominava a intromissão do Estado na vida privada dos indivíduos. Concordava plenamente com Marx, a quem costumava citar para irritar Thaddeus, porque Marx havia acertado em cheio em quase tudo: as massas humanas se vendiam por um salário, os capitalistas eram uns filhos-da-mãe, capazes de cortar a garganta das pessoas, recolher o sangue em frascos e vendê-lo a quem pagasse melhor, a religião era o ópio do povo, e as Igrejas eram sociedades capitalistas organizadas para ganhar dinheiro e conquistar poder e influência. As leis, é claro, favoreciam os ricos e poderosos, e o poder só queria gerar mais poder, assim como o capital só queria gerar mais capital. O mundo industrializado estava obviamente mergulhado na loucura — Primeira Guerra Mundial, Segunda Guerra Mundial, sempre o espectro das guerras mundiais, da luta incessante das nações. Marx havia acertado em quase tudo, e Freud tinha acertado no resto: a civilização era o preço que se pagava para não ter a garganta cortada, mas era um preço desgraçado de alto para se pagar.

Obter um divórcio no estado de Nova York, em meados da década de 1950! Gallagher era um dos sobreviventes feridos, passados quase dez anos.

"Babaca. De quem foi a culpa, se não minha?"

A ironia era que ele se casara para aplacar outras pessoas. Sua mãe estava muito doente na época e viria a morrer pouco depois do casamento. Era impossível superestimar a tirania do papel da mãe agonizante na civilização! Gallagher tinha voltado do exterior sem querer sucumbir ao desespero, à depressão e ao alcoolismo, como outros veteranos que conhecia, e, para uma geração inteira, a única salvação tinha sido o casamento.

Ele era moço na época: vinte e sete anos. Sentia-se grato por não ter morrido nem ficado (visivelmente) aleijado. Como forma de demonstrar sua gratidão por estar vivo, tivera a esperança de aplacar os outros, sobretudo seus pais. Um erro que não voltaria a cometer.

Como morador de Albany, capital do estado de Nova York, desde garoto Gallagher tivera consciência da intromissão do Estado na vida dos indivíduos. Era impossível não tomar conhecimento da política quando se vivia em Albany! Não a política do idealismo, porém a política suja, a política dos "acordos". Não havia objetivo maior do que os "acordos" nem motivação maior do que o interesse pessoal. A repugnância de Gallagher havia chegado ao auge em 1948, com a politicagem sórdida que havia acompanhado a lei Taft-Hartley, aprovada por um Congresso norte-americano dominado pelos republicanos, passando por cima do veto de Truman. E com a campanha zombeteira de

Dewey contra Truman, para a qual Thaddeus havia contribuído com um bocado de dinheiro, nem todo ele publicamente declarado.

Chet havia brigado com Thaddeus e se mudara de Ardmoor Park. Nunca mais voltara a ter um relacionamento sereno com o velho.

E Hazel Jones a se considerar indigna dos Gallagher e dele! Ridículo.

Envergonhado, ouviu-se implorar:

— Hazel, eu poderia adotar o Zack como meu filho, se fôssemos casados. Você não acha que é uma boa idéia?

Hazel deu-lhe um beijo rápido e disse que sim, achava que sim. Um dia.

— Um dia? O Zack está crescendo, o momento é agora. Não quando ele for adolescente e não der a mínima para pai nenhum.

Teve vontade de dizer *não estará nem aí para merda de pai nenhum*. A raiva crescia dentro dele, chegando ao desespero.

Na sala de música, nos fundos da casa, Zack estava tocando. Devia ter tocado uma nota errada, porque a música parou abruptamente e, depois de uma breve pausa, recomeçou.

Ao vê-lo nervoso, Hazel pegou a mão de Gallagher, tão maior e mais pesada que a sua, e a apertou contra o rosto, num daqueles gestos impulsivos de Hazel Jones que cortavam o coração de seu amante.

— Um dia.

Para o Concurso Jovens Pianistas, a se realizar em maio de 1967 em Rochester, o menino estava preparando o "Improviso Nº 3" de Schubert. Aos dez anos e meio, ele seria o músico mais jovem do programa, que incluía pianistas de até dezoito anos de idade.

O segundo candidato mais novo era um menino sino-americano de doze anos, que vinha fazendo sua formação no Real Conservatório de Música de Toronto e que, em data recente, havia tirado o segundo lugar num concurso internacional para jovens pianistas naquela cidade.

Dia após dia, muitas vezes até tarde da noite, o menino se exercitava. Eram notas tão precisas, percutidas com tamanha nitidez, e uma rapidez tão notável de execução, que ninguém imaginaria que o pianista era uma criança tão pequena; e se, como Gallagher, a pessoa fosse atraída para a porta da sala de música, os olhos intensos do menino, sem piscar, continuariam fixos no teclado (o piano já não era o

Baldwin de armário, mas um Steinway de meia cauda que Gallagher tinha comprado na Irmãos Zimmerman), e seus dedinhos tocariam as teclas como que por vontade própria, porque a peça tinha que ser decorada, sem que uma só nota, uma só pausa, um só aperto do pedal ficasse entregue ao acaso.

Gallagher ficava escutando, extasiado. Não havia dúvida, o menino tocava mais bonito do que ele próprio naquela idade, ou até mais velho. E se gabava: *Ele herdou tudo o que eu tinha para dar. Um talento e tanto, não é?*

Aos poucos, ia se tornando o pai do menino. E o estranho era que não se perguntava muito quem seria o verdadeiro pai.

À porta da sala de música, ele se deixava ficar, inseguro. Esperando o menino interromper o exercício. E nessa hora, Gallagher batia palmas com entusiasmo — Bravo, Zack! Está maravilhoso! —, e o menino enrubescia de prazer. Mas o exercício continuava e continuava, porque, quando cometia o mais ínfimo erro, Zack tinha que voltar ao princípio e recomeçar, até Gallagher finalmente perder a paciência e se afastar de mansinho, sem ser visto.

Eu não lhe prometi, mãe? Você ficaria orgulhosa.

O nome dele é Zack. Um nome tirado da Bíblia. Porque ele foi abençoado por Deus, mãe. Nenhum de nós teria adivinhado!

Meu filho. Seu neto. O rosto dele lhe parecerá conhecido, quando você o vir. É um rosto que você reconhecerá, mãe. O pai não aparece nele, não muito.

Os olhos dele, mãe! São lindos, como os seus.

Talvez também sejam os olhos do papai. Um pouco.

Ao piano, eu o escuto e sei onde ele está. No mundo inteiro, mãe, ele está aqui. Conosco.

Está seguro nesta casa.

Eu não deveria tê-la deixado, mãe. Fiquei longe por muito tempo.

Às vezes acho que minha alma se perdeu naqueles campos. Às margens do canal. Fiquei afastada de você por tempo demais, mãe.

Estou pagando por isso, mãe.

Se você o ouvir, mãe, você saberá. Por que eu tinha que viver.

Amo você, mãe.

Esta é para você, mãe.

Chama-se "Improviso N° 3", de Schubert.

24

Acontecera tão depressa, que ele teve de repeti-lo muitas vezes na memória. Ele era sempre invisível, incapaz de intervir. Se algo tivesse acontecido com sua mãe, impotente.

E pensou: *Eu não a avisei. Foi como se eu não estivesse lá, ninguém me viu.*

O homem surgiu do nada.

Do nada, fitando Hazel Jones como se a conhecesse.

Embora, na verdade, fizesse uns dez, talvez vinte segundos que Zack o estava vendo. Zack, que nunca reparava em ninguém, estivera vendo esse homem observar sua mãe a uma distância de uns dez metros, enquanto Hazel caminhava pela alameda de cascalho do parque, distraída.

Havia um caminhão de consertos parado ali perto, na rua. O homem devia ser algum tipo de operário, com sua roupa de trabalho suja, os sapatos de batente. Nas cidades (agora eles sempre moravam em cidades, e só viajavam para cidades), a pessoa aprendia a não ver esses indivíduos que não tendiam a ser seus conhecidos, ou que não a conheciam.

Só que esse homem observava Hazel Jones com muita atenção.

Justo nesse dia! Dia "de folga" para Zack. O dia seguinte a um recital de piano. Por umas setenta e duas horas, talvez, seus sentidos ficavam alerta, despertos. Ele continuava a ouvir música mentalmente, mas a intensidade dela diminuía, assim como a necessidade de seus dedos de criá-la. Nessas ocasiões, seus olhos lhe pareciam novos, inexperientes, sujeitos a se machucar. Lacrimejavam com facilidade. Seus ouvidos ansiavam por ouvir, com uma fome estranha: não de música, mas de sons comuns. Vozes! Ruídos!

Ele se sentia como uma criatura que houvesse rompido e deixado um casulo sufocante, sem consciência do casulo até aquele momento.

O homem de roupa de operário não tinha uma idade que Zack soubesse avaliar — talvez a de Gallagher, talvez mais moço. Parecia ter sido trucidado pela vida. Devia ter mais de 1,80m, mas seu peito tinha um ar alquebrado, encovado. O queixo se projetava, a pele era grossa, manchada e vermelha, como que coberta de furúnculos estourados. A cabeça parecia ter uma deformação sutil, como cera parcialmente derretida, e as mechas de cabelo incolor espalhavam-se feito algas sobre o couro cabeludo. Era um rosto devastado e faminto, como uma coisa esfolada na calçada, mas nesse rosto os olhos brilhavam estranhamente de anseio e assombro.

É ele.

Será que é ele?

Uma tarde de setembro de 1968. Eles estavam passando o fim de semana em Buffalo, no estado de Nova York. Eram convidados do Conservatório de Música Delaware. Um grupo de seis ou sete pessoas, todos adultos, com exceção de Zack, ia caminhando em direção ao Hotel Park Lane, onde os Jones e Gallagher estavam hospedados. Haviam almoçado juntos no conservatório, onde, na noite anterior, o jovem pianista se apresentara; ele só faria doze anos em novembro, mas tinha sido aceito como bolsista da prestigiosa escola de música e tocaria com a Orquestra de Câmara do Conservatório na primavera seguinte.

Hazel e Zack andavam mais devagar que os outros. Por instinto, querendo ficar a sós. Mais adiante, Gallagher conversava animadamente com os novos conhecidos. Tinha se firmado como protetor e empresário de Zacharias Jones. Havia uma vaga implicação de que Gallagher era padrasto do menino e, quando Hazel Jones era chamada de "Sra. Gallagher", a suposição equivocada era acolhida em silêncio.

O jovem e admirável pianista Zacharias Jones era o tema da conversa dos adultos, como tinha sido o assunto durante o almoço, mas ele mesmo não estava muito interessado. *Ele, dele, o menino*, era o que entreouvia a distância. Fazia muito tempo que se tornara perito em se desligar das atenções alheias. Nos cafés de beira de estrada em que suas mãos tinham descoberto o teclado do piano pela primeira vez, ele começara a compreender que fazia pouca diferença o que os outros diziam ou pensavam; no fim, havia apenas a música. Com Hazel Jones ele aprendera a estar simultaneamente *presente* e *não presente*; e a sorrir, mesmo quando a cabeça se retirava para outro lugar. Às vezes Zack se portava com grosseria e impaciência. Era perdoado, por ser um jovem pianista talentoso: era-se forçado a presumir que devia estar tocando mentalmente. Hazel também tocava uma música contínua em sua cabeça, mas ninguém seria capaz de adivinhar qual era.

Durante o almoço, no salão de refeições do conservatório, Zack dera uma espiada em Hazel Jones e a descobrira a observá-lo. A mãe tinha sorrido e dado uma piscadela, de um jeito que ninguém mais visse, e Zack havia enrubescido, desviando o rosto depressa.

Os dois não precisavam falar. O que havia entre eles não podia ser enunciado em palavras.

Fazer sua estréia. Zacharias Jones *faria sua estréia* em fevereiro de 1969 com a Orquestra de Câmara Delaware, na qual havia poucos músicos com menos de dezoito anos.

Fevereiro de 1969! No almoço, Hazel dera uma risada sem graça, dizendo que ainda parecia muito longe, e se acontecesse alguma coisa com...

Os outros a haviam olhado com um ar tão intrigado, que Zack soubera que a mãe tinha dito o que não devia.

Gallagher interviera. Mostrara os dentes pontudos num sorriso, comentando que fevereiro de 1969 não tardaria a chegar.

Zack tocaria um concerto que ainda não fora escolhido. O regente da orquestra trabalharia em estreita colaboração com ele, é claro.

Naquele momento, ele havia experimentado uma sensação de alarme, o gosto frio do pânico. *Se fracassasse...*

Mais tarde, Hazel Jones tocara de leve em seu braço. Eles tinham deixado os outros seguirem à frente no parque. Era uma tarde amena e pálida de outono, vestida de tons de sépia. Hazel parara para admirar os cisnes, negros e de um branco ofuscante, com seus bicos vermelhos, deslizando pela lagoa em ímpetos de lânguida energia.

Como os oprimia a companhia *dos outros*! Eles quase não conseguiam respirar.

Depois do recital da noite anterior, Gallagher dera um abraço em Zack e o beijara no alto da cabeça, com ar brincalhão, dizendo que ele devia estar orgulhoso pra diabo. Zack tinha ficado satisfeito, mas constrangido. Amava Gallagher profundamente, mas era tímido e inibido na presença dele.

O orgulho intrigava Zack Jones. Ele nunca havia entendido o que era orgulho.

Hazel também parecia não saber. Na época em que fora cristã, tinham lhe ensinado que orgulho era pecado — o orgulho precede a queda. O orgulho era perigoso, não?

"Orgulho é para outras pessoas, Zack. Não para nós."

Era nisso que ele pensava quando viu o homem com roupa de operário, junto ao meio-fio. O parque não tinha muita gente e o trânsito se deslocava pela rua devagar, intermitente. Não havia ninguém à vista com roupas de trabalho, a não ser esse indivíduo que olhava fixo para Hazel, como quem tentasse decidir se a conhecia.

Não era incomum os estranhos cravarem o olhar em Hazel Jones em público, mas havia algo diferente naquele sujeito, e Zack intuiu o perigo.

Mas não disse nada à mãe.

E nesse momento, o homem resolveu abordá-la e se encaminhou para ela com surpreendente rapidez. Súbito, ficou claro que era um homem que agia com o corpo. Embora parecesse doentio, com seu peito fundo e o rosto inflamado, não era fraco nem indeciso. Era um lobo a se aproximar, ágil e sem fazer ruído, pelas costas do cervo que ainda não pressentiu sua presença. O homem cruzou em diagonal uma área gramada em que se destacava uma placa com os dizeres FAVOR NÃO PISAR NA GRAMA, e seguiu pela alameda de cascalho. A alameda era ladeada por plátanos enormes, e o sol caía em salpicos do tamanho de moedas nos pedestres que passavam sob eles.

Havia algo de corça em Hazel Jones, com seus sapatos de salto alto e o elegante chapéu de palha, e algo de lobo no homem vestido de operário, desajeitado e desgrenhado. Foi fascinante para Zack ver a mãe pelos olhos desse estranho: o cintilante cabelo castanho-avermelhado, o lampejo esmaltado das unhas vermelhas e dos lábios rubros. A postura perfeita, a cabeça erguida. Para o almoço no elegante salão de refeições do conservatório, Hazel tinha usado um tailleur de linho bege muito claro, com vários fios de pérolas e um chapéu de palha de aba larga, com uma fita de veludo verde. Zack tinha notado as pessoas que a olhavam, admiradas, mas ninguém a havia encarado de uma forma grosseira. Depois do Concurso de Jovens Pianistas em Rochester, no qual Zack, o mais novo a se apresentar, havia recebido uma menção especial dos juízes, tinham-se tirado fotografias dos pianistas homenageados e seus pais, e um dos fotógrafos dissera a Hazel: "A senhora é tão bonita, com seu cabelo e seu tom de pele, que certamente devia se vestir de preto." E Hazel dera uma risada desdenhosa: "Preto! Preto é para o luto, e eu não estou de luto."

Nesse momento, o homem de roupa de operário a alcançou e pôs-se a falar com ela. Zack viu a mãe virar-se para olhá-lo, assustada.

495

— Moça, com licença?

Às cegas, Hazel tateou em busca de Zack, que estava fora do seu alcance.

Ele viu o pânico no rosto da mãe. Viu o olhar amedrontado sob a máscara de Hazel Jones.

— Eu só estava pensando se... se a senhora me conhece. Tipo assim, eu pareço com alguém que a senhora conheça? Meu nome é Gus Schwart.

Hazel sacudiu a cabeça depressa, *não*. Recuperou a compostura e deu seu sorriso cortês e vigilante.

Mais à frente, Gallagher e os outros nada tinham percebido. Seguiram em frente, em direção ao hotel.

— Moça, eu sinto muito incomodá-la. Mas a senhora me parece familiar. Já morou em Milburn? É uma cidadezinha a umas centenas de quilômetros daqui, na direção leste, no canal do Erie... Eu estudei lá...

Hazel o fitou com uma expressão tão vazia, que o homem começou a hesitar. O rosto sarnento ficou rubro. Ele tentou sorrir, como um bicho sorriria, exibindo os dentes amarelos e maltratados.

Zack ficou por perto, para proteger a mãe, mas o homem não demonstrou o menor interesse por ele.

Hazel disse, em tom de quem pede desculpas, que não, não o conhecia, não conhecia Milburn.

— Eu estive doente, moça. Não andei muito bem. Mas agora isso passou e eu...

Hazel puxou o braço de Zack, os dois prontos para fugir. O homem vestido de operário passou a mão na boca, embaraçado. Mas não conseguiu deixar que eles se fossem, seguiu-os por alguns metros, sem jeito, gaguejando:

— É só que a senhora tem um jeito... meio familiar, sabe, moça? Como uma pessoa que eu conheci. Meu irmão Herschel e eu, e minha irmã Rebecca, nós morávamos em Milburn... Saí de lá em 1949.

Tensa, Hazel disse por cima do ombro:

— Não, moço, eu acho que não. Não.

Moço não era uma palavra que Hazel Jones costumasse usar, não naquele tom. Havia alguma coisa rude e desconsiderada em sua fala, algo que não era típico de Hazel Jones.

— Zack! Vamos.

Zack se deixou puxar pela mãe, como uma criança pequena. Estava perplexo, incapaz de compreender aquele encontro.

Não é meu pai. Não esse homem.

Seu coração batia pesado, decepcionado.

Hazel o puxou pelo braço e Zack se desvencilhou com um safanão. Ela não tinha o direito de tratá-lo como se fosse um menino de cinco anos!

— Quem era aquele homem, mãe? Ele conhecia você.

— Não. Não conhecia.

— E você o conhecia. Eu vi.

— Não.

— Você morou em Milburn, mãe. Você me contou.

Hazel falou com os lábios tensos, sem olhar para o filho.

— Não. Cataratas do Chautauqua. Você nasceu em Cataratas do Chautauqua.

Fez uma pausa, arfante. Parecia prestes a dizer algo mais, porém não conseguiu falar.

Zack atormentou a mãe. Passado o encontro no parque, sentiu-se estranhamente agitado, inquieto.

Passado o recital, estava livre para dizer e fazer o que quisesse.

E furioso com Hazel, com seu tailleur de linho, suas pérolas e seu chapéu de palha de aba larga.

— Você conhecia aquele homem. Droga de mentirosa, você o *conhecia*.

Cutucou Hazel. Queria machucá-la. Por que ela nunca elevava a voz, por que nunca gritava com ele? Por que nunca chorava?

— Ele olhou muito *fixo* para você. Eu vi.

Hazel manteve a dignidade, segurando a aba do chapéu ao atravessar a rua, apressada. Zack teve vontade de correr atrás dela e esmurrá-la. Teve vontade de usar os punhos para bater e bater! Chegou quase a ter vontade de quebrar as próprias mãos, tão preciosas para os adultos.

Gallagher e os outros os esperavam sob o pórtico do hotel. Gallagher estava de braços cruzados, sorridente. A visita a Buffalo havia corrido muito bem, como era sua expectativa. Ele procuraria uma casa nova na área do Parque Delaware, que era o bairro residencial mais exclusivo da cidade; em Syracuse, poria à venda a casa atual da família. Se não tivesse dinheiro suficiente para uma casa antiga e espaçosa no Parque Delaware, possivelmente o pediria emprestado a um parente.

A expressão de seu rosto quando Hazel se aproximou: como se uma lâmpada se houvesse acendido.

Zack vinha atrás de Hazel, com o rosto acalorado, carrancudo. Tinha que se despedir dos adultos, apertar as mãos deles e se portar com juízo. A atenção dos estranhos era ofuscante como as luzes da ribalta. Só que, no palco, não era preciso olhar para as luzes, bastava voltar a atenção para o belo teclado preto-e-branco estendido bem à frente.

Zack voltaria a Buffalo dali a menos de um mês. Teria aulas de piano com o membro mais reverenciado do Conservatório Delaware, que havia estudado com o grande pianista alemão Egon Petri, na época em que Petri lecionara na Califórnia.

Se ele fracassasse...

Não tinha fracassado na noite anterior. Havia tocado o "Improviso" de Schubert que Hazel tanto amava, além de uma peça mais nova com que ficara menos satisfeito, um noturno de Chopin. O ritmo do noturno lhe parecera de uma lentidão enlouquecedora; o pianista sentia-se exposto, como se estivesse nu. Não havia música em que se esconder!

Mesmo assim, a platéia parecia ter gostado. O corpo docente do conservatório, inclusive seu novo professor, parecia ter gostado. Ondas de aplausos, uma cascata que abafava o pulsar quente do sangue nos ouvidos. *Por quê? Por quê? Por quê? Por quê?* Nesses momentos, ele ficava zonzo, mal sabendo onde estava. Como um nadador quase afogado que lutasse desesperadamente para se salvar e que, com isso, despertasse a atenção dos estranhos, a aplaudi-lo com admiração. Gallagher lhe dissera para se sentir orgulhoso, e Hazel, menos efusiva em suas demonstrações públicas, havia apertado sua mão, para fazê-lo saber que estava muito feliz por ele ter tocado tão bem.

"Viu? Eu lhe disse!"

E assim, Zack não fora derrotado. Não tinha fracassado, ainda. E se exercitaria mais, cada vez mais. Tinham-se feito previsões sobre ele, previsões generosas que lhe competia transformar em realidade. O menino carregava o fardo pesado dessa responsabilidade e se ressentia disso. Tinha entreouvido Hans Zimmerman comentar com seu irmão Edgar: *Meu aluno mais novo tem olhos velhíssimos.* Mas agora ele estava zonzo de alívio por ter sido poupado. Por essa vez.

Subiria para sua suíte no Hotel Park Lane, cairia na cama e mergulharia num sono profundo e sem sonhos.

* * *

Mãe e filho subiram ao nono andar, enquanto Gallagher ficou para trás, para tomar um drinque no *lounge* do hotel com o regente da orquestra de câmara. Como era incansável, planejando o futuro! Sua vida era sua familinha, que ele adorava com um amor irrestrito. Lá em cima, Hazel tirou o elegante chapéu de palha e o jogou em direção à cama. Antes de ver onde ele cairia, já tinha virado de costas. Nem Hazel nem Zack tinham dado uma palavra desde que o filho gritara com ela. No elevador para o nono andar, não se haviam olhado nem tocado. Agora o menino estava muito cansado, sentindo-se tomar por uma fadiga que lembrava um eclipse solar. Viu a mãe parada em silêncio, junto a uma das janelas altas, olhando para o parque lá embaixo. Foi ao banheiro, fazendo todo o barulho que podia fazer, e, ao voltar, encontrou Hazel ainda no mesmo lugar, com a testa encostada na vidraça. Toda vez que eles se registravam num hotel, Hazel examinava o quarto, para ver se estava limpo, e não negligenciava as janelas, franzindo a testa para ver se estavam limpas e polidas, ou se tinham sido manchadas pela testa de um estranho. Zack a observou em silêncio. Pensou no homem vestido de operário, que não era seu pai. Quem era aquele homem, não saberia dizer. Se Zack se aproximasse de Hazel e espiasse seu rosto, veria nele uma expressão vaga e notaria que já não era jovem nem muito bonito. Veria os olhos sem brilho, esvaziados de luz. Os ombros começavam a curvar-se, os seios estavam ficando pesados, sem graça. O menino estava furioso com ela. Com medo dela. Mas se recusou a lhe dirigir a palavra. Hazel certamente estava cônscia da presença dele, do olhar acalorado e acusador do filho, mas não quis falar. Juntos e a sós, era freqüente mãe e filho não se falarem. O que havia entre eles, atado como um emaranhado de tripas, não era preciso enunciar.

Zack deu-lhe as costas. Entrou em seu quarto, contíguo à suíte dos adultos, e fechou a porta, mas sem trancá-la. Desabou na cama, sem tirar uma só peça de roupa ou sequer jogar longe os sapatos, empoeirados do parque. Acordou assustado, já para o fim da tarde, descobriu o quarto parcialmente escurecido, porque Hazel havia fechado as persianas, e ali estava Hazel Jones deitada a seu lado na cama, também inteiramente vestida, mas sem os sapatos de salto alto, mergulhada num sono profundo e exausto como fora o dele.

25

Arrastando o menino perplexo pelo braço. Como se quisesse arrancar-lhe o braço do ombro. Gritando com ele, socando e chutando. No chão, o menino tentava fugir, primeiro engatinhando, depois rastejando, enquanto o pai o alcançava e arriava o pé com a bota pesada sobre as mãos do garoto, primeiro a direita, depois a esquerda. Ela ouvia os ossinhos se partirem. Ouvia o menino gritar: Papai, não me machuque! Papai, não me mate! E onde estava a mãe, por que a mãe não intervinha? Porque a agressão não tinha acabado, não acabaria enquanto o garoto não ficasse prostrado, inconsciente e sangrando, e mesmo assim o pai irado gritaria: Você é meu filho! É a porra do meu filho! Meu filho. Meu.

26

Mesmo assim, ela levou semanas para dar o telefonema. Na verdade, tinha levado anos.

E então, ao discar o número que de repente tornou a lhe parecer familiar, enrijecendo-se ao ouvir o telefone tocar do outro lado da linha, teve uma súbita visão da casa dos Meltzer, que não tinha visto nem imaginado durante anos, e, nesse instante, pela porta lateral da casa dos Meltzer, viu a velha casa de fazenda ao lado, aquela em que tinha morado e amamentado seu bebê, num delírio de indizível felicidade que agora soube ter sido a única época puramente feliz de sua vida, e começou a tremer, e não conseguiu falar com a fluência e a clareza que Hazel Jones havia desejado.

— Sra... Sra. Meltzer? A senhora não deve se lembrar de mim... Eu morei na casa vizinha à sua, oito anos atrás. Aquela casa velha de fazenda. Eu vivia com um homem chamado Niles Tignor. A senhora cuidava do meu filho pequeno enquanto eu ia trabalhar na cidade, numa fábrica. A senhora...

Sua voz embargou-se. Do outro lado da linha, ela ouviu alguém respirar fundo.

— É a Rebecca? Rebecca Tignor?

Era a voz da Sra. Meltzer, inconfundível. Porém uma voz alterada, mais velha e estranhamente frágil.

— Alô! Alô! É a Rebecca?

Hazel tentou falar. Conseguiu falar, em monossílabos engasgados. O coração batia perigosamente em seu peito. O maldito zumbir nos ouvidos, ao qual ela se acostumara tanto que raras vezes o escutava de dia, confundiu-se nesse momento com o pulsar de seu sangue.

— Rebecca? Meu Deus, eu pensei que você tivesse morrido, você e o Niley, todos dois. Pensamos que ele tivesse matado vocês, anos atrás.

A Sra. Meltzer pareceu prestes a chorar. Em silêncio, Hazel lhe implorou que *não*.

Edna Meltzer não tinha sido sua mãe. Era ridículo confundir as duas. Ridículo tremer desse jeito, agarrando o fone com tanta força que sua mão tremia.

Pelo menos, estava dando o telefonema numa casa deserta. Gallagher e Zack haviam saído.

— Onde está ele, Sra. Meltzer?

— *Ele* morreu, Rebecca.

— Morreu...

— O Tignor morreu na prisão de Attica, Rebecca, há uns dois ou três anos. Foi o que o Howie ouviu dizer. Ele foi condenado por agressão, "extorsão"... não sei ao certo o que é "extorsão", é uma espécie de chantagem, eu acho. Não teve nada a ver com Quatro Esquinas nem com o que ele fez com vocês, Rebecca. Nunca mais o vimos, desde aquele dia em que ele veio aqui em casa, parecendo um louco, querendo saber onde vocês estavam, e nós dissemos que não sabíamos! Estava decidido a matar você, ou qualquer um que se metesse no caminho, nós vimos. Disse que você tinha roubado o filho dele e o carro dele. Que nenhuma mulher o tinha insultado daquele jeito, e que você ia pagar por isso. Parecia um demente, dizendo que ia matar você com as próprias mãos, por tê-lo traído, e que nos mataria, se descobrisse que a estávamos escondendo. O Howie tinha uma espingarda e não é homem de recuar, e eu disse ao Howie que deixasse para lá, não fizesse o homem ficar mais irritado do que já estava. Bom, o Tignor foi embora! Deixou a casa do jeito que estava, praticamente.

A Sra. Meltzer fez uma pausa para recobrar o fôlego. Hazel percebeu que a mulher estava começando a gostar do assunto, animada, risonha. Sua voz tinha ganhado força. Não era mais a voz de uma velha.

— Que época foi aquela! Mas agora está muito sossegado por aqui. Umas pessoas se mudaram aqui para o lado, uma boa família com filhos pequenos, e ajeitaram um pouco a casa. Ah, nunca houve ninguém como o Tignor em Quatro Esquinas, nem antes nem depois, isso eu lhe garanto.

Hazel sentou-se. Numa réstia ácida e brilhante de sol, Hazel Jones sentou-se.

A Sra. Meltzer perguntou como ia Niley, um garotinho tão meigo, e Hazel conseguiu dizer que ele estava bem, com boa saúde, tinha onze anos e tocava piano, e a Sra. Meltzer disse que isso era maravilhoso, que ficava muito feliz por saber, que ela e Howie e outros vizinhos de Quatro Esquinas tinham passado anos com a idéia terrível de que Tignor havia assassinado eles dois e escondido os corpos no canal, quem sabe, onde ninguém jamais os encontraria, e agora o próprio Tignor estava morto, provavelmente assassinado por alguém como ele, em Attica eles viviam matando uns aos outros o tempo todo, e os guardas eram quase tão ruins quanto os detentos, graças a Deus a prisão não ficava mais perto, mas, como estava Rebecca? Onde estava morando? Tinha voltado a se casar, tinha família?

— Rebecca? *Rebecca?*

Ela precisou deitar-se. Estava aérea, zonza, como se ele houvesse acabado de esmurrar o lado de sua cabeça minutos antes, e o zumbir em seu ouvido era agudo como uma cigarra enlouquecida.

Voltaria a telefonar para a Sra. Meltzer em outra ocasião. Mas não agora.

27

— "Hazel Jones." Um nome misterioso, vindo do passado.

O idoso inválido inclinou-se na cadeira de rodas para segurar as duas mãos de Hazel nas suas, com força. Ela não fez idéia do que o homem pretendia dizer: misterioso? Os olhos dele, grandes, cor de estanho, vítreos e cheios de pequenas veias, ergueram-se para Hazel com tamanha intensidade, que ela se sentiu amedrontada, sem saber se Thaddeus Gallagher queria mostrar-se ingenuamente adorador, ou se fingia zombeteiramente essa adoração por uma jovem visitante. As mãos que seguravam as dela eram macias, úmidas e quentes, como se não tivessem ossos. Mas o homem era forte. Percebia-se que Thaddeus Gallagher era forte na parte superior do corpo, se não na inferior, e que exultava com sua força, sempre sorrindo para a visita assustada, com o ar risonho de um anfitrião benevolente. Hazel sentiu um calafrio de pavor de que ele não a soltasse, de que Chet tivesse que intervir e de que houvesse uma cena desagradável.

Não deixe meu pai manipulá-la, Hazel! No instante em que estivermos na presença dele, ele vai exercer sua vontade sobre nós, feito uma aranha gorda no centro da teia.

Que choque conhecer o pai de Gallagher! Não só o velho estava confinado a uma cadeira de rodas, como seu corpo parecia deformado, uma massa amorfa de carne de molusco dentro de um calção de banho xadrez, estranhamente espalhafatoso, e uma camiseta branca de algodão, esticada até quase estourar. As coxas e nádegas volumosas espremiam-se entre as laterais inflexíveis da cadeira de rodas. Os braços de Thaddeus eram musculosos, enquanto as pernas pendiam, inúteis, pálidas e atrofiadas. Mas os pés eram grandes, em feitio de cunha, e descansavam descalços sobre o apoio acolchoado da cadeira. Os dedões nus crispavam-se num deleite obsceno.

Inválido! Thaddeus Gallagher! Hazel lançou um olhar desolado ao Gallagher que era seu companheiro. Como era típico de Chet Gallagher passar anos queixando-se do pai com ela, mas se esquecendo de mencionar que o homem era um inválido numa cadeira de rodas!

Thaddeus deu uma piscadela para Hazel, como se os dois compartilhassem uma piada íntima, sutil demais para ser apreendida por Gallagher.

— Você parece surpresa, querida. Peço desculpas por recebê-la em trajes tão informais, mas eu nado, ou tento nadar, todos os dias nesse horário. Confesso que também me sinto menos cerceado pelo decoro e pela moda, em meus setenta e tantos anos, do que me sentia na sua tenra idade. Meu filho, "Chet Gallagher", o premiado jornalista e vidente popular, deveria tê-la avisado sobre o que esperar.

Thaddeus riu, sugando os lábios carnudos. Relutava em soltar as mãos de Hazel, que estavam úmidas e entorpecidas nas mãos que as apertavam.

Durante todo esse tempo, Gallagher ficou postado junto dela, constrangido, fitando o pai com um vago mal-estar. Tinha falado muito pouco. Parecia tão confuso quanto Hazel. A visão do pai, com quem não estivera por vários anos, devia tê-lo alarmado. O fato de o velho estar numa cadeira de rodas e eles dois de pé parecia deixar o casal em desvantagem.

Thaddeus disse, alvoroçado:

— Por favor, sentem-se, vocês dois! Puxem aquelas cadeiras para mais perto. Agora, vamos beber alguma coisa. Depois, espero que vocês me acompanhem na piscina, para nadar um pouco. O dia está muito quente e vocês estão com roupas demais, com ar de quem não está à vontade.

Thaddeus havia aguardado suas visitas do lado de fora, junto à piscina. E era uma piscina de dimensões olímpicas, ladrilhada num belíssimo tom azul-esverdeado que, como Gallagher havia explicado a Hazel, pretendia sugerir o Mediterrâneo. Mas a água exalava um odor quente e sulfuroso, como o de água estagnada na banheira. Hazel sentiu as narinas coçarem. Não conseguia imaginar-se naquela água e sentiu uma onda de vertigem diante dessa perspectiva.

Mas Gallagher já estava respondendo, depressa:

— Acho que não, papai. Não temos tempo para isso. Nós...

— Você já me disse. Vocês têm que voltar para o "festival de música" em Vermont. É claro.

Thaddeus falou com dignidade, mesmo parecendo rejeitado. Apertou um botão no braço da cadeira e o veículo motorizado avançou. A luz do sol iluminou as gotas oleosas de suor em seu rosto largo e macilento.

— Mas ao menos sentem-se um pouco comigo. Como se — e sorriu para o filho — tivéssemos alguma coisa em comum além do sobrenome.

Era fim de agosto de 1970. Gallagher finalmente levara Hazel a Ardmoor Park, para visitar o pai idoso. No ano anterior, Thaddeus os tinha convidado em várias ocasiões, sugerindo que sua saúde estava "piorando"; soubera que Zacharias, o filho de Hazel, era um dos jovens músicos residentes do Festival de Música de Vermont, realizado em Manchester, no estado de Vermont, a menos de uma hora de carro de Ardmoor Park. Com relutância, Gallagher havia cedido.

— Pode ser que meu pai esteja mesmo doente. Talvez esteja arrependido. Talvez eu esteja maluco.

Era como Gallagher havia brincado, com seu jeito mordaz de praxe, mas Hazel tinha percebido que ele estava sinceramente amedrontado com a visita.

Ao longo da década de 1960, os jornais de Gallagher tinham se mantido ardorosamente favoráveis à Guerra do Vietnã. Mesmo assim, a maioria deles continuara a publicar a coluna de Chet Gallagher, que havia recebido prêmios de âmbito nacional e agora saía em mais de cinqüenta jornais. Gallagher também publicava matérias de opinião jornalística em revistas populares e, vez por outra, participava de painéis de televisão que discutiam política, ética e cultura norte-americana. Hazel tinha se tornado sua assistente; o que mais gostava era de fazer pesquisas para ele na biblioteca da Universidade de Buffalo. Para Chet, estava ficando mais difícil manter a distância do Grupo Gallagher de Mídia e de Thaddeus. Através de intermediários, ouvira dizer que o pai estava "orgulhoso" dele — "orgulhoso pra danar" —, embora jamais concordasse com a "política radical raivosa" do filho caçula. Também tinham dito a Gallagher que Thaddeus estava ansioso por conhecer sua "segunda família".

Gallagher apresentaria Hazel a Thaddeus como sua amiga e companheira, sem sequer chamá-la de noiva. E não levaria Zack a Ardmoor Park, de jeito nenhum.

Ele tinha alertado Hazel a não se deixar atrair para conversas pessoais com Thaddeus, e menos ainda responder a perguntas que não quisesse responder.

— Sei que ele anda curioso a seu respeito. Vai interrogá-la. É um velho jornalista, isso é o que ele sabe fazer. Cutucar e sondar e espetar até a lâmina encontrar um ponto fraco, e aí ele a *enterra*.

Hazel deu um risinho nervoso. Gallagher tinha que estar exagerando!

— Não. É impossível exagerar Thaddeus Gallagher.

A coluna de Chet no jornal era acompanhada por uma caricatura desenhada a traço: um rosto acavalado, comicamente questionador, com a testa alta, grandes bolsas sob os olhos, sorriso torto, queixo protuberante e orelhas proeminentes. Em volta da cabeça, que era uma cúpula quase careca, uma franja de cachinhos, parecida com uma guirlanda. "A caricatura é a arte do exagero", dizia Gallagher a Hazel, "mas pode dizer a verdade. Em épocas como a nossa, talvez a caricatura seja a única verdade".

No entanto, no trajeto de Manchester para Ardmoor Park, a compostura de Gallagher esvaiu-se dele como o ar de um balão desinflado. Ele fumou um cigarro atrás do outro, aflito. Evitou falar de Thaddeus Gallagher e só se referiu a Zack, que os dois tinham visto apresentar-se na noite anterior, no festival de música. Zack tinha treze anos, já não era criança. Estava ficando alto, magricela e desengonçado. A pele tinha uma palidez morena. O nariz, as sobrancelhas e os olhos eram marcantes, proeminentes. Na companhia de adultos, ele se mostrava retraído, bastante reservado, mas suas apresentações ao piano eram elogiadas como "calorosas", "reflexivas", "surpreendentemente maduras". Enquanto muitas crianças-prodígio tocavam com precisão mecânica e uma deficiência de sentimentos, Zacharias Jones introduzia em sua execução um ar de sutileza afetiva que se refletia lindamente em peças como a sonata de Grieg que ele tocara no festival. Gallagher não conseguia parar de se deslumbrar com a apresentação.

— Ele não é criança, Hazel, não em sua música. É estranho.

Hazel pensou: *É claro que ele não é criança! Não houve tempo.*

— Mas não vamos discutir o Zack com meu pai, Hazel. Ele vai querer saber sobre o seu filho "talentoso", insinuará que o Grupo Gallagher de Mídia poderia "colocá-lo no mapa". Vai interrogar você, e vai espetar e esfaquear, se você deixar que o faça. Não caia na armadilha de responder às perguntas do Thaddeus. A única coisa que ele quer saber, para falar em linguagem curta e grossa, é se o Zack pode ser neto dele. Porque, apesar de tudo o que tem, ele não tem netos. E por isso...

Hazel viu que o rosto do amante estava vincado, contorcido. Ele parecia zangado e triste, como uma gárgula. E estava dirigindo depressa demais para a estrada estreita que desenhava curvas pela zona rural montanhosa.

— Mas você e eu nem nos conhecíamos — disse Hazel — antes de o Zack entrar na escola, na baía de Malin Head. Como é que o seu pai pode...

— Ele pode. Pode imaginar qualquer coisa. E a verdade é que não tem como saber, mesmo que tenha contratado investigadores particulares para examinar nosso relacionamento, quando nos encontramos pela primeira vez. Isso ele não pode saber. De modo que vou rebater as perguntas dele. Já expliquei isso tudo, mas ele tentará nos dissuadir, é claro. Tentará dissuadir você.

Passaram por grandes mansões, recuadas da estrada como casas de livros de histórias. Vastos gramados verdes em que arco-íris fugidios saltitavam e reluziam em meio a irrigadores automáticos. Imensos olmos e carvalhos. Juníperos. Havia chafarizes e lagos. Regatos pitorescos. As propriedades eram ladeadas por muros de pedra primitivos.

Gallagher disse:

— E, por favor, não exclame que a casa é "linda", Hazel. Você não é obrigada. É claro que ela é linda. Todas as porcarias das propriedades de Ardmoor Park são lindas. Pode apostar que qualquer coisa é capaz de ficar linda, se você gastar milhões de dólares nela.

Ao chegar à casa do pai, à casa de sua infância, Gallagher estava visivelmente nervoso. Era uma mansão normanda francesa, originalmente construída por volta de 1880, mas restaurada, reformada e modernizada na década de 1920. Hazel não disse a Gallagher que era linda. Seus enormes telhados de ardósia, de um brilho opaco, e a fachada de pedra entalhada a mão fizeram-na lembrar dos mausoléus requintados do vasto Cemitério Jardim Florestal, em Buffalo.

Gallagher estacionou depois da curva da entrada, em formato de ferradura, como um adolescente que se preparasse para uma partida rápida. Jogou o cigarro no cascalho. Com a fanfarrice de um homem aflito que simulasse seu próprio mal-estar, bateu com o punho no estômago: vinha tendo mal-estares gástricos nos últimos tempos, descartados como "nervosismo".

— Lembre-se, Hazel: não vamos ficar para jantar. Temos "outros planos" em Vermont.

Constatou-se que Thaddeus Gallagher não estava esperando seus convidados ansiosamente, no interior da casa gigantesca, mas nos fundos, junto à piscina. Uma empregada que Gallagher não conhecia atendeu à porta e insistiu em conduzi-los à área da piscina, embora Chet certamente conhecesse o caminho.

— Eu morava aqui, moça. Sou *filho* do seu patrão.

Percorreram uma trilha de pedra, passaram por um arco formado por glicínias e atravessaram um jardim cujas rosas estavam quase todas murchas, caídas. Hazel olhou pelas janelas altas, ladeadas por vitrais. Viu apenas seu reflexo vago e insubstancial.

E ali, em sua cadeira de rodas motorizada, de camiseta branca e short xadrez, estava ele: Thaddeus Gallagher.

Um inválido! Idoso e obeso! Ainda assim, os olhos do homem grudaram-se em Hazel Jones, famintos.

Sentaram-se bem ao lado da piscina. Uma reunião festiva! Um criado de paletó branco trouxe bebidas. Thaddeus falou e falou. Tinha muito a dizer. Por meio de Chet, Hazel sabia que o velho continuava a supervisionar o Grupo Gallagher de Mídia, embora estivesse oficialmente aposentado. Thaddeus acordava ao amanhecer e passava boa parte do dia ao telefone. Nesse momento, porém, falou com o ar de quem não tivesse conversado com outro ser humano por muito tempo.

Para essa visita a Ardmoor Park, Hazel usou um vestido de verão de organdi amarelo-claro, com uma faixa amarrada nas costas, um dos favoritos de Gallagher. Na cabeça, um chapéu de palha de aba larga, de uma era anterior. Nos pés finos, sandálias altas de palha, com os dedos à mostra. Em clima de brincadeira, para comemorar a residência de Zack por três semanas no Festival de Música de Vermont, ela havia pintado as unhas das mãos e dos pés de rosa-coral, combinando com o batom.

No apoio dos pés na cadeira de rodas, os dedos de Thaddeus Gallagher se crispavam e contorciam. As unhas anormalmente grossas eram descoloridas como marfim antigo. Pareceram cascos embrionários a Hazel, que não conseguia parar de olhar, enojada.

Um velho desses, Thaddeus Gallagher! Um multimilionário. Filantropo respeitadíssimo. Hazel lembrou-se da parede de fotografias na casa de campo da ilha Grindstone: um Thaddeus mais jovem e menos monstruoso, com seus amigos políticos.

A sombra da morte paira sobre ele, pensou. Chegou a vê-la, a sombra fugaz. Como as sombras dos gaviões, passando por cima dela e de Chet, ao subirem a encosta íngreme da ilha Grindstone.

Mas o ancião confrontou e confundiu o homem mais moço. Gallagher foi sendo rapidamente reduzido a monossílabos resmungados, enquanto Thaddeus conversava com viva animação. Chet remexia-se na cadeira, irrequieto, como se não conseguisse respirar. Comumente, não tomava bebidas alcoólicas nesse horário, mas bebeu nesse momento, muito provavelmente para mostrar ao pai que era capaz de fazê-lo. Hazel notou como ele se recusava a olhá-la. Recusava-se a reconhecê-la. E também não olhava para Thaddeus Gallagher de frente. Parecia um homem cuja visão se houvesse toldado: seus olhos estavam abertos, mas ele não parecia enxergar. Hazel compreendeu que cabia a ela, a mulher, observar pai e filho, filho e pai: o Gallagher mais velho e o mais novo; cabia a ela reconhecer que o mais velho era o mais forte dos dois, nessa questão de vontade masculina. Fora essa a cena preparada por Thaddeus.

A princípio, Hazel solidarizou-se com Gallagher. Assim como se sentira maternalmente protetora em relação a Zack, quando ele era menor, à mercê dos meninos mais velhos. Mas também ficou impaciente: por que ele não confrontava esse pai intimidante, por que não falava com sua autoridade habitual? Onde estavam o senso de humor corrosivo e a ironia de Chet Gallagher? Ele tinha uma voz "de rádio" esplendidamente modulada, a qual sabia ligar e desligar a seu critério, brincando. Fazia sua familinha rir, sabia ser devastadoramente engraçado. Mas nesse momento, na casa do pai, o homem que nunca parava de falar, de manhã à noite, falava em tom vago, hesitante, como uma criança que tentasse não gaguejar. Era a primeira vez que ele voltava à casa da infância desde a morte da mãe, anos antes. Era a primeira vez que via o pai num lugar tão íntimo desde aquela ocasião. *Ele está se lembrando do que o feriu. Fica desamparado como um menino, ao se lembrar.* Hazel sentiu uma onda de desprezo pelo amante, emasculado por aquele inválido prepotente.

Gostaria de não ser testemunha da humilhação de Gallagher. Mas sabia que era, por determinação de Thaddeus, a testemunha crucial.

Para além do terraço de lajotas de pedra e da piscina com seus belos ladrilhos azul-esverdeados ficava um gramado de inclinação suave. Nem toda a grama fora cortada; havia trechos de capim mais alto, juncos e tifa. Numa colina acima de um lago cintilante ficava um bosque de bétulas que, banhadas pelo sol, pareciam tiras verticais de tinta muito branca. Hazel lembrou-se de que, nas estiagens do fim do verão, as bétulas são as árvores mais quebradiças e vulneráveis. Como num sonho desperto, viu as árvores partidas, caídas. Uma vez destroçada, a beleza nunca pode se recompor na íntegra.

Ao ver para onde Hazel olhava, Thaddeus falou com vaidade infantil de ter sido ele mesmo quem fizera o projeto paisagístico. Havia trabalhado com um arquiteto famoso e acabara tendo que despedi-lo. No fim, a pessoa sempre fica com seu próprio "talento", seja ele qual for.

E acrescentou, em tom rabugento:

— Não que ninguém esteja dando a mínima, entre os Gallagher. Minha família: todos praticamente me abandonaram. Ninguém vem me visitar, quase nunca.

— Não diga! Lamento saber disso, Sr. Gallagher.

Hazel duvidava que fosse verdade. Havia muitos parentes consangüíneos e afins dos Gallagher na região de Albany, e ela não tinha notícia de que os outros filhos adultos de Thaddeus, o irmão e a irmã de Chet, estivessem brigados com ele como o caçula.

— Você não tem família, Hazel Jones?

Houve uma ênfase sutil no *você*. Hazel intuiu o perigo: agora Thaddeus tentaria interrogá-la.

— Tenho meu filho. E tenho...

Sua voz se extinguiu. Hazel sentiu-se tomada por uma timidez repentina, relutando em dizer o nome de Chet Gallagher na presença de seu pai.

— Mas você e o Chester não são casados, não é?

A pergunta saiu direta e sem malícia. Hazel sentiu o rosto aquecer-se de mal-estar. A seu lado, retraído e parecendo indiferente, Gallagher levantou o copo, levou-o à boca e bebeu.

Hazel respondeu:

— Não, Sr. Gallagher, não somos casados.

— Mesmo estando juntos há seis anos? Sete? Que jovens liberados! É admirável, suponho. "Boêmio." Agora, nos anos 70, quando "vale tudo".

Thaddeus fez uma pausa, deslocando avidamente o corpo volumoso na cadeira de rodas. Sua virilha parecia inchada como um bócio no short justo. O couro cabeludo vermelho estava úmido sob os fiapos esvoaçantes de cabelo prateado.

— Apesar de meu filho já não ser tão moço, não é? Não mais.

Gallagher deixou passar o comentário, como se não o tivesse ouvido. Hazel não conseguiu pensar numa resposta que não fosse tola, até mesmo para Hazel Jones.

Thaddeus insistiu, em tom jovial:

— É admirável. Jogar fora os grilhões do passado. Só nós, os idosos, é que queremos reter o passado, pelo pavor de sermos lançados num futuro em que pereceremos. Uma geração tem que dar lugar a outra, é claro! Pareço ter ofendido meus filhos, de algum modo — disse. Fez uma pausa, preparando-se para dizer algo espirituoso. — Naturalmente, há uma distinção entre filhos e herdeiros. Já não tenho "filhos", tenho exclusivamente "herdeiros".

Thaddeus riu. Gallagher não deu resposta. Hazel sorriu, como quem sorrisse para uma criança doente.

O velho tinha direito a suas piadas melancólicas. Nessa tarde, eles eram a platéia de suas piadas. Gallagher havia calculado que Thaddeus deixaria uma fortuna avaliada em pouco mais de cem milhões de dólares. Tinha o direito de esperar que o cortejassem, que o visitassem. A aranha gorda de covinhas, no centro de sua trêmula teia. Agora ele queria perseguir o filho caçula, a quem amava e que não o amava. Queria cutucar, instigar, ferir o filho, abater seu espírito, tentar levá-lo à fúria. Esperava fazer Gallagher retorcer-se de culpa, como com a mais aguda dor gástrica. Passara muito tempo planejando esse encontro apaixonado de amor, que era também de vingança.

Piscou o olho para Hazel: *Você e eu nos entendemos, hein? O idiota do meu filho não faz a menor idéia.*

A sugestão de cumplicidade entre os dois deixou Hazel abalada, insegura. Com o rosto muito quente. Ali estava um velho que durante muito tempo se sentira seguro da atração que exercia nas mulheres. Estava inundado de uma vitalidade palpitante, que parecia ter drenado do filho.

— É claro, nenhum de nós somos. É. Jovem. Não mais.

Thaddeus começou então a se queixar em termos mais gerais do governo federal dos Estados Unidos, dos sabotadores do Partido Republicano e dos francos traidores que havia entre os democratas, bem como da covarde incapacidade do país de "usar todos os recursos" no Vietnã. E o que dizer da "manipulação da mídia" pelos intelectuais esquerdistas do país, aqueles que o senador Joe McCarthy havia sacado, só que ele fora desviado do seu curso, e os inimigos tinham matado o pobre coitado de pancadas. Por que, indagou Thaddeus, os judeus eram invariavelmente os que mais se opunham à Guerra do Vietnã? Por que a maioria dos judeus, pensando bem, era comunista, ou simpatizante dos comunistas? Até os capitalistas judeus, no fundo, eram comunistas! Por que diabo isso acontecia, se Stalin havia abominado os judeus, o povo russo abominava os judeus, e tinha havido mais pogroms na Rússia do que na Alemanha, Polônia e Hungria juntas?

— No entanto, em Nova York e Los Angeles, é só isso que se vê. No jornalismo do rádio e da televisão, nos jornais. No "jornal oficial", o *"Jew" York Times*. Quem foi que fundou a NAACP, a Associação Nacional pelo Progresso das Pessoas de Cor? Não foram as "pessoas de cor", pode apostar, e sim o "povo eleito". E por quê? É isso que eu lhe pergunto, Hazel Jones, *por quê*?

Hazel ouviu essas palavras cuspidas e cada vez mais incoerentes através de um zumbido crescente nos ouvidos. Misturado com os gritos loucos das cigarras.

Ele sabe. Sabe quem eu sou.

Mas como pode saber?

Por fim, Gallagher saiu de seu estupor.

— É mesmo, Thaddeus? *Todos* os judeus? Eles não discordam uns dos outros sobre coisa alguma? Nunca?

— Para os inimigos, os judeus se apresentam como uma frente unida. O "povo eleito"...

— Inimigos? Quem são os inimigos dos judeus? Os nazistas? Os anti-semitas? *Você*?

Com um olhar de indignação, Thaddeus recuou a cadeira de rodas. A sutileza de sua argumentação estava sendo mal interpretada! Sua postura filosófica desinteressada estava sendo cruelmente transformada numa coisa pessoal!

— Eu quis me referir aos não-judeus. Eles nos chamam de *goyim*, meu filho. Não inimigos em si, mas é como os judeus nos percebem. Você sabe perfeitamente o que eu quero dizer, filho, é uma questão de *realidade* histórica.

Nesse momento, Thaddeus falou em tom solene. Como se a provocação anterior tivesse sido uma encenação.

Mas Gallagher se pôs abruptamente de pé, resmungando que tinha de entrar por uns minutos.

Saiu aos tropeços. Hazel receou que estivesse tendo um de seus acessos de dor gástrica, que às vezes levavam a espasmos ou vômitos. O rosto dele ficara doentiamente pálido. Gallagher havia começado a sofrer esses ataques depois de ser bombardeado com perguntas pela primeira vez, em comícios contra a guerra, anos antes, em Buffalo. Às vezes tinha ataques mais brandos antes das apresentações públicas de Zack.

Ao diabo com ele! Hazel não pôde deixar de se ressentir por ser deixada com o pai de Gallagher. Esse velho grotesco em sua cadeira de rodas, a lhe lançar olhares furiosos.

E disse, com aquele jeito de Hazel Jones que era a um tempo arfante e compungido, fixando os olhos arregalados nos olhos enfurecidos, com uma expressão de aflição profunda:

— O Chet não quis ser rude, Sr. Gallagher. Esta é uma ocasião emotiva...

— Ah, sim, é assim para o "Chet"? Pois para mim também.

— Ele me disse que não vem a essa casa desde...

— Sei exatamente há quanto tempo, Srta. Jones. Não precisa me informar sobre os fatos relativos a minha própria maldita família.

Chocada, Hazel sentiu o insulto. Como se Thaddeus se houvesse inclinado e cuspido em seu vestido de organdi amarelo.

Que Deus mande a sua alma para o inferno, seu calhorda.

Velho cretino, doente e moribundo. Eu vou dobrar o seu coração.

A filha do coveiro, essa era Hazel Jones. Nunca houvera um tempo em que não o tivesse sido. E disse, num murmúrio embaraçado, para aplacar o inimigo.

— Sinto muito, Sr. Gallagher. Oh.

O criado de paletó branco rondava pela beira do terraço, talvez entreouvindo a conversa. Thaddeus terminou ruidosamente sua bebida, uma mistura escarlate de aparência repulsiva, temperada com vodca. Também ele talvez estivesse embaraçado, por falar com tanta rispidez com uma convidada. E uma convidada tão claramente inocente e sincera. Os olhos vítreos do homem pousaram na piscina, em seu vívido verde-azulado artificial. Na superfície levemente ondulada, filamentos de nuvens refletiam-se como fiapos de seda. Thaddeus arfou, resmungou e se coçou furiosamente entre as pernas. Depois, esfregou o peito volumoso por dentro da camiseta, com abandono sensual. Hazel baixou os olhos, era um gesto muito íntimo.

As fotografias de Thaddeus Gallagher que ela vira na casa de campo da ilha Grindstone eram de um homem corpulento, pesado, mas não obeso, de cabeça grande e ar autoconfiante. Agora, seu corpo parecia inchado, estufado. Os maxilares tinham a aparência de estarem acostumados a uma mastigação feroz. Hazel se perguntou que capricho cruel o teria inspirado a se vestir com aquela roupa nesse dia, expondo e parodiando o corpanzil.

— Uma ova que ele é "emotivo"! Ele é um fdp frio. Você vai descobrir, Hazel Jones. Chester Gallagher não é um homem digno de confiança. Eu é que tenho que pedir desculpas, Srta. Jones, por *ele*. Por sua "política" idiota! Seu jazz de negros! Fracassou no piano sério, e por isso toca jazz de negros! Música de mestiços. Fracassou no casamento, e por isso fica com mulheres de quem pode sentir pena. Ele é sem-vergonha. É um mitomaníaco. Ele me disse, quando era um fedelho abusado de quinze anos, que "o capitalismo está condenado". Aquele bebunzinho! Essas colunas dele no jornal, ele inventa, distorce, exagera, tudo em nome da "verdade moral". Como se pudesse haver uma "verdade moral" capaz de refutar a verdade histórica. Quando ele era um bêbado — e o Chester foi bêbado, Srta. Jones, por muito mais anos do que a senhorita o conhece —, ele habitava uma espécie de batisfera da mitomania. Inventou tais e tantas histórias sobre mim, sobre minha "ética empresarial", que desisti de contar a verdade dos fatos. Sou um velho jornalista, acredito em fatos. Fatos e mais fatos! Nunca houve um editorial em nenhum jornal Gallagher que não se baseasse em fatos! Nada dessa titica liberal, dessa conversa mole sentimentalóide sobre "paz mundial", "Nações Unidas" ou "desarmamento global", mas fatos. O fundamento do jornalismo. Chester Gallagher nunca teve respeito suficiente pelos fatos. Fica tentando se tornar uma espécie de negro branco, tocando a música e defendendo as causas deles.

Hazel estava segurando um copo suado. Falou com voz firme, ligeiramente coquete:

— Seu filho é mitomaníaco, Sr. Gallagher, e o senhor não?

Thaddeus espremeu os olhos para ela. Sua papada sacudiu. Como se Hazel houvesse estendido a mão para lhe afagar o joelho, o homem se animou.

— Você tem que me chamar de Thaddeus, Hazel Jones. Melhor ainda, "Thad". "Sr. Gallagher" é para os criados e outros subalternos.

Quando Hazel não respondeu, Thaddeus inclinou-se para ela, sugestivo:

— Você me chama de Thad, hein? É muito parecido com "Chet", não é? Quase ninguém mais me chama de Thad, meus velhos amigos estão despencando... a cada estação, feito folhas mortas.

Os lábios de Hazel se moveram, entorpecidos:

— Thad.

— Ótimo! Eu, com certeza, pretendo chamá-la de Hazel. Agora e sempre.

Thaddeus aproximou a cadeira de rodas de Hazel, que sentiu seu cheiro de velho, do interior abafado do velho chalé de pedra. Mas por baixo havia alguma coisa de uma doçura acre, a água-de-colônia de Thaddeus Gallagher. Ele era um homem-monstro, entalado numa cadeira de rodas, mas tinha se barbeado cuidadosamente naquela manhã e usado um pouquinho de água-de-colônia.

De perto, era desconcertante o jeito como se podia ver o Thaddeus mais jovem dentro do rosto do velho, exultante.

— "Hazel Jones." Um nome encantador, com um toque de nostalgia. Quem lhe deu esse nome, querida?

— Eu... não sei.

— Não sabe? Como é possível, Hazel?

— Não conheci meus pais. Eles morreram quando eu era muito pequena.

— É mesmo? E onde foi isso, Hazel?

Gallagher a tinha avisado que o pai a interrogaria. Mas Hazel não pareceu capaz de impedi-lo.

— Não sei, Sr. Gallagher. Isso aconteceu há muito tempo...

— Nem tanto tempo assim, não é? Você é uma mulher jovem.

Hazel abanou a cabeça devagar. Jovem?

— "Hazel Jones." O nome me soa conhecido, mas não sei por quê. Sabe me explicar por quê, querida?

Hazel respondeu em tom leve:

— É provável que haja várias Hazel Jones, Sr. Gallagher. Mais de uma.

— Ora! Não me deixe perturbá-la, querida. Estou me sentindo culpado, acho. Pareço ter perturbado meu filho hipersensível e radical, que fugiu correndo e nos deixou.

Em seguida, Thaddeus apertou vigorosamente um botão da cadeira de rodas. Hazel não ouviu som algum, mas, em poucos segundos, apareceu um atendente de camiseta e short, carregando roupões de tecido felpudo e toalhas. O rapaz chamava Thaddeus de "sr. G." e era chamado por ele de alguma coisa parecida com "Peppy". Tinha uns vinte e cinco anos, muito bronzeado, e um rosto meigamente afável de garoto; o físico era de nadador, com a cintura fina e ombros largos como asas. Hazel viu os olhos do rapaz deslizarem por ela, rapidamente avaliadores, mas inexpressivos. Ele era do tipo que conhece seu lugar: fisioterapeuta de um inválido rico.

— Quer me acompanhar, Hazel? Dizem que eu tenho que nadar todo dia, para impedir que minha doença "progrida". É claro que ela "progride" de qualquer jeito. Assim é a vida!

Hazel declinou do convite. Foi auxiliar Peppy quando ele ajudou Thaddeus a entrar na piscina, na parte rasa: era um gesto típico de Hazel Jones, espontâneo e amistoso.

— Obrigado, querida! Detesto a água, até entrar nela.

Peppy fixou bóias de plástico vermelho nos braços do homem obeso, perto dos ombros gordos, e em volta do peito imenso e caído. Depois, lentamente, ajudou Thaddeus a entrar na água, com a expressão atenta e sisuda de uma mãe que ajudasse o filho desajeitado e meio medroso a entrar no líquido cintilante e trêmulo à sua volta. Hazel ofereceu a mão, e como Thaddeus ficou agradecido ao segurá-la! Enquanto seu peso deslizava para a água feito um saco de concreto, o homem apertou os dedos magros de Hazel, num pânico súbito e desamparado. Depois, como que por milagre, estava dentro da piscina, arfando e patinhando com uma espontaneidade infantil. Peppy foi andando e, em seguida, nadando ao lado dele, devagar. Thaddeus ria, piscando o olho para Hazel, que acompanhou seu lento progresso pela água agora agitada, caminhando pela borda da piscina.

— Hazel, você tem que nos acompanhar! A água está perfeita, não é, Peppy?

— Está mesmo, Sr. G.

Hazel riu. Seu bonito vestido fora respingado e ficaria fedendo a cloro.

— Verdade, Hazel — disse Thaddeus, mantendo a cabeça ereta fora da água, com uma dignidade absurda —, você tem que nos acompanhar. Já chegou até aqui.

Os movimentos de seus braços volumosos eram enérgicos, enquanto os das pernas atrofiadas eram débeis.

— Não tenho roupa de banho, Sr. Gallagher.

— "Thad!" Você prometeu.

— Thad.

Thaddeus voltou a se animar, com uma alegria eufórica.

— Há roupas de banho femininas ali nos vestiários. Vá dar uma olhada, por favor.

Hazel ficou indecisa. Quase se sentiu tentada, para chatear o amante.

Como quem lesse seus pensamentos, Thaddeus disse, com ar sonso:

— Você precisa vir, querida! Para mostrar àquele meu filho covarde. Ele fugiu, com medo do pai velho e aleijado que tem câncer de próstata, e um toquezinho de câncer de cólon, para completar. Mas você está vendo o Thaddeus se escafeder, numa derrota covarde? *Não está.*

Hazel não soube como reagir a essa revelação. Nunca deveria fazer referência à saúde de Thaddeus Gallagher. Fingiria não ter ouvido. Com cuidado, tirou as sandálias de salto alto e andou descalça pela borda da piscina. Suas pernas eram longas, de musculatura elástica. E lisas, raspadas. Era um fetiche de Hazel Jones raspar as pernas, as coxas e as axilas, e qualquer outra área do corpo que pudesse traí-la, deixando brotarem pêlos escuros, ásperos e muito encaracolados. E ela também comia pouco, para continuar a ser Hazel Jones, que era esguia, muito feminina e muito bonita. Na água azul-esverdeada de odor forte, Thaddeus Gallagher esforçou-se por observá-la.

Não conseguia falar com muita clareza, patinhando e espirrando água com suas bóias absurdas. Mas continuou a chamar por Hazel como quem chamasse uma criança perversa.

— Você certamente sabe nadar, não é, querida? Nada lhe aconteceria, com o Peppy e eu por perto.

Hazel riu.

— Acho que não, Thad. Obrigada.

— E se eu lhe desse um presente, querida? Mil dólares.

Thaddeus pretendera falar de modo que Hazel pudesse interpretar o comentário como uma brincadeira e não se ofender. Mas as palavras saíram canhestras, enquanto os olhos piscantes e vítreos se espremiam para fitá-la.

Hazel abanou a cabeça, não.

— Cinco mil — gritou Thaddeus, alegre.

Uma provocação inofensiva de um velho. Ele estava ficando enamorado de Hazel Jones. Saltitando na água, fazendo até Peppy rir.

Patinhando, espadanando, chutando e arfando como um filhote de elefante. Era um comportamento tão ridículo, tão estranhamente comovente, que Hazel teve de rir.

— Minha querida, não me abandone! Por favor!

Ele pensou que Hazel estivesse indo embora. Ela fora apenas examinar uma treliça coberta de rosas-trepadeiras carmesim, junto a uma parede de estuque de cor creme.

Minutos depois, Thaddeus ordenou abruptamente a Peppy que o tirasse da piscina. Mais uma vez, Hazel Jones foi ajudar: segurou a mão grande e carnuda do velho, que apertou a sua com força. Ela também levou toalhas e roupões felpudos para os dois homens. Thaddeus enrolou as toalhas enormes no corpo, esfregando-se com vigor. O cabelo ralo, agora achatado sobre a grande cúpula da cabeça, ele secou com a mesma energia que teria usado na juventude, quando tinha uma cabeleira farta. Era exatamente o mesmo hábito de Gallagher. Hazel percebeu a semelhança e sentiu uma certa ternura por Thaddeus.

Em sua cadeira de rodas, enrolado em toalhas do tamanho de cobertores, o homem bufou, arfou e sorriu, radiante. O criado de paletó branco havia trazido outro drinque escarlate, além de uma tigela de prata com frutas secas sortidas, que Thaddeus comeu ruidosamente.

— Hazel Jones! Devo confessar que eu tinha ouvido umas coisas a seu respeito. Agora vejo que nenhuma delas era verdade.

Thaddeus falou baixando a voz. Dava olhadelas repetidas para a casa, com medo de que o filho reaparecesse.

Estendeu a mão para pegar a de Hazel. Ela estremeceu, mas não recuou.

— Meu filho é um homem íntegro, eu sei. Tenho minhas brigas com ele, mas, a seu modo, é claro que ele "tem moral". Eu gostaria de saber como amá-lo, Hazel! Ele nunca me perdoou por umas coisas que aconteceram há muito tempo. Suponho que tenha lhe contado, não? — disse, espremendo os olhos tristonhos para Hazel.

— Não, não contou.

— *Não contou?*

— Nunca.

— Ele com certeza se queixa da minha política, não é? Das minhas convicções, tão diferentes das dele?

— O Chet só fala do senhor com respeito. Ele o ama, Sr. Gallagher. Mas tem medo do senhor.

— Medo de mim! Por quê?

Havia algo furtivo e doentio no rosto de Thaddeus. Mas havia também um lampejo de esperança.

— O senhor deve perguntar ao Chet, Sr. Gallagher. Não posso falar por ele.

— Pode, sim, você pode falar por ele. Pode falar muito melhor por ele, Hazel Jones, do que ele é capaz de falar por si.

A pose de chacota do velho havia desaparecido por completo e ele se mostrava completamente sério. Foi quase súplice com Hazel.

— Ele gosta de mim? Ele me respeita?

— Ele acha que suas convicções políticas são erradas. Só isso.

— Ele nunca disse nada sobre... a mãe?

— Só que a amava. E que sente saudade dela.

— Sente mesmo? Eu também.

Thaddeus e Hazel estavam sozinhos no terraço. Peppy e o criado de paletó branco tinham se retirado. Thaddeus ficou sentado, enfaixado no tecido branco e felpudo, suspirando. Mas continuou a dar olhadelas nervosas para a casa.

— Você não tem família, Hazel? Nenhuma pessoa viva?

— Ninguém.

— Só o seu filho?

— Só o meu filho.

— Você e o Chet se casaram em segredo, querida?

— Não.

— Mas por quê? Por que não estão casados?

Hazel deu um sorriso evasivo. Não, não! Não contaria.

Com ar ansioso, Thaddeus perguntou:

— Você não ama o meu filho? Por que vive com ele, se não o ama?

— Ele me ama. E ama o nosso filho.

As palavras lhe escaparam como que num sonho. Apesar de toda a sua argúcia, ela não soubera que as diria até esse momento.

Viu no rosto do velho uma expressão de surpresa e triunfo.

— Eu sabia! Sabia que era isso!

Preocupada, Hazel disse, com ar de quem tinha confiado coisas demais:

— Ele não pode saber que eu lhe contei, Sr. Gallagher. Não suporta a idéia de que falem dele.

Thaddeus retrucou, arfante:

— Eu sabia. Por algum motivo, quando vi você. Eu sabia. Hazel Jones, esse será o nosso segredo.

Uma expressão cega, zonza, espalhou-se pelo rosto do velho. Por alguns segundos, ele se manteve calado, respirando com dificuldade. Hazel sentiu o bater terrível do coração naquele corpo maciço. Thaddeus estava profundamente satisfeito, mas, súbito, sentiu-se muito cansado. As cabriolas na piscina o haviam esgotado. Essa longa cena o havia esgotado. Hazel quis chamar um dos criados para ajudá-lo, mas ele continuou a segurar sua mão, com força. E implorou:

— Não quer ficar para o jantar, Hazel? Acha que não conseguiria conversar com o Chet e fazê-lo mudar de idéia?

Gentilmente, Hazel disse que não. Achava que não.

— Nesse caso, sentirei sua falta. Vou pensar em você, Hazel. E em... "Zacharias Jones". Ouvirei o menino tocar piano, quando eu puder. Não me imporei a vocês, compreendo que seria um erro tático. Meu filho é um homem sensível, Hazel. E também ciumento. Se... se um dia o Chester a decepcionar, querida, você deve procurar por *mim*. Promete, Hazel?

Gentilmente, Hazel disse que sim. Prometia.

Num gesto súbito e desajeitado, Thaddeus levou a mão dela aos lábios e a beijou. Por muito tempo, Hazel sentiu a marca desse beijo em sua pele, a sensação carnuda e inesperadamente fria.

A aranha gorda, cheia de covinhas, e a filha do coveiro. Quem poderia prever?

28

A mágoa foi tanta que, no começo, Gallagher recusou-se a falar.

Em silêncio, os dois voltaram para Vermont. O rosto de Gallagher continuava com uma palidez antinatural, contraído. Hazel depreendeu que ele havia passado mal do estômago, vomitando num dos banheiros da casa do pai, e se sentia profundamente envergonhado.

Ela o amava, sim, supunha. Pela própria fraqueza do homem, que a enchia de um desprezo louco, fustigante; como uma criatura alada e enlouquecida, aprisionada por uma tela, ela o amava.

O resto do dia passou numa espécie de sonho. Eles ficaram incomodamente cônscios um do outro, sem se falar ou sequer se tocar. Jantaram com Zack e umas outras pessoas. Gradual, mas rapidamente, Gallagher recuperou-se da visita a Ardmoor Park. No jantar, já era o mesmo de sempre, assim como na recepção que se seguiu ao concerto sinfônico dessa noite. Só quando ele e Hazel ficaram a sós no quarto de hotel foi que Gallagher finalmente disse, num tom simpático, para fazê-la saber que não estava intrigado nem aborrecido:

— Você e meu pai se deram muito bem, não foi? Eu os ouvi rindo juntos. Da janela do meu antigo quarto, eu o vi arfando e espadanando na piscina feito um elefante perturbado. Um par e tanto: a Bela e a Fera.

Gallagher estava escovando os dentes no banheiro, com a porta entreaberta. Cuspindo na pia, com força. Hazel soube, sem olhar, que ele fazia caretas para o espelho. E disse:

— Ele parece triste, Chet. Um velho solitário, com medo de morrer.

— É mesmo? — fez Gallagher, em tom monocórdio, mas querendo ser apaziguado.

— Ele parece magoado pela vida.

— Por mim, você quer dizer.

— Você é toda a "vida" para o seu pai, Chet?

Era uma resposta inesperada. Quando Hazel Jones dizia essas coisas, muitas vezes Gallagher parecia não ouvir.

Mais tarde, ela passou os braços em volta de seu peito. Abraçou-o com força e disse, em tom grave:

— "O meu filho é um homem íntegro, eu gostaria que ele me deixasse amá-lo."

A risada de Gallagher foi assustada, constrangida.

— Não tente me dizer que o meu pai disse isso, Hazel.

— Ele disse.

— Conversa, Hazel. Não me venha com essa.

— Ele está com câncer na próstata, Chet. E câncer no cólon.

— Desde quando?

— Ele não quer que você saiba, eu acho. Fez pilhéria com isso.

— Eu não acreditaria em nada do que ele diz, Hazel. Ele é um tremendo gozador.

Atrapalhado, Gallagher andou pelo quarto, sem enxergar. A expressão vazia e fixa se instalara em seu rosto.

— Aquela besteirada sobre o *"Jew York Times"*, aquilo é uma briga contínua; o *Times* ganha o Prêmio Pulitzer todo ano, e a cadeia Gallagher recebe um Pulitzer a cada cinco anos, com sorte. É isso que está por trás *daquilo*.

Gallagher estava inflamado, à beira das lágrimas.

— Mas ele ama você. Por algum motivo, fica envergonhado diante de você.

— Conversa fiada, Hazel.

— Pode ser conversa fiada, mas acontece que é verdade.

Na cama, nos braços musculosos de Gallagher, Hazel finalmente achou que podia provocá-lo. Sentiu o calor da pele do amante, deitou-se muito quieta encostada em seu corpo. Agora ele a perdoaria. Ele adorava Hazel Jones, estava sempre procurando maneiras plausíveis de perdoá-la.

Hazel sussurrou em seu ouvido, dizendo o quanto ficara chocada ao descobrir que Thaddeus Gallagher era um inválido numa cadeira de rodas!

— Ele é? Inválido? — fez Gallagher, remexendo-se e contraindo o corpo sob os lençóis, de olhos fixos no teto. — Nossa! Acho que é mesmo.

Hazel Jones, esse será o nosso segredo.

Pelo resto da vida, ele lhe mandou presentinhos. Flores. A cada quatro ou cinco semanas, muitas vezes depois de uma apresentação pública de Zack. De algum modo, ele sabia, dava um jeito de saber quando Gallagher não estaria em casa, e programava as entregas para essas manhãs.

O primeiro chegou logo depois de Hazel voltar para o Parque Delaware, em Buffalo, para a casa que Gallagher havia comprado, perto da escola de música. Numerosas rosas-trepadeiras vermelhas, de pétalas pequenas, num buquê espinhoso que foi difícil de arrumar até mesmo num vaso alto. O bilhete que as acompanhou fora escrito à mão, como que às pressas:

22 de agosto de 1970

Querida Hazel Jones,

Não parei de pensar em você um só mommento, desde a semana passada. Mandei fazer uma gravação (secreta!!!) do Zachiaras tocando no festival de música, seu filho é mesmo um músico explêndido! Muito difícil acreditar que só tenha 13 anos. Tenho fotografias dele, é muito jovem. É claro que no coração ele não é criança, verdade? Como eu já não era criança aos 13. Porque o meu coração se endureceu moço, eu conheci o "jeito do mundo" desde garoto & não tive ilusões sobre a "bondade natural" da humanidade etc. Querida Hazel, espero não a estar ofendendo! O seu marido não deve saber. Guardaremos o nosso segredo, e como! Embora eu sempre pense em você, nos seus belos olhos escuros e bondosos que perdoam & não julgam. Se você quiser ter a bondade, Hazel, um dia pode ligar para mim, o número está aí abaixo. Essa é minha linha paticular, Hazel, ninguém vai atender. <u>Mas, se não quiser</u>, querida, não ficarei magoado. Você trouxe ao mundo aquele menino notável. Que ele é meu neto é o nosso segredo (!!!) & um dia vou conhecê-lo, mas em segredo. Não tenha medo de mim. Você me deu muita coisa com que eu não contava nem esperava. Não vou ficar magoado. Sempre pensarei em você. O Chester é um bom homem, eu sei, mas é fraco & Ciumento como o pai na idade dele. Té outro dia, querida,

Do seu amoroso "parente" Thad

Hazel leu a carta, atônita, aflita com os numerosos erros ortográficos. "Ele é louco! Está apaixonado por ela." Não havia contado com uma resposta dessas. Sentiu uma pontada de culpa, se Gallagher viesse a saber...

Jogou fora a carta, recusou-se a responder. Hazel Jones nunca responderia às cartas apaixonadas de Thaddeus Gallagher, que ficaram mais incoerentes com o tempo, nem lhe agradeceria pelos numerosos presentes. Hazel Jones era uma mulher de dignidade, integridade. Hazel Jones não incentivaria o velho, mas também não o desanimaria. Supôs que ele cumpriria sua palavra, não confrontaria nem ela nem Zack. Admiraria os dois a uma distância discreta. Gallagher nunca pareceu notar os presentes em casa: vasos de flores, um peso de papel de cristal, em formato de coração, um porta-retratos de bronze, uma echarpe de seda com estampa de botões de rosa. O velho tinha a discrição de só lhe mandar presentes pequenos, relativamente baratos e inconspícuos. E nunca dinheiro.

Em março de 1971, pela entrega especial, chegou para Hazel Jones um pacote que não era um presente, mas um envelope pardo cujo endereço do remetente dizia GRUPO GALLAGHER DE MÍDIA S.A. Dentro do envelope havia fotocópias de reportagens de jornais e uma das cartas de Thaddeus Gallagher, rabiscada às pressas.

* * *

Meu assistente finalmente colheu esse matrial, Hazel.
Por que levou tamto tempo, francamente NÃO SEI.
Achei que você ficaria intrignada, Hazel Jones. "Só
uma Coicidência", eu sei. [GRAÇAS A DEUS GRA-
ÇAS A DEUS essa pobre Hazel Jones não era você.]

Havia várias outras páginas, mas Hazel as jogou fora sem lê-las.

Num quarto do segundo andar da casa do Parque Delaware,
onde era improvável que alguém a incomodasse, Hazel tirou do envelope pardo o material fotocopiado e o espalhou numa mesa. Seus
movimentos foram deliberados e sem pressa, mas suas mãos tremiam
um pouco: ela pareceu saber de antemão que a revelação que Thaddeus
Gallagher lhe mandara não seria alegre.

As reportagens de jornal já tinham sido arrumadas em ordem
cronológica. Hazel procurou impedir-se de consultar os textos do final
para descobrir o desfecho.

Mas lá estava:

DESCOBERTA MACABRA EM NEW FALLS
APÓS MORTE DE MÉDICO
Esqueletos de Mulheres Desenterrados

E ainda:

MÉDICO MORTO EM NEW FALLS SUSPEITO
DE SEQÜESTROS NÃO RESOLVIDOS NA DÉCADA DE 1950
Polícia faz Busca em Propriedade, Esqueletos Encontrados

Os dois recortes incluíam uma fotografia, a mesma imagem de
um homem risonho e simpático de meia-idade: Dr. Byron Hendricks.

"Ele! O homem do chapéu-panamá!"

As duas reportagens, tiradas do *Port Oriskany Journal*, datavam
de setembro de 1964. New Falls era um subúrbio pequeno e relativamente abastado do norte de Port Oriskany, no lago Erie. Hazel disse a

si mesma, em tom severo: *Agora acabou-se. O que quer que tenha sido, acabou-se. Agora não tem nada a ver comigo.*

Era verdade. Tinha que ser. Fazia onze anos que ela não pensava no Dr. Byron Hendricks. Praticamente todas as lembranças do homem haviam desaparecido de sua consciência.

Voltou-se para a primeira reportagem, também do *Journal*, datada de junho de 1956.

JOVEM DE NEW FALLS DADA COMO DESAPARECIDA
POLÍCIA E VOLUNTÁRIOS AMPLIAM BUSCAS
Hazel Jones, de 18 anos, "Desapareceu"

Essa Hazel Jones tinha freqüentado a Escola Secundária New Falls, mas abandonara os estudos aos dezesseis anos. Morava com a família na zona rural, fora de New Falls, e se sustentava "trabalhando como babá, garçonete e faxineira" na região. Ao desaparecer, mal havia começado a trabalhar numa filial da Dairy Queen durante o verão. Várias pessoas tinham visto Hazel Jones na Dairy Queen no dia de seu desaparecimento; ao anoitecer, ela fora de bicicleta para casa, a uns cinco quilômetros de distância, mas nunca havia chegado. Mais tarde, a bicicleta fora encontrada numa vala junto a uma rodovia, a uns três quilômetros de sua casa.

Aparentemente, não fora um seqüestro, não houvera pedido de resgate. Não houvera nenhuma testemunha de rapto. Ninguém conseguira pensar em alguma pessoa que quisesse ferir Hazel Jones, e Hazel Jones não tinha um namorado que a houvesse ameaçado. Durante dias, semanas, depois anos, a moça fora objeto de buscas, mas ela, ou o cadáver em que se havia transformado, nunca fora encontrada.

Hazel olhou para a moça da fotografia. Porque era um rosto familiar.

Com dezessete anos na época da foto, Hazel Jones tinha uma cabeleira preta e ondulada que lhe descia até os ombros e cobria a testa. As sobrancelhas eram bem grossas e o nariz era comprido, muito largo na ponta. Ela não era bonita, mas "marcante" — quase "exótica", como se poderia dizer. A boca era carnuda e sensual. Mas havia na moça algo de rígido, até carrancudo. Os olhos eram grandes e muito escuros, desconfiados. Ela tentara sorrir para a câmera, de forma não muito convincente.

Como essa Hazel Jones se parecia com Rebecca Schwart naquela idade! Era desconcertante, doloroso de ver.

Os ex-colegas de turma em New Falls tinham dito que Hazel Jones era "calada", "reservada", "difícil de conhecer".

Os pais disseram que ela "nunca entraria num carro com alguém que não conhecesse, a Hazel não era esse tipo de moça".

Uma reportagem posterior retratava o Sr. e a Sra. Jones em frente a sua "modesta casa em estilo bangalô", nos arredores de New Falls. Era um casal de meia-idade, de sobrancelhas grossas e tez morena como a filha, fitando a câmera com ar desanimado, como jogadores dispostos a arriscar, mas esperando perder.

O revestimento externo da casa dos Jones, que imitava tijolos, tinha manchas de infiltração. No jardim da frente, sem grama, o entulho espalhado tinha sido juntado num monte.

As diversas reportagens seguintes datavam de 1957 e eram de jornais do norte do estado, de Port Oriskany, Buffalo, Rochester e Albany. (Os jornais de Rochester e Albany pertenciam à cadeia Gallagher, por coincidência.) Em junho de 1957, outra moça fora dada como desaparecida, dessa vez em Gowanda, uma cidadezinha a quase cinqüenta quilômetros a sudeste de Port Oriskany; em outubro, outra moça tinha desaparecido de Cableport, um vilarejo no Canal de Balsas Erie, perto de Albany, centenas de quilômetros a leste. A moça de Gowanda chamava-se Dorianne Klinski, de vinte anos; a de Cableport, Gloria Loving, de dezenove. Dorianne havia "desaparecido feito fumaça" ao voltar a pé para casa de seu emprego de balconista em Gowanda. Gloria tinha sumido de maneira similar, ao andar de Cableport para casa pelo caminho de sirga do canal Erie, numa distância que não chegava a dois quilômetros.

Como essas moças se pareciam com a Hazel Jones de New Falls! Cabelos pretos, não muito bonitas.

Nas diversas matérias sobre Dorianne e Gloria não havia referências à Hazel Jones de New Falls. No entanto, nas reportagens sobre Gloria Loving, havia referências a Dorianne Klinski. Só nas reportagens posteriores, referentes a jovens desaparecidas em 1959, 1962 e 1963, é que havia referências à desaparecida "original", Hazel Jones. Os policiais espalhados por numerosos condados e municípios do estado de Nova York tinham levado muito tempo para ligar os seqüestros.

Hazel leu com crescente dificuldade. Seus olhos encheram-se de lágrimas de mágoa e de ódio.

"Aquele canalha! Então, era isso que ele queria comigo: me assassinar."

Era o cúmulo da pilhéria. A revelação mais fantástica de sua vida. "Hazel Jones": desde o começo, o tempo todo, uma moça morta. Uma jovem assassinada. Uma garota ingênua e confiante que, quando Byron Hendricks se aproximara de Rebecca Schwart no caminho de sirga, nas imediações de Cataratas do Chautauqua, já estava morta fazia três anos. Morta, decomposta! Um dos esqueletos de mulher que um dia seriam desenterrados da propriedade de Byron Hendricks.

Hazel forçou-se a continuar a ler. Tinha que conhecer a história toda, mesmo que não quisesse recordá-la. As últimas reportagens concentravam-se em Byron Hendricks, porque, nessa ocasião, em setembro de 1964, o homem já fora denunciado. A matéria mais abundante era uma reportagem de página inteira do *Port Oriskany Journal*, na qual o rosto benignamente risonho do "Dr. Hendricks" aparecia dentro de uma oval cercada por outras ovais com os rostos de suas seis vítimas "conhecidas".

Pelo menos, Hendricks estava morto. O canalha não estava trancafiado num hospital psiquiátrico em algum lugar. Havia essa satisfação, pelo menos.

Hendricks tinha cinqüenta e dois anos ao morrer. Morara sozinho durante anos numa "espaçosa" casa de tijolos em New Falls. Era diplomado em medicina pela Faculdade de Medicina da Universidade de Buffalo, mas nunca tinha exercido a profissão, anteriormente exercida por seu falecido pai durante quase cinqüenta anos; ele se identificava como "pesquisador médico". Seus vizinhos em New Falls referiram-se a ele como um homem "de aparência amável, mas reservado", que "sempre tinha uma palavra agradável, animadora", "um cavalheiro", "sempre bem-vestido".

O único contato anterior de Hendricks com qualquer de suas vítimas, pelo que a polícia conseguira determinar, tinha sido com Hazel Jones, de dezoito anos, que fizera "faxinas ocasionais" para ele em sua casa.

Hendricks fora encontrado morto num quarto do segundo andar de sua casa, com o corpo em avançado estado de decomposição, passados dez dias ou mais. A princípio, acreditara-se que tinha morrido de causas naturais, mas a autópsia havia revelado uma superdose de morfina. A polícia tinha descoberto cadernos com recortes de jornais pertinentes às moças desaparecidas, além de "suvenires incriminadores". A busca feita na casa e no terreno de dois acres, coberto de mato alto, acabara por levar à descoberta do que se "estimava" serem seis esqueletos femininos.

Seis. Ele tinha seqüestrado seis "Hazel Jones".

Com que ânsia, com que esperança ingênua elas o teriam seguido, só se podia imaginar.

Hazel não se havia sentado à mesa, que era uma mesa de trabalho comprida e estreita, à qual ela se recolhia com freqüência (ali, no arejado terceiro andar da casa que Gallagher lhe comprara, era onde Hazel se sentia mais à vontade; estava fazendo alguns cursos noturnos no Canisius College, ali perto, e costumava espalhar seu trabalho na mesa), mas tinha se inclinado sobre ela, com o peso apoiado nas palmas das mãos. Aos poucos, foi ficando zonza, com a cabeça girando. Sentiu a pulsação bater no cérebro até quase explodir. Não ia desmaiar! Não sucumbiria ao medo, ao pânico. Em vez disso, ouviu-se rir. Não foi o riso delicado e feminino de Hazel Jones, mas uma gargalhada dura, cortante, sem alegria.

"Que piada! 'Hazel Jones' é uma piada!"

Veio-lhe uma onda contida de náusea. Um gosto de algo negro e frio no fundo da boca. Depois, a quina mais próxima da mesa voou em sua direção. Ela bateu com a testa em algo cortante como o fio de um machado, viu-se abruptamente no chão e, quando conseguiu voltar a si do desmaio, alguns minutos depois, talvez cinco, talvez vinte, lá estava ela com o sangue pingando, sem saber onde diabos se encontrava ou o que tinha acontecido, e continuava a rir da piada da qual não se lembrava com exatidão, ou a tentar rir.

Nessa noite, ao lado de Gallagher, pensou *Vou acordá-lo. Vou contar a ele quem sou. Vou dizer que minha vida foi uma mentira, uma piada de mau gosto. Não existe Hazel Jones. Onde eu estou, não existe ninguém.* Mas Gallagher dormia como Gallagher sempre dormia, um homem alienado no sono, com a pele quente, propenso a roncar, remexendo-se e chutando os lençóis, e, se despertasse parcialmente, gemeria como uma criança abandonada e procuraria por Hazel Jones na noite, para tocá-la, cutucá-la, acariciá-la, abraçá-la, porque adorava Hazel Jones, e assim, afinal, ela não o acordou, e, já perto do amanhecer, Hazel Jones também acabou dormindo.

III

Mais além

1

Durante todo o verão e o outono de 1974, ressoou pela casa a "Appassionata" de Beethoven. Que música!

Como num sonho, aquela que era a mãe do jovem pianista movia-se de olhos abertos, sem ver. Perdida de amor, descobria-se parada junto à porta fechada da sala de música, em transe.

"Ele vai. Vai tocá-la. Este é o seu momento."

Ela, que não tinha ouvido para as sutilezas da interpretação pianística, não saberia dizer se a sonata que escutava tinha uma relação profunda ou meramente superficial com a gravação de Artur Schnabel que havia escutado vinte e cinco anos antes, na sala do velho chalé de pedra do cemitério.

Dentro da sala de música, seu filho exigente estava sempre começando e parando. Começando e parando. Ora só a mão esquerda, ora a direita. Ora as duas juntas, e de volta ao começo, e parando abruptamente e retornando outra vez ao princípio, como uma criança pequena e ansiosa que começa a andar, tropeçando e agitando os braços para ganhar equilíbrio. Se quisesse, Zack poderia tocar a sonata sem empecilhos: poderia executá-la até o fim, tocando todas as notas. Tinha essa capacidade, a facilidade mecânica do prodígio pianístico. Mas era preciso uma ressonância mais profunda. Um desespero mais profundo.

Aquele desespero subjacente que Hazel supunha estar na própria música. Era o do compositor, Beethoven. Era às profundezas da alma do homem que o jovem pianista tinha que descer. Ela escutava, sem saber se a escolha da sonata tinha sido um erro. Seu filho era muito jovem: aquilo não era música para jovens. Ela ficava agitada, quase febril ao ouvir. Saía tropeçando, exausta, sem querer que Zack soubesse que estivera escutando do lado de fora da sala de música, porque isso o deixaria aborrecido e exasperado, a ele que conhecia tão intimamente a mãe.

Já é ruim o bastante eu tentar não ficar maluco, mãe; não preten-do ser responsável por você pirar também.

Como andava inquieto! Aos quinze anos, tirara o segundo lugar no Concurso de Jovens Pianistas de Montreal de 1972, e aos dezesseis, fora o primeiro colocado no Concurso de Jovens Pianistas de Filadélfia de 1973; e agora, ao se aproximar seu décimo oitavo aniversário, preparava-se para o Concurso Internacional de Piano de San Francisco de 1974.

Horas. Todos os dias ao piano. No conservatório e em casa. E pela noite adentro e atravessando a madrugada, tomado pela música que se precipitava em seu cérebro insone com a força terrível da água despencando numa cachoeira. E essa música não era sua e não devia ser impedida, refreada. Uma vasta correnteza, avançando até o próprio horizonte! Uma correnteza que abarcava o tempo e o espaço: os mortos de longa data e os vivos. Refrear uma força dessas seria sufocar. Ao piano, às vezes ele se debruçava sobre o teclado, subitamente desesperado em busca de ar, de oxigênio. Aquele cheiro de marfim antigo, madeira requintada e polidor que havia no piano, aquilo era um veneno. No entanto, noutras ocasiões, longe do instrumento, sabendo que tinha que fazer um intervalo e se afastar do piano, em nome da sanidade, nessas horas, mesmo ao ar livre no Parque Delaware e na presença de outra pessoa (Zack estava apaixonado, talvez), vinha-lhe uma sensação de desamparo, o pânico de vir a sufocar, se não conseguisse concluir uma passagem da música que lutava para se veicular por ele; só que os dedos eram insuficientes sem o teclado, e por isso ele tinha que voltar ao teclado, senão sufocaria.

Tentando não enlouquecer, mãe. Me ajude!

Na verdade, ele a culpava.

Agora, raras vezes a deixava tocá-lo.

É que Zack estava apaixonado (talvez). A moça era dois anos mais velha, estudava alemão na mesma turma que ele e era uma musicista séria: violoncelista.

Mas não tão boa violoncelista quanto você ao piano, Zack. Graças a Deus!

Era o jeito direto de essa moça falar. Seu jeito de rir da expressão no rosto de Zack. Eles não eram íntimos, ainda não se haviam tocado. Ela não podia consolá-lo com um beijo, pelo susto que lhe causaria. É que ele era uma pessoa para quem a música era sagrada, algo tão impossível como motivo de riso quanto era impossível rir da morte.

Mas você poderia rir da morte. Olhando pelo lado de lá, e ele se lembrou da margem relvada do canal em que os dois tinham andado, e recordou que do lado de lá ficava o caminho de sirga, mas o lado de cá, onde ninguém andava senão mamãe e ele (tão pequeno que ela precisava segurá-lo pela mão, para que não tropeçasse!), era cheio de grama e mato alto.

Rir da morte, como se fosse possível atravessar para o lado de lá, por que não, diabos?

Ela sabia. As mães sabem.

Começava a ficar desconfiada, ansiosa. O filho vinha se distanciando dela.

Não era o piano, as exigências do estudo. Hazel nunca tinha ciúme do piano!

Ao ouvi-lo tocar, pensava: *Ele está exatamente no lugar certo, no mundo inteiro. Onde nasceu para estar.* E se consolava sabendo que o filho era seu. Não, o que ela temia era uma reação contra o piano.

Contra o próprio talento dele, seu "sucesso". Suas mãos, que ela às vezes o via observar, examinando-as com um desapego clínico e vagamente intrigado. *Minhas?*

Se ele machucasse as mãos. Se, de algum modo.

Ele se interessava pela história européia: a Segunda Guerra Mundial. Tinha escolhido uma disciplina na universidade. Interessava-se por filosofia, religião. Havia um tom febril na voz dele, um tremor incômodo. Como se lhe fosse possível desvendar os segredos da vida, se ele tivesse a chave. Para desolação de Hazel, Zack tinha começado a falar das coisas mais absurdas! Num dia eram os antigos textos hindus do Upanixade, noutro era o filósofo alemão oitocentista Schopenhauer, noutro, ainda, a Bíblia hebraica. Ele começou a ficar argumentativo, agressivo. Disse de repente, à mesa do jantar, como se essa fosse uma questão crucial que eles andassem evitando:

— De todas as religiões, será que a mais antiga não seria a mais próxima de Deus? E quem é "Deus"? O que é "Deus"? Devemos conhecer esse Deus, ou apenas uns aos outros? Nosso lugar é com Deus ou uns com os outros, na Terra?

Sua expressão foi zombeteira, compenetrada. Ele apoiou os cotovelos na mesa, inclinado para a frente.

Gallagher tentou falar com o enteado, mais ou menos a sério.

— Ora, Zack! Que bom você ter perguntado! Minha opinião pessoal é que a religião é a tentativa de a humanidade lidar com o que está fora do "Homem". Cada religião tem um conjunto diferente de respostas, prescrito por uma casta sacerdotal autonomeada, e toda religião, pode ter certeza, ensina que é a "única", santificada por Deus.

— Mas isso não significa que uma das religiões não seja *verdadeira*. Por exemplo, se houver doze respostas para um problema de álgebra, onze podem estar erradas e uma *certa*.

— Mas "Deus" não é um problema demonstrável da matemática, Zack. "Deus" é só o nome genérico que damos a nossa ignorância.

— Ou até — disse Zack, empolgado —, talvez as formas diferentes da fala humana sejam toscas e desajeitadas, e na verdade apontem para a mesma coisa, mas as línguas diferentes as tornem confusas. Tipo assim, "Deus" está por trás das religiões, como o sol, para o qual não podemos olhar diretamente, porque ficaríamos cegos, só que, se não houvesse sol, sabe, nós seríamos realmente cegos, porque não poderíamos ver uma droga de uma *coisa*. Será que é assim?

Ao que Hazel soubesse, Zack nunca tinha falado com tanta paixão sobre coisa alguma, exceto a música. Apoiou os cotovelos na mesa de um modo tão canhestro, que as velas acesas nos castiçais balançaram, distorcendo-lhe o rosto de um jeito que trouxe a Hazel uma lembrança terrível de Jacob Schwart.

O filho dela! Magoada e aborrecida, Hazel o fitou.

Gallagher disse, tentando brincar:

— Zack, não faço a menor idéia! Que teólogo promissor temos aqui entre nós!

Zack retrucou, melindrado:

— Não me trate com condescendência, "papai", sim? Não sou uma pessoa do seu programa de tevê.

Agora que fora legalmente adotado como filho de Gallagher, às vezes Zack o chamava de "papai". Em geral, era em tom brincalhão, afetuoso. Mas às vezes tinha um toque de sarcasmo adolescente, como nesse momento.

Gallagher apressou-se a dizer:

— Não estou sendo condescendente, Zack. É só que esse tipo de discussão deixa as pessoas nervosas, sem lhes trazer nenhum esclarecimento. Há uma semelhança entre as religiões, não é?, uma espécie de esqueleto em comum, e, como nos seres humanos, com esqueletos comuns...

Gallagher interrompeu-se, ao ver o olhar de impaciência de Zack, e disse, aborrecido:

— Pode acreditar, garoto, eu sei. Já passei por isso.

Zack respondeu, emburrado:

— Não sou garoto. No sentido de ser um idiota, não sou uma porra de um *garoto*.

Com um sorriso firme, decidido a levar o enteado à submissão pelo charme, Gallagher retrucou:

— Há pessoas inteligentes que brigam por essas questões há milhares de anos. Quando chegam a um acordo, é pela necessidade afetiva de concordar, e não por haver alguma coisa autêntica sobre a qual "concordar". As pessoas anseiam por acreditar em algo, e por isso acreditam em qualquer coisa. É como passar fome: você seria capaz de comer praticamente qualquer coisa, certo? Na minha experiência...

— Escute, "papai", *eu* não sou você. Nenhum de vocês dois sou *eu*. Sacou?

Zack nunca havia falado com tanta grosseria. Em seus olhos brilhavam lágrimas de raiva. Talvez ele tivesse tido uma sessão tensa com o professor de piano nesse dia. Agora, sua vida andava complicada de um jeito que Hazel não tinha como saber, porque ele era muito reservado e a mãe não ousava se aproximar.

Gallagher tentou novamente ponderar com Zack, com aquele jeito gozador e afável que era muito eficaz na televisão (agora ele tinha um programa semanal de entrevistas da WBEN-TV Buffalo, uma produção da Gallagher Mídia), mas que não foi tão eficaz com o garoto, que se remexeu de impaciência e praticamente revirou os olhos enquanto Gallagher falava. Hazel assistiu a tudo, desamparada, perdida. Compreendeu que era a ela que Zack estava desafiando, não a Gallagher. Desafiava aquela que lhe havia ensinado, desde pequeno, que a religião era para *os outros*, não para eles.

Pobre Gallagher! Ficou vermelho e arfante como um atleta de meia-idade com um excesso de confiança na própria competência, que acaba de ser batido por um jovem atleta a quem não tinha levado a sério.

Zack afirmou:

— A música não basta! Ela é apenas parte do cérebro. Eu tenho um cérebro inteiro, pelo amor de Deus! Quero saber coisas que as outras pessoas sabem.

Engoliu com força. Agora ele se barbeava; a metade inferior do rosto parecia mais escura do que o resto, e o estreito lábio superior era coberto por uma penugem fina e escura. Num espaço de segundos, Zack era capaz de exibir uma petulância infantil, uma moderação bem-humorada ou um esnobismo de enregelar. Não tinha olhado uma única vez para Hazel durante o diálogo com Gallagher, e também não a olhou nesse momento, ao dizer, num fluxo precipitado de palavras:

— Quero saber sobre o judaísmo, de onde ele vem e o que ele *é*.

Judaísmo: era uma palavra nunca dita antes entre Hazel e Zack. Nem mesmo outras menos formais, como *judeus*, *judaico*.

Gallagher retrucou:

— É claro, eu compreendo. Você quer saber tudo o que puder, dentro dos limites da razão. A começar pelas religiões antigas. Eu também era assim...

Agora Gallagher tateava, inseguro. Tinha vaga consciência da tensão entre Hazel e Zack. Como homem do mundo e com certo grau de fama, estava acostumado a ser levado a sério, certamente a ser respeitado, e no entanto, em sua própria casa, muitas vezes se sentia perdido. Persistente, declarou:

— Mas o piano, Zack, isso tem que vir em primeiro lugar!

— Ele vem em primeiro lugar — retrucou Zack, acalorado. — Mas não vem em segundo também. Nem em terceiro, nem no *último*, porra.

Jogou no prato o guardanapo amarrotado. Só comera parte da refeição que a mãe havia preparado, como preparava todas as refeições de casa, com extremo desvelo. Hazel sentiu a fisgada desse gesto, como sentiu a fisgada do expletivo *porra*, deliberadamente escolhido, que ela sabia ter por mira seu coração. Com trêmula dignidade adolescente, Zack afastou a cadeira da mesa e se retirou da sala com ar altivo. Os adultos ficaram olhando, perplexos.

Gallagher tateou em busca da mão frouxa de Hazel, para consolá-la:

— Alguém deve ter andado falando com ele, não acha? Alguém na universidade.

Hazel permaneceu calada e imóvel, em estado de choque, como se a tivessem esbofeteado.

— É a pressão em que ele está, por causa daquela sonata. É madura demais para ele, possivelmente. Ele é só um garoto, e está crescendo. Eu me lembro dessa idade infeliz, nossa! Sexo, sexo, sexo. Eu não conseguia manter a cabeça no teclado, vou lhe contar. Não é nada pessoal, querida.

Para me contrariar. Para me abandonar. Porque ele me odeia. Por quê?

Ela fugiu do filho e do padrasto. Não pôde suportar aquela exposição. Como se as próprias vértebras de sua coluna ficassem à mostra!

Não estava chorando quando Gallagher foi consolá-la. Era raro Hazel Jones chorar, ela detestava essa fraqueza.

Gallagher falou-lhe em palavras ternas, persuasivas. Na cama de casal, ela ficou muito quieta em seus braços. Ele a protegeria, adorava Hazel Jones. Ia protegê-la de seu grosseiro filho adolescente. Mesmo dizendo, é claro, que Zack não tinha falado sério, que Zack a amava e não queria magoá-la, ela já devia saber.

— Sim. Eu sei.

— E eu amo você, Hazel. Seria capaz de morrer por você.

Ele passou muito tempo falando: esse era o jeito de Gallagher amar uma mulher, com as palavras e o corpo. Não era um homem como aquele outro, que não dava muita bola para as palavras. Entre Hazel e aquele homem, o pai do menino, houvera uma ligação mais profunda. Mas agora isso estava acabado, extinto. Ela não poderia mais amar nenhum homem daquele jeito: sua vida sexual, intensamente erótica, havia terminado.

Sentia-se profundamente grata a esse homem, que a valorizava como o outro nunca fizera. Mas, na própria estima que ele lhe dedicava, Hazel compreendia a fraqueza de Gallagher.

Não queria mesmo ser consolada! Quase preferia sentir o insulto apontado para seu coração.

* * *

Pensou com desdém: *No mundo animal, os fracos são prontamente descartados. Isso é religião: a única religião.*

Mas, em segredo, Hazel voltou várias vezes ao parque em que o homem com a roupa suja de operário a havia abordado e falado com ela.

Meu nome é Gus Schwart.

Pareço com alguém que a senhora conheça?

Não tornou a vê-lo, é claro. Seus olhos se encheram de lágrimas de desânimo e indignação, por ter esperado vê-lo de novo, ele que a abordara de um salto, saído do nada.

Como aquilo lhe dilacerara o coração, a voz daquele homem! Que tinha dito seu nome, um nome que ela não havia escutado durante muito tempo.

Minha irmã Rebecca, nós morávamos em Milburn...

Ela havia procurado *Schwart* no catálogo local e telefonado para todos os diversos números, mas sem sucesso.

Em Montreal e Toronto, para onde eles tinham viajado nos últimos anos, Hazel também havia procurado por *Schwart* e dado alguns telefonemas inúteis, pois tinha uma vaga idéia de que Herschel se achava em algum ponto do Canadá — pois então Herschel não tinha falado em cruzar a fronteira canadense para fugir dos que o perseguiam...?

"Se ele estiver vivo. Se houver algum 'Schwart' vivo."

Começou a ficar ansiosa como nunca havia ficado antes dos concursos anteriores, ponderando *Ele é jovem, ele tem tempo*, porque agora seu filho tinha quase dezoito anos e estava amadurecendo depressa. Era um ser sexual tenso, retesado. Impulsivo, irritadiço. Os nervos faziam sua pele estourar em manchas desfiguradoras na testa. Ele não confidenciava aos pais que sofria de indigestão e constipação. Mas Hazel sabia.

Não suportava a idéia de que o filho talentoso ainda pudesse fracassar. Seria a morte para ela se Zack se saísse mal, depois de ter chegado tão longe.

"O sopro divino."

Aquele café à beira da estrada em Apalachin, Nova York! O garoto de pele quente em seu colo, aninhado nos braços da mamãe, estendendo as mãos, ansioso, para tocar as teclas quebradas de um velho e surrado piano de armário. A névoa formada pela fumaça de cigarros, o cheiro acre de cerveja, os gritos e risadas embriagados de estranhos.

Nossa, como é que ele consegue, um garoto tão pequeno!?

Hazel sorriu, os dois tinham sido felizes naquela época.

Era um homem mais velho, afavelmente embriagado, conhecido de Chet Gallagher e ansioso por conhecer a familinha deste.

Apresentou-se como "Zack Zacharias". Ouvira dizer que o enteado de Gallagher era um pianista também chamado "Zacharias".

Isso foi no Iate Clube Grand Island, onde Gallagher levou sua pequena família para comemorar, quando Zack foi informado de ter sido escolhido como um dos treze finalistas do concurso de San Francisco.

A filosofia de Gallagher era "Comemore quando puder, talvez você nunca tenha outra chance".

Trançando em direção à sua mesa, à beira do rio, veio o homem afavelmente bêbado, com salpicos brancos no cabelo curto, um rosto encaroçado de batata e olhos risonhos, vermelhos como se ele os houvesse esfregado com os punhos.

Estava ali para apertar a mão de Gallagher e conhecer a senhora, mas principalmente para se dirigir ao jovem Zacharias.

— Que coincidência, hein? Gosto de achar que as coincidências significam alguma coisa, mesmo quando é provável que não. Mas você é o que há de autêntico, filho: um músico. Li a seu respeito no jornal. Quanto a mim, sou um velho DJ alquebrado. Vinte e seis malditos anos na WBEN Radio Wonderful, transmitindo o melhor do jazz na madrugada — disse, no tom grave e lindamente modulado, se bem que meio zombeteiro, de uma voz radiofônica de negro —, e aqueles sacanas safados estão me mandando embora da estação. Não leve a mal, Chet: sei que a culpa não é sua, você não é a titica do seu velho Thaddeus. O meu nome verdadeiro, filho — acrescentou, debruçando-se sobre a mesa para apertar a mão do rapazola encolhido — é Alvin Block Jr. Não tem tanto balanço, não é?

E gingou os quadris, com um riso chiado, enquanto o maître corria em sua direção para levá-lo embora.

* * *

(O Iate Clube Grand Island! Gallagher falou como quem se desculpasse, mas foi também meio defensivo quanto ao assunto.

Na condição de celebridade local, Chet Gallagher tinha recebido um título de sócio honorário do Iate Clube Grand Island. A porcaria do clube tinha uma história — como era invariável, Gallagher chamou-a de "história meio suja" — de discriminação contra judeus, negros, "minorias étnicas" e, é claro, mulheres, sendo um clube privado inteiramente masculino, branco e protestante, às margens do rio Niágara. Gallagher certamente desdenhava dessas organizações como antidemocráticas e antiamericanas, mas, nesse caso, alguns grandes amigos seus eram sócios, o Iate Clube era uma "tradição antiga e venerável" na região de Buffalo, desde a década de 1870, e, sendo assim, por que não aceitar sua hospitalidade, tão graciosamente oferecida, desde que Chet Gallagher não fosse um *sócio pagante*?

— E a vista do rio Niágara é fantástica, especialmente ao pôr-do-sol. Você vai adorar, Hazel.

Hazel perguntou se a deixariam entrar no salão de jantar do Iate Clube.

— É claro, Hazel! — disse Gallagher. — Você e o Zack, como meus convidados.

— Mesmo eu sendo mulher? Os sócios não vão objetar?

— É claro que as mulheres são bem-vindas no Iate Clube. Esposas, parentes, convidadas dos sócios. É como no Clube de Atletismo Buffalo. Você já esteve lá.

— Por quê?

— Por que o quê?

— Por que as mulheres seriam "bem-vindas", se não o são? E os judeus, e os ne-gros? — retrucou Hazel, dando uma inflexão especial a *ne-gros*.

Gallagher percebeu que ela o estava provocando e fez uma expressão constrangida.

— Olhe, não sou sócio pagante. Só estive lá algumas vezes. Achei que seria um bom lugar para jantarmos no domingo, para celebrar a boa notícia do Zack — disse. Fez uma pausa e esfregou o nariz com vigor. — Podemos ir a outro lugar, Hazel. Se você preferir.

Hazel riu, ao perceber o ar desconcertado de Gallagher.

— Não, Chet. Não sou de "preferir" nada.)

* * *

Às vezes eu me sinto muito sozinha. Ai, meu Deus, tão sozinha, sentindo falta da vida de que você me salvou; mas ele a fitaria, perplexo e incrédulo.

Não, Hazel, você não! Nunca.

Em Buffalo, eles moravam no número 83 de Roscommon Circle, num raio de menos de dois quilômetros do Conservatório de Música Delaware, da Sociedade Histórica de Buffalo e da Galeria de Arte Albright-Knox. Eram convidados com freqüência para sair, seus nomes faziam parte de listas de endereços privilegiadas. Gallagher desprezava a vida burguesa, mas admitia que ela o intrigava. Da noite para o dia, Hazel Jones se tornara a *Sra. Chet Gallagher, Hazel Gallagher.*

Quando jovem, ela fora uma camareira competente e pouco dada a reclamações num hotel "histórico"; agora, em sua jovial meia-idade, cuidava de uma casa vitoriana parcialmente restaurada, com cinco quartos, três andares e telhados de ardósia de cumeeira alta. Originalmente construída em 1887, a casa era revestida de telhas de madeira, de um branco-perolado com acabamento roxo-escuro. Cuidar da casa tornou-se crucial para Hazel, uma espécie de fetiche. Assim como seu filho seria concertista, ela seria a mais exigente das donas de casa. Gallagher, que ficava fora a maior parte do dia, não parecia notar o quanto Hazel andava se tornando exageradamente escrupulosa com a casa, porque tudo que ela fazia lhe dava enorme prazer; e, é claro, Gallagher era um caso perdido em matéria de qualquer coisa percebida como prática ou doméstica. Aos poucos, Hazel também se encarregou de cuidar das finanças, porque isso era muito mais fácil do que esperar que ele assumisse a responsabilidade. Gallagher era um desastre ainda maior em matéria de dinheiro, indiferente a ele como só um filho de milionário poderia ser.

Com um instinto de rato-carregador, Hazel guardava recibos das menores compras e serviços. Mantinha arquivos impecáveis. Trimestralmente, por carta registrada, enviava fotocópias do material ao contador de Gallagher em Buffalo, para cálculo dos impostos. Gallagher assobiava, admirado com a mulher.

— Hazel, você é incrível. Como foi que ficou tão esperta?

— É de família.

— Como assim?

— Meu pai era professor de matemática do curso secundário.

Gallagher a fitou, com ar questionador:

— Seu pai era professor de matemática do secundário?

Hazel riu.

— Não. Eu só estava brincando.

— Você sabe o que o seu pai fazia, Hazel? Você sempre me disse que não.

— Não sabia e não sei — disse ela, enxugando os olhos, parecendo não conseguir parar de rir. É que ali estava Gallagher, com seus cinqüenta e tantos anos, a olhá-la com ar grave, daquele jeito do homem tão encantado de amor que é capaz de acreditar em qualquer coisa que a amada lhe diga. Hazel teve a impressão de que poderia enfiar a mão na caixa torácica do marido e tocar em seu coração pulsante.

— É só brincadeira, Chet.

Na ponta dos pés, beijou-o. Ah, Gallagher era um homem alto, mesmo com os ombros arriados. Hazel viu que os novos óculos bifocais do marido estavam sujos, tirou-os de seu rosto e limpou as lentes com destreza na blusa.

Sra. Chester Gallagher.

Toda vez que assinava seu novo nome, Hazel tinha a impressão de que sua letra sofrera uma alteração sutil.

Viajavam muito. Saíam com muitas pessoas. Algumas eram ligadas à música, outras, aos meios de comunicação. Hazel era apresentada a estranhos muito amáveis como *Hazel Gallagher*, um nome que lhe parecia vagamente cômico, absurdo.

Mas ninguém ria! Não que ela pudesse ouvir.

Gallagher, o mais sentimental dos homens, assim como era também o mais desdenhoso, teria gostado de uma cerimônia mais formal de casamento, mas reconheceu a lógica de uma rápida cerimônia civil num dos menores cartórios do tribunal do condado de Erie. "A última coisa que queremos são câmeras, certo? Preste atenção. Se o meu pai descobrisse..." A cerimônia de dez minutos foi realizada por um juiz de paz numa chuvosa manhã de sábado, em novembro de 1972: exatamente no décimo aniversário do encontro de Gallagher e Hazel no piano-bar da Pousada Malin Head. Zack foi a única testemunha — o filho adolescente da noiva, de terno e gravata. Com um ar constrangido e satisfeito.

Gallagher queria acreditar que fora ele quem convencera Hazel Jones a desposá-lo, finalmente. E brincou, dizendo que Hazel o havia transformado num homem decente.

Dez anos!

— Um dia, querida, você terá de me dizer por quê.

— Por que o quê?

— Por que se recusou a se casar comigo por dez longos anos.

— Dez anos muito curtos, isso é o que eles foram.

— Para mim foram longos! Toda manhã eu esperava que você tivesse desaparecido. Sumido. Levado o Zack e me deixado arrasado.

Hazel ficou perplexa com esse comentário. Gallagher só estava brincando, é claro.

— Talvez eu não tenha me casado com você por achar que eu não era uma pessoa boa o bastante para me casar com você. Talvez tenha sido isso.

E o risinho leve e enigmático de Hazel Jones. Que ela havia aprimorado à perfeição, como uma das cadências executadas sem esforço por Zack.

— Boa o bastante para se casar *comigo*! Ora, francamente, Hazel.

Assim como tomara providências para se casar com ela no tribunal do condado de Erie, Gallagher tomou providências para adotar Zack no tribunal do condado de Erie. Muito orgulhoso! Muito feliz! Foi a consumação de sua vida adulta.

A adoção foi providenciada com rapidez. Uma reunião com o advogado de Gallagher, outra com um juiz do condado. Documentos legais redigidos e assinados, e a certidão de nascimento de Zack, manchada e com as marcas das dobras, emitida como fac-símile no condado de Chemung, em Nova York, foi fotocopiada e arquivada no Cartório de Registros do Condado de Erie.

Legalmente, Zack passou a ser *Zack Gallagher*. Mas conservou *Zacharias Jones* como seu nome profissional.

Zack brincou, dizendo ser o garoto mais velho a ser adotado na história do condado de Erie: quinze anos. Na hora da assinatura, porém, desviou abruptamente os olhos de Gallagher e Hazel, sem querer que eles vissem seu rosto.

— Ei, garoto. Puxa vida!

Gallagher o abraçou com força. Deu-lhe um beijo molhado no canto da boca. Sendo o mais sentimental dos homens, não se importou que alguém o visse chorar.

Como conspiradores culpados, mãe e filho. Ao ficarem a sós, caíram na gargalhada — um riso nervoso, delirante, inflamado, que teria chocado Gallagher.

Muito engraçado, o que quer que houvesse desencadeado aquele riso entre os dois!

Zack ficara fascinado com sua certidão de nascimento. Não pareceu recordar-se de tê-la visto antes. Estava escondida com as coisas secretas de Hazel Jones, um maço pequeno e compacto que ela carregava consigo desde a estrada da Fazenda dos Pobres.

Perguntou se a certidão era legítima, e Hazel disse em tom ríspido que sim! Era.

— Meu nome é "Zacharias August Jones" e o do meu pai é "William Jones"? Quem diabos é "William Jones"?

— "Era."

— "Era" o quê?

— "Era", não "é". O Sr. Jones já morreu.

Segredos! Naquela trouxinha apertada dentro da caixa torácica, no lugar em que um dia estivera seu coração. Eram tantos, que às vezes ela não conseguia respirar.

Thaddeus Gallagher, por exemplo. Seus presentes e suas cartas apaixonadas à *Querida Hazel Jones*!

No outono de 1970, logo depois de Hazel receber a primeira delas, um indivíduo que quis ser denominado de *benfeitor anônimo* fez uma doação considerável ao Conservatório de Música Delaware, destinada a constituir uma bolsa de estudos e fundo de viagens para o jovem pianista Zacharias Jones. Havia necessidade de dinheiro para os numerosos concursos internacionais em que se apresentavam jovens pianistas, na esperança de ganhar prêmios e a atenção do público, marcar concertos e fechar contratos de gravação, e a doação do *benfeitor anônimo* permitiria a Zacharias viajar para onde quisesse. Gallagher, que pretendia empresar a carreira de Zack, teve aguda consciência dessas possibilidades:

— O André Watts tinha dezessete anos quando Leonard Bernstein o regeu no Concerto em Mi Bemol, de Liszt, em rede nacional de televisão. Foi um estouro.

E, é claro, havia o lendário Concurso Tchaikovsky de 1958, no qual Van Cliburn, então com vinte e quatro anos, tirara o primeiro lugar e voltara da Rússia soviética como uma celebridade internacional. Gallagher sabia! Mas ficou muito desconfiado do *benfeitor anônimo*. Quando os administradores do Conservatório se recusaram a lhe revelar a identidade dele, ficou desconfiado e ressentido. Queixou-se com Hazel:

— E se for *ele*? Que diabo!

Com ar ingênuo, Hazel perguntou:

— Quem é *ele*?

— O meu maldito pai, quem mais? Foram trezentos mil dólares que o "benfeitor anônimo" deu ao Conservatório, tem que ser ele. Deve ter ouvido o Zack tocar em Vermont — deduziu. Gallagher fez um ar furioso, mas desamparado, como um homem cujas pernas tivessem sido decepadas. Sua voz assumiu uma suavidade suplicante e repentina: — Hazel, não posso tolerar que o Thaddeus interfira mais na minha vida do que já interferiu.

Hazel ouviu com ar solidário. Não assinalou a Gallagher que *Não é a sua vida, é a do Zack.*

Era o instinto predador de mãe. Ao ver a pele do filho brilhar de calor sexual. Os olhos que se desviavam dos dela com jeito de culpa, acalorados e ávidos.

Irrequieto! Horas demais ao piano. Aprisionado numa jaula de notas reluzentes.

Ele saía de casa e voltava tarde. À meia-noite ou depois. Uma vez, só voltou às quatro da manhã. (Hazel ficou acordada, esperando. Muito quieta, para não perturbar Gallagher.) Noutra noite, em setembro, apenas três semanas antes do Concurso de San Francisco, ficou na rua até o amanhecer, e voltou trôpego e descabelado, desafiador, cheirando a cerveja.

— Zack! Bom dia.

Hazel não repreendeu o rapaz. Só falou de leve, sem censura. Sabia que, se chegasse sequer a tocá-lo, o filho recuaria. Numa fúria repentina, poderia dar-lhe um tapa, socá-la com os punhos, como fizera quando era pequeno. *Odeio você, mamãe! Droga, eu odeio, odeio, odeio você.* Ela não devia fitar com grande avidez aquele rosto jovem, com a barba por fazer. Não devia acusá-lo de querer destruir a vida dos dois, assim como não iria pedir, implorar nem chorar, porque esse nunca tinha sido o jeito de Hazel Jones, que sorriu ao abrir a porta dos fundos para o filho entrar e o deixou passar bruscamente por ela, sob a luz ainda acesa, respirando forte pela boca, como se tivesse corrido, e com aqueles olhos, que ela achava lindos, injetados e com as pálpebras pesadas, opacos, e com aquele cheiro de suor, um cheiro de sexo, pungente sob o cheiro acre da cerveja; mas ela o fez saber que *amo você, e o meu amor é mais forte do que o seu ódio.*

Zack dormiu durante grande parte do dia. Hazel não o perturbou. No fim da tarde, ele voltou para o piano, revigorado, e se exercitou até tarde da noite. E Gallagher, ouvindo no corredor, abanou a cabeça, deslumbrado.

Ela sabia!

(Foi obrigado a se perguntar o que ela quisera dizer, com aquele seu jeito brincalhão e implicante, com *O Sr. Jones já morreu.* Teria querido dizer que seu pai estava morto? Aquele pai de muito tempo antes, que dera gritos no rosto dele e o sacudira feito uma boneca de trapo, e que o havia espancado e atirado na parede, mas que também o tinha abraçado e beijado no canto da boca, deixando um gosto úmido de fumo. *Ei, amo 'ocês!* Enquanto os dedos executavam o trinado descendente, rápido e vívido dos últimos e extasiantes compassos da sonata de Beethoven, ele foi obrigado a se perguntar.)

Estranho: Chet Gallagher estava perdendo o interesse em sua carreira. Já perdera o interesse na carreira. Depois do término abrupto e vexatório da Guerra do Vietnã, a guerra mais prolongada e vergonhosa da história norte-americana, era estranho e irônico o quanto, quase da noite para o dia, ele ficara entediado com a vida pública, com a política. Mesmo estando sua carreira como *Chet Gallagher* em franca ascensão. (A coluna do jornal, 350 palavras que ele se gabava de ser capaz de datilografar com a mão esquerda enquanto dormia, era reproduzida e admirada em todo o país. O programa de entrevistas na televisão, que ele fora convidado a apresentar em 1973, também ganhava mais e mais audiência.

Além disso, em 1973, uma coletânea de textos em prosa que ele reunira meio às pressas, sob o título caprichoso de *Dizendo umas verdades (minhas)*, entrara inesperadamente na lista de brochuras mais vendidas.)

Ele vinha perdendo o interesse em *Chet Gallagher* na mesma medida em que ficava obcecado com *Zacharias Jones*. É que esse era um jovem pianista talentoso, um jovem pianista realmente talentoso, que Gallagher descobrira pessoalmente na baía de Malin Head, numa memorável noite de inverno...

"Acontece que ele é meu filho adotivo. Meu *filho*."

Gallagher teve de admitir que esse era um fenômeno que fora negado a seu próprio pai. Porque ele havia decepcionado o pai. *Ele* havia fracassado como pianista clássico. Talvez tivesse sido para se vingar do pai, mas, de qualquer modo, *ele tinha fracassado*, tudo aquilo terminara. Agora, só tocava jazz ocasionalmente, em apresentações locais, eventos para angariar fundos e outras festas beneficentes, e às vezes na televisão, porém já não era um jazz sério; Gallagher tinha se tornado muito burguesinho branco, um marido e pai de meia-idade chato pra diabo, e *feliz*. Não havia arestas em *feliz*. Não havia estilo cool jazzístico para *feliz*. Ele era tão dedicado a sua familinha que até deixara de fumar.

Como era estranha a vida! Ele empresaria a carreira do menino, porque a responsabilidade era de Chet Gallagher.

Não para forçá-lo, é claro. Desde o começo ele havia alertado a mãe do garoto.

— Nós vamos devagar. Uma coisa de cada vez. Temos que ser realistas. Até o André Watts, depois do fantástico sucesso inicial, se queimou. E o Van Cliburn também. Por algum tempo.

Gallagher não esperava seriamente que Zack tirasse um dos primeiros prêmios no Concurso de San Francisco; para um garoto tão jovem e relativamente inexperiente, o simples fato de ter se classificado era uma honra notável. Os juízes eram de origens étnicas variadas e não dariam preferência a um jovem branco norte-americano. (Ou dariam? Zack ia tocar a "Appassionata".) O menino concorreria com pianistas premiados da Rússia, da China, do Japão e da Alemanha, que se haviam preparado com pianistas mais ilustres do que seu professor no Conservatório Delaware. Para ser realista, Gallagher já estava planejando, arquitetando: o Concurso Internacional de Piano de Tóquio, em maio de 1975.

* * *

O nome dela era Frieda Bruegger.

Era aluna do conservatório, violoncelista. Uma bonita moça de feições não muito finas, olhos amendoados, uma cabeleira escura e arrepiada que lhe explodia em volta da cabeça, e um corpo jovem, animado, muito bem-feito. A voz era um soprano penetrante:

— Sra. Gallagher! O-*lá*!

Hazel sorriu e se manteve totalmente controlada, mas fitou com ar vago a moça levada à casa por Zack, que a apresentou como uma amiga com quem estava preparando uma sonata para um recital vindouro do conservatório. Hazel estava admirando o belo e reluzente violoncelo nas mãos da moça, pensando em fazer perguntas sobre o instrumento, mas havia algo errado, por que os jovens a olhavam daquele jeito tão estranho? Percebeu então que não havia respondido. Meio dormentes, seus lábios se mexeram:

— Olá, Frieda.

Frieda! Um nome tão estranhamente sonoro para ela, que Hazel quase desmaiou.

Percebeu que já tinha visto essa moça na escola de música. Chegara até a vê-la com Zack, embora os dois não tivessem ficado juntos a sós. Depois de um recital, em meio a um grupo de jovens músicos.

É ela. Essa é a tal. O Zack está dormindo com ela. Será?

E assim, sem aviso prévio, Zack levara a moça em casa; Hazel não estava preparada. Havia esperado que ele fosse sigiloso, circunspecto. No entanto, ali estava a moça à sua frente, chamando-a de "Sra. Gallagher". Era realmente jovem, uns vinte anos. A seu lado, Zack ainda era um garoto, embora muito mais alto. E com o corpo desajeitado, inseguro. Nas relações pessoais, Zack não tinha a agilidade e a graça desenvoltas que tinha ao piano. Nesse momento, esfregava o nariz, nervoso. E não olhava para Hazel, não diretamente. Estava agitado, desafiador. Gallagher dissera a Hazel que a coisa mais natural do mundo era um rapaz da idade de Zack ter uma namorada, a rigor, várias; era forçoso presumir que a garotada de hoje fosse sexualmente ativa, de um modo como em geral não tinha sido na geração de Hazel, e, que diabo, estava tudo bem, desde que eles tomassem algumas precauções, e Gallagher já tivera uma conversa com Zack (só restara a Hazel imaginar quão atrapalhada), de modo que não havia nada com que se preocupar.

E assim, Zack levou para casa essa garota de beleza meio bruta, olhos amendoados e sobrancelhas bem grossas e escuras, não depiladas, e o cabelo mais espantosamente explosivo: Frieda Bruegger.

E informou a Hazel que os dois tocariam uma sonata de Fauré para piano e violoncelo num recital do conservatório, em meados de dezembro. Foi a primeira vez que Hazel ouviu falar no assunto, e não soube como reagir. (E a "Appassionata"? E San Francisco, dali a oito dias?) Mas ninguém estava pedindo sua opinião. O assunto já fora decidido.

— Será meu primeiro recital nessa série, Sra. Gallagher. Estou muito nervosa!

Ela queria que Hazel partilhasse de sua empolgação, do drama de sua jovem vida. E Hazel se retraiu, resistindo.

Porém ficou na sala de música por mais tempo do que teria esperado. Ocupou-se com pequenas tarefas domésticas: ajeitar as almofadinhas no banco junto à janela, abrir bem as venezianas. Os jovens conversaram animadamente sobre a sonata, examinando suas fotocópias de partituras. Hazel viu que a moça ficou muito perto de Zack. Sorria com freqüência e tinha dentes grandes e perfeitamente brancos, com uma falha pequena e encantadora entre os dois incisivos. A pele era lindamente lisa, com um leve toque moreno por baixo. O lábio superior era coberto pela mais fina penugem. Frieda estava animadíssima! Zack se retraiu dela um pouco, de modo quase imperceptível. Mas parecia achá-la divertida. Em várias ocasiões, tinha levado outros músicos jovens à casa para ensaiar com eles, porque era um acompanhante pianístico favorito no conservatório. Possivelmente, a moça era apenas uma amiga sua, uma colega de turma. Só que menos experiente do que ele em termos musicais, de modo que dependeria do seu julgamento, daria a precedência musical a Zack. A moça brandia seu lindo violoncelo como se fosse um simulacro dela mesma, de seu belo corpo feminino.

Hazel estava esquecendo o nome da moça. Sentiu um pânico vago e alvoroçado, tudo acontecia muito depressa.

Para uma aluna do conservatório, a moça estava vestida de forma provocante: suéter verde-limão bem justo nos seios fartos, jeans com tachinhas de metal, apertados nas nádegas amplas. Tinha o cacoete nervoso de umedecer os lábios e respirar pela boca. Mas não parecia realmente constrangida; aquilo era um jeito de se dramatizar, de se exibir. Uma menina rica, seria? Alguma coisa em seus modos sugeria esse tipo de origem. Ela se mostrava segura de ser benquista. Segura de ser admirada. No pulso direito, usava um relógio de aparência cara. As mãos não eram extraordinárias para uma violoncelista: meio pequenas, atarracadas. Não eram longas e finas como as de Zack. Unhas feias, lixadas bem curtinho. Hazel olhou para suas próprias unhas, impecavelmente pintadas, combinando com o batom coral... Mas a moça era muito jovem e cheia de vida! Hazel ficou a olhá-la, olhá-la, perdida de admiração.

Apanhou-se perguntando se os jovens gostariam de beber alguma coisa. Um refrigerante, um café...

Em tom polido, eles declinaram, não.

Ocorreu-lhe então uma idéia terrível: *Eles estão esperando que eu os deixe a sós.*

Mas se ouviu perguntar:

— Como é essa sonata? É... conhecida? Alguma coisa que eu já tenha ouvido?

Foi Frieda quem respondeu, viva e entusiasmada como uma garotinha de escola:

— É uma sonata linda, Sra. Gallagher. Mas é provável que a senhora não a tenha ouvido, as sonatas de Fauré não são muito conhecidas. Ele estava velho e doente quando a escreveu, em 1921, é uma de suas últimas composições, mas ninguém adivinharia! Fauré era um verdadeiro poeta, um músico puro. Nessa sonata há uma surpresa, no modo como o clima se modifica e o "tema fúnebre" se transforma numa coisa que a gente não esperaria, quase etérea, alegre. Como se a pessoa, estando velha e doente, quase à beira da morte, ainda conseguisse elevar-se acima do corpo em decadência...

A moça falou com uma intensidade tão repentina, que Hazel ficou sem jeito.

Por que ela está falando assim comigo? Será que acha que eu sou velha? Doente?

Assim como fora costume de Hazel pôr flores no piano de cauda Steinway na vitrine da Irmãos Zimmerman, era seu hábito pôr flores no piano da sala de música. Zack nem as notava, é claro. Na casa dos Gallagher, Zack parecia notar muito pouca coisa, apenas a música o absorvia por completo. Mas sua amiga notaria as flores. Já as tinha notado. Notou o piso polido de madeira de lei, os tapetes espalhados, as almofadas de cores alegres dispostas no banco da janela, as janelas altas que davam para o quintal vividamente verde, onde, no tempo úmido (chovia nesse momento, uma garoa fina e porosa), o ar brilhava como no fundo do mar. Introduzida na casa e conduzida por Zack pelo andar térreo, ela certamente teria notado como a casa dos Gallagher era lindamente mobiliada. Iria embora deslumbrada com *a mãe do Zack, tão...*

Hazel ficou desamparada, insegura. Sabia que devia deixar os jovens músicos com seus exercícios, porém novamente se ouviu perguntar se precisavam de alguma coisa da cozinha, e mais uma vez eles declinaram polidamente, *não*.

Quando Hazel saiu, Frieda disse de longe:

— Obrigada, Sra. Gallagher! Foi um prazer conhecê-la.

Mas você me encontrará de novo, não? Encontrará.

Mesmo assim, Hazel demorou-se do lado de fora da sala de música, esperando o ensaio começar. A violoncelista afinou seu instrumento. Zack devia estar sentado ao piano. Hazel sentiu uma pontada de inveja ao ouvi-los começar. O violoncelo era muito sonoro, muito vívido: o instrumento favorito de Hazel, depois do piano. Ela o preferia de longe ao violino. Após alguns compassos, a música parou. Voltaram ao começo. Zack tocou, a moça ouviu. Zack falou. Mais uma vez, os dois começaram a sonata, e outra vez pararam. E recomeçaram de novo... Hazel escutou, fascinada. É que ali estava uma beleza que ela era capaz de compreender: não a cascata trovejante de notas de piano que deixava o ouvinte sem fôlego, nem as repetições marteladas com força, o isolamento da grande sonata de Beethoven, porém os sons mais sutis e delicadamente entrelaçados de dois instrumentos. O violoncelo predominava, o piano era bastante discreto. Ou assim Zack optou por tocá-lo. Entrelaçados, violoncelo e piano. Hazel passou algum tempo escutando, profundamente comovida.

Retirou-se. Tinha trabalho a fazer. Noutro ponto da casa, seu próprio trabalho. Mas não conseguiu concentrar-se, longe da sala de música. Voltou, demorando-se no corredor. Lá dentro, os jovens músicos conversavam. Um riso rápido e robusto de menina. Uma voz grave de garoto. Teria terminado o ensaio por hoje? Eram quase seis da tarde. E quando eles voltariam a ensaiar? Do outro lado da porta, as vozes juvenis eram animadas, melódicas. A de Zack entremeava-se calorosamente com a da moça, os dois estavam muito à vontade juntos, como se conversassem com freqüência, rissem um com o outro. Que coisa estranha: Zack se tornara desconfiado com Hazel, reservado e reticente. Ela o estava perdendo. Já o tinha perdido. Ainda era muito recente em sua lembrança a ocasião em que o filho tinha mudado de voz, deixado aquele timbre fino e agudo de menino que por tanto tempo lhe pertencera. Ainda hoje, às vezes a voz vacilava, soava rachada. Zack ainda não era homem, apesar de já não ser criança. É claro, um garoto de dezessete anos está sexualmente maduro. Uma garota do tipo de Frieda, com o corpo formado, sensual, teria amadurecido sexualmente em idade muito mais tenra. Fazia muito tempo que Hazel não via o filho nu, nem queria vê-lo nu, mas tivera vislumbres ocasionais do cabelo grosso que lhe brotava nas axilas e vira seus braços e pernas cobertos de pêlos escuros. A moça seria menos estranha para Hazel do que Zack, porque o corpo da jovem lhe seria conhecido, familiar como seu próprio corpo perdido de menina.

Frieda devia estar respondendo a uma pergunta de Zack, pois começou a falar da família. O pai era cirurgião-oftalmologista em Buffalo, nascera na cidade. A mãe havia nascido numa pequena aldeia alemã, perto da fronteira com a Tchecoslováquia. Quando menina, tinha sido transportada para Dachau com toda a família, parentes e vizinhos, mas depois fora transferida para um campo de trabalhos forçados na Tchecoslováquia e conseguira fugir com outras três mocinhas judias; tinha sido "deslocada de guerra" depois da libertação e havia emigrado para a Palestina, e em 1953 emigrara para os Estados Unidos, aos vinte e cinco anos. Os nazistas haviam exterminado toda a sua família: não restara ninguém. Mas ela alimentava uma crença:

— Deve haver uma razão para ela ter sobrevivido. Ela acredita mesmo nisso! — disse Frieda. Riu, para mostrar que compreendia que a convicção da mãe era ingênua e para se dissociar dela. E Zack respondeu:

— Mas houve, Frieda. Foi para você poder tocar a segunda sonata de Fauré e eu poder acompanhá-la.

Hazel afastou-se da sala de música, com a sensação de que sua alma fora aniquilada, extinta.

Muito sozinha!

Não podia chorar, chorar era mera futilidade. Sem ninguém como testemunha, era um desperdício de lágrimas.

Cada um colhe o que semeia.

Você semeou, semeou. Agora, colha!

As vozes grosseiras e brutas de sua infância. As velhas vozes da sabedoria.

No terceiro andar da casa, no espaço pouco mobiliado do sótão que se tornara seu espaço particular, Hazel se escondeu como um animal ferido. A essa distância, não tinha como ouvir se o jovem casal recomeçara a ensaiar. Não ouviu quando a moça se foi. Não ouviu se Zack saiu com ela. Se chamou a mãe ao sair de casa, ela não ouviu.

Se a moça a chamou, com aquela voz calorosa e penetrante, *Até logo, Sra. Gallagher!*, não ouviu.

Nunca foi como você disse a si mesma. Você nunca escapou dele. Papai era inteligente demais, rápido demais. Papai era forte como o diabo. Mirara a espingarda no seu peito magricela de menina e apertara o gatilho. *E pronto. E depois, virara de costas para o que jazia sangrando e mutilado no chão do quarto, feito um pedaço de carne trucidado, triunfante porque os inimigos não o subjugariam nem humilhariam mais uma vez, e recarregara a espingarda, que, como o rádio-console Motorola, tinha sido uma das compras espantosas de sua experiência norte-americana, e virara canhestramente os dois canos contra si e disparara, e depois dessa explosão terrível houvera apenas silêncio, porque não tinha restado nenhuma testemunha.*

Rir da morte. Por que não? Mas Zack não conseguiu rir.

O solo da Terra estava impregnado de sangue. Ele sabia, antes mesmo de conhecer Frieda Bruegger. Sabia dos campos de extermínio nazistas, da Solução Final. Parecia já saber o que talvez passasse anos aprendendo. *Rir da morte* não era possível do lado de cá da morte.

Que inconsistente, que efêmera e trivial parecia a música, dentre todos os esforços humanos! Desfazendo-se em silêncio já ao ser executada. E era preciso trabalhar com enorme afinco para executá-la, e era muito provável que se fracassasse, de qualquer maneira.

Revoltado com sua própria vaidade. Sua ambição ridícula. Ele seria desmascarado, num palco feericamente iluminado. Como um macaco adestrado, iria apresentar-se. Diante de um painel de "juízes internacionais". Profanaria a música, na exibição de sua própria vaidade. Como se os pianistas fossem cavalos de corrida a serem jogados uns contra os outros, para que terceiros apostassem. Haveria um "prêmio em dinheiro", é claro.

Seis dias antes da data marcada do vôo para San Francisco, informou aos adultos que cercavam Zacharias Jones: ele não iria.

Que comoção! O dia inteiro o telefone tocou, e foi Gallagher quem atendeu.

O jovem pianista recusou-se a dar ouvidos ao professor de piano. Recusou-se a dar ouvidos a outros músicos do conservatório. Recusou-se até mesmo a dar ouvidos ao padrasto, a quem adorava e que lhe pediu, implorou, adulou e pechinchou:

— Que seja a sua última competição, Zack. Se você se sente tão mal com isso.

A mãe do jovem pianista não argumentou com ele, porém. Soube manter a distância. Talvez estivesse perturbada demais, evitou falar com qualquer pessoa. Ah, o menino sabia como ferir a mãe! Se Hazel tentasse argumentar com ele, como fizera Gallagher, ele teria rido na sua cara.

Foda-se. Vá você tocar. Está pensando que eu sou a porra do seu macaco adestrado? Pois eu não sou.

Assim transcorreram três dias. Zack escondeu-se, começou a se sentir envergonhado. Sua decisão começou a lhe parecer mera covardia. A revolta moral em sua alma passou a se afigurar mero nervosismo, pavor do palco. Seu rosto incendiou-se. Seus intestinos cuspiam merda líquida numa cascata escaldante. Ele não suportava seu reflexo exausto no espelho. Não conseguiu nem ao menos falar com Frieda, que começara por se solidarizar com ele, mas agora não estava tão segura. Ele não tinha pretendido chamar atenção para si. Pretendera afastar-se das atenções. Andara lendo a Bíblia hebraica: *Tudo é vaidade.* Andara lendo Schopenhauer: *A morte é um sono em que a individualidade é esquecida.* Havia tencionado retrair-se da possibilidade da aclamação e do "sucesso", tanto quanto da possibilidade do fracasso público. Agora, começava a reconsiderar sua decisão. Jogara no lixo uma coisa muito preciosa, e agora precisava pegá-la e lavá-la. Talvez fosse melhor matar-se, afinal...

Ou então fugir, desaparecer pela fronteira com o Canadá.

O conservatório ainda não havia informado aos organizadores do concurso que Zacharias Jones tinha decidido retirar-se. E agora, ele andava reconsiderando sua decisão. E lá estava Gallagher a lhe falar com sensatez, dizendo que ninguém esperava que ele vencesse, que a honra estava em ter se classificado.

— Escute, faz meses que você vem tocando a sonata de Beethoven aqui, então toque lá. Qual é a diferença, essencialmente? Não há diferença. Só que o Beethoven compôs sua música para ela ser ouvida, certo? Impediu que a "Appassionata" fosse prematuramente publicada, por não acreditar que o mundo já estivesse pronto para ela, mas nós estamos prontos, garoto. Então, toque até rachar. E, pelo amor de Deus, pare de andar emburrado.

Apanhado de surpresa, Zack riu. Como de hábito, papai tinha razão.

2

Em San Francisco, as ruas molhadas brilhavam. Íngremes como num antigo cataclismo. O ar era de uma pureza áspera, soprado do oceano enevoado para a terra.

E aquela neblina! Fora das janelas da suíte, no vigésimo andar do San Francisco Pacific Hotel, o mundo se reduzira a uns poucos metros.

O mundo se reduzira a um reluzente teclado de piano.

"O sopro divino."

Era verdade. Não podia haver outra explicação. Para ele ter se tornado, aos dezessete anos, um jovem pianista chamado *Zacharias Jones*, com a minúscula fotografia no programa em papel brilhoso do Concurso Internacional de Piano de San Francisco, 1974. E para ela ter se tornado *Hazel Gallagher*.

Na suíte do hotel, uma dúzia de rosas vermelhas os esperava. E um cesto de vime embrulhado em papel celofane, cheio de iguarias requintadas e garrafas de vinho branco e tinto. Eles ririam loucamente juntos, como conspiradores, mas tinham passado a desconfiar um do outro nos últimos meses. O filho tinha feito mira no coração da mãe e desferido um golpe profundo, atordoante.

Sem saber, Gallagher tornara-se o mediador entre os dois. Não tinha a menor consciência da tensão entre mãe e filho. E cutucou Hazel, quando ouviu Zack assobiar no quarto contíguo do hotel:

— Escute só! Isso é bom sinal.

Hazel não sabia se era bom sinal. Também ela ficara estranhamente feliz em San Francisco, na neblina. Era uma cidade de brilhantes ruas molhadas, quase verticais, e "bondes" estranhamente clamorosos. Uma cidade completamente nova para ela e Zack. Tinha uma sensação póstuma, uma impressão de calma. O sopro divino os impelira para lá, de forma tão caprichosa quanto para outros lugares.

* * *

Lá embaixo, na loja de presentes do hotel, Hazel comprou um baralho.

Sozinha na suíte, rasgou o celofane, embaralhou rapidamente as cartas e as deitou numa mesa de tampo de vidro, em frente a uma janela, para jogar paciência.

Contentíssima por estar sozinha! Gallagher quisera muito que Hazel fosse com ele e Zack ao almoço em homenagem aos pianistas. Mas ela havia ficado. No avião, tinha visto duas adolescentes, irmãs, jogando uma partida dupla de paciência.

Muito feliz. Por não ser Hazel Jones.

— Hazel? Por que é que você resolveu usar preto?

Era um vestido novo de jérsei macio e colante, com um drapeado gracioso no corpete. Mangas compridas, cintura baixa. Saia seteoitavos. Usaria um escarpim de cetim preto para combinar. A noite de outubro estava fria; ela se embrulharia num elegante xale de lã preta.

— Eu não devia? Achei...

— Não, Hazel. O vestido é estupendo, mas é fúnebre demais para a ocasião. Você sabe como o Zack interpreta as coisas. Especialmente quando vêm de você. Um pouco mais de cor, Hazel. Por favor!

Gallagher pareceu tão sério que ela cedeu. Usaria um terninho creme de lã fina, com uma echarpe vermelha de seda, um dos presentes mais práticos de Thaddeus Gallagher, enrolada no pescoço. Era tudo uma farsa.

Fora das janelas altas, a neblina se dissipara. San Francisco emergiu do crepúsculo, uma cidade de estalagmites que cintilavam com a luz até a linha do horizonte. Linda! Hazel se perguntou se a perdoariam, caso ficasse no quarto. Seu coração crispava-se de pavor ante a idéia do que viria pela frente.

— Ei, papai! Vem dar uma ajuda!

Zack estava tendo dificuldade com a gravata-borboleta. Ficara entrando e saindo de seu quarto, demorando-se na suíte dos pais. Não se sentira muito à vontade nesse dia, dissera Gallagher. No almoço e depois. Os outros pianistas eram mais velhos, mais experientes. Vários exalavam "personalidade". Zack tinha uma tendência a se retrair, a parecer carrancudo. Havia tomado seu segundo banho nesse dia e penteado o cabelo com um esmero compulsivo. A testa cheia de manchas estava quase toda escondida pelas mechas de cabelo castanho-claro. O rosto jovem e anguloso reluzia com uma espécie de alegria em pânico.

Os homens tinham que usar smoking. Camisa social de algodão branco, engomada e com botões no peitilho, punhos franceses enfeitados. Gallagher ajudou Zack com a gravata e os punhos franceses.

— Levante a cabeça, garoto. O smoking é uma invenção ridícula, mas a gente fica bonito. As damas se derretem por nós — disse, roncando de rir com a piada boba.

Pelo espelho, Hazel observou. Não conseguia deixar de sentir que a familinha estava a caminho de uma execução, mas qual deles seria executado?

Gallagher atrapalhou-se com a gravata de Zack, desfazendo o laço inteiro e tentando de novo. Quase se diria que os dois eram parentes: o pai de meia-idade, com uma calva na cabeça em forma de cúpula, o filho adolescente quase da mesma altura, franzindo o cenho enquanto a porcaria da gravata era ajeitada. Hazel calculou que Gallagher teve que se conter para não dar um beijo molhado na ponta do nariz de Zack, numa bênção brincalhona.

Quanto mais tenso ficava, mais Gallagher era jocoso, cheio de macaquices. Pelo menos, não estava dobrado de dores gástricas, vomitando no vaso sanitário, como fizera na casa do pai. Em semi-sigilo (Hazel sabia, sem ter visto), ele abrira o minibar da sala e tomara um ou dois goles de uísque Johnnie Walker Black Label.

Havia quem acreditasse ser contra a natureza um homem amar o filho de outro como se fosse seu. Mas era assim que Gallagher amava Zack, e Gallagher tinha triunfado.

Dentre os cinco pianistas programados para se apresentar nessa noite, no salão de concertos do Centro de Artes de San Francisco, Zacharias Jones era o terceiro. No dia seguinte se apresentariam os outros oito pianistas. O anúncio do primeiro, segundo e terceiro colocados seria feito depois que o último pianista tocasse, na segunda noite. Os Gallagher ficaram aliviados por Zack tocar tão cedo, porque com isso a provação acabaria mais depressa para ele. Mas Gallagher ficou com medo de que os juízes tendessem a favorecer mais os últimos pianistas a se apresentar.

— Mesmo assim, não importa como o Zack vai se sair — comentou com Hazel, afagando distraidamente o queixo. — Já dissemos isso.

Suas poltronas ficavam na terceira fila, no centro. Eles tinham uma visão livre e desimpedida do teclado e das mãos voadoras dos pianistas. Enquanto ouviam os dois primeiros se apresentarem, Gallagher apertou com força a mão de Hazel, todo encostado nela. Estava com a respiração acelerada e curta, e seu hálito cheirava a uma mistura pavorosa de uísque com anti-séptico oral Listerine.

Depois de cada apresentação, Gallagher aplaudiu com entusiasmo. Ele próprio tinha sido pianista. Os braços de Hazel estavam pesados feito chumbo, a boca, seca. Ela mal ouvira o som de uma nota, não tinha querido perceber quão talentosos eram os rivais de seu filho.

De repente, o nome de Zack foi anunciado. Ele entrou no palco com uma presteza surpreendente, conseguiu até sorrir para a platéia. Não enxergava nada senão as luzes ofuscantes, e estas o faziam parecer ainda mais jovem do que era, em contraste com o pianista anterior, de trinta e poucos anos. Ao piano, Zack sentou-se, inclinou o corpo para a frente e começou a tocar as conhecidas notas iniciais da sonata de Beethoven, sem nenhum preâmbulo. Embora Hazel o tivesse visto apresentar-se em numerosos recitais, era sempre uma espécie de choque para ela a subitaneidade com que as apresentações começavam. E, uma vez iniciadas, tinham que ser executadas na íntegra.

Havia apenas três movimentos sutilmente contrastantes na complexa sonata, os quais passavam com exasperante rapidez. E Zack pareceu tocá-los ainda mais depressa do que em casa. Tantos meses de preparativos para menos de meia hora de apresentação! Era uma loucura.

Gallagher inclinou-se sobre Hazel com tanta força, que ela teve medo de que a esmigalhasse. Mas não se atreveu a empurrá-lo.

Sentia-se num estado de pânico em suspenso. Não conseguia respirar, e o coração havia começado a bater muito depressa. Ela dissera repetidas vezes a si mesma que não era possível Zack vencer esse concurso, que a honra estava na simples classificação. Mas temia que ele cometesse um erro, que de algum modo se atrapalhasse, que se humilhasse, viesse a fracassar. Sabia que ele não o faria, tinha absoluta confiança no filho, mas sentia pavor de uma catástrofe. As notas vívidas e cristalinas explodiam no ar com um volume ofensivo, mas pareciam esmaecer quase de imediato, depois a se inflar e a desaparecer de novo de sua audição. Hazel começou a ficar zonza, estivera prendendo a respiração sem perceber. A mão de Gallagher pesava muito sobre seu joelho, e os dedos do marido apertavam os seus com tal força, que ela achou que ele lhe quebraria os ossos. A música, tão familiar para ela durante meses, de repente tornou-se desconhecida, irritante. Hazel não conseguia lembrar-se qual era, que rumo estava tomando. Havia algo de perturbado e demoníaco na sonata. A rapidez com que os dedos do pianista saltitavam pelo teclado... Os olhos de Hazel encheram-se de lágrimas, ela não conseguiu obrigar-se a olhar. Não pôde imaginar por que um espetáculo tão torturante tinha a pretensão de ser agradável, um "entretenimento". Era puro inferno, ela o odiava. Só durante as passagens mais lentas, que eram de uma beleza singular, Hazel conseguia relaxar e respirar normalmente. Só durante as passagens mais lentas, quando diminuía a intensidade demoníaca. Aquilo era realmente lindo, de cortar o coração. Nas semanas anteriores, a interpretação que Zack dava à "Appassionata" havia começado a mudar. Agora havia menos calor imediato em sua execução, uma precisão maior, uma percussão, uma espécie de fúria contida. As notas rápidas, percutidas com força, dilaceravam os nervos de Hazel. O professor de piano não tinha gostado da nova direção em que Zack vinha se movendo, nem Gallagher. Nesse momento, Hazel pôde ouvi-la, a fúria. Era quase como se houvesse um desdém pela realidade da sonata em si. Havia um desdém pelo ato vistoso da "apresentação". Hazel percebeu que Zack trincava os dentes com força, tinha a parte inferior do rosto crispada. Uma tira de umidade oleosa luzia em sua testa. A mãe desviou os olhos, estremecendo. Viu que as outras pessoas da platéia fitavam o pianista, fascinadas. Fileiras de ouvintes em transe. O salão tinha quinhentos lugares na platéia e no balcão, e parecia estar lotado. Era uma platéia musical, familiarizada com as peças a serem executadas pelos pianistas. Muitos eram pianistas, eles próprios, ou professores de piano. Havia um contingente de pessoas do conservatório que estavam lá para dar apoio, entre elas Frieda Bruegger; Hazel procurou o rosto da moça, mas não o encontrou. Aqui e ali, no salão de concertos elegantemente decorado, com suas poltronas fofas e suas paredes de mosaicos, havia rostos que não se esperaria ver naquele tipo de ambiente. Era muito provável que fossem parentes dos candidatos, deslocados entre os outros ouvintes mais versados. Uma nesga de memória se abriu, cortante como uma lasca de vidro: Herschel lhe contando que, um dia, os pais deles haviam cantado árias um para o outro, nos velhos tempos de Europa. Em Munique, devia ter sido. No que Anna Schwart chamava de a velha pátria.

Embotados pela distância e pelo tempo, os rostos deles pairaram ao fundo do salão de concertos. Os Schwart!

Estavam perplexos, incrédulos. E imensamente orgulhosos.

Sempre confiamos em você, Rebecca.

Não, não confiaram.

Sempre a amamos, Rebecca.

Não. Acho que não.

Era difícil nós falarmos. Eu não confiava nessa nova língua. E o seu pai, você sabe como era o seu pai...

Se sei!

O papai a amava, Rebecca. Costumava dizer que você era quem ele mais amava, era a mais parecida com ele.

O rosto de Hazel era um rosto quebradiço de boneca, coberto de rachaduras. Ela estava desesperada para escondê-lo, para que ninguém o visse. Nem visse as lágrimas que lhe jorravam dos olhos. Conseguiu cobrir parte do rosto com uma das mãos. Viu o cemitério abandonado, o mato alto. O cemitério estava sempre perto, atrás de suas pálpebras, bastava fechar os olhos para vê-lo. Nele havia lápides derrubadas na grama, lascadas e partidas. Algumas sepulturas tinham sido vandalizadas, os nomes dos mortos, apagados. Por mais que tivessem sido cuidadosamente gravados em pedra, os nomes dos mortos haviam desaparecido. Hazel sorriu ao ver aquilo: a terra como um lugar de túmulos anônimos, todos os túmulos desconhecidos.

Abriu os olhos inundados de lágrimas. No palco, o pianista concluía o último e turbulento movimento da sonata de Beethoven. Toda a sua jovem vida fora canalizada para esse momento. Ele estava tocando com todo o coração, isso era claro. O rosto de Hazel, tenso e endurecido por tanto tempo, deve ter brilhado de felicidade. Veio o acorde final, o pedal a sustentá-lo. O pedal solto. No mesmo instante, a platéia irrompeu em aplausos.

Com ansiedade infantil, o pianista saltou da banqueta para se curvar diante do público. Seu rosto jovem e vulnerável brilhava de suor. Havia algo fulminante e fanático em seus olhos. Mas ele sorria, um sorriso meio zonzo, e se curvou como se a humildade o tivesse atingido qual uma dor repentina. A essa altura, Gallagher já estava de pé, erguendo as mãos para aplaudir com os outros.

— Hazel, ele conseguiu! Nosso filho!

* * *

Deve haver uma razão para ela ter sobrevivido.

Ela sabia. Sabia disso. Mas não soube dizer qual era a razão, nem mesmo nesse momento.

Muito inquieta!

Eram 2h46. Apesar de exausta, ela não conseguia dormir. Embora esgotada pela emoção, não conseguia dormir. Os olhos ardiam como se os houvesse esfregado com areia.

A seu lado, Gallagher dormia pesadamente. Era infantil no sono, estranhamente dócil. Encostava o corpo quente e úmido no dela, apoiado como uma criatura cega, ávida de afeição. Mas a respiração era muito alta, penosa. Com sons na garganta que pareciam cascalho raspado, retirado com uma pá. Nessa respiração ela anteviu sua morte: só então saberia com que profundidade tinha amado esse homem, ela que não era capaz de articular tanto amor nesse momento.

Era uma pessoa cuja linguagem infantil fora roubada, e nenhuma outra língua sabe fazer falar o coração.

Tinha que sair! Esgueirou-se da cama, deixou o quarto escuro e o homem adormecido. A insônia a impulsionou como um enxame de formigas a lhe percorrer o corpo nu.

Na verdade, não estava nua: usava uma camisola. Uma sensual camisola de seda cor de champanhe, com corpete de renda, presente de Gallagher.

Na sala, acendeu um abajur. Eram 2h48. Assim, aos pouquinhos, podia-se viver a vida. Fazia cinco horas que Zack havia tocado a "Appassionata". Na recepção posterior, a moça de rosto toscamente bonito abraçara Hazel como se as duas fossem velhas amigas, ou parentas. Hazel se mantivera rígida, sem se atrever a retribuir o abraço.

Zack tinha saído com a moça. Com ela e mais outros. Pedira a Gallagher e à mãe que não o esperassem acordados, e ambos haviam prometido não esperar.

A chuva açoitava as janelas. De manhã, haveria neblina outra vez. A cidade noturna pareceu bonita a Hazel, mas não muito real. A vinte andares do chão, nada parecia muito real. A uma pequena distância havia um prédio alto e estreito, que talvez fosse uma torre. Uma luz vermelha, embotada pela chuva, girava em seu topo.

— O olho de Deus.

Era uma coisa curiosa para se dizer. As palavras pareceram falar por si.

Hazel não gastou tempo para se vestir, estava apressada demais. A capa de chuva serviria. Era uma elegante capa verde-oliva, com a saia evasê e uma faixa para amarrar na cintura. Ainda estava úmida da chuva noturna. Mas ela poderia usá-la como um robe sobre a camisola. E sapatos: não podia sair do quarto descalça.

Ao procurar os sapatos baixos, encontrou um único pé do sapato preto e brilhante de Gallagher caído no tapete, onde ele o havia chutado. Apanhou-o e o pôs no armário, ao lado do par.

Eles tinham voltado juntos para a suíte de hotel, para comemorar. Gallagher pedira champanhe ao serviço de copa. Na mesa de centro de tampo de mármore, havia uma bandeja de prata e, espalhados sobre ela, papéis de embalagens, garrafas, taças. Sobras de queijo Brie, biscoitos de centeio, kiwis e sementes de suculentas uvas Concord. E amêndoas e castanhas-do-pará. Depois da tensão emocional do programa noturno, Gallagher ficara faminto, porém agitado demais para se sentar quieto, de modo que andara pela sala enquanto comia e falava.

Talvez não houvesse esperado que Zack tocasse tão bem. Talvez também houvesse esperado algum tipo de catástrofe.

Em maio, os Gallagher mais velhos tinham passado por um susto médico. As dores de estômago tinham continuado e uma coisa turva aparecera numa radiografia, mas não era maligna. Uma úlcera tratável. Os dois tinham resolvido não contar a Zack, seria seu segredo.

Zack tinha saído com amigos do conservatório e outros jovens músicos conhecidos em San Francisco. Depois de sua controvertida apresentação, ele se tornaria uma espécie de herói, ao menos entre os pianistas de sua geração.

Hazel não quis aproximar-se da porta do quarto contíguo, ocupado pelo filho. Não quis girar delicadamente a maçaneta: sabia que estaria trancada.

Mas a moça por certo não estaria no quarto com Zack. Naquela cama. Tão perto dos Gallagher. Ela ocupava um quarto em outro ponto do hotel e fora sozinha para San Francisco; se ela e Zack estivessem a sós em alguma cama, agora exaustos depois de fazer amor, estariam no quarto dela. Provavelmente.

Hazel não quis pensar nisso. Agora não era filha de ninguém e não queria ser mãe de ninguém. Tudo isso havia acabado.

Ela diria: agora vocês podem viver sua vida. A vida é sua para ser vivida.

Levara para San Francisco as cartas mais recentes de Thaddeus. Eram cartas de amor de crescente paixão, ou demência. Abriu a folha dura de papel, dobrada muitas vezes, para ler à luz do abajur, enquanto o marido dormia no quarto ao lado, indiferente. A carta fora datilografada de qualquer jeito, como que aos arrancos e no escuro, ou por alguém cuja visão estivesse desaparecendo.

Querida Hazel Jones,

Voce encheria um velho de vaidade se respondesse a meus apelos, mas aogra vejo que é Hazel Jones e uma boa sposa e uma Mãe digna do seu filho. Por isso não quer responder e eu a rspeito por isso. Acho que não vou lhe escrever de novo do lado de ca da sepltura. Você & o garoto vãoreceber uma Reconpensa e tanto pela fidelidade & bondade. Esse seu marido tacanho, a Voz da Conciencia Liberal, não faz a menor idéia! É um bobalhao indigno de você e do menino, esse é noso segredo Hazel Jones não é? No meu testamento voces todos vao ver. Os antolhos vão cair dos olhos de umas pessoas. Deus a abençoe Hazel Jones você & o menino cuja musica de belesa vai sobreviver a todos nós.

Hazel sorriu e tornou a dobrar a carta, guardando-a na bolsa. Uma voz ecoou vagamente, como que trazida pela chuva que batia nas vidraças: *Você, você nasceu aqui. Eles não vão machucá-la.*

Enfiou os braços nas mangas da capa ainda úmida e amarrou a faixa na cintura. Não precisou se olhar no espelho: sabia que o cabelo estava desgrenhado, as pupilas, dilatadas. A pele comichava com uma espécie de ardor erótico. Ela se sentia excitada, radiante. Levaria dinheiro, várias notas de vinte tiradas da bolsa. E diversos artigos do frigobar: miniaturas de garrafas de gim, uísque, vodca. Levou também o baralho, jogando as cartas soltas num bolso da capa. E não podia esquecer a chave do quarto 2006.

Pisou no corredor deserto. Fechou a porta e esperou o trinco se encaixar.

O corredor que levava aos elevadores era mais comprido do que ela se lembrava. Sob os pés havia espessos carpetes carmesim e, nas paredes, papel de seda bege com um motivo oriental. Junto aos elevadores, ela apertou o botão de descida. Chegaria rapidamente do vigésimo andar ao térreo. Sorriu ao se lembrar de como, no passado, os elevadores eram muito mais lentos. Tinha-se muito tempo para pensar, ao descer num deles.

Nesse horário, o hotel parecia deserto. O térreo estava muito quieto. A música ambiental que se ouvia durante o dia — um pipilar de pardais maníacos, no dizer de Gallagher — fora silenciada. Embora nunca houvesse estado nesse hotel, Hazel deslocou-se sem errar, passando por portas sem postigo que diziam EXCLUSIVO PARA EMPREGADOS e PARTICULAR: PROIBIDA A ENTRADA. Ao fim de um longo corredor recendendo a comida havia duas portas: COZINHA: ENTRADA EXCLUSIVA DE EMPREGADOS e SERVIÇO DE COPA: EXCLUSIVO PARA EMPREGADOS. O serviço nos quartos, oferecido vinte e quatro horas por dia, era uma das marcas do San Francisco Pacific Hotel. Hazel ouviu vozes do outro lado da porta, um som de pratos sendo empilhados. Música de rádio com ritmo latino. Abriu a porta e entrou.

Como os olhares se precipitaram para ela, assombrados! Mas ela sorriu.

Havia funcionários com uniformes brancos sujos e um homem de uniforme escuro, bem passado, que acabara de voltar para a cozinha, empurrando um carrinho totalmente abarrotado de bandejas de pratos sujos, copos e garrafas. As luzes da cozinha eram muito claras e o ar, muito mais quente do que no corredor. Em meio aos odores fortes de gordura e detergente havia um cheiro acentuado de lixo. E também um cheiro de cerveja, que alguns empregados estavam bebendo. No instante em que o homem de uniforme escuro começou a falar, com ar alarmado — Desculpe, senhora, mas... — Hazel o interrompeu, falando depressa:

— Desculpem, estou com fome. Posso pagar a vocês. Tenho minha bebida, mas não quero beber sozinha. E não quis ligar para o serviço de copa, porque demora demais.

E riu, para que eles vissem que estava num clima festivo e não a mandassem embora.

* * *

Mais tarde, Hazel não se lembrou da seqüência de acontecimentos. Não se lembrou de quantos homens havia, porque pelo menos dois tinham continuado a trabalhar nas pias; um outro chegara mais tarde, por uma porta nos fundos, bocejando e se espreguiçando. Vários tinham sido amáveis, abrindo espaço para ela à sua mesa, afastando tablóides, um livro de palavras cruzadas, garrafas de Coca e 7-Up vazias, latas de cerveja. Ficaram gratos pelas miniaturas de garrafas que ela levara do quarto. Recusaram-se a aceitar sua oferta de notas de vinte dólares. Eram César, um jovem hispânico com a pele esburacada e olhos límpidos; Marvell, um negro com pele cor de beringela e rosto bochechudo e meigo; Drake, um branco de uns quarenta anos e rosto estranhamente achatado, feito uma espécie de peixe, óculos cintilantes com aro de arame, que lhe davam uma aparência de contador, e que ninguém tomaria por um cozinheiro do turno da noite. E havia ainda McIntyre, a princípio desconfiado de Hazel, mas que rapidamente fez amizade com ela — o homem na casa dos cinqüenta que era o funcionário uniformizado responsável pelas entregas nos quartos durante a noite inteira. Ficaram muito curiosos a respeito de Hazel! Ela só lhes disse seu primeiro nome, um nome que lhes soou estranho: "Ha-zel", pronunciado como se fosse uma exótica palavra estrangeira. Perguntaram de onde ela era e ela lhes disse. Perguntaram se era casada, se o marido estava dormindo no quarto lá em cima, e o que aconteceria se ele acordasse e visse que ela havia desaparecido.

— Ele não vai acordar. Quando acordar, estarei lá. É só que não estou conseguindo dormir. Nessa hora da noite... Dizem que há pessoas que se registram em hotéis planejando se suicidar. Por que será? Será que é mais fácil, por algum motivo? Já trabalhei num hotel. Quando era garota. Fui camareira. Isso foi lá no leste, na parte norte do estado de Nova York. Não era um hotel grande e luxuoso como este. Eu era feliz naqueles tempos. Gostava dos outros empregados do hotel, gostava do pessoal da cozinha. Só que...

Os homens escutavam, ávidos. Com os olhos fixos nela. A música latina prosseguiu. Hazel notou que a cozinha era imensa, maior do que qualquer outra que já tivesse visto. As paredes mais distantes estavam escondidas na penumbra. Muitos fogões, todos gigantescos: uma dúzia de bocas em cada um. Grandes refrigeradores embutidos numa parede. Freezers, lavadoras de louça. O espaço era dividido em áreas de trabalho, das quais apenas uma estava iluminada e povoada. O piso de linóleo recém-lavado tinha um brilho úmido. A louça foi retirada dos carrinhos, o lixo, despejado em sacos plásticos, e os sacos foram bem fechados e postos em grandes latas de alumínio. O humor dos empregados da cozinha ficou animado, brincalhão. Hazel se perguntou se sua presença tivera algo a ver com isso. Tirou as cartas do bolso, empilhou-as e embaralhou-as. Será que eles sabiam jogar *gin rummy*? Gostariam de jogar *gin rummy*? Sim, sim! Ótimo. *Gin rummy*. Hazel baralhou as cartas. Tinha dedos finos e ágeis, e as unhas tinham sido pintadas de um carmesim escuro. Com habilidade, distribuiu as cartas para os homens e para si mesma. Os homens riam, num estado de espírito exuberante. Agora que sabiam que Hazel era dos seus, podiam relaxar. Jogaram *gin rummy* rindo juntos, como velhos amigos. Tomaram cerveja Coors gelada e beberam as garrafinhas levadas por Hazel. Comeram batatas fritas, frutas secas salgadas. Castanhas-do-pará, como as que Gallagher tinha devorado no quarto. Um telefone tocou, era um hóspede ligando para o serviço de copa. McIntyre teve de vestir o paletó e fazer a entrega. Retirou-se e voltou minutos depois. Hazel percebeu o alívio do homem por ela ainda não ter ido embora.

As cartas foram jogadas na mesa, estava terminada a partida. Quem tinha ganho? Hazel havia ganhado? Os homens não quiseram que ela se fosse, eram apenas 3h35, e eles estariam de serviço até as seis da manhã. Hazel pegou as cartas, empilhou, embaralhou, cortou, tornou a embaralhar e começou a distribuí-las. A frente da capa tinha-se afrouxado e os homens puderam ver a parte superior de seus seios, alvos e soltos na camisola de seda cor de champanhe. Ela sabia que estava despenteada e que sua boca era uma mancha turva de batom velho. Até uma das unhas havia se quebrado. Seu corpo exalava um cheiro de pânico antigo e rançoso. Mas ela supunha ser uma mulher atraente, e seus novos amigos não a julgariam com severidade.

— Vocês conhecem o "*gin rummy* cigano"? Se eu conseguir me lembrar, ensino a vocês.

Epílogo

1998-1999

Lake Worth, Flórida
14 de setembro de 1998

Prezada Professora Morgenstern,

Como eu gostaria de poder tratá-la por "Freyda"! Mas não tenho direito a essa familiaridade. Acabei de ler suas memórias. Tenho motivos para crer que somos primas. Meu sobrenome de solteira é "Schwart" (não era o sobrenome real de meu pai, creio que foi mudado na ilha Ellis em 1936), mas o sobrenome de solteira de minha mãe era "Morgenstern" e toda a família dela era de Kaufbeuren, como a sua. Deveríamos ter-nos encontrado em 1941, quando éramos pequenas, e a senhora, seus pais, sua irmã e seu irmão iriam morar com meus pais, meus dois irmãos e eu em Milburn, Nova York. Mas o navio que transportava vocês e outros refugiados, o *Marea*, foi mandado de volta pela Imigração dos Estados Unidos no porto de Nova York.

(Em suas memórias, a senhora fala disso muito sucintamente. Parece recordar um nome diferente de *Marea*. Mas tenho certeza de que o nome era *Marea*, porque ele me pareceu lindo como música. A senhora era muito pequena, é claro. Tantas coisas aconteceriam depois, que não se lembraria disso. Pelas minhas contas, estava com seis anos, e eu tinha cinco.)

Tantos anos se passaram, e eu nem sabia que a senhora estava viva! Não sabia que tinha havido sobreviventes em sua família. Meu pai nos dissera que não. Fico muito feliz pela senhora e por seu sucesso. Pensar que a senhora estava morando nos Estados Unidos desde 1956 foi um choque para mim. Que era estudante universitária na cidade de Nova York, enquanto eu morava (no meu primeiro casamento, que não foi feliz) no norte do estado! Desculpe, eu não sabia dos seus livros anteriores, embora me intrigasse com a "antropologia biológica", eu acho! (Não tenho nada da sua formação acadêmica, o que muito me envergonha. Não só a universitária, mas também não me formei no curso médio.)

Bem, escrevo na esperança de que possamos nos encontrar. Ah, bem depressa, Freyda! Antes que seja tarde demais.

Já não sou sua prima de cinco anos, sonhando com uma nova "irmã" (como minha mãe prometeu) que dormiria comigo em minha cama e estaria sempre comigo.

Sua prima "perdida",

Rebecca

Lake Worth, Flórida
15 de setembro de 1998

Prezada professora Morgenstern,

Escrevi-lhe ainda ontem, e agora percebo com embaraço que talvez tenha enviado a carta para o endereço errado. Se a senhora estiver "em licença sabática" da Universidade de Chicago, como diz a sobrecapa de suas memórias. Tentarei de novo por esta, aos cuidados da sua editora.

Anexo a mesma carta. Embora ache que não é suficiente para expressar o que trago no coração.

Sua prima "perdida",

Rebecca

P.S. É claro que irei a seu encontro, onde e quando você quiser, Freyda!

Lake Worth, Flórida
2 de outubro de 1998

Prezada professora Morgenstern,

Escrevi-lhe no mês passado, mas receio que minhas cartas tenham sido mal endereçadas. Anexo as cartas aqui, agora que sei que a senhora está no "Instituto de Pesquisas Avançadas" da Universidade de Stanford, em Palo Alto, na Califórnia.

É possível que a senhora tenha lido minhas cartas e se sentido ofendida com elas. Sei que não escrevo muito bem. Não deveria ter dito o que disse sobre a travessia do Atlântico em 1941, como se a senhora não conhecesse esses fatos por si. Não tive a intenção de corrigi-la, professora Morgenstern, a respeito do nome do próprio navio em que a senhora e sua família estiveram, naquela época de pesadelo!

Numa entrevista sua, reproduzida no jornal de Miami, fiquei constrangida ao ler que a senhora tem recebido muita correspondência de "parentes" desde o livro de memórias. Sorri ao ler o que a senhora disse: "Onde estavam todos esses parentes da América quando foram necessários?"

É verdade que estávamos aqui, Freyda! Em Milburn, estado de Nova York, no canal do Erie.

Sua prima,

Rebecca

Palo Alto, CA
1º de novembro de 1998

Prezada Rebecca Schward,

Obrigada por sua carta e por sua reação a meu livro de memórias. Fiquei profundamente comovida com as numerosas cartas que recebi desde a publicação de *Retornando dos mortos: história de uma meninice*, tanto nos Estados Unidos quanto no exterior, e realmente gostaria de ter tempo para responder a cada uma delas, de forma individual e demorada.

Atenciosamente,

JM

Freyda Morgenstern

Professora Emérita de Antropologia, cátedra Julius K. Tracey '48, Universidade de Chicago

Lake Worth, Flórida
5 de novembro de 1998

Prezada professora Morgenstern,

Agora estou muito aliviada por ter o endereço certo! Espero que a senhora leia esta carta. Acho que deve ter uma secretária que abre a sua correspondência e manda as respostas. Eu sei, a senhora achou engraçado (ficou aborrecida?) que agora tanta gente se diga parente de "Freyda Morgenstern". Especialmente depois de suas entrevistas na televisão. Mas tenho a sensação muito forte de ser sua prima de verdade. É que fui (a única) filha de Anna Morgenstern. Creio que Anna Morgenstern era (a única) irmã de sua mãe, Dora, uma irmã mais nova. Durante muitas semanas, mamãe falou que a irmã dela, Dora, viria morar conosco, junto com o seu pai e a sua Elzbieta, que era uns três ou quatro anos mais velha que você, e o seu irmão Joel, que também era mais velho que a senhora, mas não tanto. Tínhamos fotografias de vocês, eu me lembro claramente de como o seu cabelo tinha tranças bem-feitas e de como você era bonita, uma "menina sisuda", como disse minha mãe a seu respeito, como eu. Realmente nos parecíamos naquela época, Freyda, embora você fosse muito mais bonita, é claro. Elzbieta era loura, de rosto rechonchudo. Joel parecia contente na fotografia, um menino de jeito meigo de uns oito anos, talvez. Ler que seus irmãos morreram de maneira tão terrível em "Theresienstadt" foi muito triste. Minha mãe nunca se recuperou do choque daquela ocasião, eu acho. Tinha muita esperança de rever a irmã. Quando mandaram o *Marea* voltar do porto, ela perdeu a esperança. Meu pai não a deixava falar alemão, só inglês, mas ela não sabia falar bem o inglês, quando chegava alguém em casa ela se escondia. Não conversou muito com nenhum de nós depois daquilo, e vivia doente. Morreu em maio de 1949.

Ao ler esta carta, percebo que estou dando a ênfase errada, de verdade! Nunca penso nessas coisas de tanto tempo atrás.

Vi sua fotografia no jornal, Freyda! Meu marido estava lendo o *New York Times* e me chamou, comentando como era estranho, ali estava uma mulher tão parecida com a dele que podia ser sua irmã, embora, na verdade, você e eu não nos pareçamos tanto, em minha opinião, não agora, mas foi um choque ver o seu rosto, que é muito parecido com a da minha mãe, tal como me lembro dele.

E depois, o seu nome, *Freyda Morgenstern*.

Saí na mesma hora para comprar *Retornando dos mortos: história de uma meninice*. Não li nenhuma memória do Holocausto, por pavor do que ficaria sabendo. O seu livro eu li sentada no carro, no estacionamento da livraria, sem saber que horas eram, como estava tarde, até meus olhos não conseguirem mais enxergar as páginas. Pensei: "É a Freyda! É ela! A irmã que me foi prometida." Agora estou com sessenta e dois anos e muito sozinha, neste lugar de gente rica aposentada que olha para mim e acha que eu sou um deles.

Não sou de chorar. Mas chorei em muitas páginas de suas memórias, mesmo sabendo (pelas suas entrevistas) que você não quer saber desses relatos dos leitores e só sente desprezo pela "piedade norte-americana barata". Eu sei, eu sentiria a mesma coisa. Você tem razão de se sentir desse jeito. Em Milburn, eu me ressentia mais das pessoas que tinham pena de mim, como a "filha do coveiro" (emprego do meu pai), do que das outras que não queriam nem saber se os Schwart estavam vivos ou mortos.

Estou anexando uma fotografia minha, tirada quando eu tinha dezesseis anos. É tudo que eu tenho daquela época. (Agora estou muito diferente, receio!) Como eu gostaria de poder lhe mandar uma foto da minha mãe, Anna Morgenstern, mas foi tudo destruído em 1949.

Sua prima,

Rebecca

Palo Alto, CA
16 de novembro de 1998

Prezada Rebecca Schwart,

Lamento não ter respondido antes. Sim, acho bem possível que sejamos "primas", porém com toda essa distância, é realmente uma abstração, não?

Não tenho viajado muito este ano, na tentativa de concluir um novo livro antes que termine minha licença sabática. Tenho feito menos "palestras" e a turnê do meu livro terminou, graças a Deus. (A incursão num livro de memórias foi meu primeiro e último esforço de escrever textos não-acadêmicos. Foi fácil demais, como abrir uma veia.) Por isso, não vejo como seria viável nos encontrarmos neste momento.

Obrigada por me enviar sua fotografia, que estou devolvendo.

Atenciosamente,

Lake Worth, Flórida
20 de novembro de 1998

Cara Freyda,

Sim, tenho certeza de que somos "primas"! Embora, como você, eu não saiba o que significa "primas".

Acredito não ter nenhum parente vivo. Meus pais estão mortos desde 1949 e não sei nada de meus irmãos, que não vejo há muitos anos.

Acho que você me despreza como sua "prima americana". Gostaria que pudesse me perdoar por isso. Só que não tenho certeza de quão "americana" eu sou; não nasci em Kaufbeuren, como você, mas no porto de Nova York, em maio de 1936. (O dia exato se perdeu. Não houve certidão de nascimento, ou ela foi perdida.) Quer dizer, nasci num navio de refugiados! Num lugar de imundície terrível, segundo me disseram.

Aquela era uma época diferente, 1936. A guerra não havia começado e pessoas como nós tinham permissão para "emigrar", se tivessem dinheiro.

Meus irmãos, Herschel e Augustus, nasceram em Kaufbeuren, assim como nossos pais, é claro. Meu pai se chamava "Jacob Schwart" neste país. (É um nome que eu nunca disse a ninguém que me conheça agora. Não a meu marido, é claro.) Pouco sei do meu pai, exceto que ele tinha sido gráfico no Velho Mundo (como o chamava, com desdém) e, em alguma época, professor de matemática numa escola de meninos. Até os nazistas proibirem essas pessoas de lecionar. Minha mãe, Anna Morgenstern, casou-se muito moça. Tocava piano quando menina. Às vezes ouvíamos música no rádio, quando papai não estava em casa. (O rádio era dele.)

Desculpe-me, sei que você não está interessada em nada disto. Nas suas memórias, você falou da sua mãe como uma pessoa que cuidava de registros para os nazistas, uma das "administradoras" judias que ajudavam no transporte dos judeus. Você não é sentimental no que diz respeito à família. Há uma coisa muito covarde nisso, não é? Respeito os desejos de quem escreveu *Retornando dos mortos*, que é muito crítico em relação a seus parentes e aos judeus e à história e às crenças judaicas, assim como à "amnésia" do pós-guerra. Não quero diassuadir-la desse sentimento tão verdadeiro, Freyda!

Eu mesma não tenho sentimentos verdadeiros, quer dizer, que os outros possam conhecer.

Papai disse que vocês todos tinham morrido. Feito gado devolvido ao Hitler, ele disse. Eu me lembro de ele levantar a voz, NOVECENTOS REFUGIADOS, até hoje fico doente ao ouvir essa voz.

Papai disse para eu parar de pensar nos meus primos! Eles não viriam. Tinham *morrido*.

Muitas páginas das suas memórias eu decorei, Freyda. E as suas cartas para mim. Nas suas palavras eu escuto a sua voz. Adoro essa voz, muito parecida com a minha. Com a minha voz secreta, quero dizer, que ninguém conhece.

Irei à Califórnia, Freyda. Você me dará permissão? "Dizei uma palavra e minha alma será salva."

Sua prima,

Rebecca

Lake Worth, Flórida
21 de novembro de 1998

Cara Freyda,

Estou muito envergonhada, ontem lhe mandei uma carta com uma palavra escrita errada: "dissuadir-la". E falei em não ter nenhum parente vivo; queria dizer ninguém que tenha restado da família Schwart. (Tenho um filho do primeiro casamento, que é casado e tem dois filhos.)

Comprei outros livros seus. *Biologia: uma história. Raça e racismo: uma história*. Como Jacob Schwart ficaria impressionado, sabendo que a garotinha das fotografias não estava nada de *morta*, mas o ultrapassou em muito!

Você me deixa visitá-la em Palo Alto, Freyda? Eu poderia passar um dia aí, faríamos uma refeição juntas e eu partiria na manhã seguinte. É uma promessa.

Sua prima (solitária),

Rebecca

Lake Worth, Flórida
24 de novembro de 1998

Cara Freyda,

Acho que uma noite do seu tempo é pedir demais. Uma hora? Uma hora não seria demais, não é? Talvez você pudesse me falar do seu trabalho, qualquer coisa dita pela sua voz seria preciosa para mim. Não quero arrastá-la para a fossa do passado, já que você fala dele com tanto ressentimento. Uma mulher como você, capaz de tamanho trabalho intelectual e tão respeitada na sua área, não tem tempo para sentimentalismos piegas, concordo.

Estive lendo os seus livros. Sublinhando e consultando palavras no dicionário. (Adoro o dicionário, ele é meu amigo.) É muito empolgante pensar em *como a ciência demonstra a base genética do comportamento*.

Estou anexando um cartão para a sua resposta. Perdoe-me por não ter pensado nisso antes.

Sua prima,

Rebecca

Palo Alto, CA
24 de novembro de 1998

Cara Rebecca Schwart,

Suas cartas de 20 e 21 de novembro são interessantes.
Mas o nome "Jacob Schwart" não significa nada para
mim, receio. Há muitos "Morgenstern" sobreviventes.
Talvez alguns deles também sejam seus primos. Talvez
você possa procurá-los, se está solitária.

Como creio ter explicado, esta é uma época muito ata-
refada para mim. Trabalho durante grande parte do
dia e não me sinto muito sociável à noite. A "solidão"
é um problema primordialmente gerado pela proximidade excessiva dos outros. Um remédio excelente é o
trabalho.

Atenciosamente,

P.S. Creio que você me deixou recados telefônicos no
instituto. Como minha assistente lhe explicou, não tenho tempo para responder a esses telefonemas.

Lake Worth, Flórida
27 de novembro de 1998

Cara Freyda,

Nossas cartas se cruzaram! Ambas escrevemos no dia
24 de novembro, talvez isso seja um sinal.

Foi por impulso que telefonei. "Se eu pudesse ouvir a
voz dela", foi essa a idéia que me ocorreu.

Você endureceu o coração contra sua "prima americana". Foi corajoso, no livro de memórias, dizer com

tanta clareza como você teve que endurecer o coração para muitas coisas, para sobreviver. Os americanos acham que o sofrimento nos transforma em santos, o que é uma piada. Mesmo assim, percebo que não há tempo para mim em sua vida neste momento. Não há "finalidade" para mim.

Mesmo que você não queira me encontrar neste momento, será que me permite escrever-lhe? Aceitarei, se você não responder. Só gostaria que você pudesse ler o que escrevo, isso me deixaria muito feliz (sim, menos sozinha!), porque então eu poderia conversar com você em pensamento, como fazia quando éramos pequenas.

Sua prima,

Rebecca

P.S. Nos seus textos acadêmicos, você se refere muitas vezes à "adaptação das espécies ao meio ambiente". Se você me visse, a sua prima, aqui em Lake Worth, na Flórida, à beira do oceano, logo ao sul de Palm Beach, tão longe de Milburn, N.Y., e do "velho mundo", você daria risada.

Palo Alto, CA
1º de dezembro de 1998

Cara Rebecca Schwart,

Minha persistente prima americana! Receio que não seja sinal de nada, nem mesmo uma "coincidência", que nossas cartas tenham sido escritas no mesmo dia e se "cruzado".

Este cartão. Admito que fiquei curiosa com a escolha. Ocorre que é um cartão que tenho na parede do meu gabinete de estudos. (Será que falei disso nas memórias? Acho que não.) Como lhe aconteceu ficar de posse dessa reprodução do *Sturzacker* de Caspar David Friedrich? Você não esteve no museu de Hamburgo, esteve? É raro um americano sequer saber o nome desse pintor, muito apreciado na Alemanha.

Atenciosamente,

JM

Lake Worth, Flórida
4 de dezembro de 1998

Cara Freyda,

O cartão-postal de Caspar David Friedrich me foi oferecido, com outros cartões do museu de Hamburgo, por uma pessoa que esteve lá. (Na verdade, meu filho, que é pianista. O nome dele você conheceria, não é nada parecido com o meu.)

Escolhi um cartão que refletisse a sua alma. Tal como a percebo em suas palavras. Talvez ele também reflita a minha. Fico pensando no que você achará deste novo cartão, que também é alemão, porém mais feio.

Sua prima,

Rebecca

Palo Alto, CA
10 de dezembro de 1998

Cara Rebecca,

É, gosto desse Nolde feioso. A fumaça negra como piche e o Elba parecendo lava derretida. Você enxerga a minha alma, não é? Não que eu tenha querido disfarçar-me.

Por isso, estou devolvendo o *Rebocador no Elba* a minha persistente prima americana. OBRIGADA, mas, por favor, não volte a escrever. E não telefone. Para mim, já chega de você.

JM

Palo Alto, CA
11 de dezembro de 1998 / 2h

Querida "Prima"!

Fiz uma cópia da sua foto aos dezesseis anos. Gosto daquela juba abrutalhada e do queixo muito firme. Talvez os olhos fossem assustados, mas sabemos esconder isso, não é, prima?

No campo, aprendi a andar com a cabeça erguida. Aprendi a ser grande. Assim como os animais se fazem maiores, o que pode ser um truque para os olhos que acaba se transformando em realidade. Acho que você também era uma menina "grande".

Eu sempre disse a verdade. Não vejo razão para subterfúgios. Desprezo as fantasias. Fiz inimigos "entre os meus", pode ter certeza. Quando se "retorna dos mortos", não se dá a mínima para as opiniões dos outros e, acredite, isso me custou caro nesta chamada "profissão", na qual a promoção depende do puxa-saquismo e suas variantes sexuais, não muito diferentes das de nossos parentes primatas.

Já é bastante ruim a minha incapacidade de me portar como uma mulher suplicante ao longo da minha carreira. No livro de memórias, adotei um tom de riso ao falar dos estudos de pós-graduação em Columbia, no fim da década de 1950. Na época eu não ria tanto. Ao encontrar meus velhos inimigos, que quiseram esmagar uma mulher irreverente no começo de sua carreira — não apenas mulher, mas judia, e judia refugiada de um dos campos —, encarei-os olho no olho, sem me encolher, mas eles se encolheram, os canalhas. Eu me vinguei onde e quando foi possível. Agora que essas gerações estão morrendo, não sou caridosa com suas memórias. Nas conferências organizadas para reverenciá-las, Freyda Morgenstern é a pessoa "selvagemente espirituosa" que diz a verdade.

Na Alemanha, onde a história foi negada por muito tempo, *Retornando dos mortos* foi campeão de vendas por cinco meses. Já foi indicado para duas grandes premiações. Isso é que é piada, e das boas, não?

Neste país, a recepção não foi nada parecida. Talvez você tenha visto as "boas" críticas. Talvez tenha visto o único anúncio de página inteira que minha editora unha-de-fome finalmente mandou publicar na *New York Review of Books*. Houve muitos ataques. Piores até do que os ataques idiotas a que me acostumei em minha "profissão".

Nas publicações judaicas e nas de inclinação judaica, houve muito choque/consternação/repulsa. Uma judia que escreve tão sem sentimentos sobre a mãe e outros parentes que "pereceram" em Theresienstadt. Uma judia que fala de maneira tão fria e "científica" de sua "herança". Como se o chamado Holocausto fosse uma "herança". Como se eu não tivesse conquistado o direito de dizer a verdade tal como a vejo, e vou continuar a dizer a verdade, porque não tenho planos de abandonar a pesquisa, a produção de textos, o ensino e a orientação de alunos de doutorado por muito tempo. (Vou me aposentar cedo em Chicago, com esses benefícios esplêndidos, e armar meu coreto noutro lugar.)

Essa devoção ao Holocausto! Ri ao ver como você usou a palavra com reverência numa de suas cartas.

Nunca uso essa palavra, que hoje escorre feito gordura da língua dos norte-americanos. Um dos críticos maledicentes chamou Morgenstern de traidora que deu guarida ao inimigo (que inimigo? existem muitos), simplesmente por eu afirmar e reafirmar, como farei toda vez que me perguntarem, que o "holocausto" foi um acidente da história, como todos os eventos históricos são acidentes. Não existe objetivo na história em matéria de evolução, não há meta nem progresso. Evolução é o termo que se dá ao que *existe*. Os fantasistas piegas querem dizer que a campanha genocida dos nazistas foi um acontecimento único na história, que ela nos elevou acima da história. Isso é conversa mole, como eu já disse e continuarei a dizer. Houve muitos genocídios desde que a humanidade existe. A história é uma invenção dos livros. Na antropologia biológica, notamos que o desejo de discernir um "sentido" é um dos traços de nossa espécie, entre muitos. Mas ele não postula um "sentido" no mundo. Se a história existe, ela é um grande rio/fossa para o qual fluem inúmeros riachos e tributários. Ao contrário dos esgotos, ela não pode refluir. Não pode ser "testada", "demonstrada". Simplesmente *é*. Quando os riachos individuais secam, o rio desaparece. Não existe "destino do rio". Há meros acidentes no tempo. O cientista observa isso, sem ressentimento nem pesar.

Talvez eu lhe mande estas divagações delirantes, minha persistente prima americana. Estou suficientemente embriagada, num clima festivo!

Sua prima (traidora),

Lake Worth, Flórida
15 de dezembro de 1998

Querida Freyda,

Adorei sua carta, que me deixou com as mãos trêmulas. Fazia muito tempo que eu não ria. Quer dizer, do nosso jeito especial.

É o jeito do ódio. Eu o adoro. Embora ele nos corroa por dentro. (Acho.)

Está fazendo uma noite fria aqui, um vento vindo do Atlântico. É freqüente a Flórida ser úmida/fria. Lake Worth e Palm Beach são muito bonitas e muito maçantes. Eu gostaria que você pudesse vir me visitar, poderia passar o resto do inverno aqui, porque muitas vezes faz sol, é claro.

Levo suas preciosas cartas comigo de manhã cedo, quando vou andar na praia. Apesar de ter decorado suas palavras. Até um ano atrás, eu costumava correr, correr, correr por quilômetros! À borda de um furacão, açoitada pela chuva, eu corria. Quem me visse, com as pernas musculosas e a coluna reta, nunca adivinharia que eu não era jovem.

É muito estranho estarmos na casa dos sessenta, Freyda! Nossas bonecas da infância não envelheceram nem um dia.

(Você detesta envelhecer? As suas fotos mostram uma mulher muito vigorosa. Bem, diga a si mesma: "Cada dia que eu vivo era para não ter existido", porque isso deixa a gente feliz.)

Freyda, em nossa casa quase toda de vidro, de frente para o oceano, você teria sua própria "ala". Temos vários carros, você teria seu próprio automóvel. Sem perguntas sobre aonde fosse. Você não teria que conhecer meu marido, esse seria meu segredo precioso.

Diga que virá, Freyda! Depois do ano-novo seria uma boa época. Quando você terminar o seu trabalho diário, iremos andar juntas na praia. Juro que não teríamos que conversar.

Da prima que a ama,

Rebecca

Lake Worth, Flórida
17 de dezembro de 1998

Querida Freyda,

Desculpe a minha carta do outro dia, muito abusada e familiar. É claro que você não quereria visitar uma estranha.

Tenho que lembrar a mim mesma: apesar de sermos primas, somos estranhas.

Reli *Retornando dos mortos*. A última parte, nos Estados Unidos. Os seus três casamentos — "experimentos irrefletidos de intimidade/maluquice". Você é muito dura e muito engraçada, Freyda! Tão impiedosa com os outros quanto com você mesma.

Meu primeiro casamento também foi uma cegueira de amor e uma "maluquice", suponho. Mas, sem ele, eu não teria meu filho.

Nas memórias, você não lamenta seus "fetos ilegítimos", a não ser pela "dor e humilhação" dos abortos, ilegais na época. Pobre Freyda! Em 1957, num quarto imundo em Manhattan, você quase se esvaiu em sangue até a morte; nessa época, eu era uma jovem mãe, muito apaixonada pela minha vida. Mas teria ido para o seu lado, se soubesse. Mesmo sabendo que você não virá aqui, ainda guardo uma esperança de que, de repente, sim, você venha! Para uma visita, para ficar o tempo que quiser. A sua privacidade seria protegida.

Continuo a ser a prima persistente,

Rebecca

Lake Worth, Flórida
Dia de ano-novo, 1999

Querida Freyda,

Estou sem notícias suas, será que você viajou? Mas talvez veja isto. "Se a Freyda vir isto, nem que seja para jogar fora..."

Hoje me sinto feliz e esperançosa. Você é cientista &, é claro, tem o direito de desdenhar desses sentimentos como "mágicos" e "primitivos", mas acho que pode haver algo de novo no ano-novo. Torço para que seja assim.

Meu pai, Jacob Schwart, acreditava que, no reino animal, os fracos são prontamente descartados, que sempre devemos esconder nossa fraqueza. Você e eu sabíamos disso quando meninas. Mas há muito mais em nós do que apenas o animal, disso também sabemos.

Da prima que a ama,

Rebecca

Palo Alto, CA
19 de janeiro de 1999

Rebecca:

Sim, estive fora. E vou viajar de novo. Que é que você tem com isso?

Eu estava começando a achar que você devia ser uma invenção minha. Minha pior fraqueza. Mas aqui, no parapeito da minha janela, escorada para me encarar, está "Rebecca, 1952". A crina de cavalo e os olhos famintos.

Prima, você é tão fiel que me deixa cansada. Sei que eu devia ficar envaidecida, poucas outras pessoas quereriam perseguir a "difícil" professora Morgenstern, agora que estou velha. Jogo suas cartas numa gaveta e aí, na minha fraqueza, abro-as. Uma vez, vasculhando o lixo numa caçamba, recuperei uma carta sua. Depois, na minha fraqueza, abri-a. Você sabe como eu detesto a fraqueza!

Prima, já chega.

FM

Lake Worth, Flórida
23 de janeiro de 1999

Querida Freyda,

Eu sei! Sinto muito.

Eu não devia ser tão voraz. Não tenho esse direito. Quando descobri que você estava viva, em setembro passado, meu único pensamento foi: "Minha prima Freyda Morgenstern, minha irmã perdida, ela está viva! Não precisa me amar, ou sequer me conhecer ou pensar em mim. Basta eu saber que ela não pereceu e viveu sua vida."

Da prima que a ama,

Rebecca

Palo Alto, CA
30 de janeiro de 1999

Querida Rebecca,

Nós nos tornamos ridículas com a emoção na nossa idade, como se exibíssemos os seios. Poupe-nos, por favor!

Tenho tão pouca vontade de conhecê-la quanto de conhecer a mim mesma. Por que você imagina que eu quereria uma "prima", uma "irmã", na minha idade? Gosto de já não ter nenhum parente vivo, porque não existe a obrigação de pensar *será que ele/ela ainda está vivo(a)?*

Enfim, estou indo embora. Passarei toda a primavera viajando. Odeio isto aqui. A Califórnia suburbana, chata e sem vivalma. Meus "colegas/amigos" são oportunistas superficiais, para quem pareço ser uma oportunidade.

Detesto palavras como "perecer". Será que as moscas "perecem", as coisas estragadas "perecem", o "inimigo" perece? Esse discurso exaltado me cansa.

Ninguém "pereceu" nos campos. Muitos "morreram", "foram mortos". Só isso.

Eu gostaria de poder proibi-la de me reverenciar. Para o seu próprio bem, querida prima. Vejo que também sou a sua fraqueza. Talvez eu queira poupá-la.

Ah, se você fosse minha aluna de pós-graduação! Eu daria um jeito em você com um pontapé rápido no traseiro.

De repente, há prêmios e honrarias para Freyda Morgenstern. Não só a memorialista, mas também a "ilustre antropóloga". Assim, vou viajar para recebê-los.

Tudo isso está chegando muito tarde, é claro. Mas, como você, sou uma pessoa voraz, Rebecca. Às vezes acho que minha alma fica na barriga! Sou do tipo que se empanturra sem prazer, para tirar a comida dos outros.

Poupe-se. Chega de emoção. Chega de cartas!

J~

Chicago, Illinois
29 de março de 1999

Querida Rebecca Schwart,

Tenho pensado em você ultimamente. Faz algum tempo que não recebo notícias suas. Ao desfazer as malas aqui, deparei com suas cartas e sua fotografia. Como todos parecíamos ter os olhos arregalados em preto-e-branco! Como radiografias da alma. Meu cabelo nunca foi farto e esplêndido como o seu, minha prima americana.

Acho que devo tê-la desanimado. Agora, para ser franca, sinto saudades suas. Faz quase dois meses desde a última vez que você escreveu. Estas homenagens e premiações não são tão preciosas quando ninguém se incomoda. Quando ninguém dá um abraço de parabéns. A modéstia não serve para nada e sou orgulhosa demais para me gabar com estranhos.

É claro que eu deveria estar satisfeita comigo: mandei você embora. Eu sei, sou uma mulher "difícil". Não gostaria de mim mesma, nem por um instante. Não me toleraria. Pareço ter perdido uma ou duas de suas cartas, não sei ao certo quantas, mas tenho a vaga lembrança de você ter dito que você e sua família moravam no norte do estado de Nova York e que meus pais tinham providenciado para se hospedar na sua casa, não é? Isso foi em 1941? Você me forneceu fatos que não estavam no meu livro de memórias. Mas eu me lembro de minha mãe falando com muito amor sobre a irmã caçula, Anna. Seu pai mudou o nome para "Schwart", de quê? Ele era professor de matemática em Kaufbeuren? Meu pai era um médico estimado. Tinha muitos pacientes não judeus que o reverenciavam. Quando jovem, serviu no Exército alemão durante a Primeira Guerra, recebeu uma Medalha de Ouro por Bravura, e havia uma promessa de que essa distinção o protegeria enquanto outros judeus eram transportados. Meu pai desapareceu muito abruptamente de nossa vida, logo depois que fomos transportados para aquele lugar; durante anos acreditei que ele devia ter fugido e estava vivo em algum lugar, e entraria em contato conosco. Eu achava que mamãe tinha informações que escondia de mim. Ela não era propriamente a mãe-amazona de *Retornando dos mortos*... Bem, chega disso! Embora a antropologia evolutiva tenha que vasculhar o passado de forma implacável, os seres humanos não são obrigados a fazê-lo.

Faz um dia ofuscantemente claro aqui em Chicago; do meu ninho de águia no qüinquagésimo segundo andar do meu novo e grandioso prédio, diviso esse vasto mar interior que é o lago Michigan. Os direitos autorais do livro de memórias me ajudaram a pagar por isso; um livro menos "controvertido" não os teria ganho. Não é preciso mais nada, certo?

Sua prima,

Freyda

Lake Worth, Flórida
13 de abril de 1999

Querida Freyda,

Sua carta significou muito para mim. Lamento não ter respondido antes. Não vou apresentar desculpas. Ao ver o cartão anexo, pensei: "Para a Freyda!"

Da próxima vez escrevo mais. Logo, prometo.

Sua prima,

Rebecca

Chicago, IL
22 de abril de 1999

Querida Rebecca,

Recebi seu cartão. Não sei ao certo o que pensar dele. Os americanos são tão malucos pelo Joseph Cornell quanto pelo Edward Hopper. O que vem a ser esse *Lanner Waltzes*? Duas garotinhas com jeito de bonecas deslizando na crista de uma onda, tendo ao fundo uma antiga caravela com as velas enfunadas? *Colagem*? Deresto arte enigmática. A arte é para se *ver*, não para *pensar*.

Está havendo algum problema, Rebecca? O tom do seu texto mudou, eu acho. Espero que você não esteja bancando a tímida, para se vingar da minha carta repreensiva de janeiro. Tenho uma aluna no doutorado, uma moça brilhante, não tão brilhante quanto se imagina, que faz esses joguinhos comigo atualmente, e o risco é dela! Também detesto joguinhos.

(A menos que sejam os meus.)

Sua prima,

Freyda

Chicago, IL
6 de maio de 1999

Querida Prima: Sim, acho que você deve estar zangada comigo! Ou então não anda bem.

Prefiro achar que está zangada. Que eu a insultei, bem no seu coração molóide americano. Se for isso, desculpe. Não tenho cópias das minhas cartas para você e não me lembro do que disse. Talvez eu estivesse errada. Quando estou completamente sóbria, tendo a errar. Quando bebo, tendo a cometer menos erros.

Estou anexando um cartão selado e endereçado. É só você assinalar um dos quadradinhos: zangada, doente.

Sua prima,

Freyda

P.S. Esse *Lago* de Joseph Cornell me lembrou você, Rebecca. Uma menina com jeito de boneca, tocando seu violino ao lado de uma enseada turva.

Lake Worth, Flórida
19 de setembro de 1999

Querida Freyda,

Como você estava forte e linda na cerimônia de premiação em Washington! Estive lá, na platéia da Biblioteca Folger. Fiz a viagem só por sua causa.

Todos os autores homenageados falaram muito bem. Mas nenhum foi tão espirituoso e inesperado quanto "Freyda Morgenstern", que causou uma comoção e tanto.

Tenho vergonha de dizer que não consegui falar com você. Fiquei esperando na fila com uma porção de outras pessoas, para você autografar *Retornando dos mortos*, e quando chegou a minha vez, você estava começando a ficar cansada. Mal me olhou de relance, estava irritada com a assistente que remexia no livro. Não fiz mais do que murmurar "Obrigada" e me afastei depressa.

Só passei uma noite em Washington, depois tomei o avião para casa. Agora me canso com facilidade, foi uma loucura fazer isso. Meu marido teria impedido, se soubesse aonde eu estava indo.

Durante os discursos, você ficou irrequieta no palco, vi seus olhos vagarem. Vi seus olhos pousados em mim. Eu estava sentada na terceira fila do teatro. Que lindo aquele antigo teatrinho da Biblioteca Folger! Acho que deve haver muitas belezas no mundo que nós não vimos. Agora, é quase tarde demais para ansiar por elas.

Eu era a mulher cadavérica de cabeça raspada. Grandes óculos escuros, cobrindo metade do rosto. Outras mulheres no meu estado usam turbantes chamativos ou perucas brilhantes. E maquiam bravamente o rosto.

Em Lake Worth/Palm Beach há muitos de nós. Não me incomodo com a cabeça careca no calor e entre estranhos, porque os olhos deles olham através de mim, como se eu fosse invisível. Primeiro você me encarou, depois desviou depressa o olhar, e aí não consegui me dirigir a você. Não era o momento certo, eu não a havia preparado para essa visão de mim. Eu evito a piedade, e até a solidariedade é um fardo para algumas pessoas. Eu não sabia que ia fazer essa viagem inconseqüente até a manhã daquele dia, porque muitas coisas dependem de como eu me sinto a cada manhã, não é previsível.

Eu tinha um presente para lhe dar, mas mudei de idéia e tornei a sair, sentindo-me uma idiota. Mas a viagem foi maravilhosa para mim, porque vi minha prima bem de perto! É claro que agora lamento a minha covardia, mas é tarde demais.

Você perguntou por meu pai. Só posso lhe dizer que não sei o verdadeiro nome dele. "Jacob Schwart" era como ele se chamava, e por isso eu era "Rebecca Schwart", mas esse nome se perdeu há muito tempo. Tenho outro nome norte-americano mais apropriado, e também o sobrenome do meu marido, e é só para você, minha prima, que me identifico como "Rebecca Schwart".

Bem, vou lhe contar mais uma coisa: em maio de 1949, meu pai, que era o coveiro, assassinou sua tia Anna e quis me matar, mas não conseguiu, e então virou a espingarda para ele mesmo e se matou, quando eu tinha treze anos, lutando com ele pela arma, e a minha lembrança mais forte daquele momento foi o rosto dele nos segundos finais & o que restou do rosto dele, o crânio e o cérebro & o calor do sangue dele respingado em mim.

Nunca contei isso a ninguém, Freyda. Por favor, não fale disso comigo, se voltar a escrever.

Sua prima,

Rebecca

(Eu não pretendia escrever uma coisa tão horrorosa quando comecei esta carta.)

Chicago, IL
23 de setembro de 1999

Querida Rebecca,

Estou perplexa. Por você ter estado tão perto de mim
— e não falado.

E com o que você me contou... O que lhe aconteceu
aos treze anos.

Não sei o que dizer. Exceto que, sim, estou pasma. E
com raiva, e magoada. Não com você, acho que não
estou com raiva de você, mas de mim mesma.

Tentei telefonar. Não há nenhuma "Rebecca Schwart"
no catálogo telefônico de Lake Worth. É claro, você
me disse que "Rebecca Schwart" não existe. Por que
diabo nunca me disse seu sobrenome de casada? Por
que é tão esquiva? Detesto joguinhos, não tenho tempo para joguinhos.

Sim, estou zangada com você. Estou nervosa e zangada por você não estar bem. (Você nunca devolveu meu
cartão. Esperei, esperei, e você não o mandou.)

Será que posso acreditar em você com respeito ao "Jacob Schwart"?! A gente conclui que as coisas mais pavorosas tendem a ser verdade.

Nas minhas memórias, não é assim. Quando escrevi o
livro, quarenta e cinco anos depois, foi um texto que
redigi com palavras escolhidas pelo "efeito". Sim, há
fatos verdadeiros em *Retornando dos mortos*. Mas os
fatos só são "verdadeiros" depois de explicados. Meu
livro de memórias tinha de competir com outras lembranças do mesmo tipo, por isso tive que ser "original". Estou acostumada com a controvérsia, sei fazer
as pessoas torcerem o nariz. O livro trata com descaso
a dor e a humilhação da narradora. É verdade, eu não

achava que seria uma das que iriam morrer; era pequena e ignorante demais e, comparada com os outros, tinha saúde. Minha irmã grande e loura, a Elzbieta, que os parentes tanto admiravam e que parecia uma boneca alemã, logo perdeu toda aquela cabeleira, e o seu intestino se transformou num sebo ensangüentado. O Joel morreu pisoteado, eu soube depois. O que eu disse de minha mãe, Dora Morgenstern, só foi verdade no começo. Ela não foi um *Kapo*, mas uma pessoa que esperava colaborar com os nazistas para ajudar a família (é claro) e outros judeus. Era uma boa organizadora e muito digna de confiança, mas nunca foi forte como o livro a pintou. Não disse aquelas crueldades; não tenho lembrança de nada que ninguém tenha me dito, exceto ordens gritadas pelas autoridades. Todas as palavras ditas em voz baixa, o próprio sopro da nossa vida em comum, se perderam. Mas um livro de memórias tem que ter palavras enunciadas e tem que exalar vida.

Agora sou muito famosa — infame! Este mês, na França, sou um novo *bestseller*. Na Inglaterra (onde há anti-semitas escancarados, o que é reconfortante!), naturalmente duvidam da minha palavra, mas o livro continua a vender.

Rebecca, preciso falar com você. Estou anexando o meu número de telefone. Vou esperar sua ligação. O melhor é depois das dez da noite, em qualquer dia, quando não estou completamente sóbria e não sou tão desagradável.

Sua prima,

Freyda

P.S. Você está fazendo quimioterapia? Qual é a situação da sua doença? *Por favor, responda.*

Lake Worth, Flórida
8 de outubro

Querida Freyda,

Não fique zangada comigo, eu quis lhe telefonar. Há razões para eu não ter podido ligar, mas quem sabe eu logo fique mais forte, e prometo que telefono.

Era importante eu vê-la e ouvi-la. Sinto muito orgulho de você. Fico triste quando você diz coisas ríspidas a seu respeito, gostaria que não o fizesse. "Poupe-nos", sim?

Metade do tempo eu fico sonhando, e muito feliz. Agora mesmo, estava sentindo cheiro de serpentárias. Talvez você não saiba o que é serpentária, sempre morou na cidade. Atrás do chalé de pedra do coveiro, em Milburn, havia um local pantanoso em que essa planta alta crescia. Essas plantas silvestres chegavam a ter 1,5m de altura. Tinham tantas florezinhas brancas, que parecia neve. Muito porosas, com um cheiro forte e estranho. As flores ficavam repletas de abelhas, que zumbiam tão alto que pareciam uma coisa viva. Eu estava me lembrando de que, quando esperava você chegar do outro lado do oceano, eu tinha duas bonecas: a Maggie, que era a mais bonita, para você, e a minha boneca Minnie, que era feia e surrada, mas de que eu gostava muito. (Meu irmão Herschel tinha achado as bonecas no depósito de lixo de Milburn. Achávamos muitas coisas úteis no lixão!) Eu passava horas brincando com a Maggie, a Minnie e você, Freyda. Todas nós conversando. Meus irmãos riam de mim. Ontem à noite, sonhei com as bonecas, que estavam muito vívidas, eu que nem as tinha vislumbrado durante cinqüenta e sete anos. Mas foi estranho, Freyda, você não estava no sonho. Nem eu.

Escrevo em outro momento. Amo você.

Sua prima,

Rebecca

Chicago, IL
12 de outubro

Querida Rebecca,

Agora eu estou zangada! Você não me telefonou e não me deu seu número de telefone, e como é que posso procurá-la? Tenho o seu endereço, mas apenas o nome "Rebecca Schwart". Ando ocupadíssima, é uma época terrível. Tenho a sensação de que estão quebrando minha cabeça com uma marreta. Ah, estou muito aborrecida com você, prima!

Mesmo assim, acho que devo ir vê-la em Lake Worth.

Será que devo?

Este livro foi impresso na
LIS GRÁFICA E EDITORA LTDA.
Rua Felício Antônio Alves, 370 – Bonsucesso
CEP 07175-450 – Guarulhos – SP – Fax: (11) 3382-0778
Fone: (11) 3382-0777 – e-mail: lisgrafica@lisgrafica.com.br